Gina Mayer

Zitronen im Mondschein

Gina Mayer

Zitronen im Mondschein

Roman

kiepenheuer

ISBN 978-3-378-00691-1

Gustav Kiepenheuer ist eine Marke der
Aufbau Verlag GmbH & Co. KG

1. Auflage 2009

Einbandgestaltung Mediabureau Di Stefano, Berlin
Druck und Binden CPI – Clausen & Bosse, Leck
Printed in Germany

www.aufbau-verlag.de

Mersterne, Morgenrot,
Anger ungebrachot,
Dar ane stat ein bluome,
Diu liuhtet also scone:
Si ist under den anderen
So lilium undern dornen,
Sancta Maria.

(aus dem Melker Marienlied, 12. Jhd.)

O Marietta Kripistika
Thronkanapee im Serail im Sevilla,
Du bist wertvoller als die juchzende
Säubande von Hosenträgern,
Deren Rüssel
An deinem Bauch
Zu schnuppern
Gewohnt sein pflegt.

(Hugo Ball, 1918)

Für Agnes Mayer,
meine Mutter

Sie stand manchmal mitten in der Nacht auf, schlüpfte aus ihrem Zelt und schlich durch den Zirkus. Leise ging sie an den Zelten vorbei, in denen die anderen schliefen. Sie hörte Josef schnarchen und Direktor Lombardi im Schlaf sprechen und Domenica und Pito streiten. Sie stritten, weil Pito Domenicas Meinung nach zu viel trank und weil Domenica Pitos Meinung nach zu viel meckerte. Oder aus irgendeinem anderen Grund.

Im Sommer lief sie mit nackten Füßen über die kühle Erde und das zertrampelte Gras. Im Winter zog sie Schuhe an, aber keine Strümpfe. Sie hatte stets dasselbe Ziel. Die Menagerie hinter dem Hauptzelt.

Die Tiere waren immer wach, wenn sie kam. Es war, als warteten sie auf sie, aber natürlich stimmte das nicht. Sie waren wach, weil sie Nachttiere waren.

Sie ging von links nach rechts an den Käfigen vorbei, und die Blicke der Tiere folgten ihr. Der Wolf mit seinen gelben Augen. Die kahle Wildkatze. Die fette Eule, die seit 1897 in der Menagerie lebte, fast so lange, wie Madame Argent beim Zirkus war.

Vor dem letzten Käfig blieb sie stehen.

Im Gegensatz zu den anderen Tieren beachtete sie der kleine Schneefuchs nicht. Er lag zusammengerollt da und leckte seine Schwanzspitze oder starrte auf seine Vorderpfoten. Sie atmete den scharfen Fuchsgeruch ein, den die Besucher tagsüber so abscheulich fanden, dass sie die Gesichter verzogen und sich die Nasen zuhielten.

Vor zwei Jahren hatte Direktor Lombardi den Schneefuchs einem anderen Wanderzirkus abgekauft. Voller Ungeziefer und Dreck war das Tier gewesen, als sie es in den Zirkus gebracht hatten, an einem der Hinterbeine hatte es einen tiefen eiternden Riss, den Esmeralda behandelt hatte. Es hatte sehr lange gedauert, bis die Wunde verheilt war.

Damals hatten Madame Argents nächtliche Wanderungen begonnen.

Sie wachte auf und ging los, ohne darüber nachzudenken, wohin sie ging, warum sie überhaupt losging. Es war wie Schlafwandeln und auch wieder nicht, denn am nächsten Morgen erinnerte sie sich ganz genau an alles. Sie wusste auch, dass sie bald wieder aufstehen und losgehen würde.

Als Maria im Zirkus auftauchte, sah Madame Argent sie zuerst vor dem Käfig des Schneefuchses. Das war natürlich kein Zufall. Es gab keine Zufälle. Alles was geschah, hatte einen Sinn.

In manchen Nächten verlor sie sich selbst vollkommen, dann war sie plötzlich der Fuchs und lag hinter den Gitterstäben, und er war ein Mensch und betrachtete sie.

Warum berührte der Schneefuchs sie so? Darauf wusste sie keine Antwort.

Vielleicht war es seine Einsamkeit. Vielleicht waren es die vielen Wunden, die Esmeralda nicht behandelt und geheilt hatte, weil er sie verborgen in seinem Inneren trug. Vielleicht war es die Kälte, aus der er kam und sie auch.

Oft blieb sie nur wenige Minuten vor dem Käfig stehen, manchmal mehr als eine Stunde. Sie wartete immer so lange, bis der Schneefuchs den Kopf hob und ihrem Blick begegnete.

Erst dann ging sie wieder zurück in ihr Zelt.

Erstes Kapitel

I.

Ihr Vater war der stärkste Mann der Welt. In der Mitte der Manege stellte er sich auf, breitbeinig. Dann ging er in die Knie, atmete ein und packte gleichzeitig die Metallstange, an deren Enden die schweren runden Scheiben steckten. Ausatmend stemmte er sie hoch, bis weit über seinen Kopf, und während die Leute jubelten und applaudierten, schien es plötzlich, als ob er die Stange nicht mehr festhielt, sondern sein großer, kräftiger Körper vielmehr von den Gewichten nach oben gezogen wurde. Es sah aus, als ob er an der Stange hing, zuerst mit beiden Händen und dann mit einer. Er lächelte dabei, aber an seinen Schläfen traten die Adern hervor wie blaue Würmer. »Wer wagt es, gegen mich anzutreten?«, brüllte er ins Publikum, nachdem die Gewichte mit dumpfem Aufprall wieder auf den Sägespänen gelandet waren. »Einhundert Mark für den, der mich besiegt.« Aber es meldete sich nie jemand. Auf der ganzen Welt war keiner so stark wie er.

»Einmal eins bis drei?« Die laute Stimme der Kassiererin riss Mira aus ihrer Träumerei. Sie löste ihren Blick von dem Kinoplakat, das in grellen Farben einen Zirkusfilm ankündigte, und trat vor den Schalter.

»Platz 16«, sagte die Dame, obwohl Mira noch gar nicht geantwortet hatte. Sie reichte ihr ein hellgrünes Pappkärtchen durch das Fenster.

Mira gab ihr fünf Groschen. Für fünfzig Pfennige bekam man im Düsseldorfer Odeon-Theater auf der Martinstraße einen Sitzplatz. Es war natürlich kein Logenplatz, sondern nur ein Holzsitz in einer der ersten drei Reihen, der automatisch hochklappte, wenn man aufstand. Aber immerhin ein Sitzplatz. In den großen Lichtspielhäusern auf der Graf-Adolf-Straße kostete seit Anfang des Jahres 1926 bereits ein Stehplatz fünf Groschen.

An den Wänden des Saals verstrahlten kunstvoll verschnörkelte Glaslampen gelbes Licht. Der rote Vorhang vor der Leinwand hatte sich bereits geöffnet. Als Mira ihren Platz fast erreicht hatte, gingen die Lampen aus. Einen Moment lang stand sie in vollkommener Dunkelheit, bis ein paar kleine Notleuchten angingen. Wie so oft überlegte sie, ob es irgendjemanden auffallen würde, wenn sie sich auf einen der weichen Samtsessel setzen würde. Die Platzanweiserin stand immer noch oben am Eingang und konnte sie in der Dunkelheit unmöglich sehen. Aber dann tastete sich Mira doch nach vorn zu den Holzsitzen.

Sie ging jede Woche ins Odeon. Es war natürlich ungeheuerlich, wenn man bedachte, wie viel Geld sie dafür ausgab. Sie nahm sich auch jeden Montag vor, dass sie sich den Eintritt diese Woche sparen oder für etwas Sinnvolles ausgeben wollte, und manchmal schaffte sie es auch, bis zum Mittwoch durchzuhalten. Mitunter ging sie auch am Donnerstag noch nicht hin. Aber spätestens am Freitag gab sie alle guten Vorsätze auf und schob ihre fünfzig Pfennige durch das Kassenfenster. Es war eine heimliche Sucht.

Was die Filme anging, war sie nicht wählerisch. Sie sah Liebesfilme, Abenteuerfilme, Filme mit richtigen Schauspielern und Zeichentrickfiguren, Anspruchsvolles und Seichtes, Trauriges und Komisches. Sie schaute sich an, was gerade lief. Meistens kannte sie nicht einmal den Titel des Films, wenn sie sich auf dem dünnen Holzsitz niederließ.

Am liebsten kam sie allein hierher. Sie tauchte ein in das schwarz-weiß-graue Flimmern, und nach einer Stunde oder zwei tauchte sie wieder auf, aber sie wollte nie darüber reden, was sie erlebt hatte. Sie wollte auch nichts über die Schauspieler wissen, wie sie im wirklichen Leben waren, wen sie liebten, wo sie lebten. Wenn man zu viel wusste, verlor sich die Illusion, fand Mira.

Man kannte Mira im Odeon, selbst der alte Pianist, der die Filme auf dem leicht verstimmten Klavier begleitete, begrüßte sie mit einem leichten Nicken, wenn sich ihre Blicke begegneten, aber ansonsten wechselten sie nie ein Wort.

Mira schloss die Augen, lehnte den Rücken an die harte, blank geriebene Lehne und atmete den vertrauten Kinogeruch ein. Diese Luft! Im Sommer zu warm, im Winter zu kalt, immer ein bisschen staubig. Neben ihr raschelte eine Papiertüte. Zigarettenrauch zog an ihr vorbei. Vor ihren geschlossenen Lidern erschien wieder ihr Vater, er ging in die Knie, um die Gewichtstange aufzuheben. Dann begann das Bild zu flackern. Mira machte die Augen wieder auf. Der Film begann.

Sie summte die Melodie, die der alte Pianist auf dem verstimmten Klavier gespielt hatte, während der kleine Mann mit dem schwarzen Schnurrbart auf der Leinwand zwei Brötchen tanzen ließ. *Damtatadamtadam.* Im Residenz-Theater und im Asta-Nielsen begleitete eine richtige Kapelle mit Streichern, Bläsern und einem Schlagzeug die Filmvorführungen. Im Odeon-Theater auf der Martinstraße war es nur ein einzelner Pianist. Es gab nicht einmal eine Kinoorgel, dafür war der Eintritt so billig. *Damtatadamtadam.* Auf dem schadhaften Pflaster glänzte eine Pfütze. Mira machte ein paar schnelle Schritte darum herum und fühlte sich dabei selbst leicht und schwerelos wie eine Tänzerin. *Damtatadamtadam.* Es war Juli; die Nacht stieg langsam von unten nach oben. Während es auf den Straßen schon dunkel war, zeichneten sich die Dächer noch klar und deutlich gegen den tiefblauen Abendhimmel ab.

Als sie auf die Bilker Allee einbog, gingen gerade die Straßenlaternen an, von einer Sekunde zur anderen verbreiteten sie ihr kaltes, weißgelbes Licht. Mira überquerte die Straße und ging nach rechts in die Friedenstraße. Ihr Schatten tauchte vor ihr auf und wanderte dann an ihr vorbei, als führte er ein Eigenleben. Immer wenn sie eine Laterne erreicht hatte, zerfloss er unter ihren Füßen, aber wenn sie weiterging, erschien er wieder vor ihr, klar und scharf definiert auf dem beleuchteten Pflaster.

Vielleicht war es dieses seltsam eigenwillige Schattenspiel, vielleicht war es die Finsternis, die sich hinter den Lichtkreisen der Straßenlaternen dicht und feindselig zusammenballte – auf jeden Fall verlor sich die Schwerelosigkeit, die sie soeben noch gespürt hatte. Stattdessen fühlte sie eine große Unruhe.

Sie wohnte in der Sedanstraße, direkt neben dem Evangelischen Hospital. Tagsüber knatterten hier oft die Rettungswagen entlang, ein paar Mal wäre sie fast von einem der lang gezogenen Automobile überfahren worden, aber jetzt in der Nacht war alles still. Sie schloss die Haustür auf und trat in den dunklen Hausflur und hatte sofort das Gefühl, das irgendetwas nicht stimmte. Die Petroleumlampe an der Wand war aus, aber das war nichts Ungewöhnliches, die Zimmerwirtin löschte sie immer schon um neun, um Brennstoff zu sparen. Von draußen drang stets ein wenig Licht ins Treppenhaus, so dass Mira ihren Weg nach oben ohne Schwierigkeiten fand. Was war heute anders als sonst? Der Geruch – sie roch irgendetwas, das nicht hierher gehörte. Es war ein blumiger, süßer Parfümduft, stellte Mira fest und merkte gleichzeitig, wie sie wieder ruhiger wurde. Verbrecher und Wegelagerer parfümierten sich für gewöhnlich nicht.

»Hallo«, rief sie mit fester Stimme in die Dunkelheit. »Ist hier jemand?«

»Mira«, kam es von oben zurück. »Bist du das?«

»Gudrun!« Mira hastete jetzt nach oben in den zweiten Stock. »Du hast mich erschreckt … Was willst du denn, um diese Zeit?«

»Ich warte!«, gab Gudrun zurück. »Wo kommst du denn jetzt her, zu dieser späten Stunde?« Wie ärgerlich sie klang! Hatten sie eine Verabredung gehabt, die Mira vergessen hatte? Sie konnte sich beim besten Willen nicht erinnern. Sie hatten sich doch am Mittag noch gesehen, als Gudrun zum Essen in die Rheinterrasse gekommen war, wo Mira als Serviermädchen arbeitete.

»Ich war im Kino.« Mira schloss ihre Wohnungstür auf und drehte den Lichtschalter an. »Und du? Wie lange hast du gewartet?«

»Stunden«, sagte Gudrun vorwurfsvoll, obwohl das überhaupt nicht stimmen konnte.

»Was ist denn geschehen? Bist du krank?«

»Unsinn.« Gudrun ging zu dem kleinen Tisch unter dem Dachfenster und ließ sich auf Miras einzigen Stuhl fallen. »Ich war gerade bei deiner Mutter.«

Mira spürte ein leises Flattern in ihrer Magengegend, ein Trippeln, Pochen und Ziehen, das Gefühl, das sich immer in ihr ausbreitete, wenn sie an ihre Mutter dachte. Es war eine Mischung aus Ärger, Überdruss und schlechtem Gewissen. Warum kann sie mich nicht in Ruhe lassen? dachte Mira. Das war natürlich unsinnig, ihre Mutter hatte sie ja gar nicht aufgesucht, sondern Gudrun.

Aber dennoch. Wahrscheinlich steckte Mutter wieder in Schwierigkeiten, sie brauchte Geld, hatte sich mit ihrem Hauswirt überworfen, oder sie hatte eine ihrer Visionen gehabt, ein Toter, ein Heiliger oder die Muttergottes persönlich hatten ihr eine wichtige Botschaft überbracht. Deshalb war Gudrun jetzt hier.

»Was ist mit ihr?«, fragte Mira unwillig.

»Nichts«, sagte Gudrun. »Was soll mit ihr sein? Es geht um mich.«

Mira setzte sich auf die Bettkante. Das Trippeln und Pochen löste sich ins Nichts auf.

»Mir haben sie heute gekündigt.«

»Aber wie … warum das denn? Sie waren doch immer so zufrieden mit dir.«

Gudrun arbeitete seit über einem Jahr im Warenhaus Tietz am Hindenburgswall als Verkaufsfräulein. Sie schnitt Stoffe zu, suchte Schnittmuster aus und beriet die Kundschaft bei der Auswahl der passenden Garne, Litzen und Knöpfe.

»Zumindest schien es so.« Gudrun zog ihre lange, gerade Nase kraus und zuckte mit den Schultern. Sie war die schönste Frau, die Mira kannte. Obwohl sie nach dem langen Arbeitstag verschwitzt war, strahlten ihre klar geschnittenen Gesichtszüge, ihre feine weiße Haut eine klassische Eleganz aus. So wie Gudrun hatten die Statuen der griechischen Göttinnen ausgesehen, bevor ihnen im Lauf der Jahrtausende die Nasen und alle Gliedmaßen abgeschlagen worden waren. »Ist ja auch egal. Jedenfalls bin ich die Anstellung nun los. Am nächsten Ersten stehe ich auf der Straße.«

»Aber Gudrun, das ist ja furchtbar. Was willst du denn jetzt anfangen?«

Gudrun starrte über Miras Schulter auf die zersprungenen Kacheln über dem Waschbecken und antwortete nicht.

»Ich kann gleich morgen einmal in der Rheinterrasse nachfragen, ob sie nicht noch eine Bedienung einstellen wollen. Bestimmt nehmen sie dich ...«

»Nein, Unsinn, ich werde bestimmt kein Serviermädchen.« Gudrun klang mit einem Mal ungehalten.

»Aber wovon willst du denn leben?«

»Bis vor einer Stunde wusste ich es ganz genau. Aber dann bin ich zu deiner Mutter ...«

»Ich verstehe kein Wort! Was hat meine Mutter mit der Sache zu tun?«

Gudrun ließ sich auf einen von Miras Stühlen fallen. »Ich will mein eigenes Geschäft aufmachen – einen Modesalon für die Damen.«

»Aber das ist doch ... Du hast doch überhaupt kein Geld, und um eine Schneiderei aufzumachen, brauchst du wenigstens eine Nähmaschine.«

»Eine Nähmaschine?« Gudrun stieß verächtlich die Luft durch die Nase. »Ich brauche angemessene Räume, eine Adresse, die man angeben kann, ohne gleich zu erröten. Ich brauche Stoffe, Accessoires und Paravents und ein silbernes Teegeschirr mit vierundzwanzig Teilen, denn ich muss meinen Kundinnen ja auch Erfrischungen servieren können. Ich brauche Möbel, Teppiche und Vorhänge und ein Grammophon und ja, eine Nähmaschine brauche ich natürlich auch.«

Mira sah ihre Freundin misstrauisch an. Machte sie sich über sie lustig? Gudrun hatte immer davon geträumt, eine eigene Modellschneiderei für anspruchsvolle, reiche Damen aufzumachen. Aber genau wie Mira war Gudrun arm wie eine Kirchenmaus. Ein paar Notgroschen in einer angeschlagenen Kaffeetasse auf dem Küchenbord – das reichte wohl kaum für die Eröffnung eines eleganten Damensalons.

»Na ja, jedenfalls wollte ich das, aber jetzt bin ich ganz und gar durcheinander«, fuhr Gudrun fort. »Deine Mutter – also sie kann einen wirklich verrückt machen mit ihren Ratschlägen. Nun weiß ich gar nicht mehr, was ich anfangen soll.« Ihre langen Finger flatterten nach oben zu ihrem Kopf, sie fummelten eine Weile an ihrer Frisur herum, dann sanken sie wieder in ihren Schoß.

»Wovon redest du eigentlich, Gudrun?« Mira stand wieder auf und lief mit großen Schritten durchs Zimmer. Sie wusste allerdings nur zu gut, wovon Gudrun redete. Gudrun war zu ihrer Mutter gegangen und hatte sich von ihr weissagen lassen. Sie hatte ihr aus der Hand gelesen oder aus dem Kaffeesatz. *Ich sehe etwas sehr Großes, sehr Düsteres, mein Kind*, hörte Mira die rauchige Stimme ihrer Mutter. *Sieh dich vor. Hokuspokus Fidibus dreimal schwarzer Kater.* Vielleicht hatte sie ihr auch die Karten gelegt. Warum um alles in der Welt hatte sich Gudrun darauf eingelassen! Was fand sie überhaupt an Miras Mutter, dass sie ständig zu ihr rannte!

»Ich kann vielleicht einen Salon anmieten«, erklärte Gudrun. »Auf der Hohen Straße, oben am Carlsplatz. Ich wollte, dass sich deine Mutter die Räume einmal ansieht wegen der …« Sie unterbrach sich und starrte auf ihre Fingernägel, die weißrosa glänzten wie das Innere von Muscheln.

»Warum soll sie sich die Räume ansehen?«, fragte Mira scharf, als Gudrun nicht weitersprach. Plötzlich musste sie wieder an den Film denken, den sie vorhin gesehen hatte. Wie Big Jim den kleinen Charlie Chaplin im Hungerwahn für ein Huhn gehalten hatte und mit dem Messer hinter ihm hergejagt war. Genauso war ihre Mutter. Sie nahm die Dinge nicht so, wie sie waren, sondern lebte in ihrer eigenen Welt, die voll verdrehter Wahnvorstellungen war.

»Wegen der Geister«, meinte Gudrun trotzig. »Immerhin will ich mein gutes Geld nicht für teure Räumlichkeiten ausgeben, in denen irgendwelche unselige Geister herumspuken und mir die Kundinnen vertreiben, ohne dass man den Grund dafür kennt.«

Mira schüttelte den Kopf. Sie holte zwei Gläser aus dem wackligen Kabinett neben dem Ofen und schenkte sich und Gudrun Apfelmost ein. Warum ließ sich Gudrun auf die Verrücktheiten ihrer Mutter ein? fragte sie sich wieder. Sie stand doch sonst mit beiden Beinen auf der Erde, spottete über Gott und den Teufel und ihre bigotte Vermieterin, die fünfmal in der Woche in die Kirche rannte.

»Und warum bist du nun so durcheinander?« Mira reichte Gudrun ein Glas Apfelmost, ohne sie vorher zu fragen, ob sie etwas trinken wollte. »Wart ihr schon dort, und sie hat dir das Ganze ausgeredet?« Es ärgerte sie auch, dass Gudrun ihrer Mutter von ihren Plänen erzählt hatte, bevor sie mit Mira darüber gesprochen hatte.

»Nein, nein.« Gudrun nahm gedankenverloren einen Schluck und verzog das Gesicht. »Es war ja viel zu spät für eine Besichtigung. Ich werde in der nächsten Woche mit ihr hingehen. Obwohl …«

»Obwohl? Nun erzähl doch schon! Was ist geschehen?«

»Ich hab ihr von der Sache erzählt. Was ich vorhabe und wie ich mir das Ganze vorstelle. Es war dasselbe, was ich auch dir gesagt habe, nicht mehr und nicht weniger, aber deine Mutter, sie hatte plötzlich … sie ist … es war wie eine Erscheinung.«

»Sie hat angefangen zu zittern, und ihre Stimme wurde tief und fremd, als ob ein Geist von ihr Besitz ergriffen hätte und aus ihr spräche.« Mira lächelte müde.

»Ja, aber es war kein Hokuspokus.«

»Was denn sonst?«, meinte Mira. »Meinst du, es ist wirklich ein Gespenst in sie eingedrungen?«

»Es war jedenfalls kein Hokuspokus«, sagte Gudrun noch einmal.

»Was hat sie gesagt?«

»Sie hat mich erst lange mit einem sehr seltsamen, furchtbaren Blick angesehen, und dann drehte sie sich weg und murmelte und brummelte etwas, das ich nicht verstand. Danach schaute sie mich wieder an und begann zu schreien. Wie eine Wahnsinnige war sie auf einmal. Du machst einen Fehler, schrie sie, merkst du denn nicht, dass du irregehst. Er führt dich ins Verderben. Er wird dich vernichten, mit Haut und Haaren. Verstehst du, Mira, es war nicht deine Mutter, die da mit mir geredet hat, es war jemand anderes, der aus ihr sprach. Wenn du nur dabei gewesen wärest!«

Mira schlüpfte aus ihren Schuhen, zog die Füße aufs Bett und stützte das Kinn auf die Knie. Genau wie früher, merkte sie plötzlich. Genau so hatte sie sich damals hinter der Kiste auf dem Flickenteppich zusammengekauert, so dass man sie vom Tisch aus nicht sehen konnte. Auch sie konnte kaum etwas sehen, nur den Hinterkopf ihrer Mutter und eine ihrer Schultern. Manchmal reckte sie den Kopf, weil sie so neugierig war, weil sie so gerne wissen wollte, wie die Besucher aussahen, die auf der anderen Seite des Tisches saßen, aber sie erhaschte niemals mehr als eine Haarsträhne oder einen Hut. Sie sah nichts, doch sie hörte alles. Sie hörte die ängstlichen Fragen und die Antworten ihrer Mutter, sie hörte, wie sich ihre Stimme veränderte und tief und furchtbar wurde, wie sie Geheimnisse aus dem Jenseits enthüllte und in die Zukunft schaute, wie sie summte und sang und murmelte. Damals hatte Mira im Grunde schon geahnt, dass es nichts als leerer Zauber war, Humbug, Betrug. Aber die Besucher hatten ihrer Mutter vertraut. Jedenfalls erschien es Mira so. Vielleicht hatte sie sich das allerdings auch nur eingebildet, sie war ja noch so klein und dumm.

Sie schüttelte den Kopf und riss sich aus der Erinnerung.

»Ich verstehe gar nicht, was das soll«, meinte sie zu Gudrun. »Wer führt dich ins Verderben? Wer wird dich vernichten? Was meinte sie denn damit?«

Gudrun schluckte. Ihre Hände lagen um das Apfelmostglas und drehten es hin und her, hin und her, als wären sie und das Glas miteinander verbunden wie eine Maschine.

»Ich habe jemanden kennengelernt«, sagte sie dann.

Mira schenkte noch einmal Apfelmost nach, erst sich und dann Gudrun, obwohl ihre Freundin ihr Glas bisher kaum angerührt hatte. Sie wollte, dass die mechanische Dreherei aufhörte, es machte sie ganz nervös, aber kaum hatte sie den Krug weggezogen, als Gudruns Hände die Bewegung auch schon wieder aufnahmen.

»Aha«, sagte Mira. »Da liegt also der Hase im Pfeffer. Ein Mann.«

»Nein«, erwiderte Gudrun. »Es ist nicht so, wie du denkst.«

»Was denke ich denn?«

»Es ist keine Affäre. Herr Pressmann ist auch schon alt und verheiratet.«

»Wie bitte? Wovon redest du eigentlich? Nun erzähl doch alles einmal der Reihe nach, du bringst mich ja vollkommen durcheinander.«

Gudrun nickte, drehte ihr Glas und nickte wieder. »Ich kenne ihn über seine Frau. Frau Pressmann ist … sie war eine meiner Stammkundinnen bei Tietz. Also, meistens kam das Dienstmädchen, aber ein paar Male hat Frau Pressmann sie begleitet, und einmal kam auch Herr Pressmann mit. Während seine Frau die Stoffe aussuchte, gerieten wir ins Gespräch. Und danach kam er immer öfter mit, auch allein, aber es ist nicht so …«

» … wie ich denke«, beendete Mira den Satz und seufzte. »Hat er dich auch ausgeführt?«

»Sie haben mich zum Essen eingeladen.«

»Aber seine Frau hatte zufällig keine Zeit, also wart ihr alleine miteinander.«

»Nein«, sagte Gudrun empört. »Seine Frau war natürlich dabei. Was denkst du von mir!«

»Und er will dir nun deinen Laden finanzieren. Einfach so. Aus reiner Nächstenliebe.«

»Es ist ein Geschäft. Wir machen einen Vertrag, er übergibt mir das Geld sozusagen als Kredit, und ich zahle es ihm Monat für Monat aus meinen Gewinnen zurück.«

»Und wenn du keine Gewinne machst?«

»Dann werde ich den Salon irgendwann wieder schließen müssen«, meinte Gudrun. »So ist das mit jedem Unternehmen.«

»Was will er sonst noch dafür? Kein Mensch gibt sein Geld einfach ohne Gegenleistung her, er erwartet sich doch etwas.«

»Aber nein! Es steckt kein Pferdefuß dahinter, ich bin doch nicht naiv, ich habe mir die Sache genau überlegt.«

»Wenn es nun so ist – warum bringt dich dann meine Mutter mit ihren Visionen so ins Grübeln?«

»Weil sie doch gar nichts von Pressmann wusste. Ich habe ihr nur erzählt, dass ich eine Schneiderei eröffnen will, und sie fängt mit dieser komischen Stimme davon an, dass mich einer ins Verderben führen und mit Haut und Haaren vernichten will.«

»Aber Gudrun«, meinte Mira. »Es liegt doch auf der Hand, dass man für ein solches Vorhaben Geld braucht. Du hast dir nun sogar schon die Räumlichkeiten für dein Geschäft ausgesucht, also konnte meine Mutter annehmen, dass du einen Finanzier gefunden hast. Und wer hat das Geld in dieser Welt? Die Männer. Meine Mutter hat keine übersinnlichen Fähigkeiten. Sie hat nur eins und eins zusammengezählt. So macht sie es immer.«

Gudrun stützte ihr schönes Gesicht in die Hände. Ihre Schneidezähne zogen ihre Unterlippe nach innen und ließen sie dann langsam wieder nach außen gleiten. »Vielleicht hast du recht.« Sie nickte nach einer Weile. »Wahrscheinlich habe ich mich einfach verrückt machen lassen ...«

Mira beugte sich über den Tisch und legte ihre plumpe, rote Hand auf Gudruns schmale, weiße Finger. »Ganz bestimmt sogar.«

Gudrun stieß erleichtert die Luft aus. Dann schüttelte sie den Kopf. »Mein Gott, wie dumm ich war! Ich bin froh, dass ich mit dir gesprochen habe.«

»Aber was willst du denn jetzt tun?«

Gudrun sah sie erstaunt an. »Das ist doch keine Frage. Ich werde die Sache beherzt angehen. Das ist meine Chance auf das ganz große Glück.«

»Aber Gudrun, dieser Mann, wer weiß, was er bezweckt.«

»Pressmann ist wirklich nicht so, wie du meinst. Er ist wie ein Vater. Hat sich immer eine Tochter gewünscht. Seine Frau auch.«

»Ich weiß nicht …«

»Aber ich weiß es jetzt. Du hast recht, ich habe mich durch deine Mutter ganz schön ins Bockshorn jagen lassen. Aber jetzt bin ich wieder bei Sinnen. Willst du dir die Räume morgen einmal gemeinsam mit mir ansehen, bevor ich sie anmiete?«

»Morgen? Von neun bis sechs muss ich aber arbeiten. Außerdem sollte dich doch meine Mutter begleiten.«

Gudrun lachte. »Das werde ich mir nun besser sparen. Nein, die Räumlichkeiten sind traumhaft, der Zeitpunkt ist günstig, ich muss nur mit beiden Händen zugreifen und mein Glück machen.«

»Nun lass es dir doch noch ein paar Tage durch den Kopf gehen«, versuchte es Mira noch einmal. »Ich bitte dich, Gudrun!«

Aber Gudrun war schon aufgesprungen, sie stand vor Mira, nahm ihr Gesicht in die Hände und küsste sie auf die Stirn. »Lass gut sein, Mira, ich war noch nie so klar und entschlossen wie heute. Glaub mir, ich weiß, was ich tue.«

Die Tür zum Flur schlug hinter ihr zu, ehe Mira noch etwas sagen konnte. Sie blieb noch eine Weile sitzen, dann stand sie langsam auf und schob den Riegel vor. Danach begann sie sich auszuziehen. Gudrun hätte vermutlich die Finger von der Sache gelassen, wenn ich meinen Mund gehalten hätte, dachte sie, während sie sich die Bluse aufknöpfte und ihr Mieder aufhakte. Sie wusch sich das Gesicht, die Brust und die Achseln, löste ihr Haar und kämmte es aus. Meine Mutter kann nicht in die Zukunft schauen, niemand kann das, dachte sie. Aber was sie Gudrun gesagt hatte, war richtig. Und sie selbst hatte alles wieder zerstört, als sie die Worte ihrer Mutter entzaubert hatte.

Nachdem sie ihr Nachthemd angezogen hatte, betrachtete sie ihr Gesicht in dem trüben Spiegel über dem Waschtisch. Ihre dichten schwarzen Brauen, die Oberlippe, fast ohne Einkerbungen, ein rundes Ebenbild der Unterlippe. Es waren die Züge ihrer Mutter.

Was hast du nur gegen mich, Mirabella? hörte sie plötzlich ihre Stimme, so laut und deutlich, dass sie zusammenfuhr. »Das weißt du nur zu gut«, gab sie genauso klar zurück.

Ihre Mutter hatte Gudrun etwas vorgegaukelt, aber Mira selbst hatte die Wahrheit gesagt. Und allein darauf kam es an, sagte sie sich, während sie das Licht löschte und unter die Bettdecke kroch. Sich an die Wahrheit zu halten und an das, was sicher war. Das hatte sie gelernt in harten und schmerzhaften Lektionen.

Natürlich konnte sie nicht einschlafen. Sie atmete ruhig ein und aus, aber es half nichts. Sie machte sich Sorgen. So lange sie Gudrun kannte, hatte sie immer ihren Kopf durchgesetzt. Schon damals im Religionsunterricht bei Kaplan Sommermann. Sie hatte sich einfach geweigert, den Katechismus auswendig zu lernen. »Ich kann es mir nicht behalten«, erklärte sie dem Kaplan bedauernd, wenn er sie wieder einmal abfragte. »Was bewirkt die helfende Gnade?« »Gott erleuchtet durch die helfende Gnade unseren Verstand und bewegt unseren Willen, dass wir das Böse meiden und das Gute tun.« Im Gegensatz zu Gudrun hatte Mira die Sätze immer gelernt. Sie hatte immer alles getan, was man von ihr verlangt hatte, weil sie wusste, dass das das Vernünftigste war. Aber Gudrun war stur geblieben, selbst als der Kaplan damit gedroht hatte, sie von der Heiligen Kommunion auszuschließen. Sie war aber am Ende doch zugelassen worden.

Nach der Schule war Gudrun bei einem Damenschneider in die Lehre gegangen, gegen den Willen ihrer Eltern, die gewollt hatten, dass sie in ihrer Metzgerei Würste und Speck verkaufte. Die Lehrstelle hatte Gudrun sich selbst gesucht. »Das ist der Laden, in dem ich lernen werde«, hatte sie Mira erklärt, als sie auf dem Heimweg von der Schule an der Schneiderei vorbeigekommen waren.

»Wann wurde das denn arrangiert?«, fragte Mira erstaunt.

»Noch gar nicht.« Gudrun trat etwas unsicher von einem Fuß auf den anderen. Hinter den hohen Fenstern der Damenschneiderei sahen sie ein Vorzimmer mit einem Ladentisch, dahinter stand eine ältere Frau, die ihrerseits zu Mira und Gudrun heraussah.

»Ich werde jetzt hineingehen und mich vorstellen«, sagte Gudrun, und bevor Mira noch irgendetwas sagen konnte, hatte sie ihr schon ihre Schultasche in den Arm gedrückt und war im Laden.

Mira sah sie lange mit der Frau reden, die immer wieder die Arme hob und den Kopf schüttelte, aber irgendwann trat sie hinter ihrem Ladentisch hervor und führte Gudrun in ein Hinterzimmer. Später kam sie allein zurück und stellte sich wieder hinter die Theke.

Dann wartete Mira und wartete und wartete, doch Gudrun kam nicht wieder heraus. Sie wurde immer unruhiger und besorgter. Was war, wenn da hinten irgendein Unhold saß, der Gudrun etwas zu Leide tat? Und sie stand hier dumm und unnütz herum und kam ihrer Freundin nicht zu Hilfe. Du lieber Gott, hilf ihr, hilf mir, dachte sie, obwohl sie gar nicht an Gott glaubte.

Ihre eigene Schultasche auf ihrem Rücken, Gudruns Schultasche in den Händen stand sie da und wartete so lange, bis die Glocken vom Dominikanerkloster halb zwei schlugen. Dann hielt sie es nicht mehr aus. Sie legte die beiden Taschen neben dem Eingang ab und öffnete die Tür. Die kleine Glocke über ihr klingelte hell und feindselig. Mira war auf einmal sehr heiß. »Guten Tag«, sagte sie. Die Frau hinter der Theke war älter, als es von draußen ausgesehen hatte. Ihre grauen Haare waren zu einem Dutt gesteckt, ihr Gesicht wirkte müde und ungeduldig. »Kommst du jetzt auch noch und fällst uns auf die Nerven?«, fragte sie.

»Nein.« Mira wäre am liebsten direkt wieder gegangen, doch dann dachte sie an Gudrun und das Ungeheuer und räusperte sich. »Ich wollte nur fragen …«

Im selben Moment kam Gudrun aus dem Hinterzimmer, mit einem triumphierenden Lächeln im Gesicht und einem Blatt Papier in den Händen.

»Das ist mein Lehrvertrag«, erklärte sie Mira, als sie wieder draußen auf der Straße waren. »Ich habe darauf bestanden, dass wir gleich alles aufschreiben, weil der Meister gar so widerwillig war und durchaus kein Lehrmädchen akzeptieren wollte.«

»Wie hast du es denn dann geschafft, ihn zu überzeugen?«, fragte Mira.

»Ich habe einfach geredet und geredet, bis er vor lauter Überdruss klein beigegeben hat.«

Nach zwei Jahren kündigte sie die Stellung von einem Tag auf den anderen, *weil sie nun alles gelernt hätte, was man ihr hier beibringen konnte.* Sie arbeitete ein halbes Jahr in einem Salon auf der Königsallee, aber dann überwarf sie sich wegen einer Nichtigkeit so mit der Frau des Inhabers, dass sie auch diese Stellung aufkündigte. Danach hatte sie als Ladenmädchen bei Tietz angefangen. Und jetzt war auch das vorbei.

Gudrun war immer verrückt gewesen, eigensinnig und impulsiv. Aber dieser Salon für die feine Dame, den sie jetzt gründen wollte, das war eine andere Sache. Das war vermessen – im wahrsten Sinne des Wortes: ein paar Kragenweiten zu groß für Gudrun. Und dieser Pressmann und sein Geld – wie konnte Gudrun sich nur auf ihn einlassen?

Mira versuchte, ihre Gedanken von Gudrun fortzubewegen. Sie stellte sich vor, dass sie in einem dunklen, kühlen Meer schwamm, schwerelos und zufrieden. Sanfte Wellenbewegungen trugen sie weg vom Ufer, hinein in eine tiefe Weite. Dann tauchten mitten in der Leere wieder die Manege auf und der kräftige, große Mann, der seine Gewichtsstange vor sich in die Sägespäne warf. »Wer wagt es, gegen mich anzutreten?« Niemand wagt es, dachte Mira. Weil du ein Gespenst bist. Danach zerfloss das Bild ihres Vaters in der Dunkelheit.

II.

An der höchsten Stelle konnte man weit über den Rhein sehen, auf die Wiesen am anderen Ufer, auf den Damm und die Häuser von Oberkassel. Mira hob das Gesicht und blickte in den Himmel über ihr. Um sie herum war nur glasklare, blaue Luft, dann kippte der kleine Waggon nach vorn. Ihr Körper sackte nach unten, ihr Magen schien dagegen nach oben zu fliegen. Sie sah, wie sich Gudruns dunkle Haare aus der Tolle lösten, zu der sie sie zusammengesteckt hatte, wie sie über ihr flatterten, als wollten sie weg von ihr. Sie sah Gudruns Hände, die sich in ihrem Schoß um ihren Hut krampften, ihren offenen Mund, aber ihre Schreie verloren sich in dem Kreischen und Johlen der übrigen Fahrgäste.

Mira selbst schrie nicht, sie sog die Luft ein, die ihr entgegenströmte, während ihr Waggon in die Tiefe fiel, während der Boden ihnen entgegenraste und die Holzschienen der Berg- und Talbahn knatterten und dröhnten. Kaum waren sie unten angekommen, waren sie auch schon wieder auf dem Weg nach oben, zuerst sehr schnell und dann immer langsamer, bis der Zenit erreicht war und sie erneut nach unten stürzten. Mira schloss die Augen, sie flog in den weiten blauen Himmel, in den glitzernden Fluss, in die grünen Wiesen. Sie war schwerelos. Sie war glücklich. Sie war so lebendig wie noch nie in ihrem Leben.

Mira und Gudrun hatten den ganzen Nachmittag auf der Gesolei verbracht. Gesolei, das stand für Gesundheitspflege, soziale Fürsorge und Leibesübungen. Eine riesige Ausstellung, die seit Mai 1926 in zahllosen Hallen am Rheinufer präsentiert wurde. Es war die aufwendigste und prächtigste Ausstellung, die jemals in Düsseldorf stattgefunden hatte. Allein die Gebäude, die dafür errichtet worden waren – der Kunstpalast im Ehrenhof, davor das Planetarium. Und natürlich die Rheinterrasse, wo Mira seit zwei Monaten als Serviermädchen arbeitete.

Obwohl sie nun schon seit vier Monaten Tag für Tag die hungrigen und durstigen Ausstellungsbesucher bediente, hatte Mira die Schau heute zum ersten Mal gesehen. Gudrun hatte sie durch sämtliche Ausstellungshallen geschleppt, ins Haus Henkel, in die Halle für Luftfahrt, in den Pavillon der deutschen Bäder, ins Haus der Stadt Düsseldorf und in zahlreiche andere Gebäude, die Mira vergessen hatte, kaum dass sie sie wieder verlassen hatten. Zum Schluss hatten sie sich ein Billet für die Berg- und Talbahn gekauft. Das war das Beste von allem.

»Noch einmal«, sagte Mira zu Gudrun, als sie mit weichen Knien aus dem Waggon stiegen. »Lass uns noch einmal fahren!«

»Bist du verrückt?«, Gudruns Stimme überschlug sich fast. »Keine zehn Pferde kriegen mich mehr in diese Höllenmaschine. Ich dachte, mein letztes Stündchen hätte geschlagen.«

»Wenn Sie einen Beifahrer suchen, würde ich mich gerne zur Verfügung stellen«, hörten sie eine Männerstimme hinter sich. Ihre Köpfe schnellten in einer fast synchronen, spiegelverkehrten Bewegung herum. Ein steifer schwarzer Hut, darunter lachende Augen, ein schmaler Schnurrbart. Ihre Gesichter fuhren wieder nach vorn. »Nichts für ungut«, rief der Fremde. »Ich wollte Sie gewiss nicht erschrecken.«

»Wo denken Sie hin!«, gab Gudrun spitz zurück. »So leicht fürchten wir uns nicht. Und danke für das Angebot, aber wir haben keinen Bedarf.«

Der Mann lachte. »Es galt ja gar nicht Ihnen, sondern Ihrer Freundin.«

Mira hakte Gudrun unter und beschleunigte gleichzeitig ihre Schritte.

»Nun, ihr geht es nicht anders als mir, sie verzichtet dankend«, sagte Gudrun, ohne sich dabei umzudrehen. Auch sie ging jetzt schneller, aber nur, weil Mira sie zog.

»Das arme Ding«, hörten sie den Herrn spotten. Er war wohl stehen geblieben, seine Stimme kam jetzt aus einiger Entfernung. »So jung und stumm. Es ist ein Jammer.«

Mira spürte, dass sie rot wurde. Sie hätte so gerne etwas entgegnet, etwas Freches, Unverschämtes, wie es Gudrun immer einfiel. Ehe sie richtig darüber nachdachte, was sie tat, drehte sie sich um. Der junge Mann war ihr näher, als sie es erwartet hatte. Die roten Lippen unter dem dünnen Strich des Schnurrbartes grinsten sie erwartungsvoll an. Sie merkte, wie ihr Gesicht noch heißer wurde, aber vielleicht sah er es nicht, es wurde ja langsam dunkler. Sie musste jetzt etwas sagen. Sie holte tief Luft. »Ich bin aber gar nicht stumm«, sagte sie.

Das Grinsen erstarrte. Gott, wie dämlich, dachte Mira, während sie Gudruns Arm noch fester umklammerte. Etwas Dümmeres hätte ich nicht sagen können.

Gudrun legte ihren Arm um sie, als sie das Gelände der Berg- und Talbahn verließen. »Dem hast du es aber gegeben«, spottete sie.

»Hör auf«, sagte Mira betreten. »Hätte ich doch nur den Mund gehalten.«

»Komm, ich glaube, er hat es nett gemeint«, meinte Gudrun. »Vielleicht hättest du mit ihm noch eine Runde drehen sollen.«

Mira schüttelte den Kopf und antwortete nicht.

»Nimm's nicht so schwer«, sagte Gudrun nach einer Weile.

»Was?«, fragte Mira.

»Das Leben«, sagte Gudrun.

Sie aßen ein Paar Knackwürste mit Mostrich und Brot, während sie am Rhein entlangspazierten. Auf dem Fluss fuhr ein Dampfschiff vorbei, das Holzstämme geladen hatte und so tief im Wasser lag, als ginge es gerade unter. Einer der Matrosen an Bord winkte zu ihnen herüber. Gudrun winkte zurück.

Sie trug ein rotes Sommerkleid mit Tupfen, einen hellblauen Seidenschal und einen schmal geschnittenen Topfhut, der ein bisschen wie die Ledermütze eines Automobilfahrers aussah. Das Kleid hatte sie schon im letzten Sommer getragen und im Sommer davor auch, aber nun hatte sie den Saum gekürzt und die Ärmel enger gemacht. Es sah aus wie neu.

»Jetzt geht es mir wieder besser.« Gudrun warf das Pappkärtchen, auf dem die Wurst und das Brot gelegen hatten, ins Wasser. Das weiße Rechteck dümpelte auf den Wellen wie ein

Floß mit einem Klecks Mostrich als Passagier. Als es ein Stück abgetrieben war, stieß eine Möwe aus der Luft herab, eine Weile lang schwebte sie über dem seltsamen Boot und schien darüber nachzudenken, ob es essbar wäre, aber dann zog sie unverrichteter Dinge wieder ab.

»Was macht dein Modesalon?«, fragte Mira.

»Die Räume sind angemietet. Jetzt müssen sie umgebaut und dekoriert werden. Und die ganzen Anschaffungen, die noch zu erledigen sind! Im Oktober werde ich wohl loslegen können.«

»Im Oktober erst. Aber bei Tietz bist du nur noch bis zum Wochenende!«

»Gott sei Dank! Die Zeit wird mir bestimmt nicht lang werden, bei all den Dingen, die noch auszuführen sind.«

»Aber wovon wirst du leben? Du musst doch auch deine Miete bezahlen. Hast du denn genügend Ersparnisse?«

Gudrun antwortete nicht, sondern strich nur gedankenverloren über die Knopfleiste ihrer Bluse, ihre Finger drehten die Knöpfe, als wollte sie sicherstellen, dass sie noch fest saßen.

Pressmann also, dachte Mira.

Ein paar Minuten lang gingen sie schweigend nebeneinander her. »Weißt du was?«, meinte Gudrun auf einmal. »Wir gehen noch in den Roten Kakadu. Warst du schon einmal dort?«

»Was soll das sein? Ein Restaurant?«

»Eine Bar. Oder eine Südseehütte. Ganz wie du willst. Das musst du gesehen haben.«

»Ich weiß nicht. Ich muss morgen schließlich arbeiten.«

»Und ich vielleicht nicht? Komm, ich spendiere dir auch einen Cocktail.«

Der kleine rote Pavillon mit dem halbrunden Blechdach erinnerte tatsächlich an eine Negerhütte auf einer Südseeinsel. Oben auf dem Dach blinkten Leuchtbuchstaben. KAKADU. WEINHAUS stand in großen Lettern links neben der Tür. AMERICAN BAR verkündeten die Buchstaben auf der rechten Seite.

Drinnen war es recht düster, nur unter der Decke hing eine Kette aus bunten Papierlampions, die die Form tropischer

Früchte hatten und ein schummriges Licht verbreiteten. Alles war rund im Roten Kakadu, der Raum selbst, die Theke in der Mitte, die einen Ring bildete, die Tische, die mit Girlanden aus Kunstblumen verziert waren, die Stühle und die Barhocker.

Die Luft zitterte vor weißgrauem Zigarettenrauch, der oben von den Lampions bunt angestrahlt wurde. Sämtliche Tische waren besetzt, nur an der Bar waren noch ein paar Hocker frei. Gudrun ging voran, und Mira folgte ihr.

Sie hatte das Gefühl, dass alle Augen im Raum auf sie gerichtet waren. Zwei Mädchen ohne Begleitung. Irgendjemand schnalzte mit der Zunge, vielleicht hatte es ja gar nichts mit ihnen zu tun, aber vielleicht doch.

»Was willst du trinken?«, fragte Gudrun. Sie nahm ihren Hut ab und warf den Kopf schwungvoll nach hinten, so dass sich ein paar Strähnen aus ihrer Frisur lösten und auf ihre Schultern fielen. Dabei lächelte sie dem Barmann zu, der zurückzwinkerte, als wären sie alte Bekannte. Über seinem Kopf hing ein ausgestopfter Kakadu, der auf einer Art Triangel saß und aus glasigen Augen auf Mira hinunterstarrte. »Zwei Manhattan«, bestellte Gudrun, obwohl Mira noch nichts geantwortet hatte. Der Kellner kippte schwungvoll verschiedene Flüssigkeiten in einen Mischbecher, schüttelte und rüttelte und füllte das Ganze schließlich in zwei zierliche Kelchgläser.

»Sehr zum Wohl, die Damen«, sagte er und zwinkerte Gudrun dabei wieder zu. Er war blond und blass und sah kein bisschen aus wie ein Südseeinsulaner.

»Na, dann Prost.« Gudrun hob ihr Glas.

»Wohl bekomm's«, antwortete eine Männerstimme hinter ihnen. Es war der junge Mann mit dem dünnen Schnurrbart, den sie vorhin an der Berg- und Talbahn gesehen hatten.

»Sie schon wieder«, sagte Gudrun, während der Kerl sich neben ihr über die Theke lehnte. »Sind Sie uns nachgegangen?«

»Wo denken Sie hin!« Der Mann signalisierte dem Kellner etwas, zwei Finger bildeten zuerst ein V, dann wiesen die Fingerspitzen nach unten. Der Barmann nickte und machte sich an die Arbeit, offensichtlich war es ein Zeichen für einen Cocktail.

»Aber vielleicht sind *Sie* ja mir gefolgt«, meinte der Mann dann zu Gudrun, wobei er sich zu ihr drehte und seinen Ellenbogen auf die Theke stützte.

»Das hätten Sie wohl gerne«, gab Gudrun zurück.

Der Mann zuckte mit den Achseln. »Ich muss nun leider …«, meinte er, er deutete vage nach hinten in den Raum und zog die Augenbrauen hoch. »Meine Begleitung wartet.«

»Jammerschade«, meinte Gudrun, als er mit seinen Cocktails zurück zu seinem Tisch ging.

»Wie meinst du das?« Mira nahm jetzt erst den ersten Schluck von ihrem Getränk. Es schmeckte süß, aber auch ein bisschen herb, sie hatte noch nie etwas Ähnliches getrunken.

»Dass er in Begleitung hier ist«, sagte Gudrun. »Vorhin war er doch noch alleine.« Sie verdrehte ihren langen Hals, dehnte die Arme, als wollte sie sich strecken, gähnte und blinzelte gleichzeitig verstohlen in die Richtung, in die er verschwunden war. »Obwohl … es ist ein Mann.«

»Ein Mann? Natürlich ist er ein Mann.«

»Seine Begleitung. Er ist mit einem Mann hier.«

»Ach so. Was interessiert dich das? Der Kerl ist doch so aufdringlich.« Mira nahm noch einen Schluck. Ihr Glas war schon fast leer.

»Er ist doch lustig. Und ich glaube, er interessiert sich für dich.«

»Für mich!« Mira trank den Rest. Gudrun bestellte zwei neue Cocktails, die anders schmeckten als die Manhattans, aber genauso gut.

Als der Barmann die leeren Gläser wieder mitnahm, spürte Mira sich seltsam schwerelos, ein bisschen wie vorhin auf der Berg- und Talfahrt.

»Noch einen«, sagte Gudrun. »Aber einen, den ich auch noch nicht kenne.«

Der dritte Cocktail schmeckte nach Petroleum, fanden sie beide, obwohl keine von ihnen jemals Petroleum getrunken hatte.

»Jetzt reicht es«, sagte Mira. »Lass uns nach Hause gehen.« Sie blickte nach oben zu dem Kakadu auf seiner Stange. Er schaukelte behutsam hin und her, oder bildete sie sich das nur ein?

»Einen letzten noch«, sagte Gudrun und winkte gleichzeitig dem Barmann. »Mit diesem Ekel erregenden Geschmack im Mund gehe ich nicht heim.«

Sie wollten gerade aufstehen, als ihnen der Barmann noch zwei Cocktails servierte. »Von dem Herrn an der Tür«, erklärte er.

»Nein«, sagte Mira. »Das geht unter keinen Umständen.«

Sie schob ihr Glas zurück, mit viel mehr Schwung, als sie es beabsichtigt hatte. Die rötliche Flüssigkeit schwappte über den Glasrand auf die Theke.

»Schade drum«, sagte der Mann mit dem dünnen Schnurrbart, der auf einmal neben ihr stand.

»Prost«, sagte Gudrun und hob ihr Glas. »Komm Mira, gib dir einen Ruck. Es ist nur Alkohol.«

Mira schüttelte den Kopf und merkte zu ihrem Entsetzen, dass sich dadurch der ganze runde, schummrige Raum in Bewegung versetzte. Er hörte auch gar nicht mehr auf zu schwanken und zu wanken, obwohl sie jetzt ganz still dasaß, die Hände fest um den Rand der Bar geklammert.

»Kommen Sie, Mira«, sagte der Mann neben ihr, als ob sie einander schon lange kennen würden.

Er schob ihr ihren Cocktail wieder hin und hob sein eigenes Glas. Er trank, und Gudrun trank, und Mira seufzte und nahm ebenfalls einen großen Schluck, dann setzte sie das Glas ab und schüttelte den Kopf. Was genug ist, ist genug, wollte sie sagen, aber sie schluckte die Worte lieber hinunter, weil sie sich plötzlich sicher war, dass sie über die Silben stolpern und sich wieder lächerlich machen würde.

Der Raum begann sich langsam zu drehen, immer in dieselbe Richtung, wie ein Kinderkarussell mit bunt bemalten Pferdchen und Schwänen. Hin und wieder tauchte der Papagei auf seiner Triangelstange auf, er schien Mira höhnisch zuzunicken. Ich will nach Hause, dachte sie verzweifelt, wenn ich nur schon zu Hause wäre. Aber solange sich der Raum so drehte, würde sie nicht einmal den Ausgang finden. Also ließ sie die runden Wände, die Lampions und die Kunstblumen und den ausgestopften Vogel um sich herumziehen und wartete darauf, dass sie wieder nüchtern wurde oder ohnmächtig. Gudrun unterhielt sich mit dem Schnurrbart, aber Mira konnte der Unterhaltung nicht folgen, sie musste sich ganz darauf konzentrieren, dass sie nicht vom Stuhl fiel, denn das Karussell drehte sich jetzt immer schneller und schneller.

»Ihre Freundin ist ganz gewiss anderer Meinung«, hörte sie den jungen Mann plötzlich sagen, und im selben Moment stand das Karussell still. Zu ihrem Entsetzen stellte sie fest, dass beide sie ansahen, Gudrun und der Mann, der Franz hieß, so viel hatte sie immerhin noch mitbekommen. Offensichtlich warteten sie darauf, dass Mira etwas entgegnete. Worüber sie wohl gesprochen hatten? Mira räusperte sich. Der Raum setzte sich wieder in Bewegung, aber nun drehte er sich in die andere Richtung, und die beiden Gesichter drehten sich mit. Gudrun sah ein bisschen besorgt aus. Franz dagegen wirkte amüsiert.

»Mira?«, fragte Gudrun.

»Nein«, sagte sie. »Ich meine ja. Ach, ich weiß es doch selbst nicht.«

»Ich bringe Sie jetzt nach Hause«, meinte Franz.

Am nächsten Morgen konnte Mira nicht zur Arbeit gehen. Sie war gleich aufgestanden, als der Wecker geklingelt hatte. An der Waschschüssel wusch sie sich das Gesicht, die Stirn, hinter der es dröhnte und schmerzte. Danach dachte sie kurz darüber nach, ob sie etwas frühstücken sollte, und dann erbrach sie sich zum ersten Mal. Hinterher machte sie das Fenster auf und atmete die warme Morgenluft ein, die sich über dem Dach zu stauen begann. Vier Atemzüge und sie musste sich wieder übergeben.

Wie soll ich den Leuten in diesem Zustand nur ihr Essen servieren? dachte sie, während sie sich wieder das Gesicht wusch. Plötzlich sah sie einen Teller mit Schweinebraten und runden gelblichen Kartoffelklößen vor sich, und bevor sie das Bild wieder vertreiben konnte, roch sie die fettige braune Soße, und dann hing sie wieder über dem Eimer.

Irgendwann würgte sie nur noch, aber sie erbrach nicht mehr als wässerigen Schleim, weil sämtliche Cocktails und alles, was sie gegessen hatte, ihren Magen längst verlassen hatten. Ihr Körper wollte das jedoch nicht einsehen, er versuchte, sich von innen nach außen zu kehren.

Später lag sie im Bett, einen nassen Lappen auf der Stirn, und versuchte zu schlafen. Aber ihr Körper war so leer und kraftlos, sie konnte die Gedanken nicht abwehren, die aus allen Richtungen in ihren Kopf drängten und sich darin breit machten. Ich muss doch in der Rheinterrasse Bescheid geben, dass ich nicht kommen kann, dachte sie. Auf der Haroldstraße war ein Postamt, aber wie sollte sie dahin kommen? Allein bei dem Gedanken wurde ihr Hals wieder ganz eng und ihr Mund trocken.

Herr Kiesemann, der Betreiber der Rheinterrasse, sagte aber, dass es immer eine Möglichkeit gab, wenn man nur willens war und seine Verpflichtungen nicht auf die leichte Schulter nahm. Herr Kiesemann hat keine Ahnung, dachte Mira kraftlos. Wenn ich jetzt aufstehe, sterbe ich. Soll er mich eben kündigen. Sie beschloss, nicht mehr an Herrn Kiesemann zu denken, und überlegte stattdessen, wie sie in der letzten Nacht heimgekommen war. *Ich bringe Sie jetzt nach Hause*, hatte dieser Franz im Roten Kakadu gesagt, daran erinnerte sie sich noch, aber danach versank alles in dichtem weißem Nebel. Ihr Kopf drehte sich, wenn sie darüber nachdachte. Sie waren in ein Automobil gestiegen, aber sie konnte sich nicht erinnern, ob Franz gefahren war oder ein Taxichauffeur. Hatten sie zuerst Gudrun nach Hause gebracht, die hinter der Husarenkaserne auf der Deichstraße wohnte? Das war ihre größte Sorge. Denn wenn Gudrun zuerst ausgestiegen war, dann war sie mit Franz allein im Automobil gewesen. Nein, versuchte sie sich zu beruhigen, Gudrun wusste doch, wie es um mich stand, sie hätte mich nicht mit ihm ziehen lassen. Aber Gudrun hat genauso viel getrunken wie du, flüsterte ihr eine gehässige Stimme zu. Und selbst wenn sie stocknüchtern ist, ist kein Verlass auf sie.

Der Gedanke brachte Mira wieder vor dem Eimer auf die Knie. Ich will nicht mehr denken, ich kann nicht mehr denken, dachte sie, als sie zurück im Bett war. Ich will schlafen.

Und sie schlief.

Vielleicht drei oder vier Minuten lang, bis sie das Klopfen an der Tür wieder in die grelle Wirklichkeit riss. Sie saß sofort aufrecht im Bett, die Augen weit aufgerissen. Es ist dieser Franz, dachte sie und hielt den Atem an, damit er sie draußen im Flur nicht hören konnte. Dann klopfte es wieder, und gleichzeitig wurde ihr Kopf klarer. Er würde doch jetzt nicht auftauchen, nicht um diese Zeit. Es war jemand anderes, Gudrun oder Frau Kanzler, ihre Zimmerwirtin, die sich erkundigen wollte, warum Mira nicht zur Arbeit gegangen war. Wenn es Gudrun ist, kann sie für mich zum Postamt gehen und in der Rheinterrasse anrufen, dachte Mira.

»Wer ist da?« Ihre Stimme klang, als hielte sie den Kopf unter Wasser.

»Mirabella?«

Mira schloss die Augen und ließ sich zurück aufs Kopfkissen fallen. Ihre Mutter! Sogar dieser Franz wäre ihr jetzt noch lieber gewesen. Den hätte sie wenigstens abwimmeln können, wohingegen ihre Mutter …

»Mirabella!« Die Stimme im Treppenhaus klang jetzt ungeduldig. »So öffne doch endlich! Ich stehe mir hier die Füße in den Leib.«

Miras Kopf drehte sich, als sie den Riegel von der Tür zurückschob. Ihre Mutter drängte sich in den kleinen Raum und füllte ihn sofort mit ihrer ruhelosen Energie aus. Sie trug einen grünen Mantel und ein fliederfarbenes Kleid, das viel zu weit ausgeschnitten war. Auch wenn das jetzt die Mode war, so war das doch nichts für eine Frau, die die Vierzig überschritten hatte. »Hier riecht es nicht gut«, sagte sie und zog dabei angewidert Luft durch ihre Nasenlöcher.

»Mir geht es auch nicht gut«, sagte Mira, während sie wieder ins Bett stieg.

»Bist du krank, Mirabella?«

Mirabella – wie sie den Namen hasste! Als Kind hatte sie darunter gelitten wie unter einer schlimmen Krankheit. *Pfläumchen* hatten die anderen Kinder sie immer gerufen. Heute nannte sie sich Mira, das ging, weil niemand wusste, wie sie wirklich hieß.

Sie drehte den Kopf zur Seite und spürte dennoch, wie die schwarz geschminkten Augen ihrer Mutter über ihr Gesicht wanderten. Mira hatte das unsinnige Gefühl, dass die Luft um sie herum leise summte, als sei sie elektrisch aufgeladen.

»Woher wusstest du, dass ich nicht bei der Arbeit bin? Hat Gudrun gesagt, dass du nach mir sehen sollst?« Zum Teufel mit Gudrun! Warum war sie nicht selbst gekommen, statt ihr ihre Mutter auf den Hals zu hetzen?

»Gudrun?« Ihre Mutter zog die Brauen hoch, als hörte sie den Namen zum ersten Mal. »Nein, nein. Ich habe es doch gespürt, dass etwas nicht in Ordnung ist mit dir.«

Mira machte die Augen wieder zu und stieß den Atem aus. Ihre Mutter und die Übersinnlichkeit. Nein, sie wollte sich nicht darüber ärgern, wenn sie sich ärgerte, wurde ihr nur wieder schwindelig und schlecht, und sie hatte keine Kraft mehr, sich zu übergeben.

»Ich mache dir Tee.« Ihre Mutter riss das Küchenbüffet auf und begann darin zu herumzuwühlen, auf der Suche nach der Teekanne, die jedoch oben in der Ofenklappe stand.

Wenn sie sie nicht findet, geht sie vielleicht, dachte Mira, aber ihre Mutter gab nicht auf, sie klapperte und schepperte weiter und hörte dabei nicht auf zu reden. Mira beschloss, sie einfach zu ignorieren. Sie atmete tief und ruhig ein und aus. Und es wirkte. Zuerst hörte das Klappern und Scheppern auf, dann wurde ihre Mutter leiser und leiser, und schließlich schlief sie wieder.

»Trink, das wird dir gut tun.« Die dampfende Teetasse vor Miras Gesicht verströmte einen abscheulichen Geruch. Sie spürte die weiche, kraftvolle Hand ihrer Mutter in ihrem Nacken, unter den Haaren. So hatte sie sie auch früher gehalten, als Kind, wenn sie krank gewesen war. Nur der Tee hatte anders gerochen.

Vielleicht war es die Erinnerung, die Mira dazu brachte, einen Schluck zu nehmen. Der bittere Geschmack brachte sie fast wieder zum Erbrechen, aber als er einmal in ihrem Magen angekommen war, fühlte sie sich wirklich besser.

»Ah«, machte sie. Das Geräusch entfuhr ihr, ehe sie es verhindern konnte.

»Na siehst du!«, sagte ihre Mutter und lächelte.

»Warum lässt du mich nicht in Ruhe?« Mira sah mit einer gewissen Befriedigung, wie das Lächeln wieder verschwand.

»Ich will dir doch helfen.« Ihre Mutter stellte die halb leere Tasse auf den Nachttisch. An den nach oben gebogenen Enden ihrer Wimpern saßen kleine Klümpchen schwarzer Schminke.

Sie sieht unmöglich aus mit ihren geschminkten Augen und den gefärbten Haaren, dachte Mira.

»Du kannst in der Rheinterrasse anrufen, dass es mir schlecht geht«, sagte sie. »Dadurch hilfst du mir am meisten.«

»Diese erbärmliche Serviererei! Damit ruinierst du dir nur die Gesundheit, Mirabella.«

»Damit verdiene ich die Miete und alles andere auch. Und du profitierst oft genug von meinen Einkünften. Vor allem am Monatsende kommt dir meine erbärmliche Serviererei sehr gelegen.«

Ihre Mutter betrachtete mit gerunzelter Stirn eine Postkarte, die Mira mit einer Reißzwecke an die Wand gesteckt hatte. *Sommergrüße aus Stettin* stand in schwungvollen Lettern über dem Bild einer winkenden Schönheit. »Wer schreibt dir denn aus Stettin?«, fragte sie, als hätte sie Miras letzte Worte nicht gehört.

Die Karte war von einer Bekannten, die sich verheiratet hatte und nach Pommern gezogen war. Mira hatte sie aufgehängt, um einen Fleck auf der Wand zu verbergen. Aber sie wollte jetzt weder über die Bekannte reden noch über den Fleck. Sie wollte überhaupt nicht reden.

»Tust du mir nun den Gefallen oder nicht?«, fragte sie.

»Gleich.« Ihre Mutter ging zum Fenster und riss die beiden winzigen Flügel so weit auf, dass sie beängstigend knarrten. »Ich habe einen Großauftrag von Austermühl bekommen.«

Austermühl, das war die Hutfabrik, für die ihre Mutter als Putzmacherin arbeitete. Aber weil ausladende, verzierte Hüte schon vor dem Krieg aus der Mode gekommen waren, hatte sie meist sehr wenig zu tun. Mira fragte sich, warum sie die Hutmacher überhaupt noch beschäftigten, vielleicht hatten sie Mitleid mit ihr, oder sie fanden wirklich Gefallen an den exzentrischen Dekorationen, die sie für sie entwarf. Aber gleich ein Großauftrag?

»Vier Dutzend Hüte«, erklärte ihre Mutter. »Sie müssen bis zum Ende des Monats fertig sein.«

»Und warum erzählst du mir das?«

»Ich dachte, du willst dir vielleicht ein paar Groschen dazu verdienen.«

»Mutter!«, sagte Mira. Sie musste sich jetzt richtiggehend zusammenreißen, damit sie nicht laut wurde. »Ich habe als Servierfräulein ein gutes Auskommen und überdies mehr als genug zu tun.«

»Schon recht.« Ihre Mutter hob beide Hände, dann ließ sie sie wieder fallen. »Aber vielleicht kennst du jemanden, der mir behilflich sein könnte.«

»Frag Gudrun. Sie weiß bestimmt jemanden.« Mira schloss die Augen und drehte den Kopf zur Wand. Die Übelkeit war nicht weg, sie hockte irgendwo in ihrem Bauch und lauerte. »Oder warte … Kiesemann hat vor einigen Wochen einem Mädchen gekündigt … Hilde Kanzinger. Sie wohnt in der Concordiastraße. Numero zehn, wenn ich mich nicht irre.«

»Ist sie geschickt?«, fragte ihre Mutter.

»Ich denke schon«, sagte Mira, obwohl sie sich nur noch daran erinnerte, dass Hilde furchtbar nach Schweiß gestunken hatte. Das war auch der Grund gewesen, warum sie Herr Kiesemann gleich ein paar Tage nach ihrer Einstellung wieder entlassen hatte. Auch wenn es so natürlich nie gesagt worden war.

»Concordiastraße 10«, wiederholte ihre Mutter. »Das ist gleich um die Ecke.«

»Aber ruf vorher in der Rheinterrasse an! Versprichst du mir das?«

»Natürlich.«

Natürlich hatte ihre Mutter nicht angerufen. *Die Telefonverbindung war gestört. Das dumme Ding, das den Anruf entgegengenommen hat, hat vergessen, es auszurichten. Ich hatte auf dem Weg zum Postamt eine böse Vorahnung.* Irgendeine Ausrede hätte sie Mira präsentiert, wenn diese sie auf die Sache angesprochen hätte. Aber Mira sprach sie nicht darauf an. Sie ließ Herrn Kiesemanns Vorwürfe schweigend über sich ergehen. Während er redete, starrte sie auf ihre Fußspitzen und verwünschte ihre Mutter, auf die man sich nicht verlassen konnte, und Gudrun, die ihr das Ganze eingebrockt hatte, und sich selbst, weil sie so schwach war. Sie wurde aber nicht gekündigt, obwohl draußen vor der Tür Hunderte von Mädchen auf eine Anstellung wie ihre warteten, wie Herr Kiesemann sagte.

Mira zog das Tablett zu sich heran, das der Koch aus der Küche geschoben hatte. Vier Teller mit Kalbsbraten und Kartoffeln. Ihre Oberarme brannten, als sie es hochhob und sich einen Weg durch den eng besetzten Raum zur Terrasse bahnte.

Während sie ging, wandte sie den Kopf zur Seite, um den Geruch der Bratensoße nicht einatmen zu müssen. Sie wurde allein vom Servieren satt bis zum Überdruss. Bei den ersten Gerichten, die sie mittags auftrug, knurrte ihr Magen noch, und das Wasser lief ihr im Mund zusammen. Aber mit jedem Teller, den sie nach draußen schleppte, wurde ihr Hunger kleiner, erst fühlte sie sich satt, und dann begann sie sich zu ekeln. Schweinebraten, Rindsrouladen, Würste, Gulasch, Pannhas. Stampfkartoffeln, Spiegelei, Blumenkohl und grüne Bohnen. Zum Nachtisch Eierkuchen, Obstmus oder Torte. Die Leute aßen, als stünde ein neuer Krieg ins Haus, als gäbe es kein Morgen. Am nächsten Tag waren sie wieder da und stopften sich die Bäuche von neuem voll. Sie aßen und sahen dabei den Turnern zu, die sich unten auf den Rheinwiesen in langen Reihen aufstellten, die Rücken gerade, die Arme nach vorn. Und dann Rumpfbeugen, Kniebeugen, Liegestütz, alle im Gleichtakt und mit seltsam vorwurfsvollen Gesichtern. Als missbilligten sie ihre glotzenden, fressenden Zuschauer auf der Rheinterrasse, für die sie ihre Übungen doch aufführten.

»Fräulein, zahlen!« Eine ungeduldige Frauenstimme legte sich über den Klangteppich aus Worten, Besteckklappern, Lachen, Gläserklirren. Miras Augen flogen in ihre Richtung, es war der Tisch rechts neben der Tür. »Ich komme!«, rief sie und hoffte, dass die Frau sie hörte, dass sie nicht einfach aufstand und ging, wie neulich ein ganzer Tisch von Gästen, für deren Zeche Mira dann hatte aufkommen müssen.

Ihre Oberarme zitterten, als sie die Teller mit dem Braten auf dem Tisch abstellte. »Das wurde aber auch Zeit«, knurrte ein hagerer Mann, während er sein Essen so wachsam durch ein Monokel betrachtete, als habe er Angst, dass es plötzlich vom Teller springen und davonlaufen könnte.

»Es ist ein großer Andrang«, wandte seine Frau ein. Sie war ebenso hager, aber viel kleiner, mit einem faltigen, freundlichen Gesicht. Auf dem Kopf trug sie einen breiten Strohhut mit einem rosa Band, der zu mädchenhaft für sie war. »Und das Wetter bringt einen recht zum Schwitzen.« Sie zog ein winziges weißes Taschentuch aus der Handtasche und tupfte sich über die Oberlippe. Als sie lächelte, sah Mira ihre langen, gelben Zähne. Jemand sollte ihr sagen, dass ihr der Hut nicht steht, dachte Mira, während sie sich schon wieder abwandte.

Schließlich hatte sie keine Zeit zu verlieren. Zuerst die Rechnung für die Frau, die gerufen hatte, und dann zu Tisch sieben, an dem die Gäste endlich bestellen wollten. Und der Herr an Tisch zwölf wartete noch auf sein Bier, wahrscheinlich war es längst gezapft und stand schon auf der Theke.

Auf der Sommerterrasse standen die Tische in drei Reihen, jeweils sieben hintereinander, und mittags waren so gut wie alle besetzt. Mittags bedienten sie zu dritt hier draußen, Mira, Elsbeth und Emmi, aber am Nachmittag wechselten jeweils eine ins Weinlokal und ins Kaffeerestaurant, und die Dritte bediente die Tische allein weiter.

Vorne an der Brüstung war ein Tisch frei geworden, bemerkte Mira aus dem Augenwinkel, während sie nach drinnen eilte. Hatten sie bezahlt oder waren sie einfach gegangen? Sie konnte sich nicht an die Gesichter erinnern, aber die Gerichte fielen ihr wieder ein. Forelle blau mit Pellkartoffeln und Gulaschsuppe. Eine Mark achtundneunzig. Nein, es war alles in Ordnung, sie hatte die Herrschaften vorhin noch abkassiert.

Das Sommerrestaurant war der größte Saal der Rheinterrasse – und der schönste, wie Mira fand. Obwohl der Raum natürlich bei weitem nicht so beeindruckend war wie der goldene Kuppelsaal und der Weinsalon mit seinen deckenhohen Wandgemälden. Aber im Sommerrestaurant gab es riesige Glasfenster, durch die die Sonne hereinfiel und Streifenmuster und Ornamente auf den dunklen Eichenboden malte. Die Glasfassade löste den Raum zur Terrasse hin auf, außen und innen wurden eins. Wenn es draußen sehr warm war, drückte die Sonne allerdings derart durch die Fenster, dass es schon mittags unerträglich heiß wurde. Heute war es sehr warm, und Mira hätte zu gerne ihre weiße Schürze ausgezogen oder wenigstens die obersten Knöpfe der Bluse geöffnet, aber das war natürlich undenkbar.

Auf dem Brett über der Essensausgabe hingen die Bestellzettel der Serviermädchen, aufgespießt auf lange Nägel wie tote Schmetterlinge. Die Mädchen schrieben die Bestellungen auf und gaben die Zettel in der Küche ab, und hinterher steckte der Koch die einzelnen Blätter an das Brett, wo die Mädchen sie wieder abrupften, wenn es ans Kassieren ging. Es standen aber keine Wörter auf den Zetteln, sondern Nummern und Zeichen. Die 1 stand für Rindsrouladen mit Kartoffeln, 2 für Blutwurst mit Knödeln, 3 für Gulaschsuppe und immer so weiter. Ein Kreuz bedeutete Perlwein, ein Stern Moselwein. Ein Kreis Altbier. So ging alles schneller und das war entscheidend. Denn die Rheinterrasse war ein modernes Restaurant. Eine Ess-Fabrik. Und wir Serviermädchen sind die Maschinen, dachte Mira.

Als er nachmittags auf der Terrasse auftauchte, erkannte sie ihn zuerst nicht wieder. Er trug einen Strohhut, der einen Schatten auf sein Gesicht warf, so dass man den dünnen Schnurrbart auf der Oberlippe kaum sah. Sein Lächeln kam ihr vertraut vor, aber bevor sie sich erinnern konnte, wo sie es schon einmal gesehen hatte, hatte sie seine Bestellung schon aufgenommen und war zum nächsten Tisch geeilt.

»Mira«, sagte er, als sie ihm sein Besteck brachte, Messer, Gabel, Löffel und die Serviette. »Was ist, sind Sie wieder verstummt?«

»Franz!« Sie spürte, wie das Blut in ihrem Gesicht pulsierte. War er ihretwegen hierher gekommen?

»Ich wusste gar nicht, dass Sie hier arbeiten«, erwiderte er, als habe sie die Frage laut ausgesprochen.

»Ich bediene hier«, sagte Mira. Wieder so ein dummer Satz, es war ja offensichtlich, dass sie hier bediente und nicht seiltanzte oder jonglierte. Ihre Wangen glühten jetzt und sein Grinsen wurde noch breiter.

»Und ich esse hier«, meinte er. »Wie sich das trifft.«

»Ich muss nun aber wieder …« Sie machte eine rasche Kopfbewegung in Richtung Küche. Während sie zurückging, konnte sie seine Blicke auf ihrem Körper spüren. Es gefiel ihr nicht, dass er hierher kam und sie so ansah, wie er sie ansah, aber was konnte sie machen? Die Rheinterrasse war ein öffentlicher Ort, und er war hier Gast, und der Gast ist König, sagte Herr Kiesemann immer.

»Kannst du meine Tische auf der Terrasse übernehmen, dann mache ich für dich hier drinnen weiter?«, fragte sie Amelie, die sie bei der Essensausgabe traf.

»In einer halben Stunde können wir tauschen. Aber den Tisch am Fenster bediene ich noch zu Ende, da gibt's ein saftiges Trinkgeld, ich kann es förmlich riechen«, meinte Amelie, während sie die Augen nicht von ihren nichts ahnenden Opfern auf der anderen Seite des Restaurants ließ. »Was ist los?«, fragte sie, als Mira seufzte. »Hast du Ärger mit einem Gast?«

»Schon gut.« Mira nahm einen Teller mit Rindfleischsuppe in Empfang und rupfte den dazugehörigen Bestellzettel vom Nagel an der Wand. »Es ist nur ein lästiger Bekannter.«

»Ignorier ihn einfach.« Amelie blinzelte ihr aufmunternd zu.

Nein, beschloss Mira, sie würde diesen Franz nicht ignorieren, sie würde der Sache jetzt ein Ende bereiten, ein für alle Mal, auch wenn die Rheinterrasse dadurch einen Gast verlor. Man musste sich schließlich nicht alles bieten lassen. »Hören Sie, Franz«, begann sie entschlossen, während sie den Teller vor ihm abstellte.

»Otto«, sagte Franz und lächelte.

»Wie bitte?«, fragte Mira irritiert.

»Nennen Sie mich Otto«, sagte Franz.

»Warum soll ich Sie Otto nennen? Heißen Sie denn nicht Franz?«

»Franz ist mein Nachname. Also entweder *Herr* Franz oder Otto, so bin ich getauft. Otto ist mir allerdings lieber.«

Ihr Gesicht war heißer als heiß. Es dampfte förmlich vor Hitze wie die Suppe auf dem Tisch.

»Also, was gibt es?«, fragte Franz oder vielmehr Otto.

»Kommen Sie nicht mehr hierher«, stieß Mira hervor. Dann drehte sie sich um und ging einfach weg. Ihr Gesicht glühte, ihr Herz raste, ihre Knie zitterten, sie war eine Inkarnation der Lächerlichkeit.

Als sie abends das Restaurant verließ, lehnte er am Sockel des Obelisken auf dem Vorplatz und wartete auf sie. »Nur eine Frage, dann sind sie mich los. Ich verspreche es«, hörte sie ihn rufen, während er mit halb erhobenen Händen auf sie zuging wie auf ein scheues Pferd. »Ich würde Ihre Freundin Gudrun gerne wieder sehen, aber ich weiß nicht, wo ich sie finden kann.«

Gudrun also, dachte sie und spürte zu ihrer Verwunderung keine Erleichterung, sondern einen Stich in ihrer Brust. Er war an Gudrun interessiert, nicht an ihr. Das war natürlich nichts Ungewöhnliches, es war niemals anders gewesen. Ob Pressmann oder Otto Franz, die Männer drehten sich nach Gudrun um und wollten sie kennenlernen, nach Mira schaute keiner.

«Aber Sie wissen doch, wo Gudrun wohnt. Letzte Woche haben Sie uns doch nach Hause gebracht.«

Sein Lächeln wurde zu einem breiten Grinsen. »Ich habe Ihnen die Droschke gerufen, aber mitgefahren bin ich nicht. Oder haben Sie irgendwelche Erinnerungen, die das Gegenteil besagen?«

»Ich? Nein, natürlich nicht!« Sie hatte überhaupt keine Erinnerungen an die Fahrt, und das wusste er auch, der unverschämte Kerl.

»Richten Sie Gudrun also aus, dass ich sie gerne sehen würde?«

»Sicher. Aber ich kann nichts versprechen. Sie ist sehr beschäftigt.«

Sie sah ihm nach, wie er in Richtung Rheinhalle davonschlenderte. Seine Beine wippten leicht beim Gehen, und seine Arme bewegten sich im Takt dazu, es sah aus, als tanzte er weg.

III.

Mira hätte direkt am Restaurant in die Elektrische einsteigen können, aber die Besuchermassen drängten sich so dicht auf dem Trottoir, dass sie es vorzog, durch die Altstadt zum Hindenburgwall zu gehen. Die holprigen Kopfsteinstraßen lagen still und verlassen da, und über den engen Gassen beugten sich die hohen Gebäude zueinander. Nur vor dem Uerige standen ein paar Männer und hielten sich an ihren Biergläsern fest.

Wie antiquiert die verwinkelten Gassen mit den schiefen Häusern wirkten im Vergleich zu den stolzen, neuen Ausstellungsgebäuden am Rheinufer. Mira fragte sich wirklich, warum überhaupt noch jemand in diese verräucherten, düsteren Altstadtkneipen ging, wenn man stattdessen in der Rheinterrasse essen konnte, wo alles hell, sauber und modern war. Mit Schaudern erinnerte sich Mira an den Goldenen Ochsen, wo sie vor einem halben Jahr noch gearbeitet hatte. An die verstaubten Spinnweben über der Theke. Nein, da war die Rheinterrasse doch wirklich etwas ganz anderes.

Als Herr Kiesemann sie damals eingestellt hatte, hatte sie sich gefreut, als habe sie in der Lotterie gewonnen. Zweiundzwanzig Mark verdiente sie in der Woche, fünf Mark mehr als Gudrun im Kaufhaus Tietz bekam. Es war keine leichte Arbeit, besonders jetzt im Sommer, wenn man schon in der Frühe ins Schwitzen kam. Und Schweiß, das predigte Herr Kiesemann ihnen immer, wollen unsere Gäste nicht sehen und nicht riechen. Also wuschen sich die Mädchen jedes Mal mit Essigwasser unter den Achseln, wenn sie austreten mussten, und danach spritzten sie sich Parfüm auf die Haut, das den Geruch einigermaßen verdeckte. Mira selbst neigte glücklicherweise nicht sehr zum Schwitzen, ganz im Gegensatz zu der armen Hilde Kanzinger.

An der Haltestelle am Wilhelm-Marx-Haus fuhr mit lautem Bimmeln die Elektrische vor, Mira eilte mit schnellen Schritten hinüber, sie stellte sich hinter den anderen Wartenden an, aber als sie an der Reihe war, stieg sie doch nicht ein. Vor ihrem Gesicht zog der Schaffner schwungvoll die Tür zu, dabei musterte er sie misstrauisch durch das braun gestrichene Holzfenster, als erwartete er, dass sie sich im letzten Moment doch noch in den Wagen drängen würde. Sie lächelte ihn an; als er nicht zurücklächelte, zog sie eine Grimasse, die er ebenfalls nicht erwiderte.

Sie war nicht eingestiegen, weil ihr plötzlich ihre kleine, dunkle Dachkammer eingefallen war. Die Luft, die sich den ganzen Tag lang voll Hitze gesogen hatte und jetzt schwer und faul im Raum lag wie schlechter Atem und nur darauf wartete, dass Mira die Tür öffnete. Und die Stille im Raum, die alles erdrückte. Von draußen würde man Geräusche hören, aus den anderen Wohnungen, aus dem Treppenhaus, von der Straße, aber in Miras Kammer wäre es still. Nein, dachte Mira. Gudrun hatte heute ihren letzten Tag im Kaufhaus Tietz, sie würde die Freundin auf eine Tasse Tee einladen.

Nach der flirrenden Helligkeit der Straße war es im Kaufhaus kühl und still wie in einer Kathedrale. Hohe Regale aus Nussbaumholz zerteilten den Raum in schmale Gänge. Hinter langen Theken standen Verkäufer in eleganten Anzügen, Ladenmädchen in weißen Blusen und schwarzen Jacken, kerzengerade, ernst, erwartungsvoll.

Zwischen den Nussbaumtheken flanierte die Kundschaft. Die Damen trugen knöchellange schmale Röcke, die Herren Strohhüte und Spazierstöcke unter dem Arm. Zielstrebig traten sie vor diesen Ladentisch oder vor jenen, und sofort erwachten die Verkäufer aus ihrer Starre. Einen Augenblick später sah man sie wieselflink auf hohen Leitern an den Regalen emporklettern, seltsamerweise schienen die verlangten Artikel immer ganz oben zu liegen, dann breiteten sie die Waren auf den Theken aus, Oberhemden, Blusen, Handschuhe, Schals. »Bitte beachten Sie das exklusive Material, reine Wolle. Eines unserer Reklameangebote, im letzten Sommer kostete es noch dreißig, nun bekommen sie das gute Stück schon für fünfundzwanzig.« Sie redeten und redeten, denn bei Tietz wurde man nach Erfolg bezahlt, das wusste Mira von Gudrun.

»Womit kann ich dienen?«, rief ein junger Verkäufer Mira zu, aber sie schüttelte den Kopf und beschleunigte ihre Schritte. Neben dem Lichthof war die Sammelkasse, hier reihte sich die Kundschaft auf, um die Ware zu bezahlen. Nacheinander trat man an die Theke, hinter der zwei Ladenmädchen standen. Eine von ihnen nahm den Kassenzettel und das Geld entgegen, flinke Finger tippten den Preis über die runden Metalltasten in die Registrierkasse. Dann drehte sie die Kurbel an der Seite der Kasse, klingelnd fuhr die Münzschublade aus, aus der das Mädchen das Wechselgeld entnahm.

Ein anderes Mädchen packte die Waren ein und überreichte sie den Kunden mit einem warmen, gleichzeitig leeren Lächeln. »Auf Wiedersehen und verbindlichsten Dank auch.« Der nächste Kunde trat nach vorn, reichte Kassenzettel und Geld. Das Mädchen tippte, die Kasse klingelte, und die Schublade ging auf. Der Mann vor der Theke öffnete den Mund. Mira wartete darauf, dass er etwas sagte, aber dann sah sie, wie das Ladenmädchen in die offene Schublade griff und etwas herausholte, das sie ihm auf die Zunge legte. Eine weiße Hostie. Eine Hostie? Im Kaufhaus? Der Mann schloss den Mund und senkte den Kopf. *Klingeling!* machte die Ladenkasse.

Mira fühlte sich plötzlich schwindlig, sie hätte sich gerne irgendwohin gesetzt, aber es gab nirgendwo einen Stuhl. Sie sah, wie der Mann sich zur Seite bewegte, ein anderer trat an seine Stelle, wieder griff das Ladenmädchen in die Kasse und holte eine Hostie für ihn heraus. So ging es immer weiter: Zettel, Geld, Klingel, Münzschublade, Hostie. *Mein Leib, der für euch hingegeben wird. Tut dies zu meinem Gedächtnis. Klingeling.*

Miras Zunge fühlte sich sehr trocken an, als wäre sie mit einem pelzigen Stoff überzogen. Sie drehte ihre Augen weg von der seltsamen Kommunionsszene, hoch in die bleiglasverzierte Kuppel des Lichthofes, aber das machte den Schwindel nur noch schlimmer, und dann spürte sie Schwester Clementias Hände im Nacken, ihren harten, festen Griff.

»Ist Ihr nicht recht gut, dem gnädigen Fräulein?«, fragte sie mit tiefer Männerstimme, aber es war gar nicht Schwester Clementia, die das fragte. »Soll ich Ihr vielleicht ein Glas Wasser bringen?«

Sie atmete tief ein. Die Männer und Frauen vor der Sammelkasse wurden wieder zu gewöhnlichen Kunden, und auch die Hostien verschwanden. Neben ihr stand ein junger Mann im Anzug. Seine Mundwinkel zogen sich fast bis zu den Ohren, der Rest seines Gesichtes erschien dagegen seltsam starr und leblos.

»Es geht schon wieder«, sagte Mira ein wenig mühsam. »Nur ein leichtes Unwohlsein.«

»Kein Wasser?«, meinte der Bursche.

»Nein, vielen Dank.«

Sie spürte seinen misstrauischen Blick im Rücken, während sie durch den blumengeschmückten Lichthof weiterging, nach links in die Abteilung, in der Gudrun Stoffe zuschnitt. Die Schritte fühlten sich an, als watete sie durch Schlamm. Kommunion im Kaufhaus. Was für eine Vorstellung! Wenn sie so weitermachte, wurde sie bald so verrückt wie ihre Mutter.

Gudrun war ebenfalls schwarz-weiß gekleidet, sie legte gerade hellgelben Samt zusammen, Kante auf Kante, bis es ein perfektes weiches Quadrat war. Eine Schnur darum und ein Preiszettel für das Kassenfräulein. »Und beehren Sie uns recht bald wieder«, flötete Gudrun, obwohl ihr die Kundin bereits den Rücken zugekehrt hatte.

Mit demselben Lächeln wandte sie sich Mira zu. »Was kann ich für Sie ... Mira!« Das Lächeln verschwand. »Was ist geschehen? Du bist ja so blass!«

»Ich ... mir war nicht gut«, sagte Mira. »Aber jetzt geht es wieder. Diese Luft hier drinnen ...«

»Zum Eingehen.« Gudrun nickte. »Und? Hast du ihn wiedergesehen?«

»Wen?«, fragte Mira, dabei wusste sie nur zu gut, von wem Gudrun sprach.

»Franz natürlich!«

»Er war vorhin in der Rheinterrasse. Er hat sich nach dir erkundigt. Ob er dich wiedersehen kann. Ich glaube, er ist in dich verliebt.«

»Ach, der dumme Junge!« Gudrun zwirbelte eine braunrote Haarsträhne zwischen ihren Fingern und steckte sie hinter eine Haarnadel. »Aber der Abend im Roten Kakadu war wirklich lustig.«

Lustig? Was meinte Gudrun damit? Was genau war denn so lustig an dem Abend gewesen? Franz mit seinen Scherzen? Mira in ihrer Betrunkenheit? Sie wollte es gar nicht wissen, beschloss Mira.

»Ich habe übrigens zwei Karten für die Oper«, wechselte Gudrun das Thema. »Salome. Die Vorführung ist am Sonnabend. Kommst du mit?«

»Du in der Oper? Das ist ja etwas ganz Neues.«

Gudrun strich gedankenverloren über einen der Stoffballen auf dem Tisch.

»Aha «, sagte Mira. »Pressmann.«

»Und seine Frau«, meinte Gudrun sofort. »Sie haben ein Abonnement im Opernhaus, und just an diesem Samstag sind zwei andere Abonnenten verhindert.«

»Da sind sie ausgerechnet auf dich gekommen.«

»Warum denn nicht? Aber bitte, wenn du nicht willst …«

Mira zögerte einen Moment lang. Sie war noch nie in der Oper gewesen, sie war sich auch nicht sicher, ob es ihr gefallen würde. Sie machte sich nicht viel aus klassischer Musik, aber zum einen war es umsonst, und zum anderen war sie doch neugierig darauf, diesen Pressmann einmal kennenzulernen. »Also gut«, sagte sie. »Wenn ich nur keine Cocktails trinken muss.«

»Hol mich um sieben Uhr ab«, bestimmte Gudrun. »So und nun lass uns gehen!« Sie klatschte in die Hände. Obwohl gerade zwei Damen neben Mira an die Theke traten, holte sie ein Schild unter dem Ladentisch hervor und legte es auf die Theke. *Vorübergehend geschlossen. Die Herrschaften werden gebeten, sich kurz zu gedulden.*

»Musst du nicht noch bis um sieben …?« Miras Blick wanderte von den irritierten Kundinnen zu Gudrun und wieder zurück.

»Das hat sich erledigt«, sagte Gudrun so laut, dass es auch die beiden Frauen hören konnten. »Mich haben sie hier rausgeworfen. Auf den Lohn für die letzten Tage pfeife ich. Sollen sie doch sehen, wie sie ohne mich zurechtkommen.«

Mira hatte erwartet, dass sie in einer separaten Loge sitzen würden, Herr und Frau Pressmann, Mira und sie selbst. In der Düsseldorfer Oper gab es jedoch keine Logen, sondern nur drei Galerien, eine über der anderen, die sich im Halbkreis um die Bühne wanden. Und in der Mitte der vordersten Reihe der obersten Galerie saßen sie.

Mira saß am Gang, dann kam Gudrun, neben ihr war Herr Pressmann, es folgte seine Frau, die wiederum ihrerseits eine Freundin mitgebracht hatte, mit der sie sich angeregt unterhielt. Mira bemühte sich, ihren Blick nach vorn zu richten, auf den roten Vorhang vor der Bühne, auf die Köpfe der Musiker im Orchestergraben, aber immer wieder glitten ihre Augen wie von selbst nach rechts zu dem Ehepaar. Frau Pressmann war ein kleines Stück größer als ihr Mann, doch vielleicht täuschte sich Mira auch. Frau Pressmann hielt sich so aufrecht, und er saß leger in seinem Sessel, die Beine nach vorn ausgestreckt, soweit es die beschränkten Sitzverhältnisse zuließen. Ihre braunen Haare waren kurz geschnitten, die Wasserwellen endeten unmittelbar unter dem Ohr. Er trug seine dunklen, weichen Locken nach hinten gekämmt, wenn er den Kopf senkte, konnte man zwischen den Haarsträhnen seine Kopfhaut sehen.

Als sie sich vorhin im Foyer getroffen hatten, hatten sie Mira kurz die Hand gereicht. Ein schnelles Lächeln. Die Blicke oberflächlich und gleichgültig. Mira war keine klassische Schönheit wie Gudrun, die in ihrem schlichten schwarzen Kleid, den Schnallenschuhen und den langen Spitzenhandschuhen, die sie sich im letzten Winter bei Tietz gekauft hatte, durchaus mit den eleganten Damen der Düsseldorfer Gesellschaft mithalten konnte. Mira trug das Kostüm, das sie immer trug, wenn sie zu einem offiziellen Anlass eingeladen war, und obwohl Jacke und Rock taubenblau waren, kam sie sich vor wie eine graue Maus.

Von ihrem Platz aus sah Mira Frau Pressmanns Brüste, das weit ausgeschnittene Dekolleté, unter dem das Kleid wie ein Sack nach unten fiel. In Höhe der Oberschenkel endete es in zahllosen silberfarbigen Schnüren, die ihre wohlgeformten Beine umspielten, ohne sie ganz zu verdecken. War sie schön? Vielleicht. In jedem Fall war sie beeindruckend. Ihre schwungvoll gezupften Augenbrauen, die langen Wimpern, die sorgfältig ausgemalten Dreiecke ihrer Oberlippe – Frau Pressmann war ein Kunstwerk.

Dann gingen die Kronleuchter über dem Parkett aus, nur die lilienartig geformten Wandleuchter in den Rängen blieben an. Der rote Vorhang öffnete sich schwerfällig. Man applaudierte.

Die Sänger betraten die Bühne, Herren mit schmetternden Stimmen und dünnen Beinen in historischen Kostümen. Kräftige Damen mit mächtigen Busen. Eine Arie ging in die nächste über, manchmal sang der Chor, und Mira hatte große Mühe, der Handlung zu folgen, weil sie die Sänger nicht verstand. Sie wartete die ganze Zeit auf den Auftritt der Hauptfigur, auf die verführerische Salome, die es dem König Herodes so angetan hatte. Bis sie begriff, dass Salome längst auf der Bühne war: eine dicke Sängerin mit rubinrotem Kleid und durchdringender Stimme, die so grazil wirkte wie der Tanzbär, den sie damals im Zirkus gehabt hatten. »Magnifique«, hörte sie eine Frauenstimme in der Reihe hinter sich, sie drehte sich unwillkürlich um, um zu sehen, ob es Ernst oder Spott war. Auf der Galerie war es aber zu dunkel, um die Gesichter der Zuschauer zu erkennen.

Vorhin, auf dem Weg zu Gudrun, war sie an Kinoplakaten vorbeigekommen. Im Odeon lief ein Musikfilm über ein Hotel am Wolfgangssee. Wäre ich nur dort, dachte sie jetzt sehnsüchtig. Sie hatte es die ganze Woche nicht ins Kino geschafft. Die Kassiererin und der alte Mann am Klavier wunderten sich bestimmt schon.

In der Pause gingen sie wieder hinunter ins Foyer. Frau Pressmann und die andere Frau, die Mira nicht vorgestellt worden war, rauchten. Ihre Zigaretten steckten in langen Elfenbeinhülsen, dennoch machten sie die Münder ganz spitz, um ihren Lippenstift nicht zu verwischen. Herr Pressmann holte ein Etui aus der Fracktasche und bot Gudrun und Mira eine Zigarre an, worüber Gudrun lachte. »Was möchten die Damen trinken?«, fragte er dann. »Einen Cocktail?«

Gudrun lachte wieder, ihr Ellenbogen stieß in Miras Seite. »Einen Manhattan«, sagte sie. Herr Pressmann sah Mira an. »Nichts«, meinte sie schnell. »Und danke der Nachfrage.«

»Sicher?«, fragte er, dabei hatte er sich aber schon weggedreht.

Seine Frau und die Freundin wünschten Champagner, Herr Pressmann selbst holte sich einen Whisky. »Klar und ehrlich«, sagte er, während er mit Gudrun anstieß.

»Wie finden Sie die Vorstellung?«, fragte Frau Pressmann in die Runde, wobei sie weder Gudrun noch Mira ansah.

»Konventionell, äußerst konventionell«, sagte ihre Freundin und zupfte an ihren langen Ohrringen.

Herr Pressmann lachte, als habe sie einen besonders gelungenen Scherz gemacht. »Gleich kommt der Tanz mit den sieben Schleiern«, verkündete er. »Und der Kopf auf dem Tablett. Dolle Sache.« Er zog an seiner Zigarre und blies den Rauch aus, seine Frau verschwand hinter einer weißen Wolke. Mira sah gerade noch, wie sie die gezupften Augenbrauen hochzog. Sie wünschte sich plötzlich, dass sie doch einen Drink genommen hätte, eine Limonade, ein Glas Wasser, einen Schnaps, irgendetwas, an dem sie sich jetzt festhalten könnte.

»Er ist im Grunde ein feiner Kerl«, sagte Gudrun, als sie mit einer Autodroschke nach Hause fuhren, die Pressmann vorher bezahlt hatte. »Ein bisschen ungehobelt mitunter.«

»Warum tut er das alles für dich?«, fragte Mira. »Was will er von dir?«

»Er kann mich eben gut leiden«, sagte Gudrun.

»Das ist alles?« Mira wandte die Augen ab, sie blickte durch das kleine Rechteck des Fensters, hinter dem die bunten Lichter der Stadt vorbeiflogen wie tropische Vögel, wie Blumen in einem riesigen Dschungel. *Diamantine Edel-Schuhputz, Kronen-Hotel, MAGGI's-Suppenwürze.* Schwarze Menschen vor den grell beleuchteten Auslagen der Geschäfte. Je weiter sie in den Süden der Stadt kamen, desto seltener wurden die Neonlichter. Jetzt leuchteten nur noch gelbe Straßenlaternen auf. Eine einsame Leuchtreklame flatterte heran und war wieder weg, bevor Mira die orangeroten Buchstaben gelesen hatte.

»Niemand tut irgendetwas umsonst«, sagte Mira gedankenverloren, mehr zu sich selbst als zu Gudrun. »Jeder will einen Gegenwert für das, was er gibt.« Das waren nicht ihre Worte, sie hatte sie irgendwann einmal gehört. War es Frau Anschütz gewesen, die das gesagt hatte? Es waren nicht ihre Worte, aber sie war fest davon überzeugt. *Niemand tut irgendetwas umsonst.* Sie sah plötzlich wieder die dicke Sängerin vor sich, wie sie vor dem gierigen Herodes und seinem Hofstaat den Schleiertanz darbot. Auch Salome hatte ihren Preis, sie wollte den Kopf des Propheten Jochanaan als Gegenleistung, und sie bekam ihn. Mira dachte an den blutverschmierten Schädel, den vier geschminkte Negersklaven auf die Bühne getragen hatten, und schauderte. Es war nur Wachs und Farbe, aber es hatte so echt ausgesehen.

»Pressmann bekommt ja auch einen Gegenwert«, sagte Gudrun neben ihr trotzig. »Mein Salon wird eine Goldgrube, und er ist am Gewinn beteiligt.«

Mira nickte und schwieg. Vielleicht hatte Gudrun recht. Sie blickte aus dem Fenster. Alles war in Bewegung, die hellen Lichtkreise um die Laternen, hier und da das gelbe Viereck eines Fensters und die Dunkelheit darum herum.

Am Mittwochabend ging sie ins Kino. Sie war zu spät, die Vorstellung hatte bereits begonnen, und als sie ihre fünf Groschen über die Theke schob, sah sie, dass die Dame hinter der Kasse weinte. »Was ist denn geschehen?«, fragte sie betroffen und zugleich ein bisschen widerwillig, weil sie nicht noch mehr von dem Film verpassen wollte.

Ihre Mutter war schuld daran, dass sie sich so verspätet hatte. Als Mira gerade das Haus verlassen wollte, war sie aufgetaucht und hatte ihr eine halbe Stunde lang von den Hüten erzählt, die sie schon dekoriert hatte und noch dekorieren wollte, wie sie sich die Entwürfe vorstellte und dass sie nachts nicht einschlafen konnte vor Anspannung wegen der ganzen Arbeit. »Deine Hilde macht sich«, sagte sie. »Auch wenn man sie natürlich in jeder Hinsicht einarbeiten muss. Sie ist ja noch gänzlich unerfahren, aber nicht ungeschickt.«

Mira brauchte einen Moment lang, bis sie darauf kam, dass ihre Mutter von Hilde Kanzinger sprach, der schwitzenden Hilde. »Hilde macht sich?«, fragte sie erstaunt.

»Wundert dich das?«, fragte ihre Mutter zurück. »Du hast sie mir doch selbst empfohlen.«

Mira hätte gerne gefragt, ob ihre Mutter der Schweißgeruch nicht störte oder ob Hilde aufgehört hatte zu schwitzen, aber im nächsten Augenblick schlugen die Glocken von St. Peter am Marktplatz sieben Uhr. »Ich muss los«, sagte Mira und stand auf.

»Eine Verabredung?« Ihre Mutter erhob sich ebenfalls. »Mit einem jungen Mann vielleicht?«

»Was? Niemand. Unsinn. Ich wollte … ins Kino.«

»Ja, sicher.« Die schwarz umrahmten Augen zwinkerten ihr zu. »Ach, übrigens«, meinte ihre Mutter dann. »Wenn du Gudrun siehst, kannst du ihr bestellen, dass sie mich einmal aufsuchen möchte?«

Erst dieser Franz, jetzt ihre Mutter. Wenn das so weiterging, wurde Mira zu Gudruns persönlichem Sendboten, der kostenlos Nachrichten übermittelte. »Hast du wieder eine Geistererscheinung gehabt, was ihren Modesalon betrifft?«

Ihre Mutter ignorierte die Spitze. »Nein«, erwiderte sie so ruhig, als nehme sie Miras Frage durchaus ernst. »Ich wollte ihr einen Vorschlag machen. Wenn sie sich schon in ihr Unglück stürzt, kann man wenigstens versuchen, das Beste daraus zu machen.« Sie betrachtete gedankenverloren ihre Finger, deren Kuppen von winzigen roten Punkten übersät waren. Nadelstiche.

»Worum geht es denn?«, fragte Mira neugierig.

»Ich dachte, du hast es so eilig.« Ihre Mutter hob die Augenbrauen, die innen breiter waren und außen schmal wie ein Pinselstrich. »Ich übrigens auch. Viel Spaß also bei deinem … Film, Mirabella.«

Mira war den ganzen Weg bis zum Kino gerannt, und jetzt sah sie der Kassiererin beim Weinen zu. Sie rang nach Atem, während sich die Dame zuerst in ein feines weißes Taschentuch schnäuzte und sich dann damit über die Lider tupfte. Auf diese Weise verteilte sie ihre Wimperntusche gleichmäßig über die ganze Augenpartie. Auf dem Kinoticket, das sie Mira durch das kleine Fenster reichte, prangte ein runder Tränenfleck. »Haben Sie es denn nicht gehört?«, fragte sie. Der Tropfen dehnte sich langsam kreisförmig auf der hellgrünen Pappe aus, wobei sich die zerlaufene Schminke wie ein dunkler Ring um das nasse Innere legte. »Herr Bombacher ist tot.«

»Herr Bombacher«, wiederholte Mira verständnislos, während sie in ihrem Gedächtnis nach einem Bild suchte, das sich mit diesem Namen verband.

»Unser Klavierspieler.«

»Der alte Mann am Piano«, meinte Mira betroffen.

»Er war gerade einmal fünfzig«, sagte die Dame vorwurfsvoll. »Das ist doch kein Alter.«

»Keineswegs«, stimmte ihr Mira zu. Der Klavierspieler war ihr immer viel älter erschienen. Vielleicht hatte er seine Krankheit schon lange in sich getragen.

»Es war das Herz«, erklärte die Kassiererin. »Er ist aber ganz friedlich gestorben, sagt seine Tochter. Das ist doch ein Trost.«

Mira nickte und starrte auf den Münzteller hinter dem Kassenfenster, dessen Metall außen ganz blank war und innen zerkratzt und blind.

»Und jetzt Valentino«, sagte die Dame. »Das ist doch furchtbar. Ein Unglück nach dem anderen.«

»Was ist mit Valentino?«, fragte Mira behutsam.

Die Kassendame hob die schwarz verschmierten Augen und sah Mira an. Winzige Tränen glitzerten an den Spitzen ihrer Wimpern. Sie wirkte plötzlich selbst wie ein tragischer Leinwandstar.

»Lesen Sie denn keine Zeitung? Valentino ist doch auch tot. Der junge, schöne Mann! Es ist ein Jammer.«

Die Lampe der Platzanweiserin leuchtete Mira durch den dunklen Saal bis zu ihrem Klappsitz in der ersten Reihe. Auf der Leinwand warf ein sehr dicker Mann einem sehr dünnen eine Sahnetorte ins Gesicht. Hinter Mira lachten die Leute. Wer immer heute am Klavier saß, klimperte einen schiefen Walzer. Während der ganzen Vorstellung wurde diese eine Melodie wiederholt, in leichten Abwandlungen, höher oder tiefer, langsamer und schneller, aber es gab keine Verbindung zwischen dem, was gespielt wurde, und dem, was auf der Leinwand geschah. Der Dreivierteltakt holperte dahin, die Schauspieler bewarfen sich mit Torten, beschütteten sich mit Wasser, bestäubten sich mit Mehl, und die Leute lachten, weil sie schließlich dafür bezahlt hatten.

Miras Gedanken wanderten zu dem armen Pianisten mit dem schwachen Herzen und dann zu dem schönen Valentino mit den dunklen Lippen, den sie vor einigen Monaten noch als stolzen Scheich in der Wüste gesehen hatte. Plötzlich war ihr alles unerträglich – das grölende Publikum, die schiefen Töne, die Dunkelheit um sie herum. Den Weg nach draußen fand sie auch ohne die Lampe der Platzanweiserin. Die Kassiererin saß immer noch hinter ihrem Fenster, sie nickte Mira zu, als sie an ihr vorbeiging. »Es ist nicht dasselbe ohne unseren Herrn Bombacher«, sagte sie und tupfte sich wieder über die Augen.

»Nein, es ist alles ganz furchtbar«, stimmte ihr Mira zu. Hoffentlich findet sich bald ein neuer Pianist, dachte sie. Plötzlich hatte sie das Gefühl, dass der alte Klavierspieler irgendwo stand und missbilligend den Kopf schüttelte, weil er ihre Gedanken gelesen hatte. Der Eindruck war so stark und unangenehm, dass sie sich hastig umsah, aber der Vorsaal des Lichtspieltheaters war leer. Sie beschleunigte ihre Schritte und floh ins Dämmerlicht der Sommernacht, aber sie spürte seine Blicke im Rücken, bis sie zu Hause war.

Unten auf den Rheinwiesen hatten sich die Turner wieder aufgestellt. Sie trugen eng anliegende weiße Trikots, deren schmale Schulterträger sich über die kräftigen Schultern spannten. Aus den knielangen Hosenbeinen ragten muskulöse Waden, sie stemmten sich in den Boden, und dann ging es im Gleichtakt: auf und ab, mit nach vorne ausgestreckten Armen und ernstem Gesicht. Ein Vorturner gab mit lauter Stimme die Befehle. Auf sein Kommando ließen sich die Männer in den Liegestütz fallen, die Oberarmmuskeln quollen auf, die Gesichter röteten sich. Die Körper hoben und senkten sich wie das Hebelwerk einer gigantischen Maschine.

Mira war mitten auf der Terrasse stehen geblieben, ein Tablett mit Kaffeetassen und Kuchenstücken in den Händen. Selbstvergessen schaute sie den Turnern zu und fragte sich, ob ihr Vater vielleicht einer von ihnen war. Der dritte von links in der zweiten Reihe hatte kräftiges dunkles Haar und einen langen Oberkörper wie sie selbst. Oder der rechts außen in der letzten Reihe, dessen Haare sich bereits lichteten. Aber sah sein schmales, ernstes Gesicht nicht ein bisschen so aus wie das ihre? »Da läuft einem das Wasser im Mund zusammen«, sagte ein älterer Herr neben ihr. Mira war sich nicht ganz sicher, ob er über den Kuchen auf ihrem Tablett sprach oder über die Athleten. Sie riss sich aus der Betrachtung und eilte weiter.

Der Kaffee zu Tisch sechs, die Windbeutel an Tisch sieben, der Bienenstich … wo kam noch einmal der Bienenstich hin? Es würde ihr schon wieder einfallen, dachte Mira, während sie ihr Tablett auf einem Tisch an der Brüstung abstellte. »Noch zwei Mal Kaffee«, sagte sie, dabei schob sie die vollen Tassen auf den Tisch und stellte die bereits leeren auf ihr Tablett. Die beiden Gäste musterten sie nur kurz mit leerem Blick, dann wandten sie sich wieder den Turnern auf der Wiese zu. »Bitte schön«, sagte Mira. Der Mann runzelte die Stirn, die Frau nickte, ohne Mira dabei anzusehen. Ihre Kiefern bewegten sich im Gleichtakt mit den auf- und abschnellenden Armen der Sportler.

Wer hatte den Bienenstich bestellt? fragte sich Mira, nachdem sie die Windbeutel serviert hatte. Und wieso brachte sie hier auf der Kaffee-Terrasse ständig die Bestellungen durcheinander, während sie drüben im Restaurant so gut wie nie etwas vergaß oder verwechselte? Weil ich immer so erschöpft bin, wenn ich hier meinen Dienst beginne, dachte Mira, während ihr Blick ratlos über die Tische glitt. Nach der stundenlangen Rennerei im Restaurant brannten ihre Schultern, und ihre Füße fühlten sich an wie aufgequollener Hefeteig. »Fräulein«, hörte sie jemanden rufen. »Wir möchten bestellen!«

»Geben Sie mir den Kuchen, wenn Sie nicht wissen, wohin damit.« Es war Otto Franz – sie erkannte seine Stimme sofort, aber sie brauchte einen Moment, bis sie ihn an seinem Tisch neben der Tür entdeckt hatte.

»Herr Franz! Sie sollten doch nicht mehr hierherkommen.«

»Ich dachte, die Abmachung galt nur für das Restaurant. Ich wusste ja gar nicht, dass sie auch hier im Café servieren.«

»Was kann ich Ihnen bringen?« Eigentlich war er mit der Bestellung noch gar nicht an der Reihe, aber da sie nun schon einmal an seinem Tisch stand …

»Einen Kaffee. Und … was ist jetzt mit dem Bienenstich? Überlassen Sie ihn mir?«

»Tisch zwölf«, sagte sie. »Jetzt ist es mir wieder eingefallen. Ich komme gleich zurück.«

»Da wir uns jetzt sehen, kann ich Ihnen ja auch Gudruns Antwort ausrichten«, meinte sie, nachdem sie den Kuchen serviert hatte. »Sie lässt Ihnen ausrichten, dass sie sich über Ihr Interesse freut. Gleichwohl kann sie Sie nicht treffen. Sie ist äußerst beschäftigt.«

Ach, der dumme Junge, hatte Gudrun gesagt.

»Das ist bedauerlich«, sagte Otto. Sie sah, wie sein Spott und seine oberflächliche Heiterkeit plötzlich von ihm abfielen. Er wirkte so verletzt, dass ihr der kühle Ton leid tat.

»Es ist auch keine Ausrede«, erklärte sie. »Gudrun eröffnet gerade einen eigenen Schneidersalon. Es geht im Grunde also gar nicht um Sie …«

Er lächelte ein wenig traurig und nickte. »Es ist schon recht, Mira.«

Im Grunde war er ganz sympathisch, dachte Mira. Viel sympathischer jedenfalls als dieser Schnösel von Pressmann mit seinem vielen Geld, der doch nur auf eine Liebesaffäre mit Gudrun spekulierte, auch wenn Gudrun das nicht einsehen wollte. Ja, wenn sie es sich recht überlegte, dann war Otto mit Sicherheit das kleinere Übel. Wenn Gudrun sich in ihn verliebte, dann würde sie die Finger von Pressmann lassen. Oder Pressmann die Finger von ihr, was auf das Gleiche hinauskäme. Kein Geld, kein Salon, keine Abhängigkeit, kein Schiffbruch. Die ganze Sache würde scheitern, bevor sie richtig angefangen hatte. Und hübsch wie sie war, fände Gudrun doch im Handumdrehen eine neue Anstellung als Ladenmädchen oder als Bedienung.

»Hören Sie, Otto«, sagte Mira. »Unter Umständen ändert Gudrun ihre Meinung noch. Ich werde noch einmal mit ihr reden.«

In einer Viertelstunde begann ihr Feierabend. Zwei Bestellungen wollte sie noch aufnehmen, danach würde sie die Tische, an denen sie bedient hatte, abkassieren und die offenen Bestellungen an Erna übergeben.

Dann sah sie die drei Frauen. Hintereinander bahnten sie sich einen Weg durch das Gewirr der Tische. Drei schmale schwarze Gestalten mit hoch erhobenen Köpfen. Drei Schatten aus ihrer Vergangenheit. Mira kniff die Augen zusammen, atmete ruhig durch, öffnete sie wieder. Die drei Frauen nahmen an einem der Tische an der Brüstung Platz, die Rücken so kerzengerade, dass sie die Stuhllehnen nicht berührten. Was wollt ihr von mir? dachte Mira. Geht weg!

Irgendjemand goss Wasser in ein Glas, oder war es die Quelle, die aus dem Rohr in das Becken floss? In der Luft lag der Geruch von Weihrauch, süß, alles durchdringend und ekelerregend. Miras Beine zitterten, und ihre Knie waren rot und wund von der harten Kirchenbank. *Sieben mal sieben ist dreiundsechzig. Aber das ist doch verkehrt, du dummes, unnützes Ding. Versuch es noch einmal, oder stell dich gleich in die Ecke. Sancta Maria, mater dei, ora pro nobis peccatoribus.*

Mira atmete tief ein, um die Bilder zu vertreiben, die jetzt aus ihrer Erinnerung in ihren Kopf drangen, so viele Bilder, Gerüche, Empfindungen. Ein Geschmack in ihrem Gaumen, der sie zum Würgen brachte.

Die drei Frauen beachteten sie nicht, sie sahen zum Rhein hinunter, wo jetzt Kinder spielten, die Vorführung der Turner war längst beendet. Miras Kopf dröhnte, sie atmete gegen die Erinnerungen an, immer schneller und schneller, aber es nützte nichts. Die Bilder in ihrem Kopf verschwanden nicht, nur die Tische und Stühle und all die Menschen, die aßen und tranken und redeten, begannen vor ihren Augen zu verschwimmen, und dann kippte die Terrasse nach oben zum Himmel. Und Mira fiel.

Zum Glück war ihr Vater rechtzeitig zur Stelle. Er fing sie auf, bevor ihr Hinterkopf auf dem harten Steinboden aufschlug, im letzten Moment bekam er sie an den Schultern zu fassen. Dann nahm er sie hoch und trug sie weg, sie konnte seine Armmuskeln an ihrem Oberkörper spüren und die Träger seines Trikots.

»Sind Sie wach, Mira?«, fragte Otto. Sein Gesicht schwebte über ihr, sie lag lang ausgestreckt auf einer niedrigen Bank, eine zusammengerollte Decke unter dem Kopf. Als sie nach oben fuhr, zog er den Kopf zurück. Gleichzeitig setzte sich der Raum in Bewegung, er begann um sie herum zu kreisen, so dass sie sich wieder auf die Bank zurücksinken ließ.

»Langsam«, sagte Otto. »Immer mit der Ruhe.«

»Was ist geschehen?«, fragte sie, aber im selben Moment erinnerte sie sich an die drei Frauen und dass sie ohnmächtig geworden war und ihr Vater sie gehalten und weggetragen hatte.

Nein, Unsinn, nicht ihr Vater, das hatte sie sich natürlich nur eingebildet. »Haben Sie mich aufgefangen?«

»Ich war viel zu weit weg«, sagte Otto. »Ein anderer Herr war so freundlich. Obwohl es meiner Meinung nach nicht ganz freiwillig geschah. Sie sind ihm sozusagen in den Schoß gefallen.«

»Gütiger Himmel!« Mira schloss wieder die Augen. Dann setzte sie sich vorsichtig auf. Man hatte sie in den Abstellraum hinter der Küche gebracht.

Aus irgendeinem Grund hatte ihr jemand die weiße Schürze ausgezogen, die nun zusammengefaltet neben ihr auf der Bank lag. Miras Hand fuhr erschrocken zur Knopfleiste ihrer Bluse. Nur die obersten drei Knöpfe waren geöffnet. Zumindest hatte ihr niemand das Mieder aufgerissen, um ihr Luft zu verschaffen. »Und Sie? Was machen Sie hier?«

»Irgendjemand musste sich doch um Sie kümmern«, meinte Otto. »Da habe ich mich angeboten.«

»Man hat Sie einfach so mit mir allein gelassen? Aber wir kennen uns doch kaum.«

Er grinste. Dabei zwirbelte er eine Zigarette zwischen Zeigefinger, Mittelfinger und Ringfinger seiner rechten Hand. Es machte sie schwindlig, ihm dabei zuzusehen, aber sie konnte die Augen auch nicht abwenden. »Ich habe Ihrer Kollegin erzählt, ich sei ein alter Bekannter. Der Verlobte Ihrer Freundin.«

Sie schnaubte verächtlich. »Wunschdenken!«

»Sei's drum. Wie geht es Ihnen jetzt?«

»Gut. Es war ein langer Tag. Und so schwül. Ich war wohl einfach … erschöpft.«

»Das war aber nicht der Grund, weshalb Sie die Besinnung verloren haben«, sagte er ruhig.

Ihre Blicke begegneten sich, bis Mira die Augen wieder abwandte.

»Sie waren außer sich«, sagte er.

Sie zuckte mit den Schultern, griff nach der Schürze und schlüpfte hinein. Um die zwei Knöpfe auf dem Rücken zu schließen, hätte sie seine Hilfe gebraucht, aber sie wollte ihn nicht fragen, also band sie nur die beiden Schürzenbänder zusammen.

»Ich habe Sie beobachtet«, meinte er. »Was hat Sie so aufgewühlt?«

Die drei Frauen tauchten vor ihrem geistigen Auge auf. Wie vorhin auf der Terrasse schauten sie Mira nicht an, sondern blickten in eine andere Richtung. Verschwindet! befahl sie ihnen in Gedanken und sah mit Befriedigung, wie sich ihre Umrisse auflösten und ihre Gestalten zerflossen.

»Es war nichts«, sagte sie laut und stand dabei auf. »Nur ein Schwächeanfall.«

Er musterte sie gedankenvoll, dann erhob er sich ebenfalls von seinem Stuhl und ging zur Tür. Die Zigarette wanderte zwischen seine Lippen.

»Ich bringe Sie jetzt nach Hause«, sagte er, ohne die Zigarette dabei aus dem Mund zu nehmen. Dieselben Worte wie in der Bar zum Roten Kakadu. Damals war sie betrunken gewesen, aber jetzt war sie ganz klar im Kopf. Ihr war nicht mehr schwindelig. Sie hatte die Gespenster vertrieben. Die Vergangenheit war vergangen.

Sie lebte jetzt und hier, frei und unabhängig und allein, so wie sie es sich immer erträumt hatte.

Er zündete seine Zigarette an, blies den Rauch durch die Nasenlöcher und bot ihr dann seinen Arm. Sie schüttelte den Kopf.

»Vielen Dank«, sagte sie. »Aber ich komme schon zurecht.«

Zweites Kapitel

I.

Sie hörte die Musik schon eine ganze Weile lang. Das Knarren der Kartätschen, das Rasseln der Tamburins und die juchzende Geige. Es war Juli 1904. Der Wanderzirkus kam nach Vellberg, ins Hohenlohische Land, wie jedes Jahr um diese Zeit. Die fröhliche Melodie wurde immer lauter, aber dann legte sich Lenes schrille Stimme über die Töne. Die Worte gellten über die Mauer, noch bevor ihr aufgeregtes Gesicht in der Toröffnung erschien. »Rosa, nimm die Wäsche von der Leine! Die Zigeuner kommen!«

Als niemand reagierte, hielt die alte Frau keuchend inne. Ihr Blick flog durch den Hof, über die Brüder, die in einer Pfütze mit ihren Holzpferden spielten, zu Maria, die auf ihrem Schemel saß und eine Gans rupfte. »Wo sind sie denn alle?«, fragte Lene. Unter ihrem geblümten Kopftuch glänzte die Stirn vor Schweiß.

Maria zuckte mit den Schultern. »Auf dem Feld die Männer. Und die Mutter und die Schwestern sind ins Städtle gegangen.« Sie warf eine Handvoll Federn in den Bottich zu ihren Füßen. Die weißen Daunen schaukelten langsam nach unten, die meisten landeten auf dem weichen, flaumigen Federberg, ein paar sanken neben dem Holzgefäß zu Boden. Maria sah zu, wie die Federn schlammigen Matsch, der die alten Pflastersteine bedeckte, langsam in sich aufsogen. Zarte Daunen wurden zu braunen Klumpen.

»Die Wäsche muss von der Leine«, sagte Lene noch einmal, diesmal allerdings in ruhigerem Ton. »Sonst wird sie gestohlen.«

»Hier hoch kommt doch keiner«, meinte Maria. »Außerdem bin ich ja da und habe alles im Blick.«

Von ihrem Platz in der Mitte des Hofes aus konnte sie die alten Bäume vor dem Waschhaus sehen und die Wäscheleine dazwischen, auf der der Wind die feuchten Laken und Handtücher blähte.

Lene stemmte ihre Fäuste in die Hüften und reckte das Kinn nach vorn, unter dem noch zwei weitere hingen. »Aber du bist allein. Was willst du denn gegen die ausrichten?«

»Es sind doch friedliche Leute, die noch keinem etwas zu Leide getan haben. Abgesehen von den paar Unterhosen und Unterröcken, die sie dann und wann mitgehen lassen.«

»Ja, das redest du, weil du unvernünftig bist und jung und keine Ahnung hast.« Lene keuchte jetzt wieder vor Aufregung. »In Thalheim ist aber ein kleines Mädchen verschwunden, als sie das letzte Mal in der Gegend waren. Man hat nie mehr wieder etwas von ihr gehört. Erst fünf war sie, die arme Seele, Gott sei ihr gnädig.« Die alte Frau bekreuzigte sich schnell und atemlos. »Und du hier mit deinen kleinen Brüdern, wenn sie euch nun packen und wegzerren …«

»… dann lassen wir uns das nicht gefallen!«, unterbrach der kleine Sepp die Nachbarin. Er sprang auf und reckte seine winzige schmutzige Faust in die Höhe und nach kurzem Zögern erhob sich auch der zweijährige Anton und ballte seine Hände ebenfalls zu Fäusten.

»Siehst du?« Maria lachte. »Um uns brauchst du dir keine Sorgen zu machen, Lene.«

Die Alte schnaubte unwillig, was ihr Doppelkinn ins Schaukeln brachte. »Wirst schon sehen, was du davon hast. Wirst es schon sehen, Maria.«

Dann drehte sie sich um und eilte vom Hof, um rechtzeitig in ihr eigenes Haus zu kommen und sich darin zu verrammeln und zu verriegeln, damit die Zigeuner am Ende nicht sie selbst entführten. Maria wandte sich wieder ihrer Gans zu.

Die linke Seite war bereits ganz kahl. Tote, rote, grobporige Haut, in der nur der eine oder andere Daunenkiel steckte. Auf der rechten Seite dagegen saßen noch alle Federn wie ein Gestrüpp, in das Maria nun hineingriff und riss und zerrte. Der

Kopf des Vogels baumelte über dem daunengefüllten Bottich, stumpfe schwarze Perlaugen musterten trübsinnig die flaumige Pracht. Vorbei.

Sie rupfte, ließ die Federn fallen und schaute abwechselnd nach der Wäsche und nach den beiden Brüdern, die sich wieder in ihr Spiel vertieft hatten. Die Musik war jetzt ganz deutlich zu hören. Die Prozession der Schausteller ging unten an der Straße entlang, an den Bauernhöfen hinter der Bühler vorbei, dann über den Bach und zum Schluss über die Felder wieder zurück zu der kleinen Stadt. Hoch zu ihrem Hof würden sie nicht kommen, er lag zu einsam. Die Zigeuner wussten ja auch, dass man hier wie überall im ganzen Umkreis den Lärm gehört und die Botschaft verstanden haben würde: Der Wanderzirkus war da.

Auf dem Anger hinter der Stadtmauer waren bestimmt schon die Zelte aufgeschlagen, ein großes, rundes, buntes und darum herum viele kleine, schäbigere Zelte. Für ein paar Pfennige konnte man dann die wilden Tiere in ihren Käfigen anschauen, vielleicht war ein Luchs dabei, ein Wolf, ein Braunbär. Einmal hatten sie sogar einen richtigen Elefanten mitgebracht, der mit seinem langen Rüssel Wasser speien konnte. Und dann die Vorstellungen: werktags zwei und sonntags drei, obwohl der Pfarrer in der Messe wieder schimpfen würde, dass der Tag des Herrn durch solch sündiges Treiben geschändet würde.

Gleich morgen gehe ich hin, dachte Maria. Die erste Vorstellung ist immer die beste. Dann kontrollierte sie wieder die Wäsche auf der Leine und die Brüder an der Pfütze und dabei entdeckte sie die Frau.

Sie stand im Schatten des Tores und blickte ihrerseits zu Maria herüber. Auch als sich ihre Blicke begegneten, wendete sie die Augen nicht ab. Marias Herz wanderte hoch in ihren Hals, dort schlug es wild und aufgeregt.

»Wer sind Sie? Was wollen Sie hier?«, rief sie, aber ihre Stimme klang plötzlich so dünn und ängstlich, dass sie sich nicht sicher war, ob sie überhaupt bis zu der Fremden hinüberdrang. Sepp und Anton hörten sie jedoch, sie hörten auch die Angst in ihren Worten und unterbrachen ihr Spiel, aber diesmal reckte Sepp seinen kleinen Fäuste nicht nach oben, und auch Anton ließ die Arme hängen.

»Hier gibt es nichts zu holen«, rief Maria.

Die Frau lachte. Sie hatte sehr schwarzes Haar, das jegliches Licht zu verschlucken schien wie ein tiefes Loch. Auch ihre Brauen und die Augen waren sehr schwarz, was die seltsame Blässe ihrer Haut noch betonte. Sie sieht nicht aus wie eine Zigeunerin, dachte Maria.

»Ich will auch nichts holen«, sagte die Frau in ihre Überlegungen hinein. »Ich will etwas bringen.« Ihre Stimme klang nicht wie die einer Zigeunerin, sie hatte keinen fremdländischen Akzent, sie sprach aber auch nicht Hohenlohisch wie Maria und alle anderen in der Gegend.

»Wir brauchen nichts«, sagte Maria hastig. Sie stand auf, legte die halb gerupfte Gans auf den Korb mit den Federn und fegte sich mit den Handrücken die Daunen vom Kleid. Sie wusste nur zu gut, dass die Zigeuner einem immer etwas verkaufen wollten, Perlen aus Elfenbein, die in Wahrheit aus Hühnerknochen waren, glitzernde Edelsteine aus Glas, wertlosen Plunder, für den sie einem stets viel zu viel Geld abnahmen.

Die Frau lachte wieder und kam dabei langsam auf sie zu. Ihre weiße Haut war glatt und straff, aber nicht rosig wie die Haut einer jungen Frau, sondern irgendwie fahl und glanzlos. Wie alt mochte sie sein? Sehr viel jünger als Maria. Oder sehr viel älter. Es beunruhigte sie zutiefst, dass sie ihr Alter so überhaupt nicht einschätzen konnte – und dass sie immer näher kam. »Bleiben Sie doch stehen«, rief Maria und streckte dabei beide Handflächen gegen die Fremde.

Aus dem Augenwinkel sah sie, dass Sepp ihr einen verschreckten Blick zuwarf. Aber sie konnte sich jetzt nicht um ihn kümmern, die Frau erforderte all ihre Aufmerksamkeit.

»Keine Angst«, sagte die Fremde leise. Und es wirkte: Marias Furcht verflog von einem Augenblick zum anderen.

»Ich will dir etwas geben«, sagte die Frau noch einmal. Sie ging wieder einen kleinen, zögerlichen Schritt auf Maria zu, griff dabei mit der Hand in ihre Rocktasche. Vielleicht suchte sie nach einem Messer.

Die Angst kehrte zurück.

»Halt!«, rief Maria. »Ein für alle Mal!« Da verschwand die Frau. Sie drehte sich aber nicht um und verließ den Hof, sie war einfach weg, von einem Augenblick zum anderen.

»Was zum Teufel …« Maria fuhr herum, ob sie vielleicht hinter ihr stünde, aber da war niemand. Nur Sepp und Anton, die sie mit großen, angsterfüllten Augen ansahen.

»Was hast du denn, Maria?«, fragte Sepp. »Warum guckst du denn so komisch?«

»Hast du die Frau nicht gesehen?«, fragte sie.

»Welche Frau?«, fragte Sepp.

»Ma'ia«, sagte Anton, der das »R« noch nicht aussprechen konnte. »G'oße Ma'ia.«

Sie ging zu ihm, strich ihm über die Stoppelhaare und spürte, wie er sich sofort beruhigte. *Große Maria.* Sie fühlte sich aber nicht groß, sondern ganz klein. Ihr war auf einmal so kalt, und sie hatte ein Ziehen im Bauch, es war ein bisschen wie Durst und ein bisschen wie Hunger und doch ganz anders. Es war ein Gefühl, wie sie es damals gehabt hatte, als die Eltern sie für drei Tage zur Tante nach Altdorf gebracht hatten. Heimweh.

Sie sagte den anderen nichts von der seltsamen Erscheinung, und als ihre Brüder von ihrem Selbstgespräch im Hof erzählten, lachte sie und tat es als eine Spinnerei ab.

Ihre beiden Schwestern hatten ohnehin anderes im Kopf. »Wann dürfen wir zum Zirkus?«, bedrängten sie die Mutter, kaum dass der Vater nach dem Abendbrot aus dem Raum war. »Bitte, lass uns jetzt noch auf einen Sprung zum Anger.«

»Es wird doch bald dunkel.« Die Mutter trug die Teller zum Spülstein, dann schob sie die Ärmel ihrer Bluse nach oben. Über ihren rechten Unterarm zog sich ein hässlicher dunkelvioletter Fleck. »Morgen könnt ihr hin, in Gottes Namen.«

»Darf ich auch hin, Mutter?«, fragte Sepp mit sehr viel Hoffnung in der Stimme. »Bitte?«

»Ihr beiden Kleinen dürft euch die Menagerie anschauen«, sagte die Mutter, während sie Wasser aus dem Krug in die Schüssel kippte. »Für die Vorstellung seid ihr zu klein.«

Während Sepp zu jammern begann und Anton in seine Klagen einstimmte, auch wenn er nicht so recht wusste, worum es eigentlich ging, verließ Maria die Küche. Sie brachte die Essensreste in den Stall zu den Schweinen. Ans Gatter gelehnt sah sie dabei zu, wie sich die beiden großen Säue über die Kartoffelschalen hermachten.

Ihr Vater rumpelte drüben im Schuppen herum, sie zog sich noch ein bisschen weiter ins Dunkel des Schweinestalls zurück. Er sah es nicht gerne, wenn sie untätig herumstand. »Mach dich nützlich«, sagte er dann. »Wer essen will, soll auch arbeiten.«

Er selbst arbeitete von morgens bis abends. Wenn die Sonne unterging, begann er zu trinken. Zuerst wurde er traurig und später wütend. Wer ihm dann in die Quere kam, fing sich Prügel ein, ganz egal, ob es der Hund oder die Katze waren, seine Kinder oder seine Frau.

Aber noch hatte er nicht damit angefangen.

Die Schweine hatten die Küchenreste aufgefressen, sie wälzten sich wieder zurück ins schmutzige Stroh, die eine Sau links, die andere rechts.

Maria dachte an die Frau im Hof.

Ich will nichts holen. Ich will etwas bringen. Was hatte sie ihr wohl geben wollen? Vielleicht kommt sie wieder, dachte Maria, aber aus irgendeinem Grund wusste sie, dass das nicht passieren würde, dass ihr die Frau nicht mehr erscheinen würde. Jedenfalls nicht so und nicht hier. Ich muss dich suchen und finden, dachte sie. Die eine Sau schmatzte und zog die Mundwinkel nach oben, es sah aus, als lachte sie Maria aus.

Es ist ja auch lächerlich, dachte Maria. Wo sollte ich denn anfangen?

Anton war zwei, Sepp fünf, Ottilie zwölf, Edda vierzehn und Maria war achtzehn. Sie war die Älteste, sie trug die größte Verantwortung, sie übernahm die meiste Arbeit, sie bezog die meisten Prügel. Einmal abgesehen von der Mutter, bei der man nicht wusste, wie oft sie geschlagen wurde, weil sie niemals darüber sprach. Manchmal wachte Maria nachts auf und hörte ihren Vater fluchen, seine Schläge, die unterdrückten Schreie ihrer Mutter und das Stöhnen. Dann war es wieder soweit.

Am nächsten Morgen aber ging die Sonne wieder auf, die Mutter machte das Frühstück, der Vater trank seinen Kaffee, die Kinder aßen ihre Brote, und danach machten sie sich an ihre Arbeit wie jede andere Familie auch. Keiner von den Nachbarn wusste, was nachts bei ihnen geschah, und sie selbst hätten es auch vergessen, wenn die grünen, blauen und gelben Flecken und die schmerzenden Knochen sie nicht daran erinnert hätten.

Heute war Freitag; um vier Uhr sollte die erste Zirkusvorstellung beginnen. Vier Uhr war gut, dachte Maria, denn länger als eine Stunde würde die Vorführung nicht dauern, und danach war noch genug Zeit, die Kühe von der Weide zu holen und zu melken, den Stall zu misten und die Schweine zu füttern. Ottilie und Edda gingen schon um zwei Uhr los, sie nahmen die beiden Kleinen mit, damit sie die Tiere sehen konnten. Maria kam eine Stunde später nach, sie lief den Pfad zur Bühler hinunter und über die kleine Brücke und auf der anderen Seite wieder hoch. Sie beeilte sich, weil sie auch noch einen Blick in die Käfige werfen wollte, auch wenn sie eigentlich zu alt für so etwas war. Sie roch den Zirkus, bevor sie ihn sah. Dieser beißende Gestank nach Wildnis, diese Mischung aus Tierangst, Menschenschweiß und Urin.

Sie kaufte sich zwei Karten, eine für die Vorstellung und eine für die Menagerie. Der Tanzbär mit dem Ring in der Nase, den die Zigeuner beim letzten Mal noch mitgebracht hatten, war nicht mehr dabei. Wahrscheinlich war er gestorben. Stattdessen hatten sie nun eine große Schlange, dick wie ein Arm, die zusammengerollt in einem der vergitterten Wagen lag. Ihre braun-gelben Schuppen wirkten trocken und staubig. Im Wagen daneben beschäftigte sich eine Wildkatze damit, sich selbst das Fell auszureißen. Ihre Brust war schon ganz kahl. Eine Eule schlief, ein Waschbär stank furchtbar, und ein grauer Wolf sah aus wie ein scheuer magerer Hund. Und vor den Käfigen standen die Leute aus Vellberg und den Dörfern. Sie drängten sich vor den Gitterstäben, zeigten, lachten, schrien, zogen Grimassen und führten sich weit unvernünftiger auf als die gelangweilten Tiere, die die Besucher einfach ignorierten.

Im letzten der Wagen lag ein kleiner Schneefuchs. Er hatte den Kopf auf seine Vorderpfoten gelegt, die Augen müde und wachsam zugleich. Als Maria an das Gitter trat, hob er den Kopf, sein Blick begegnete ihrem Blick, und einen Moment lang hatte sie das unsinnige Gefühl, dass er ihr etwas sagen wollte. Aber dann ließ er die schwarze Schnauze wieder auf die gelblich-weißen Beine sinken.

»Du armes Ding«, murmelte Maria, obwohl man mit Füchsen kein Mitleid zu haben brauchte, weil sie einem die Hühner und die Kaninchen aus dem Stall raubten und die Gänse von der Weide. Der Fuchs steckte seine Schnauze zwischen seine Pfoten und klemmte den buschigen Schwanz noch enger an den Körper, als schämte er sich über ihre Anteilnahme.

Sie blieb dennoch eine ganze Weile stehen und sah ihn an. Erst als ein paar Kinder neben sie traten und lachten und lärmten, wandte sie sich ab. Dann sah sie die Frau.

Sie kam aus einem der niedrigen Zelte, richtete sich auf und blinzelte in die Frühlingssonne, dabei wirkte sie, als erwartete sie jemanden. Sie sah ganz anders aus als gestern. Die schwarzen Haare, die so stumpf erschienen waren, funkelten und glänzten in der Sonne wie Metall. Sie hatte sie straff nach oben gekämmt und auf dem Kopf zu einem schweren, kunstvollen Gebilde zusammengesteckt. An den Ohren baumelten goldene Ohrringe, fast bis auf die Schultern. Und ihre Kleidung: die bunte Bluse weit ausgeschnitten und über den Brüsten ein Gewirr aus glitzernden Ketten und Bändern und Anhängern, ein schwingender rüschenbesetzter Rock, der Stoff mit Blumen und Ranken und Pailletten bunt bestickt. Trotzdem erkannte sie Maria auf den ersten Blick wieder.

Die Frau schien Maria auch zu erkennen, wie sie dastand und wartete. Maria atmete tief durch, sie strich mit den Händen über ihre Bluse, den Rock, obwohl die Frau nicht so aussah, als gäbe sie viel auf ein ordentliches Äußeres. Dann ging sie zu ihr.

»Grüß Gott«, sagte Maria.

»Guten Tag«, gab die Frau zurück. Ihre Stimme klang genauso wie am Tag zuvor, recht dunkel, aber klar und laut. Die schwarzen Augen musterten Maria irritiert.

»Ich wollte …«, begann Maria und brach mitten im Satz ab. Was wollte sie eigentlich? Warum kam ihr die Frau nicht zu Hilfe? Warum ließ sie sie einfach so stehen und stammeln, als ob sie einander nie zuvor begegnet waren?

»Bitte«, sagte die Frau. »Die Tiere findest du dort, und die Vorstellung ist im großen Zelt. In fünf Minuten fangen wir an.« Wieder fiel Maria auf, wie klar und deutlich die Frau sprach. Ohne die Spur eines Dialektes. Sie redete, als ob sie ihre Worte aus einem Buch abläse, und sie betonte auch die Endsilben, als wäre Maria der deutschen Sprache nicht richtig mächtig.

Jetzt wies sie über Marias Schulter zum Zelteingang, wo sich die Besucher bereits in einer langen Schlange aufgestellt hatten. Ein dünner Mann mit einem hohen, bunten Hut und großen Schuhen nahm die Eintrittskarten in Empfang.

»Ich weiß«, sagte Maria. »Ich wollte aber etwas anderes.« So sag doch etwas, flehte sie lautlos. Warum warst du gestern bei uns, was wolltest du von mir? Denn dass es diese Frau war und keine andere, die ihr erschienen war, daran gab es keinen Zweifel.

Die Frau zuckte jedoch mit den Schultern, ein wenig hilflos, als habe sie Marias stummes Flehen gehört, wisse aber nichts damit anzufangen. »Ich muss mich nun vorbereiten«, sagte sie schließlich. Dann wandte sie sich einfach ab und ließ Maria stehen.

Maria saß ganz hinten in der letzten Reihe, kein guter Platz, weil sie sich erst so spät angestellt hatte. Sie suchte Ottilie und Edda und fand sie ganz vorne, in der zweiten Reihe vor der Manege. Sepp und Anton waren nicht dabei, die Schwestern hatten die beiden wohl vor der Vorstellung wie verabredet nach Hause geschickt.

Dieselben Musikanten, die gestern den Umzug angeführt hatten, spielten eine kurze, lustige Melodie, dann eine Art Tusch. Ein dicker Mann im Gehrock betrat die Manege. »Hochverehrtes Publikum«, rief er. Dabei sprach er das »H« nicht aus, sein »E« klang wie ein »Ä«, und sein »R« rollte wie ein ganzer Fuhrpark.

»'och värärrrtes Publikum! Ich prrräsäntiere Ihnän noch nie da gäwäsäna Sänsationen!« Während er weitersprach, wanderten Marias Gedanken zurück zu der seltsamen Frau, die sich ganz offensichtlich nicht mehr an sie erinnerte. Ob sie nach der Vorführung noch einmal zu ihr gehen und ihr merkwürdiges Verhalten ergründen sollte? Unsinn, dachte Maria, sie würde mich nur für verrückt halten. Vermutlich bin ich ja auch verrückt. Ich verliere den Verstand. Ich sehe Dinge, die gar nicht da sind.

Sie fühlte sich jedoch nicht verrückt. Sie fühlte sich klar und ruhig und völlig bei Sinnen. Vielleicht gab es ja doch eine vernünftige Erklärung für das, was sie gestern erlebt hatte. Die Frau war eine vorgezogene Erinnerung. So wie man manchmal meinte, dass man eine Begegnung, eine Unterhaltung, eine Begebenheit schon einmal erlebt hatte, obwohl sich die Sache in Wirklichkeit zum ersten Mal ereignete, so hatte sich Maria gestern an die Frau erinnert, obwohl die eigentliche Begegnung mit ihr erst heute stattgefunden hatte.

Nein, das war nun wirklich verrückt, eine Erinnerung vor dem eigentlichen Ereignis. Das war schlicht und einfach widersinnig.

Auf der Manege waren inzwischen zwei kleine schwarze Pferde mit bunten Federbüschen auf den Köpfen eingelaufen. Sie trabten im Kreis und schüttelten auf ein Kommando des Zirkusdirektors die Mähnen und Schwänze und scharrten mit den Hufen. Dann ließ er sie rechnen. Zusammenzählen und abziehen, malnehmen und teilen, die Pferdchen lösten seine Aufgaben mit Bravour. Zwei mal zwei ist 1, 2, 3, 4, nickten die geschmückten Köpfe. Acht minus fünf ist 1, 2, 3. Die Leute applaudierten, und Marias Gedanken begannen langsam wieder wegzugleiten, aber dann sah sie Bruno.

Bruno Hochreuther saß genau auf der anderen Seite der Manege. Ob er sie ebenfalls entdeckt hatte? Wie immer, wenn sie ihn sah, hatte Maria den Impuls aufzustehen und wegzulaufen. Stattdessen presste sie ihre Knie zusammen, faltete die Hände im Schoß und richtete den Blick fest auf die Manege. Sie würde nicht fliehen, Bruno hatte schließlich viel mehr Grund sich zu schämen als sie. Oder zumindest genauso viel.

Ihre Hände schwitzten, sie löste sie wieder voneinander und rieb die Handinnenflächen an ihrem Rock trocken. Den ganzen letzten Sommer über hatte sie sich mit Bruno heimlich hinter der Stöckenburg getroffen. Sie hatten sich beim Maitanz kennengelernt. Bruno war der erste Bursche, der Maria aufgefordert hatte, der erste, mit dem sie überhaupt je getanzt hatte, denn im Jahr zuvor war sie erst sechzehn gewesen, zu jung zum Ausgehen.

Er hatte ihr gezeigt, wie man Polka tanzt, links herum und rechts herum, das war einfach. Walzer war viel schwieriger, der eine Fuß musste immer zwischen die Füße des Partners, eins, zwei, drei, eins, zwei, drei, und man musste sich führen lassen. »Das ist überhaupt das Wichtigste«, hatte Bruno ihr erklärt. »Dass die Frau dem Mann folgt, denn wenn sie ihren eigenen Kopf hat und tut, was sie will, dann geraten alle beide aus dem Takt.«

»Sprichst du nur vom Tanz oder vom Leben?«, hatte sie geantwortet, darauf hatte er nichts gesagt, sondern nur gelächelt.

Dieses Lächeln – es ärgerte sie immer, weil es so überlegen war, so herablassend. Gleichzeitig jedoch hatte sie ein eigenartiges, flatterndes Gefühl tief in ihrem Leib, wenn er lächelte.

»Wie heißt du?«, hatte sie ihn gefragt, als er sie zur Tanzfläche führte. Dabei kannte sie seinen Namen längst. Sie hatte ihn so oft gehört. *Hochreuther.* Ihr Vater spuckte ihn aus, wenn er betrunken war. *Hochreuther, dieses Pack, diese Blutsauger.* Den Hochreuthers gehörte über die Hälfte des Landes, das ihr

Vater bewirtschaftete. »Ich mache die Arbeit, und die Herrschaften kassieren das Geld und lassen es sich gut gehen«, sagte ihr Vater.

Ausgerechnet der junge Hochreuther, dessen Familie ihr Vater so hasste, forderte sie auf und tanzte nun den ganzen Abend nur mit ihr. Selbst wenn er hässlich und verwachsen gewesen wäre, hätte sie sich darüber gefreut. Aber Bruno Hochreuther war nicht hässlich und verwachsen, er war groß und blond und schön.

Am Tag nach dem Maitanz kam er auf den Hof, als wäre es die natürlichste Sache der Welt, dass er sie besuchte. Ihr Vater war auf dem Feld, die Mutter und Edda waren in der Küche, die jüngeren Kinder in der Schule, und Maria jätete Unkraut im Gemüsegarten. Sie hörte die kleine Pforte des Gartenzauns quietschen, und ehe sie sich umgedreht hatte, stand er hinter ihr.

»Um Gottes willen«, sagte sie erschrocken. »Wenn mein Vater dich sieht!«

Er legte seinen Finger auf ihren Mund und zog sie an die Rückwand des Schuppens und küsste sie. Am Anfang berührten sich nur ihre Lippen, dann drang seine Zunge zwischen ihre Zähne und war in ihrem Mund. Es war ein Gefühl, als ob sie sich von innen heraus auflöste. Ihre Lippen, ihre Arme, ihre Brüste und Beine, ihr ganzer Körper öffnete sich, als hätte sie nur auf diesen Moment gewartet.

Er knöpfte ihre Bluse auf und ihr Mieder, sie hörte ihn stöhnen, aber vielleicht war sie es auch selbst, die stöhnte. Sie dachte nicht mehr an Vater, Mutter, Geschwister, sie hätte alles mit sich machen lassen, aber er ließ plötzlich von ihr ab. Er zog seine Hände aus ihrer Bluse und war weg.

Sie traf ihn in derselben Nacht in einer Scheuer hinter der Stöckenburg, und in der nächsten Nacht noch einmal und zwei Nächte darauf wieder. Sie war voller Begierde und ohne Hintergedanken. Ihren Plan dachte sie sich erst später aus, einige Monate, nachdem sie sich kennengelernt hatten.

Als sie das erste Mal zu ihm kam, lag er im Heu, das bereits leicht faulig roch, weil es aus dem letzten Sommer war. Sie zog sich langsam vor ihm aus, alles, das Kleid und die Strümpfe, das Mieder und den Unterrock, dabei sah sie ihn an und spürte seine Augen auf ihrem Körper. Erst als sie ganz nackt war, ging sie zu ihm, und dieses Mal war sein Lächeln nicht spöttisch und herablassend, sondern nervös.

Er musste sie zu nichts zwingen, sie gab ihm alles freiwillig.

Nach dieser ersten Nacht war er verrückt nach ihr. Wenn sie sich zufällig irgendwo trafen, im Städtle, auf dem Markt, in der Kirche, dann saugten sich seine Blicke so gierig an ihr fest, dass sie Angst bekam, alle würden es mitbekommen. Aber niemand bemerkte etwas, nicht einmal ihr Vater.

Es war viel mehr zwischen ihnen als Leidenschaft und Begehren. Er liebte sie, und sie liebte ihn. Nur deshalb kam sie auf diesen dummen Plan.

Sie wussten beide, dass ihre Geschichte keine Zukunft hatte. Er war fünfundzwanzig und der Sohn eines Großbauern, sie war siebzehn und die Tochter eines Pächters. Er brauchte eine Frau, die zu ihm passte. Statt sich also mit ihr zu verloben, traf er sie weiterhin heimlich und schlief mit ihr. Danach schlich sie wieder zurück zum Hof und kroch auf Zehenspitzen in ihr Bett, damit ihr Vater nichts mitbekam und sie grün und blau schlug.

Du willst mich und ich will dich, dachte Maria. Und wenn du dich nicht traust, mich zu nehmen, dann muss ich dir eben helfen.

Sie wusste genau, welche Tage die gefährlichen waren, also quälte sie ihn vorher eine Woche lang mit Ausflüchten, dann traf sie sich mit ihm. Danach war sie schwanger.

Sie teilte es ihm im August mit, er zog sich gerade die Hose an, und sie hakte ihre Strümpfe an den Strumpfbändern fest, denn es war eine kühle Nacht. »Ich erwarte ein Kind von dir«, sagte sie.

Er war so erschrocken, dass ihm die Worte fehlten. Er setzte sich auf einen Holzbalken und schüttelte den Kopf, immer wieder. »Wie konnte das nur …«, stammelte er. »Warum habe ich bloß …«

Sie zog ihr Mieder über der Brust zusammen und fühlte sich plötzlich nicht mehr verführerisch. Ihr war kalt. Sie wollte zu ihm gehen, aber sie wusste, dass er sie jetzt nicht wollte, also blieb sie stehen.

»Es war zu erwarten«, sagte er nach einer Weile. »Keine Angst, ich lasse dich nicht im Stich.« Seine Stimme klang dabei aber nicht liebevoll, sondern mühevoll beherrscht. Das hast du dir also so gedacht, sagte sein Blick. Sie berührten sich nicht, als sie sich voneinander verabschiedeten.

Ein paar Tage später begann Maria zu bluten. Mitten in der Nacht wachte sie auf, weil ihr Leib sich zusammenzog, dann spürte sie die warme Lache zwischen ihren Beinen. Sie kroch auf allen vieren zur Kommode und holte zwei Laken, die sie zwischen ihre Schenkel legte. In Sekunden sogen sie sich voll mit dickem roten Blut, sie wrang sie über einem Eimer aus und benutzte sie von neuem. Fremde, heiße Finger wühlten in ihrem Leib und suchten nach dem Kind, und als sie es endlich fanden, rissen sie es aus ihr heraus. Das Blut floss lautlos, und sie biss sich in ihre Hand, um nicht laut zu loszuheulen.

Mit dem Morgengrauen war alles vorbei. Er war sehr ruhig und erleichtert, als sie es ihm sagte. Danach trafen sie sich niemals wieder.

Manchmal begegneten sie sich natürlich zufällig, wie jetzt, da er ihr im Zirkuszelt gegenübersaß. Aber dann wichen sich ihre Blicke aus.

»'ochvärrärtes Publikum«, tönte der Zirkusdirektor nun wieder. Die Pferde waren längst aus der Manege getrabt. Auch die Pudel, die Luftakrobaten und die Spaßmacher mit ihren großen Schuhen hatten ihre Auftritte beendet. »Ich prräsäntierrre Ihnän nun … Meistärr Nicolas und Madame Argent!« Glaubte man der Ankündigung des Direktors, so war der Mann mit dem hohen schwarzen Hut auf dem Kopf, der jetzt mit seiner Gehilfin unter Applaus und Trommelwirbel die Bühne betrat, der größte Zauberer der Welt. »Ein unglaublichärr Magiärr!«

Marias Herz schlug schneller, sie beugte sich nach vorn, um noch besser sehen zu können. Diese Gehilfin des Magiers, das war die Frau, mit der sie gerade gesprochen hatte und die ihr am Vortag erschienen war. Madame Argent nannte sie sich also. Sie trug immer noch den bestickten Rock und die vielen Ketten über der Bluse, aber hier in der Manege wirkten die Kleider nur halb so bunt. Dafür erschien ihr Gesicht noch blasser als zuvor, denn die Lippen waren dunkelrot geschminkt, als bluteten sie. Der Zauberer begrüßte das Publikum, die Gehilfin verbeugte sich dabei in alle Richtungen, wobei der Schmuck auf ihrer Brust klirrte. Dann begann die Zauberei, Kaninchen erschienen im Zylinder und verschwanden wieder, Blumensträuße schoben sich aus Meister Nicolas Jackenärmel, Karten wurden verzaubert. Madame Argent knickste und lächelte und warf Kusshändchen, und zum Dank wurde sie zum Schluss in einen Kasten gesperrt und in der Mitte durchgesägt.

»Sänsationäll!«, brüllte der Zirkusdirektor, als sich Zauberer und Gehilfin hinterher verbeugten. »Und wänn Sie wollän, dann wirrrft Madame Arrrgent nach därrr Vorrrställung auch einän Blick in Ihrrrä Zukunft.« Wer Mut habe, sein eigenes Schicksal kennenzulernen, der solle sich direkt zu ihr begeben, erstes Zelt links neben dem Ausgang, meinte er noch, bevor fünf Liliputaner auf Einrädern in die Manege rasten und ihn fast umfuhren.

Den Rest der Schau erlebte Maria wie durch dicke Nebelschwaden hindurch. Sollte sie Madame Argent aufsuchen, oder sollte sie die ganze Sache einfach vergessen? Ich habe doch nichts zu verlieren, dachte sie. Ich lasse mir von ihr die Zukunft prophezeien. Vielleicht ist sie mir ja deshalb erschienen. Weil sie mir mein Schicksal voraussagen will. Bei dem Gedanken fröstelte sie plötzlich, und auf ihren Armen richteten sich alle Härchen auf.

Sie war eine der Ersten, die das Zirkuszelt verließ und sich an dem kleinen runden Zelt neben dem Eingang anstellte. *MAD ME ARGENT* verkündeten die roten, weißen und blauen Buchstaben über dem Eingang, vor dem ein bunter Perlenvorhang hing, denn ein weißes A war abgefallen. Daneben saß ein Zwerg auf einem Schemel und strickte an einem Schal.

»Madame kommt gleich«, sagte er, ohne Maria dabei anzusehen. »Zwanzig Pfennige, wenn ich bitten darf.«

Sie reichte ihm ein paar Münzen und blinzelte dabei durch die Zwischenräume der Perlenschnüre in die Dunkelheit des Zeltinneren. Irgendwo da drinnen meinte sie ein bläuliches Leuchten zu sehen, aber vielleicht täuschte sie sich auch.

Hinter ihr stellten sich weitere Zirkusbesucher an, man lachte und riss Witze über die Enthüllungen, die man sich von der Wahrsagerin erwartete. Maria trat von einem Fuß auf den anderen. »Madame kommt gleich«, sagte der Zwerg wieder.

Dann drehte sie sich um. Vielleicht aus einem Gefühl heraus, dass sie jemand ansah, vielleicht geschah es auch einfach nur so, ohne Grund. Sie begegnete Brunos Blick, der sich ebenfalls angestellt hatte. Neben ihm stand ein zierliches Mädchen, um dessen Schultern er seinen Arm gelegt hatte, als wolle er sie am Davonlaufen hindern. Sie war sehr blond und sehr hübsch, erkannte Maria, obwohl sie sie nur für den Bruchteil eines Moments ansah. Dann wanderten ihre Augen wieder zu Bruno, und zum ersten Mal seit dem letzten Sommer sah er nicht weg. Er zog das Mädchen nur ein bisschen enger an sich und hielt ihrem Blick stand – mit einem sehr verächtlichen, kalten Ausdruck im Gesicht. Bevor sie wusste, was sie tat, trat sie aus der Schlange vor dem Zelt und lief davon.

»Fräulein«, hörte sie den Zwerg noch rufen, den Rest seines Satzes verstand sie nicht mehr, weil sie schon zu weit weg war. Mein Geld, dachte sie, als sie bereits unten an der Bühler war. Ich habe doch schon den Eintritt für die Wahrsagerin bezahlt. Aber das war nun auch egal.

Erscheinungen, Prophezeiungen, Hokuspokus. Wenn sie nicht aufpasste, würde sie verrückt, dachte Maria. Sie beschloss, die ganze Angelegenheit zu vergessen. Nicht nur die Wahrsagerin im Zirkus. Auch Bruno und seine neue Geliebte. Nichts von alldem war es wert, dass sie sich darüber den Kopf zerbrach.

Sie brauchte ihre Kraft für andere Dinge – um Kartoffeln zu klauben und Kohl zu hacken und die Schweine zu füttern. Als

Edda sie am Dienstag fragte, ob sie noch einmal mit zum Zirkus käme, verdrehte Maria verächtlich die Augen. »Es reicht, wenn man sich die Sache einmal ansieht«, sagte sie. »Es ist doch nichts als nur dummes Zeug.«

»Das ist wohl wahr«, knurrte ihr Vater, während er aufstand und sich die Brotkrumen von der Hose wischte. »Rausgeworfenes Geld.«

»Morgen sind sie wieder weg«, sagte Edda, nachdem er die Küche verlassen hatte. Sepp fing wieder an zu betteln, dass er die Vorstellung sehen dürfte, nur einmal, ein einziges Mal. »Aber du nicht, Anton«, wies er den jüngeren Bruder zurecht, als der ebenfalls zu jammern begann. »Du bist noch zu klein.«

Am Nachmittag begann Maria zu warten. Er geschah gegen ihren eigenen Willen und ohne dass sie es sich selbst recht eingestand. Wenn Madame Argent wirklich wollte, dass sie zu ihr kam, so dachte sie, dann sollte sie ihr ein Zeichen geben. Sie sollte ihr noch einmal erscheinen. Madame Argent jedoch tauchte nicht auf, obwohl Maria sich sogar in den Hof setzte, um dort ihre Rüben zu putzen. Denn im Hof war ihr die Frau ja auch beim ersten Mal erschienen.

Sie ging früh schlafen. Es war eine schwüle Sommernacht; sie schwitzte unter dem dicken Federbett. Gegen ihren Willen musste sie an Bruno denken und ob er sich jetzt vielleicht mit der kleinen Blonden traf. Womöglich in der Scheuer hinter der Stöckenburg.

Sie lag lange wach, aber dann schlief sie doch ein.

Als sie wieder erwachte, hörte sie die unterdrückten Schreie. Der Vater schlug die Mutter, dabei verwünschte er sie leise, oder vielleicht verwünschte er auch sich selbst.

Maria konnte die Worte nie verstehen, die er aus sich herauskeuchte, während seine Fäuste auf seine Frau niederprasselten wie die Steine auf den Heiligen Stephanus. Ganz wie der heilige Märtyrer bemühte sich auch ihre Mutter, dass kein Wehlaut, keine Klage über ihre Lippen drang, nur hin und wieder stöhnte sie und wimmerte wie ein Kind. Maria lag in ihrem Bett, schwitzte und wünschte sich, dass ihre Mutter schrie.

Wenn sie aber nicht schreit, warum schreie ich dann nicht für sie? dachte sie. Warum stehe ich nicht auf und gehe zu ihnen und versuche wenigstens ihn aufzuhalten?

Weil ich es dann abbekommen würde an ihrer statt, dachte sie. Weil ich feige bin, bleibe ich hier liegen und halte den Atem an, und auch morgen früh werde ich nichts sagen und nichts unternehmen. So würde es immer weitergehen. Dieser Gedanke stand auf einmal ganz klar und deutlich vor ihr. So lange sie lebte, würde sie immer ausharren und schweigen, sie würde zuhören, wie ihre Mutter geprügelt wurde, und später, wenn sie selbst verheiratet wäre, wäre sie es dann, die sich prügeln ließe, während ihre Kinder im Nebenraum lagen und den Atem anhielten.

Sie spürte auf einmal wieder Brunos verächtlichen Blick, wie er über ihr Gesicht wanderte. Du bist nichts, sagten seine Augen. Nichts wert. Vor diesem Blick war sie davongelaufen.

Im Nebenzimmer war es nun still geworden. Ihr Vater hatte aufgehört zuzuschlagen, vielleicht war er vor Erschöpfung eingeschlafen, oder ihre Mutter war ohnmächtig geworden. Maria hörte nur noch ihren eigenen Atem in der Dunkelheit wie den einer fremden Person. Dann war plötzlich dieses Gefühl wieder in ihr, die hungrige, durstige Leere, die sie zum ersten Mal gespürt hatte, nachdem ihr die Frau im Hof erschienen war. Eine quälende Sehnsucht, aber wonach?

Sie schob ihren Körper aus dem Bett. Auf nackten Füßen schlich sie zur Kommode und schlüpfte in ihre Kleider. Was tust du, Maria? fragte sie sich selbst, während sie ihre Wäsche, ihre spärlichen Kleidungsstücke, in einen Leinenbeutel stopfte. Wo willst du hin? Sie steckte ihre Bürste ein, die Schildpattspange fürs Haar und das Kreuz, das sie vor ein paar Jahren zur ersten heiligen Kommunion bekommen hatte.

Ich muss weg von hier.

II.

Im Hof schlug ihr die feuchte Sommernacht ins Gesicht. Sie schlang ihre Arme um den Oberkörper, spürte ihre eigenen Hände am Hals und stellte sich vor, dass sie jemand zum Abschied umarmte. Gott segne dich, Maria. Den Leinenbeutel über der Schulter huschte sie zum Ausgang. Das Tor quietschte leise in den Angeln, sobald der Spalt breit genug war, schlüpfte sie hindurch. Rechts führte der Weg zur Stöckenburg hinauf. Bis zum Morgengrauen konnte sie sich in der Scheuer verbergen. Aber was, wenn Bruno sich wirklich dort mit seiner Neuen traf? Unschlüssig trat sie von einem Fuß auf den anderen. Sie konnte sich das blonde Mädchen nicht in der Scheuer vorstellen, ihren zarten, weißen Körper in dem groben Heu, in dem es von Flöhen und Ohrenkneifern wimmelte. In die Scheuer geht er nur mit solchen wie mir, dachte Maria. Die Neue aber ist ihm heilig, die wird erst geheiratet, ehe er sie nimmt.

Dennoch schlug sie nicht den Weg zur Stöckenburg ein, sondern ging nach links zur Bühler hinunter. Nach dem vielen Regen der letzten Wochen war das Gestrüpp und Unkraut auf beiden Seiten des Trampelpfads so gewuchert, dass es schon tagsüber schwierig war, sich einen Weg zu bahnen. Ein blasser Halbmond hing am sternenlosen Himmel, dessen kraftlose Strahlen oben auf dem Blätterdach liegen blieben wie weißer Staub. Nasse Blätter schlugen Maria ins Gesicht, als sie sich einen Weg bahnte, Brombeerranken griffen nach ihrer Strickjacke, Brennnesseln schlugen um ihre nackten Waden und verbrannten ihre Hände. Einmal rutschte sie aus und lag lang gestreckt rittlings auf dem nassen Boden. Sie rappelte sich wieder hoch. Weiter, immer weiter, nur nicht stehen bleiben, nur nicht darüber nachdenken, was sie tat, wohin sie rannte.

Die Zelte lagen noch auf dem Anger vor der Stadtmauer, und über dem Eingang baumelte noch das große Schild. *Zirkus*

Lombardi. Maria atmete auf und merkte erst jetzt, dass sie die ganze Zeit befürchtet hatte, sie nicht mehr vorzufinden. Als sie aus dem Schatten der Bäume auf die Wiese trat, schlugen im Zirkusdorf die Hunde an. Maria sah plötzlich die niedlichen kleinen Pudel vor sich, die in der Manege Stöckchen apportiert hatten. Vielleicht verwandelten sie sich nach der Vorstellung in scharfe Wachhunde. Das Bellen wurde immer lauter, jetzt meldeten sich auch schon ein paar Hunde im Städtle. Sie musste hier weg, sonst würde man auf sie aufmerksam werden.

Sie zog sich wieder unter die Bäume zurück. Wie spät mochte es sein? Mitternacht, vielleicht ein Uhr? Es würde in jedem Fall noch lange dauern, bis es hell wurde.

Maria ließ sich unter einer Tanne in die Hocke sinken, dann setzte sie sich auf die trockenen Nadeln. Das Gewirr der Tannenzweige über ihr verschmolz mit dem Schwarz des Himmels. In einem Ausschnitt stand der Mond, eine magere Sichel, umgeben von einem weißgelben Vorhof, an dem die Finsternis nagte. Den Stamm im Rücken umschlang sie ihre Beine mit den Armen, legte das Kinn auf die Knie und begann zu warten. Ihre Beine und ihre Hände waren heiß und angeschwollen von den Brennnesseln, aber nach einer Stunde spürte sie das Brennen nicht mehr.

Als sie aufwachte, war das ganze Zeltdorf in Bewegung. Die Spitze des großen Zeltes knickte soeben ein, die Stange mit den bunten Wimpeln, die oben angebracht war, kippte nach vorn, fiel auf Maria zu, aber dann blieb sie mitten in der Luft hängen, als hielten sie unsichtbare Hände fest. Männer rannten von links nach rechts und von rechts nach links, sie hielten Zeltplanen in den Händen, die sie nach einem geheimen Plan aufeinanderlegten und zusammenschlugen. Vier der kleinen Zelte hatten sie bereits in lange runde Pakete verwandelt, aber Madame Argents Zelt stand noch, stellte Maria mit Erleichterung fest, als sie nähertrat.

Ihr Körper fühlte sich an wie zerschlagen, ein pochender Schmerz zog sich vom Rücken in die Beine. Und sie war so schmutzig! Der Rock, der nass und lehmig geworden war, als sie nachts durch den Wald gelaufen war, war von einer Schicht dürrer Tannennadeln überzogen, Maria wischte mit den Händen darüber, aber sie hatte das Gefühl, dass sie den Dreck dadurch nur noch mehr in den Stoff rieb.

»He, holla! Aufgepasst!« Neben ihr knallte eine Metallstange zu Boden und blieb scheppernd liegen. Im letzten Moment war Maria zur Seite gesprungen. Sie blickte nach oben und begegnete dem wütenden Blick eines Mannes auf einer Leiter. »Keine Besucher mehr. Verschwinde!«, schrie er. Seine Hände bewegten sich, als verscheuche er ein Huhn, wodurch er fast von der Leiter fiel. »Weg, weg!«, hörte Maria ihn noch schreien, während sie zwischen den zusammenfallenden, einstürzenden Zelten hindurcheilte, als wäre sie auf der Flucht vor einem Erdbeben. Sie erreichte das Zelt von Madame Argent, der Perlenvorhang hing jetzt nicht mehr vor dem Eingang. Es war leer.

»Da bist du ja endlich.«

Die Stimme war direkt hinter ihr. Maria fuhr herum und riss instinktiv die Hände hoch. »Madame Argent!«

Die Wahrsagerin musterte sie aus schmalen schwarzen Augen. »Was willst du?«

»Ich ...« Maria zögerte einen Moment lang. »Haben Sie mich ... erwartet?«

»Gewissermaßen.« Madame Argents Augen glitzerten spöttisch, aber ihre Miene war ernst und streng. »Was willst du?«, fragte sie noch einmal.

»Ich wollte ... können Sie mir aus der Hand lesen?«

»Jetzt, am frühen Morgen?« Madame Argents Augenbrauen zogen sich zusammen. »Warum bist du letztens nach der Vorstellung nicht gekommen?«

Maria dachte an Bruno und biss sich auf die Lippen, dann öffnete sie den Mund, um zu antworten, doch Madame Argent schnitt ihr mit einer flachen Handbewegung das Wort ab. »Ich habe eigentlich keine Zeit. Du siehst ja ...« Sie zeigte auf das Chaos um sie herum. »Aber komm.«

Sie brachte Maria zu einem kleinen Zelt ganz am Rande des Zirkusgeländes. Der Eingang war so niedrig, dass sich beide tief bücken mussten, um einzutreten. »Setz dich«, sagte die Wahrsagerin, dabei ließ sie sich selbst auf ein großes Kissen sinken. Maria setzte sich auf ein anderes Kissen. Im Gegensatz zu Madame Argent, die ihre Beine unter ihrem weiten Rock gekreuzt hatte und sehr aufrecht saß, wusste sie nicht, wohin mit ihren Füßen. Sie streckte sie schließlich nach vorne aus, so dass ihre Schuhe klobig und dreckig zwischen ihr und der Wahrsagerin lagen. Einen Moment lang waren auch ihre hässlichen Socken zu sehen, die am Bund geflickt waren, aber dann beugte sich Maria hastig nach vorn und zog den Rock über die Waden. Sie versuchte sich ebenfalls so würdevoll hinzusetzen wie Madame Argent, doch nach wenigen Sekunden schmerzte ihr Rücken so, dass sie wieder in sich zusammensank.

»Also«, sagte Madame Argent, und Maria schluckte verlegen. Der Boden des Zeltes war mit einem schmutzigen Teppich bedeckt, der irgendwann einmal rot gewesen war. Man sah ihn aber kaum, denn überall lagen Dinge und Sachen: Kissen und bunte Kleider, Zettel und Schmuck, ein Paar Stiefel, eine Hundeleine, ein Ball. Das Bett war ein Strohsack mit einer Wolldecke, auf der sich ein schwarzer Kater räkelte, der Maria nachdenklich aus glänzenden Augen musterte. Auf einer großen Truhe standen eine angeschlagene Teekanne und zwei Tassen.

»Gib mir deine Hand.«

Zu ihrem Ärger zitterten ihre Finger, als Maria sie der Wahrsagerin hinstreckte. Madame Argent senkte ihre schwarzen Augen, sie atmete langsam und gleichmäßig, und nach einer Weile ging ihre Ruhe auf Maria über. Nach einigen Minuten hob Madame Argent den Blick von Marias Hand und sah sie an, und ihr Herz schlug wieder schneller. Sie bemühte sich, nicht zu blinzeln, aber sie schaffte es nur ganz kurz, dem Blick standzuhalten.

Die Wahrsagerin räusperte sich. »Du willst mit uns kommen«, sagte sie. Ihre Stimme klang dabei überrascht, als wunderte sie sich über ihre eigenen Worte. »Aber der Grund dafür ist nicht der junge, große Mann mit den blonden Haaren«, fuhr sie fort, bevor Maria etwas entgegnen konnte. »Auch wenn du ihn noch liebst. Willst du wissen, was aus ihm wird?« Madame Argents Augen bohrten sich in ihre. Wieder sprach sie weiter, ehe Maria irgendetwas erwidert hatte. »Er liebt dich nicht. Er hat dich niemals geliebt, du hast dir immer nur etwas vorgemacht. Dieses Mädchen, für das er sich jetzt entschieden hat, wird er heiraten. Im nächsten Frühjahr schon. Es wird ein großes Fest, ich höre …« Ihre schwarzen Augen schlossen sich einen kurzen Moment lang, dann gingen sie wieder auf. » … Musik.«

Walzer, dachte Maria. Er wird Walzer mit ihr tanzen, ihr schmaler Fuß zwischen seinen großen Füßen. Einszweidrei, einszweidrei. So, wie er es mir beigebracht hat. Aber er hat mich nie geliebt, ich habe mir nur etwas vorgemacht.

»Tröste dich.« Madame Argents Stimme klang jetzt rau, fast höhnisch. »Er wird sie nicht glücklich machen. Noch im Sommer hat er die erste Geliebte. Aber er ist es nicht wert … Er ist ja auch nicht der Grund, warum du wegwillst.«

Wie sie Maria ansah! Es war ein Gefühl, als ob sie durch ihre Augen in ihren Kopf tauchte und in ihr Gehirn schwamm, wo sie alles sah. Wichtiges und Unwichtiges. Schönes und Hässliches. Die Vergangenheit, die Gegenwart und die Zukunft.

Madame Argent richtete ihren Blick wieder auf Marias Hand. Mit dem Zeigefinger fuhr sie die lange Linie nach, die sich über dem Daumenansatz quer über die Fläche zog und kurz vor dem Handballen ins Nichts auslief. Das ist die Lebenslinie, dachte Maria erschrocken. Was sah Madame Argent? Eine schlimme Krankheit? Ihren Tod? Sie wagte nicht zu fragen.

»Man behandelt dich nicht gut«, sagte die Wahrsagerin. »Ich sehe Gewalt. Wer ist es?« Sie hob den Kopf und sah Maria an. »Dein Vater?«

Marias Herz schlug einen lauten Trommelwirbel, bei dem ein Schlag in den anderen überging. Sie hatte noch niemals mit irgendjemand darüber gesprochen, dass ihr Vater sie schlug, nicht einmal mit ihren Geschwistern, nicht einmal mit ihrer Mutter. Vor allem nicht mit ihrer Mutter. Hinterher, wenn es wieder einmal passiert war, kam sie an Marias Bett, sie brachte eine Schüssel mit kaltem Wasser und Lappen, die sie eintauchte und auf die schmerzenden Stellen legte, aber dabei redete sie kein Wort, und auch Maria sagte nie etwas. *Diesmal hat es dich erwischt, das nächste Mal trifft es wieder mich,* las sie in dem verschlossenen Gesicht ihrer Mutter.

Jetzt aber hatte Madame Argent das Geheimnis erkannt. Das war der Beweis dafür, dass sie wirklich übernatürliche Fähigkeiten hatte, dass sie tatsächlich in Maria hineinschauen konnte.

»Antworte mir!«, sagte Madame Argent, ihr Ton hatte plötzlich etwas Drohendes.

»Mein Vater schlägt mich«, sagte Maria. Sie wollte es jedenfalls sagen, es kam jedoch nicht mehr als ein leises Krächzen aus ihrem Mund.

Die Wahrsagerin verstand sie auch so. Sie nickte und drückte dabei Marias Finger sanft nach unten gegen ihre Handfläche, so als hätte sie ihr etwas gegeben, das Maria nicht sehen sollte.

»Das ist ein guter Grund, aufzubrechen und wegzugehen«, sagte sie ruhig.

Und die Geschwister? dachte Maria. Wenn ich gehe, bekommen Ottilie und Edda meine Tracht Prügel. Und später Anton und Sepp. Und Mutter …

»Du kannst ihnen nicht helfen«, sagte Madame Argent in ihre Gedanken hinein.

Sie weiß alles, was es über mich zu wissen gibt. Sie weiß mehr über mich als ich selbst, dachte Maria, und der Gedanke machte sie richtiggehend schwindlig. Sie schloss die Augen und fühlte, dass sie plötzlich sehr ruhig war, aber auch sehr müde.

»Ruh dich aus!«, sagte Madame Argent, und als Maria die Augen wieder öffnete, sah sie, dass die Wahrsagerin auf den Strohsack in der Ecke wies.

Zu ihrer eigenen Überraschung stand Maria sofort auf und ging dorthin. Der schwarze Kater erhob sich widerwillig und stolzierte mit hoch erhobenem Schwanz aus dem Zelt, während Maria die Decke zur Seite schob und sich auf die dünne Matratze legte. Das Stroh roch feucht und modrig, es erinnerte sie an die Nächte mit Bruno. Von draußen hörte sie das Geschepper der Eisenstangen und die Männer, die sich mit lauter Stimme Befehle zuriefen. Wie kann ich hier schlafen, wenn sie doch die Zelte abbrechen? dachte sie. Wie kann ich hier schlafen, in Gegenwart einer wildfremden Frau? Wenn meine Mutter mich jetzt sehen könnte, dachte sie, aber dann hörte sie auf zu denken.

Maria wachte wieder auf, weil sie jemand an der Schulter berührte. Sie fuhr hoch und riss sich dabei die Wolldecke über die Brust, die auf ihr lag, obwohl sie sich vorhin nicht damit zugedeckt hatte. «Nicht erschrecken«, sagte der Mann mit dem kleinen Schnurrbart, den sie schon einmal irgendwo gesehen hatte, sie konnte sich nur nicht erinnern, wo das gewesen war. Er rollte das R genau wie der Zirkusdirektor. «Wir bauen das Zelt ab.«

«Ich …« Marias Kopf war voll dicker weißer Watte, ihre Gedanken hingen irgendwo dazwischen fest. «Ich wollte gerade gehen.«

Der Mann mit dem Schnurrbart lachte und zeigte dabei seine großen weißen Schneidezähne. Maria wusste plötzlich, dass sie ihn aus der Manege kannte, es war der Zauberer, mit dem Madame Argent aufgetreten war. Bei der Vorstellung war er ihr jedoch viel größer erschienen. Vielleicht war es der schwarze weite Mantel gewesen, den er dabei getragen hatte, und der hohe Zylinderhut. Jetzt trug er ein schmutziges Hemd zu blauen Hosen, sein Bauch spannte sich über dem Gürtel.

«Bleib sitzen«, sagte er und drückte ihre Schultern sanft nach unten, als sie sich erheben wollte. «Madame kommt gleich.«

Benommen sah Maria zu, wie er und zwei andere Burschen die herumliegenden Kleider, Zettel, Gegenstände in den Kisten und Koffern verstauten und nach draußen trugen. Dann begannen sie das Zelt abzubauen, das schwere Tuch fiel plötzlich zusammen, aber bevor es Maria unter sich begrub, hatten es die Männer schon angehoben und weggetragen. Sie saß jetzt im Freien, über ihr ein blauer Sommerhimmel, um sie herum Menschen, packend und schleppend wie Ameisen in einem Bau, unter ihr der verblichene, schmutzige Teppich und der Strohsack. Sie stand auf. Jemand zog den Strohsack weg und warf ihn oben auf einen Karren. Der Teppich wurde zusammengerollt und landete daneben.

«Wir brechen auf«, sagte Madame Argent, die plötzlich neben Maria stand.

«Wohin?«, fragte Maria. «Wohin gehen Sie?«

«Wir«, sagte Madame Argent.

Maria starrte sie verständnislos an.

«Du wolltest fragen: Wohin gehen *wir*?«, verbesserte sie Madame Argent und lächelte.

Sie zogen nach Crailsheim und Dinkelsbühl und Ellwangen und Nördlingen und von da aus weiter ins Fränkische, durch Dörfer und Städte, deren Namen Maria noch nie gehört hatte. An jedem Ort blieben sie ungefähr eine Woche, dann wurden die Zelte wieder abgebaut. Irgendwann fragte sie nicht einmal mehr nach, wie die Städte hießen.

Es war nicht wichtig. Auch die Leute waren ohne Bedeutung, sie kamen, drängten an den Zelten vorbei zu den Käfigen, besuchten die Vorstellungen, gafften, applaudierten und ließen sich aus der Hand lesen. Maria hatte keine Zeit für sie und kein Interesse. Sie lebte jetzt im Zirkus Lombardi, sie gehörte zu den Agierenden, zu denen, auf die es ankam. Alles, was darüber hinausging, war Kulisse.

«Was soll ich tun?«, hatte sie Madame Argent gefragt, als sie an jenem ersten Tag auf dem Bock des Zirkuswagens gesessen hatten. Schräg hinter verlor sich Vellberg in den Hügeln. Wenn Maria den Kopf zur Seite gedreht hätte, hätte sie die Stadtmauern noch sehen können, die Dächer der Fachwerkhäuser im Städtle und den Stadttorturm. Aber sie drehte den Kopf nicht, sie schaute nur geradeaus in die Richtung, in die sie fuhren.

«Du wirst Nikolas zur Hand gehen«, sagte Madame Argent. «Ich selbst bin viel zu alt und hässlich, um als seine Gehilfin aufzutreten. Die Leute wollen jemanden wie dich sehen.«

Maria stieß ein ungläubiges Lachen aus. «Aber ich kann nicht zaubern.«

«Das musst du auch nicht«, sagte Madame Argent. «Kann ich etwa hellsehen?«

Diese Antwort erstaunte Maria so sehr, dass sie schwieg, bis die Zirkuswagen durch das Crailsheimer Stadttor holperten, die Kartätschen herausgeholt wurden und die Clowns auf ihren Tröten zu blasen begannen.

«Wo werde ich wohnen?«, fragte sie dann.

«Bei mir einstweilen«, sagte Madame Argent.

Sie lernte Meister Nikolas kennen, der vor vielen Jahren aus Ungarn gekommen war, ein Land, mit dem ihn nichts mehr verband außer sein rollendes R.

Er zeigte keinerlei Regung, als man ihm Maria vorstellte, er schien weder erfreut noch enttäuscht oder gar verärgert, dass sie ihn künftig anstelle von Madame Argent unterstützen sollte. «Da müssen wir vor der Abendvorstellung tüchtig probieren«, meinte er nur. Maria wurde gleichzeitig heiß und kalt vor Schreck bei dem Gedanken, dass sie am selben Abend noch in die Manege treten sollte, aber Madame Argent winkte ab. «Für den Anfang will ich es lieber noch selbst übernehmen, bis die Nummern richtig sitzen.«

Maria lernte nicht zu zaubern. Sie lernte zu verwirren. Wenn Meister Nikolas Karten in die weiten Ärmel seines Umhangs steckte oder Münzen in die unsichtbaren Taschen hinter den Aufschlägen oder wenn er das weiße Kaninchen in den doppelten Boden des Zylinders presste, dann warf sie Kusshändchen in die Menge, sie breitete ihre Arme weit aus und beugte sich gleichzeitig ein Stück nach vorn, so dass die Zuschauer auf allen Plätzen einen besonders guten Blick in den weiten Ausschnitt ihrer blauen Bluse hatten. Sie dehnte ihren Körper und reckte ihre Brüste, bevor sie in den sargähnlichen Kasten stieg, den Meister Nikolas auseinandersägen würde, sobald der Deckel über ihr geschlossen und mit einer großen Eisenkette gesichert worden war. Während sie hineinkletterte, ließ sie den weiten bunten Rock, den Madame Argent ihr gegeben hatte, über ihre Waden bis hoch über die Knie rutschen. Sie spürte die Blicke auf ihren Beinen, gierig die Männer, missbilligend die Frauen, fasziniert die Kinder, es machte ihr nichts aus, im Gegenteil.

In der Dunkelheit des Kastens zog sie die Beine zur Brust, sie machte sich so klein, dass ihr ganzer Körper in die obere Hälfte des Kastens passte. Die untere Hälfte aber blieb leer, und wenn Meister Nikolas nun mit der Säge in die vorgegebenen Schlitze fuhr und dann die beiden Bretter in die Zwischenräume schob und die beiden Kastenteile auseinanderzog, so dass das Publikum vor Entsetzen raunte und stöhnte, lag sie in einem der beiden Kästen und hielt sich eng umschlungen.

Die Leute liebten sie. «Sie brauchen mich gar nicht mehr, es genügt, wenn du dich in die Manege stellst und die Karten mischst«, spottete Nikolas, nachdem sie die ersten Male mit ihm aufgetreten war.

«Unsinn.« Maria lachte. «Du bist der Zauberer. Ich bin nur schmückendes Beiwerk.« Sie wusste jedoch, dass er recht hatte. Das Publikum liebte sie. Sie konnte weder zaubern noch seiltanzen noch jonglieren, sie konnte nicht einmal reiten, aber wenn sie beim großen Finale zurück in die Manege kam, bekam sie von allen Künstlern den meisten Applaus.

Die Begeisterung machte sie mutig. Ohne Madame Argent vorher zu fragen, trennte sie die Naht ihres bunten Rockes auf, vom Saum bis zum Oberschenkel. Wenn sie jetzt in den langen Kasten stieg, öffnete sich der Schlitz, und ihr Bein lag nackt und bloß da. Nur für einen Moment, aber lang genug für alle, die Augen im Kopf hatten.

Maria selbst kam auf die Idee mit der Schlangennummer. Sie ließ Nikolas einen Kasten bauen, quadratisch und recht groß. Zwei Männer trugen ihn in die Mitte der Manege, und sie kletterte hinein, und während die Zuschauer noch über ihr schlankes rechtes Bein nachdachten und ob das andere wohl genauso aussähe, öffnete sie die unsichtbare Klappe auf der Unterseite des Kastens und kroch in den doppelten Boden. Dann brachte Meister Nikolas den Käfig mit der Würgeschlange herein, unter fürchterlichen Beschwörungen hob er ihn über den Kasten, öffnete das Gitter und ließ das Reptil hinunterfallen. Hinterher trugen vier starke Männer die Kiste einmal rund um die Manege, aber im letzten Moment gerieten sie ins Stolpern und ließen den Kasten fallen. Von innen öffnete Maria den Deckel – oder vielmehr den Boden –, und vor den erstaunten, ungläubigen, faszinierten Blicken kroch sie zurück auf die Manege in ihrer ganzen prallen Lebendigkeit. Von der Schlange fehlte jedoch jede Spur.

Es wurde der Höhepunkt der Vorstellung: die schöne Jungfrau und *scheusslichä Schlanggä*, wie der Zirkusdirektor sie immer ankündigte. Dabei war Maria gar keine Jungfrau und die Schlange alt und steif und müde. Vermutlich hätte man sie und Maria stundenlang auf engstem Raum zusammensperren können, ohne dass irgendetwas geschehen wäre.

III.

Maria liebte das Leben im Zirkus, sie liebte die Manege und den Geruch von nassen Planen, Pferdeäpfeln, Schweiß. Sie liebte den Applaus der Zuschauer, und sie liebte Madame Argent.

Die Wahrsagerin war keine Französin, und Madame Argent war auch nicht ihr richtiger Name, aber wie sie in Wirklichkeit hieß, fand Maria nie heraus. «Namen sind Schall und Rauch«, antwortete sie nur, als Maria allen ihren Mut zusammennahm und sie danach fragte. Sie lagen in der Dunkelheit des kleinen Zeltes, Maria rechts und Madame Argent links und zwischen ihnen der übliche Berg an Kisten, Schachteln und Kleidungsstücken. Von draußen hörten sie das Stampfen von Pferdehufen und hin und wieder ein Schnauben und ein leises Wimmern, vielleicht war es der kleine Schneefuchs in seinem Käfig.

«Als Sie mir im Haus meiner Eltern erschienen sind«, sagte Maria dann. «Was wollten Sie mir damals geben?« Madame Argent war eine der wenigen Personen im Zirkus, die sie nicht duzte. Die Wahrsagerin wurde von niemandem geduzt, nicht einmal vom Direktor, und niemand nannte sie je anders als Madame Argent.

Madame Argent schwieg so lange, dass Maria glaubte, sie sei eingeschlafen. «Ich bin dir nicht erschienen«, gab sie dann zurück. «Das habe ich dir doch schon erklärt.«

«Ich weiß es aber doch«, beharrte Maria. «Ich habe Sie im Hof gesehen. Ich bin doch nicht blöde.«

«Jemand hat dir mein Bild geschickt«, sagte Madame Argent nachdenklich, nachdem sie wieder einige Zeit lang geschwiegen hatte.

«Wer sollte das getan haben?«, fragte Maria zurück. «Gott oder der Teufel?« Die Bemerkung sollte ein Scherz sein, aber in der undurchdringlichen Dunkelheit klang sie nicht lustig, sondern beängstigend.

«Gott«, sagte Madame Argent. Dieses Mal kam ihre Antwort sofort und ohne Zögern. «Denn es ist gut, dass du hier bist. Oder etwa nicht?«

«Doch«, sagte Maria. «Es ist sehr gut.« Sie zögerte einen Moment lang. »Meinen Sie, es wird wieder geschehen?«, fragte sie dann.

»Was?«

»Dass ich Dinge sehe, Menschen, die nicht da sind.«

»Ich weiß es nicht«, sagte Madame Argent. »Keiner kann das wissen.«

Dann schwiegen sie beide, und Maria dachte weiter darüber nach, was Madame Argent – oder vielmehr ihre Erscheinung – ihr damals hatte geben wollen. Sie würde es niemals herausfinden. Vielleicht war es ein neues Leben, dachte sie schließlich, kurz bevor sie einschlief. Und auch wenn ich es damals zurückgewiesen habe, so habe ich es zum Glück doch noch bekommen.

In dieser ersten Zeit im Zirkus Lombardi waren alle Männer hinter Maria her. Sie hätte jeden von ihnen haben können, Silvan, der die Pferde dressierte, Marco den Schwertschlucker, Blasius, der mittags für alle kochte und mit der Seiltänzerin Eva verheiratet war. Die Liliputaner und die Akrobaten und die Clowns. Vielleicht sogar Herrn Lombardi, den Zirkusdirektor. Sie dachte noch darüber nach, wen sie zuerst erhören sollte, als Madame Argent sie warnte. «Nimm keinen von ihnen«, riet sie Maria in einer anderen Nacht, in einer anderen Stadt. «Lass die Finger von den Zirkusmännern! Du bringst dich sonst ins Unglück.«

«Soll ich etwa leben wie eine Nonne?«, protestierte Maria, die sich schon fast für Vanja entschieden hatte, der mit seinen Brüdern und Eva auf dem Seil tanzte. Er hatte einen schönen, kraftvollen Körper und starke Hände, mit denen er Eva packte, wenn sie am Ende des Auftritts hoch in die Luft sprang und beim Landen das Seil verfehlte. Ihr kleiner rosa Schirm segelte nach unten in die Manege, aber Eva hing an Vanjas muskulösem

Arm, und das Publikum stöhnte vor Erleichterung, wenn er sie wieder nach oben aufs Seil zog. Vor ein paar Tagen hatte Vanja Maria einen schmalen Goldring mit einem kleinen Stein geschenkt, der glitzerte wie ein Diamant. «Tanz einmal mit mir«, hatte er ihr geantwortet, als sie ihn gefragt hatte, was er dafür als Gegenleistung erwartete. Sie wusste aber, dass er auf mehr hoffte, und sie wäre auch durchaus bereit gewesen, es ihm zu geben, denn er war jung und schön.

«Willst du ihn heiraten?«, fragte die Wahrsagerin jetzt ins Dunkle hinein.

«Wen? Vanja?«, fragte Maria zurück, obwohl Madame Argent ja gar nicht wissen konnte, dass sie an den Seiltänzer dachte. Vielleicht hatte sie es aber schon vorher in ihren Augen gelesen.

«Nein«, meinte Maria, als Madame Argent nichts sagte. «Natürlich will ich ihn nicht heiraten.«

«Wenn du mit einem von ihnen etwas anfängst, musst du ihn heiraten«, erklärte Madame Argent. «Du magst glauben, dass die Sitten hier lockerer sind als bei euch in der Stadt und die Moral nicht so gefestigt, aber du täuschst dich, es ist gerade das Gegenteil der Fall. Wenn du dich mit mehr als einem einlässt, bringen sie sich erst gegenseitig um. Und dann steinigen sie dich – wenn die Weiber es nicht vorher für sie erledigt haben.«

Ihre Stimme klang wie zerbrochenes Glas. Maria schauderte. Obwohl noch nichts geschehen war, fühlte sie sich plötzlich wieder wie in jener Nacht, als sie Bruno gesagt hatte, dass sie ein Kind von ihm erwartete, kalt und schmutzig.

Am nächsten Morgen gab sie Vanja seinen Ring zurück.

Wenn sie in irgendeiner dieser namenlosen Städte auftraten, sah Maria manchmal ihre Familie im Publikum. Ottilie mit dem kleinen Sepp auf dem Schoß, Edda und Anton. Dahinter saßen ihre Mutter und der Vater, die früher niemals in den Zirkus gegangen waren. Die ersten Male erschrak sie furchtbar. Sie sind gekommen, um mich zurückzuholen, dachte sie und verbarg sich schnell hinter einem Vorhang. Vielleicht haben sie mich noch nicht gesehen.

Wenn sie danach noch einmal hinblickte, erkannte sie, dass sie es gar nicht waren. Da saßen irgendwelche Fremden, die sie noch nie zuvor gesehen hatte.

Noch öfter besuchten sie Maria im Traum. Nun bekomme ich deine Hiebe, sagte Edda anklagend und zeigte ihre nackten Arme, die mit grünen und blauen Flecken bedeckt waren. Komm zurück!

Komm zurück! flehte auch ihre Mutter. Du kannst uns doch nicht so im Stich lassen.

Lange nachdem Maria aufgewacht war, hörte sie sie noch jammern und betteln. Komm wieder zurück!

Niemals, dachte Maria, lieber sterbe ich.

Sie schlugen ihr Winterquartier in Würzburg auf, auf einer Wiese hinter der Festung. Maria mochte die Stadt nicht, weil sie sie an Vellberg erinnerte, obwohl es keinen vernünftigen Grund dafür gab. Es gab Fachwerkhäuser und eine Stadtmauer, schiefe alte Kirchen und Kopfsteinpflaster, aber das gab es in fast jeder Stadt, durch die sie bisher gekommen waren. Würzburg war so viel größer als Vellberg. Vielleicht lag es gar nicht an den Äußerlichkeiten, dass Maria sich an Vellberg erinnerte, vielleicht lag es eher daran, dass der Zirkus bis zum Frühjahr hier bleiben sollte. In dieser Stadt waren sie nicht auf der Durchfahrt, hier wohnten sie.

Die Wiese, auf der sie ihre Zelte aufschlugen, war braun und nass. Widerstandslos ließen sich die Haken in den weichen Schlamm drücken, schief und schwer hingen die feuchten Planen auf den Zeltstangen. Am nächsten Tag aber schlug das Wetter um, es fror. Die Zeltwände wurden hart und kalt, und die Metallhaken ragten zwischen frostverzuckerten Grashalmen hervor wie dünne Eiszapfen. Sie gaben keine Vorstellungen in Würzburg. »Bei der Kälte würden die Leute ohnehin nicht kommen«, erklärte Madame Argent.

In der ersten Dezemberwoche fiel der erste Schnee – dicke, flaumige Flocken, die die Kinder im Zirkus mit der gleichen Begeisterung begrüßten wie die Kinder in der Würzburger Altstadt und in den anderen Stadtvierteln. Die Erwachsenen dagegen seufzten und holten wollene Westen und Fellmäntel aus ihren Koffern und zogen übereinander, was sie besaßen. Maria hatte nur Sommerkleider und ein paar wärmere Sachen, die sie sich von Madame Argent geborgt hatte. »Du brauchst einen Mantel«, sagte die Wahrsagerin, als der Schnee die Plane des Zeltes nach innen zu drücken begann. »Wir gehen in die Stadt und kaufen Wollstoff, und Esmeralda schneidert ihn dir zurecht.«

Maria nestelte an dem Band des ledernen Beutels, der Tag und Nacht um ihren Hals hing. Darin war ihr ganzes Geld, all die Groschen, die ihr Meister Nicolas seit dem Sommer Woche für Woche ausbezahlt hatte. Das meiste gab sie Madame Argent für Kost und Logis, aber ein Teil blieb immer übrig, von dem sie bisher noch keinen Pfennig ausgegeben hatte.

»Schuhe brauche ich auch«, gab sie zu bedenken, und Madame Argent nickte.

»Dein Geld wird für beides reichen«, sagte sie, als ob sie durch Marias Bluse und ihr Hemd in den Beutel hineinschauen und die Groschen zählen könnte.

Sie gingen über die Alte Mainbrücke, unten im Fluss trieben Eisbrocken, die mit Schnee bezogen waren. »Im letzten Jahr war es bis Weihnachten mild«, sagte Madame Argent. »Dass der Winter nun so früh kommen muss.«

Maria sagte nichts. Ihre Hände waren so kalt, dass sie die Fingerspitzen nicht mehr spürte. Auch ihre Füße waren Eisklumpen. Aber daran hatte sie sich fast schon gewöhnt. Morgens, mittags, abends – ihr war immer kalt. Am schlimmsten war es jedoch in der Nacht. Sie wachte auf und fühlte sich steif vor Kälte, wie ein lebender Leichnam. Madame Argent hatte ihr zwei Schaffelle gegeben, auf denen sie lag, und zwei weitere, die sie über ihre Wolldecke breitete, sie trug zwei Paar Wollsocken und eine lange Hose, die ihr Meister Nicolas überlassen hatte, und darüber ihren Rock. Es nützte aber rein gar nichts oder jedenfalls nicht viel.

Maria zog die Strickjacke noch enger über der Brust zusammen. Ihr Atem bildete längliche weiße Wolken vor ihrem Mund.

Wenn es wenigstens einen Ort gegeben hätte, an dem man sich hätte aufwärmen können! Aber im Zirkus war es überall gleich kalt. »Es ist nur am Anfang so schlimm«, hatte ihr die alte Marthe versichert, die im Zelt nebenan wohnte und früher Kunstreiterin gewesen war. »Hinterher spürt man die Kälte gar nicht mehr.«

Hinterher! Maria fragte sich, was Marthe wohl damit meinte. Nach Weihnachten? Nach ein paar Jahren? Oder nachdem man erfroren war?

Vor ihnen richtete sich der Dom in seiner mittelalterlichen Schroffheit auf. Die hohen Türme zu beiden Seiten des Mittelschiffs sahen aus wie Wehrtürme, die kleinen, schmalen Fensterschlitze wie Schießscharten. Maria duckte sich unwillkürlich, aber Madame Argent beachtete das Gotteshaus gar nicht, sie bog in eine Seitengasse ab. Sie gingen nach links und nach rechts und wieder nach links. Schon nach wenigen Metern war Maria vollkommen verloren in diesem Netz aus engen Straßen, kleinen Plätzen, hohen Häusern. Wie um alles in der Welt hatte sie Würzburg an Vellberg erinnern können? dachte sie jetzt. Es war ja ganz anders, groß und verworren, nie im Leben würde sie sich hier zurechtfinden.

Madame Argent dagegen schien jede Gasse, jeden Winkel zu kennen, sie machte große Schritte und zögerte keinen Moment.

Sie betraten schließlich einen kleinen dunklen Laden. Hinter einer langen Theke türmten sich Stoffballen auf deckenhohen Regalen. Links lagen die dicken Wollstoffe, Tweeds und Leinen, in gedeckten, stillen Farben, in der Mitte bunt bedruckte Baumwollstoffe und rechts die eleganten Materialien, schwereloser Tüll, glänzender Chintz, weicher Samt.

Maria brauchte eine ganze Weile, bis sie den kleinen, dicken Mann hinter dem Ladentisch bemerkte, der sie aus runden dunklen Augen misstrauisch musterte. Er grüßte sie nicht und machte auch keine Anstalten, auf sie zuzukommen, es wirkte fast, als wartete er darauf, dass sie wieder gingen. Was ist das für ein Benehmen? dachte Maria. Will er denn keine Kundschaft? Wenn sie alleine gewesen wäre, hätte sie den Laden wieder verlassen, aber Madame Argent schien den Widerwillen des Verkäufers gar nicht zu bemerken. Mit hoch erhobenem Kopf trat sie an die Theke.

Der Mann legte seine Hände flach auf den Tisch, neben eine Schere, als wollte er sie für alle Fälle in Reichweite haben. »Guten Tag, die Damen«, sagte er. »Sie wünschen?«

»Stoff für einen Mantel. Und alles, was man sonst noch dazu braucht.«

Sein Adamsapfel wanderte auf und ab, wie ein drittes Auge, das sie abschätzig anstarrte und beurteilte. »Drillich«, sagte er. »Genau vor Ihnen.«

Madame Argent warf einen schnellen Blick auf die Stoffballen, die in den Regalen vor der Theke lagen, und zog dann die Augenbrauen hoch.

»Doch nichts Minderwertiges«, sagte sie. »Loden oder Wollbouclé.«

Der dicke Mann machte eine vage Handbewegung. Seine Rechte fuhr von oben nach unten, von links nach rechts, als segnete er die Regale mit den Wollstoffen. »Hier. Aber können Sie auch bezahlen?«

Madame Argent tat, als ob sie seine Frage nicht gehört hätte, während sie näher an das Regal trat. Ihre schmalen weißen Finger prüften die Stoffe, ihre Lippen bewegten sich lautlos. »Diesen«, meinte sie schließlich. »Sechs Meter. Und für das Futter Baumwollflanell, ebenfalls sechs Meter.«

Der Stoff, den sie ausgewählt hatte, war hellbraun wie Schlamm, wie das Fell einer Kuh. Maria hätte sich etwas anderes ausgesucht, eine fröhlichere Farbe, aber Madame Argent wirkte so zielsicher, dass sie nichts zu sagen wagte. Der Mann hinter dem Ladentisch sagte ebenfalls nicht, er machte auch keine Anstalten, den Stoffballen aus dem Regal zu ziehen, stattdessen kritzelte er auf einem Blatt Papier herum. »Acht Mark fünfundneunzig«, verkündete er schließlich.

»Wir brauchen auch noch sechs Knöpfe, einfache zum Beziehen, und Garn und etwas Litze.« Madame Argent zeigte auf die Sachen.

Der Mann notierte die Preise. »Neun Mark siebenunddreißig alles zusammen«, meinte er dann, ohne aufzublicken.

Madame Argent nickte Maria zu. Sie zog ihren Lederbeutel unter der Bluse hervor und zählte die Groschen ab. Vier, fünf, sechs, sieben Mark achtundfünfzig. Mehr hatte sie nicht. Sie spürte, wie ihr der Schweiß ausbrach. Zum ersten Mal seit Tagen war ihr nicht mehr kalt, sondern heiß. Die Augen des Mannes hingen auf dem Geld.

Madame Argent legte noch zwei Markstücke auf den Tisch. Der Mann nahm die Münzen vorsichtig auf, als wären sie klebrig, anschließend zählte er das Restgeld ab, vermaß und schnitt den Stoff und schlug alles in dünnes Seidenpapier ein.

Hinterher gingen sie zu einem Schuster und bestellten ein paar Stiefel für Maria, obwohl sie nun keinen Pfennig mehr in ihrem Beutel hatte. Auch der Schuhmacher rechnete den Preis aus und ließ Madame Argent bezahlen, bevor er Marias Füße abmaß. Vielleicht war das normal, vielleicht mussten alle Kunden bei ihm in Vorkasse treten, so wie vielleicht auch der Stoffhändler alle seine Kunden abkassierte, bevor er die Ware zurechtschnitt. Aber auch wenn das Prozedere ganz normal war, so war es die respektlose Behandlung bestimmt nicht, dachte Maria, als sie durch die niedrige Tür des Schusters zurück auf die Straße trat. In dem Laden war es recht warm gewesen, und jetzt schlug ihr die Kälte ins Gesicht wie eine geballte Faust. Sie spürte, wie ihr Tränen in die Augen traten.

»Warum haben Sie für mich bezahlt?«, fragte sie Madame Argent mit belegter Stimme. »Es wird Monate dauern, bis ich Sie zurückzahlen kann.«

»Mach dir darüber keine Gedanken«, gab Madame Argent zurück. Sie schien noch etwas sagen zu wollen, denn sie atmete tief ein und öffnete die Lippen, aber dann schüttelte sie den Kopf und ging schweigend weiter.

Warum wundere ich mich so darüber, wie uns die Leute behandeln? dachte Maria. Früher waren wir doch genauso. *Nimm die Wäsche von der Leine, die Zigeuner kommen.* Kaum tauchte irgendwo ein buntes Kopftuch, ein goldener Ohrring, ein schwarzer Schnurrbart auf, schon rannte man los, um nachzusehen, ob die Hintertür auch gut verriegelt war.

Jetzt gehöre ich dazu, dachte sie. Ich bin eine von ihnen. Der Gedanke erschreckte sie, aber gleichzeitig machte er sie auch stolz.

Sonntags gingen sie zur Kirche, nicht alle, aber ein Großteil der Zirkusleute. In den Sommermonaten, als sie von Stadt zu Stadt gezogen waren, hatten sie niemals einen Gottesdienst besucht. Im Sommer war der Sonntag ja auch ein Tag der Arbeit, gleich drei Vorstellungen wurden für gewöhnlich gegeben, und die erste begann unmittelbar nach der Messe, da mochten die Pfarrer schimpfen und zetern, wie sie wollten.

Seit der Zirkus aber hier im Winterlager war, zog an jedem Sonntagmorgen eine bunte Gruppe los. Aus irgendeinem Grund ging man nicht in die Marienkirche in der Festung, sondern zum weiter entfernten Käppele. Maria wurde gar nicht gefragt, ob sie mitwollte, die alte Marthe teilte ihr am Sonnabend einfach mit, dass sie sich am nächsten Morgen um acht bereithalten sollte.

Maria hätte gerne etwas Besonderes angezogen, den *Sonntagsstaat*, wie sie zu Hause gesagt hatten, aber sie hatte nur die Kleider, die sie immer trug, und außerdem war es zu kalt. Also zog sie wieder alles übereinander, ihre vier Blusen und die drei Röcke und darunter, nach kurzem Zögern, die Hosen. Ein buntes Wolltuch um die Schultern, ein Kopftuch übers Haar. Als sie aus dem Zelt trat, kam sie sich vor wie ein bunter Elefant, riesig und unförmig. Sie trat neben Madame Argent, die mit den anderen am Feuer stand, einen dampfenden Becher in den Händen.

»Da bist du ja endlich«, sagte die Wahrsagerin und reichte ihr ihren Kaffee. »Trink, ihr müsst gleich los.«

»Kommen Sie nicht mit?«

»Nein.« Madame Argent holte die Blechkanne vom Feuer und schenkte sich selbst Kaffee ein.

»Sind Sie nicht katholisch?«

Die Wahrsagerin schlürfte ihren Kaffee, verzog das Gesicht und antwortete nicht.

»Keinen Fuß setzt sie in die Kirche, auch nicht bei den Evangelischen«, erklärte Marthe, als sie die abgetretenen Steinstufen zum Käppele hochgingen. Sie ging leicht vornübergebeugt, weil sie sich durch das Kunstreiten das Kreuz ruiniert hatte.

»Vielleicht ist sie ja moslemisch«, sagte Silvan hinter ihnen. »Madame Muselman.« Er lachte spöttisch.

Links und rechts der Treppe standen zahlreiche kleine Häuschen mit zwiebelförmigen Dächern, in denen lebensgroße Steinfiguren die einzelnen Szenen des Kreuzwegs nachstellten. Während sie das Kreuz trugen, weinten, jammerten oder den König der Juden verspotteten, schienen sie die Zirkusleute gleichzeitig misstrauisch zu beobachten.

»Sie glaubt an keinen Gott«, wandte Domenica ein, die auf einmal neben ihnen ging. Sie tauchte immer so plötzlich auf, von einem Moment zum anderen war sie da und hörte zu und redete mit, und hinterher war sie genauso schnell wieder verschwunden. Mit dieser Nummer hätte Domenica im Zirkus auftreten können, dachte Maria, aber sie tat es nicht, stattdessen ließ sie sich von Pito, dem Messerwerfer, mit Dolchen und Schwertern attackieren.

»Das stimmt nicht«, sagte Maria, die an jenes eine nächtliche Gespräch dachte, als Madame Argent ihr gesagt hatte, dass Gott Maria die Erscheinung geschickt hatte und nicht der Teufel. Die anderen hörten ihre Bemerkung aber nicht, oder sie interessierten sich nicht dafür.

Maria hätte gerne gefragt, wie lange Madame Argent schon beim Zirkus Lombardi war, woher sie ursprünglich kam und was sie vorher gemacht hatte. Sie war sich ganz sicher, dass die Wahrsagerin nicht wie die meisten anderen im Zirkus aufgewachsen war, aber sie fand die richtigen Worte nicht. Außerdem hatte man das Thema gewechselt, man diskutierte jetzt über den Tanzbären, den man im Frühling vielleicht erwerben wollte, und ob es eine sinnvolle Anschaffung wäre, nachdem der alte nach gerade einmal einem halben Jahr gestorben war.

Im Käppele drückten sie sich ganz hinten in die letzte Bank, die Männer rechts, die Frauen links, und vor ihnen waren zwei leere Reihen. Genügend Abstand zu den übrigen Kirchenbesuchern, die sich allerdings immer wieder nervös zu ihnen umschauten, als wollten sie sichergehen, dass die Zirkusleute nicht plötzlich doch noch aufrückten.

Seltsamerweise wirkte die Kirche von innen viel kleiner als von außen. Vielleicht lag es an den unzähligen Verzierungen, an den goldenen Friesen und Säulen, an den Skulpturen und Gemälden, mit denen jeder Winkel, jede Säule und jede Wand der Kapelle bedeckt war. Alles schien nach innen, nach unten zu drängen, auf die Menschen, die dort saßen, und obwohl Maria nicht mehr als eine Scheibe Brot gefrühstückt hatte, hatte sie plötzlich das Gefühl, übersatt zu sein. Sie konnte die hallenden Worten des Priesters nicht aufnehmen, der vorne die Messe zelebrierte. Stattdessen flogen ihre Gedanken hierhin und dorthin, sie folgten einem goldenen Engel, der von einem Säulenbogen aus nach oben stieg, und landeten auf dem Bild in der Kuppel über ihrem Kopf. Die Muttergottes wurde von ihrem Sohn gekrönt, sie empfing den strahlenden Schmuck mit einem huldvollen Lächeln.

Kurz bevor Marias Augen weiterglitten, zur nächsten Kuppel, zum nächsten Bild, hatte sie plötzlich das Gefühl, dass sich die Augen in dem schmalen, weißen Madonnengesicht bewegten. Sie schaute genauer hin, und ihre Blicke begegneten sich, Marias Blick und der der Jungfrau Maria. Sie machte die Augen zu und öffnete sie wieder, die blauen Augen sahen sie immer noch an, unverwandt und durchdringend. Es war natürlich ein Irrtum, eine optische Sinnestäuschung, der Maler hatte die Augen der Jungfrau so angelegt, dass sie dem Blick des Betrachters zu folgen schienen.

Maria zwang sich wegzusehen, auf den Boden, wo ihre durchlöcherten Schuhe auf der Kniebank schmutzige Spuren hinterlassen hatten. Doch noch immer fühlte sie die Augen der Muttergottes auf ihrem Haupt. Sie bohrten sich durch ihr Kopftuch, durch ihr Haar, durch ihren Schädel in ihren Kopf.

Neben ihr und in den Bänken vor ihr standen alle auf, auch Maria erhob sich und sprach wie die anderen das Glaubensbekenntnis, *ich glaube an Gott, den Allmächtigen, und an Jesus Christus, seinen eingeborenen Sohn, unsern Herrn,* aber die ganze Zeit über spürte sie den Blick auf ihrem Scheitel. Irgendwann hielt sie es nicht mehr aus und blickte wieder nach oben und stieß einen leisen Schrei aus, der sich jedoch im allgemeinen Gemurmel verlor. Denn es war nicht mehr das gemalte Antlitz der Jungfrau, das auf Maria heruntersah. Es war ein wirkliches, ein echtes Gesicht, das unter der Wölbung der Kuppel schwebte, ohne Körper, ohne Halt. Ein Frauengesicht, dunkle, schmale Augen über starken Wangenknochen, eine volle, geschwungene Oberlippe und eine Unterlippe, die im Verhältnis dazu ein wenig zu schmal war. Braune Haare, die sanft in die Stirn fielen, nach außen hin verliefen sie jedoch ins Ungewisse, wie eine verwischte Fotografie.

Maria rieb sich mit den Handrücken über die Augen; das Gesicht blieb dennoch über ihr schweben. Ich verliere den Verstand, dachte Maria, und im selben Moment begann das Abbild der Frau zu sprechen. Maria verstand ganz genau, was die Dame sagte, aber sie hätte es nicht wiederholen können, denn es waren keine einzelnen Worte. Es war eine Botschaft, die sie nicht durch die Ohren aufnahm, sondern irgendwo tief in ihrem Körper empfing und entschlüsselte.

Sie zog die schwere Kirchentür behutsam ins Schloss, dann stand sie auf dem Vorplatz der Kapelle und atmete schwer und schnell. Von drinnen drangen Orgelmusik und der dünne Gesang der Gemeinde. Der Gottesdienst war noch nicht einmal zur Hälfte vorüber, aber für Maria war es vorbei, sie hatte genug gehört. Von einer hohen Tanne auf der anderen Seite des Platzes löste sich Schnee, er rutschte von den Ästen und schlug mit einem dumpfen Geräusch auf dem Boden auf. Danach rieselte es lautlos weiter, die Kristalle schwebten jetzt langsam und schwerelos durch die winterhelle Luft und drehten sich glitzernd im Tageslicht. Maria spürte die eisige Kälte auf ihrem heißen Gesicht und in ihrer Lunge, und langsam, ganz langsam wurde ihr bewusst, was sie soeben gehört hatte. Sie fragte sich, warum gerade sie es erfahren musste. Warum die Muttergottes nicht mit Marthe gesprochen hatte, mit Esmeralda oder mit einer der frommen Würzburger Frauen in den vorderen Kirchenbänken. Wenn es überhaupt die heilige Jungfrau gewesen war, die sie gesehen hatte.

Sie horchte in sich hinein. Hatte sie wirklich gerade eben eine Marienerscheinung erlebt? Dann müsste sie doch jetzt außer sich sein vor Ehrfurcht. In Ekstase, wie die heilige Bernadette von Lourdes, von der man erzählte, dass sie nach ihren Visionen wie auf Wolken geschwebt sei.

Aber Maria schwebte nicht. Ihre Füße standen fest und sicher auf der hart gefrorenen Erde, ihr Herz schlug gleichmäßig. Ihre Hände waren kalt.

Sie ging alleine die vielen Stufen des Kreuzwegs hinunter und dann den Feldweg über die Wiese zurück zum Lagerplatz. Die Fahne des Lagerfeuers stieg weiß und kerzengerade in den blauen Winterhimmel. Drei, vier Leute standen darum herum, Madame Argent war nicht darunter. Sie war vermutlich im Zelt, dachte Maria, und wenn sie jetzt zu ihr ginge, würde die Wahrsagerin fragen, warum sie früher als die anderen zurückgekommen war. Maria wollte sie nicht anlügen, aber sie konnte ihr auch nicht die Wahrheit sagen, also ging sie in die andere Richtung, am Feuer vorbei zu den Käfigen. Die Eule starrte sie aus müden runden Augen an. Der Waschbär schlief. Der Käfig der Wildkatze war leer, weil sie vor kurzem gestorben war. Der kleine Schneefuchs lag ganz dicht am Gitter, seine glänzende schwarze Schnauze ragte sogar ein winziges Stück nach draußen, ins Freie. Seine großen Ohren drehten sich über seinem Kopf, nach links und nach rechts, als ob sie Geräusche empfingen, von denen niemand sonst etwas ahnte.

Maria begann zu weinen.

Abends lag sie in der Dunkelheit und Kälte des Zeltes und konnte nicht einschlafen. Sie versuchte, sich das Gesicht vorzustellen, das sie unter der Kuppel der Kapelle gesehen hatte, aber es gelang ihr nicht mehr. Sie sah nur das gemalte Madonnenantlitz in seiner blauäugigen Makellosigkeit vor sich, das die andere Erinnerung wie ein Schleier überdeckte. Dann wanderten ihre Gedanken zu Madame Argent, die weniger als einen Meter von ihr entfernt lag und schlief. Wie wenig sie doch über sie wusste, im Grunde gar nichts, nicht einmal ihren richtigen Namen. Und doch so viel.

»Was ist heute Morgen geschehen?«, hörte sie auf einmal die Stimme der Wahrsagerin. Sie klang so wach und ruhig. Also hatte sie ebenfalls nicht geschlafen.

»Heute Morgen?«, wiederholte Maria dümmlich.

Madame Argent seufzte. »Ich bin müde. Lass uns nicht lange darum herumreden. Sag mir, was passiert ist, ich finde es ohnehin heraus.«

»Mir ist die Muttergottes erschienen«, sagte Maria und erschrak über ihre eigenen Worte. Wie verrückt sich das anhörte! Wie eingebildet!

Madame Argent sagte nichts. »Was hat sie dir mitgeteilt?«, fragte sie schließlich.

»Das kann ich Ihnen nicht sagen«, sagte Maria. Ihr Gesicht war plötzlich heiß und nass; auch ihre Ohren und ihre Haare auf dem Kopfkissen, obwohl sie gar nicht bemerkt hatte, dass sie begonnen hatte zu weinen.

»Hat es mit mir zu tun?«, fragte Madame Argent.

Maria nickte, doch sie antwortete nicht. Sie gab keinen Ton von sich, aber sie war sich sicher, dass Madame Argent wusste, dass sie weinte, so wie sie immer alles wusste.

»Ach, Maria«, sagte die Wahrsagerin nach einer Weile, und ihre Stimme hörte sich dabei an, als ob sie lächelte. »Ich weiß es doch schon lange. Die Nachricht war für dich bestimmt, nicht für mich. Ich hätte es dir gerne vorenthalten, aber wer weiß, vielleicht ist es besser so. Jetzt weißt du es also auch.«

»Sag den anderen nicht, was du erfahren hast«, meinte sie dann. »Und sag ihnen um Himmels willen auch nicht, dass du die Gottesmutter gesehen hast. Sie machen ein großes Geschrei darum und rennen gleich zum Pfarrer, und wer weiß, am Ende stecken sie dich in ein Irrenhaus oder ins Kloster.«

Maria wischte sich mit dem Ärmel übers Gesicht. Die Haut auf ihren Wangen und auf ihrem Kinn war wund und aufgesprungen und brannte.

»Wann wird es geschehen?«, fragte sie leise.

»Bald«, sagte Madame Argent.

Drittes Kapitel

I.

Gudrun hatte sich die Haare abschneiden lassen. Sie trug sie jetzt kinnlang in einer leichten Wasserwelle, dadurch wirkte sie nicht mehr wie eine griechische Göttin, sondern wie ein junger Bursche, obwohl sie sich die Lippen dunkelrot geschminkt hatte. »Du solltest dich auch von dem alten Zopf trennen«, sagte sie zu Mira, nachdem diese die neue Frisur bewundert hatte. »Wir leben im Jahr 1926, nicht im Mittelalter, falls dir das entgangen sein sollte.«

»Ach was«, sagte Mira achselzuckend. Sie tastete vorsichtig mit den flachen Händen über ihre Hochsteckfrisur. »Ich bin nicht der Typ für kurzes Haar.« Es war ja nicht damit getan, dass man sich die Haare abschnitt. Man brauchte dann auch die entsprechende Kleidung. Kurze, lose Kleider mit einer tiefen Gürtellinie, wie Gudrun sie jetzt trug, und schmale Glockenhüte, lange, glitzernde Halsketten. »Was kümmert es mich, wenn ich zurückbleibe.« Sie lächelte, weil sie nicht zeigen wollte, dass ihr Gudruns Bemerkung einen Stich versetzt hatte.

»Es war doch nur Spaß.« Gudrun lachte und legte ihren Arm um Miras Schulter. Sie hatte ein neues Parfüm, das intensiv nach Moschus und Zitrone roch. Mira unterdrückte ein Husten.

»Wie viele Gäste erwartest du eigentlich?«, fragte sie, während sie sich vorsichtig aus der Umarmung löste.

»An die hundert.«

Mira warf Gudrun einen unsicheren Blick zu. Hundert Gäste – war das ihr Ernst, oder machte sie sich über sie lustig? Der Modesalon, den Pressmann ihr in den letzten Wochen eingerichtet hatte und der am Abend eröffnet werden sollte, bestand im Grunde nur aus zwei Räumen, einem quadratischen Empfangszimmer, dessen hohe, große Fenster zur Hohen Straße hinausgingen, und einem länglichem Arbeits- und Anproberaum, in dem der Zuschneidetisch und die Nähmaschine standen. Hundert Leute würden hier schwerlich Platz finden, aber andererseits wirkte Gudrun nicht, als scherzte sie. Sie reckte den Hals und blickte über Miras Kopf zur Tür, als stünden da schon die ersten Gäste und warteten auf Einlass.

»Wirklich hundert?«, meinte Mira. »Aber was willst du denn anbieten?«

An drei Wänden des Salons standen lange schmale Tische, die mit Damasttischdecken bezogen waren. Im Schein des Kronleuchters an der Decke schimmerten die weißen Decken goldgelb. Die Tische waren leer. Vielleicht hatte Gudrun im Nebenzimmer Flaschen und Gläser und belegte Brote stehen.

»Soll ich dir bei den Vorbereitungen helfen?«, fragte Mira, während sie ihren Mantel auszog und an den Garderobenständer hängte.

»Nicht nötig«, meinte Gudrun. »Ich lasse alles kommen. Ich hoffe nur, dass Münstermann rechtzeitig liefert.« Wieder stellte sie sich auf die Zehenspitzen und blinzelte durch die Glastür, an die sich von draußen die Dämmerung lehnte. »Sie wollten um Viertel nach sieben hier sein.«

Münstermann, dachte Mira. Was das kostete! Früher hatten sie und Gudrun sich manchmal eine kleine Tüte Trüffel bei dem Feinkosthändler geholt, fünf Trüffel für vierzig Pfennige. Aber im Grunde waren sie gar nicht wegen der Trüffel in den Delikatessenladen gegangen, sondern um die geräucherten Schinken über der Theke zu riechen und die Hummer in den Glasbecken zu sehen, die die Besucher aus kleinen Augen verächtlich anstarrten. Und um die Preise auf den hellgelben Etiketten zu lesen, die einen ganz und gar schwindlig machten. Jetzt bestellte Gudrun ein ganzes Büffet bei Münstermann. Und Pressmann bezahlte.

Während sie noch darüber nachdachte, kamen die Kellner an. Sie trugen lange weiße Schürzen, Sektkübel, Cocktailshaker und Tabletts auf den Schultern. In wenigen Minuten ergriffen sie Besitz von den Räumen, sie stellten Teller mit Blutwurststücken und anderen Würsten auf den Tisch, daneben Töpfchen mit Senf, Platten mit belegten Broten und ganze Tabletts mit Pflaumen- und Apfelkuchen.

»Pressmann war für einfache Küche«, sagte Gudrun, während die Kellner an der anderen Wand die eisgefüllten Kübel mit dem Champagnerflaschen platzierten und daneben eine Pyramide aus Sektgläsern errichteten. »Er mag es gerne deftig.« Ihre Augen glitten ein wenig bedauernd über die Wurstteller, dann zuckte sie die Achseln. »Zumindest wird alles rechtzeitig fertig.«

»Wen hast du denn eingeladen?«, fragte Mira.

»O, ein paar Ladenmädchen von Tietz. Ansonsten hat sich Pressmann um die Gästeliste gekümmert. Was nützt es schließlich, wenn mir Leute die Türe einrennen, die sich hinterher meine Modelle gar nicht leisten können?«

Ab acht Uhr trafen die ersten Gäste ein, eine halbe Stunde später stand man in beiden Räumen Schulter an Schulter. Es waren keine hundert Besucher erschienen, vielleicht vierzig oder fünfzig, dennoch war der Salon zum Bersten voll. Unter der hohen Decke wälzte sich dicker Zigarettenrauch, um den Kronleuchter herum leuchteten die Rauchwolken golden. Die Damen trugen Federboas über ihren sackähnlichen Kleidern, hohe Schuhe und kleine Hüte. Nur Miras Mutter balancierte einen riesigen blumengeschmückten Hut auf dem Kopf. Dazu trug sie ein tiefrotes Samtkleid, dessen Ausschnitt viel mehr zeigte, als Mira sehen wollte, und hatte Hilde im Schlepptau, die schwitzende Hilde, die Mira fast nicht mehr wiedererkannt hätte.

Ihre Mutter winkte Mira nur kurz zu und bahnte sich dann einen Weg durch die Menge in Richtung Champagnerbar. Hilde dagegen steuerte direkt zu ihr herüber. »Wie geht es dir, Mira?«, fragte sie begeistert. Sie ergriff Miras Rechte mit beiden Hände, aber anstatt sie zu schütteln, hielt sie sie einfach nur fest. Sie wirkte so verändert in ihrem langen, schwingenden Kleid. Früher hatte sie ihren großen Körper immer in enge Kostüme gepresst, aus denen ihr Hals, die Unterarme und

Waden förmlich hervorgequollen waren. Jetzt wirkte sie auf eine eigenartige Weise sinnlich, fast hübsch.

»Gut.« Mira zog ihre Hand wieder zurück und wischte sie verstohlen an ihrem Rock ab. Sie sog unmerklich Luft durch die Nase ein, aber sie roch keinen Schweiß. Vielleicht überdeckte ja der Zigarettenrauch den Geruch. »Und du machst jetzt in Hüten?«

»Deine Mutter hat mich angelernt. Ich bin dir so dankbar …« Hildes hellblaue Augen glänzten auf einmal feucht. War es die Rührung oder die schlechte Luft?

»Schon recht«, sagte Mira schnell. »Schönes Geschäft hier, nicht wahr?«

»Oh, es ist ganz traumhaft.« Hildes Blick wanderte so erstaunt durch den Raum, als habe sie ihn vorher noch gar nicht wahrgenommen. »Und die vielen, vielen Menschen.«

Mira nickte ungeduldig. Sie hatte auf einmal genug von der Unterhaltung und von den vielen Leuten, dem Gläserklirren, dem Rauch und von Gudrun, die neben Pressmann an der Tür stand und eine Hand nach der anderen schüttelte. Sie würde noch eine halbe Stunde bleiben und sich dann unauffällig davon machen.

Sie ließ sich von einem der Kellner ein Glas Champagner geben. Beim ersten Schluck musste sie sofort wieder an die Cocktails denken, die sie im Roten Kakadu getrunken hatte, und an Otto Franz. Ihre Augen durchsuchten durch den Raum. Nein, er war noch nicht gekommen, obwohl sie ihn gestern noch an die Eröffnung erinnert hatte. Er hatte sein Erscheinen aber doch fest zugesichert. Natürlich hatte sie ihm nicht erzählt, dass Gudrun ihn nur ihretwegen eingeladen hatte. »Wenn dir so viel daran liegt, dann soll er eben kommen. Er ist ja durchaus amüsant«, hatte sie erklärt, als Mira sie zum dritten Mal nach einem Einladungsbillet für ihn gefragt hatte.

Die Uhr über der Tür zeigte inzwischen Viertel vor neun. Mira nippte noch einmal an ihrem Glas, dann stellte sie es halb leer zurück auf das Tablett eines vorbeieilenden Kellners. Sie wollte weg hier. Ein Blick zu Gudrun, sie unterhielt sich jetzt mit Miras Mutter. Wahrscheinlich sprachen sie über die Schwingungen des Raums oder über die neuesten Hutkreationen.

Auf dem Weg zum Ausgang stieß sie mit einer großen Frau zusammen. »Verzeihung«, sagte Mira, obwohl die andere genauso schuld war an dem Zusammenstoß. Ein irritierter Blick unter bogenförmig gezupften Augenbrauen – Frau Pressmann.

»Keine Ursache.« Das sorgfältig ausgemalte M der Oberlippe verzog sich zu einem Lächeln. Einen Moment lang standen sie sich zögernd gegenüber.

»Sie sind eine Bekannte von Gudrun?«, erkundigte sich Frau Pressmann.

»Mira Schwarz«, sagte Mira. »Wir kennen uns. Ich war damals mit Gudrun in der Oper.«

Die geschminkten Augen zogen sich zusammen, dann wurden sie ganz groß. »O ja, natürlich. Bitte verzeihen Sie. Diese vielen Leute – wer soll sich da noch zurechtfinden?« Sie hob ihr Cocktailglas und prostete Mira zu. »Darf ich übrigens vorstellen: meine Freundin Annabell von Rinsen.« Das Glas wanderte ein Stück nach rechts. Die blonde Dame an Frau Pressmanns Seite lächelte gelangweilt.

»Guten Abend«, sagte sie, ohne Mira wirklich anzusehen. »Iris, Liebste, ich befürchte, wir müssen weiter, sonst wird es zu spät für die Soiree.«

»Die Zeit, sie eilt«, sagte Frau Pressmann und lachte. »Wir müssen uns aber noch von Gudrun verabschieden, die Kleine ist schließlich der Star des Abends. Wenn sie nur endlich aufhören würde, mit dieser entsetzlichen Frau zu reden.« Sie zwinkerte Mira zu, als teilten sie beide ein Geheimnis.

Miras Augen flogen zu Gudrun, die immer noch mit ihrer Mutter sprach, zu Frau von Rinsen, die ihre Mutter nun ebenfalls neugierig anstarrte, und zurück zu Frau Pressmann, die ihren Cocktail austrank.

Diese entsetzliche Frau ist meine Mutter, wollte Mira sagen, so laut und deutlich, dass es nicht nur Frau Pressmann hörte, sondern auch ihre Freundin und alle Umstehenden. Sie wollte, dass Frau Pressmann erbleichte oder errötete, dass sie sich schämte und sich entschuldigte. Aber als sie den Mund öffnete, brachte sie keinen Ton heraus. Sie stand einfach nur da und starrte Frau Pressmann dümmlich an, die einen unbehaglichen Blick mit ihrer Freundin wechselte. »Nun denn.« Frau Pressmann reichte Mira die Hand. Einen Moment lang lagen die weichen, gepflegten Finger in Miras aufgesprungener Hand.

»Es war mir ein Vergnügen«, sagte Frau Pressmann. Als sie sich wegdrehte, sah Mira, dass sie ihre Finger am Kleid abwischte, genauso verstohlen, wie Mira ihre Hand abgewischt hatte, nachdem Hilde sie gehalten hatte.

So behutsam wie möglich zog sie ihren Mantel unter dem Berg der Jacken und Überzieher an der Garderobe hervor, dennoch fielen eine Pelzstola und ein Samtcape zu Boden.

»Sie wollen schon gehen?«, fragte eine vertraute Stimme, als sie sich nach den Sachen bückte.

»Otto.« Inzwischen brachte sie den Vornamen ohne Schwierigkeiten über die Lippen. »Ich dachte schon, Sie kommen nicht mehr.«

»Ach. Und deshalb haben Sie die Lust verloren?« Er grinste sein freches Grinsen, aber auch daran hatte sie sich inzwischen gewöhnt.

»Nein, ich will nach Hause. Es ist so viel zu voll hier.«

»Kommen Sie! Sie sind doch noch keine achtzig Jahre alt.«

»Es gefällt mir nicht«, sagte Mira achselzuckend. Dann stellte sie zu ihrem Entsetzen fest, dass ihr Tränen in die Augen stiegen. »Jedenfalls gehe ich jetzt«, sagte sie hastig, eine Hand schon auf der Türklinke.

»Warten Sie!«, rief er. Aus dem Augenwinkel sah sie, wie er seinen Hut vom Brett an der Wand angelte. »Ich begleite Sie.«

Sie stand schon in der offenen Tür, auf der einen Seite war es warm und stickig, auf der anderen Seite kalt. »Nein«, rief sie entsetzt. »Das geht doch nicht! Sie sind doch eben erst gekommen.«

»Natürlich geht das«, sagte er. Dann standen sie beide draußen in der Dunkelheit, neben dem trapezförmigen Lichtfleck, der durch das Fenster der Glastür aufs Pflaster fiel. »Ich bringe Sie jetzt nach Hause«, meinte er, und der Satz klang inzwischen so vertraut, dass sie lächeln musste, auch wenn ihr gar nicht danach zu Mute war.

»Also gut«, sagte sie.

Vor einer Woche war die Gesolei zu Ende gegangen. Die Pavillons am Rhein wurden wieder abgebaut, die Ausstellung bildete sich sozusagen zurück, genauso schnell, wie sie im Frühling aufgebaut worden war. Jeden Tag verschwand ein Teil, zuerst der Vergnügungspark mit der Berg- und Talbahn und den Karussells, dann die langgestreckten Hallen. Nächste Woche wären die Musterhäuser an der Reihe und der Rote Kakadu. Sogar der Feuerwehrturm, an dem die Feuerwehrmänner ihre Einsätze geübt hatten, sollte angeblich wieder abgerissen werden, obwohl er doch so groß und stabil wirkte wie für die Ewigkeit gebaut. Die Gebäude verschwanden und ließen Asphaltflächen zurück, in deren Vertiefungen das Regenwasser den bleigrauen Herbsthimmel spiegelte. Dazwischen gelbliche Rasenstreifen und Flecken brauner Erde. Der Wind blies Planenfetzen und Abfall über das Brachland zum Rhein.

Die Rheinhalle mit dem Planetarium, das Kunstmuseum und die Rheinterrasse wurden nicht abgerissen. Dennoch waren in der Rheinterrasse schon im September zwei Drittel der Serviermädchen entlassen worden, weil das Wetter kühler geworden war und auf der Sommerterrasse nicht mehr bedient werden konnte. Aber Mira hatte Herr Kiesemann glücklicherweise behalten. Sie arbeitete werktags von elf bis acht und sonntags von neun bis drei im Kuppelsaal. Nur donnerstags hatte sie frei, sofern keine der anderen Bedienungen ausfiel.

Die Rheinterrasse bot Frühstück bis um elf, das war einzigartig, in allen anderen Restaurants bekam man nach zehn Uhr kein Morgengedeck mehr. Also war der Zulauf an Frühstücksgästen hoch. Auch Gudrun kam oft, trank Kaffee und aß ein belegtes Brot, manchmal bestellte sie auch Tee und einen Matjeshering, dann war es spät geworden. Aber heute erschien sie nicht. Vielleicht war sie doch gekränkt, weil Mira ihre Eröffnungsfeier so früh verlassen hatte.

Mira zuckte die Schultern und gähnte gleichzeitig. Dabei sah sie ihr Gesicht als verzerrte Spiegelung in der Kuchenvitrine. Ein riesiger schwarzer Mund, darüber zwei schmale Augen. Erschrocken verbarg sie das Gähnen hinter der Hand. Sie war selbst erst spät eingeschlafen, obwohl sie so zeitig zu Hause gewesen war. Sie hatte so lange über Otto Franz nachgedacht, und wie sie es erreichen konnte, dass sich Gudrun für ihn interessierte. Gudrun war so fixiert auf ihren Modesalon, auf die reiche Kundschaft, die sie dafür gewinnen wollte. Und auf Pressmann. Wahrscheinlich, dachte Mira, hatte es nun auch gar keinen Sinn mehr, Otto und Gudrun zusammenzubringen. Gudrun hatte ihr Geschäft aufgemacht und war Pressmann damit ausgeliefert. Ohne sein Geld wäre sie sofort am Ende.

Mira stellte Kaffeetassen, Zucker und Sahne auf ihr Tablett. Bevor sie es jedoch anhob, massierte sie sich einen Moment lang die Schläfen. Ihr Kopf dröhnte, aber das lag nicht an der Müdigkeit, es war dieser verdammte Kuppelsaal – der Rheingoldsaal, wie Kiesemann ihn nannte –, der ihr Kopfschmerzen bereitete. Seit sie hier arbeitete, hatte sie beinahe täglich Kopfweh. Es war, als ob sich die kreisrunden goldenen Wände, die schweren roten Samtvorhänge vor den hohen Fenstern, die riesige goldene Kuppel – als ob sich der ganze Saal mit seinem sakralen Protz um Mira zusammenschlösse, um sie langsam zu zerquetschen. Am schlimmsten war es in der Mitte des Raumes, unter dem weiß-goldenen Lüster. Wann immer sie darunter hindurch musste, beschleunigte sie ihre Schritte. Sie spürte ihn dennoch wie eine Bedrohung über ihrem Haupt.

Ich kann es gar nicht begreifen, wie einer freiwillig hierher kommen kann, um zu frühstücken, dachte sie, während sie einem Herrn ein Kännchen Kaffee servierte.

»Vielen Dank, die Dame«, sagte der Mann, er blickte dabei nicht auf, sondern kritzelte in einem Notizbuch herum. Mira warf im Weitergehen einen Blick über seine Schulter und blieb abrupt stehen. Was zeichnete der Kerl denn da! Sie sah einen Mond, der sie aus spiralförmigen Pupillen anstarrte, eine lächelnde Kokosnuss in einem Kochtopf und eine Palme, auf der

Zitronen wuchsen. Jedes einzelne Detail der abstrusen Skizze war mit größter Kunstfertigkeit und Sorgfalt ausgeführt, »Man nehme«, sagte der Herr, immer noch ohne aufzuschauen, »eine gut ausgereifte Zitrone und koche sie nicht zu lang in sprudelndem Weißwein. Danach bedecke man sie mit etwas Salz und den weißen Flocken einer frisch geraspelten Kokosnuss und serviere sie im Mondschein.« In fein säuberlicher, zierlicher Schrift kritzelte er den Text neben die Zeichnungen.

Dann blickte er auf. Seine Augen waren graugrün, die Iris war von einer milchigen Schicht überzogen, was seinem Blick etwas Diffuses gab. »Verstehen Sie?«, fragte er.

»Nein«, sagte Mira.

»Das ist Futurismus«, sagte der Herr.

»Ich verstehe nichts von Kunst«, sagte Mira.

»Ich bin im Grunde kein Futurist«, fuhr der Herr fort, als habe sie nichts gesagt. »Die Herrschaften sind mir zu verbissen und zu militant. Aber einige ihrer Ideen sind durchaus faszinierend.«

Nun, da er sie ansah, merkte sie, dass er viel jünger war, als er auf den ersten Blick erschienen war. Es war seine gebeugte Haltung, die sie getäuscht hatte. Sein Haar war voll und braun, sein Gesicht ganz glatt. Er war bestimmt nicht viel älter als vierzig.

»Sie huldigen dem Krieg«, sagte er. »Aber der Krieg ist nichts Bewundernswertes.«

Nein, dachte Mira, am Krieg war wirklich nichts bewundernswert, wer einen miterlebt hatte, brauchte keinen zweiten mehr. Nichtsdestotrotz war dieser Herr nicht ganz bei Verstand.

»Kann ich Ihnen noch etwas bringen?«, fragte sie.

Er lächelte und wirkte auf einmal noch jünger. »So vieles«, sagte er.

Da klemmte sie ihr leeres Tablett unter den Arm und ging kopfschüttelnd zurück zur Essensausgabe.

Um halb zwölf kam ihre Mutter und bestellte Frühstück und war empört, als Mira ihr keines mehr bringen wollte. »Nun hab dich nicht so. Ich bin doch gerade einmal ein paar Minuten zu spät.«

»Kaffee kann ich dir noch bringen. Ansonsten gilt jetzt die Mittagskarte.«

Ihre Mutter murmelte etwas, das nicht zu verstehen war. Als Mira kurz darauf wiederkam, um die Bestellung aufzunehmen, war sie gegangen. Achselzuckend ging Mira zum nächsten Tisch. Irgendwo in ihrem Magen spürte sie einen leise bohrenden Schmerz, ein Gefühl, das sie immer mit ihrer Mutter verband. Zum Teufel mit ihr, dachte Mira.

Sie war wochenlang nicht mehr im Kino gewesen. Schuld war der neue Pianist, sie konnte sein Geholper und Gestolper auf den Tasten einfach nicht ertragen, sein lautes Geklimper, das spannende, gefühlvolle, leidenschaftliche oder stille Szenen gleichermaßen zudeckte. Ein paar Mal war sie im Alhambra auf der Friedrichstraße gewesen, das auch näher an ihrer Wohnung lag, aber es war ihr wie Verrat vorgekommen. Außerdem kostete dort allein der Stehplatz 55 Pfennige.

In den letzten Tagen aber hatte sie überall die Plakate gesehen. *FAUST* verkündeten die großen Buchstaben über der holzschnittartigen Zeichnung, darüber, wellenförmig angeordnet, drei Wörter: *Eine deutsche Volkssage. Der neue Film von Murnau.* Sein Nosferatu war einer der ersten Filme gewesen, die Mira überhaupt gesehen hatte, danach hatte sie nachts wochenlang nicht schlafen können. Sogar heute träumte sie mitunter noch von dem Vampir, seiner hageren, gebeugten Gestalt, dem weißen Gesicht mit den schwarz umrandeten Augen. Dieser Blick, so müde und gierig.

Sie würde sich den Faust ansehen, und sie würde ihn im Odeon sehen, auch wenn er dort zwei Wochen später lief als auf der Graf-Adolf-Straße. Und sei es auch nur, um die Kassiererin und die Platzanweiserin nicht zu enttäuschen.

Das Kino war halbleer, als sie sich in den harten Sitz fallen ließ. Mira war offenbar nicht die Einzige, die der neue Klavierspieler vertrieben hatte. Wie wenig man doch zu schätzen weiß, was man hat und kennt, dachte Mira. Als der alte Pianist noch am Leben gewesen war, hatte sie ihn kein einziges Mal gelobt, nicht einmal in Gedanken.

Dann ging das Licht aus, und die Leinwand wurde hell. Mit dem Vorfilm begann die Musik, und nach den ersten zehn Takten saß Mira ganz aufrecht da und starrte nach vorn, aber nicht auf die Leinwand, sondern auf die winzige Lampe auf dem Klavier, hinter der der Pianist saß. Es waren aber nicht mehr als schemenhafte Umrisse zu erkennen.

Wer immer heute am Klavier saß, konnte spielen. So gut wie der alte Pianist. Nein, besser, viel besser, stellte sie fest, als nun der Hauptfilm begann. Die Töne ballten sich bedrohlich zusammen, während der riesige Körper des Mephisto seinen Schatten auf die zusammengedrängte Stadt auf der Leinwand warf wie ein Raubvogel auf ein kleines Kaninchen. Pest und Verderben, Verzweiflung und Elend verkündete die Musik, und genauso kam es auch. Die Menschen auf den Straßen sanken tot in sich zusammen, und niemand konnte ihnen helfen, auch Faust nicht, der alte Arzt. Bis er seinen Pakt mit dem Teufel abschloss, der ihm zu ewiger Jugend und Wunderkräften verhalf. Aus dem Greis wurde ein junger, schöner Mann. Spätestens zu diesem Zeitpunkt vergaß Mira den Pianisten und die Musik und verlor sich in den Bildern, wie sie sich schon lange nicht mehr in irgendetwas verloren hatte.

Nachdem Faust und Gretchen in inniger Umarmung in den Himmel aufgefahren waren, war der Film zu Ende. Ihre Hände waren taub, weil sie die ganze Zeit über die Seiten ihres Sitzes umklammert hatte. Benommen ließ sie sich vom Sog der Besucher nach draußen ziehen, erst in der Eingangshalle kam sie zur Besinnung. »Man muss dem Pianisten doch sagen, wie gut er es gemacht hat«, sagte sie zu einer Frau, die neben ihr stand.

Die Frau sah sich irritiert um. »Kennen wir uns?«, fragte sie dann zurück.

Mira hatte sich jedoch schon abgewandt. Sie drängte sich durch die Menschenmenge wie durch eine zähe Flüssigkeit zurück in den Kinosaal und eilte die breiten Stufen hinunter bis zum Klavier. Der Pianist saß noch auf seinem Schemel, er hatte seine Brille abgenommen und putzte sie mit einem großen weißen Taschentuch. Sie hatte aus irgendeinem Grund angenommen, dass er alt wäre wie der erste Klavierspieler, klein und verschrumpelt, aber jetzt sah sie, dass er etwa fünfundzwanzig Jahre alt war, vielleicht auch jünger. Dummerweise hatte sie sich vorher keine Worte zurechtgelegt, und nun, da er den Kopf hob und sie fragend ansah, fielen ihr auch keine ein. Auf dem Rücken seiner großen, ein wenig schiefen Nase und unter seinen Augen sah man deutlich die runden Abdrücke, die sein Brillengestell hinterlassen hatte.

Mira räusperte sich. »Ich wollte Ihnen sagen, dass es mir sehr gut gefallen hat«, sagte sie. Zu ihrem Ärger musste sie mitten im Satz schlucken. »Ich meine, der ganze Film, aber besonders Ihr Spiel.«

»Danke«, meinte er. Dann hauchte er auf die Brillengläser und polierte sie, zuerst das eine, danach das andere. »Sehr freundlich.«

»Ich hoffe, ich sehe Sie wieder. Also … hier im Kino, als Pianist«. Was redete sie nur für einen Blödsinn? fragte sie sich, während sie auf seine langen schmalen Finger starrte, die die Gläser putzten. Dann setzte er die Brille wieder auf und sah sie nachdenklich an.

»Ich denke, ich werde in Zukunft immer hier spielen.«

»Das ist gut«, erwiderte sie hastig. »Es war mir ein Vergnügen.«

»Was haben Sie jetzt vor?«, fragte er, während er sich erhob. Er war nicht viel größer als sie und schmal gebaut, und seine Lippen machten am äußersten Winkel eine winzige Wendung nach oben, wie ein Entenschnabel.

»Ich bin hungrig«, sagte er, als sie nichts entgegnete.

Er hieß Anselm Guben, tagsüber arbeitete er im Oberbilker Stahlwerk und abends im Kino. So viel hatte sie immerhin erfahren, als sie das kleine Lokal auf der Suitbertusstraße betraten. Drinnen war es sehr düster, verraucht und voll. Mira hatte den Eindruck, dass sie die einzige Frau war, aber sie konnte sich auch täuschen, weil sie vor lauter Rauch nicht weiter als ein paar Meter sehen konnte. Er führte sie zielstrebig zu einem kleinen Tisch am Fenster, sie wartete darauf, dass er ihr aus dem Mantel half, aber er hatte sich schon hingesetzt und studierte die Speisekarte. Also zog sie den Mantel selber aus und hängte ihn über eine Stuhllehne. Der Holzboden knirschte vor Schmutz, als sie den Stuhl zurückzog, um sich zu setzen.

»Wie lange spielen Sie schon im Odeon?«, erkundigte sie sich.

»Heute zum ersten Mal.«

»Und? Sind Sie zufrieden?«

»Ob ich zufrieden bin? Fragen Sie doch den Herrn Kinobetreiber, ob er mit mir zufrieden ist. Das ist die Frage, die interessiert.«

»Ganz gewiss ist er das!«, rief Mira. »Sie hätten Ihren Vorgänger einmal hören sollen. Es war furchtbar.«

Seine Mundwinkel wanderten noch ein Stück weiter nach oben. »Da bin ich aber erleichtert.«

»Wenn Sie den ganzen Tag Stahl kochen und abends am Klavier sitzen – wie passt denn das zusammen?«, meinte sie.

»Von der Musik allein kann man nicht leben, aber Sie haben recht, es verträgt sich nicht eben gut. Ich würde die Arbeit im Stahlwerk lieber heute als morgen aufgeben. Obwohl die Klimperei im Kino auch nicht unbedingt das Wahre ist. Und Sie?«

»Ich bin Serviermädchen in der Rheinterrasse.«

Er nickte versonnen. »Von irgendetwas muss man eben leben.«

Diese Bemerkung kränkte sie, weil sie stolz auf ihre Arbeit war, jedenfalls war sie es bis jetzt gewesen.

»Wo haben Sie so Klavierspielen gelernt?«

»Als Kind hat mir ein Mann in der Nachbarschaft ein paar Dinge gezeigt. Den Rest habe ich mir selbst beigebracht.«

»Aber das ist ganz erstaunlich.«

Er winkte ab. »Es ist alles Stümperei. Zu den Filmen improvisiere ich, was mir eben in den Sinn kommt. Ich kann nicht einmal Noten lesen.«

Er wirkte auf einmal so verächtlich, dass Mira nichts mehr zu sagen wagte.

Dann kam die Kellnerin, und sie bestellten Mettwurst mit Brot und Altbier. Guben holte seine Zigaretten aus der Tasche und bot ihr eine an, sie lehnte ab und ärgerte sich über sich selbst, dass sie nicht rauchte.

»Wie hat Ihnen der Film gefallen?«, fragte sie, nachdem sie ihm eine Weile dabei zugesehen hatte, wie er seinen Rauch gegen die schmutzige Fensterscheibe blies. Man konnte die Reflektionen ihrer Köpfe in der Scheibe sehen, über Gubens Kopf spiegelten sich die drei Glühbirnen, die über der Theke hingen.

»Meisterhaft«, rief er. Er zog an seiner Zigarette, die rot aufglühte, in der Realität und in der Fensterscheibe noch einmal. »Dieser Murnau ist ein Teufelskerl. Seine Bilder, die Aufnahmen, das sind Kunstwerke. Die Geschichte selbst ist natürlich veraltet, konventionell. Faust, der Draufgänger, das unschuldige Gretchen und dann dieses abgedroschene Ende, davon muss man nicht reden.« Er zog wieder an seiner Zigarette und blies den Rauch aus Nase und Mund zugleich.

Mira nickte und dachte betreten an die Tränen, die sie vergossen hatte, als Gretchens Kind gestorben war und man die unschuldige Mutter ins Gefängnis gesteckt hatte. An ihre Erschütterung über das abgedroschene Ende, wie Anselm es so verächtlich genannt hatte.

»Die eine Szene, in der Faust und Mephisto auf dem Mantel zur Erde fliegen, wissen Sie, wie er das fabriziert hat?«

»Wie denn?«

»Die Kamera wurde an einer Feuerwehrleiter befestigt und an den Schauspielern vorbeigezogen. Haben Sie den Letzten Mann gesehen?«

»Natürlich«, sagte Mira, die in den letzten Jahren kaum einen Film verpasst hatte.

»Beeindruckend, nicht wahr? Und was die Handlung angeht, weitaus tiefsinniger als der Faust oder gar Nosferatu.«

Mira nickte, weil sie nicht zugeben wollte, wie enttäuscht sie von Murnaus letztem Film gewesen war.

»Erinnern Sie sich an die Szene, in der die Kamera dem Rauch einer Zigarette folgt? Die gleiche Technik. Man nennt es auch die fliegende Kamera.«

Sie erinnerte sich nicht an die Szene, sie erinnerte sich nur noch daran, dass sie das Kino beinahe vor dem Ende der Vorstellung verlassen hätte, weil sie der Film so gelangweilt hatte. Im Unterschied zum Nosferatu fehlte beim Letzten Mann jeder Grusel. Aber das war wohl eine sehr oberflächliche Betrachtungsweise.

»Der glückliche Ausgang war natürlich unglaubwürdig – aufgesetzt«, meinte Guben.

Je länger sie ihm zuhörte, desto stärker wurde ihr bewusst, wie vollkommen anders er die Dinge betrachtete. Wenn sie einen Film sah, tauchte sie ein. Er aber wertete und verglich und lernte und verstand.

»Woher wissen Sie denn all diese Dinge? Mit der fliegenden Kamera und solche Dinge?«

»Oh, ich lese, was ich darüber in die Finger bekomme. Das Kino ist meine Leidenschaft, wie die Musik«, erklärte er, und wieder wanderten seine Mundwinkel ein Stück in die Höhe. »Und wie es mir scheint, geht es Ihnen genauso.«

»Ja«, sagte Mira, auch sie lächelte, aber gleichzeitig schämte sie sich. Denn sie nutzte die Filme nur, um damit der Wirklichkeit zu entfliehen, er aber entwickelte sich weiter mit jedem Film, den er sah. Und so wollte sie es in Zukunft auch machen, beschloss sie in diesem Moment.

Sie redeten noch über viele weitere Filme, die sie gesehen hatten. Panzerkreuzer Potemkin war sein Lieblingsfilm. Ausgerechnet diesen Film hatte Mira verpasst. Als er Ende Mai ins Kino gekommen war, hatte sie gerade ihre Arbeit in der Rheinterrasse begonnen und war nicht hingegangen. Einige Woche später hatte man ihn verboten. »Und jetzt kann man den Film wieder sehen, aber zensiert«, sagte Guben. »Über hundert Meter soll man aus den Filmstreifen herausgeschnitten haben. Sie müssen ihn sich aber dennoch anschauen, wenn sich Ihnen die Gelegenheit dazu bietet.«

Mira nickte heftig. Mit einem Mal begann sie vieles zu verstehen, worüber sie sich zuvor nie Gedanken gemacht hatte. Dass es Filme mit einer klaren Botschaft gab und Filme, die einfach nur unterhielten, und Filme, die das eine mit dem anderen verbanden. Und das waren die grandiosen Filme, fand Guben – Anselm, wie sie ihn in Gedanken bereits nannte.

»Wie kommen Sie so schnell auf die Melodien?«, fragte sie ihn. »Sehen Sie sich die Filme vorher einmal an, oder kommt es einfach so aus Ihnen heraus?«

Er schob seinen Teller von sich und zündete sich eine neue Zigarette an. »Sicher sehe ich sie mir an und überlege mir, was ich dazu spielen werde. Aber es ist natürlich nichts als Stümperei, was ich darbiete. Für einen Faust mag es reichen, aber nicht für etwas Größeres.«

Er trank vier Bier und sie drei. Als sie das Lokal verließen, reichte er ihr seinen Arm. Sie legte ihren Unterarm auf seinen Unterarm, der sich sehr stark und kraftvoll anfühlte, obwohl man das durch die dicke Jacke hindurch gar nicht spüren konnte.

»Wo wohnen Sie denn?«, fragte er sie. Ein leiser Nieselregen wusch den Zigarettenrauch von ihren Gesichtern.

»Am evangelischen Hospital. Ich nehme ein Taxi.«

Er brachte sie zum Droschkenstand und öffnete die Wagentür für sie. »Sehen wir uns wieder?«, fragte er.

»Gerne«, sagte sie. »Sicher.«

Als sie allein auf der Rückbank der Droschke saß, schloss sie die Augen. Ihr war ein bisschen schwindlig von dem Bier, aber es war ein angenehmes Gefühl, wie auf einem sehr gemächlichen Karussell. Aus irgendeinem Grund musste sie plötzlich an den Herrn mit dem Skizzenbuch denken und an das Rezept, das er ihr vorgelesen hatte. Zitronen im Mondschein.

Als sie die Augen wieder öffnete, sah sie, dass Guben immer noch am Droschkenplatz stand und ihr nachblickte. »Würden Sie mit mir im Mondschein zu Abend essen, Herr Guben?«, fragte sie, während das Taxi um eine Straßenecke bog.

»Wie bitte?« Der Droschkenfahrer drehte sich irritiert zu ihr um.

»Nichts.« Mira schüttelte den Kopf über sich selbst. Wie kam sie nur auf einen solchen Blödsinn? Dabei schien heute Nacht nicht einmal der Mond.

II.

Der Herr, der die Zitrone und den Mond gezeichnet hatte, kam jetzt jeden Tag in die Rheinterrasse. Er erschien immer am späten Vormittag, gegen elf, in der ruhigen Zeit nach dem Frühstück und vor dem Mittagessen. Er trank Kaffee, Mira brachte das Kännchen inzwischen schon automatisch, und zeichnete dabei in sein Skizzenbuch, etwa eine Stunde lang. Dann legte er sein Geld auf den Tisch, fünfundzwanzig Pfennige für den Kaffee, fünf für die Bedienung, und verschwand.

»Dafür, dass er nichts verzehrt, blockiert er den Tisch ziemlich lange«, sagte Elsbeth, die die Tische auf der anderen Seite bediente.

»Nun lass ihn doch, um diese Zeit ist doch nichts los.«

Im Vorübergehen warf Mira immer wieder einen verstohlenen Blick in das Skizzenbuch. Es waren so seltsame Zeichnungen. Schweineköpfe, die mit schmalen Augen aus dampfenden Kesseln blinzelten. Geflügelte Brote. Ein gekreuzigtes Huhn. Er zeichnete die Dinge mit großer Akribie und Sorgfalt, jedes Härchen, jede Feder war zu erkennen. Zwischen den Zeichnungen klebten Bilder, Zeitungsausschnitte, ein Teil einer Zigarettenschachtel, buntes Papier. Darum herum kritzelte er in seiner kleinen, scharfen Schrift Worte und Sätze, die er Mira manchmal vorlas.

»fmsbwetözäupffiv-?mü-,« las er, dabei betonte er jeden einzelnen Buchstaben so präzise, als wäre es ein sinnvolles Wort.

»Was soll das?«, fragte Mira.

»Das ist der Beginn einer abstrakten Parabel«, erklärte er.

»So etwas habe ich ja noch nie gehört«, meinte sie kopfschüttelnd.

»Es ist ganz neu. Aber auch sehr alt«, sagte der Mann nachdenklich. »Sprechen Sie Esperanto?«

»Wie bitte?«, fragte Mira zurück, aber dann musste sie auch schon wieder weiter.

Nachmittags erschien Gudrun in einem wadenlangen blauen Seidenkleid und einem passenden schmalen Hut mit grüner Feder.

»Warum bist du denn nicht in deinem Salon?«, fragte Mira. »Hast du nichts zu tun?«

»Geschäftsbesprechung«, gab Gudrun etwas pikiert zurück. Mit spitzen Fingern holte sie eine Zigarette aus einem goldenen Etui, steckte sie in einen Elfenbeinfilter und zündete sie an. Dann tauchte auch schon Herr Pressmann auf und wenige Sekunden später seine Frau. Mira zog sich zurück.

Frau Pressmann trug einen Korb, den sie auf den Stuhl neben sich stellte. Erst als Mira die Bestellung aufnahm, sah sie, dass ein junger Hund darin lag. »Bringen Sie mir ein Glas Martini«, sagte Frau Pressmann, ihr Blick glitt dabei über Miras Gesicht wie über das einer völlig Fremden. »Und einen Suppenteller Wasser für den Hund.«

Hunde sind hier nicht zugelassen, wollte Mira sagen. Alles in ihr schrie den Satz, schleuderte ihn in Frau Pressmanns arrogantes, künstliches Gesicht. Aber wie bei der Saloneröffnung brachte sie keinen Ton hervor. Sie öffnete den Mund und schloss ihn wieder wie ein gestrandeter Karpfen. »Für mich schwarzen Tee«, sagte Herr Pressmann. »Der Blutdruck. Und du, Gudrunchen?«

Gudrun bestellte Limonade, und Mira kritzelte die entsprechenden Zahlen auf ihren Block.

»Vergessen Sie das Wasser nicht«, sagte Frau Pressmann. »Das Tier hat Durst.«

»Bestimmt nicht«, sagte Mira.

Für den Rest der Woche zeigten sie im Odeon-Theater den Faust. Erst für Samstag war ein neuer Film angekündigt, stellte Mira fest, obwohl sie so sehnsüchtig wie noch nie darauf wartete, wieder ins Kino zu gehen. Aber den Faust konnte sie nicht noch einmal ansehen. Was sollte denn Anselm Guben von ihr halten, wenn sie in dieser Woche noch einmal auftauchte?

Er würde sofort vermuten, dass sie sich in ihn verliebt hatte. Und vermutlich stimmte es ja auch.

Sie zwang sich jeden Abend dazu, nicht an ihn zu denken, und scheiterte jedes Mal aufs Neue. Im Geiste ging sie immer wieder ihre Unterhaltung durch. Was er gesagt hatte und was sie darauf erwidert hatte, nur dass sie in ihrer Vorstellung viel frechere und interessantere Antworten gab als in Wirklichkeit. Wenn es klopfte, fuhr sie zusammen, weil sie dachte, dass er es sei. Dabei wusste er noch nicht einmal, wo sie wohnte.

Es klopfte ohnehin nur sehr selten. Die Zimmerwirtin kam einmal hoch und ermahnte sie, weil sie beim Nachhausekommen das Treppenlicht nicht ausgeschaltet hatte. Der Bursche von der Reinigung brachte die frisch gewaschenen und gestärkten Schürzen für die Rheinterrasse. Am Donnerstag besuchte ihre Mutter sie und erzählte ihr von ihrer neuen Geschäftsidee. »Wir werden Schmuck herstellen«, erklärte sie. »Ketten, Ohrringe, Armreifen. Wie findest du das?«

»Woher willst du denn das Geld für die teuren Materialien nehmen? Und wer ist überhaupt *wir*?«

Einen Moment lang hatte sie die unsinnige Idee, dass sich ihre Mutter ebenfalls auf Pressmann eingelassen haben könnte. Aber das war natürlich dummes Zeug. Welchen Grund hätte Pressmann, sich für ihre Mutter zu interessieren?

»Hilde und ich, wer sonst«, meinte ihre Mutter jetzt. »Wir verwenden auch nichts Teures. Kunstperlen, Emaille, Messing, die Verschlüsse und Rohlinge werden geliefert, und wir dekorieren das Ganze. Diese Art von Schmuck ist doch jetzt so chique. Und Gudrun wird das Ganze vertreiben. Sie ist quasi unser Sprungbrett in die Welt der Mode.«

Mira dachte an Frau Pressmanns lange Halsketten, die breiten Armreifen, die sie und ihre Freundinnen immer trugen. Ihre Mutter mochte vielleicht recht haben. Trotzdem gab sie nicht viel auf die Sache. Ihre Mutter war sicherlich geschickt und ideenreich, aber ihr fehlte jeglicher Geschäftssinn. Sie war viel zu unvernünftig und impulsiv.

Wenn Mira nicht an Anselm Guben dachte, wartete sie darauf, dass Gudrun sie besuchte. Aber sie kam nicht. Vielleicht war sie zu beschäftigt, vielleicht wollte sie mit Mira nichts mehr zu tun haben, wo sie sich jetzt mit den Pressmanns so gut verstand. Dabei hätte Mira ihr so gerne von Anselm erzählt und ihren Rat gehört.

Am Sonnabend läuft ein neuer Film, dachte Mira. Dann würde sie Anselm wieder sehen. Sie zählte die Tage, die Stunden, die Minuten.

In den kühlen Monaten ging sie nur zweimal in der Woche einkaufen, mittwochs und sonnabends. In ihrer Dachkammer war es dann so kalt, dass auch Milch und Schichtkäse nicht verdarben. Sie ging vor der Arbeit zum Markt, wenn die Frauen gerade ihre Buden aufgemacht und die Waren ausgebreitet hatten, kaufte in aller Eile ein, danach hastete sie nach Hause, um die Waren wegzubringen, und dann ins Restaurant.

Mehl, Brot, Holländerkäse, Eier und Milch hatte sie schon gekauft, sie brauchte noch Kartoffeln, Äpfel und Zwiebeln. Und ein Stück Speck, dachte sie, nachdem sie die übrigen Lebensmittel in ihrem Korb verstaut hatte und fast schon auf dem Rückweg war. Dann konnte sie heute Abend Reibekuchen mit Speck machen.

Sie rannte also noch einmal zurück zum Fleischerstand, aber nicht zu dem an der Elisabethstraße, sondern zu Metzger Hansen, da gab es mehr für das gleiche Geld. Sie musste sich jetzt wirklich beeilen, dachte sie, während sie eine Frau mit Kinderwagen überholte und dabei unsanft mit dem Ellenbogen anstieß. Erst als sie schon am Stand angekommen war, fiel ihr auf, wie unnötig der Umweg gewesen war. Wenn man nur ein Stück Speck brauchte, machte es doch wahrhaftig keinen großen Unterschied, ob es einen halben Finger breiter oder schmaler war.

Neben sich hörte sie ein vorwurfsvolles Schnaufen. Es war die Frau mit dem Kinderwagen an, die sie vorhin angerempelt hatte, und jetzt erkannte sie Mira.

»Frau Anschütz!« Von einer Sekunde zur anderen spürte sie ein heftiges Pochen in ihrem Ellenbogen.

»Mirabella!« Wie lange war es her, dass sie sich zum letzten Mal gesehen hatten? Ein Jahr, zwei Jahre? Noch länger? In jedem Fall hatte sich Frau Anschütz kein bisschen verändert. Ihr schwarzes Haar war zu einer Tolle gekämmt und auf dem Kopf zusammengesteckt, darauf saß ein dunkelblauer Hut mit einem schwarzen Hutband. Der Blusenkragen über dem schwarzen Schal blitzte blütenweiß, die Schuhe glänzten frisch poliert, als wäre sie über die Straßen geschwebt.

Vor zwei oder drei Jahren hatte sie genauso ausgesehen und vor acht Jahren vermutlich ebenfalls, auch wenn Mira sich da natürlich täuschen konnte, sie war ja noch ein Kind gewesen, als sie Frau Anschütz kennengelernt hatte.

»Kaufen Sie auch hier ein?«, fragte Mira. Eine dumme Frage – es war ja offensichtlich, dass Frau Anschütz nicht zum Spazierengehen auf den Marktplatz kam.

»Das Mädchen hat etwas vergessen«, erklärte Frau Anschütz. Ihre Miene wirkte streng und ernst und gleichzeitig ein wenig gekränkt. Auch das war wie früher.

Der Metzger reichte Mira ihren Speck, und sie steckte ihn ein und gab ihm das Geld. Sie sah Frau Anschütz' Blick, der ihren Händen folgte, und hatte plötzlich das Bedürfnis, das Paket wieder aus dem Korb zu holen, auszupacken und zu kontrollieren, ob das Fleisch auch gut durchwachsen und nicht zu knorpelig war. Nicht weil sie dem Metzger misstraute, sondern um Frau Anschütz zu zeigen, was für eine verantwortungsvolle Person sie geworden war.

»Wohnst du denn hier in der Gegend?«, fragte Frau Anschütz.

»Hinter dem Hospital«, erklärte Mira. »Es geht mir gut«, fügte sie dann hinzu, obwohl sich Frau Anschütz gar nicht danach erkundigt hatte.

Frau Anschütz nickte und rückte ihren Hut zurecht, sie schien darauf zu warten, dass Mira nun ihrerseits eine Frage stellte. Miras Blick wanderte von ihrem wachshellen Gesicht zu dem Korbwagen neben ihr, in dem ein kleiner, rotbäckiger Junge saß und an einem Rosinenbrötchen lutschte. Den aufgeweichten Teig hatte er gleichmäßig über seine untere Gesichtshälfte und das Oberteil seiner Kleidung verteilt, es sah aus, als habe er sich erbrochen.

»Herbert«, sagte Mira und lächelte, obwohl sie den Jungen nie gemocht hatte.

»Das ist Gottfried«, sagte Frau Anschütz mit einer gewissen Schärfe in der Stimme. »Herbert ist fünf, er geht schon zur Kinderschule.« Gleichzeitig beugte sie sich über das Kind und nahm ihm das aufgeweichte Brötchen weg. Dann fuhr sie ihm mit einem Tuch über das Gesicht. Der Junge ließ alles ohne Protest über sich ergehen.

»Ich wusste gar nicht, dass Sie noch einmal … «, sagte Mira. »Herzlichen Glückwunsch.«

Gottfrieds Gesicht war jetzt sauber. Er lächelte Mira an, aber sie lächelte nicht zurück.

»Zwei Söhne haben wir jetzt«, sagte Frau Anschütz und räusperte sich. »Herr Anschütz ist sehr stolz, das kann man sich ja vorstellen.«

»Gratuliere«, sagte Mira. »Du meine Güte, wie die Zeit vergeht.« Wie auf ein Kommando schlugen die Kirchturmglocken halb neun. »Ich muss los.«

Es war noch nicht einmal gelogen, aber sie sah Frau Anschütz an, dass sie ihr nicht glaubte. Als Mira über den Marktplatz nach Hause hastete, fühlte sie, dass sie ihr nachschaute, kopfschüttelnd und ein wenig bedauernd. Und sie wusste genau, dass Frau Anschütz niemals wieder auf den Markt kommen würde, jedenfalls nicht um diese Uhrzeit.

Um halb zwölf war der Herr mit dem Skizzenbuch immer noch nicht erschienen. Zwei Damen saßen an dem Tisch am Fenster, an dem er sonst immer saß, und Mira merkte plötzlich, dass sie nervös war. »Wo bleibt denn heute unser verrückter Vogel?«, fragte schließlich sogar Elsbeth, aber im selben Moment sah Mira ihn hereinkommen.

Er ging zielbewusst und ohne Zögern auf seinen Tisch am Fenster zu. Als er ihn fast erreicht hatte, bemerkte er die beiden Frauen und blieb abrupt stehen. Auch Mira und Elsbeth blieben stehen, und Mira hatte einen Moment lang den unsinnigen Eindruck, dass auch die übrigen Leute im Restaurant den

Atem anhielten und nur darauf warteten, wie der Mann sich nun verhalten würde. Er zögerte jedoch nur ein paar Sekunden lang, dann nahm er an einem anderen Tisch Platz. Elsbeth hob ihr Tablett wieder an. »Bring ihm nur schnell seinen Kaffee«, raunte sie Mira noch zu. »Sonst bekommst du Ärger mit Kiesemann, wenn er in der Mittagszeit nichts verzehrt.«

»Sie sind spät heute«, meinte Mira, als sie das dampfende Kännchen auf den Tisch stellte, auf dem der Mann inzwischen sein Skizzenbuch ausgebreitet hatte.

»Ja«, murmelte er und kniff die Augen zusammen, während er mit dem Daumen über seine Zeichnung wischte. Diesmal hatte er Tiere gemalt, Hunde, Schafe, Pferde, Mäuse und Schlangen, die sich auf eine sehr eigenartige Weise ineinander fügten. Der Schlangenkopf verbiss sich in den Schwanz des Hundes, dessen vier Pfoten wiederum auf einer Art Fließband standen, das von Mäusen gebildet wurde. Eine absurde, sinnlose Maschine aus lebenden Wesen.

»Warum?«, fragte Mira.

Der Mann hob den Kopf und sah sie an. Seine Augen waren sehr klar und hell, er wirkte zutiefst verwirrt, fast ein bisschen verängstigt. »Was meinen Sie?«

»Warum Sie heute so spät sind.« Miras Stimme klang auf einmal barsch und fordernd, so als wäre er ihr Rechenschaft schuldig. Dabei war er der Gast und sie das Serviermädchen. Es stand ihr nicht zu, ihn irgendetwas zu fragen. Im Gegenteil. Still und zuvorkommend muss ein Servierfräulein sein, sagte Herr Kiesemann immer. Mira warf einen nervösen Blick über ihre Schulter, ob er vielleicht hinter ihr stand und zuhörte, wie sie mit seinen Gästen sprach.

»Bitte um Verzeihung«, sagte der Zeichner unglücklich. »Ich habe die Zeit vergessen.«

Sie fragte sich, ob er sich über sie lustig machte, aber seine Augen waren so hell und unschuldig und aufrichtig. Er sah sie an, und sein Daumen fuhr dabei über den Rand der Zeichnung und verwischte das Äußere der seltsamen Tiermaschine zu einem grauen Schatten, zu einem vagen Nichts.

»Es ist ja schon recht«, murmelte sie betreten.

Sein Kopf ging nach unten, in Richtung Brust. Einmal, zweimal, dreimal. Er nickte. Dann wandte er sich wieder seiner Zeichnung zu.

Sie fühlte sich plötzlich, als wäre sie es, die Rechenschaft schuldete und gefragt worden war und aus irgendeinem Grund versagt hatte.

An ihrem freien Tag ging Mira schwimmen. Sie hatte gehört, dass das Woglinde-Wellenbad nur noch eine Woche geöffnet wäre, bevor es wie die meisten anderen Gesolei-Gebäude abgerissen werden sollte. Sie war im Sommer schon ein paarmal da gewesen, mit einigen anderen Serviermädchen und einmal auch mit Gudrun, der das Wasser allerdings zu kalt gewesen war.

Mira war eine recht ordentliche Schwimmerin, aber ob man gut schwimmen konnte oder nicht, spielte im Wellenbad keine Rolle. Ins *Planschetarium* – wie das Bad genannt wurde – ging man nicht, um zu schwimmen. Man ging dorthin, um sich ins Wasser zu legen, am besten irgendwo am Rand, wo man sich festhalten konnte, um auf die Wellen zu warten, die in viertelstündlichem Abstand aufbrandeten und dann fünf Minuten lang tobten, bis sie sich langsam wieder beruhigten und schließlich verebbten.

In den zehn Minuten, in denen man dann wieder auf den nächsten Wellengang wartete, strampelte man sachte mit den Beinen und unterhielt sich, sofern man jemanden hatte, mit dem man sich unterhalten konnte.

Mira fuhr mit der Elektrischen bis zum Planetarium, dann ging sie durch die Parkanlage des Kunstmuseums zum Gesolei-Gelände. Hier war alles in Auflösung begriffen. Einige Hallen waren schon weg, andere wurden gerade abgebaut. Überall fuhren Lastkraftwagen und seltsame Raupenfahrzeuge auf den Wegen und auf den Flächen zwischen den Gebäuden. Die Fahrzeuge durchpflügten dröhnend den matschigen Lehmboden, wendeten und drehten sich wie große, gefährliche Tiere, denen man besser nicht zu nahe trat. Dazwischen brüllte sich eine

Handvoll Männer über dem Motorenlärm Befehle zu, es war wie ein Krieg, Mensch gegen Maschine.

Von einer der Hallen auf der Rheinseite hatte man soeben die Vorderfront abgetragen. Mira starrte in das Innere des Ausstellungsgebäudes. Es war das Bayerische Haus, in dem man ein Alpendorf simuliert hatte. An der Rückwand leuchteten noch die hohen Berge im gemalten Sonnenuntergang, davor reckten sich künstliche Tannen zur Decke und Holzhäuser mit Butzenscheiben. Ein Holzbalkon, auf dem während der Ausstellung Schuhplattler-Tänzer in Lederhosen hin- und hergesprungen waren, ragte sinnlos in die leere Halle. Im Sommer hatten die Besucher hier an weiß gedeckten Tischen gesessen und Brezeln gegessen und trübes bayrisches Bier getrunken.

Es hatte etwas Obszönes, dieses aufgerissene Gebäude, es war wie der Blick in eine offene Wunde. Mira wandte die Augen ab und klemmte ihre Tasche enger an den Körper.

In der Tasche war ihr neuer dunkelroter Badeanzug mit den weißen Streifen an den Ärmeln, den ihr Gudrun nach ihrem letzten Ausflug ins Wellenbad geschenkt hatte. »Man trägt jetzt kurz«, hatte sie Mira erklärt. »Dein Badekleid kannst du Frau Anschütz schenken.« Das war der zweite Grund, warum Mira heute ins Wellenbad ging. Weil sie den Badeanzug noch kein einziges Mal getragen hatte, seit sie ihn bekommen hatte. »Irgendwann passt er dir nicht mehr«, hatte Gudrun vor kurzem mit einer Spur Gekränktheit in der Stimme gesagt.

Sie zog sich in einer der Umkleidekabinen um, die nach feuchtem Holz roch, obwohl um diese Zeit alles noch trocken war. Als sie den Badeanzug zu Hause anprobiert und Gudrun vorgeführt hatte, war er ihr schon eng vorgekommen, aber hier, in der düsteren Enge der Kabine, klammerte er sich an ihren Körper wie eine fremde Haut. Sie betrachtete misstrauisch ihre weißen Oberarme, die aus den kurzen Ärmeln des Oberteils hervorzuquellen schienen. »Im Wasser weitet sich der Stoff«, hatte Gudrun ihr versichert. Mira stülpte ihre Bademütze über, schloss das Kinnband und drehte den Kopf vor dem angelaufenen Spiegel neben der Tür hin und her. Ihr langes Haar drückte die Haube nach oben, dadurch wirkte ihr Hinterkopf seltsam unförmig.

Bademützen waren etwas für Kurzhaarige, dachte sie, während sie zur Schwimmhalle ging. Und moderne Badeanzüge waren etwas für hochgewachsene, schlanke Körper, aber ihr eigener bleicher, untrainierter Körper hatte sich in dem knielangen Badekleid, das sie früher getragen hatte, viel wohler gefühlt.

Das kalte Duschwasser prasselte auf ihre Schultern, ihre weißen Arme und Beine färbten sich hellrot, als wollten sie mit dem Purpur des Badeanzugs konkurrieren. Mira hob die Arme über den Kopf und ließ sie gleich darauf erschrocken wieder fallen. Gudrun hatte recht gehabt, der Anzug weitete sich wirklich im Wasser, so sehr, dass er ein breites Stück Brust freilegte. Erschrocken trat sie unter der Dusche hervor und starrte an sich herunter.

Alles in Ordnung. Der Ausschnitt war größer geworden, aber nicht zu groß. Sie zog den Stoff an den Schultern dennoch wieder ein Stück nach hinten, wodurch sich das Dekollete nach oben schob. Zurück unter die Dusche oder gleich ins Bad? Das Wasser des Beckens leuchtete blau und verlockend. Das Bad war fast leer, nur am Rand hingen ein paar Frauen und Männer wie angespültes Strandgut und warteten auf die Wellen.

Mira zupfte den Badeanzug noch einmal zurecht und ging mit schnellen Schritten die breiten Stufen hinunter ins knietiefe Wasser. Weiter und weiter, bis das Wasser ihre Hüften erreicht hatte, danach ihre Brust. Dann ließ sie sich nach vorne gleiten. Nach der kalten Dusche umfing sie das Wasser im Becken wie eine weiche und warme Decke. Sie drehte sich auf den Rücken und machte sich ganz lang. Wenn man vollkommen gerade lag, den Rücken leicht im Hohlkreuz und alle Glieder gestreckt hielt, schwebte man auf der Wasseroberfläche – wie ein Stück Holz, wie eine Tote.

Sie blickte nach oben durch die klare Helle des gewölbten Glasdachs. Halbrunde Stahlstreben durchbrachen hier und da das Blickfeld, aber dazwischen breitete sich der freie Himmel aus. Kein blauer Sommerhimmel wie im August, als sie das letzte Mal hier gewesen war, über dem Dach hingen schwere, graue Novemberwolken. Aber dennoch: Es war ein Gefühl der frischen, kühlen, grenzenlosen Freiheit.

An den Längsseiten des Schwimmbads zogen sich zwei Emporen entlang, wie die Ränge in einem Theater. Unten waren die Umkleiden der Männer, oben die der Frauen, und ganz oben konnte man sich massieren lassen oder eine Tasse Kaffee trinken, während man auf die Schwimmer herunterblickte. Um diese Zeit waren die Stühle an der Brüstung aber allesamt leer.

Mira blickte wieder zurück in den Himmel. Sie schwebte und verlor sich in Gedanken, die alle mit Anselm Guben zu tun hatten, obwohl sie so vage und formlos waren wie die grauen Regenwolken über dem Dach. Dann spürte sie seine Hände in ihrem Rücken, sie hoben ihren Körper sehr sanft an, aber es waren natürlich nicht seine Hände, sondern die Wellen, die langsam einsetzten.

Sie drehte sich auf den Bauch und merkte, wie die immer heftiger werdenden Wellen an ihrem Badeanzug zerrten, sie trieb oben auf den Wellen wie ein Korken und sah dabei zu, wie sich die Frauen und Männer am Beckenrand festklammerten, so dass sie die Wellen nicht tragen konnten, sondern ihnen stattdessen ins Gesicht schlugen. Während sie auf den Wellen auf und ab hüpfte, dachte sie darüber nach, wer ihr das Schwimmen beigebracht hatte und wo. Sie erinnerte sich nur an den Bach, in dem sie es gelernt hatte. Sie hatten dort Krebse gesucht … Sie erinnerte sich an die Hitze der Sonne in ihrem Nacken und an das Gefühl der Schwerelosigkeit, als sie zum ersten Mal über den Bach geschwommen war. Wie glücklich sie damals gewesen war! Wer bei ihr gewesen war, hatte sie vergessen. Den Namen des Baches auch. Vielleicht hatte sie ihn auch nie gewusst.

Um Viertel vor zehn war ihre Badezeit vorbei.

Sie stieg aus dem Wasser und begann sofort zu frieren. Ihre Haut zog sich zusammen. Dann sah sie den Mann. Er stand oben auf der Empore und starrte zu ihr herunter. Er war recht jung, nicht viel älter als sie selbst, kurzgeschnittenes hellblondes Haar, ein gelblicher Schnurrbart. Auch seine Kleidung war hell, so dass man ihn fast für einen Aufseher oder Bademeister halten konnte. Aber die trugen weiß, und sein Hemd hatte rötliche Streifen. Warum starrte er sie so an, was wollte er von ihr? Und warum starrte sie zurück?

Sie senkte hastig die Augen, zupfte ihren Badeanzug zurecht und hastete in die Dusche. Nach dem Duschen fror sie noch mehr. Sie konnte auch ihr Handtuch in der Ablage neben den Duschen nicht finden, sie suchte es eine ganze Weile lang, bis ihr einfiel, dass sie es in der Umkleidekabine vergessen hatte. Also nach oben, so schnell es ging. Ihre Füße hinterließen nasse Spuren auf dem Holzrost im Gang. Gudrun hatte immer Badesandalen dabei, wenn sie Schwimmen ging. »Man holt sich sonst so leicht etwas«, sagte sie. Mira ging auf Zehenspitzen und schlang die Arme um ihren Oberkörper, dennoch schlugen ihre Zähne aufeinander.

Die Treppenstufen waren aus Holz und in der Mitte feucht, von anderen Badegästen, die ebenfalls keine Badeschuhe getragen hatten. Mira rannte nun fast, es war so kalt hier draußen.

Klatsch, klatsch machten ihre Füße auf den Holzplanken. Da vorne war die Umkleide. Davor stand der Mann mit dem gelben Schnurrbart. Was wollte er hier? Im ersten Stock war doch nur für Frauen. Hatte er sich in der Etage geirrt? Er starrte sie an, sie wich seinem Blick aus. Er war nicht aus Versehen hier, dachte sie, und wollte weg, aber da war er auch schon auf der anderen Seite und versperrte ihr den Weg.

»Hallo«, sagte er. »Ich hab dich schon von oben gesehen.« Er lächelte, und seine Zähne wirkten genauso gelb wie sein Schnurrbart.

Ihr Badeanzug klebte an ihrem Körper, sehr eng und gleichzeitig viel zu weit. Sie zog den Brustausschnitt nach oben, aber dadurch spannte sich der nasse Stoff, und darunter zeichneten sich ihre Brüste ab, so deutlich, als wäre sie nackt. Sie sah es, und er sah es auch.

»Du bist mir aber eine«, sagte er und lächelte noch breiter.

Sie überlegte fieberhaft mehrere Dinge auf einmal. Wohin sie fliehen könnte, ob sie schreien sollte, ob sie besser schwieg oder auf ihn einredete, was Gudrun an ihrer Stelle tun würde. Anselm, dachte sie, hilf mir, aber das war natürlich der größte Unsinn.

Sie hörte auf zu denken und drehte sich um und rannte einfach los, in Richtung Umkleide, aber an der Tür holte er sie ein und hielt sie fest. Sein Körper war jetzt so dicht an ihrem, dass sie seinen Atem riechen konnte. Er hatte vor kurzem ein Pfefferminzbonbon gegessen. Seine Hände glitten über ihrem Rücken, suchend, tastend. Sie spürte die Härte zwischen seinen Beinen, durch die helle Hose.

»Du bist ja ganz kalt«, sagte er leise. »Du wildes Ding.«

Sie versuchte sich loszumachen und kämpfte mit aller Kraft gegen ihn an, aber sie schrie nicht, sie brachte keinen Ton heraus. »Komm«, flüsterte er und strich dabei mit einer Hand ihren nassen Badeanzug von der Schulter.

Seine Finger waren so heiß, und ihre Haut war so kalt und dieser Atem, der so scheußlich nach Pfefferminze roch. »Hilfe«, röchelte sie, zuerst ganz leise, dann laut. »Zu Hilfe!«

Er lachte, als wäre das ein Scherz, und legte ihr seine Hand über den Mund. Seine Fingerspitzen waren so gelb wie sein Schnurrbart. Sie versuchte zuzubeißen, aber es gelang ihr nicht. Es war nun für ihn viel schwerer, sie auszuziehen, aber dennoch schaffte er es, auch noch die andere Seite des Badenanzugs nach unten zu streifen. Dann hörten sie Schritte, platsch, platsch, platsch, Sandalen auf dem Holzboden und Stimmen, die näher kamen. Er ließ sofort von ihr ab.

Seine Finger fassten noch einmal nach ihrer Brust, als wollte er sie mitnehmen. Dann war er weg.

Sie hatte den Badeanzug gerade wieder über die Schultern gezogen, als die beiden älteren Frauen um die Ecke bogen. Sie musterten Mira mit einer Mischung aus Neugierde und Misstrauen. Mira öffnete den Mund, aber genau wie vorhin brachte sie keinen Ton heraus. Die beiden gingen an ihr vorbei in die Umkleide, und Mira folgte ihnen. Hinter einer der Holzwände zog sie den nassen Badeanzug und die Bademütze aus und schlüpfte in ihre Kleider, ohne sich vorher abzutrocknen. Sie hörte die beiden Frauen, wie sie sich in den Abteilungen neben ihr unterhielten, während sie sich ebenfalls anzogen.

»Es ist ein Jammer, dass das Woglinde nun wegkommt«, sagte die erste. »Alles, was gut ist, machen sie wieder weg, nur die abscheulichen Dinge bleiben.« »Das Planetarium und das Kunstmuseum könnten sie meinethalben abreißen«, sagte die andere. »Aber doch nicht das Wellenbad.«

»Die schlimmen Dinge setzen sich immer durch. Die Sünde und die Schlechtigkeit gewinnen überall die Oberhand.«

»Das Gute wird aber siegen, wenn wir stark bleiben. Es kommt darauf an, sein Herz rein zu halten. Wenn man aber der Versuchung stattgibt, so wird man innerlich verderbt und ist gänzlich verloren.« Mira verstand jedes Wort der Unterhaltung und doch nichts. Sie hatte plötzlich das Gefühl, dass sich in ihrem Kopf ein Vakuum gebildet hatte, das alle ihre Gedanken ansog und auflöste und auf diese Weise immer größer wurde.

»So man einmal gefehlt hat, muss man Buße tun, denn nur wer Buße tut und seine falschen Taten bereut, dem vergibt der gute Gott im Himmel. Wer aber nicht bereut, ist des Teufels.« Das war die Stimme der Oberin. Die Mutter Oberin in der Umkleidekabine im Wellenbad? Mira wurde schwindlig.

»Buße heißt sich erniedrigen. Wer sich erniedrigt, dem wird vergeben«, rief die Oberin.

»Demütige dich vor Gott!«, sagte eine der Frauen.....

»Ave Maria, gratia plena, dominus tecum …«

Mira schlüpfte in ihre Schuhe, packte ihre Tasche und rannte aus der Kabine, die nasse Holztreppe hinunter, aus dem Schwimmbad in die graue, feuchte Novemberkälte. Der Badeanzug blieb auf der Bank hinter der Holzabtrennung liegen, ein dunkelrotes Häufchen Elend.

Zu Hause brachte sie zehn Kessel Wasser auf dem Herd zum Kochen und schüttete sie in die Sitzbadewanne, dann füllte sie sie bis zum Rand mit kaltem Wasser.

Das Wasser war lauwarm, als sie hineinstieg. Sie nahm eine Bürste und schrubbte ihren Körper, bis die Haut an den Armgelenken, unter den Brüsten, am Hals und an den Innenseiten der Schenkel zu bluten begann. Bis der Geruch des gelben Mannes endlich verschwand – aber er verschwand gar nicht.

Sie nahm ein Stück Seife und rieb sich damit ein, der Schaum war weiß und an manchen Stellen rosa. Dann setzte sie sich wieder hin. Der Seifenschaum löste sich von ihrem Körper und trieb als blasiger grauer Film auf dem Wasser. Zwischen den öligen Flecken schwammen Ausschnitte heller Haut und das schwarze Dreieck ihrer Scham.

Über ihr schwankte die Deckenlampe in einem kalten Luftzug, als bliese sie jemand an.

III.

Nach dem Erlebnis mit dem gelben Mann beschloss sie, Anselm zu vergessen. Dabei hatte das eine gar nichts mit dem anderen zu tun. Es war nur, dass sie an Anselm gedacht hatte, bevor sie der gelbe Mann angefasst hatte, und dadurch hatte sie das eine mit dem anderen in Verbindung gebracht, und jetzt ließ es sich nicht mehr trennen.

Es war also unlogisch und unsinnig, aber es half nichts. Die Sache mit Anselm war beendet, bevor sie überhaupt begonnen hatte. Mira ging am Samstagabend nicht ins Kino, sie stellte sich auch keine Unterhaltungen mit Anselm mehr vor, wenn sie nachts allein im Bett lag. Sie hatte genug damit zu tun, die anderen Bilder wegzudrängen.

Sie fühlte sich schmutzig – das war das Schlimmste. Wenn sie die Augen schloss, spürte sie die Finger des gelben Mannes auf ihrem Rücken, auf ihren Schultern, ihrer nackten Brust, und in ihrer Erinnerung fühlten sie sich klebrig an. Er hatte seine klebrigen Spuren auf ihr hinterlassen, unsichtbar, unfassbar. Wer sich beschmutzt hatte, der musste sich reinigen, aber Wasser half nichts. Sie hatte es probiert, ihre Haut war dünn und rot und rau vom vielen Schrubben und Waschen, dennoch fühlte sie sich keinen Deut besser.

Er war in die Umkleide gekommen, weil etwas in ihr ihn angezogen hatte. Etwas Niedriges, etwas Gemeines, das in ihr war von Kindesbeinen an. *Mea culpa, mea maxima culpa.* Einmal stand sie vor der Peterskirche und spähte durch die halb geöffnete Kirchentür hinein in die stille Dunkelheit, wo die Beichtstühle standen, und überlegte … Dann erschrak sie über sich selbst und ging rasch weiter. Das hatte schon früher nichts genützt.

Sie blieb länger als nötig bei der Arbeit. So lange ihre Hände und ihre Beine beschäftigt waren, ließen sie die Gedanken in

Ruhe. Nach der Arbeit stapelte sie im Vorraum vor der Küche Speisekarten und faltete Servietten zu perfekten rechtwinkligen Dreiecken. Als sie die Rheinterrasse fast eine Stunde später als gewöhnlich verließ, sah sie Otto Franz am Podest des Obelisken lehnen. Er hatte auf sie gewartet.

Er war natürlich wieder wegen Gudrun gekommen, aber Mira hatte keine Lust, über Gudrun zu reden. Sie wollte überhaupt nicht reden. Sie wollte nach Hause und allein sein, auch wenn ihre Gedanken dann wieder um den gelben Mann kreisen würden. Und außerdem war es die reine Zeitverschwendung, dachte sie, während Otto in seinem eigenartigen elastischen Gang auf sie zuschlenderte. Gudrun interessierte sich nicht für ihn, konnte er das nicht einsehen?

»Ich bin spät dran«, sagte sie, nachdem sie sich die Hände geschüttelt hatten.

»Haben Sie schon etwas vor?«, fragte Otto. »Schade. Ich wollte Sie zum Essen einladen.«

»Warum?«, fragte sie zurück.

»Heute ist mein Geburtstag«, sagte er.

Sie gingen in ein Gasthaus in der Altstadt, in dem sie noch nie gewesen war. Die Grüne Glocke. Es war ein ganz kleines, enges Etablissement, vier Tische am Fenster, an der anderen Seite des Raumes eine Theke, hinter der eine dicke Wirtin stand, die alle paar Minuten mit einem feuchten Lappen über das Holz wischte. Es roch nach altem Fett und kaltem Rauch, und sie waren die einzigen Gäste.

»Aber das Essen ist gut«, sagte Otto, obwohl Mira gar nichts gesagt hatte.

Die Wirtin brachte ihre Getränke, Kaffee für Mira, Bier für Otto.

»Alsdann, herzlichen Glückwunsch«, sagte Mira und prostete Otto mit der Kaffeetasse zu.

»Danke«, meinte er. »Aber es stimmt gar nicht. Ich habe Sie angelogen.«

»Sie haben gar keinen Geburtstag?«

»Doch, natürlich.« Er grinste. »Aber erst im Januar.«

»Was soll das denn? Warum sagen Sie denn so etwas, wenn es nicht stimmt?«

»Damit Sie Mitleid mit mir bekommen. Wären Sie sonst mitgegangen?«

»Nein.« Sie musste gegen ihren Willen lachen.

»Sehen Sie! Ich wollte Sie aber unbedingt treffen. Was blieb mir also anderes übrig.«

»Kommen Sie, ich bitte Sie. Geht es um Gudrun oder was?«

»Es geht um Sie, Mira. Ich habe beschlossen, hinter Ihr Geheimnis zu kommen.«

»Mein … was? Was reden Sie denn da? Das ist ja ganz unerträglich.« Die Wirtin stand plötzlich wieder neben ihnen und stellte die Teller auf den Tisch, Kartoffeln und Braten für ihn, Fisch für sie. »Ich habe kein Geheimnis«, sagte Mira, nachdem sie die ersten Bissen gegessen hatte. Sie war sehr hungrig, stellte sie mit Erstaunen fest. Und der Fisch schmeckte tatsächlich gut, frisch und fest.

Er lachte und schüttelte den Kopf. »Das können Sie einem anderen erzählen. Sie haben Angst, irgendetwas macht Ihnen Angst, ich weiß nur beim besten Willen nicht, was es ist.«

»Ach, Unsinn! Was Sie sich da zusammenreimen!« Sie war froh, dass das Essen vor ihr stand, dadurch musste sie ihn nicht anschauen.

Er legte sein Besteck zur Seite, verkreuzte die Arme im Nacken und lehnte sich in seinem Stuhl zurück.

»Haben Sie schon einmal etwas von Sigmund Freud gehört?«, fragte er.

»Dem Verrücktenarzt aus Wien?«

»Wenn Sie ihn so bezeichnen wollen. Ich würde ihn einen Nervenarzt nennen.«

»Was ist mit ihm?«

»Wissen Sie, wie er seine Patienten behandelt, wenn sie mit ihren seelischen Problemen zu ihm kommen?«

»Er legt sie auf eine Couch und forscht in ihrer Vergangenheit und ihren Gefühlen herum, bis er auf irgendetwas stößt, das er für ihre Nöte verantwortlich machen kann.« *Genau wie meine Mutter, nur dass sie sich als Wahrsagerin bezeichnet*, wollte sie noch hinzufügen, aber dann sagte sie es doch nicht. »Aber was soll das jetzt in diesem Zusammenhang? Wollen Sie mein Seelenleben untersuchen? Sind Sie etwa Arzt?« Zum ersten Mal wurde ihr bewusst, dass sie Otto nie nach seinem Beruf gefragt hatte. Dabei kannten sie sich nun schon so viele Wochen lang.

Er nahm die Hände aus dem Nacken und legte sie auf den Tisch. »Ich bin Ingenieur. Ich habe die Gesolei mit aufgebaut, und jetzt reiße ich sie wieder ab. Aber ich interessiere mich stark für die Erkenntnisse der Psychoanalyse und halte im Gegensatz zu Ihnen sehr viel von Sigmund Freud und seinen Methoden.«

»Otto«, sagte Mira und legte nun ebenfalls ihr Besteck zur Seite. »Was soll das? Mir geht es gut. Bei mir gibt es nichts zu heilen, und ich habe keine Geheimnisse.«

»Drei Lügen«, sagte er und grinste.

»Sie sind unverschämt.« Sie war kurz davor, einfach aufzustehen und wegzulaufen, aber damit hätte sie ihm ja nur recht gegeben. Getroffene Hunde bellen. Verwundete Seelen ergreifen die Flucht.

»Dieser Vorfall letztens in der Rheinterrasse. Ihr Zusammenbruch. Das war klassisch. Sie haben etwas gesehen, das Ihnen so große Angst gemacht hat, dass es Sie förmlich lähmte.«

Mira nahm ihr Besteck wieder auf und versuchte weiterzuessen, als ob nichts wäre. Aber jetzt schmeckte der Fisch auf einmal seltsam, ein bisschen säuerlich und zäh. Sie zwang sich dennoch zu kauen, zu schlucken, dann ein neuer Biss. Otto hatte recht, dachte sie, für ihre Ohnmacht damals gab es einen Grund, aber sie kannte den Grund ja und brauchte gewiss keinen Nervendoktor, um irgendetwas aufzudecken. Sie kaute auf dem Fisch herum und schaffte es nicht, ihn herunterzuschlucken, aber sie konnte ihn doch auch nicht ausspucken.

»Warum lassen Sie mich nicht einfach in Ruhe?«, fragte sie mühsam, nachdem sie den Bissen endlich doch heruntergebracht hatte. Sie schob den Teller von sich. Genug.

Das Grinsen verschwand aus seinem Gesicht. Er schob seinen Teller ebenfalls ein Stück zur Mitte, so dass er an ihren Teller mit dem zerwühlten Fisch anstieß. Sie sah, dass er seinen Braten kaum angerührt hatte.

»Sie sind so traurig«, sagte er. »Und das ist wirklich schade.«

Sie wollte etwas antworten, aber es ging nicht, sie brauchte ihre ganze Willenskraft, um den Fisch unten zu behalten. Ihr war schlecht, und gleichzeitig wurde sie immer wütender auf ihn, weil er sie so bedrängte, obwohl sie sich doch im Grunde gar nicht kannten. Was wollen Sie denn tun? hätte sie ihn gerne gefragt. Meinen Sie, dass alles gut wird, nur weil man über die Dinge redet? Im Gegenteil, es war viel besser, das Geschehene nicht immer wieder hervorzuholen und aufs Neue durchzukauen …

Dieser Gedanke gab ihr den Rest. Der Fisch gewann sozusagen die Oberhand. Sie sprang auf und presste sich gleichzeitig eine Hand vor den Mund.

Die dicke Wirtin hörte auf, über die Theke zu wischen, und zeigte mit einer erstaunlichen Geistesgegenwart auf eine schmale Tür neben der Küche. »Der Fisch war aber ganz frisch«, rief sie Mira anklagend zu, als diese an ihr vorbeirannte.

Als sie Minuten später wiederkam, war der Tisch abgeräumt, und Otto hatte die Rechnung bezahlt. Die Wirtin steckte gerade ihr Portemonnaie zurück in die Schürze und warf Mira noch einen vorwurfsvollen Blick zu, bevor sie sich wieder hinter die Theke begab.

»Sehen Sie?«, sagte Otto, während er sich erhob. »Was heraus muss, muss heraus.«

Er brachte sie zu Fuß nach Hause, und sie redeten über dies und das, seine Arbeit als Ingenieur und die Gesolei und ihre Kellnerei in den Rheinterrassen. Sie überlegte die ganze Zeit, ob sie ihm nicht doch von dem gelben Mann im Wellenbad erzählen sollte, aber dann waren sie schon in der Sedanstraße.

»Also dann«, sagte sie und gab ihm die Hand. »Vielen Dank für das Essen. Trotzdem.«

»Wissen Sie«, meinte er unvermittelt. »Ich will nicht in Sie dringen, ganz gewiss nicht. Es interessiert mich nur.«

Sie nickte überrascht. Er wirkte mit einem Mal so unsicher – wie damals, als er vor der Rheinterrasse auf sie gewartet hatte, um Gudruns Adresse zu erfahren.

»Es ist …« … schon recht, wollte sie sagen, aber er unterbrach sie.

»Ich glaube nämlich nicht, dass wir unsere Vergangenheit einfach so hinnehmen sollten«, meinte er hastig. »Wir müssen sie überdenken und uns von vielen Dingen befreien, wenn Sie verstehen, was ich meine.«

Das verstand sie gut, denn genau das hatte sie getan. Sie hatte sich befreit. Von der Vergangenheit, von allem, was hinter ihr lag, nur die Erinnerung an den gelben Mann war sie noch nicht losgeworden, aber das würde ihr auch noch gelingen.

»Ich habe jetzt übrigens Telefon«, sagte Otto, als Mira nichts entgegnete. Er kritzelte seine Nummer auf einen Zettel und gab ihn ihr. »Wenn Sie wieder einmal Hunger haben.«

Sie lachte, aber er blieb ganz ernst. Als sie die Stufen zu ihrem Zimmer hochging, fragte sie sich, wie die Vergangenheit wohl ausgesehen hatte, von der er sich befreit hatte.

Danach ging es ihr besser. Was heraus muss, muss heraus, hatte Otto gesagt, und es war wirklich so, als habe sie mit dem Fisch auch die Erinnerung an den Mann im Wellenbad ausgespuckt.

Sie befreite sich von ihm. Sie vergaß ihn. Wann immer sie an ihn dachte, an seine widerlichen gelben Hände, seinen Pfefferminzatem, drängte sie die Erinnerung mit aller Kraft in eine dunkle Ecke, in ein Hinterzimmer ihres Bewusstseins. Irgendwann machte sie die Tür zu und schloss ab.

Der gelbe Mann war weg. Stattdessen tauchte Anselm wieder auf. Es war erstaunlich, wie schnell er aufs Neue Besitz von ihr ergriff, wie sehr er ihre Gedanken beherrschte.

Am Samstag ging sie ins Kino. Sie war viel zu früh am Odeon. Fast eine Viertelstunde lang drückte sie sich vor den Auslagen des Gemischtwarenladens auf der anderen Straßenseite herum und betrachtete das Sammelsurium aus Haushaltswaren, Werkzeugen, Gerätschaften, deren Nutzen sie nicht kannte. Ob Anselm es überhaupt bemerkt hatte, dass sie so lange nicht mehr ins Kino gekommen war? Und falls ja, was er sich wohl dabei gedacht hatte? Es war vielleicht ganz gut so, dass sie so lange weggeblieben war, dachte Mira, die Männer interessierten sich ja umso mehr für einen, je weniger Interesse man selber an den Tag legte. Das hatte ihr zumindest Gudrun einmal erklärt.

Dann kaufte sie sich ihre Karte und zwang sich, mit langsamen, ruhigen Schritten in den Kinosaal zu gehen. Noch brannten der Kronleuchter an der Decke und die Wandlampen. Er war nicht da.

Am Klavier saß wieder der alte Pianist – oder vielmehr der neue, der den verstorbenen Alten ersetzt hatte – und blätterte in seinen Noten. Miras Herz, das gerade eben noch so heftig geschlagen hatte, war jetzt kaum noch zu spüren. Die Wochenschau begann und glitt an ihr vorüber, ohne dass sie sie wahrnahm. Der Vorfilm zeigte Indianer am Orinoko, dann begann der Hauptfilm. Es war eine Kriminalgeschichte, so viel bekam sie immerhin mit, aber die holprige Walzermusik des Pianisten riss die Bilder auseinander, so dass sie keinen rechten Sinn mehr ergaben. Mira war aber auch so nicht bei der Sache.

Nun bin ich endlich gekommen, und du bist nicht da, dachte sie. Dabei siezte sie ihn doch. Vielleicht war es ja ihretwegen, überlegte sie, während sich der alte neue Pianist dreimal hintereinander bei der gleichen Tonfolge verspielte. Anselm Guben hatte sich an jenem Abend in sie verliebt, genau wie sie sich in ihn verliebt hatte, aber dann war sie nicht mehr ins Kino gekommen, und er hatte aus lauter Kummer und Verzweiflung die Stelle wieder aufgegeben. Ach Unsinn! Vielleicht war er ja krank. Hoffentlich war es nichts Schlimmes.

»Kommt der neue Pianist nicht mehr?«, fragte sie hinterher die Kassiererin, die sich in ihrem Kassenhäuschen die Fingernägel feilte.

»Malen Sie den Teufel nicht an die Wand«, gab die Frau zurück, während sie die Feile erschrocken zur Seite legte. »Der

Herr Guben ist doch ein Goldstück. Seit er für uns spielt, füllt sich das Kino langsam wieder.«

»Wo war er dann heute?«

»Jeden zweiten Samstag hat er Versammlung.« Die Kassiererin warf Mira einen verschwörerischen Blick zu. Mira wartete darauf, dass sie noch etwas erklärte, was für eine Art Versammlung das war, die Guben besuchte, aber die Frau hatte sich schon wieder ihren Fingernägeln zugewandt. »Morgen Abend ist er jedenfalls wieder da«, meinte sie, als sie nach einer Weile den Kopf hob und fast überrascht schien, dass Mira immer noch dastand.

Ob er zu einer Kirche gehört, überlegte Mira, während sie nach Hause ging. Aber zum Gottesdienst traf man sich am Sonntagmorgen und nicht samstagnachts. Und im Übrigen passte es nicht zu ihm.

Es war also eine politische Sache. Zu dumm, dass sie nichts, aber auch gar nichts über Politik wusste.

Mira vermisste Gudrun. Früher war das nie passiert, dass sie sich eine Woche lang nicht gesehen hatten. Und nun waren sogar schon fast zwei Wochen vergangen, seit Gudrun mit den Pressmanns in der Rheinterrasse gewesen war. Früher wäre Mira gleich zu Gudrun gerannt, wenn ihr so etwas wie mit dem gelben Mann passiert wäre, und Gudrun hätte sich zuerst furchtbar darüber aufgeregt, und dann hätte sie Mira getröstet. Früher hätte Mira Gudrun auch von Anselm erzählt. Oder vielleicht auch nicht.

Gudrun musste jetzt natürlich sehr viel arbeiten, nachdem sie ihren eigenen Modesalon eröffnet hatte. Aber warum kam sie nicht wenigstens mittags auf einen Kaffee ins Restaurant oder schaute abends bei Mira vorbei? Vermutlich wartet sie darauf, dass ich zu ihr komme, dachte Mira.

Am Sonntag nach der Arbeit fuhr sie zuerst zu Gudruns Wohnung auf der Deichstraße, aber sie war nicht da. Vielleicht machte sie ja selbst einen Besuch oder einen Spaziergang. Oder sie war im Salon, immerhin hatte sie ihren Laden gerade erst aufgemacht, da musste man auch sonntags arbeiten, wenn die Auftragslage es erforderte. Mira trat etwas unschlüssig von einem Fuß auf den anderen. Sollte sie sich auf den Weg in die Hohe Straße machen, um dann möglicherweise festzustellen, dass Gudrun nicht dort war?

Mira zuckte mit den Schultern. Sie hatte ja sonst nichts vor. Ein Spaziergang durch die Stadt war allemal besser, als den ganzen Nachmittag in ihrem Dachzimmer zu hocken.

Prange für die Dame verkündete das Schild über der Tür des Salons. Das war neu, oder es war Mira bei der Eröffnung des Geschäfts nicht aufgefallen. Im Schaufenster präsentierten zwei kopflose Schneiderpuppen glitzernde Abendkleider. Beiden baumelten lange, auffällige Ketten von den abgehackten Hälsen.

Während Mira klingelte, fragte sie sich, ob das die ersten Ergebnisse aus der Werkstatt ihrer Mutter waren.

Dann hastete Gudrun aus dem Hinterzimmer zur Eingangstür. Mira sah sie lächeln, aber als sich ihre Blicke im Glasfenster der Tür begegneten, verblasste das Lächeln plötzlich. Mira spürte, wie ihr eigenes Gesicht erstarrte. Am liebsten hätte sie sich umgedreht und wäre einfach wieder weggegangen, aber dazu war es jetzt zu spät. Gudrun öffnete die Tür, Mira trat ein, sie standen sich gegenüber.

Mira fiel plötzlich etwas ein, was viele Jahre zurück lag. Es war kurz nach dem Krieg gewesen, denn in ihrer Erinnerung trug sie das hellgelbe Sommerkleid, für das Frau Anschütz damals zwei Milliarden Mark hingeblättert hatte. Das muss man sich einmal vorstellen, zwei Milliarden deutsche Mark für ein Kleid, hatte Herr Anschütz damals immer gesagt, wenn er Mira in dem Kleid gesehen hatte. Mira war in die Metzgerei von Gudruns Eltern gekommen, aber Gudrun war nicht da, obwohl sie sich in der Schule miteinander verabredet hatten. »Ich weiß auch nicht, wo sie steckt«, sagte ihre Mutter und gab Mira eine Scheibe Fleischwurst, weil sie immer so verhungert aussah, dabei gaben die Anschütz' ihr reichlich zu essen. »Aber wenn sie kommt, richte ich ihr aus, dass du hier warst.«

Also machte sich Mira wieder auf den Heimweg, aber irgendetwas brachte sie dazu, nicht den direkten Weg zu nehmen, die Kirchfeldstraße entlang bis zur Elisabethstraße und dann hoch zur Reichsstraße, wo die Anschütz' wohnten. Stattdessen ging sie über den Hof der Metzgerei ins Hinterhaus. Wenn man durch den Hausflur ging und dann den kleinen Garten durchquerte, kam man hinter dem Direktionsgebäude der Provinzial Feuer-Societät wieder heraus, von da aus führte eine Seitengasse auf den Fürstenwall. Gudrun nannte den Weg immer *die Abkürzung*, obwohl er gar nicht kürzer war, nur verwinkelter.

Im Garten hinter dem Haus fand sie Gudrun. Neben ihr stand Annemie aus der sechsten Klasse, die schöne Annemie mit ihren rehbraunen Locken und den dunkelroten Lackschuhen, die bestimmt viel mehr als nur ein paar Milliarden gekostet hatten.

Annemie bemerkte Mira nicht, sie erzählte irgendetwas und gestikulierte dabei mit ihren zarten, schmalen Porzellanhänden hin und her, aber Gudrun sah Mira sehr wohl. Ihr Blick war abweisend und kühl. Geh weiter, sagten ihre Augen, und genau das hatte Mira getan, sie war weitergegangen, an den gelbgrünen Salatköpfen und glänzend roten Erdbeeren vorbei, als ob nichts gewesen wäre, und danach hatte sie Gudrun nie auf die Sache angesprochen, sie hatte sie nach und nach ganz vergessen. Bis jetzt, wo sie sich plötzlich wieder an alles erinnerte, weil Gudrun sie mit genau demselben abweisenden Blick ansah.

»Was für eine Überraschung!«, rief Gudrun laut. Ihre Augen glitten nervös an Mira vorbei, durch das Fenster, auf die Straße. Mit wem willst du dich heute treffen, fragte sich Mira. Pressmann?

»Bist du denn nicht arbeiten?«, fragte Gudrun.

»Störe ich?«, fragte Mira zurück.

»Ich erwarte eine Kundin zur Anprobe«, sagte Gudrun. »Die Arbeit wächst einem ja regelrecht über den Kopf.«

Sie gingen ins Nebenzimmer. Mira, die den Raum zuletzt bei der Eröffnungsfeier betreten hatte, schnappte nach Luft. Damals war alles so ordentlich und vornehm gewesen, jetzt war es ein Schlachtfeld. Mehrere Stoffbahnen lagen halb aufgerollt auf dem Boden, blutroter Samt, auf dem mit Stecknadeln bereits Papiermuster aufgeheftet waren, glänzend-rosa Atlas, dazwischen kroch gelbe Litze. Zwei offene Scheren lagen auf dem rosafarbenen Stoff, ein Maßband, Schneiderkreide, ein Kopierrad. Auf dem Tisch zerknülltes Seidenpapier, Stecknadeln, ein Teegeschirr.

»Willst du Tee?«, fragte Gudrun. »Er müsste noch warm sein. Bedien dich!«

»Stört es dich, wenn ich weiterarbeite?«, fragte sie dann, während sie sich bereits neben Mira auf die Knie warf und nach der Schere griff.

»Ich gehe gleich wieder«, sagte Mira und erwartete Gudruns Widerspruch, aber die Freundin hatte sie entweder nicht gehört, oder sie nahm die Bemerkung einfach so hin.

»Was machst du denn?«, erkundigte sich Mira, nachdem sie eine Weile dabei zugesehen hatte, wie Gudruns Schere sich einen Weg durch den Stoff bahnte, immer am Rand des aufgesteckten Musters entlang. Trotz des Chaos im Raum arbeitete Gudrun präzise und ruhig. Schnapp, schnapp machte die Schere. Zwischen dem zugeschnittenen Stoff und der restlichen Bahn trat dunkelgrünes Linoleum zu Tage.

»Eine Abendrobe«, meinte Gudrun, ohne dabei aufzublicken. »Der Stoff dafür ist so teuer wie vier Monatsmieten.« Schnapp, schnapp, ein letzter Schnitt. Gudrun hob das fertig zugeschnittene Stoffteil auf und hängte es über eine Stuhllehne, auf der auch schon andere Teile hingen.

»Warum arbeitest du nicht auf dem Tisch?«, fragte Mira entsetzt.

»Ordnung ist etwas für Kleingeister.« Gudrun begann ein weiteres Muster aus Seidenpapier auf dem Samt festzustecken, dabei ordnete sie die neue Form so geschickt an, dass so gut wie kein Verschnitt entstand. Mira hatte Gudrun schon öfter bei der Arbeit zugesehen, sie war jedes Mal aufs Neue überrascht, wie zielsicher und konzentriert sie sich im Chaos bewegte. Früher, als Lehrling in der Damenschneiderei und später im Salon auf der Königsallee, waren ihrer Unordnung jedoch Grenzen gesetzt, jetzt aber, in ihrem eigenen Geschäft, gab es niemanden mehr, der sie zum Aufräumen zwang.

»Du kannst doch in diesem Raum keine Kundschaft empfangen«, meinte sie kopfschüttelnd, während Gudrun ein Stoffteil nach dem anderen ausschnitt.

Gudrun summte leise, eine Melodie, die Mira nicht kannte. »Wenn Kundschaft kommt, schaffe ich natürlich vorher Ordnung«, gab sie dann zurück, obwohl sie vorhin noch gesagt hatte, dass sie eine Kundin zur Anprobe erwartete.

Sie schnitt noch drei Teile aus, dann strich sie nachdenklich über den übrig gebliebenen Atlas. »Ich denke, der Rest reicht aus, dass ich mir daraus selbst noch einen Bolero schneidern kann«, sagte Gudrun, während sie den Stoff zusammenfaltete und auf den Stuhl legte. Dann griff sie zielstrebig unter die Seidenpapierknäuel auf dem Tisch und zog ihr Zigarettenetui heraus. »Rauchst du?«, fragte sie, als ob sie und Mira sich soeben erst kennengelernt hätten.

Im selben Moment hörten sie die Glocke über der Ladentür. »Meine Kundschaft«, sagte Gudrun und blies weißen Rauch durch ihre lange griechische Nase. Sie ging zur Tür, um zu öffnen. Im Gehen drehte sie sich noch einmal zu Mira um. Sie wirkte plötzlich sehr nervös. »Vielleicht ist es besser …«

«Ich gehe schon«, unterbrach sie Mira. Sie ging ebenfalls nach vorne, im Vorbeigehen angelte sie sich den Hut von der Garderobe. Am liebsten würde sie mich durch eine Hintertür wegschicken, dachte sie. Es gab jedoch keine Hintertür, nur einen schmalen Luftschacht zum Innenhof.

Sie fühlte sich unbehaglich, aber gleichzeitig auch schadenfroh. Du kommst jetzt leider nicht umhin, mir deinen Liebhaber zu präsentieren, dachte sie. Denn dass es ein Liebhaber war und keine Kundin, dafür hätte sie ihre Hand ins Feuer gelegt. Pressmann, dachte sie, bestimmt war es Pressmann, deshalb war Gudrun die Angelegenheit auch so peinlich, denn Mira hatte ja von Anfang an vorausgesagt, dass er nur auf eine Liebschaft aus war.

Aber es war nicht Pressmann, der kam, und auch kein anderer Mann. Es war …. Annemie, dachte Mira, als sie die hohe Gestalt mit dem weißen Pelzcape sah, die jetzt den Laden betrat. Eine erwachsene Annemie, deren braune Locken sich in eine elegante Kurzhaarfrisur verwandelt hatten. Unglaublich, dachte Mira, das ist ganz und gar unglaublich. Gerade hab ich noch an sie gedacht, und nun ist sie hier.

Aber es war nicht Annemie, sondern Frau Pressmann, die ihren kleinen weißen Hund auf dem Arm hielt.

»Guten Tag, meine Liebe«, rief sie. Der Hund spitzte die Ohren und schnupperte erst wie ein Kaninchen, dann begann er wie von Sinnen zu bellen. *Haffhaffhaff!* »Nun sei doch still, du kleiner Racker«, rief Frau Pressmann über sein Gebell hinweg, dabei lachte sie wie früher Frau Anschütz, wenn Herbert irgendwelchen Unsinn gemacht hatte.

Haffhaffhaff machte der Hund, während Frau Pressmann Gudrun auf die Wangen küsste und ihre Augen gleichgültig über Miras Gesicht flogen.

Ich habe alles falsch verstanden, dachte Mira, derweil der Hund sich heiser kläffte. Gudrun wollte keine heimliche Liebesaffäre verbergen. Es war wie damals, als sie sich mit Annemie getroffen hatte und Mira an ihr vorbeigegangen war. Sie schämt sich nicht vor mir, sie schämt sich für mich, dachte Mira.

»Ich muss nun wirklich los«, sagte sie, aber über dem Gebell des kleinen Hundes hörten die beiden Frauen sie gar nicht.

Dieser Gedanke verfolgte sie den ganzen restlichen Tag. Gudrun schämte sich für sie. War das das Ende ihrer Freundschaft? fragte sie sich. So plötzlich, so unspektakulär, so schnell? Hatte Gudrun sie einfach abserviert, weil sie reichere, elegantere, eindrucksvollere Freunde suchte? Vielleicht passe ich einfach nicht mehr in ihre Welt, dachte Mira.

Der Tag zog sich ins Unendliche. Sie nahm ihr Buch und legte es wieder weg. Sie holte das Strickzeug heraus, das sie im letzten Winter bereits begonnen hatte, und legte es ebenfalls wieder nach wenigen Minuten zur Seite. Sie stand auf und ging durchs Zimmer, starrte aus dem Dachfenster in den glänzend schwarzen Herbstabendhimmel, setzte sich wieder und blickte auf die Uhr. Die Zeit war stehen geblieben. Sie musste hier raus. Wohin?

»Ins Kino«, murmelte sie, aber das ging nicht, sie war doch erst gestern im Kino gewesen.

Na und, dachte sie dann. Die Einzige, die mich gesehen hat, ist die Kassiererin.

Sie merkte, wie ihr ganzer Körper langsam zum Leben erwachte, während sie die Treppe hinunterlief. Als sie die Haustür aufdrückte, stob kühler Nieselregen von draußen ins Treppenhaus. Sie zog den Hut tiefer ins Gesicht und tauchte in die nasse Nacht.

Jeden zweiten Samstag im Monat hat Anselm Versammlung, hatte die Kassiererin gesagt. Aber heute war Sonntag, heute war er da.

»Wo willst du denn hin? Gehst du aus?« Das war Gudruns Stimme. Mira brauchte einen Moment, bis sie sie auf der anderen Straßenseite entdeckte.

»Willst du zu mir?«

»Nein, ich genieße die milde Luft und spaziere ein bisschen und warte darauf, dass die Geschäfte aufmachen«, gab Gudrun zurück. Mit hochgezogenen Schultern hastete sie über die Straße. »Natürlich will ich zu dir – was für eine Frage!«

»Ich gehe ins Kino.«

»Welcher Film?«

Welcher Film? Was war das für ein Film gewesen, den sie am vergangenen Abend gesehen hatte? Sie erinnerte sich nicht mehr. Sie erinnerte sich nur noch an eine wilde Verfolgungsjagd und an das fürchterliche Geklimper des Klavierspielers.

»Ich weiß nicht«, meinte sie. »Irgendetwas Lustiges. Mir war eben so nach Kino an diesem Abend.«

»Ich komme mit«, sagte Gudrun.

Die Kassiererin musterte sie durch ein Lorgnon, das Mira bisher noch nie an ihr gesehen hatte. »Heute in Begleitung«, stellte sie fest, nachdem sie zuerst Gudrun und dann Mira angesehen hatte.

Mira nickte, während sie das Geld über die Theke schob. »Da muss Ihnen der Film aber gefallen haben, wenn Sie ihn sich gleich am nächsten Tag noch einmal ansehen«, meinte die Kassiererin, als sie ihr die beiden Billets gab.

»Was meint sie damit? Warst du gestern schon hier?«, flüsterte Gudrun, während sie in den Saal gingen.

»Ich habe keine Ahnung, wovon die spricht.« Mira blickte nach unten zum Klavier und sah Anselm direkt in die Augen, sie wandte den Blick hastig wieder ab und stolperte über eine Stufe. Gudrun packte sie im letzten Moment am Arm und hielt sie fest. Ob Anselm das beobachtet hatte? Sie wagte nicht hinzusehen.

»Was ist eigentlich los, Mira?«, fragte Gudrun. Auch ihre Augen wanderten jetzt suchend durch den Kinosaal. »Bist du mit jemandem verabredet? Hättest du mir ruhig sagen können.«

»Nein«, sagte Mira schnell. »Ich gehe immer allein ins Kino.«

Als sie auf ihren Plätzen in der zweiten Reihe saßen, holte Mira tief Luft, dann schaute sie noch einmal in Anselms Richtung. Wieder begegnete er sofort ihrem Blick, er lächelte ein winziges Lächeln und nickte, worauf auch sie ihm zunickte und rot wurde.

»Der Klavierspieler«, wisperte Gudrun. »Hat er es dir angetan?«

»Quatsch«, sagte Mira. »Ich kenne ihn nur.«

Erst die Wochenschau, danach die Indianer am Orinoko, dann begann der Film. Auch diesmal hatte Mira Schwierigkeiten, der Handlung zu folgen, weil Gudrun neben ihr saß und weil Anselm spielte, nur ein paar Schritte von ihnen entfernt.

Es ging um einen Straßenjungen, der sich in ein kleines feines Mädchen verliebt hatte. Um sie zu beeindrucken, stahl er einer feinen Dame eine goldene Uhr, damit begann eine hektische Jagd: Der zerlumpte Junge floh durch Gassen und Gärten, über Zäune und Hausdächer. Ihm hinterher jagten die Dame und ein schnurrbärtiger Polizist, ein Dackel, ein großer grauer Hund, zwei weitere Straßenjungen und das feine kleine Mädchen. Der Junge rannte und rannte, und mit ihm rannte die Musik, sie hastete und trippelte und hetzte in weiten Sprüngen, und wenn er stolperte, stolperten auch die Töne.

Warum ist Gudrun mit ins Odeon gekommen? fragte sich Mira. Will sie sich für ihr Benehmen heute Nachmittag entschuldigen? Der Straßenjunge fiel über den Dackel, die Uhr flog aus seinen Händen und in einem hohen Bogen in den Korb der Dame. Der Polizist packte den Jungen und durchsuchte seine Taschen. Wenn Gudrun nur nicht dabei wäre, dachte Mira. Dann könnte ich hinterher vielleicht mit Anselm weggehen. Aber so. Das kleine Mädchen entdeckte die Uhr im Korb. Die Dame rauschte hoch erhobenen Hauptes ab. Das kleine Mädchen lächelte und ging auf den Straßenjungen zu. Die atemlose Musik verwandelte sich in ein kleines, zartes Liebeslied. Dann riss der Film. Anselm hörte auf zu spielen, stattdessen hörte man das Ende des Filmstreifens in der Rolle flattern, es klang wie der Flügelschlag eines gefangenen, verängstigten Vogels.

»Es wäre nun ohnehin zu Ende gewesen«, rief der Vorführer aus seiner Kabine zu den Zuschauern hinunter.

Das Licht ging an, einige Besucher begannen zu murren. »Kriegen sie sich, oder kriegen sie sich nicht?«, fragte Gudrun, dabei sah sie nicht Mira an, sondern Anselm, der seine Brille abgenommen hatte und putzte.

»Natürlich kriegen sie sich«, sagte Mira. »Wenn der Film nicht gerissen wäre, hätte sie ihn geküsst.«

»Woher weißt du das? Ich dachte, du hast den Film noch nicht gesehen«, sagte Gudrun.

»So etwas weiß man eben«, sagte Mira ausweichend und erhob sich gleichzeitig. Sie wollte nicht, dass Gudrun und Anselm sich kennenlernten, deshalb steuerte sie die Freundin in Richtung Ausgang, aber kurz vor der Tür holte er sie ein.

»Guten Abend«, sagte er. »Wie geht es Ihnen?«

»Danke der Nachfrage«, sagte Gudrun, bevor Mira etwas sagen konnte. »Gut. Und selbst?«

»Danke«, meinte er ernst.

Er ist nicht hübsch, dachte Mira, während er nun auf die gleiche breite Stufe trat, auf der auch sie standen. Recht klein für einen Mann und schmächtig und dann die dicken Brillengläser. Aber als er sie jetzt ansah, wurde ihr trotzdem fast schlecht vor Aufregung und Herzklopfen. »Wie hat Ihnen der Film gefallen?«, erkundigte er sich.

»Nicht wirklich«, meinte sie, während sie auf die nächste Stufe trat und damit ein bisschen größer war als er. Er nickte, und sie fühlte sich, als ob sie eine Prüfung erfolgreich bestanden hätte.

»Ich fand ihn unterhaltsam «, sagte Gudrun. »Willst du uns nicht vorstellen?«

»Herr ...« Mira kam nicht auf den Nachnamen, weil sie ihn in Gedanken nur beim Vornamen nannte.

»... Guben«, half ihr Anselm weiter.

»Guben«, wiederholte Mira. »Und Fräulein Prange. Sie ist Schneiderin.«

Sie gaben sich die Hand. Gudrun verzog dabei das Gesicht, wahrscheinlich gefiel es ihr nicht, dass Mira sie nur als Schneiderin vorgestellt hatte, wo sie sich doch auf exklusive Damenmode spezialisiert hatte.

»Also dann«, sagte Anselm. »Ich wünsche Ihnen noch einen schönen Abend.«

Wenn Gudrun nicht gewesen wäre, wäre er vielleicht mit mir ausgegangen, dachte Mira wieder, während sie sich zum Abschied noch einmal die Hand schüttelten.

»Wenn ich nicht gewesen wäre, wäre er jetzt vielleicht hier mit dir«, sagte Gudrun, als sie ihren Manhattan in Empfang nahm.

»Unsinn«, sagte Mira. Anselm wäre vielleicht mit ihr ausgegangen, aber er wäre nie im Leben hierhergekommen, in diese große glitzernde Bar auf der Königsallee, in der sich befrackte Kellner zwischen eleganten Herrschaften durchdrängten, wobei sie Tabletts voller Cocktailgläser und Orangeadeflaschen auf einer Hand über ihren Köpfen balancierten. Aus einem Nebenraum drang Jazzmusik. Hier hängte man seinen Überzieher nicht über die Stuhllehne, sondern gab ihn an der Garderobe ab und reichte dem Mädchen hinter dem Tresen dafür dreißig Pfennige als Trinkgeld.

»Jedenfalls hat er es dir angetan.«

»Ach, was du immer …«

»Komm«, unterbrach Gudrun sie. »Erzähl mir doch nichts. Man merkt es doch sofort, dass er dir gefällt.«

Das Saxophon im Nebenraum brach in ein hohes wieherndes Gelächter aus. Mira zuckte mit den Schultern.

»Schade«, seufzte Gudrun. Sie trank ihren Manhattan durch einen Strohhalm, dennoch öffnete sie jetzt ihre kleine goldene Puderdose und kontrollierte ihren Lippenstift. Schnapp! machte die Dose, als sie sie wieder zuklappte.

»Wie meinst du das?«

»Nun, ich kenne ihn ja gar nicht. Deinen Angebetenen, diesen Herrn Guben. Aber um Otto Franz ist es schade.«

»Franz? Wie kommst du auf ihn?«

»Es hätte doch etwas werden können mit euch beiden. Er ist ein netter Kerl.«

»Mit uns beiden?« Miras Stimme überschlug sich fast vor Verblüffung. »Franz und ich – nein, wie kommst du denn auf diese Idee! Er ist doch so ganz anders als ich, nie im Leben würde aus uns ein Paar.«

»Eben weil er so ganz anders ist als du, das ist es ja gerade. Gegensätze ziehen sich an, hast du das noch nie gehört?«

»Gleich und gleich gesellt sich gern – das ist der Spruch, den ich kenne.«

Gudrun holte ihre Zigaretten aus der Tasche und zündete sich eine an. »Gleich und gleich ist langweilig.«

Mira fragte sich, ob sie immer noch von ihr und Franz sprach oder schon von etwas anderem.

»Ich glaube, Franz passt vielmehr zu dir als zu mir«, begann sie vorsichtig. »Jedenfalls habe ich gehofft, dass ihr …«

Gudrun lachte prustend, dabei quoll weißer Rauch aus ihrer Nase und aus ihrem Mund zugleich. Er sammelte sich in einer kleinen Wolke vor ihrem Gesicht, bevor er weiter nach oben stieg und sich unter der Decke verflüchtigte. »Was für ein Gedanke!«

Mira nippte an ihrem Manhattan. Seit jenem Abend im Roten Kakadu hatte sie keinen Cocktail mehr getrunken. Sie schmeckte die Süße, den herben, leicht säuerlichen Nachgeschmack und wurde sofort wieder von einem Gefühl der Schwerelosigkeit ergriffen, obwohl sie gerade einmal einen Schluck getrunken hatte. »Warum nicht?«, fragte sie. »Nur weil er nicht so reich ist wie Pressmann?«

»Ach Pressmann!« Gudrun machte eine wegwerfende Handbewegung und zerteilte damit die Rauchwolke vor ihrem Gesicht, aber nur für ein paar Sekunden, dann schloss sie sich wieder. »Wie oft muss ich es dir denn noch sagen, dass ich nichts mit ihm habe.«

Sie rauchte weiter ihre Zigarette, und Mira trank ihren Manhattan in viel zu großen Zügen und merkte, wie sich die Schwerelosigkeit in ihrem Kopf langsam in Betrunkenheit wandelte. Ich muss aufhören, dachte sie, aber sie hörte nicht auf.

Gudrun drückte ihre Zigarette aus. Langsam verzog sich der Rauch. »Ich muss dir etwas erzählen«, meinte sie dann.

Viertes Kapitel

I.

Madame Argent starb im Februar 1905 an dem großen Krebsgeschwür, das sich in ihrer Brust gebildet hatte. Sie hatte sich bis zum Schluss geweigert, einen Arzt aufzusuchen. Nur ein einziges Mal, kurz nach Weihnachten, war sie zu einem Doktor gegangen. »Was sagt er?«, hatte Maria gefragt, als Madame Argent am späten Nachmittag aus Würzburg zurückgekommen war, ihr Gesicht grau vor Erschöpfung. Aber sie wusste die Antwort natürlich, genau wie Madame Argent sie schon gekannt hatte, lange bevor sie losgegangen war.

»Er rät zur Operation«, erwiderte die Wahrsagerin, während sie ihren Mantel auszog und achtlos über einen Schemel warf. Sie ließ sich auf die Bettkante sinken und beugte sich nach vorn, um die Schuhe auszuziehen. Maria kniete sich neben sie, um ihr zu helfen. Sie erwartete, dass Madame Argent ihre Hilfe zurückweisen würde, aber die Wahrsagerin ließ sich die Schuhe ausziehen, willenlos und schwach, als wäre es die normalste Sache der Welt.

»Und?«, fragte Maria, während sie die schweren Schnürstiefel an die Zeltwand stellte – zu den roten Lackschuhen und den weißen Sommersandalen, die Madame Argent niemals mehr tragen würde.

»Was und?« Madame Argent schwang die Beine mühsam hoch aufs Bett und ließ sich aufs Kissen fallen. Als sie die Augen schloss, wirkte ihr Gesicht wie das einer Toten. »Ich werde diesen Kurpfuscher ganz gewiss nicht an mir herumschneiden lassen.«

»Dann müssen wir eben einen anderen Arzt finden.«

»Ach was! Es ist zu spät. Das Geschwür ist fast so groß wie eine dritte Brust.«

Woher das Morphium kam, wusste Maria nicht. Die gläsernen Ampullen mit der Droge lagen eines Morgens in einem Holzkästchen neben Madame Argents Bett, und wenn sich der Vorrat dem Ende neigte, war der Kasten kurze Zeit später wieder voll. Vermutlich organisierte Meister Nicolas den Nachschub; außer dem Zirkusdirektor, Mirko, dem Zwerg und Maria war er der Einzige, den Madame Argent noch zu sich ließ. Am Anfang spritzte sich Madame Argent selbst das Morphium, später, als sie immer schwächer wurde, übernahm es Maria.

Die Wochen vor ihrem Tod verbrachte Madame Argent in ständigem Dämmerschlaf. Maria spritzte morgens, mittags, abends, aber an einem Abend schob Madame Argent Marias Hand zur Seite. »Warte.«

»Aber es ist doch ansonsten nicht auszuhalten.«

»Setz dich«, sagte Madame Argent, und Maria ließ sich auf der Bettkante nieder, neben dem schwarzen Kater, der immer auf Madame Argents Bett lag, wenn er nicht draußen Mäuse jagte. »Du wirst alles erben, was ich besitze«, begann Madame Argent. »Es ist nicht viel, aber es wird dir helfen.«

»Du wirst auch das andere Zelt übernehmen und die Wahrsagerei. Das Herumgehopse auf der Bühne mit Meister Nicolas bringt zu wenig, du brauchst eigene Einkünfte, damit du etwas zur Seite legen kannst.«

»Ich soll als Wahrsagerin arbeiten? Wie sollte das denn gehen?«

»Ganz einfach. Du prophezeist den Leuten ihre Zukunft.«

Maria lachte ungläubig. »Aber das kann ich doch nicht.«

»Du kannst es genauso gut wie ich«, sagte Madame Argent. »Oder glaubst du etwa, dass ich übersinnliche Fähigkeiten habe?«

Maria lachte noch einmal, aber dann wurde sie ernst. Ja, erkannte sie plötzlich, genau das hatte sie geglaubt, dass Madame Argent wirklich in die Zukunft schauen konnte. Vielleicht nicht immer und in jedem Fall. Aber grundsätzlich … Nun, da sie darüber nachdachte, erschien es ihr dumm und kindisch.

»Ich werde es dir erklären«, fuhr Madame Argent in milderem Ton fort, aber dann unterbrach sie sich und starrte lange und angestrengt gegen die Zeltwand, als versuchte sie sich an etwas zu erinnern. Maria wusste, dass die Wirkung des Morphiums endgültig nachgelassen hatte und die Schmerzen sich zusammenballten und dass Madame Argent sich darauf konzentrierte, nicht laut zu schreien. Ihre Finger zuckten in Richtung der aufgezogenen Spritze, doch Madame Argent schüttelte den Kopf. »Noch nicht.«

»Ich denke mir alles aus«, begann sie danach wieder, nachdem sie die Augen einige Sekunden lang geschlossen und dann wieder geöffnet hatte. »Und Mirko hilft mir dabei. Er wird auch dir helfen.«

Mirko, der Zwerg, der vor Madame Argents Zelt die Eintrittskarten verkaufte? Wie sollte er ihr helfen? Er war so einfältig, dass er kaum mehr als drei zusammenhängende Worte herausbrachte.

»Du denkst, er ist dumm«, sagte Madame Argent. »Alle denken das. Das stimmt aber nicht. Er ist nur maulfaul, weil ihn die meisten ohnehin nicht für voll nehmen, seiner beschränkten Körpergröße wegen.«

»Aber was tut er? Wie kann er Ihnen helfen?«

»Er beobachtet die Leute, horcht, was sie miteinander reden, während sie auf Einlass warten. Er sieht sie sich an, ihre Haltung, ihre Kleidung, ihre Hände, ihr Gesicht. Alles, was er erfährt, gibt er an mich weiter. Daraus bastele ich dann meine Prophezeiung.«

»Was kann er denn groß sehen? In dieser kurzen Zeit!«

»Vieles, vieles.« Madame Argent lächelte kurz, dann keuchte sie. Schweißperlen traten auf ihre helle Stirn. Wie durchsichtige Wachstropfen auf einer weißen Kerze. Mit dem Ärmel wischte sie sich den Schweiß ab, aber es traten sofort wieder neue kleine, glasklare Tropfen auf ihre Haut, obwohl es ganz kalt im Zelt war.

Maria tastete wieder nach der Spritze, und dieses Mal streifte Madame Argent wortlos einen Ärmel hoch und streckte ihr ihren Arm hin. Maria schob die weiße Haut am Oberarm mit Zeigefinger und Daumen zusammen. Die Spitze der Spritze tauchte ein. Madame Argent entspannte sich, noch bevor Maria das Morphium unter die Haut gedrückt hatte.

»Es geht nicht mehr ohne das Gift«, flüsterte Madame Argent. »Es geht bald überhaupt nicht mehr. Ich werde sterben.«

Maria hatte das Gefühl, dass sie irgendetwas von ihr erwartete, eine Frage, eine Bemerkung, Trost. Aber die einzige Frage, die ihr in den Sinn kam, hatte weniger mit Madame Argent zu tun als mit Maria selbst. Sie wollte, sie musste sie jedoch stellen, bevor es zu spät dazu war.

»Damals, als ich zu Ihnen gekommen bin. Das war doch wirklich und echt. Da haben Sie doch tatsächlich in mich hineingesehen.«

»Maria!« Madame Argents Stimme klang mit einem Mal sehr müde, aber in der Müdigkeit schwang auch eine Spur Ungeduld mit. »Wenn ich es dir doch sage – ich habe keine übersinnlichen Fähigkeiten. Du bist es, die Erscheinungen hat, mir dagegen ist noch nie ein echter Geist oder gar die Muttergottes erschienen, um meinem Leben eine neue Richtung zu geben. Ich ziehe meine Schlüsse aus dem, was ich sehe und höre. Das ist alles.«

»Wie konnten Sie das alles über mich erraten, was Sie mir damals gesagt haben?«

»Das mit deinem Liebhaber, der dich verlassen hat? Mirko hat euch vorher vor meinem Zelt gesehen, und er hat auch gesehen, wie du weggelaufen bist, weil der Kerl ein anderes Mädchen dabei hatte.«

»Dann haben Sie sich das ausgedacht, dass Bruno heiraten und seine Frau betrügen wird und all das?«

»Ausgedacht? Wer eine wie dich gehabt hat und nicht Verstand genug besitzt, dich für immer festzuhalten, der wird auch mit keinem anderen Mädchen auf Dauer zufrieden sein.«

»Und das … mit meinem Vater?«, fragte Maria. »Wie konnte der Zwerg das in Erfahrung bringen?«

»Ich habe die Flecken und Male auf deinen Armen gesehen und an deinen Beinen, als du dich hingesetzt hast. Es war offensichtlich, dass dich einer geschlagen hat. Dein Liebhaber hatte dich verlassen, der kam nun nicht mehr in Frage. Und ansonsten? Vater, Bruder, Mutter? Der Vater erschien mir am wahrscheinlichsten, also habe ich mich dafür entschieden.«

So einfach war das. Madame Argent hatte nicht in sie hineingesehen, sie hatte nur eins und eins zusammengezählt. Geraten. Sie hat mich betrogen, dachte Maria, und das machte sie so wütend, dass sie am liebsten weggerannt wäre, aber dann sah sie Madame Argents Augen. Winzige Pupillen, umgeben von einer Iris, die jeden Glanz verloren hatte. Tote Augen.

»Maria«, sagte Madame Argent leise. »Hilf mir, Maria.«

Hilf mir, Maria? Was wollte Madame Argent von ihr? Maria spritzte ihr doch schon das Morphium, wusch sie, bereitete ihr das Essen, ging ihr zu Hand. Was wollte sie denn noch mehr?

»Bist du mir böse?«, flüsterte Madame Argent.

»Nein«, sagte Maria, doch es stimmte nicht, sie war böse, sie hasste Madame Argent geradezu dafür, dass sie sie so getäuscht hatte.

»Ich möchte dir noch so vieles sagen, aber ich kann es nicht mehr«, sagte Madame Argent.

Vielleicht ist es besser so, dachte Maria.

Das war das letzte Gespräch, das sie mit Madame Argent führte, so lange diese noch am Leben war.

Ich kann es nicht mehr, hatte Madame Argent gesagt, dann war sie eingeschlafen, und Maria hatte das Zelt verlassen. Eine ganze Weile lang war sie ziellos auf dem Zirkusgelände herumgeirrt, ihr Gesicht so abweisend, dass keiner sie ansprach. Was suche ich eigentlich hier? hatte sie sich gefragt. Warum bin ich hier? Was will ich hier? Was sie für Vorsehung gehalten hatte, war nur ein billiger Trick gewesen. Irgendwann, als ihre Schuhe schwer von dem Lehm waren, der an ihren Sohlen klebte, lief sie wieder zurück. Als sie das Segeltuch vor dem Zelteingang beiseite schob, spürte sie es. Madame Argent war tot. Vor Schreck zog sich ihr Brustkorb eng zusammen, noch bevor sie das stille, stumme, in sich gekehrte Gesicht sah.

Madame Argent lag auf dem Rücken, die Augen geschlossen, die Hände über dem Bauch gefaltet. Sie sah aus wie eine Steinfigur auf einem alten Grabmal in einer Kirchengruft. Sie war sehr krank gewesen, aber dennoch war der Tod zu plötzlich gekommen. Jemand hatte ihr geholfen und ihr hinterher die Augen zugedrückt und die Hände gefaltet.

Sie wollte, dass ich es tue, dachte Maria. Vielleicht hat sie mich überhaupt nur deshalb ausgewählt, sie zu begleiten, im letzten Sommer. Vielleicht wusste sie damals schon, dass sie krank war. Sie wollte den Zeitpunkt des Todes selbst bestimmen, und ich sollte ihr dabei helfen. Mich hat sie ausgewählt, aber ich habe es nicht getan.

Maria kniete sich neben die Tote und nahm ihre Hände, die außen kühl waren, aber aus dem Inneren drang noch ein wenig Wärme, als ob das Leben erst allmählich aus ihnen herausströmte. »Vergeben Sie mir, Madame Argent«, murmelte sie.

Madame Argent antwortete nicht, ihr Gesicht war still und stumm und tot.

Maria umfasste Madame Argents kühle Hände mit ihren eigenen warmen Händen, sie schloss die Augen und versuchte sich das Gesicht der Muttergottes vorzustellen, wie sie ihr damals im Käppele erschienen war. »Gegrüßet seist du, Maria, voll der Gnade, der Herr ist mit dir«, flüsterte sie. Aber vor ihrem inneren Auge erschien nur eine blasse, fromme Heiligengestalt mit kunstvollen Holzlocken und gemalten Lippen, nicht die Jungfrau mit den schmalen Augen und dem vollen Mund, die sie damals gesehen hatte und die ihr von dem Geschwür in Madame Argents Brust erzählt hatte und dass sie daran sterben würde. Damals hatte sie nicht verstanden, warum die Muttergottes zu ihr gesprochen hatte. Jetzt, da alles zu spät war, verstand sie. Ich hatte eine Aufgabe, aber ich habe sie nicht erfüllt. Ich sollte Madame Argent begleiten bis zum Schluss, doch ich bin weggelaufen.

»Vergib mir, heilige Maria«, wisperte Maria. Die Holzmadonna verzog keine Miene. Maria machte die Augen wieder auf, und im selben Moment hörte sie ein leises Räuspern.

Maria stieß einen leisen Schrei aus und fuhr hoch. In dem dunklen Zeltwinkel hinter dem Tisch saß Mirko der Zwerg und sah sie an.

Mirko also. Er hatte zu Ende gebracht, was sie nicht übernehmen wollte. Er war eingesprungen, als sie versagt hatte.

»Wie hast du sie getötet?«, fragte sie, und zu ihrer eigenen Überraschung zitterte ihre Stimme plötzlich vor Wut.

Mirko antwortete nicht, er betrachtete sie nachdenklich aus glänzenden Augen.

Du denkst, er ist dumm, hatte Madame Argent gesagt. Aber er ist nur maulfaul, weil ihn die meisten ohnehin nicht für voll nehmen.

»So rede doch!«, herrschte sie den Zwerg an. »Erzähl mir, was geschehen ist!« Es war natürlich ein ganz und gar falscher Ton, sie spürte selber, wie die unsichtbare Mauer zwischen ihr und Mirko mit jedem Wort höher und breiter wurde.

»Was ist? Hat es dir die Sprache verschlagen?«, fragte Maria und versuchte, ihrer Stimme einen sanfteren, freundlicheren Klang zu geben.

Der Zwerg schwieg.

»Was hast du ihr gegeben? Morphium?«

Kein Nicken. Kein Kopfschütteln. Keine Antwort.

»Hat sie noch etwas über mich gesagt?«, flüsterte Maria, aber diese letzten Worte sprach sie so leise aus, dass der Zwerg sie gar nicht hören konnte. Vielleicht dachte sie sie auch nur.

Madame Argent bekam ein kleines Grab auf dem Friedhof hinter der Festung. Es lag ganz am Rand des Geländes, zwischen der Mauer und ein paar hohen Haselbüschen, die ihre Ruten nackt und kahl gen Himmel streckten.

Ein Pfarrer sprach ein paar dürre Worte, die an Maria vorüberrauschten, weil sie nichts mit Madame Argent zu tun hatten. *M. Argent* stand auf dem Holzkreuz, so als wäre *Madame* ihr Vorname gewesen, und das Todesdatum. Mehr wusste man nicht von ihr. Danach zogen die Zirkusleute am offenen Grab vorbei, einer nach dem anderen. Jeder warf eine Schaufel voll

Erde in das schwarze Viereck, nur die alte Esmeralda warf eine Seidenrose hinunter. Schließlich war Maria an der Reihe, und auch sie wünschte sich, dass sie irgendetwas anderes auf den Sarg werfen könnte als kalte, schwarze Erde. Sie hatte aber nichts dabei, also nahm sie die Schaufel und schloss die Augen, und als die hart gefrorenen Klumpen auf den dünnen Sargdeckel polterten, erinnerte sie sich plötzlich wieder an das Gesicht der Muttergottes – an ihr wirkliches Gesicht, das ihr im Käppele erschienen war.

Sie sah sie vor sich, die dunklen, schmalen Augen, die volle Oberlippe über der schmaleren Unterlippe, sie sah die braunen Haare in der Stirn und einen Leberfleck am linken Nasenflügel, der ihr damals nicht aufgefallen war. Sie erwartete, dass die Jungfrau wieder zu ihr sprechen würde, aber entweder schwieg sie, oder Maria konnte sie nicht hören.

Marias Trauer um Madame Argent war grenzenlos. Sie konnte es selbst nicht fassen, wie sehr sie sie vermisste. Sie hatten so wenig Zeit miteinander verbracht, ein halbes Jahr, von September bis Februar. Zu wenig, dachte Maria, viel zu wenig. All die Fragen, die sie ihr noch hatte stellen wollen, alle Gespräche, die sie noch hatte führen wollen, gingen ihr durch den Kopf und konnten nicht heraus. Sie verfolgten sie am Tag und quälten sie in der Nacht. Ich wusste als Einzige, dass sie sterben würde, dachte Maria, aber ich habe die letzte Zeit dennoch nicht genutzt.

Sie hörte auf zu essen. Allein der Gedanke an Nahrung brachte sie zum Würgen. Madame Argent war alles gewesen, was ihr geblieben war. Mutter, Vater, Schwester, Bruder, Freundin. Jetzt war sie tot. Jetzt war alles zu spät.

Wer war sie? fragte sich Maria. Woher kam sie? Warum habe ich sie nie danach gefragt?

Ende Februar verließ der Zirkus das Winterquartier und zog weiter. Ihren ersten Auftritt hatten sie in Mergentheim. »Der erste Auftritt nach dem Winter ist immer der beste«, erklärte die alte Marthe Maria. Marias erster Auftritt nach Madame Argents Tod war jedoch glanzlos und spröde. Ein dünner Applaus hüllte sie ein, als sie aus der durchsägten Kiste stieg und die Arme ausbreitete, zum Beweis, dass sie lebte. Was früher echte Begeisterung gewesen war, klang jetzt wie ein schwacher Trost. »Das wird schon wieder«, sagte Meister Nicolas hinterher und klopfte ihr auf die Schulter, aber stattdessen wurde es von Mal zu Mal schlechter.

So schlecht, dass Nicolas im Juni Chiara anzulernen begann, die hübsche sechzehnjährige Tochter von Domenica und Pito. Am Abend vor Chiaras erstem Auftritt als Nicolas' Assistentin kam Mirko zu Maria ins Zelt.

Maria hockte auf Madame Argents Feldbett, in dem sie nun selbst schlief, und streichelte Wotan, den schwarzen Kater, der jetzt ihr gehörte.

»Was gibt es?«, fragte sie unwirsch, als sie Mirkos kleine bucklige Gestalt im Zelteingang auftauchen sah.

Wie üblich antwortete er nicht, er trat einfach nur ein und ließ sich mit gekreuzten Beinen auf dem Strohsack nieder, auf dem sie früher geschlafen hatte und den sie immer noch mitschleppte und ausbreitete, obwohl sie ihn gar nicht mehr brauchte.

»Was willst du denn?«, fragte Maria so scharf und unfreundlich, dass Wotan aufsprang und sich unbehaglich streckte. Sie spürte seine Krallen durch den dünnen Rock auf ihrer nackten Haut. Ein Moment lang stand er unentschlossen da, dann sprang er in einem eleganten Satz vom Bett und stolzierte würdevoll aus dem Zelt.

»Wollte fragen, wann wir anfangen«, sagte Mirko mit seiner leisen, ein wenig heiseren Stimme.

»Anfangen womit?«, fragte Maria zurück, doch natürlich wusste sie ganz genau, was er meinte.

Sie ließ sich auf einen ersten Versuch ein, weil Mirko nicht aufgab, sondern einfach sitzen blieb, bis sie es nicht mehr ertrug. Es war ein leichtes Spiel, dieser erste Versuch, weil sie Sascha aus der Seiltanztruppe vor sich hatte, von dem jedermann wusste, dass er unsterblich in die Seiltänzerin Eva verliebt war, die wiederum mit Blasius dem Koch verheiratet war, der sie schlug. Maria erzählte Sascha etwas von einer unglücklichen Liebe und blutenden Herzen, von einer Sehnsucht, die sich erfüllen würde, aber in einem anderen Sinne, als er es heute erwartete. Sascha nickte und brach in Tränen aus. Hinterher nahm er ihre Hände in seine und drückte sie voller Dankbarkeit, obwohl er doch ganz genau wusste, dass sie sich das Ganze nur ausgedacht hatte.

Sie probierten noch einmal mit Alban, einem der Liliputaner, der furchtbar abergläubisch war. Auch diese Probe verlief so gut, dass sie sich danach an einen Fremden wagten. Es war kurz nach der Nachmittagsaufführung am Sonntag, als Mirko ihn ins Wahrsagerzelt führte und Maria dabei unauffällig einen Zettel zuschob. *Ehering*, las sie. *Frische Narbe am Hals, gebrochene Nase, lautes Gebaren (betrunken?), Kleidung armselig, schlechtes Schuhwerk, riecht.*

Du liebe Zeit! dachte Maria. Sie stützte die Ellenbogen auf den Tisch und legte die Stirn auf ihre Fingerspitzen, so wie es Madame Argent bei ihren Auftritten immer gemacht hatte. Die Worte, die Mirko in seiner kleinen Zwergenschrift auf den Zettel gekritzelt hatte, rasten durch ihren Kopf und prallten gegeneinander. Was soll ich nur sagen?

Der Mann räusperte sich. Sie nahm seine Hand, drehte sie nach oben und starrte in die offene Handfläche. Falten, Runzeln, Schwielen. Arbeiterhände. Mit dem Zeigefinger fuhr sie die lange Lebenslinie nach. Das verschaffte ihr noch ein paar Sekunden Bedenkzeit, aber dann musste sie reden.

»Ich sehe eine Frau, die weint«, sagte sie, wobei sie den Mann nicht ansah, sondern die Augen geschlossen hielt. »Und Kinder – die ebenfalls traurig sind …«

Er räusperte sich wieder, sie fragte sich, was das bedeutete. Ob sie richtig lag oder vollkommen falsch. »Sie weinen«, sagte sie vorsichtig, »denn sie sind … hungrig.«

Der Mann schwieg. Sie fühlte ihre Fingerspitzen an ihrer Stirn und atmete tief und schwer, als ob sie von den übersinnlichen Eindrücken, die auf sie einstürmten, überwältigt wurde.

»Ich sehe ein Wirtshaus, ein Stuhl liegt am Boden. Ein Mensch liegt in seinem Blut. Sind Sie das? Nein, es ist ein anderer … Was ist geschehen? Ich höre Weinen und Wehklagen.«

»Ja«, unterbrach der Mann sie auf einmal unwirsch. »Aber das ist die Vergangenheit, die Sie da beschreiben. Ich will aber die Zukunft wissen.«

Wenn ich die Vergangenheit richtig geraten habe, dann soll es mir nicht schwerfallen, eine passende Zukunft dazu zu erfinden, dachte sie. »Das Weinen wird lauter«, erklärte sie. »Aber nun … was ist das? Eine Gestalt tritt zu der weinenden Frau und den Kindern hin, es ist ein Mann, ein großer, kräftiger Mann. Sie sind es, ich erkenne das jetzt ganz deutlich. Sie geben der Frau etwas. Ich kann nicht erkennen, was es ist, aber es macht sie froh. Sie küsst ihre Hand, und jetzt steht sie auf … aber nun ist alles verschwommen und unklar«, fügte sie hastig hinzu, denn der Mann war plötzlich so abrupt aufgesprungen, dass er seinen Stuhl dabei umgerissen hatte.

»Ein erbärmlicher Unsinn ist das und dummes, verlogenes Zeug!«, rief er. »Meine Frau ist vor zwei Wochen an den Masern gestorben, und ein Kind ist tot, und die anderen beiden sind krank. Und was Sie da gesehen haben, haben Sie sich ausgedacht! Ich will auf der Stelle mein Eintrittsgeld zurück, sonst schlag ich das ganze Zelt zusammen und mach einen Krach, dass Sie ihn nie wieder vergessen. Ich schwöre es bei allem, was mir heilig ist.«

Mira stammelte etwas von den Bildern aus der Vergangenheit und der Zukunft, die sich gegenseitig überlagert und ihr den Geist vernebelt hatten, aber er hörte gar nicht richtig zu und tobte nur noch lauter. Zu ihrer Erleichterung tauchte plötzlich Mirko der Zwerg auf und drückte ihm wortlos seine zwanzig Pfennige Eintrittsgeld in die Hand. Der Mann wütete aber noch eine ganze Weile weiter, bevor er sich endlich verzog.

»Siehst du?«, rief Maria, als sie endlich allein waren. »Ich kann es nicht.«

»Aller Anfang ist schwer«, sagte der Zwerg.

»Zieh niemals zu schnelle Schlüsse«, erklärte er ihr am nächsten Tag, als er wieder in ihrem Zelt auftauchte, um sie zur Arbeit zu holen, als hätten sie es so verabredet. »Bleibe immer im Allgemeinen. Rede nicht zu viel über die Gegenwart, sprich nie über die Vergangenheit, halte dich an die Zukunft.«

Sie hörte zu und fragte sich, warum sie überhaupt mit ihm ging. Aus ihr würde niemals eine gute Wahrsagerin werden.

»Vor allem aber«, fuhr der Zwerg leise und heiser fort, »versuche nicht die Menschen nach deinen Vorstellungen zu verändern. Nimm sie, wie sie sind. Lass sie.«

Lass sie. Mit diesen beiden Worten im Hinterkopf ging es besser.

Sie lernte zu beobachten und zu verstehen. Rissige, aufgesprungene Hände konnten auf harte Arbeit hindeuten, aber auch auf Nachlässigkeit dem eigenen Körper gegenüber. Schlechte Kleidung bedeutete Armut oder Geiz oder Gleichgültigkeit. Wer ihrem Blick auswich, war schüchtern oder verlegen, oder er hatte etwas zu verbergen. Für jedes Anzeichen gab es niemals nur eine Ursache, sondern immer eine Fülle von möglichen Gründen, es kam darauf an, die Gesamtheit der Merkmale zu erkennen und jede Einzelheit richtig einzuordnen.

Sie lernte, ihre Prophezeiungen in vage, blumige Sätze zu verpacken, die manches andeuteten und sich nicht festlegten. Sie lernte, dass ihre Stimme, ihre Haltung, ihr Gesichtsausdruck mindestens so wichtig war wie das, was sie sagte. Sie lernte, dass jede Voraussage ein Versprechen beinhalten musste. Einen Trost.

War das gegeben, ertrugen die Menschen so gut wie alles.

Inzwischen zogen sie wieder von einer Stadt in die nächste. Künzelsau, Heilbronn, Pforzheim und weiter in Richtung Schwarzwald. Die einzelnen Orte und ihre Namen waren für Maria so bedeutungslos wie früher. Auch die Besucher, die Mirko in ihr Zelt schickte und denen sie die Zukunft weissagte, bedeuteten ihr nichts. Dennoch spürte sie eine Veränderung. Sie begann wieder zu essen. Sie setzte sich abends ans Feuer zu den anderen. Sie war wieder ein Teil des Ganzen.

Madame Argent war tot. Maria lebte.

II.

Im August lernte Maria Ludwig Wunder kennen. Es war nicht so, dass sie sich auf den ersten Blick in ihn verliebte. Sie nahm ihn am Anfang überhaupt nicht zur Kenntnis. Er war irgendwo zwischen Pforzheim und Forbach zu der Zirkustruppe gestoßen, aber er war kein Artist und trat auch nicht auf, er half den Männern nur beim Auf- und Abbau der Zelte, reparierte die Zirkuswagen, mistete die Pferdeställe aus, machte sich nützlich. Er fügte sich ein, aber gehörte nicht dazu und wollte auch gar nicht dazugehören.

»Ich ziehe bis Freiburg mit«, erklärte er Maria an jenem ersten Abend, als sie nebeneinander am Feuer saßen und Gulaschsuppe löffelten. »Und danach … man wird sehen.«

»Suchst du dir dort einen anderen Wanderzirkus?«, fragte sie.

»Nein. Ganz egal. Ich mache alles, was mich ernährt.«

Er war ein Künstler und malte in jeder freien Minute. Manchmal sah sie ihn vor seinem Zelt stehen und leuchtende Farben auf eine Leinwand tupfen, manchmal saß er mit seinem Skizzenblock in der Manege und zeichnete die Artisten, wenn sie trainierten.

»Darf ich dich einmal malen?«, fragte er Maria, nachdem sie sich ein paar Tage kannten.

»Nein«, sagte Maria sofort. Sie hatte Madame Argents Warnung noch zu gut in Erinnerung. *Wenn du mit einem von ihnen etwas anfängst, musst du ihn heiraten.* Ludwig Wunder gehörte zwar nicht richtig zur Truppe, aber dennoch. Wenn sie sich von ihm malen ließ, würde er sich vielleicht Hoffnungen machen, auf jeden Fall aber würde es Gerede geben bei den Mädchen und Frauen, denn Wunder war groß und kräftig gebaut und nicht hässlich. Und das konnte sie sich genauso gut ersparen, denn sie war sich ganz sicher, dass sie ihn nicht heiraten wollte.

Ludwig Wunder versuchte nicht, sie zu überreden. »Schade«, sagte er einfach nur.

Dann malte er Chiara.

Und das ärgerte Maria.

Auf dem Bild war Chiara nicht zu erkennen. Ihr braunes Gesicht erschien oliv, fast grünlich auf der Leinwand. Rote Flecken saßen unter ihren Augen, zwei schwarze Pinselstriche. Das dunkle Haar war schwarz wie eine Haube und schimmerte oben bläulich. Um den Hals trug die abgebildete Chiara eine lange Kette aus roten Kugeln. »Ich habe aber gar keine solche Kette«, sagte sie empört, als wäre das der entscheidende Punkt.

Ludwig Wunder lachte nur, als sie das sagte. »Bist du dir ganz sicher?«, fragte er.

Am nächsten Tag ging er in die Stadt und brachte Chiara genau so eine Kette mit, wie er sie auf dem Bild gemalt hatte. »Danke«, sagte sie, unsicher und erfreut zugleich. »Das Bild ist mir trotzdem nicht ähnlich.«

»Äußerlich nicht«, sagte Wunder. »Aber das ist auch nicht wichtig.«

»Was ist denn wichtig?«, fragte ihn Maria hinterher, als Chiara weggegangen war.

»Was für eine Frage! Das Innere natürlich. Das Äußere ist doch nur eine Hülle, die zudem jeder sehen kann. Es ist schal und falsch. Das Innere aber stimmt. Das zu erfassen ist die wahre Kunst.«

»Und in deinem Bild von Chiara hast du es erfasst?«, fragte Maria skeptisch.

Er zuckte mit den Schultern. »Das zu beurteilen liegt nicht an mir.«

»An wem dann?«

»An dir beispielsweise. Du kennst Chiara besser als ich. Habe ich sie erfasst?«

Sie betrachtete das Bild lange. Hinter Chiara hatte er ein Kornfeld gemalt, goldgelbe Ährenstreifen, und als Abschluss zum blauen Himmel hin saftig grüne Wiesenhügel.

»Und?«, fragte er, während sie sich endlich abwandte.

»Chiaras Konterfei ist dir nicht wirklich gelungen, doch der Hintergrund ist gut.«

»Der Hintergrund?« Er lachte ungläubig, aber sie blieb ganz ernst. »Was meinst du damit?«

»Sie erscheint so mager und hart. Der Hintergrund jedoch ist fruchtbar und leuchtend, voller ... Lebenskraft.«

Als sie wegging, betrachtete er nachdenklich sein eigenes Bild.

Abends traf sie ihn am Feuer wieder. »Habe ich dich verärgert?«, fragte sie.

»Womit? Du hattest doch recht.«

»Ach was, ich weiß doch gar nichts über die Malerei. Ich habe nur so dahergeredet.«

»Es war aber richtig.«

»Wo hast du das Malen gelernt?«, fragte sie, um das Thema zu wechseln.

»In München auf der Akademie. Jetzt will ich aber nach Paris, da ist Bewegung, da kann man etwas lernen.«

»Freiburg ist dann aber die falsche Richtung«, meinte Maria.

»Ich muss mir zuerst einmal das nötige Geld verdienen. Meine Bilder ernähren mich nicht.«

»Nein«, sagte sie. Wer sollte diese Art von Gemälde auch kaufen, auf denen das Innere einer Person zu sehen war, aber ihr Äußeres nicht wiederzuerkennen war? Reich würde Wunder damit ganz gewiss nicht werden. Er lachte leise, vielleicht dachte er das Gleiche.

»Wenn du willst, sage ich dir die Zukunft voraus«, sagte Maria. Es überraschte sie selbst, dass sie ihm das anbot. Außer Sascha und Alban, dem Liliputaner, hatte sie noch keinem der Zirkusleute die Zukunft vorausgesagt. Die Männer und Frauen hier wussten ja, dass sie keine wirkliche Wahrsagerin war, dass sie ihre Prophezeiungen nur erfand.

»Jetzt gleich?«, fragte Wunder.

Sie zögerte. Es war schon nach acht und wurde langsam dunkel. Wenn sie jetzt mit ihm ins Wahrsagerzelt ging, dann würde das Getuschel und Gerede losgehen. Aber andererseits ... Über

Chiara hatten sie auch getuschelt und geredet, als Wunder sie gemalt hatte, doch hinterher hatten sie auch wieder damit aufgehört. Die gegenseitige Kontrolle mochte schlimm sein im Zirkus, aber Madame Argent hatte mit Sicherheit übertrieben, als sie Maria gewarnt hatte, dass sie jeden gleich heiraten müsste, auf den sie sich einließ. Und vielleicht würde es ja keiner bemerken.

»Was denkst du?«, fragte Wunder und lächelte dabei so, als wüsste er es ohnehin.

»Nichts. Nur ob du stark genug bist, deinem Schicksal ins Auge zu blicken«, gab Maria zurück.

»Das hast du doch schon gesehen, dass ich die Wahrheit vertragen kann«, sagte Wunder.

Sie stellte zwei Windlichter vor sich auf den Tisch, dazwischen saß Wunder und sah sie erwartungsvoll an, und dahinter war alles dunkel. Sie konnte die Decke des Zeltes nicht sehen, weil das Öllicht nicht bis ganz nach oben drang, dadurch hatte sie das Gefühl, dass sie in einem kleinen, unendlich hohen Raum waren. Sie fröstelte.

Hätte sie sich doch nur nicht darauf eingelassen! Was sollte sie Wunder denn nur sagen? Mit dem üblichen Hokuspokus konnte sie ihm doch nun nicht kommen.

»Was ist?«, fragte er. Er sah so seltsam aus in dem flackernden Licht, über dem Kinn, der Oberlippe, der Nase lagen schwere schwarze Schatten.

»Ich muss mich konzentrieren«, sagte sie.

Sie schloss die Augen und wurde etwas ruhiger. Erzähl ihm das, was er hören will, dachte sie. Dass er in Berlin sein Glück als Künstler machen wird und alle Leute seine Bilder kaufen werden. Dass seine Werke nach seinem Tod unbezahlbar sein werden. Vermisch es mit ein paar unangenehmen Dingen, damit es glaubwürdiger wird. Eine schwere Krankheit. Ein missgünstiger Konkurrent, der ihm das Leben schwermacht. Sie legte sich die ersten Worte zurecht und öffnete die Augen wieder. Ich sehe in deine Zukunft, so wollte sie beginnen mit einer tiefen rauchigen Stimme, ihrer Wahrsagerstimme.

»Ich sehe«, begann sie auch, aber dann unterbrach sie sich. Denn was sie sah, überwältigte sie so, dass sie kein Wort mehr herausbrachte. Neben Ludwig Wunder saß Madame Argent. Sie sah genauso aus wie damals, als Maria sie auf dem Hof ihrer Eltern zum ersten Mal gesehen hatte. Die Haare schwarz und glanzlos, die helle Haut glatt und straff, ohne eine Falte. Dunkle Kleidung, obwohl sie in Wirklichkeit meistens kräftige, bunte Farben getragen hatte.

»Was siehst du?«, fragte Ludwig Wunder.

»Madame Argent«, stammelte Maria. »Was ... warum sind Sie gekommen?«

Madame Argent lächelte und hob die Hand, als grüßte sie sie über eine große Entfernung hinweg. Sie nickte und bewegte dabei die Lippen, aber Maria konnte nicht verstehen, was sie sagte.

»Was?«, rief sie.

Madame Argent legte ihren Finger auf die Lippen. Maria spürte, wie ihr auf einmal furchtbar schwindlig wurde und gleichzeitig übel, und dann wurde sie ohnmächtig.

Mirko, der Zwerg, war bei ihr, als sie wieder aufwachte. Sie lag auf der kleinen Pritsche hinter dem Wahrsagertisch. Er legte ihr ein nasses Handtuch auf die Stirn, aber als sie die Augen aufschlug, nahm er es wieder weg.

»Was ist geschehen?«, fragte sie atemlos und blickte sich um, ob Wunder noch irgendwo war. Sie sah jedoch nur das leere Zelt, das auf und ab schaukelte wie ein Schiff auf einem stürmischen Meer. Sie ließ den Kopf zurück aufs Kissen sinken. Das Schaukeln wurde sanfter, dann hörte es auf. Wo ist Wunder? fragte sie sich. Ist er einfach weggelaufen, als ich die Besinnung verloren habe?

»Ich habe ihn weggeschickt«, sagte Mirko, als hätte sie den Gedanken laut ausgesprochen.

»Ich habe ihm die Zukunft vorausgesagt«, erklärte Maria. Der Zwerg nickte, als wäre es die normalste Sache der Welt, dass sie einen fremden Burschen mitten in der Nacht mit in ihr Zelt nahm, um ihm die Zukunft zu prophezeien.

»Madame Argent war hier«, sagte Maria. »Sie saß neben ihm.«

Mirko nickte wieder. Vielleicht hält er mich für verrückt, dachte Maria.

»Sie war wirklich hier, ich habe sie genau gesehen.«

»Ich glaube dir«, meinte er ruhig.

»Aber warum ist sie mir erschienen? Was will sie von mir? Was soll ich tun?«

»Hat sie es dir nicht gesagt?«

»Nichts. Sie hat gesprochen, aber ich habe sie nicht verstanden.«

Mirko drückte das nasse Handtuch über einer Waschschüssel aus. Der Wasserfaden glitzerte im Schein der Windlichter wie flüssiges Gold.

»Hab keine Angst«, sagte er ruhig. »Du wirst es erfahren. Sie wird wiederkommen.«

»Und wenn sie nicht kommt?«

»Sie wird wiederkommen.«

Danach brachte er sie in ihr eigenes Zelt, und sie fiel in einen unruhigen, fiebrigen Schlaf. Irgendwann wachte sie auf, weil sie eine Hand auf ihrem Gesicht spürte. »Madame Argent!« Von einer Sekunde zur anderen saß sie aufrecht im Bett, aber es war nicht Madame Argent, es war Ludwig Wunder.

»Was willst du hier? Hast du den Verstand verloren?«, fuhr sie ihn an.

»Schsch! Sei doch leise. Es muss doch keiner wissen, dass ich hier bin, und ich gehe auch gleich wieder. Sag mir nur, was du gesehen hast.«

»Was ich gesehen … Nichts, gar nichts. Ich hatte nicht genug gegessen, und da ist mir schwindlig geworden, das passiert manchmal …«

»Unsinn!«, unterbrach er sie. »Du hast etwas gesehen und mit jemanden gesprochen, und ich will wissen, was es war.«

»Nichts, wenn ich es dir doch sage.«

»Es war mein Tod. Du hast meinen Tod gesehen«, flüsterte Wunder. In der Dunkelheit des Zeltes sah sie sein Gesicht nur als hellen Schemen.

»Nein«, sagte sie. »Geh jetzt!« Ja, dachte sie gleichzeitig. Du hast recht, ich habe deinen Tod gesehen. Das war es, was Madame Argent ihr sagen wollte. Dass sie Wunder holen würde, dass er jetzt schon zu ihr gehörte und dass Maria sich keine Hoffnungen auf ihn zu machen brauchte.

»Ich glaube dir nicht, Maria«, sagte Wunder. Das weißgraue Oval seines Gesichts bewegte sich nach oben. Er stand auf, er wollte gehen.

»Warte«, flüsterte sie. Der Schemen blieb auf halber Höhe stehen.

»Geh nicht!«, sagte sie. »Bleib bei mir!«

Und er blieb.

Vom ersten Tag an, an dem sie und Ludwig zusammen waren, hatte Maria das Gefühl, dass es nicht lange dauern würde, dass ihr Ludwig Wunder nur für sehr kurze Zeit gehören würde. Auch deshalb konnte sie nicht genug von ihm bekommen. Zuerst verbrachten sie nur die Nächte zusammen, dann auch die Tage. Nach einer Woche brachte er seine Sachen in ihr Zelt und verstaute sie in einer von Madame Argents alten Truhen.

Die Zirkusleute nahmen es einfach so hin. »Wann läuten denn die Hochzeitsglocken?«, fragte die alte Marthe, als sie Wunder morgens aus Marias Zelt kommen sah. Dann lachte sie lautlos in sich hinein, so dass ihr Kropf hin und her wackelte.

»Pass nur auf, dass du vor lauter Liebesglück das Hellsehen nicht verlernst!«, spottete Esmeralda.

Von diesen Sprüchen einmal abgesehen, ließen sie Maria und Ludwig in Ruhe.

Sie lernten sich Tag für Tag besser kennen. Er erzählte ihr von seinem Elternhaus in Stuttgart, sein Vater war Arzt, ein strenger, harter, sehr gläubiger Mann. Er bestimmte, und die Mutter und Ludwig fügten sich. Das war Maria vertraut, aber ansonsten waren die Familien ganz und gar unterschiedlich. Bei Ludwig Wunder hatte es Bücher gegeben, Klavierunterricht und Hausmusik, und der Pfarrer war oft zu Besuch, weil er und Wunders Vater befreundet waren. »Es war so eng und düster. Es war unerträglich«, erklärte Ludwig. »Ich bin froh, dass es vorbei ist.«

»Und? Besuchst du sie manchmal, deine Leute?«, fragte Maria. Sie lag in seinem Arm auf ihrem Feldbett, und sie sprachen in die Dunkelheit des Zeltes hinein.

»Nie«, sagte er. »Ich sollte Arzt werden oder Pfarrer. Aber ich wollte malen. Mein Vater konnte es nicht billigen. Und er wird es auch nie billigen.«

»Und du?«, erkundigte er sich dann. Sie erzählte ihm von dem Hof, ihren Brüdern und Schwestern. Von der Arbeit auf dem Feld, den Gänsen und den Schweinen, von den sanften, welligen Hügeln, dem Städtle und der Bühler, wo sie im Sommer Krebse gefangen hatten. Sie wollte ihm auch von ihrem Vater erzählen und von den Schlägen, aber es ging nicht. Sie schämte sich so dafür. Jetzt, da es so weit zurücklag, konnte sie es noch weniger fassen, dass sie sich niemals dagegen gewehrt hatte – dass sie geflohen war und die anderen ihrem Schicksal überlassen hatte.

»Es klingt so idyllisch«, sagte Ludwig. »Warum bist du weggelaufen?«

»Ich konnte es nicht mehr ertragen«, sagte sie, und ihre Stimme klang mit einem Mal so scharf und warnend, dass er schwieg. Sie spürte sein raues unrasiertes Kinn an ihrer Wange, die Hornhaut seiner Finger auf ihrer Brust. Sie schmiegte ihren nackten Oberkörper an seinen und fragte sich, ob sie ihn verärgert hatte, aber sie brachte es nicht über sich, ihn zu fragen.

Sie redeten über ihre Träume, ihre Ziele, ihre Arbeit. Er erzählte ihr von den Künstlern in Paris, Wien, München, Berlin. Bald kannte sie die Namen so gut wie er. Van Gogh, Munch, Klimt, Kollwitz, Matisse. Wenn er die Bilder beschrieb, die ihn begeisterten, konnte sie sie vor sich sehen wie in einer Camera obscura.

Sie erzählte ihm von den Menschen, die sich von ihr die Zukunft voraussagen ließen und was sie ihnen prophezeit hatte.

Er zeigte ihr seine Bilder, und sie sah ihm beim Malen zu. Er zeichnete sie beim Essen, Reden, Nähen, Schlafen. Er malte auch ein Ölbild von ihr, das ihr nicht gefiel, weil sie sich fremd und hart darauf fand. »Du bist unzufrieden«, sagte er, als er sah, wie sie das Porträt betrachtete.

»Glaubst du wirklich, dass ich so bin in meinem Innersten?«, fragte sie ihn. »So … schroff?«

»Du bist jedenfalls nicht weich und auch nicht lieblich«, sagte er.

Sie lachte und senkte rasch den Blick, damit er nicht sah, wie gekränkt sie war.

»Maria«, sagte er sehr eindringlich und mit großem Ernst. »Ich liebe dich.«

Am Sonnabend gingen sie zusammen in die Stadt, er kaufte ihr einen Ring mit einem grünen Stein, und sie kaufte ihm das Skizzenbuch, das er so lange betrachtet und dann doch nicht gekauft hatte.

Sie war nicht die erste Frau in seinem Leben, und er war nicht ihr erster Mann, das wussten sie beide, obwohl sie nicht darüber sprachen, was vorher gewesen war. Die Vergangenheit war bedeutungslos. Auch die Zukunft war unwichtig, jedenfalls versuchte Maria sich das einzureden. Hin und wieder sprach Ludwig sie auf jene erste Nacht im Wahrsagerzelt an. Was sie damals gesehen hatte. Aber sie blieb hartnäckig und erzählte ihm nichts.

Die Gegenwart war das einzig Entscheidende, sagte sie sich wieder und wieder.

Jetzt und hier und heute liebte sie ihn, und er liebte sie.

Aber Ludwig, der nicht wusste, dass er bald sterben musste, hörte nicht auf, von seinen Plänen zu erzählen. Von all den Tagen, Wochen, Jahren, dem ganzen unendlichen Leben, das vor ihm lag. Vor ihm und vor Maria. Denn er machte Maria zu einem Teil seiner Erwartungen. Wir, sagte er, wenn er von seinen Zielen sprach. Es machte sie so glücklich, dieses Wir. Und langsam, fast ohne dass sie sich dessen bewusst wurde, begann sie zu hoffen, dass sie sich getäuscht hatte. Dass sie Madame Argents Erscheinung falsch verstanden hatte. Und dass es diese gemeinsame Zukunft wirklich geben würde, von der Ludwig erzählte.

Der Winter begann mild und sonnig, und sie gaben bis weit in den Dezember hinein Vorstellungen. Erst eine Woche vor Weihnachten bezogen sie ihr Winterlager in Freiburg. Für Ludwig gab es im Zirkus nicht mehr genug zu tun, er suchte Arbeit und fand sie in einer Trikotagenfabrik. Er arbeitete von morgens um sieben bis abends um sechs, danach brauchte er fast eine Stunde, bis er wieder am Lagerplatz am Rhein war, der außerhalb der Stadt lag. Er kam müde und schweigsam zurück, und wenn er später neben Maria ins Feldbett schlüpfte, roch er seltsam. Es war der beißende Laugengeruch der Textilfarben, der an ihm haften blieb, auch wenn er hinterher seine Finger schrubbte und die Kleider wechselte.

Er malte so gut wie gar nicht mehr. Unter der Woche fehlte ihm die Zeit dafür und am Sonntag die Muße. »Die Arbeit frisst mich auf. Wenn ich die Augen schließe, sehe ich keine Bilder mehr, nur noch schwarze Leere«, erklärte er Maria, als sie ihn danach fragte.

Er war ein anderer Mensch – düster, still, trübsinnig. Am Anfang hatte sie den ganzen Tag auf ihn gewartet und ihn voller Freude empfangen, wenn er endlich nach Hause kam. Jetzt war sie erleichtert darüber, dass sie sich so selten sahen. »Warum gibst du die Arbeit nicht auf und suchst dir etwas anderes?«, fragte sie ihn.

Er lachte ungläubig. »Etwas anderes? Wie stellst du dir das vor? Weißt du nicht, wie viele zurzeit auf der Straße stehen und etwas suchen, irgendetwas?«

»Wir kommen aber doch auch so zurecht. Wir brauchen keine Miete zu zahlen, und ich habe auch noch Geld vom Sommer übrig.« Es war das Geld, das ihr Madame Argent hinterlassen hatte. Sie hatte es bisher noch nicht angerührt, weil sie mit der Wahrsagerei mehr als genug verdient hatte. Aber Ludwig wollte ohnehin nichts davon hören.

»Soll ich dir etwa auf der Tasche liegen, faul und untätig?«, fragte er.

»Jetzt im Winter bin ich doch auch faul und untätig. Und im Übrigen könntest du endlich wieder malen.«

»Es kommt nicht in Frage. Es ist ja auch nur für die nächsten Wochen.«

Dann aber entließ die Fabrik Ende Januar eine Menge Arbeiter, und Ludwig war einer von ihnen. Zu Marias Erleichterung fand er auch keine neue Stelle. Zwei Wochen lang rannte er jeden Morgen von Fabriktor zu Fabriktor, von Betrieb zu Betrieb, um sich nach Arbeit zu erkundigen. Dann fügte er sich endlich in sein Schicksal. Am nächsten Tag begann er wieder zu malen, und alles war gut.

»Du bist nicht gemacht für die Fließbandarbeit«, flüsterte ihm Maria ins Ohr, als sie nachts nebeneinander lagen und seine Hände nach Ölfarbe rochen statt nach Textillauge. Es war das erste Mal seit Weihnachten, dass sie wieder miteinander schliefen.

Anfang März, kurz bevor der Zirkus loszog, fragte er sie, ob sie ihn heiraten wollte. »Wurde ja auch langsam Zeit«, sagte Domenica spitz, als Maria beim Frühstück davon erzählte.

»Hättet ihr euch das nicht früher überlegen können? Hier in Freiburg hattet ihr doch alle Zeit der Welt. Aber wenn wir jetzt wieder losziehen, wird es schwierig«, meinte Eva.

Eva hatte recht. Bevor man sich verheiraten konnte, musste man beim Bürgermeisteramt das Aufgebot bestellen, das mindestens vier Wochen öffentlich angeschlagen sein musste. Und das war schwierig, weil keiner so recht wusste, wo der Zirkus in vier Wochen gastieren würde.

»Vermutlich Rottweil« sagte Lombardi, als Ludwig ihn fragte. »Aber es hängt natürlich davon ab, wie groß der Zulauf in den anderen Städten ist. Wenn es schlecht läuft, sind wir eher dort, und wenn es gut geht, kommen wir später.«

Ludwig nahm sich dennoch zwei Tage frei und reiste nach Rottweil, um das Aufgebot zu bestellen.

Abends übte Maria auf einem Bogen Papier ihre zukünftige Unterschrift. Sie füllte das ganze Blatt mit den zwei Worten. *Maria Wunder, Maria Wunder, Maria Wunder.* Dann starrte sie lange auf das Papier und fragte sich, wer das war – Maria Wunder.

Am nächsten Tag wartete sie im Wahrsagerzelt auf Besucher, aber stattdessen kam Mirko herein und nahm auf dem Stuhl auf der anderen Seite des Tisches Platz. »Soll ich dir die Zukunft weissagen?«, spottete sie, aber er blieb ganz ernst und streckte ihr seine Hand über den Tisch, die Handfläche nach oben.

»Unsinn, Mirko, du weißt doch, dass ich es mir nur ausdenke«, meinte sie etwas unbehaglich.

»Ich will aber wissen, was wird«, beharrte er.

»Was meinst du damit?«

»Wenn du dich verheiratest, wirst du dann mit ihm gehen?«

»Mit Ludwig?«, fragte Maria, als gäbe es noch zig andere, die ihr einen Antrag gemacht hätten.

»Er bleibt bestimmt nicht hier. Er redet doch immer davon, dass er nach Paris will oder Berlin.«

Maria kaute auf ihrer Unterlippe. Ludwig hatte so viel über seine Pläne und Ziele gesprochen, aber was sie in den nächsten Monaten vorhatten, darüber hatten sie nie geredet. Vielleicht wollte Ludwig den Zirkus wirklich sofort verlassen und erwartete, dass sie mit ihm käme.

»Wir haben doch gar kein Geld«, sagte sie laut. »Nein, wir bleiben hier.« Es ist auch sicherer so, dachte sie. Hier habe ich eine Unterkunft und ein Auskommen, wenn ... Da war er wieder, der schreckliche Gedanke. »In jedem Fall werde ich dir frühzeitig Bescheid geben, wenn wir gehen, damit du dich nach einer anderen Hellseherin umsehen kannst«, fügte sie noch hinzu.

Mirko betrachtete sie sehr aufmerksam.

»War sie noch einmal da?«, fragte er leise.

»Nein«, sagte Maria. »Vielleicht war es ja doch nur ein leerer Wahn, in jener Nacht.«

»Vielleicht«, sagte Mirko, aber seine Augen sagten etwas anderes.

Am 12. April kam Ludwig zurück aus Rottweil. Danach hatten sie noch drei Wochen, bevor alles zu Ende war.

Der Frühling hatte begonnen, und die Welt war grasgrün, himmelblau, leuchtend gelb wie die Himmelschlüssel und Trollblumen an den Flussufern und die Sonne über den Bergspitzen. An ihrem letzten gemeinsamen Sonntagmorgen packten Maria und Ludwig einen Korb mit Kuchen, hart gekochten Eiern, Schinken und Wein und wanderten vom Zirkusplatz ein Stück ins Tal. Auf einer Wiese am Fluss breiteten sie eine Decke aus.

Maria machte eine Kette aus Gänseblümchen und setzte sie Ludwig auf die dunklen Haare. Ludwig küsste sie. Sie streichelte seine Hände, die schmal und gleichzeitig sehr kräftig waren. Auf seinem rechten Handrücken waren drei winzige Leberflecken, die ihr noch nie zuvor aufgefallen waren. Sie tranken Wein, dann schlief Maria ein.

Als sie wieder aufwachte, war Ludwig weg. Auch die Sonne war jetzt nicht mehr zu sehen, stattdessen bedeckte ein Teppich aus grauen Wolken den Himmel. Sie setzte sich auf und schlang die Arme um ihre Schultern. Ihr war kalt. »Ludwig?«, rief sie und sah sich um. Neben ihr stand der Korb mit der leeren Flasche, vor ihr war der Bach, dahinter der Wald. Ludwig antwortete nicht. Vielleicht war er ein paar Schritte gegangen und würde gleich zurückkommen.

Sie stand auf und faltete die Decke zusammen. Es gefiel ihr nicht, dass er weggegangen war, während sie schlief, dass er sie so einsam und schutzlos zurückgelassen hatte.

»Ludwig!«, rief sie noch einmal. Wieder keine Antwort.

Sie würde nicht auf ihn warten, sondern zurück zum Zeltplatz gehen, beschloss sie. Als sie die Wiese fast überquert und den kleinen Pfad erreicht hatte, der durch den Wald zum Ort führte, sah sie die Gestalt unter den Bäumen. Es war nicht Ludwig, das erkannte sie sofort, und sie bekam Angst.

»Fürchte dich nicht«, hörte sie eine Frauenstimme – eine vertraute Frauenstimme.

»Madame Argent!«

»Ich bin es.« Die Wahrsagerin trat aus dem Schatten der Bäume. Sie war wieder dunkel gekleidet, das Haar schwarz und glanzlos, straff aus der Stirn gekämmt.

»Warum sind Sie gekommen? Ist es wegen Ludwig?«

»Wegen dir und Ludwig«, sagte Madame Argent. »Du willst ihn also heiraten? Also gut. Ihr seid ein schönes Paar, und ihr liebt einander, das habe ich wohl gesehen.«

»Aber? Deshalb sind Sie doch nicht erschienen, um mir das zu sagen!«

»Was meinst du, warum ich gekommen bin?«

»Er muss sterben, das ist es doch.«

»Er muss sterben, du musst sterben, ihr müsst alle sterben. Nur ich nicht, ich habe es hinter mir.«

»Aber Ludwig ... Sein Tod steht unmittelbar bevor. Das wollen Sie mir sagen.«

»Es ist etwas in dir, das ihm den Tod bringt.«

»Es ist etwas in mir ...? Was soll das heißen?« Marias Stimme zitterte. »Was soll ich tun?«

»Du weißt, was du tun sollst. Geh deinen Weg, Maria.« Madame Argent lächelte sanft und mitleidig und ein bisschen spöttisch, aber gleichzeitig sah Maria, wie ihre Konturen vor dem schwarzgrünen Hintergrund der Bäume verschwammen und sich ihre Gestalt langsam auflöste.

»Gehen Sie nicht!«, schrie sie so laut, dass die Worte durchs ganze Tal hallten. »Lassen Sie mich nicht so zurück!«

Aber Madame Argent war schon verschwunden.

Maria ließ die Decke und den Korb fallen und rannte los, kopflos, ziellos, immer weiter den Pfad entlang, in den Wald hinein, bis sie sich so sehr in der Wildnis verirrt hatte, dass sie niemals mehr zurückfinden würde.

Dann wachte sie auf.

Es war nicht einfach, sich von Ludwig zu trennen. Alle redeten auf Maria ein. Ob sie von Sinnen sei, ob sie den Verstand verloren habe, ob Ludwig sie betrogen habe.

Sie antwortete in jedem Fall kurz und knapp, dass sie es sich anders überlegt habe. Auch Ludwig gegenüber sagte sie das, aber natürlich glaubte er ihr nicht. »Du hast etwas geträumt und deshalb willst du mich nicht mehr haben«, sagte er.

»Es geht nicht, Ludwig«, sagte sie. »Du machst alles nur noch schlimmer, wenn du versuchst, mich von etwas anderem zu überzeugen.«

»Maria«, sagte er und versuchte sie dabei festzuhalten, aber sie wich ihm aus. »Es war doch nur ein Traum, ein Hirngespinst, nichts Reales.«

Sie presste die Lippen zusammen und schüttelte den Kopf. Er flehte und bettelte, weinte und drohte, sie zeigte keine Regung mehr. Sie wusste, dass das die einzige Möglichkeit war, die Sache zu beenden.

Alles andere würde er nicht verstehen. Keiner verstand das. Dass der Traum, den sie geträumt hatte, durchaus real gewesen war, realer als manch anderes, das man mit den Händen anfassen und hin- und herdrehen und von allen Seiten betrachten konnte. Dass da etwas in ihrem Inneren war, das ihn vernichten würde. Dabei hatte er es doch eigentlich schon erkannt, in dem Bild, das er von ihr gemalt hatte – ihr schroffes, hartes Inneres.

Eine Woche vor dem angesetzten Hochzeitstermin verließ Ludwig Wunder den Zirkus. An einem Morgen packte er seine Sachen und ging, ohne sich von irgendjemanden zu verabschieden – auch nicht von Maria.

Mirko kam am Abend in Marias Zelt. Maria wollte ihn nicht sehen, sie wollte überhaupt keinen sehen außer Ludwig Wunder, der aber war nun weg. So hatte sie es ja gewollt. Die anderen Zirkusleute wollten Maria auch nicht sehen. Sie machten einen Bogen um ihr Zelt und rückten von ihr ab, wenn sie zu den Mahlzeiten ans Feuer kam oder um Kaffee zu holen. Ludwig Wunder war beliebt gewesen, obwohl er von außen dazugekommen war. Wie Maria, die man schließlich auch mit offenen Armen empfangen hatte. Jetzt aber hatte sie die Verlobung gelöst, kurz vor der Hochzeit, ohne einen Grund, ohne eine Erklärung, und das gefiel den Leuten nicht.

Mirko nahm auf dem kleinen Schemel Platz, und Maria setzte sich aufs Bett, da es keinen zweiten Stuhl gab. Sie schwiegen sehr lange, weil Mirko niemals ein Gespräch begann, wenn es sich irgendwie vermeiden ließ, und weil Maria es ihm so schwer wie möglich machen wollte. Vielleicht geht er wieder, dachte sie, während sie ihn durch den grauen Schleier ihrer Wimpern hindurch beobachtete, ohne den Kopf dabei zu heben. Er war so klein, dass seine Füße eine Handbreit über dem Boden baumelten, obwohl der Schemel wirklich niedrig war. Sein Körper war der eines achtjährigen Kindes, aber sein Kopf war erwachsen, er wirkte im Vergleich zu dem schmächtigen Rest sogar noch riesiger. In den letzten Wochen hatte er sich einen Bart stehen lassen, das dunkelbraune Haar gab seinem Gesicht etwas Würdevolles und ließ die Gestalt insgesamt noch seltsamer, noch lächerlicher erscheinen.

»Was hat sie dir gesagt?«, fragte er schließlich.

Sie zögerte einen Moment lang, aber dann merkte sie, wie froh und erleichtert es sie machte, dass er Bescheid wusste und dass sie ihm nichts vormachen musste. »Sie hat gesagt, dass etwas in mir ist, das ihm den Tod bringt«, flüsterte sie und spürte, wie ihr dabei ein Schauder über den Rücken lief.

»Das hat sie gesagt?« Mirko schien ehrlich überrascht, er schüttelte den Kopf und dachte eine ganze Weile lang darüber nach. »Vielleicht hast du sie falsch verstanden.«

»Nein, das hat sie gesagt und nichts anderes.«

»Deshalb hast du deinem Kerl also den Laufpass gegeben?« Deinem Kerl, sagte er, als ob Ludwig irgendein dahergelaufener Bursche gewesen wäre. »Oder hat sie dir das auch befohlen?«

Sie fragte sich plötzlich, was Mirko von Ludwig hielt. Ob er ihn gemocht hatte. Und ob er sie, Maria, überhaupt mochte oder ob er sie nur akzeptierte, weil sie zusammen gutes Geld verdienten. »Nein«, sagte Maria. »Aber wie könnte ich ihn heiraten, wenn ich ihm doch den Tod bringe?«

Der große Kopf starrte auf die kleinen spitzen Knie. Sie hatte das Gefühl, dass Mirko ihr etwas sagen wollte und nach den richtigen Worten suchte.

Plötzlich kam ihr ein Gedanke. »Ist sie dir etwa auch erschienen?«

Er hob den Kopf und sah sie an. Seine braunen Augen schienen plötzlich stumpf und erschrocken, aber vielleicht täuschte sie sich auch, vielleicht war es nur die Dunkelheit, die von draußen in das Zelt drang und sich wie ein Schleier zwischen sie und alles andere legte.

»Keineswegs«, sagte er dann.

Sie wusste, dass er log. Sie war sich ganz sicher, dass Madame Argent auch bei ihm gewesen war.

Sie hätte alles dafür gegeben, um zu erfahren, was Madame Argent Mirko über sie gesagt hatte, aber sie wusste, dass es sinnlos war. Je mehr sie in ihn dringen würde, desto weiter würde er sich in sich selbst zurückziehen. Sie würde nichts aus ihm herausbekommen.

Es ist auch ganz gleichgültig, dachte sie dann. Meine Entscheidung ist getroffen, und meine Entscheidung war richtig.

Mirko ging, und Maria blieb allein zurück. Sie faltete ihre Hände und versuchte sich das lebendige Gesicht der Muttergottes wieder ins Gedächtnis zu rufen. Komm und sprich zu mir! betete sie, aber sie bekam keine Antwort.

Um sie herum schloss sich die Dunkelheit wie eine riesige Hand. Sie trennte Maria von allem anderen, von Mirko und den Zirkusleuten, von Ludwig, der irgendwo dort draußen war, von der Jungfrau Maria und von Gott.

Alles ging weiter. Maria war oft schlecht, und sie weinte viel in diesen Wochen. Sie versuchte, so wenig wie möglich an Ludwig zu denken. Nach zwei Monaten stellte sie mit Erschrecken fest, dass sie sich nicht mehr richtig an sein Gesicht erinnern konnte. Nach vier Monaten merkte sie, dass der Gedanke an ihn ihr keine Schmerzen mehr bereitete. Von nun an blieb er an ihrer Seite, wo immer sie war, was immer sie tat. Bevor sie eine Entscheidung traf, fragte sie ihn um Rat.

Mitte September brachte ihr Mirko einen kleinen Kuchen mit zwei Kerzen ins Zelt. Er stellte ihn auf den Tisch und war verschwunden, bevor sie fragen konnte, was das zu bedeuten hatte. Dann verstand sie. Heute vor zwei Jahren hatte Madame Argent ihr die Zukunft vorausgesagt, seit diesem Tag war sie beim Zirkus Lombardi. In diesen zwei Jahren hatte sie Madame

Argent kennengelernt und Ludwig Wunder, und danach hatte sie beide wieder verloren.

Sie war jetzt ein Teil des Zirkus, auch wenn viele der Zirkusleute ihr die Trennung von Ludwig immer noch übel nahmen. Die missbilligenden Blicke wurden jedoch seltener, und irgendwann saß sie wieder mit den anderen am Feuer und trank ihren Kaffee und redete über dies und das.

»Und wie geht es damit?«, fragte Silvia und wies dabei mit dem Pfeifenstiel auf Marias immer runder werdenden Bauch. Auch das war neu, dass sie die Frauen jetzt darauf ansprachen, als wäre es die normalste Sache der Welt.

»Gut«, sagte Maria. »Ich kann es jetzt schon spüren, wie es sich bewegt.«

Silvia nickte und zog an ihrer Pfeife, so dass sie leuchtend rot aufglühte, und dann nickte sie noch einmal.

Fünftes Kapitel

I.

Vor dem Fenster seines kleinen Zimmers hingen lange Eiszapfen wie die stahlgrauen Stäbe eines Gitters. Er legte neues Holz in den Ofen, darunter brachen die Überreste der glühenden Scheite krachend in sich zusammen. Orangenfarbene Funken stoben durch die offene Ofenklappe ins Zimmer, sie flatterten schwerelos durch die Luft und verglühten schließlich zu schwarzen Aschepunkten. Frische Sprenkel auf dem schmutzigen Holzboden. Man müsste das malen, dachte Ludwig. Diese leuchtende, explodierende Kraft. Aber anstatt seine Aquarellfarben herauszuholen, blies er in seine Hände. Es war zu kalt.

Es war seit Wochen so kalt. Das Geld, das er im August 1913 für die zwei Bilder bekommen hatte, die Walden für ihn verkauft hatte, war verbrannt. In Form von Feuerholz war es in Flammen aufgegangen. Feuerholz wurde immer teurer, je härter der Winter wurde, je länger er andauerte.

Der Ofen zog nicht richtig. Durch die Ränder der gusseisernen Klappe drang grauschwarzer Rauch ins Zimmer und nebelte Ludwig ein. Wenn die Zimmerwirtin nur endlich einmal den Schornsteinfeger kommen ließe, unzählige Male hatte er sie schon daran erinnert. Aber sie investierte das Geld lieber in neue Teppiche und schwere Vorhänge für ihre Wohnung in der Beletage als in die Kammern, die sie unter dem Dach an arme Handwerker und Hungerleider wie Ludwig vermietete.

Der Qualm zog inzwischen in seine Nase, seinen Mund, seine Augen. Er hatte das unsinnige Gefühl, dass er ihn sogar hören konnte, ein leises höhnisches Summen, aber das war natürlich bloße Einbildung. Er hustete eine Weile, es klang, als ob einer mit einer Schaufel über einen Steinboden kratzte.

Man müsste das malen, dachte er wieder, wie ich hier sitze, dünn und verfroren mit meinem roten Schal, in einer Wolke aus grauer Luft. Aber dann beschloss er, die Flucht zu ergreifen.

Um diese Zeit war das Café halb leer. Die meisten kamen gegen acht oder neun, und viele blieben dann, bis um zwei Uhr morgens geschlossen wurde. Jetzt aber war es erst kurz nach sieben. Krampeck hockte an der Bar, ein leeres Bierglas vor sich, neben ihm die Vielsen, an einem der Tische am Fenster saß Kerpenken und starrte trübsinnig durch die blinden Scheiben. Ludwig suchte sich einen Tisch an der anderen Wand. Er wollte keine Gesellschaft, er wollte Wärme und Luft, in der man einigermaßen atmen konnte, und seine Ruhe.

Die Luft war jedoch fast genauso verraucht wie bei ihm zu Hause, auch wenn es hier an den Zigaretten lag, die die spärlichen Gäste rauchten. Sei's drum, dachte Ludwig und zündete sich ebenfalls eine an. Als er sein Feuerzeug anschlug, drehte sich die Vielsen so weit zu ihm herum, dass sie fast vom Barhocker fiel. Er ignorierte sie einfach. Wenn er sich nur ein Buch mitgebracht hätte oder irgendetwas anderes zum Lesen, dann säße er jetzt nicht so dumm herum, als ob er darauf wartete, dass sich einer zu ihm setzte.

»Was darf's denn sein?«, fragte Hulda von der Theke herüber. Sie lehnte über den Tresen, so dass man ihr durch den großzügigen Ausschnitt fast bis zum Bauch schauen konnte. Als sie seinen Blick bemerkte, richtete sie sich ein Stück auf.

»Bulette und Bier«, bestellte Ludwig knapp, während er drei Rauchringe zur Decke blies, einer kleiner als der andere. Das waren sechzig Pfennige, viel Geld, dafür, dass er keines hatte. Aber was weg war, war weg, und wenn er kein Geld für Holz mehr hatte, brauchte er sich immerhin auch keine Gedanken mehr darüber zu machen, dass der Ofen nicht richtig zog.

Er stippte die Bulette in Senf und trank sein Bier in kleinen Schlucken. Die Bulette schmeckte nach Sägemehl. Kurz vor acht kam Liebermann, er nahm an seinem Stammtisch am Fenster Platz, und weil Ludwigs Tisch genau gegenüber lag, begegneten sich ihre Blicke. Liebermann nickte ihm zu, dann wandte er rasch die Augen ab, als habe er etwas Unziemliches getan. Er klappte seine große schwarze Tasche auf und starrte hinein, so als suchte er etwas, aber Ludwig war sich fast sicher, dass es nur Verlegenheit war. Kurz darauf kamen die anderen, Paul Cassirer und zwei weitere, die Ludwig nicht kannte. Man trank Bier und redete leise, nur manchmal lachten alle laut, wenn Liebermann oder Cassirer einen Witz gemacht hatten.

Das war der Künstlertisch. Daneben war der Komponistentisch, dem Paul Lincke vorsaß, wie Liebermann und Slevogt dem Künstlertisch. Victor Hollaender ließ sich hier oft sehen, Walter Kollo, der Hauskomponist des Berliner Theaters, und manchmal kam sogar Richard Strauss. Lincke kam aber immer erst gegen neun, wenn er nicht gerade dirigierte, dann erschien er gar nicht. Die Verleger hatten ihren eigenen Stammtisch und die Literaten ebenfalls, dort saß Else Lasker-Schüler wie eine Königin, die ihre Untertanen empfing, je nach Tagesform gnädig oder ungnädig. Viele der Schreiber und Dichter ertrugen sie nicht, weil sie so überspannt war, sie setzten sich also lieber zu den Komponisten oder zu den Malern oder an einen der anderen Tische.

Es gab noch zwei, drei weitere Stammtische, die sich aber nicht auf ein bestimmtes Genre oder eine Kunstform beschränkten, stattdessen saßen hier die Schreiber, Maler, Schauspieler und Musiker, die Galeristen und Verleger bunt gemischt durcheinander. Diese Tische am Fenster stellten das so genannte Schwimmer-Bassin dar, die anderen Tische an der Wand und auf der Empore wurden Nichtschwimmer-Bassin genannt. Hier saßen die Namenlosen, die Erfolglosen, die Neidischen, die Bewunderer und die Neugierigen, die nur deshalb ins Romanische Café kamen, um einen Blick auf die exzentrische Künstlerwelt zu werfen. Genauso wie hier war es auch früher im Café des Westens gewesen, nur dass dort die Tische und Stühle sehr viel enger zusammengestanden hatten. Noch vor einem halben Jahr hatten sich dieselben Leute, die jetzt ins Romanische Café kamen, dort getroffen, ein paar Meter weiter oben am Kurfürstendamm, gegenüber der neuen Kaiser-Wilhelm-Gedächtniskirche. Doch dann hatte Pauly, der Wirt und

Betreiber, ein weiteres Café geöffnet, ebenfalls am Kurfürstendamm, und aus irgendeinem unerfindlichen Grund hatte er das neue Etablissement ebenfalls *Café des Westens* genannt, ohne jedoch das erste Café zu schließen. Das war das Ende gewesen. Die Boheme, die dem Platz den Flair verliehen hatte, die seinen Ruf begründet hatte, wandte sich ab und kehrte stattdessen im Romanischen Café am Auguste-Victoria-Platz ein.

Ludwig hatte schon im Café des Westens zu den Schwimmern gehört, aber er zog es dennoch oft vor, bei den Nichtschwimmern Platz zu nehmen. Wenn er wie heute seine Ruhe haben wollte, setzte er sich an einen der namenlosen Tische und hoffte darauf, dass sich kein sensationslüsternes Ehepaar, keine kichernden Horden von Schreibdamen oder Ladenmädchen neben ihm niederlassen würden.

Manchmal saß er auch mit anderen Malern oder mit den Musikern zusammen. Am offiziellen Malertisch saß er allerdings nie. Er mochte Max Liebermann nicht, dessen herablassende, abfällige Art allen anderen gegenüber – ganz egal ob Maler, Musiker oder Dichter, ob bekannt oder unbedeutend. Kaum zu glauben, dass derselbe Liebermann, der heute über alles und jeden bestimmen wollte, noch vor weniger als zwanzig Jahren gegen den autoritären Akademiebetrieb revoltiert hatte. Gemeinsam mit Walter Leistikow hatte er damals die Berliner Secession gegründet. Im Laufe der Jahre war die Künstlervereinigung immer größer und namhafter geworden, und inzwischen war sie genauso elitär und erstarrt wie die Vereinigungen, von denen sie sich eigentlich hatte absetzen wollen. Am schlimmsten waren die Grabenkämpfe, die sich der Vorsitzende Liebermann in den letzten Jahren mit dem Maler Emil Nolde geliefert hatte. Noldes Beschimpfungen hatten irgendwann jedes Maß verloren, so dass er schließlich von der Secession ausgeschlossen wurde. Recht so, dachte Ludwig, der den alten Nolde mit seinem religiösen Wahn und seinem Judenhass nicht mochte. Sein Streit mit Liebermann machte den Norddeutschen allerdings fast schon wieder sympathisch. Aber nur fast, dachte Ludwig, und trank den letzten Schluck Bier. Er schmeckte schal.

»Was machst du denn hier, so trübsinnig und allein, noch dazu vor einem leeren Glas?« Max Pechstein ließ sich neben Ludwig auf einen Stuhl fallen. Er strich sich mit der Hand über das kurze schwarze Haar, dann tastete er nach der Pfeife in der Brusttasche seines Hemds.

»Ach, es geht mir gut, fast so gut wie denen dort drüben.« Er deutete zum Künstlertisch, an dem gerade eine neue Lachsalve aufgebrandet und wieder verebbt war.

Pechstein zog eine Augenbraue weit in die hohe Stirn. »Sind sie nicht einfach unerträglich«, sagte er halblaut. »Wie sie dem Alten hofieren und ihm um den Bart gehen.«

Ludwig lachte, während er gleichzeitig Hulda zuwinkte, dass sie noch zwei Bier brachte. »Dennoch erzählt man sich, dass du wieder mit der Secession ausstellen willst?«

»Erzählt man sich das?« Pechstein zog nachdenklich an seiner Pfeife, obwohl er sie noch gar nicht angezündet hatte.

»Ist es so, oder ist es nicht so?«

»Es mag schon stimmen.« Pechstein legte die Pfeife zerstreut neben sich auf den Tisch, während Hulda die beiden Kindl-Flaschen hinstellte. »Die Zeit der Künstlervereinigungen ist doch im Grunde genommen vorbei. Die Brücke hat sich aufgelöst, nach Kirchners hirnrissiger Vorstellung, dass man nur gemeinsam ausstellen dürfte. Und die Neue Secession ist ebenfalls praktisch am Ende, seit die Brücke-Künstler nicht mehr dabei sind.«

»Und als Konsequenz aus dem Ganzen begibst du dich vom Regen in die Traufe und trittst der Secession wieder bei?«

»Wer spricht denn von Beitritt?« Wieder ein nervöser Griff zur Pfeife. Diesmal stopfte Pechstein sie und zündete sie auch an. »Eine gemeinsame Ausstellung, wenn überhaupt. Mehr ist nicht vorgesehen.«

»Wenn sie dich überhaupt zulassen und nicht wie beim letzten Mal zurückweisen.«

Pechstein lachte, als habe Ludwig einen Witz gemacht. Vor drei Jahren waren seine Bilder bei der Frühjahrsausstellung der Berliner Secession abgelehnt worden, weil sie der Vereinigung zu wild, zu grobschlächtig, zu grell erschienen waren. Im Zuge dessen hatte Pechstein zusammen mit mehreren anderen abgewiesenen Künstlern die Neue Secession gegründet, der die expressionistische Künstlervereinigung *Die Brücke* noch im selben Jahr geschlossen beigetreten war. Aber schon ein Jahr später hatte man sich wieder getrennt.

Die Zeit der Künstlervereinigungen ist doch vorbei, hatte Pechstein gesagt. Für ihn selbst hatte sie gar nicht erst angefangen, dachte Ludwig. Er hätte sowohl in der Brücke als auch in der Neuen Secession mitmachen können, aber nach den ersten Treffen hatte er jedes Mal einen Rückzieher gemacht. Die Vereinigungen mit ihren Reglements und Vereinsstatuten waren ihm einfach zu eng, lieber suchte er sich selbst einen Galeristen und beteiligte sich hin und wieder an kleineren Ausstellungen. Es ging nicht gut, aber es ging.

Das Romanische Café hatte sich in der letzten halben Stunde bis zum Bersten gefüllt. Während sie über Liebermann und die Secession gesprochen hatten, war die Vielsen mit ihrem Likörglas in der Hand zum Künstlertisch gegangen, aber da war kein Platz für sie, man beachtete sie auch gar nicht, also setzte sie sich an einen Tisch im Nichtschwimmerbereich und blickte sehnsuchtsvoll zu Ludwig und Pechstein.

Hoffentlich lässt sie uns in Ruhe, dachte Ludwig.

Dann erschien Herwarth Walden, Ludwigs Galerist, winkte ihnen zu und setzte sich zwischen Paul Cassirer und Liebermann. Wenn er hier war, dann war es so gut wie sicher, dass die Lasker-Schüler nicht mehr auftauchen würde. Nach ihrer Scheidung von Walden mied sie jedes Zusammentreffen mit ihm. Ludwig fragte sich, ob sie und Walden sich absprachen, denn aus irgendeinem Grunde erschien entweder sie oder er im Café, aber niemals beide zusammen.

Pechstein hatte inzwischen seine Bierflasche geleert und klopfte nun seine Pfeife im Aschenbecher auf dem Tisch aus. »Ich finde es heute geradezu unerträglich hier«, sagte er, ohne die Augen von der Asche zu wenden. »Ich weiß nicht, wie es dir geht, aber ich für meinen Teil mache mich lieber auf den Weg.«

Ludwig dachte an sein kaltes, dunkles Zimmer, der Ofen war inzwischen längst ausgegangen. »Wo willst du denn jetzt noch hin?«

»In den Neuen Club.«

»Gibt es dort etwas Besonderes?« Bis zu den Versammlungsräumen des Neuen Clubs in der Köthener Straße war es weit. Vom Kurfürstendamm nach Kreuzberg war man gut eine Dreiviertelstunde unterwegs, wenn man zügig ging, und draußen war es kalt.

»Wir teilen uns eine Droschke«, sagte Pechstein, der offensichtlich das Gleiche dachte.

»Ich habe kein Geld mehr übrig für eine Droschke«, meinte Ludwig achselzuckend.

»Dann spendiere ich dir die Fahrt. Und ein Bier bei Rosa, wenn du nur mitkommst. Im Übrigen hab ich vielleicht einen lukrativen Auftrag für dich, wenn du Geld brauchst.«

»Worum geht es denn?«, erkundigte sich Ludwig, während er die Groschen für das Bier und die Bulette auf den Tisch legte.

»Castenow«, sagte Pechstein und stand ebenfalls auf.

»Kenne ich nicht.«

»Ein Fabrikant für Seidenstrümpfe. Lässt sich gerade ein neues Haus bauen, ach, was sag ich, einen Palast. In Charlottenburg, hinter dem Schloss, piekfeine Gegend.«

»Und was soll ich dabei? Steine klopfen?«

»Fresken«, sagte Pechstein. »Im Treppenhaus wünscht er sich Fresken im griechischen Stil. Wie in Pompeij, hat er zu mir gesagt.«

»Pompeij in Griechenland? Wie geht denn das zusammen?«

»So sind sie eben, die Herren Unternehmer«, seufzte Pechstein. »Aber er ist stinkreich, und ich selbst kann den Auftrag leider nicht annehmen, hab was anderes vor. Also, willst du nun oder nicht?«

»Sicher will ich. Das ist doch keine Frage.«

Während sie sich einen Weg zwischen den dicht besetzten Tischen hindurchbahnten, sah Ludwig aus dem Augenwinkel, wie die Vielsen ihren Stuhl zurückschob und aufstand. »Achtung, die Vielsen«, zischte er Pechstein zu. »Wenn wir nicht zügig machen, erwischt sie uns.«

»Du gütiger Himmel! Nichts wie weg.« Pechstein zog hastig Hut und Mantel von der Garderobe. »Mierken hat sie endgültig abblitzen lassen, und wie es scheint, hat sie heute Abend auch sonst keinen Erfolg gehabt.«

»Und nun will sie ihr Glück bei uns versuchen.« Ludwig war schon bei der Tür. Ohne sich umzusehen, ob Pechstein ihm auch folgte, bahnte er sich durch eine gackernde Herde hereindrängender Tippfräulein und Telefonistinnen einen Weg nach draußen.

»Danke vielmals«, keuchte Pechstein, als er ihn kurz darauf wieder einholte. »Sehr nobel von dir, den Freund im Angesicht des Feindes wehrlos zurückzulassen, um die eigene Haut zu retten. Es hätte mich fast erwischt, dieses männermordende Ungeheuer.«

»Hab dich nicht so, dir kann sie doch nichts anhaben. Bist doch verheiratet. Bei mir sieht es ganz anders aus.«

»Wo denkst du denn hin.« Pechstein wischte sich mit einem Taschentuch über Stirn und Nacken. Dabei wehte hier draußen ein so eisiger Wind, dass sich der Schweiß ohnehin schon verflüchtigt hatte. »Die Vielsen schert sich doch nicht um Eheringe. Wenn die einen Mann ohne Begleitung sieht, ist es um sie geschehen.« Er pfiff auf zwei Fingern nach einer Droschke, deren Fahrer ihn aber entweder nicht hörte oder schon einen Gast hatte, in jedem Fall ließ er den Gaul an ihnen vorbeitraben.

»He, hallo!« Pechstein riss den Hut vom Kopf und winkte damit einer Droschke auf der anderen Seite der Straße, aber auch diese fuhr weiter. »Meine Herren, ist das kalt!«, schimpfte er und setzte den Hut wieder auf.

»Hör auf zu wüten! Wir gehen zum Droschkenplatz, da findet sich immer ein Fahrzeug.«

»Was hast du denn so Wichtiges vor, dass du die Fresken für den Seidenstrumpffabrikanten nicht selbst malen willst?«, fragte Ludwig, als die stuckverzierten Fassaden des Kurfürstendamms kurze Zeit später vor dem Droschkenfenster vorbeiglitten wie die gemalten Kulissen einer Theaterbühne. Die Straßenlaternen tauchten alles in ein kaltes, künstliches Licht.

»Palau«, gab Pechstein nur kurz zurück.

»Immer noch? Du willst also tatsächlich Ernst machen? Und deine Frau? Ist sie immer noch so begeistert von der Idee wie zu Anfang?«

»Ach … sie wird schon noch zur Einsicht kommen, wenn sie erst einmal ganz begriffen hat, was für eine einmalige Erfahrung die Reise für uns darstellen wird. Ich sehe ja ein, dass es nicht ganz einfach ist für sie. Immerhin lässt sie ihre Familie zurück, Freunde und alles Vertraute …«

»Und euer neugeborenes Kind«, unterbrach ihn Ludwig spöttisch. Seit Wochen schon sprach Pechstein von nichts anderem, als dass er der Berliner Großstadthektik den Rücken kehren wollte, um für einige Zeit – Monate oder Jahre, so genau schien er es selbst nicht zu wissen – nach Mikronesien zu gehen. Palau hieß die Inselgruppe, von der Ludwig noch nie zuvor gehört hatte, eine deutsche Kolonie, wie Pechstein ihm versichert hatte. »Urtümlich«, hatte er Ludwig erklärt. »Wild und unberührt. Die Menschen unzivilisiert und vulgär und rassisch echt.«

»Woher willst du das denn wissen, wenn du noch nicht da gewesen bist?«, hatte Ludwig gefragt.

»Das ist es ja gerade. Ich bin noch nicht da gewesen, keiner ist bislang da gewesen, also jedenfalls kein kultivierter Europäer.«

»Nun, der eine oder andere Deutsche muss wohl dort gewesen sein, sonst wäre es doch keine deutsche Kolonie.«

»Ach, die Kolonialherren scheren sich doch einen Dreck um die Eingeborenen. Aber ich, ich werde sie kennenlernen, sie und ihre Kunst und ihre ganze wilde Art.«

Pechstein wollte die Eingeborenen kennenlernen. Und Charlotte, seine Frau, musste mit, obwohl sie Pechstein erst vor ein paar Monaten einen kleinen Sohn geboren hatte.

»Aber wir brechen ja nicht gleich morgen auf. Im Sommer, frühestens im Mai, ist es so weit«, erklärte Pechstein jetzt. »Bis dahin ist er fast ein Jahr und kann gut bei den Großeltern bleiben.«

Ludwig zuckte mit den Schultern. Er selbst hatte keine Kinder und fand allein die Vorstellung, eine Familie zu haben, durch und durch beklemmend. Eine Frau, die man liebte, das war eine Sache. Schreiende, lärmende, rotznäsige Kinder hingegen, die einem am Rockzipfel hingen und alles einengten … Die Droschke bog so schwungvoll um die Ecke, dass Pechstein gegen Ludwig gedrängt wurde und Ludwig gegen die Wand. Vielleicht will er allein deshalb nach Mikronesien, dachte Ludwig, während sie sich wieder von einander befreiten, um dem schreienden Balg zu entkommen.

»Aber wenn ihr nicht vor Mai aufbrechen wollt, dann bleibt dir doch noch genügend Zeit, den Auftrag selbst auszuführen«, meinte er dann.

»Das Haus wird doch gerade erst gebaut. Die eigentliche Arbeit beginnt nicht vor April oder Mai«, meinte Pechstein. »Es sollen aber jetzt schon Entwürfe angefertigt werden, die dann im Sommer auszuführen sind.«

Er kritzelte Castenows Adresse und Telefonverbindung auf einen Briefumschlag und reichte ihn Ludwig. »Geh in den nächsten Tagen hin, oder ruf ihn an«, meinte er. »Lass ihn nicht allzu lange warten, dass kann er nicht ausstehen.«

»Ich kann ja gleich jetzt noch vorbeigehen«, meinte Ludwig und gähnte unwillkürlich beim Gedanken an den reichen Fabrikanten im Schlafrock am knisternden Kamin.

»Wenn du den Auftrag nicht willst, ist das eine wunderbare Idee«, sagte Pechstein.

Am Ende der Straße tauchte der Anhalter Bahnhof auf, die drei halbrunden Eingangstore, darüber die stolz geschwungene breite Kuppel der Bahnhofshalle. Die Fassade war elektrisch beleuchtet und wirkte dadurch seltsam unwirklich wie das Gebäude einer Spielzeugeisenbahn.

»Wo fährt dieser Kretin uns denn hin?«, fragte Pechstein. Er beugte sich nach vorn und klopfte gegen das schmale Fenster, hinter dem sie den breiten Rücken des Kutschers sahen. »Köthener Straße war das Fahrziel. Sie fahren ja einen mordsmäßigen Umweg.«

Der Kutscher drehte sich nicht einmal nach ihm um, er hob nur seine Peitsche zum Zeichen dafür, dass er ihn gehört hatte.

»Degenerierte Untermenschen«, seufzte Pechstein. »Ich kann es gar nicht abwarten, bis ich auf meiner Insel im Pazifischen Ozean bin.«

»Warte nur erst einmal ab, ob es dort so viel besser ist als hier«, meinte Ludwig.

»Was wird denn heute überhaupt gegeben?«, fragte Ludwig, als sie endlich auf der Köthener Straße ausstiegen.

»Im Club? Das weiß man vorher nie. Lassen wir uns überraschen.«

»Im Grünen Salon tagt das Neopathetische Kabarett«, verkündete Mitzi, die vorn im Café hinter der Theke stand. »Großer Andrang. Wenn ihr hier vorn bei mir bleibt, bekommt ihr euer Bier viel schneller.« Sie zwinkerte Ludwig zu, der nervös zurücklächelte. Mitzi hatte zwei verschiedene Augen, eines war blau, das andere grün. Ludwig hatte das Gefühl, dass bei ihr je nach Stimmung eine Augenfarbe dominierte; wenn sie neckisch und frech aufgelegt war, überwog das Grüne, war sie schüchtern und scheu, trat das Blaue stärker in den Vordergrund. Als er sie vor zwei Monaten einmal nachts mit nach Hause genommen hatte, war sie eindeutig in grüner Stimmung gewesen, aber am nächsten Morgen war sie in eine sehr, sehr blaue Gemütsverfassung geraten. Heute schien sie wieder grünlich aufgelegt zu sein. In dem schlechten Kneipenlicht war es allerdings nicht recht zu erkennen. Ludwig hatte ohnehin nicht vor, sich darauf einzulassen, dazu waren ihm die blauen Weinkrämpfe noch zu gut in Erinnerung.

»Wo ist denn Rosa heute?«, fragte Pechstein, während seine Augen durch den ganzen Raum wanderten. Ludwig hatte ihn schon länger im Verdacht, dass er mit Rosa, der anderen Bedienung im Club, etwas angefangen hatte.

»Sie ist hinten.« Mitzis Arm, der in einem langen schwarzen Handschuh ohne Finger steckte, wies auf die Tür neben der Bar. »Na, dann geht eben, wenn ich euch nicht gut genug bin. Aber wenn ihr etwas trinken wollt, müsst ihr es hier bei mir kaufen.«

Denn Rosa bediente heute nicht, stattdessen saß sie auf einem hohen Hocker mitten auf der Bühne, den weiten Rock hochgerafft, so dass man die weißen Rüschen des Unterrocks sah und die langen Beine in den schwarzen Strümpfen. Sie sang mit einer sehr lauten und furchtbar falschen Stimme, während sie zwei Herren am Klavier und auf dem Kontrabass begleiteten. »Die Männer sind alle Verbrecher, ihr Herz ist ein finsteres Loch«, schmetterte sie. »Hat tausend verschied'ne Gemächer, aber lieb, aber lieb sind sie doch.«

»Was haben die denn für Ideen?«, murmelte Pechstein halblaut zu Ludwig. »Setzen die Rosa auf die Bühne, als wäre sie die Waldoff. Nee, das ist nicht neopathetisch, das ist einfach nur entsetzlich. Sie hat ja ihre Qualitäten, die gute Rosa, aber Singen gehört nun mal nicht dazu.«

Die übrigen Besucher im Hinterzimmer schienen anderer Meinung zu sein, sie johlten und klatschten und pfiffen wie von Sinnen, als Rosa ihr kleines Lied beendet hatte, von ihrem hohen Hocker gerutscht war und sich jetzt abwechselnd verbeugte und knickste wie ein kleines Mädchen. »Zugabe!«, grölte ein junger Bursche, der bestimmt nicht nur schwarzen Kaffee getrunken hatte.

Rosa war jedoch schon von der Bühne gehüpft und stand nun neben Pechstein. Ihr rundes Gesicht glühte vor Aufregung und Freude. »Und? Wie war ich? Det hättste mich nich zujetraut, det icke so was bringe, wa?«

Pechstein verzog das Gesicht. Er mochte es nicht, wenn Rosa berlinerte. »In der Tat, das hätte ich dir wirklich nicht zugetraut«, gab er sarkastisch zurück.

Rosas Gesicht hörte plötzlich auf zu leuchten, als hätte jemand eine Glühbirne in ihrem Kopf ausgeknipst. Sie warf Ludwig, den sie kaum kannte, einen unsicheren Blick zu. Er lächelte ihr begütigend zu, wie einem kleinen Kind, das ein Gedicht auswendig gelernt und vorgetragen hatte.

»Gottfried meint jedenfalls, dass ich Talent habe«, sagte Rosa jetzt auf Hochdeutsch. »Er will mir …. er will mich groß rausbringen.«

»Der Gottfried also«, wiederholte Pechstein mit einem spöttischen Blick auf den glatzköpfigen Wirt des Clubhauses, der soeben auf die Bühne trat. »Wie will der dich denn rausbringen?«

»Er hat Kontakte zum Wintergarten«, meinte Rosa. »Un wennde det nich jlooben willst, denn lässtes eben bleiben.« Sie warf den hübschen Kopf in den Nacken und drehte sich schwungvoll weg.

»Nee, nich doch, Kleine, wer wird denn gleich einschnappen«, sagte Pechstein schnell. Er legte seinen Arm um Rosas Schulter, zog sie an sich heran und kniff ihr in die volle Wange. »Dass du eine ganz große Nummer bist, das hab ich doch schon lange festgestellt«, flüsterte er ihr dabei zu.

Ludwig konnte nicht hören, was Rosa darauf antwortete. Er wollte es auch nicht hören. Er ging wieder nach vorn an die Bar und bestellte einen Absinth.

»Wie war die Rosa?«, erkundigte sich Mitzi, als sie ihm das hohe Glas mit der smaragdgrünen Flüssigkeit reichte. »War es sehr grässlich?«

»Schwer erträglich.« Ludwig setzte das Glas an die Lippen, kippte den gesamten Inhalt in seinen Mund und schluckte. Es war ein Gefühl, als ob sich in seinem Magen ein Regenschirm öffnete und wieder schloss.

»Sehr zum Wohlsein«, sagte Mitzi und verzog das Gesicht.

»Danke.« Ludwig wischte sich mit dem Handrücken den Schweiß von der Stirn. Im Hinterzimmer legten das verstimmte Klavier und der Kontrabass wieder los. »Du meine Güte, es geht weiter.«

»Aber nicht mit Rosa«, beruhigte ihn Mitzi. »Sie hat nur die beiden Stücke einstudiert, die sie bereits zum Besten gegeben hat. Mehr steht nicht zu befürchten.«

Sie lachte, während sie ihre langen Handschuhstulpen bis zu den Ellenbogen zurückschob und Ludwigs leeres Glas kopfüber in die Spülschüssel tauchte. Ihre Unterarme waren rau und rot. Mit einem Mal wirkte sie nicht mehr wie ein Barmädchen, sondern wie eine einfache Bauernmagd, trotz der Feder im Haar und dem ausgeschnittenen Kleid, und zu seiner Überraschung stellte Ludwig fest, dass ihn das erregte.

»Was ist?«, fragte sie. Ihre Hände hörten auf zu spülen, sie hob den Kopf und lächelte ihn an. Aber da war sein Interesse auch schon wieder verflogen.

»Ich gehe einmal nachsehen, was sie nun bringen«, sagte er. Auf dem Weg ins Hinterzimmer spürte er ihre enttäuschten Augen in seinem Rücken – eines blau, eines grün.

Auf der Bühne stand jetzt ein junger Mann, den Ludwig schon einmal gesehen hatte, aber nicht einordnen konnte. Er war recht klein, und mit seinen kurzen dunklen Haaren und den vollen Lippen passte er so gar nicht in den Kreis der mehr oder weniger angetrunkenen Bohemiens. »Hochverehrtes Publikum, liebe Anwesende«, begann er förmlich mit einer lauten, sehr selbstbewussten Stimme, die in einem seltsamen Widerspruch zu seinem bübchenhaften Äußeren stand. »Ich möchte mir erlauben, Ihnen ein Gedicht zu rezitieren.«

Er schwieg und wartete, bis die Unterhaltungen und das Gelächter im Saal nach und nach versickerten wie Wasser in einem Abfluss.

»Weltende«, begann er dann, und im selben Moment fiel Ludwig wieder ein, wer der Mann war. Jakob van Hoddis, ein Dichter, durch und durch verrückt und avantgardistisch.

Dem Bürger fliegt vom spitzen Kopf der Hut,
In allen Lüften hallt es wie Geschrei,
Dachdecker stürzen ab und gehn entzwei
Und an den Küsten – liest man – steigt die Flut.

Der Sturm ist da, die wilden Meere hupfen
An Land, um dicke Dämme zu zerdrücken.
Die meisten Menschen haben einen Schnupfen.
Die Eisenbahnen fallen von den Brücken.

Es war sein bekanntestes Gedicht, die meisten im Saal hatten es schon einmal gehört, aber so wie er es vortrug, klang es neu und unbekannt. Sein Ton war nicht mehr laut, er sprach leise, aber sehr eindringlich, so dass die Worte etwas ungeheuer Bedrohliches bekamen.

Er weiß etwas, das wir nicht wissen, dachte Ludwig und spürte, wie sich in der verrauchten, verschwitzten Kneipe plötzlich ein Gefühl der Einsamkeit in ihm ausbreitete, eine Angst und eine innere Kälte, gegen die er die Arme vor der Brust verschränkte und die Schultern hochzog, aber es half nichts. Er sah van Hoddis an, dessen Nachname nicht sein richtiger war, es war ein Pseudonym, das er aus den Buchstaben seines echten Namens gebildet hatte, auch das fiel Ludwig jetzt wieder ein. Davidsohn hatte er ursprünglich geheißen, Jakob Davidsohn. Aber van Hoddis blickte nicht zurück, er starrte über die Köpfe seiner Zuhörer hinweg und schien irgendetwas zu sehen. Ludwig drehte sich unwillkürlich um und blickte ebenfalls in die Richtung, in die van Hoddis sah. Da war jedoch nichts, nur das rechteckige Fenster über der Tür zur Bar, hinter dem alles schwarz war und undurchsichtig.

Er ging wieder nach vorn und trank noch zwei Absinth, dann ging er zu Fuß nach Hause, ohne sich noch einmal nach Pechstein umzuschauen, der vielleicht ebenfalls nach Hause gegangen war, zu Frau und Kind oder zu Rosa. Er schwankte, als er den neuen Club verließ, aber in der eiskalten Berliner Luft wurde er langsam, Schritt für Schritt, wieder klarer im Kopf, und als er endlich an seinem Mietshaus am Nollendorfplatz angekommen war, war er ganz nüchtern. Im Zimmer zog er die Schuhe aus und zwei weitere Paar Socken an, dann legte er sich mit allen Kleidern ins Bett. Er zog die Knie zur Brust und den Kopf zu den Knien und machte sich klein und rund und spürte gleichzeitig, wie sich die Kälte in seinem Körper reckte und ausdehnte. *Dem Bürger fliegt vom spitzen Hut der Kopf*, hörte er van Hoddis ruhige, drohende Stimme wieder rezitieren. *In allen Lüften hallt es wie Geschrei.* Und als er die Augen schloss, sah er die Augen des Dichters vor sich, wie sie ins Leere, Schwarze starrten. Sie sagen, dass er halb irrsinnig ist, dieser van Hoddis, dachte Ludwig, während die Müdigkeit in seinem Körper gegen die Kälte kämpfte. Aber er ist nicht verrückt, er sieht nur mehr als wir alle. Es klingt eigentlich so lustig, das Gedicht, das er da geschrieben hat, aber wenn man darüber nachdenkt, ist es nicht lustig. Es ist fürchterlich. *Und an den Küsten, sagt man, steigt die Flut.* Kurz bevor er einschlief, sah er einen Dachdecker fallen und danach eine Eisenbahn, aber sein letzter Gedanke war wie in jeder Nacht: Maria.

II.

Es war das erste Mal, dass er Fresken malte. Die Technik hatte er schnell verstanden, es war nicht so schwer, vor allem dann nicht, wenn man sich um die Kosten der Materialien keine Gedanken zu machen brauchte. Das Teuerste war für Castenow gerade gut genug, denn von Kunst verstand er nichts, aber von Preisen umso mehr, und wenn etwas ordentlich kostete, dann war es gut, so einfach war das für ihn. Ludwig lehnte sich weit über die Leiter hinaus und übertrug mit dem Graphitstift einen feinen Punkt auf das Raster, das er auf der Wand angebracht hatte. Wenn alles gut ginge, wären die Vorbereitungen morgen abgeschlossen, dann könnte er mit dem Ausmalen beginnen, und von da an wäre es noch eine Woche, dann wäre er hier im Entree fertig und konnte mit dem Treppenhaus beginnen.

Mit Kunst hatte das nichts zu tun. Es war Handwerk, solides, ehrliches Handwerk. Die Götterfiguren hatte er von griechischen Vasen und Tellern und Mosaiken abgezeichnet, fast zwei Wochen lang war er dafür jeden Tag im Neuen Museum gewesen. Der Rest war Mathematik: die Übertragung der Gestalten vom Papier im gleichen Maßstab auf die Wand.

»Fallen Sie nur nicht von der Leiter im künstlerischen Überschwang!« Eine helle Mädchenstimme erschreckte ihn so, dass er wirklich beinahe das Gleichgewicht verloren hätte. Direkt unter ihm tauchte ein hellblonder Mädchenkopf auf, die Haare kurz geschnitten und in eine flotte Wasserwelle gelegt.

»Fräulein Lieselotte!« Sie brachte ein Tablett mit Kaffee. Obwohl er gerade erst angefangen hatte, sollte er schon wieder Pause machen. So war das wohl bei den reichen Leuten. Oder vielleicht auch nur bei den Castenows, was wusste er schon davon.

»Nennen Sie mich Lilly – wie oft soll ich Ihnen das noch sagen! Fräulein Lieselotte, das klingt, als wäre ich eine fünfzigjährige Gouvernante.«

»Lilly«, wiederholte er folgsam und stieg von der Leiter. Lilly, das klang allerdings nicht nach Gouvernante, sondern eher nach einer Katze. Und das passte, sie war wirklich wie eine blonde, geschmeidige Katze, mit ihren grünen Augen und langen Gliedmaßen.

Sie stellte das Tablett auf einem kleinen runden Tisch am Fenster ab, schenkte Kaffee ein und reichte ihm eine Tasse, dabei berührten sich ihre Hände. »Sie nehmen Zucker, wenn ich es recht erinnere.« Sie warf ihm zwei Zuckerwürfel in die Tasse und rührte um, bevor er antworten konnte. Er nahm für gewöhnlich nur einen, aber es erschien ihm kleinlich, sie darauf hinzuweisen.

Er trank einen Schluck Kaffee, während sie das Rastergitter an der Wand begutachtete. »So gehen Sie also vor«, murmelte sie. »Ich hätte es gerne selbst gemacht, aber mein Vater wollte es nicht zulassen.«

»Sie hätten es gerne selbst gemacht?«, fragte er ungläubig lachend. »Die Fresken?«

»Sicher, warum nicht?«, sagte sie ruhig. Sie schlug ihre langen Wimpern hoch und betrachtete ihn aus ihren flaschengrünen Augen. Er merkte, wie sich sein Lächeln in nichts auflöste.

»Ich male – das habe ich Ihnen doch schon erzählt.«

»Ja, nun«, meinte er. »Aber so ein Fresko …«

»Sie meinen, das könnte ich nicht schaffen?« Obwohl er die Augen auf seine Kaffeetasse gesenkt hatte, spürte er ihren forschenden Blick in seinem ganzen Körper. »Vielleicht haben Sie recht. Immerhin war mein Vater der gleichen Ansicht. Lass das mal einen richtigen Künstler machen, Lillylein.« Ihre Tasse klirrte hell, als sie sie zurück auf die Untertasse stellte. Schwarzer Kaffee schwappte über den Rand und sammelte sich in einem glänzenden See auf dem Unterteller.

»Ich wollte Sie nicht kränken«, sagte er. »Verzeihen Sie mir bitte die dumme Äußerung.« Er hatte seine Tasse ausgetrunken, während sie gerade einmal einen kleinen Schluck genommen hatte.

»Es ist schon recht. Aber wenn es Sie nicht stört, dann würde ich gerne hier bleiben und Ihnen bei der Arbeit zusehen. Ich kann gewiss noch etwas lernen.«

»Sicher«, sagte er und stand dabei auf, aber es war eine Lüge. Es störte ihn doch, es irritierte ihn zutiefst, wenn sie ihm bei der Arbeit zusah. Er wusste, dass er sich nicht richtig konzentrieren konnte, wenn sie da saß und ihn anschaute, ihre rätselhaften, lauernden Katzenaugen auf seinen Händen und nicht nur auf seinen Händen, er spürte es ganz genau, dass sie nicht nur auf seine Hände schaute.

»Es ist aber ein langweiliges Geschäft, das ich heute vor mir habe. Das Übertragen der Rasterpunkte auf die Wand«, meinte er, während er wieder auf die Leiter stieg.

»Es ist nicht langweilig, wenn Sie es machen«, sagte Lilly, und obwohl er sie dabei nicht ansah, hatte er den Eindruck, dass sich ihr langer geschmeidiger Körper langsam dehnte – wie ein Raubtier vor dem Sprung.

Sie blieb bis zum Mittagessen, danach hatte sie ihre Gesangsstunde, und später ging sie aus. Aber am nächsten Morgen war sie wieder da. Sie trug ein schwingendes weißes Kleid, das den runden Ansatz ihrer Brüste zeigte und ihre Knöchel, wie ein Bauernmädchen, nur sehr viel raffinierter. Sie setzte sich an den runden Tisch am Fenster, und die Morgensonne malte goldgelbe Flecken und Kreise auf ihr kurzes blondes Haar.

Er stieg auf die Leiter und drehte ihr den Rücken zu. Sollte sie ihm doch zuschauen, was kümmerte es ihn, sie interessierte ihn nicht, redete er sich selbst zu, wider seine innersten Gefühle.

Er hatte so viele Frauen gehabt. In den dreizehn Monaten, die er nach der Trennung von Maria in Paris verbracht hatte, hatte er kaum eine Nacht allein geschlafen. Er hatte sie nie richtig verstanden, die kleinen Tänzerinnen, Schauspielerinnen, Barmädchen, die ihn begleiteten, weil er ihnen ein warmes Abendessen spendiert hatte und ein paar Drinks. Sein Französisch war so schlecht, aber das kümmerte ihn nicht, er brauchte es kaum. Die Mädchen, die er mit in seine schmutzige Absteige nahm, wussten auch ohne viele Worte, was er von ihnen wollte. Was sie von ihm wollten, verstand er nicht, aber es war ihm auch egal, nach ein, zwei Nächten sah er sie ohnehin nicht wieder.

In Berlin wurde es besser. Gleich in seiner ersten Woche hatte er Pechstein kennengelernt, der wie er selbst neu in Berlin gewesen war. Über Pechstein hatte Ludwig auch die anderen getroffen, Kirchner, Heckel, Schmidt-Rottluff, Mueller, und die Dichter und Musiker und Schauspieler, die er immer hatte treffen wollen. Er hatte wieder angefangen zu malen. Hin und wieder ging er mit einer Mary oder Mimi oder Mitzi nach Hause oder nahm sie mit zu sich. Aber egal, ob sie bei ihm waren oder nicht, immer dachte er an Maria, bevor er einschlief.

Ansonsten entglitt sie ihm immer mehr. Weil er sie wieder und wieder malte, konnte er sich ihre Gestalt, auch ihr Gesicht, ins Gedächtnis rufen, wann immer er wollte. Er legte sie auf sein Bett, wenn ihm danach war, setzte sie auf den Sessel am Kamin oder an eine Bar, oder er stellte sie im Theater zu den anderen Schauspielern auf die Bühne. Irgendwann jedoch war er sich nicht mehr sicher, ob es die Erinnerung an eine reale Person war oder eine Einbildung. Eines Tages würde ihm nur noch der Name bleiben: Maria.

»Woran denken Sie, wenn Sie malen?«, fragte Lilly. Als ob sie es gespürt hätte, dass er es zum ersten Mal geschafft hatte, ihre Gegenwart zu vergessen.

»An nichts«, gab er zurück und erschrak selbst ein wenig darüber, wie unfreundlich seine Stimme klang. Immerhin war sie die Tochter seines Auftraggebers, und Castenow zahlte gut.

Sie lachte ihr seltsames, ein wenig raues Lachen, das so gar nicht zu ihrer hellen Stimme passte. Er spürte es wieder in seinem ganzen Körper. Das ärgerte ihn so, dass er den Pinsel, mit dem er die Grundierung auftrug, fast krampfhaft umfasste. Wenn sie nur wegginge, dachte er.

»Ich möchte Ihnen einmal meine Bilder zeigen«, sagte Lilly zu seinem Rücken.

Er antwortete nicht.

»Wenn Sie sie sehen wollen.«

Er schwieg und strich weiter Grundierung an die Wand, als habe er sie nicht gehört.

Sie räusperte sich. »Habe ich Sie gekränkt?«, fragte sie unsicher.

»Nein«, sagte er. »Ich muss mich nur konzentrieren.« Dabei bedeckte er die vorgezeichneten Punkte, Umrisse, Figuren nur großflächig mit gelblich-weißer Grundierung, kein Vorgang, der ein Übermaß an geistiger Anstrengung erforderte.

»Ach so«, sagte sie ruhig. Dann hörte er ihren Stuhl scharren, sie stand auf, sie wollte gehen.

Er ließ den Pinsel in den kleinen Farbeimer fallen, den er oben an die Leiter gehängt hatte, und drehte sich zu ihr um. »Vergeben Sie mir die Unhöflichkeit. Ich war mit meinen Gedanken woanders.«

»Bei einem Mädchen?«, fragte sie neugierig, wobei ihre grünen Augen ganz schmal wurden.

Er hob die Achseln und ließ sie wieder fallen. Weil er so hoch über ihr stand, konnte er sehr tief in ihren Ausschnitt blicken, er sah die ganze lange dunkle Linie, an der sich ihre hellen Brüste voneinander trennten.

»Kommen Sie«, sagte Lilly. Sie drehte sich um und verließ den Raum, ihr weißes schwingendes Kleid rauschte dabei spöttisch. Er wollte einwenden, dass er zuerst die Grundierung beenden musste, aber sie war schon weg.

Zögernd stieg er von der Leiter. Der Vorraum war leer, und im Treppenhaus dahinter fehlte ebenfalls jede Spur von Lilly. Wo war sie hin? »Fräulein …« *Lilly* wollte er rufen, aber das hörte sich zu dämlich an, also blieb das *Fräulein* allein in der Luft hängen, als riefe er in einem Caféhaus nach der Bedienung. Er setzte vorsichtig einen Fuß ins Treppenhaus und noch einen, aber sie war weg. War sie nach oben gegangen? Sollte er ihr folgen?

Irgendwo schien er ein leises Kichern zu hören, doch vielleicht bildete er sich das auch nur ein. Er hörte Schritte auf der

Treppe, kein leises Mädchentrippeln, ein fester Männerschritt, der sich rasch näherte. Ludwig nahm unwillkürlich Haltung an. Im ersten Moment wollte er sich wieder ins Entree zurückziehen, dann beschloss er, stehen zu bleiben. Er würde einfach so tun, als wollte er das Treppenhaus begutachten, dachte er. Immerhin musste er das Ganze ja bemalen.

Der junge Castenow, Lillys Bruder, kam die Treppe herunter. Mit kerzengeradem Rücken, hoch erhobenem Kopf ging er an Ludwig vorbei, ohne ihn zu beachten. Er hätte es nicht einmal bemerkt, wenn ich Silberzeug in der Hand gehabt hätte oder eine der kostbaren chinesischen Vasen, die hier überall stehen, dachte Ludwig.

Vermutlich gab das den Ausschlag. Mit einem Mal waren seine Unsicherheit und seine Scheu verflogen, stattdessen ärgerte er sich über den arroganten Schnösel, der ihn nicht einmal grüßte, und das freche, verzogene Stück von einer Tochter. Besonders über sie. *Kommen Sie*, hatte sie gesagt, und dann war sie einfach verschwunden, aber nun würde er sie finden.

Das Treppenhaus war weiß verputzt. Die Villa war ja gerade eben erst bezogen worden, zwei, drei Wochen war das jetzt her, dennoch sah man hier und da schon schwarze Streifen an den Wänden. Wunden in der makellosen Oberfläche. Ludwig legte seine Finger in eine der Vertiefungen, während er langsam die breiten Stufen nach oben stieg. Das dunkle Holz der Treppe glänzte glatt. Wenn er seine Wandarbeiten beendet hatte, würde man die Stufen wegen der Rutschgefahr wahrscheinlich mit einem Ripsteppich bedecken.

Oben im ersten Stock hing ein Kronleuchter von der stuckverzierten Decke. Er sah einen langen Flur, der offenbar in den Seitenflügel führte. Vier Türen, alle geschlossen, hinter jeder von ihnen konnte Lilly auf ihn warten. In dem hohen Spiegel an der gegenüberliegenden Wand erschien ein großer, dünner Mann, bartlos und recht blass, die langen Haare aus der Stirn straff nach hinten gekämmt. Auf der rechten Wange und auf der Stirn Spritzer weißer Farbe. Ludwig hob unwillkürlich die

Hand und rieb sich über die Flecken. Dann hörte er wieder das Kichern. Er fuhr herum, aber da war niemand.

Was für ein kindisches Spiel spielten sie hier! Warum ließ er sich überhaupt darauf ein? Warum lief er diesem Gör wie ein dummer, verliebter Junge nach?

Hast du denn immer noch nichts begriffen, Wunder? fragte er sich selbst. Damals bei Maria hatte er schon denselben Fehler gemacht. Er hatte ihr gezeigt, was er für sie fühlte, was sie für ihn bedeutete – wie sehr er sie liebte. Als sie sich seiner so sicher gefühlt hatte, hatte sie ihn verlassen.

Denn so sind die Weiber, hatte Pechstein ihm einmal erklärt, kurz nachdem sie sich kennengelernt hatten. Sie sind verrückt nach dir, wenn du sie zappeln lässt. Wenn du dich rar machst und sie spüren lässt, dass du auch noch andere Eisen im Feuer hast. Aber wenn du dich ihnen hingibst, verlieren sie das Interesse.

Pechstein hatte recht. Deshalb folgte ihm seine Charlotte nun ans andere Ende der Welt, sogar ihren kleinen Sohn wollte sie zurücklassen, nur um bei Pechstein zu bleiben.

Ludwig selbst hatte dagegen alles falsch gemacht. Deshalb hatte er Maria verloren. Deshalb hielt ihn diese Lilly nun zum Narren, aber noch war es nicht zu spät, noch konnte er zurück. Er drehte dem Spiegel den Rücken zu und starrte die Wand an, eine riesige weiße Fläche, die sich vom Erdgeschoss bis unter den Giebel zog, drei Stockwerke hoch. In einigen Wochen würden hier griechische Göttergestalten entlangtanzen, Zeus mit dem Blitz, Bacchus mit seinen betrunkenen Gefährten und Gespielinnen. Pan, halb Bock, halb Gott. Langsam ging er wieder nach unten.

Abends feierte Pechstein seinen Abschied im Romanischen Café. In zwei Wochen wollte er zur Südsee aufbrechen. Viele Maler waren eingeladen, ein paar Musiker, Dichter, die Journaille. Ludwig kam um acht und war einer der Ersten, für gewöhnlich gingen die Feiern im Romanischen Café immer erst gegen zehn Uhr los. Am Stammtisch saß Pechstein mit Liebermann, Ludwig hatte keine Lust, sich dazuzusetzen. Da sie ihn noch nicht gesehen hatten, schlich er sich nach oben auf die Empore zu den Nichtschwimmern, er setzte sich so, dass er den Tisch unten im Blick hatte, aber selbst nicht gesehen werden konnte.

»Der Herr Wunder.« Das war die Rosenblatt, die sich jetzt neben ihn setzte, ohne ihn vorher zu fragen, ob es ihm recht wäre. »Heute hier oben bei den Unterprivilegierten?« Helena Rosenblatt schrieb für verschiedene Berliner Schmierenblätter über die Reichen und Schönen der Stadt. Manchmal berichtete sie auch über die Künstlerszene, besonders dann, wenn sie irgendwo einen Skandal witterte, aber ihre Artikel wurden niemals von den großen Blättern gekauft, deshalb duldete man sie auch nicht unten im Schwimmerbereich, sondern ließ sie nur vom Rande aus zusehen.

»Sind Sie von Herrn Pechstein nicht eingeladen worden?«, fragte sie neugierig.

»Das geht Sie gar nichts an.« Ludwig winkte dem Mädchen hinter der Bar zu, seine Lippen formten stumm das Wort Kaffee. Er brauchte dringend etwas Aufmunterndes nach dem langen Tag auf der Leiter. Gegen Mittag hatte er die Grundierung vollständig aufgetragen und mit dem Ausmalen der Figuren begonnen, er war schnell und zügig vorangekommen, denn Lilly hatte sich bis zum Abend nicht mehr blicken lassen. Ob er sie nachhaltig abgeschreckt hatte? Die kommt schon wieder, versicherte ihm eine Stimme in seinem Kopf, die klang wie die von Pechstein.

Helena Rosenblatt winkte ebenfalls zur Bar hinüber und bestellte Tee. Dann zog sie ihren Stuhl ganz nah neben den von Ludwig und zückte ihr Notizbüchlein. »Jetzt tun wir doch ma' Butter bei die Fische«, meinte sie vertraulich. »Warum sitzen Sie hier oben? Haben Sie sich mit dem Herrn Pechstein entzweit, oder was ist passiert?«

»Hören Sie schlecht? Warum ich wo sitze und mit wem ich mich entzweit habe oder nicht, geht Sie einen Dreck an!«, herrschte Ludwig sie eine Spur zu laut an. Erschrocken sah er nach unten, ob man ihn dort gehört hatte, aber das Café war schon zu voll, zwischen der Galerie und Pechsteins Tisch lag ein dicker Schutzwall aus Lärm und Musik.

Die Rosenblatt zuckte mit den Schultern, dann holte sie ihr Zigarettenetui aus der Tasche und sah ihn erwartungsvoll an, als ob er nichts gesagt hätte. Ludwig wurde jetzt wirklich wütend. Erst diese verzogene Fabrikantentochter und jetzt die Rosenblatt – hatten es denn heute alle auf ihn abgesehen! Er stand abrupt auf und stieß dabei mit Hanna zusammen, die gerade mit dem Kaffee und einem Glas Tee ankam und beides fallen ließ. Tee und Kaffee ergossen sich zum größten Teil über die Rosenblatt und zu einem kleinen über Ludwigs Schuhe, aber das war ihm egal, die Schuhe hatten ihre besten Tage längst hinter sich. Die Rosenblatt dagegen nahm es nicht so gleichmütig hin, dass sie nun kochendheißes Wasser im Schoß und auf der Bluse hatte. Sie warf ihre Zigaretten von sich, sprang auf und schrie so laut, dass man es unten mit Sicherheit hören musste, aber auch das kümmerte Ludwig nicht, er war inzwischen zu weit von der Brüstung weg, als dass man ihn hätte sehen können.

»Da haben Sie ja nun etwas Aufregendes, über das Sie schreiben können«, sagte er freundlich, während Hanna die Rosenblatt mit zwei Servietten gleichzeitig abrieb und dabei alles nur noch schlimmer machte. »Einen schönen Abend wünsche ich noch.« Er hörte nicht mehr, was sie ihm nachrief, weil er schon an der Wendeltreppe war.

»Wo kommst du denn jetzt her?«, fragte Pechstein, als er unten am Tisch auftauchte. »Ich hatte dich schon fast abgeschrieben.«

Ludwig setzte sich zwischen Paul Cassirer und einen jungen Maler aus der Akademie, dessen Namen er vergessen hatte. Nach dem Vorfall mit der Rosenblatt fühlte er sich richtig gut. Wie sie geschrien hatte, als das heiße Wasser sie getroffen hatte! Er hätte den anderen zu gerne davon erzählt, auch von dem dummen Gesicht, das sie gemacht hatte. Aber das ging natürlich nicht, dann hätte er ja auch sagen müssen, dass er oben auf der Empore gewesen war und sie alle beobachtet hatte.

Er schwieg also und ließ seinen Blick von einem zum anderen gleiten. Man hatte zwei Tische zusammengestellt, damit alle Platz fanden, die Pechstein eingeladen hatte, und trotzdem war der Kreis so groß, dass man sich weit nach vorn beugen musste, um sein Glas abzustellen. Ob berühmt oder nicht berühmt, bis auf wenige Ausnahmen waren alle Künstler, die Pechstein kannte, chronisch klamm und ließen sich eine Einladung niemals entgehen.

Neben Cassirer saß Heinrich Zille, den Ludwig nur vom Sehen kannte und dessen humoristische Federzeichnungen ihn immer ein wenig langweilten, trotz ihrer Sozialkritik oder vielleicht auch deswegen. Er war nach Max Liebermann der Älteste in der Runde, vielleicht war das auch der Grund dafür, dass Ludwig sich nicht für ihn interessierte, mit alten Männern konnte er wenig anfangen, besonders wenn sie einen Hang zum Predigen und Moralisieren hatten wie sein Vater.

Dann kam Pechstein. Neben ihm saß seine Frau Charlotte, die nach ihm eingetroffen sein musste, denn vorhin war sie noch nicht da gewesen. Sie schwieg und lachte, wenn jemand etwas Lustiges sagte, und nickte, wenn jemand etwas Ernstes sagte. Danach kamen ein paar Männer und eine Frau, die Ludwig nicht kannte, und genau gegenüber von Ludwig saßen die Lasker-Schüler und ihr vierzehnjähriger Sohn Paul.

Man redete über die Südsee und was Pechstein und seine Frau dort wohl erwarten würde. »Um das Wetter beneide ich euch am meisten«, sagte Liebermann. »Was gäbe ich darum, dieser Kälte und diesem Matsch zu entkommen.«

»Das Wetter?« Ein großer Kerl mit geschwungenem Schnurrbart leerte sein Glas und winkte gleichzeitig dem Kellner, dass er ihm ein neues brachte. »Die Weiber dort sollen ja ganz außerordentlich sein.«

Die Frau neben ihm lachte und schlug ihm spielerisch auf die Hand, wie einem ungezogenen Kind. Pechstein lachte ebenfalls, aber Charlotte lachte nicht. »Ach, es wird ein anderes Schaffen sein als hier, das steht jedenfalls fest«, sagte Pechstein, ohne seine Frau dabei anzusehen.

»Die Naturvölker und ihre echte künstlerische Kraft«, sagte Liebermann mit einem süffisanten Lächeln. »Du wirst ja sehen, ob das deine Arbeit wirklich so beflügelt.«

»Ganz sicher wird es ihn beeinflussen«, meinte der Mann neben Ludwig, der Rosner hieß, jetzt erinnerte sich Ludwig wieder. »Palau wird einen ganz neuen Maler aus ihm machen.«

»Das ist eine Lektion, die uns allen gut täte.« Der Schnurrbart nahm ein volles Bierglas in Empfang und prostete damit in die Runde. »Auf die Wildnis!«

»Ach was, gehen Sie mir doch weg damit.« Liebermann fuhr mit der Hand über den Tisch, als könne er die Worte auf diese Weise fortwischen. »Wenn es so einfach wäre! Man setzt sich zwischen Kokospalmen und lässt sich die Sonne auf den Buckel scheinen, und schon ist man ein begnadeter Künstler!«

»Davon redet doch keiner.« Der Ton des Schnurrbartmannes wurde auf einmal schärfer. »Es geht um das Archaische, Echte, das in dieser Urwelt zu spüren ist. Diese brutale Kraft.«

»Brutale Kraft?«, mischte sich jetzt Zille ein. »Brutale Kraft ist für mich, wenn einer dem anderen den Schädel zertrümmert. Was soll das mit Kunst zu schaffen haben?«

»Es ist lebendig, und es schreit, und es ist gut. Gewalt, ja Gewalt muss her, damit wir spüren, dass etwas passiert!«, rief Rosner voller Begeisterung.

»Was reden Sie denn da?« Zilles rundes Gesicht über dem struppigen Vollbart verzog sich angewidert. »Gewalt und brutale Kraft und das Zertrümmern von Schädeln, das ist doch beileibe keine Kunst, sondern Barbarei …«

»Und Barbarei ist Kunst«, unterbrach ihn Paul Cassirer und grinste dabei.

»Ach, redest du ihnen jetzt auch nach dem Mund?«, fragte Liebermann verärgert. Cassirer hob lächelnd sein halb leeres Bierglas. »Ich bin kein Künstler, ich bin ein Förderer der Kunst«, erklärte er. »Im Übrigen geht es mir wie dir, ich neide ihm die Sonne und die halbnackten Weiber …«

»Nun redet doch nicht so ein abscheuliches Zeug, es ist ja ganz und gar unerträglich.« Das war die Lasker-Schüler, die jetzt

Cassirer unterbrach. Ludwig war immer wieder überrascht von ihrer tiefen Stimme. Sie war so zierlich und rehäugig, die Männerstimme passte einfach nicht dazu. »Und ich meine damit nicht das Geschwätz mit den Weibern. Ich kann einfach nicht verstehen, was ihr an der Gewalt so Berauschendes findet und am Töten und am Krieg. Es will mir nicht in den Kopf, warum einer dem anderen weh tun sollte.«

»Es geht doch gar nicht ums Wehtun«, sagte der junge Mann, der neben ihr saß. Sein rundes Gesicht mit der hohen Stirn kam Ludwig bekannt vor. Er war kein Maler. Vielleicht ein Journalist wie die Rosenblatt.

»Worum geht es denn dann?«, fragte die Lasker-Schüler, während ihr Sohn einen Schluck Limonade nahm und gelangweilt an seinen Manschettenknöpfen drehte.

»Es ist, wie Rosner es gesagt hat. Das Gefühl, dass man lebt, dass das Blut in einem kocht. Das muss man spüren, wenn man etwas schaffen will.«

»Aber dazu brauche ich keine Gewalt. Die Liebe ist ein ebenso starkes Gefühl wie der Hass oder die Wut, und wenn einer richtig liebt, spürt er gleichfalls, dass er am Leben ist«, gab die Else Lasker-Schüler zurück, wobei sie ihr schönes Gesicht mit den kurzen schwarzen Haaren zu dem Mann neben ihr drehte und ihn sehr eindringlich aus ihren dunklen Augen heraus ansah.

»Wer ist der Kerl?«, flüsterte Ludwig Rosner zu.

»Kennen Sie ihn nicht? Doktor Benn, Arzt an der Charité, Dichter und ehemaliger Liebhaber der Lasker-Schüler. Sie hat es nicht verwunden, dass er ihr den Laufpass gegeben hat. Man munkelt, dass er in Kürze heiraten will, aber nicht die Lasker-Schüler.«

»Er ist um vieles jünger als sie«, murmelte Ludwig und ärgerte sich gleich danach über sich selbst. Was für eine bourgeoise Regung! Rosner neben ihm schien das Gleiche zu denken, jedenfalls lächelte er etwas mitleidig und schwieg.

Ludwigs Augen wanderten zurück zu der Lasker-Schüler, die im selben Moment ihren Kopf drehte und ihn ebenfalls ansah. Er hatte plötzlich das Gefühl, dass sie jedes Wort gehört hatte, das Rosner zu ihm gesagt hatte, obwohl es eigentlich unmöglich war, sie hatten so leise gesprochen, und im Saal war es so laut.

Aber dennoch: dieser schwarze, glänzende, vorwurfsvolle Blick. Ludwig spürte, wie er rot wurde, und senkte die Augen.

»Nun ich hoffe, dass ihr eure Sehnsucht nach der Gewalt und nach dem Barbarischen nicht allesamt teuer bezahlen müsst«, hörte er die Dichterin sagen. »Denn wenn man sie spürt am Körper und nicht nur als bloße Idee im Hirn, dann ist das eine andere Sache.«

Ihr Satz ging in der allgemeinen Unruhe unter. Niemand schien die Worte der Lasker-Schüler gehört zu haben. Der junge Doktor Benn unterhielt sich mit dem bebrillten Herrn neben sich, Paul Lasker-Schüler bestellte ein neues Glas Limonade, denn heute ging alles auf Pechsteins Rechnung, und oben am Tisch hatte man schon das Thema gewechselt und sprach jetzt über die neue Revue der Waldoff im Chat Noir. Nur Ludwig hatte es gehört, und das gab ihm das Gefühl, als ob die Worte ausdrücklich an ihn gerichtet waren.

Später, als sie alle aufbrachen, zog Ludwig seinen Überzieher von der Garderobe neben der Tür. Aus dem Augenwinkel sah er die Rosenblatt die Treppe herunterkommen. Er hätte erwartet, dass sie gleich nach dem Vorfall mit dem Kaffee und dem heißen Tee nach Hause gegangen wäre. Sie ist härter im Nehmen, als ich meinte, dachte er halb beeindruckt, halb abgestoßen.

Dann vergaß er die Rosenblatt wieder, denn plötzlich war die Lasker-Schüler neben ihm. Er hatte sie zuerst gar nicht bemerkt, sie war so klein, auch das passte im Grunde nicht zu ihr, dass sie so klein war. Im selben Moment, in dem er auf sie herunterblickte, sah sie zu ihm hoch, als habe sie die ganze Zeit nur darauf gewartet. »Seien Sie nicht hirnverbrannt wie die anderen«, sagte sie mit ihrer eindringlichen, tiefen Stimme.

»Wie … was meinen Sie?«, stammelte er. Was wollte die Frau von ihm? Sie machte ihm Angst, stellte er fest.

»Ich spreche von dem Krieg, von dem ihr alle träumt, ihr dummen Buben«, fuhr sie sehr viel leiser fort. »Ihr denkt, dass es etwas Wunderbares ist, aber es ist nicht wunderbar, es ist nur schmutzig und furchtbar und wird euch vernichten – allesamt.« Ihr leiser Ton hatte etwas ungeheuer Bedrohliches. Er fragte sich auch, warum sie sich ausgerechnet an ihn wandte, er hatte sich doch vorhin gar nicht an der allgemeinen Unterhaltung beteiligt. Hatte sie etwa einen Blick auf ihn geworfen, nachdem die Affäre mit diesem jungen Doktor Benn beendet war? Else Lasker-Schüler schien den Gedanken zu erraten, jedenfalls lächelte sie auf einmal sehr süffisant und spöttisch.

»Wenn Sie den Mut haben, dann besuchen Sie mich doch einmal in meinem Hotel auf der Mottstraße«, sagte sie, während sie ihm ihre schmale Puppenhand hinstreckte, die in einem schwarzen Handschuh steckte. Neben ihr trat Paul ungeduldig von einem Fuß auf den anderen.

»Ich … werde sehen, was sich arrangieren lässt, gnädige Frau«, stotterte Ludwig.

»Sehen Sie, sehen Sie.« Die Lasker-Schüler lächelte hoheitsvoll, fast ein bisschen verächtlich, und dann ging sie.

III.

Am nächsten Morgen stand er wieder auf der Leiter, und heute sehnte er sich danach, dass Lilly mit einem Tablett und Kaffee käme, weil er so wenig geschlafen hatte. Sie kam aber nicht, erst kurz vor Mittag tauchte ein Dienstmädchen im Entree auf und erkundigte sich mit gerümpfter Nase, ob er etwas wünschte. Er bestellte Kaffee, aber um drei Uhr Nachmittag hatte sie ihn immer noch nicht gebracht, sie hatte ihn wohl vergessen.

Ludwig hatte aber das Gefühl, dass er besinnungslos von der Leiter fallen würde, wenn er nichts Anregendes bekäme. Er beschloss, selbst in die Küche zu gehen und nachzufragen. Er ging durchs Treppenhaus, den Gang hinunter, die dritte Tür rechts führte zur Küche, wenn seine Erinnerung ihn nicht täuschte. Am ersten Tag hatte Herr Castenow mit ihm einen Rundgang durchs Erdgeschoss gemacht. Er klopfte an und öffnete die Tür, als ihn eine Frauenstimme dazu aufforderte. Es war aber nicht die Küche, sondern ein düsteres Esszimmer mit einem schweren schwarzen Eichentisch, dunkelroten Vorhängen und dichten Stores vor den Fenstern, die kaum Tageslicht hereinließen. Am Tisch saß Lilly und sah ihn an. »Sie?«, fragte sie so überrascht, als ob sie sich zuletzt vor langer Zeit in einem fernen Land gesehen hätten.

»Entschuldigung«, sagte Ludwig. »Ich wollte zur Küche.«

»Die nächste Tür«, meinte Lilly, aber als er die Tür wieder zuziehen wollte, hielt sie ihn auf. »Halt, so warten Sie doch gefälligst!«

Dieser Kommandoton! Ludwig runzelte die Stirn und wollte nun erst recht weg, aber sie war schon aufgestanden und stand jetzt direkt vor ihm.

»Was wollen Sie denn in der Küche?«

»Kaffee – das Mädchen hat vergessen, ihn mir zu bringen.«

»Ach«, fragte sie mitleidig, »sind Sie müde?«

»Ganz recht.«

»Ich habe aber etwas Besseres als Kaffee für Sie, wenn Sie wieder auf die Beine kommen wollen. Mögen Sie es einmal probieren?«

Er zögerte einen Moment lang. Das genügte ihr als Antwort. »Kommen Sie!« Sie zog ihn durch die halb geöffnete Tür in den Raum. Dann saß sie an dem runden Esstisch, und vor ihr lag ein Spiegel, auf den sie weißes Pulver stäubte, eine S-förmige Linie. »Sie sind dran«, sagte sie lächelnd, während sie gleichzeitig einen Hundertmarkschein zusammenrollte und ihm reichte. »Aber nur bis zur ersten Kurve.«

Er wollte eigentlich nicht, nicht hier und nicht mit ihr, aber auf der anderen Seite wollte er es doch und gerade mit ihr. Also sog er den oberen Bogen des S durch die Nase in sich hinein. Es war nicht das erste Mal, dass er Kokain schnupfte. Er spürte das Pulver kribbelnd und ein wenig beißend in der Nase, dann im Rachen. Unwillkürlich verzog er die Oberlippe und rümpfte die Nase, was offensichtlich komisch wirkte, denn Lilly lachte. Dann nahm sie selber den Geldschein und saugte den Rest der weißen Linie durch die Papierrolle auf.

»Ahh«, machte sie und blickte ihn wieder mit ihren Raubkatzenaugen an. Dunkelgrüner Absinth hinter dünnem Glas. Sein Rachen war sehr trocken, und sein Gehirn weitete sich, es war, als ob in seinem Kopf neuer Raum entstünde, und der neue Raum füllte sich mit neuen Gedanken – Gedanken, die er eigentlich gar nicht denken wollte, weil sie mit Lilly zu tun hatten. Er musste zurück an die Arbeit, dennoch stand er nicht auf. Er blickte auf seine Hände, die vor ihm auf dem Tisch lagen, als gehörten sie nicht zu ihm. Der Daumen war blau, der linke Zeigefinger gelb, die beiden Handrücken rot und orange befleckt. Dazwischen lag der kleine Spiegel, der wieder blank und klar war und die dunkelbraune Holzdecke reflektierte.

Sie schob ihren Stuhl zurück. Zeit aufzustehen, dachte er, Zeit wegzugehen. Aber er stand immer noch nicht auf.

»Ihre Fresken warten, Herr Wunder«, sagte Lilly neben ihm mit einer sehr weichen, zärtlichen Stimme. Sie stand vor der dunklen Wandvertäfelung; ihr kurzes Haar hob sich vor dem braunen Hintergrund ab, weiß und klar wie Licht. Auch ihr Gesicht erschien sehr bleich, nur ihre Lippen waren rot und voll. Er sah sie plötzlich als Bacchantin auf seinem Fresco, ihren langen, geschmeidigen, nackten Körper. »Herr Wunder«, sagte Lilly noch einmal, als wäre sie mit dem Klang seines Namens nicht zufrieden gewesen und probiere es jetzt noch einmal.

Sie ist mir so nah, dachte er, sie wird mich gleich berühren, und ich habe nichts, was ich ihr entgegensetzen könnte.

Bevor er den Gedanken richtig zu Ende gedacht hatte, hörte er die Tür. Überrascht hob er den Kopf. Er war allein, Lilly war gegangen.

Von da an trafen sie sich immer am frühen Nachmittag. Sie kam ins Entree, und nachdem er die Arbeit im Eingangsbereich abgeschlossen hatte, erschien sie im Treppenhaus und strich unter seiner Leiter durch und wartete, bis er seinen Pinsel auf dem Gitter über dem Eimer abgelegt hatte und zu ihr heruntergeklettert war. Dann führte sie ihn schweigend in einen der zahllosen Räume des Hauses. Hin und wieder begegneten sie einem der Dienstboten oder Lillys Bruder, der mit leerem Gesicht an ihnen vorüberging, als würde er nicht einmal seine Schwester erkennen.

Herr Castenow war tagsüber in der Strumpffabrik und verdiente Geld. Ludwig sah ihn nur ganz selten am Morgen, bevor er das Haus verließ und mit einem schnellen, seltsam gleichgültigen Blick die Wandgemälde musterte und Ludwig dann auf die Schulter klopfte oder zunickte oder beides.

Frau Castenow begegnete er nur ein einziges Mal, sie kam mit einem der Mädchen vom Einkaufen zurück und schwebte in ihrem langen Mantel und mit wippendem Federhut an ihm vorbei, nach oben in ihre Gemächer, während das Mädchen ihr die Tüten und Schachteln nachschleppte.

Sie erschien ihm sehr groß und geschmeidig, als sie an ihm vorbeizog, wie ihre Tochter. Danach sah er sie nie wieder. Vermutlich verließ und betrat sie das Haus durch einen Seitenausgang, solange im Entree und im Treppenhaus gearbeitet wurde. Oder aber sie schlief den ganzen Tag in ihrem Zimmer und schlich sich nur nachts nach draußen wie eine jagende Katze.

Lilly ging vor ihm her, mit weichen, sanften Schritten, und er lief ihr nach. Jedes Mal erfüllte ihn die gleiche Mischung aus Widerwillen und Gier. Ihre Kleider waren aus einem feucht schimmernden Material und flossen über ihren schlanken Körper wie Wasser. Während sie vor ihm herging, sah er, wie die Muskeln in ihrem Rücken spielten und die Umrisse ihrer Schenkel, erst den einen, dann den anderen, wie glänzende lange Fische. Ein paar Mal ging er schneller, entschlossen, sie nun endlich zu berühren, sie festzuhalten und so den Zauber aufzubrechen, ein für alle Mal. Aber im letzten Moment fiel er doch wieder in eine langsamere Gangart zurück, er wagte es nicht.

Sie hielt das Rauschgift in ihrer linken Hand und den Spiegel in der rechten, er nahm immer den ersten Zug und sie den Rest. Danach verschwand sie.

Warum traf sie sich mit ihm? Was wollte sie von ihm? Warum passierte nichts zwischen ihnen? Die Sache ging nicht vor und nicht zurück. Wenn sie zusammen waren, blieb die Zeit stehen.

Liebte er sie? Nein, dachte er ohne ein Zögern. Liebte sie ihn? Nein, entschied er genauso schnell. Sie konnte nicht lieben, nur jagen.

Sie trafen sich in einem Salon im ersten Stock, im Grünen Zimmer, wie es genannt wurde, obwohl nur eine der Wände mit einer grünen Tapete überzogen war, der Rest war braun vertäfelt. Sie legte die Rauschgiftspur, während er ans Fenster trat und in den Innenhof blickte, in dem ein kleiner Brunnen sprudelte. Von hier oben wirkte die Fontäne seltsam flach und kraftlos, obwohl er von unten gesehen hatte, dass sie gut zwei Meter hoch sprühte.

»Komm«, sagte sie, und er kam zum Tisch, auf dem der Spiegel mit seinem weißen Fragezeichen aus Kokain lag. Sie waren wie ein altes Ehepaar, dachte er plötzlich, sie bereitete das Essen vor und richtete es für ihn an. Er hatte seinen Teil des Kokains gerade eingeatmet, als hinter ihnen die Tür ging. Er fuhr herum, und das Rauschgift explodierte in seinen Atemwegen, es füllte alles in ihm aus, den Rachen und die Nebenhöhlen, den Mund, und trat ihm als brennende Tränen aus den Augen. Er hustete und keuchte und hatte den Eindruck, als ob er weiße Giftwolken aus sich herausblies, die sich im ganzen Zimmer ausbreiteten. Durch den Tränenschleier sah er Lillys Bruder in der offenen Tür stehen. Der junge Castenow starrte ihn an, und Ludwig starrte zurück.

»Was willst du hier?«, herrschte Lilly ihren Bruder nach einer Weile an. »Lass uns in Ruhe! Verschwinde!«

Castenow nickte und deutete dabei eine kleine Verbeugung an. Vor lauter Tränen konnte Ludwig seinen Gesichtsausdruck nicht erkennen, wahrscheinlich grinste er. Dann zog er die Tür lautlos wieder ins Schloss.

Ludwig presste seine Hand auf den Mund, um den Husten zu ersticken. Seine Luftröhre brannte, seine Lunge stand in Flammen, und seine Augen liefen über. Lilly rollte den Geldschein wieder zusammen, dann beugte sie sich über den Spiegel und zog den letzten Rest des Kokains in die Nase. Danach schloss sie die Augen und atmete tief und gleichmäßig. Ihre Brüste hoben sich langsam und senkten sich, ihr Gesicht war vollkommen gleichmütig, als wäre nichts geschehen. Während sie atmete, trat sie neben ihn, und dann zog sie ihr glänzendes grünes Wasserkleid langsam, ganz langsam nach oben. Über die langen Waden, die Knie und die Schenkel, bis er das Ende ihrer feinen Seidenstrümpfe sah und das feste weiße Fleisch darüber. Sie hob ein langes Bein über seine Beine und setzte sich auf ihn.

Hinterher stand sie einfach auf und strich sich ihr Kleid wieder zurück über die Beine und ging weg. Sie verließ den Raum, ohne sich nach ihm umzusehen. Den Spiegel und den Hundertmarkschein ließ sie auf dem Tisch liegen. Danach sah er sie zwei Wochen lang nicht wieder.

Später kam sie noch einige Male ins Treppenhaus, während er Nymphen, Najaden und Göttinnen malte, und holte ihn ab, führte ihn in irgendeinen Winkel der Villa, wo sie zuerst Kokain schnupften und dann miteinander schliefen. Letzteres geschah in vollkommener Lautlosigkeit. Ludwig fragte sich, ob es Lillys Gewohnheit entsprach oder ob sie Angst hatte, die Beherrschung zu verlieren. Vielleicht fürchtete sie auch, entdeckt zu werden, wenn sie ein Geräusch von sich gab.

Es ging alles immer sehr schnell. Sie setzte sich auf ihn oder beugte sich über einen Tisch, und dann war es vorüber, so plötzlich wie es angefangen hatte. Er hasste diese Zusammenkünfte, er hasste sie und ihre geschmeidige Art, sich ihm zu nähern, und er hasste sich selbst, weil er sich ihr nicht entziehen konnte, jetzt nicht und niemals. Er war verloren, wenn sie so dicht vor ihm stand, dass er sie riechen konnte, ihren seltsamen Geruch nach Nelken und Minze. Er war verloren, wenn sie ihr Kleid hochzog und ihre grünen Augen ihn anstarrten, ohne zu blinzeln.

Sie zog sich niemals ganz aus. Er fragte sich, wie ihre Brüste aussahen und wie sie sich anfühlen würden, aber nur vorher, hinterher versuchte er so wenig wie möglich an sie zu denken.

Ludwig hatte seinen Auftrag nun fast abgeschlossen, es war Juli und heiß, auch im Treppenhaus, das durch ein großes Dachfenster erhellt wurde, auf dem nun die ganze Zeit die Sonne stand. Er arbeitete dennoch zügig und konzentriert, weil er so schnell wie möglich fertig werden wollte. Er kam morgens eine Stunde früher und ging später nach Hause. Die Abende verbrachte er fast immer in seiner Kammer, im Romanischen Café sah man ihn so gut wie gar nicht mehr.

Pechstein war nun schon über einen Monat weg. Anfang Juni war er mit seiner Frau nach Hamburg gereist, dort hatten sie den Dampfer nach Mikronesien bestiegen. Die »Expedition ins Archaische« – wie Kirchner es einmal genannt hatte – hatte Ludwig recht kalt gelassen. Eine Reise auf eine exotische Insel, nun gut, wenn man sich unbedingt auf Gauguins Spuren bewegen wollte. Es war nicht mehr ganz so originell, aber immerhin ungewöhnlich genug.

Einmal hatte ihn Pechstein sogar gefragt, ob er ihn nicht begleiten wollte. Ludwig hatte es damals für einen Witz genommen, er war gar nicht darauf eingegangen, aber jetzt tanzte ihm der Vorschlag im Kopf herum, funkelnd und schillernd wie etwas sehr Wunderbares, Verführerisches, das er hatte verfliegen lassen, anstatt es mit beiden Händen zu ergreifen. Warum habe ich es nicht früher gesehen? warf er sich vor, wenn er abends in seinem grauen, hässlichen Zimmer saß und hörte, wie das Holz knackte. Die schmutzigen Fensterscheiben verwandelten die abendgelben Sonnenstrahlen in ein zähes, schmieriges Licht. Wäre ich doch mitgefahren? dachte er. Könnte ich das alles nur hinter mir lassen!

Er nahm seinen Strohhut vom Haken an der Wand und ging spazieren – über den Nollendorfplatz, dann bog er in eine Straße ein, ohne darauf zu achten, wohin er ging. Sein Schatten ging vor ihm her, langgezogen und ausgehungert. Eine neue Welt, dachte er, was gäbe ich jetzt darum, wenn ich eine neue Welt erleben dürfte! Wenn ich einfach nur weg könnte!

In einem Hauseingang saß eine gelbweiße Katze und putzte sich. Er dachte an Lilly und beschleunigte seine Schritte. Unten auf der Motzstraße traf er die Lasker-Schüler.

Wenn er sie vorher gesehen hätte, wäre er ihr ausgewichen, doch er war so in Gedanken versunken gewesen, dass er sie erst bemerkte, als sie bereits vor ihm stand. Sie trug keinen Hut, aber sie hatte einen Sonnenschirm dabei, den sie allerdings nicht aufgeklappt hatte, sondern als Spazierstock benutzte. Auf ihr kurz geschnittenes dunkles Haar malte die Abendsonne zwei glänzende Streifen, von der Stirn bis zum Hinterkopf.

»Sie wollten mich doch einmal besuchen kommen«, sagte sie anstelle einer Begrüßung. Ganz so, als wären sie alte Bekannte und hätten sich am Vortag noch gesehen. Dabei waren sie sich über zwei Monate nicht mehr begegnet.

»Ich hatte aber immer so viel zu tun«, begann Ludwig zu erklären, aber sie nickte nur und schnitt ihm dadurch das Wort ab.

»Dann kommen Sie doch jetzt mit«, sagte sie. »Meine Pension ist ganz in der Nähe; ich lasse uns Tee kommen.«

Es gab nichts, was er darauf entgegnen konnte, es war auch offensichtlich, dass er nirgendwohin wollte, sondern nur spazieren ging, also folgte er ihr.

Das Hotel, in dem sie lebte, war weniger armselig, als er es erwartet hatte. Auch ihr Zimmer war akzeptabel, größer und heller jedenfalls als seine armselige Kammer am Nollendorfplatz.

»Bitte, so nehmen Sie doch Platz«, sagte sie und wies auf einen braunen Ohrensessel, auf dem sich Kleider, Bücher und Unrat türmte. »Mein Sohn ist vor einigen Tagen nach München gereist, er soll dort Unterricht im Zeichnen und Malen bekommen von einem lieben Freund, dem blauen Reiter«, erklärte sie, während er den Sessel freizuräumen begann, indem er die Kleidungsstücke und Gegenstände einfach auf den Boden legte.

»Franz Marc«, sagte er, um irgendetwas zu sagen.

»Der blaue Reiter«, wiederholte sie, als wäre das der wirkliche Name des Künstlers. Er hatte schon von ihrer Angewohnheit gehört, dass sie ihren Freunden und Vertraute fantastische Namen gab, die dann in den Künstlerkreisen die Runde machten und für viel Gespött sorgten. *Giselheer* nannte sie Dr. Benn, und ihren zweiten Mann, Herwarth Walden, hatte sie sogar so konsequent umbenannt, dass kaum einer seinen ersten und echten Namen kannte.

Hoffentlich erfindet sie nicht am Ende auch noch für mich einen Namen, dachte Ludwig, während er als letzten Gegenstand ein gelblich verblichenes Mieder vom Sessel nahm und auf den Boden legte. Plötzlich erinnerte er sich wieder an das, was er schon beim letzten Mal im Romanischen Café befürchtet hatte, als die Lasker-Schüler ihn auf einmal angesprochen hatte. Wenn sie sich nur nicht an mich ranmachen will! dachte er. Man kennt ja ihre Vorliebe für jüngere Männer.

Die Lasker-Schüler hatte inzwischen auf der Bettkante Platz genommen und betrachtete nachdenklich das gelbliche Mieder zu ihren Füßen. »Warum also sind Sie gekommen?«, fragte sie schließlich, ganz so, als habe er sich ihr aufgedrängt und nicht umgekehrt.

Er überlegte, ob er sie auf den Irrtum hinweisen sollte, aber ihm fehlten die richtigen Worte, also zuckte er nur mit den Schultern.

»Arbeiten Sie viel?«, fragte sie ihn daraufhin streng.

»Sehr viel«, seufzte er. »Ich male das Treppenhaus eines Strumpffabrikanten in Charlottenburg aus. Motive aus der griechischen Mythologie.«

»Das ist keine Arbeit«, wies sie ihn streng zurecht. »Das ist Geldverdienst. Was machen Sie wirklich? Was schaffen Sie?«

Er zuckte wieder mit den Schultern. »Nichts. Des Abends bin ich so müde, dass ich keinen Pinsel mehr in die Hand nehmen kann.«

»Das ist sehr schlimm – eine Katastrophe.«

Er nickte. »Was soll einer tun?«

»Nun, man soll natürlich aufhören, Dinge zu tun, die einen nicht zufriedenstellen.«

»Ja, aber der Mensch muss doch von irgendetwas leben.«

»Eben«, sagte sie und lachte. Dann erhob sie sich. Sie ging zum Kleiderschrank, holte einen langen, schmalen Seidenmantel heraus und zog in an. Nachdem sie sich eine Weile lang im Spiegel betrachtete hatte, ließ sei den Mantel wieder von den Schultern gleiten und achtlos am Boden liegen.

»Und die Liebe? Was macht die Liebe?«, erkundigte sie sich dann, ohne ihn anzusehen.

Du liebe Zeit! dachte Ludwig. Genau, wie ich es befürchtet habe. Jetzt fängt sie an.

»Ich habe eine Geliebte«, sagte er rasch. Vielleicht schreckte sie das ab.

Aber es schien sie im Gegenteil nur anzuziehen. »Ach wirklich?«, fragte sie interessiert und ließ sich wieder gegenüber von ihm auf dem Bett nieder. »Wer ist es denn? Ist sie lieb?«

Ist sie lieb? Wenn es ein Wort auf der Welt gab, das nicht auf Lilly zutraf, dann war es dieses. »Nein«, gab er nach kurzem Zögern zu.

»Nein?« Sie verzog enttäuscht das Gesicht. »Aber sie ist aufregend und wild?«

»Ja«, sagte er.

»Und Sie lieben sie von Herzen?«, fragte sie lauernd.

Ja, wollte er antworten, einzig und allein aus dem Grund, damit sie ihn in Ruhe ließe und er nach Hause gehen konnte, aber er schaffte es nicht. Er brachte dieses eine kleine, nichtssagende Wort einfach nicht über die Lippen, diese zwei lächerlichen Buchstaben.

»Oder etwa nicht?«, erkundigte sich die Lasker-Schüler, während sich alle Gedanken, alle möglichen Antworten aus seinem Gehirn verflüchtigten und nur eine große, schreckliche Leere zurückblieb.

»Nein«, sagte Ludwig tonlos. »Nein, ich liebe sie nicht einmal.« Mit einem Mal musste er sich zusammenreißen, dass er nicht zu weinen anfing. Er fühlte eine entsetzliche Kraftlosigkeit, die sich auf ihn legte und in ihn eindrang und sich in ihm ausbreitete. Er wollte weg hier, aber nicht nach Hause, sondern an einen anderen Ort, den er nicht kannte, und er wollte seinen Kopf in den Schoß der Lasker-Schüler legen und die Augen schließen und weinen.

»Nun, nun«, sagte sie leise und sehr zart. Er musste aus einem unerfindlichen Grund plötzlich an Maria denken, an die Zeit in Freiburg im Winterlager, als er in der Trikotagenfabrik gearbeitet hatte und abends vollkommen erschöpft in den Zirkus zurückgekommen war. Vielleicht war es der Gesichtsausdruck, mit dem ihn die Lasker-Schüler betrachtete. Genauso hatte ihn Maria auch angesehen, so mitleidig und ratlos. Sie hatte so wunderschöne Hände gehabt, fiel es ihm ein, und auf einmal spürte er ein fast unwiderstehliches Verlangen danach, die Hände der Lasker-Schüler zu sehen, ob sie genauso kraftvoll und schön waren wie Marias Hände. Sie hielt sie aber in ihrem Schoß gefaltet.

»Ach«, sagte sie gedankenverloren, während ihr Blick irgendwo auf ihren Füßen hing. »Ich habe auch schon einiges erlitten, um der Liebe willen. Es ist nicht schön, und es tut auch nicht gut, aber es geht vorüber. Bis das Leiden dann von Neuem beginnt.«

Er fragte sich, ob sie an diesen Benn dachte, ihren Giselheer, und was sie wohl an ihm gefunden hatte.

»Ich kann Ihnen aber nur raten, die Sache nicht weiter zu verfolgen, wenn Sie diese Frau nicht lieben«, fuhr die Lasker-Schüler dann fort. »Ich glaube, dass aus einer solchen Affäre nie etwas Gutes entstehen kann, wenn die Hingabe fehlt.«

Sie hatte natürlich recht. Aber wenn er sich Lilly doch nicht entziehen konnte! Was wusste die Lasker-Schüler schon von Raubkatzen und ihren animalischen Anziehungskräften!

»Beginnen Sie wieder zu malen, aber ernsthaft«, riet sie ihm, als hätte er den Gedanken laut ausgesprochen. »Das lenkt die Gedanken in neue, bessere Bahnen.«

Dann klopfte der Page und brachte Tee. Die Lasker-Schüler tat in jede Tasse ein Scheibe Zitrone, bevor sie einschenkte. Ludwig nahm die dampfende Tasse entgegen, obwohl er lieber gegangen wäre. Warum sollte er sich auch die Lebensweisheiten einer alternden Dichterin anhören, die ihr eigenes Leben ganz offensichtlich genauso wenig im Griff hatte wie er das seine?

»Man spricht jetzt überall vom Krieg«, wechselte die Lasker-Schüler das Thema, nachdem sie mit spitzen Lippen einen ersten Schluck genommen hatte. »Meinen Sie auch, dass es dazu kommen wird?«

»Nach dem Attentat in Sarajewo auf den österreichischen Kronprinzen sieht es so aus, dass sich Österreich und Serbien bekriegen werden«, meinte Ludwig, während er ebenfalls einen Schluck trank. Der Tee schmeckte bitter und sauer, nach der Zitronenscheibe, die jetzt auf der Oberfläche schwamm. Er hasste Tee.

»Österreich hat Serbien ein Ultimatum gestellt. Aber alle Welt geht davon aus, dass die Serben es verstreichen lassen. Und dann geht es los.«

»Ja, das wird geredet.« Ludwig trank seine Tasse in einem einzigen Zug leer, obwohl der Tee eigentlich noch viel zu heiß war. Hinterher war sein Rachen taub, und seine Zunge brannte.

»Wenn aber Österreich im Krieg ist, muss Deutschland eingreifen. Wir sind doch verbündet«, fuhr die Lasker-Schüler fort, die nicht zu merken schien, dass er jegliches Interesse an der Unterhaltung verloren hatte. »Und Russland und Frankreich schlagen sich auf die Seite der Serben. Wie England sich verhalten wird, kann natürlich noch keiner genau sagen.«

»So mag es gehen.« Ludwig stellte die Tasse mit leisem Klirren zurück auf den Unterteller und sah sich um, ob irgendwo eine Uhr hing, aber da war keine.

»Treibt Sie das nicht um, wenn Sie darüber nachdenken?«

»Sicher«, meinte er, doch es stimmte nicht. Er hatte so viel Arbeit mit den Fresken und dann die Sache mit Lilly, da blieb ihm überhaupt keine Zeit für die Politik. Er hatte sich auch noch nie besonders dafür interessiert. Der Kaiser, sein Reichskanzler und die Minister machten ohnehin, was sie wollten, ob man sich darum kümmerte oder nicht.

»Die Generäle scharren mit den Füßen. Sie wollen Blut sehen. Und wer sich nicht rettet, wird umkommen«, sagte Else Lasker-Schüler düster.

Ludwig erhob sich. »Ich danke Ihnen vielmals für den Tee«, sagte er. »Aber ich muss nun wieder.«

Sie stand ebenfalls auf und reichte ihm die Hand. Sie war so klein, so viel kleiner als er. »Ich bin nun auch müde«, sagte sie, obwohl ihre runden dunklen Augen ausgesprochen wach wirkten. »Auf Wiedersehen.«

Erst als er draußen auf dem Flur war, fiel ihm ein, dass er vergessen hatte, sich ihre Hände anzusehen.

Er hatte seine Arbeit bei Castenow fast abgeschlossen, es fehlten nur noch zwei Meter unter dem Dach, auf die es ohnehin nicht so sehr ankam, weil kaum einer sie sehen würde.

Am Mittag kam Castenow persönlich, um sein Werk zu begutachten. »Schön, schön«, lobte er Ludwig, während er mit großen Schritten durchs Entree lief. Manchmal starrte er ein Detail besonders konzentriert an, dann ging er wieder an einer Szenerie vorbei, ohne sie zu beachten. Sein geschwungener Schnurrbart bewegte sich dabei auf und ab, als murmelten seine Lippen Dinge, die Ludwig nicht hören konnte. »Durchaus ordentliche Arbeit, junger Mann«, meinte er anerkennend, als sie in den ersten Stock hinaufstiegen, der Unternehmer als Erster und Ludwig hinterher wie ein treues Hündchen. Dann aber blieb Castenow plötzlich stehen.

»Was haben wir denn da für eine Sache«, sagte er. Seine Hände glitten suchend über seine Brust, dann ließ er sie sinken. »Das ist ja ... also, was haben Sie sich denn dabei gedacht?« Empört und ein wenig unsicher zugleich drehte er sich zu Ludwig um, der über die graue Schulter des Strumpffabrikanten hinweg auf seine Fresken starrte und nach Worten suchte. Was hatte er sich dabei gedacht? Das fragte er sich nun auch selbst.

Er sah einen Faun mit Bocksfüßen und einem Ziegenkopf, der hinter einer Nymphe her war. Der Faun streckte seine haarigen Hände nach der Fliehenden aus und sein riesiges Glied. Die Nymphe war Lilly, er selbst war der Faun, obwohl das nicht zu erkennen war, er trug ja in Wirklichkeit keinen Ziegenkopf. Aber Lilly war zu erkennen, der lange, geschmeidige Körper und das kurze Haar, sogar grüne Augen hatte er der Nymphe gegeben. Was hatte er sich dabei gedacht? Es war ja wohl offensichtlich.

»Also, das geht natürlich keinesfalls«, murmelte Castenow neben ihm. »Hier kommen ja nun auch unsere Gäste entlang und eine solch pikante Szene ...« Er unterbrach sich und räusperte sich. »Sie müssen das entfernen«, begann er dann wieder, und danach stiegen sie die restlichen Stufen bis ganz nach oben unters Dach, ohne dass er noch irgendetwas kommentierte. Auch Ludwig sagte nichts. Er war schweißgebadet, als sie sich im Erdgeschoss voneinander verabschiedeten, aber Castenow hatte seine übliche Jovialität inzwischen wiedergefunden. Jedenfalls klopfte er Ludwig auf die Schulter und zwinkerte ihm sogar zu, bevor er sich abwandte, doch vielleicht hatte er auch nur geblinzelt.

Ludwig ging nach oben und holte Leiter, Farben, Pinsel, Palette, um die Szene zu übermalen. Als er die Leiter vor der Wand aufbaute, meinte er wieder das Kichern zu hören, aber auch dieses Mal war niemand zu sehen.

Er schlief noch einmal, ein letztes Mal mit Lilly, oben in einer Dachkammer, in der Gerümpel stand und Spinnweben hingen, obwohl sie das Haus doch erst vor kurzem bezogen hatten. Ludwig wusste, dass es das letzte Mal war, auf jeden Fall hoffte er es inbrünstig, als sie sich hinterher mit seinem Taschentuch abwischte und dann ihr enges Kleid nach unten zog, über das blonde Dreieck ihrer Scham, die langen Schenkel und die Knie und Waden.

»Ich habe mich übrigens verlobt«, erklärte sie lächelnd, während sie die Türklinke schon in der Hand hielt. »Wenn ich einmal verheiratet bin, müssen wir aufpassen, dass man uns nicht dabei erwischt.« Sie macht sich über mich lustig, dachte er, aber gleichzeitig wusste er, dass sie jedes Wort so meinte, wie sie es sagte. Sie hatte sich verlobt, und sie wollte heiraten, aber sie wollte ihn dennoch als Liebhaber behalten, ihn und vermutlich auch die anderen, die sie sich holte, wann immer ihr danach war.

Sie blies ihm einen Kuss zu und war weg, nur der Geruch nach Nelken und Minze hing noch in der staubigen Luft. Unter dem Tisch lag das Taschentuch, mit dem sie sich abgewischt hatte. Es würde hier liegen bleiben und zu einer harten, hässlichen Stoffskulptur trocknen, bis es eines der Dienstmädchen fand und wusch oder wegwarf.

Als er sich die Hose zuknöpfte, hörte er hinter sich ein Geräusch. Er fuhr herum und stand dem jungen Castenow gegenüber, Lillys Bruder, von dem er nicht einmal den Vornamen kannte.

»Was … was tun Sie hier?«, fuhr er ihn an, obwohl das eine unsinnige Frage war. Ganz offensichtlich hatte er ihnen zugesehen. Und wahrscheinlich war es nicht das erste Mal, dass er sie beobachtet hatte.

Der junge Castenow musterte ihn aus wässrigen Augen. Wie alt mochte er sein? überlegte Ludwig. Vielleicht neunzehn oder zwanzig, auf jeden Fall jünger als Lilly.

»Hast du nicht gehört, dass sie sich verheiraten will?«, fragte Castenow.

Louis hieß er mit Vornamen, erinnerte sich Ludwig, der alte Castenow hatte es einmal erwähnt.

»Und du … tust das hier mit ihr. Du bist ein Schwein!«

Ludwig öffnete den Mund, um ihm zu erklären, dass er Lilly nicht gerade vergewaltigt hatte, dass vielmehr sie von Anfang an die Initiative ergriffen hatte, aber dann schloss er ihn wieder. Was gingen ihren Bruder diese Dinge an!

»Sie ist meine Schwester. Ich will nicht, dass du meine Schwester besudelst.«

»Warum hältst du dich nicht einfach raus? Sie hat dich nicht um deine Meinung gebeten und ich auch nicht.« Im Übrigen ist es nun vorbei, wollte Ludwig noch hinzufügen, aber aus irgendeinem Grund sagte er es doch nicht.

»Ich hätte gute Lust, die ganze Sache auffliegen zu lassen«, fuhr Louis fort, als hätte Ludwig gar nichts gesagt.

Damit schadest du nur ihr, aber nicht mir, dachte Ludwig, aber er sprach auch diesen Gedanken nicht aus. Louis starrte ihn aus kleinen hasserfüllten Augen an. Seine Haut war unrein und großporig wie die eines noch jüngeren Burschen, aber ansonsten sah er nicht schlecht aus, hoch gewachsen wie er war und mit den hellblonden Haaren.

»Ich denke, ich werde mit meinem Vater reden«, sagte er nach einer Weile.

»Mit deinem Vater? Was soll das denn nun?«

»Ich werde ihm die Augen öffnen, was hinter seinem Rücken in seinem Haus getrieben wird. Was für ein Ungeziefer er sich da in den Pelz gesetzt hat.«

»Ich kann dich nicht daran hindern.« Ludwig wandte sich zum Gehen, scheinbar gleichmütig, aber innerlich tobend vor Ärger und Wut. Doch was er gesagt hatte, stimmte, er konnte es nicht verhindern, dass der junge Castenow zu seinem Vater lief und ihm alles petzte. Der Alte würde außer sich geraten, so viel stand fest, das hatte schon die Sache mit der freizügigen Szene an der Wand im Treppenhaus gezeigt.

»Keinen Pfennig wirst du für deine Schmiererei bekommen«, fuhr Louis fort. »Nichts wird er dir bezahlen, das kann ich dir versichern. Er wird die gesamte Summe zurückhalten, und mit Recht. Wer weiß, vielleicht hast du sie am Ende geschwängert, und es muss weggemacht werden.«

Ludwig atmete tief ein und aus, er schloss die Augen und versuchte die rote Wut zurückzudrängen, die ihm in den Kopf gestiegen war und alles ausfüllte, so dass er keinen klaren Gedanken mehr fassen konnte. Er musste sich zusammenreißen, damit er am Ende nicht noch handgreiflich wurde. Dieser verdammte Bengel, dachte er, er war ihm von Anfang an zuwider gewesen. Aber das Schlimmste war, dass der Kerl recht hatte. Ludwig würde tatsächlich keinen Pfennig von Castenow erhalten, wenn die Sache herauskam. Es gab keinen Vertrag, keine Verpflichtung, nichts Bindendes.

»Geh zum Teufel!«, stieß er zwischen zusammengebissenen Zähnen hervor.

Er drückte die Türklinke nach unten, aber im letzten Moment hielt ihn Castenow zurück. »Halt, warte noch!« Es war derselbe herrische Ton wie bei seiner Schwester. Widerwillig hielt Ludwig inne.

»Ich wäre unter gewissen Umständen bereit, mit mir reden zu lassen«, sagte Louis leise.

»Was willst du denn? Nun rede doch!«, fuhr ihn Ludwig an.

»Die Hälfte des Geldes gehört mir. Und versuch nicht, mich übers Ohr zu hauen, ich weiß, welchen Betrag ihr ausgemacht habt.«

»Was?« Ludwig schüttelte den Kopf. »Ich verstehe kein Wort!«

»Ich bekomme meinen Anteil von deinem Lohn, und meine Lippen sind versiegelt. Der Alte erfährt kein Wort.«

»Du erbärmlicher Dreckskerl …« Ludwig wollte nun wirklich auf ihn losgehen, aber Louis trat einen Schritt zurück und hob die Hände.

»Lass es dir erst einmal durch den Kopf gehen, bevor du mich niederschlägst. Immerhin gewinnen wir so beide. Und meine Schwester wird es dir gewiss danken. Auch wenn die Schweinerei natürlich aufhören muss – das versteht sich.«

Ludwigs Gedanken rasten. Wenn ich ein echter Kerl wäre, würde ich ihn ohrfeigen und dann stehen lassen, dachte er, ich würde dieses Haus verlassen und niemals wiederkommen. Ich hätte den Auftrag überhaupt nicht annehmen sollen, ich hätte mit Pechstein zur Südsee fahren sollen. Aber nun habe ich es doch getan, und es war harte Arbeit, und ich brauche das Geld. Mit der Miete bin ich zwei Monate im Rückstand, und wenn ich nicht etwas auf die hohe Kante lege, dann werde ich im nächsten Winter genauso erbärmlich frieren wie im letzten. Hol's der Teufel, dachte er, ich gebe ihm, was er will, und vergesse die Sache so schnell wie möglich.

Er hob den Kopf und begegnete dem hellblauen Blick des jungen Mannes. »Wenn ich abgerechnet habe, bekommst du deinen Teil.«

»Siehst du, das lobe ich mir. Du bist doch ein einsichtiger Bursche.« Der junge Castenow lachte hell und fröhlich, es klang wie das Lachen eines jungen Mädchens.

Ludwig ballte seine Hände zu Fäusten, aber weil sie in den Hosentaschen steckten, konnte Castenow es nicht einmal sehen.

Am 4. August 1914 erklärte England Deutschland den Krieg. Zuvor hatte Österreich-Ungarn den Krieg gegen Serbien eröffnet, woraufhin sich Russland und Frankreich auf die Seite der Serben stellten und Deutschland für Österreich-Ungarn Partei ergriff.

Der Kontinentalkrieg, den so viele so lange erwartet, befürchtet, herbeigesehnt hatten, war da.

Ludwig bekam am Morgen seine 1200 Mark von dem alten Castenow ausgehändigt, 600 Mark steckte er dem jungen Castenow zu, als dieser ihm wie zufällig im Flur begegnete. Im Entree traf er auf Lilly in Begleitung eines älteren Herrn. Er hatte den Arm um ihre Taille gelegt, seine Hand lag auf ihrer Hüfte. Sie trug flache Sandaletten, dadurch war sie genauso groß wie er, mit ihren üblichen hohen Schuhen hätte sie ihn ein Stück überragt.

»Ludwig«, flötete sie erfreut und streckte ihm die Hand hin. »Darf ich dir meinen Verlobten vorstellen. Cordt von Waldesruh. Cordt, das ist Ludwig Wunder, der Künstler, der diese herrlichen Fresken angefertigt hat.«

»Sehr angenehm«, sagte der Mann, dessen Kopfhaut rosa durch die dünnen Haare schimmerte. Er blinzelte Ludwig ein wenig misstrauisch an. Tränensäcke, stellte Ludwig fest, sie hat sich einen Kerl mit Tränensäcken ausgesucht. Er muss sehr reich sein, das ist die einzig mögliche Erklärung.

»Vielleicht können wir Herrn Wunder auch in unserem Haus tätig werden lassen?«, überlegte Lilly, während sich die Männer die Hände schüttelten. »Wir werden nämlich ebenfalls in Charlottenburg bauen«, fügte sie erklärend hinzu und lächelte Ludwig dabei an, so dass er ihre rote Zungenspitze zwischen ihren Zähnen glitzern sah. Zu seinem Ärger bekam er sofort eine Erektion.

»Das geht nicht«, sagte er brüsk und viel lauter, als er es beabsichtigt hatte. »Ich habe keine Zeit. Ich gedenke, Berlin zu verlassen.«

Die Worte überraschten ihn selbst genauso wie Lilly. »Ach! Du gehst weg? Wohin denn?« Ihr Lächeln wurde ein bisschen unsicher, als er sie wortlos anstarrte, während seine Gedanken zuerst durcheinanderflogen und sich dann aufreihten, in schönster Ordnung und Klarheit. Er hasste Lilly, das war der Gedanke, der ganz am Anfang der Reihe stand. Er hasste sie und ihren Bruder und ihre Verkommenheit. Er hasste sie, weil sie die Erinnerung an Maria und seine Gefühle für sie vollkommen in den Hintergrund gedrängt hatte. Und er hasste auch Maria, das war der zweite Gedanke, dafür, dass sie ihn verlassen hatte, anstatt ihn vor Lilly zu bewahren. Er hasste sich selbst, dachte er drittens, und wenn er die Achtung vor sich wieder finden wollte, dann musste er hier weg. Er musste diesen eitlen, dekadenten Menschen, diesem nichtigen Großstadtleben den Rücken kehren. Er musste seinen Körper spüren und wahre Gefühle fühlen: Leidenschaft, Angst, Kameradschaft, Schmerzen. Das würde er tun, dachte er zum Schluss: Er würde dem Tod ins

Auge schauen und endlich in seinem Innersten erfahren, was das hieß – zu leben.

Es lag alles so nahe. Er brauchte dafür nicht einmal um die halbe Welt zu reisen wie Pechstein, er brauchte auch kein Geld und keine Beziehungen, nur Mut.

»Ich werde mich freiwillig melden«, erklärte er. »Ich ziehe in den Krieg.«

Sechstes Kapitel

I.

Die geschlossene Reihe der Soldaten schob sich auf die Menge zu, und als sie sie fast erreicht hatten, eröffneten sie das Feuer. Es dauerte eine Weile, bis die Menschen erkannten, was geschah, dass die Soldaten sie angriffen, obwohl sie unbewaffnet waren, vollkommen wehrlos.

Panisch begannen die Ersten zu fliehen, und plötzlich war die breite Treppe voll von rennenden, schreienden Menschen. Hinter ihnen die Soldaten. Links, rechts, links, rechts, marschierten die Linien, im Gleichschritt, in völliger Gleichgültigkeit, wie eine furchtbare seelenlose Maschine. Sie hoben ihre Gewehre und schossen in die Menge, sie zielten gar nicht dabei, da waren ja so viele, jede Kugel traf. Überall fielen sie und starben und brachten im Tod noch diejenigen zum Stolpern und Sterben, die hinter ihnen rannten.

Die Frau hatte ihren kleinen Jungen an die Hand genommen und floh nun ebenfalls. Sie zog ihn hinter sich die Stufen hinunter, dann traf ihn eine Kugel, und er stürzte. Seine kleine Hand glitt aus ihrer großen, sie merkte es gar nicht in ihrer Panik und rannte einfach weiter.

Erst als sie fast unten war, hörte sie ihn schreien, aber da war es schon zu spät. Er lag ausgestreckt auf den Stufen, blutend streckte er die kleinen Arme nach ihr aus, dann wurde er von der Menge überrannt.

Ihr Mund wurde zu einem schwarzen Oval, ein schreiendes Loch. Weit aufgerissene Augen in dunklen Höhlen. Er war verloren, er war tot, es war ganz offensichtlich. Sie kämpfte sich dennoch durch das Meer der Fliehenden zurück, bis sie ihn erreicht hatte. Sie nahm ihn hoch und setzte sich wieder in Bewegung, aber anstatt zu fliehen, ging sie weiter treppauf, gegen den Strom, auf die Soldaten zu. Sie hielt ihren kleinen toten Sohn wie einen Schutzschild vor sich und stieg Stufe um Stufe nach oben.

Andere wurden auf sie aufmerksam und begannen ebenfalls, auf die Soldaten zuzugehen. Aber sie war die Erste. Mit dem toten Kind auf dem Arm trat sie in die Schatten, die die Körper der Soldaten auf die Treppe warfen. Die Soldaten hoben die Gewehre und erschossen sie.

Mira hielt Anselms Hand. Sie hatte sie schon viel früher ergriffen, als die protestierenden Matrosen auf Deck erschossen werden sollten. Und danach hatte sie Anselms Hand nicht mehr losgelassen. Sie hielt sie, als die meuternden Matrosen den toten Wakulintschuk am Kai von Odessa niederlegten. Sie hielt sie, als sie den Zettel auf seine Brust legten: *Für einen Löffel Suppe.* Sie hielt sie, als Soldaten anrückten, während des Massakers auf der Treppe, während der ganzen Filmvorstellung bis zum heroischen Ende der Revolutionäre.

Dann gingen die Lichter an, und sie ließ die Hand los. Anselms Augen glänzten im Licht der Kronleuchter. Waren das Tränen? Aber nein, das passte doch nicht zu ihm, dass er vor Rührung weinte.

»Es war wunderbar«, sagte sie leise, als er nichts sagte. Die Worte klangen seltsam unpassend. Es war überwältigend, revolutionär, schockierend. Was sagte man, um einen solchen Film zu beschreiben? Panzerkreuzer Potemkin, Anselms Lieblingsfilm, von dem er ihr so viel erzählt, von dem er so geschwärmt hatte.

»Schade«, sagte Anselm. »Es war ein Meisterwerk. Jetzt ist es konventionell, schal«, erklärte er, als Mira ihn ratlos ansah.

Sie nickte, ein wenig beschämt über ihre Begeisterung. »Ich habe die Originalversion ja leider nicht gesehen.«

»Eine Schande ist das«, sagte Anselm. Sie war sich nicht ganz sicher, ob er sie damit meinte oder ob er von den Zensoren sprach, die den Film zuerst verboten und dann verstümmelt hatten.

Er hatte sie ins Kino eingeladen, sobald er erfahren hatte, dass Panzerkreuzer Potemkin in Düsseldorf wiederaufgeführt wurde. Die Vorstellung fand im Capitol-Lichtspieltheater am Worringer Platz statt. Trotzdem bekannt war, dass der Film um fast eine Viertelstunde gekürzt worden war, war der Saal brechend voll. Es war ein anderes Publikum, als es Mira von den üblichen Kinovorführungen kannte. Männer mit Schnurrbärten und Schiebermützen, Frauen, die ihr Haar zu Zöpfen geflochten und um den Kopf gesteckt trugen. Während der Vorstellung waren alle so laut gewesen. Bei der Meuterei der Matrosen brach man in lauten Jubel aus, Wutschreie kommentierten die Erschießung des mutigen Wakulintschuk, und beim Massaker auf der Treppe brachen einige Frauen laut und ungehemmt in Tränen aus. Hinterher standen die Zuschauer auf den Stühlen, klatschten und pfiffen vor Begeisterung. Mira war es ein bisschen unheimlich – diese leidenschaftliche Anteilnahme, diese zur Schau gestellten Gefühle, als ob das Ganze kein Film wäre, sondern Wirklichkeit.

Im Orchestergraben packten die Musiker ihre Instrumente zusammen. Viele Blechbläser, ein paar Streicher, drei Schlagzeuger. Vor ihnen stand immer noch der Dirigent im Gespräch mit zwei anderen Männern.

»Kennst du sie?«, fragte Mira, weil Anselm immer zu ihnen hinuntersah.

»Den Dirigenten.« Anselm nahm seine Brille ab und begann sie zu putzen. »Die anderen beiden nicht, jedenfalls nicht persönlich. Sie sind aber in der Partei.« Die Partei, das hatte Mira inzwischen gelernt, war die KPD, die Kommunistische Partei Deutschlands. Und der Kommunismus, auch das hatte sie schnell begriffen, war Anselms Leidenschaft, seine Überzeugung, seine Religion.

Im Dezember 1926 hatte sie ihn zum ersten Mal zu der wöchentlichen Versammlung seiner Ortsgruppe begleitet, die im Hinterzimmer einer Gaststätte auf der Linienstraße stattfand. Seitdem ging sie immer mit, sie setzte sich schräg hinter Anselm, der den Treffen vorsaß, und trank schwarzen Kaffee oder Bier wie die anderen, obwohl sie beides nicht mochte.

Mira hatte am Anfang befürchtet, dass sie die einzige Frau wäre, aber das war nicht so. Die Männer überwogen zwar, aber immerhin gut ein Drittel der Mitglieder waren Frauen. Mira blieb aber trotzdem außen vor. Während sie hinter Anselm saß und ihren Kaffee trank und den anderen beim Diskutieren zuhörte, überlegte sie oft, woran das wohl lag, dass sie sich überhaupt nicht zugehörig fühlte.

Vielleicht war es ihr Beruf. Sie war das einzige Serviermädchen. Die anderen Frauen arbeiteten zum Großteil in Fabriken, sie sortierten Schrauben oder stapelten Metallteile oder nähten Kleidungsstücke in riesigen Hallen voller surrender Nähmaschinen. Sie lebten ein anderes Leben, sie dachten andere Gedanken, und sie sprachen eine Sprache, die Mira kaum verstand.

Vielleicht war es ihre Beziehung zu Anselm. Sie waren ein Paar, aber sie waren nicht verheiratet wie die anderen Paare. Sie waren nicht einmal verlobt. Waren sie überhaupt ein Paar?

Sie war sich nicht sicher, ob er sie liebte. Er besuchte sie jetzt oft, ging mit ihr spazieren, ins Theater oder ins Kino, und wenn sie ins Odeon kam und er spielte, brachte er sie hinterher nach Hause. Er diskutierte mit ihr über Filme, Musik und Politik, vor allem über Politik. Er küsste sie, wenn sie sich nachts vor ihrem Haus verabschiedeten, jedenfalls hatte er sie nun schon drei Mal geküsst, bevor sie mit klopfendem Herzen nach oben in ihr Dachzimmer gerannt war.

Er hatte aber niemals gefragt, ob er mit nach oben kommen könnte oder ob sie in seiner Wohnung in der Eller Straße übernachten wollte. Es wäre ja auch gar nicht möglich gewesen. Herrenbesuch war nicht erlaubt, und Frau Kanzler, die Zimmerwirtin, passte auf wie ein Luchs. In seinem Haus sah es bestimmt nicht anders aus. Aber trotzdem!

»Wie küsst er dich denn?«, hatte Gudrun sie gestern gefragt. Sie hatte Mira nach der Arbeit abgeholt und auf einen Tee in die Konditorei Bittner am Carlsplatz eingeladen. Mira aß Windbeutel, obwohl ihr eher nach etwas Herzhaftem war, nach der ganzen Rennerei in der Rheinterrasse.

»Wie meinst du das?«, fragte Mira zurück, obschon sie genau wusste, worauf Gudrun hinauswollte. Aber sie ärgerte sich schon wieder, dass sie überhaupt mit dem Thema angefangen hatte. Sie redete so ungern über solche intimen Dinge – ganz im Gegensatz zu Gudrun.

»Mit offenen oder geschlossenen Lippen?«, fragte ihre Freundin gespannt. Mira sah, wie sich die Dame am Tisch hinter Gudrun sehr aufrecht hinsetzte und den Kopf ein wenig zur Seite drehte, um besser hören zu können.

»Mal so, mal so«, meinte Mira ausweichend. Aber das war eine Lüge. Anselms Lippen waren geschlossen, fest geschlossen, wenn er sie küsste. Er umarmte sie dabei auch nicht, er legte ihr nur links und rechts eine Hand auf die Schulter, fast so, als wollte er Mira dadurch auf Distanz halten.

»Mal so, mal so«, wiederholte Gudrun nachdenklich. »Na, dann ist ja vielleicht noch Hoffnung.«

»Hoffnung worauf?«, fragte Mira ärgerlich, obwohl sie das Thema nun wirklich beenden wollte.

»Dass er endlich Leidenschaft für dich entwickelt«, erklärte Gudrun. »Nimm's mir nicht übel, aber so wie du ihn beschreibst, erscheint er einem als kalter Fisch.«

»Na, du musst es ja wissen«, gab Mira pikiert zurück. Anselm und ein kalter Fisch. Da sollte Gudrun ihn einmal hören, wenn er über die Ausbeutung der Arbeiter in den Fabriken herzog, wenn er von seiner Musik sprach oder von einem Film erzählte, der ihn begeistert hatte. Sie sollte nur einmal sehen, wie seine Augen glänzten und welches Feuer in seiner Stimme lag. Sie liebte ihn, wenn er so redete, zu ihr ganz persönlich oder in der Versammlung. Sie musste sich richtiggehend zurückhalten, dass sie sich bei diesen Gelegenheiten nicht auf ihn warf und küsste – mit weit geöffneten Lippen.

Nein, Anselm war kein sehr körperlicher Mensch, aber er war durch und durch leidenschaftlich. Von dieser Art von Leidenschaft verstand Gudrun jedoch nichts, weil sie viel zu oberflächlich dazu war, und darüber hinaus keine Spur von einem natürlichen, gesunden Schamempfinden besaß.

»Ja, ich muss es auch wissen«, antwortete Gudrun und zog dabei ihre gezupften Augenbrauen weit in die Stirn. »Zumindest in Liebesdingen bin ich dir nämlich um einige Erfahrungen voraus.«

Nun brüstete sie sich auch noch mit dieser Sache. Dabei war das Ganze doch so lächerlich, so abgeschmackt. So unverständlich.

Als Gudrun Mira vor einigen Monaten zum ersten Mal von ihrer *speziellen Freundschaft zu Iris Pressmann* erzählt hatte, hatte Mira zuerst gar nicht begriffen, was Gudrun ihr eigentlich sagen wollte. »Ich weiß doch, dass du mit ihr befreundet bist«, hatte sie verständnislos entgegnet.

»Aber es ist mehr als das«, hatte Gudrun gesagt, ohne Mira dabei anzusehen. »Wir lieben uns wirklich.«

Gudrun und Frau Pressmann waren ein Liebespaar, das hatte sie inzwischen verstanden. Sie küssten sich und machten Dinge miteinander, die sonst nur Männer und Frauen miteinander machten. Wobei Mira sich wirklich fragte, was genau sie miteinander anfingen. Sie konnte es sich einfach nicht vorstellen. Was auch daran liegen mochte, dass sie bislang weder mit einer Frau noch mit einem Mann Erfahrungen gesammelt hatte, die über das Küssen mit geschlossenen Lippen hinausgingen.

»Weiß eigentlich Herr Pressmann von der Affäre zwischen dir und seiner Frau?«, fragte sie Gudrun, während sie das letzte Stück Windbeutel in den Mund schob. Ihr war jetzt ein bisschen schlecht.

Gudrun steckte eine Zigarette in den Elfenbeinfilter. «Er weiß es, aber es kümmert ihn nicht«, sagte sie gleichgültig. Sie hielt ein brennendes Streichholz an ihre Zigarette und sog angestrengt, bis das Ende zu glühen begann. »Sie pflegen eine sehr freizügige Ehe. Und ich glaube, er hält die Sache auch nicht für ernst.« Weißer Rauch quoll aus ihrem Mund und stieg zur Decke.

»Ist es denn ernst?«, fragte Mira und hoffte, dass Gudrun lachen oder das Gesicht verziehen würde oder irgendetwas sagen würde, das diese seltsame Freundschaft mit der Pressmann relativierte. Aber Gudrun rauchte nur und dachte nach.

»Es ist jedenfalls die schönste Liebe, die ich bisher erfahren habe«, sagte sie nach einer Weile.

So war das zwischen Gudrun und Frau Pressmann. Jetzt stand Mira hier neben Anselm im Kino, der sich nicht von der Stelle rührte, obwohl sich der Saal inzwischen fast geleert hatte. »Ich denke, ich werde ein Wort mit ihnen wechseln«, murmelte er schließlich, mehr zu sich selbst als zu Mira. Es dauerte eine Weile, bis sie begriff, dass er von den drei Männern unten im Orchestergraben sprach.

»Soll ich draußen auf dich warten?«, fragte sie ein wenig unsicher.

Er schaute sie an, als sähe er sie zum ersten Mal. »Nein, warum das denn? Komm mit!«, sagte er nach kurzem Zögern.

Der Dirigent war dünn und nervös. »Guten Tag, guten Tag«, sagte er mit leiser Stimme, während er erst Anselm und dann Mira die Hand schüttelte. »Herr Guben. Genosse Anselm. Ich habe dich vorhin gar nicht gesehen. Und das Fräulein …«

»Schwarz«, sagte Anselm. »Genossin Schwarz.«

»Richtig, richtig«, sagte der Mann, obwohl er und Mira sich gar nicht kannten. »Nun, Genosse Guben ist Vorsitzender unserer Ortsgruppe. Wenn ich vorstellen darf: Das ist Herr Eisler aus Berlin. Und Herr Langhoff aus Hamburg. Beide eigens angereist aufgrund der heutigen Wiederaufführung.« Er nickte hastig mehrmals hintereinander.

»Wir sind uns auch einmal begegnet, aber Sie werden sich nicht an mich erinnern«, sagte Anselm zu dem kleinen, rundlichen Glatzkopf, den der Dirigent Herr Eisler genannt hatte.

»Offen gestanden, nein.« Eisler deutete einen Diener an. Sein Kopf war eine perfekte Kugel, genauso breit wie lang und bis auf einen schmalen Haarkranz über den Ohren vollkommen kahl.

»Ich wollte Ihnen mitteilen, dass ich ein großer Bewunderer Ihrer Arbeit bin«, fuhr Anselm fort. »Ich kenne Ihre Stücke …«

»Sind Sie auch Musiker?«, unterbrach ihn Eisler.

»Ja«, sagte Anselm. »Ich meine, nein.« Er räusperte sich. »Ich habe keine akademische Ausbildung, aber ich begleite Filmvorführungen in einem Lichtspieltheater.« Er räusperte sich noch einmal. »Dann und wann komponiere ich auch.«

»Sehr schön.« Der kleine runde Mann lächelte gleichgültig. Er will uns loswerden, dachte Mira betreten, und Anselm schien dasselbe zu denken, denn er deutete nun ebenfalls eine Verbeugung an.

»Wir müssen, Herr Eisler«, sagte der Mann mit dem Bürstenhaarschnitt. »Man will den Abend zur Feier der Wiederaufnahme des Panzerkreuzers gemeinsam ausklingen lassen, in einem Lokal in der Nähe.«

»Zur Feier der Wiederaufnahme?«, wiederholte Anselm, obwohl der andere gar nicht mit ihm gesprochen hatte. »Was gibt es denn an dieser Sache zu feiern? Der ursprüngliche Film wurde doch bis zur Unkenntlichkeit zensiert.«

Eislers rundes Gesicht veränderte sich plötzlich. Die joviale Fröhlichkeit verschwand, stattdessen erschien ein neuer Ausdruck, ernst, fast sorgenvoll. »Sie sehen es also auch so«, sagte er.

»Sicher sehe ich es so, wie sollte man es sonst sehen?«

»Für diejenigen, die den Film noch nicht kannten, für eben die könnte es doch eine Bereicherung sein, dass sie ihn nun doch zu sehen bekommen, wenn auch in gekürzter Form.«

»Was für eine Bereicherung sollte das sein?«, fragte Anselm. Sein Ton war jetzt nicht mehr devot und förmlich, er klang scharf, fast verächtlich. »Es ist doch ein verzerrtes Bild, das ihnen hiermit dargeboten wird.«

»Aber es ist dennoch beeindruckend«, meinte Mira. Ihre Stimme klang sehr fremd, so fremd, dass sie sich selbst kaum wiedererkannte. Was redete sie hier überhaupt? fragte sie sich dann, und seinem Gesichtsausdruck nach zu urteilen, schien sich Anselm dasselbe zu fragen.

»Finden Sie?«, fragte Eisler, bevor Anselm etwas sagen konnte. Auch der Dirigent und der Bürstenhaarschnitt sahen sie jetzt an, neugierig und ein wenig ungeduldig zugleich.

Mira spürte, wie ihr heiß wurde. Warum zum Teufel hatte sie nicht den Mund gehalten? Jetzt musste sie antworten.

»Nun, ich für meinen Teil habe den Film gerade das erste Mal gesehen. Und ich muss sagen, trotz der Zensierung hat er einen starken Eindruck auf mich gemacht.«

»Sehen Sie«, sagte Eisler begeistert und deutete dabei mit dem Zeigefinger auf Anselm.

Mira fühlte sich auf einmal schuldbewusst. »Ich meine, ich kenne das Original natürlich nicht und kann nicht beurteilen …«

»Eben drum«, fiel ihr der Glatzkopf ins Wort. »Das macht Ihr Urteil so wertvoll. Wie war noch einmal Ihr Name?«

»Mira …« begann Mira, und »Genossin Schwarz«, sagte Anselm gleichzeitig.

»Sehr erfreut.« Eisler nickte begeistert, obwohl er kein Wort verstanden haben konnte. »Nun, wie schon gesagt, wir wollen uns gleich zu einer kleinen Feier versammeln. Wenn Sie beide Lust hätten, uns zu beehren, es wäre mir ein Vergnügen.«

Sie wechselten einen Blick. Mira sah, dass Anselms Augen leuchteten.

»Vielen Dank«, sagte er. »Wir kommen natürlich gerne.«

»Das Lokal nennt sich *Zur goldenen Henne*«, erklärte der Dirigent. »Auch wenn ich zugeben muss, dass dieser Name mir persönlich ein wenig seltsam erscheint für einen Treffpunkt der Kommunistischen Partei.«

Die Goldene Henne lag auf der Kaiser-Wilhelm-Straße, es war ein großes, düsteres Etablissement mit unzähligen verstaubten Bildern an den Wänden, teils Gemälde, teils Zeichnungen und Fotografien, ein wildes Sammelsurium an Abbildungen. Der kleine, runde Eisler und der Dirigent standen an der Theke in einer Gruppe von Musikern und anderen Männern und ein paar Frauen. Einige davon kamen Mira bekannt vor, vielleicht weil sie ihnen bei den Versammlungen begegnet war.

»Der Mann heißt Eisler, Hanns Eisler«, hatte Anselm ihr auf dem Weg hierher erklärt. »Er ist ein ganz hervorragender Komponist und Musiker, der sich der kommunistischen Sache verschrieben hat, auch wenn er bislang kein Parteimitglied ist. Er hat bei Schönberg studiert und auch in seinem Stil der Zwölftonmusik gearbeitet, aber in letzter Zeit hat er sich doch sehr davon abgewandt. L'art pour l'art und Musik für die Arbeiter gehen eben schlecht zusammen. Er soll sich sogar mit seinem Meister darüber überworfen haben, wenn man den Gerüchten Glauben schenken kann.«

Mira nickte. Schönberg, wer war Schönberg? Was bedeutete Zwölftonmusik und l'art pour l'art? Sie hätte Anselm gerne gefragt, aber sie wusste, dass er jetzt viel zu aufgewühlt war, um derartige Fragen zu beantworten. Wie er sich darüber freute, dass er zu der Feier eingeladen worden war! Und das hast du allein mir zu verdanken, dachte Mira plötzlich. Wenn ich mich nicht so positiv über den Film geäußert hätte, hätten uns diese Männer ohne Weiteres abgefertigt. Aber das war Anselm nicht bewusst, und wenn sie ihn darauf hingewiesen hätte, wäre er nur lachend darüber hinweggegangen, wie über die altklugen Worte eines Kindes.

Sie stellten sich zu der kleinen Gruppe an der Theke. Anselm putzte seine Brille. Der Kellner drückte Mira ein Glas Bier in die Hand, ohne sich zu erkundigen, ob sie vielleicht etwas anderes trinken wollte. Sie umklammerte ihr Glas mit beiden Händen. Man redete über den Film, über das, was die Zensur aus ihm gemacht hatte.

»Hat Eisler eigentlich die Musik zum Panzerkreuzer komponiert?«, fragte Mira. Anselm überhörte die Frage, weil Mira so leise gesprochen hatte, aber der Mann mit dem Bürstenhaarschnitt hatte sie verstanden.

»Die Filmmusik ist von Edmund Meisel«, sagte er. »Er hat sie für die deutsche Filmpremiere geschrieben, aber nun ist sie so erfolgreich, dass sie in ganz Europa gespielt wird.«

»Aha.« Mira versuchte sich an seinen Namen zu erinnern, der Dirigent hatte ihn doch vorhin vorgestellt, aber sie kam nicht darauf.

»Genosse Langhoff«, half er ihr. Wie alt mochte er sein? Fünfundzwanzig, dreißig, in jedem Fall jünger als Eisler, aber vielleicht war der ja auch jünger, als seine Glatze ihn machte.

»Genossin Schwarz«, stellte sich Mira vor. »Ich bin mit dem Genossen Guben gekommen.«

Der Mann lachte spöttisch. »Sind Sie das?«

Mira ärgerte sich über ihre eigenen Worte, und über ihn ärgerte sie sich auch.

Genosse Langhoff hob sein Glas und prostete Mira zu, Mira prostete zurück, dann wandte sie sich ab. Die Männer sprachen jetzt über die Theaterszene in Berlin, Anselm diskutierte eifrig mit, er kannte alle Namen, alle Ereignisse, alle Entwicklungen. »Piscator«, fragte er. »Was macht eigentlich Piscator?« Als wäre es ein alter Bekannter, den er lange nicht gesehen hatte.

»Ärger macht er – was sonst?«, sagte einer der Musiker. »Was immer er anpackt, wird ein Skandal. Haben Sie das Nachtasyl schon gesehen?«

»Wie das denn! Ohne Beziehungen bekommt man ja kaum Karten«, meinte ein anderer.

»Man hört, dass er nicht mehr lange an der Volksbühne bleiben will«, meinte Anselm.

»Man hört so vieles, wenn der Tag lang ist«, sagte Hanns Eisler fast verächtlich.

»Soll er doch hinschmeißen«, meinte nun Langhoff. »Es wäre an der Zeit für etwas Neues.«

»Ein revolutionäres Arbeitertheater.«

»Das die Dinge beim Namen nennt.«

»Aber dafür eine sichere Stellung aufgeben? An der Volksbühne hat er als Regisseur sein Auskommen.«

»Als ob es ihm darum ginge.«

Miras Kopf begann sich zu drehen. Die stickige Luft in der Kneipe und das Bier, und sie hatte noch nichts zu Abend gegessen. Und all die Namen, die im Raum schwirrten, Piscator, Nachtasyl, Volksbühne.

»Ja, Berlin«, sagte Anselm schwärmerisch. »Das ist etwas anderes als Düsseldorf. Da ist Bewegung, da muss man hin.«

»Das eine und das andere ist ja gar nicht zu vergleichen«, fiel Langhoff mit lauter Stimme ein. »Hier ist Provinz, aber Berlin ist die Hauptstadt.«

»Berlin ist ein Moloch«, sagte Eisler.

»Aber lebendig.« Anselm griff sich ein Bierglas vom Tablett eines vorübergehenden Kellners. »Und lebendig ist gut.«

Mira spürte, wie ihre Brust seltsam eng wurde. Es war ja ganz unverkennbar, Anselm wollte weg aus Düsseldorf, alles zog ihn nach Berlin. Aber wenn er ginge, würde er sie bestimmt nicht mitnehmen, so eng waren sie noch nicht. Vielleicht würden sie es auch nie werden. Trotzdem war der Gedanke völlig unerträglich, dass er gehen könnte und sie zurückbleiben würde.

»Es hat aber doch keinen Sinn, dass nun alle Welt nach Berlin rennt.« Wieder brachen die Worte aus ihr heraus, bevor sie richtig darüber nachgedacht hatte. »Wenn die Revolution Zukunft haben soll, dann muss man die Dinge doch in ganz Deutschland in Bewegung bringen, nicht nur in der Hauptstadt.«

»Das ist wohl wahr!« Eisler nickte so heftig, dass sein volles Bierglas überschwappte, aber er nahm es gar nicht zur Kenntnis. »Wo man steht und lebt, muss man etwas ausrichten, in Düsseldorf, Stuttgart und Hannover und in Kleinwinkeldorf. Überall in Deutschland gibt es zu tun. Man muss es nur anpacken!«

»Ja, aber die Impulse gehen doch von Berlin aus«, sagte Langhoff, während er die Nase verzog, als röche er etwas Unangenehmes. »Das ist nicht zu leugnen.«

»So lange alle nur auf Berlin starren und auf das, was dort passiert, wird das auch so bleiben«, meinte Mira.

»Bravo!« Eisler lachte. »Sie nehmen mir die Worte aus dem Mund. Wie war noch einmal Ihr Name, liebes Fräulein?«

»Mira Schwarz«, sagte Mira. Diesmal ließ sie die *Genossin* ganz bewusst weg.

»Sie haben das Herz auf dem richtigen Fleck!« Eisler hob sein Glas, dann trank er es in einem Zug leer. »Ah. Und auch das Bier schmeckt hier besser als diese Plörre in Berlin.«

»Wie war noch einmal der werte Name?«, machte Anselm den Dirigenten nach, als er Mira später zur Droschke brachte. »Du hast ja einen mächtigen Eindruck auf Eisler gemacht, das muss man schon sagen.«

»Ach was.« Mira warf einen verstohlenen Blick auf Anselms Gesicht. Er wirkte aufgekratzt, fast wie berauscht, dabei hatte er höchstens drei Gläser Bier getrunken.

Es gefällt ihm, dass Eisler mich mochte, dachte sie. Aber mir gefällt es nicht, dass es ihm gefällt. Ich wünschte, er wäre eifersüchtig, wenigstens ein bisschen.

Sie verabschiedeten sich am Mintropplatz, Mira nahm eine Droschke, Anselm wollte zu Fuß nach Hause gehen. Er wartete noch so lange, bis der Fahrer den Wagen angekurbelt hatte. Sie betrachtete ihn durch das schmale Fenster, wie er da stand und in die Dunkelheit blickte.

Sie fragte sich, woran er dachte. An den Panzerkreuzer oder an Eisler oder an Berlin. Aber ganz bestimmt nicht an mich, dachte sie, als der Motor endlich ansprang und der Fahrer in den Wagen stieg.

II.

Der verrückte Maler hieß Nero, das hatte er Mira jedenfalls erzählt. Nero Battaglia. Sie glaubte aber nicht, dass das sein richtiger Name war, zumindest sprach er deutsch ohne irgendeinen ausländischen Akzent. Er kam immer noch jeden Tag zwischen halb elf und elf Uhr, trank seinen Kaffee und zeichnete dabei in sein Skizzenbuch, und wenn Mira ein bisschen Zeit hatte, unterhielt sie sich mit ihm. »Gestern habe ich Panzerkreuzer Potemkin gesehen«, erzählte sie ihm, während sie mit einem feuchten Lappen über einen klebrigen Ring auf der Marmorplatte fuhr. »Kennen Sie den Film?«

»Panzerkreuzer ....« Er schüttelte ratlos den Kopf. »Nein, ich gehe wohl manchmal ins Kino, aber an diesen Film kann ich mich nicht erinnern. Worum geht es denn darin? Um den Krieg?«

»Um die russische Revolution.«

»Um die Revolution. Das ist besser. Aber ich kenne ihn gleichwohl nicht.«

»Es war aber sehr beeindruckend«, sagte Mira.

Als sie die leere Kaffeetasse wieder abholte, warf sie einen Blick in sein Skizzenbuch. Er malte meistens seine eigenartigen Maschinen, die sich aus toten und lebendigen Tieren und essbaren Dingen zusammensetzten. Daneben kritzelte er in winzigen, fast unleserlichen Buchstaben seine wirren Texte, und manchmal las er sie ihr auch vor. »Dada ist die Sonne«, las er. »Dada ist das Ei. Dada ist die Polizei der Polizei.«

Aber heute hatte er keine Maschine aus Tieren und Lebensmitteln entworfen, sondern ein Schlachtfeld gezeichnet: halbnackte Männerkörper, aufgespießt von Bajonetten, abgeschnittene Gliedmaßen, Bombenkrater, Schützengräben. Ein halbverwester Totenschädel am vorderen Bildrand, seine leeren Augenhöhlen starrten sie an. Blut, Sturzbäche von Blut, obwohl es eine Bleistiftzeichnung war, war es offensichtlich, dass es Blut war.

»Sie waren im Krieg«, sagte Mira betroffen.

»Der Krieg ist eine schlimme Sache«, erwiderte er nachdenklich. »Ich halte nichts davon.«

»Ich auch nicht.« Sie streckte die Groschen ein, die er für den Kaffee auf den Tisch gelegt hatte.

»Wie finden Sie die Zeichnung?«, fragte er.

»Ich verstehe nichts von Kunst, aber Ihre anderen Bilder gefallen mir besser. Die Tiermaschinen, die Sie sonst immer zeichnen.«

»Ja.« Er nickte. »Aber man kann es sich schließlich nicht aussuchen.«

Was heraus muss, muss heraus, dachte sie, und das brachte sie auf Otto. Sie sahen sich jetzt öfter, Otto und Mira. Ein oder zwei Mal in der Woche holte er sie nach der Arbeit in der Rheinterrasse ab und lud sie zum Essen ein. Sie sprachen nie mehr über *ihr Geheimnis*, wie er es genannt hatte, und auch Sigmund Freud und seine Psychoanalyse wurden nicht mehr erwähnt.

»Ich habe keine Lust, mich von Ihnen wie eine Geisteskranke behandeln zu lassen«, hatte sie ihm erklärt.

»Als ob ich das jemals getan hätte.«

»Kein Wort über meinen Seelenzustand«, beharrte sie. »Sonst stehe ich direkt auf und gehe.«

Sie meinte es so, und er wusste das, also sprachen sie über andere Dinge. Sie erzählte ihm von den Filmen, die sie sah, er erzählte von seiner Arbeit und den Büchern, die er las. Vor ein paar Tagen hatte sie ihn gefragt, ob er immer noch in Gudrun verliebt sei. »Ich glaube nicht«, entgegnete er, nachdem er kurz über die Frage nachgedacht hatte. »Aber vielleicht liegt es nur daran, dass ich eingesehen habe, dass ich keine Chance habe, bei ihr zu landen.«

»Das ist gut«, meinte Mira, und als Gegenleistung für seine ehrliche Antwort erzählte sie ihm von Anselm.

»Ein Kommunist«, sagte Otto überrascht. »Das hätte ich nicht von Ihnen gedacht.«

»Haben Sie etwas gegen die kommunistische Partei? Halten Sie es etwa mit den Rechten?«

Die Frage meinte sie natürlich nicht ernst. Otto und die Nationalsozialisten mit ihrem Gebrüll von Vaterland und Volk und Ehre – das passte einfach nicht zusammen.

Er ging auch gar nicht erst auf die Frage ein. »Die meisten Kommunisten haben meiner Meinung nach so etwas Verbohrtes …«

»Anselm aber nicht.«

»Natürlich nicht«, sagte er und grinste.

Sie spürte, wie sie rot wurde, und das ärgerte sie so sehr, dass sie noch heftiger errötete.

»Warum stellen Sie mir Ihren Verlobten nicht einfach einmal vor, damit ich mir mein eigenes Bild machen kann?«, meinte er.

»Das geht nicht«, sagte sie schnell. Warum wollte sie nicht, dass die beiden sich kennen lernten? Weil es stimmt, dachte sie betroffen. Anselm entspricht genau der Vorstellung, die Otto sich von einem Kommunisten macht. Er ist durch und durch verbohrt.

Otto grinste noch breiter, als könne er ihre Gedanken lesen. Aber ich liebe ihn, und dich liebe ich nicht, dachte Mira, und das verlieh ihr ein Gefühl des Triumphes.

»Warum können Sie ihn mir nicht vorstellen?«, fragte Otto.

Mira suchte einen Moment lang nach einer Ausflucht. Weil er so beschäftigt ist. Weil er verreist ist. Weil er der deutschen Sprache nicht mächtig ist. Zum Teufel damit, dachte sie.

»Weil Sie sich nicht mit ihm verstehen würden. Und er sich nicht mit Ihnen.«

»Sind Sie sich da so sicher?«

»Vollkommen.«

Er zündete sich eine Zigarette an und blies den Rauch an ihrem Kopf vorbei. »Sie sind ein ganz eigenartiges Mädchen, Mira«, sagte er nachdenklich. »Ich werde und werde einfach nicht schlau aus Ihnen.«

Das ging ihr schon wieder viel zu sehr in die Richtung Freud und Psychoanalyse. Sie winkte dem Kellner und fragte nach der Rechnung, obwohl Otto es doch gewesen war, der sie zum Essen eingeladen hatte und nicht umgekehrt.

Während sie über Otto nachdachte, hatte der Mann, der sich Nero Battaglia nannte, wieder in sein Skizzenbuch gestarrt. »Hüten Sie sich«, sagte er jetzt düster.

»Was meinen Sie damit?«, fragte sie erschrocken. Wollte er sie etwa vor Otto warnen? Oder vor Anselm? Er kannte doch weder den einen noch den anderen.

»Es wird einen neuen Krieg geben«, sagte er.

»Ach, Unsinn«, meinte sie. »Wie kommen Sie denn auf so etwas?« Sie spürte aber gleichzeitig, wie ihr ein Schauder den Rücken hinunterlief.

»Die Menschen beginnen die Gräuel zu vergessen. Aber wer vergisst, rennt alsbald wieder in das gleiche Unglück. Es ist nie anders gewesen.«

»Warum erzählen Sie mir das?« Sie blickte sich nervös um. An zwei Tischen an der Fensterseite saßen neue Gäste, die ungeduldig darauf warteten, ihre Bestellungen aufzugeben. Wenn Herr Kiesemann sah, dass sie hier stand und plauderte, war sie ihre Stellung schneller los, als sie blinzeln konnte. Sie ging aber trotzdem nicht weiter, sondern sah ihm dabei zu, wie er sein Skizzenbuch zuklappte und aufstand und seinen Schal um die Schultern legte. »Ich kann es ja nicht ändern«, sagte er unglücklich. »Aber wenn Sie gewarnt sind, können Sie sich vielleicht rechtzeitig in Sicherheit bringen.«

Warum ich? wollte sie fragen. Warum warnen Sie mich? Warum sollte ausgerechnet ich mich in Sicherheit bringen? Aber da hatte er sich schon umgedreht und war weggegangen.

Ihre Mutter hatte auf der Lorettostraße eine Wohnung angemietet, in der sie nun mit Hilde Kanzinger Schmuck produzierte. Unser Atelier, nannte sie die Räume hochtrabend, obwohl es nur zwei schäbige feuchte Kellerräume waren, in die durch schmale Oberlichter Tageslicht drang. Es überraschte Mira, dass sie sich damit zufriedengab, dass sie nicht gleich einen eleganten Salon auf der Hohen Straße anmietete wie Gudrun.

Vielleicht hatte sie es ja versucht, aber keinen Vermieter gefunden, der dumm genug gewesen war, sich auf sie einzulassen.

Das Geschäft schien jedenfalls nicht übel zu laufen. Immer wenn Mira im Atelier vorbeikam, saßen ihre Mutter und Hilde vor Bergen von glitzernden Broschen, Ketten, Halsbändern, und an der Wand stapelten sich kleine Kartons mit den fertigen Waren. Es konnte natürlich auch sein, dass das Ganze eine einzige große schillernde Seifenblase war, die schneller platzen würde, als sie entstanden war. In jedem Fall hatte ihre Mutter Mira bereits seit mehreren Wochen nicht mehr nach Geld gefragt.

»Mirabella, da bist du ja endlich«, rief sie aus, als Mira die Tür zum Atelier aufschob. Als ob sie verabredet gewesen wären, dabei kam Mira ganz spontan vorbei. Sie brachte eine fast volle Flasche Silvaner, die im Restaurant bestellt und dann doch nicht mehr getrunken worden war. Herr Kiesemann bestand darauf, dass der Wein weggeschüttet wurde, wenn er zurückging, aber die Mädchen hielten sich nicht daran.

»Da wollen wir uns doch gleich ein Gläschen genehmigen«, sagte ihre Mutter, nachdem sie den Wein entdeckt hatte. »Morgen schmeckt er nur noch halb so gut.«

Sie nahm Mira die Flasche aus der Hand und verschwand in der kleinen Küche, die sich an den Arbeitsraum anschloss. Mira blieb mitten im Raum stehen und sah, dass neben Hilde noch ein anderes Mädchen am Tisch saß, ein mageres Ding mit einer großen Nase und schweren dunklen Haaren, die sie wie einen Helm um den Kopf geschlungen hatte. Sie lächelte Mira unsicher an und richtete ihren Blick dann rasch wieder auf eine schmetterlingsförmige Brosche, die sie mit Glasperlen beklebte. »Das ist Elfie«, sagte Hilde.

»Mira«, stellte Mira sich selber vor. »Wie läuft das Geschäft denn so?«

»So gut, dass wir es zu zweit gar nicht mehr bewältigen können«, antwortete ihre Mutter, die mit vier Weingläsern aus der Küche zurückkam. »Auf unseren Erfolg, Prost, die Damen!« Sie nahm einen kräftigen Zug aus ihrem Glas, während die drei anderen nur an ihrem Wein nippten und die Gläser dann auf den Tisch stellten.

»Gut, dass du endlich da bist«, wandte sich ihre Mutter an Mira. »Komm einmal mit nach nebenan, ich habe mit dir zu reden.«

»Machen wir es kurz«, begann sie, als sie sich in der winzigen Küche zwischen Herd und Spülstein drängten. Über ihnen baumelte eine schwache Glühbirne und tauchte die Mitte des Raums in ein helles Licht, das an den Rändern ins Dunkle ausfranste. Auf der Spüle stapelten sich Kaffeetassen, ein paar Teller mit Kuchenkrümeln. Es roch nach Schimmel und feuchten Wänden. Mira hätte gerne ein Fenster geöffnet, aber es gab keines.

»Der Zirkus ist in der Stadt.« Ihre Mutter stand jetzt so dicht neben ihr, dass Mira den Vanilleduft ihrer Gesichtscreme riechen konnte.

Miras Herz begann erst leise zu hämmern und steigerte sich dann rasch wie eine Maschine, die eine Weile braucht, um richtig in Fahrt zu kommen. »Welcher Zirkus?«, fragte sie, obwohl sie es doch genau wusste.

»Welcher Zirkus wohl?«

»Aber Lombardi ist lange tot. Ich dachte, die Truppe hat sich aufgelöst.«

»Sie haben sich einer anderen Truppe angeschlossen. Zirkus Eltinger. Sie gastieren auf der Golzheimer Heide.«

»Warst du schon dort?« Die Maschine in ihrer Brust arbeitete jetzt auf Hochtouren.

»Noch nicht. Ich dachte, vielleicht könnten wir beide …«

»Woher weißt du überhaupt davon? Dass die Leute von damals jetzt mit diesem Zirkus reisen und dass sie hier sind? Stehst du noch in Kontakt mit ihnen? Oder hast du wieder eine deiner Erscheinungen gehabt?«

Ihre Mutter verzog ein wenig verächtlich das Gesicht und antwortete nicht.

»Wer ist denn noch dabei? Die meisten von früher sind doch inzwischen tot.«

»Pito, Domenica, Chiara, Silvan, Eva und Blasius …. sogar Vanja ist angeblich noch mit von der Partie.«

»Und Mirko? Mirko auch?« Miras Stimme klang dünn und gepresst, weil ihr jagendes, hämmerndes Herz ihre gesamte Energie verbrauchte.

»Ja«, sagte ihre Mutter.

Dann schwiegen sie beide. Mira starrte auf die schmutzigen Teller auf dem Spülstein, und ihre Mutter starrte auf die Fettflecken über dem Herd.

»Was ist nun? Kommst du heute Abend mit zur Vorstellung?«, fragte sie nach einer Weile. Auch ihre Stimme war jetzt seltsam brüchig.

Mira riss ihre Augen von den Tellern los und schaute ihre Mutter an. Sie sah die schwarz geschminkten Augen und die vielen kleinen Fältchen, jedes einzelne warf im Licht der Glühbirne einen harten, grausamen Schatten. Du hast mich im Stich gelassen, dachte sie.

»Nein, Mutter«, sagte sie laut, und ihre Stimme klang auf einmal fest und sicher, obwohl ihr Herzschlag inzwischen ihren ganzen Brustkorb erfüllte. »Da musst du schon alleine hingehen. Ich habe mit dieser Angelegenheit nichts mehr zu schaffen.«

Das war natürlich eine Lüge. Mira wusste, dass kein Weg daran vorbeiführte. Sie musste den Zirkus sehen. Es war wie eine Reise in die Vergangenheit, in eine Vergangenheit vor der Vergangenheit, bevor die ganze Welt von einem Tag zum anderen zusammengebrochen war. Die einzige Frage war, wer sie dorthin begleiten sollte. Am liebsten hätte sie Gudrun mitgenommen, aber ihre Freundin war übers Wochenende verreist. Wir fahren ein paar Tage in die Berge, hatte sie Mira erzählt. Wir, das schloss natürlich die Pressmann mit ein.

Otto wäre bestimmt mitgekommen. Aber Otto war ohnehin schon besessen von ihrer Vergangenheit. Er stellte so viele Fragen und zog so viele Schlüsse.

Also fragte sie Anselm. Er sträubte sich am Anfang, als er hörte, dass sie in den Zirkus wollte. »Das ist doch etwas für Kinder und Spießbürger.«

»Ach, hab dich nicht so! Ich möchte es nun einmal so gerne sehen.«

Sie fuhren mit der Elektrischen bis zur Endstation und gingen dann zu Fuß, am Gelände der Luftschiffhalle vorbei. Auf dem halbrunden Dach strahlten unzählige Lampen ihr fahles Licht in den abendgrauen Aprilhimmel – als ob mitten in der Nacht noch ein Luftschiff erwartet wurde.

Mira hatte den Arm in seinen gelegt, ihre Hände berührten sich. »Bist du als Kind gern in den Zirkus gegangen?«, fragte sie.

»Welches Kind geht nicht gern in den Zirkus?«, fragte Anselm zurück. »Aber bei uns fehlte es immer an Geld. Brot ist wichtiger als Spiele, hat meine Mutter gesagt, damals hab ich nicht verstanden, was sie damit meinte – heute weiß ich es.«

Sie nickte betreten und fühlte sich plötzlich frivol und oberflächlich, wie immer, wenn Anselm von seiner Kindheit erzählte. Er war in einer großen Bergarbeiterfamilie in Duisburg aufgewachsen. Sein Vater war an einer Staublunge gestorben, bevor er die Fünfzig erreicht hatte, und hatte eine Frau und sieben Kinder zurückgelassen. »Und ein achtes im Bauch, aber das ist gestorben, kaum dass es geboren war«, hatte Anselm erzählt. Anselm war mit sechzehn Jahren der Älteste, er wollte studieren, aber das war natürlich undenkbar, er und sein vierzehnjähriger Bruder mussten die Familie ernähren. Sein einziger Trost war das alte verstimmte Klavier, das bei einem Nachbarn im Schuppen stand und auf dem er spielen durfte. Und ein alter Organist, der ihm seine Noten lieh und ihm das eine oder andere erklärte, wenn Anselm dafür hin und wieder im Gottesdienst orgelte.

»Lebt deine Mutter noch?«, fragte Mira, während vor ihnen der Zirkus auftauchte. Bunte Fähnchen schwebten in der dämmrigen Luft über den Zelten. Sie hatte plötzlich den Geruch von nassem Sägemehl und wilden Tieren in der Nase, aber das war Unsinn, dafür waren sie noch viel zu weit entfernt.

»Ja« sagte Anselm. Mehr sagte er nicht, und sie verstand sofort, dass er nicht darüber reden wollte. Sie schob ihren Arm fester in seinen, weil sie merkte, dass er von ihr wegdrängte. Das Gefühl war ihr so vertraut, dass man auf und davon wollte, wenn man über etwas reden sollte, das einem widerstrebte. Vielleicht habe ich mich deshalb in Anselm verliebt, dachte sie, weil es ihm genauso geht wie mir. Und weil er niemals in mich eindringt. Er ist nicht wie Otto, der ständig versucht, hinter mein Geheimnis zu kommen. Anselm nimmt mich, wie ich bin, es interessiert ihn nicht, was hinter mir liegt.

»Und du?«, fragte Anselm. »Bist du gerne in den Zirkus gegangen als Kind?«

Sie lachte. »Welches Kind geht nicht gern in den Zirkus?«, antwortete sie ihm dann mit seinen eigenen Worten. Er weiß nicht das Geringste von mir, dachte sie. Und es ist gut so. Was vorbei ist, ist vorbei.

Der Zirkus war klein und schäbig, ein windschiefes Hauptzelt, um das sich ängstlich und armselig eine Handvoll winziger Zelte und Wohnwagen drängte. Zirkus Eltinger verkündeten die roten, weißen und gelben Glühbirnen über dem Eingang zur Manege. Man konnte es aber in der Dunkelheit kaum lesen, weil nur jede dritte Lampe brannte. Unser Zirkus war viel größer, dachte Mira. Aber vielleicht täuschte sie sich ja auch, in der Erinnerung wuchsen die Dinge immer ins Unermessliche, im Guten wie im Schlechten. Eine dicke Frau mit dunklem Schnurrbart verkaufte die Eintrittskarten.

»Vorstellung oder Menagerie?«, fragte sie mürrisch, als Mira und Anselm vor ihren Tisch traten.

»Nur zur Vorstellung«, sagte Anselm.

»Es ist aber noch eine halbe Stunde hin«, meinte sie, während sie ihnen ihre Karten gab.

Drinnen war noch alles leer. Anselm wollte gleich in die erste Reihe, aber Mira wehrte erschrocken ab. »Das ist verkehrt im Zirkus. Die Clowns suchen sich ihre Opfer meist unter den Zuschauern in der ersten Reihe aus.« Sie wollte sehen, nicht gesehen werden. Obwohl sie ohnehin keiner wiedererkennen würde, sie war ja damals noch ein kleines Kind gewesen.

Sie setzten sich in also in die vierte Reihe und unterhielten sich über die Versammlung, die am letzten Wochenende stattgefunden hatte, über die Verhältnisse, die immer ungerechter wurden, den Reichtum, der ins Unermessliche stieg, die Armen, die mehr und mehr verelendeten. Es war keine richtige Unterhaltung, es war eher so, dass Anselm redete und Mira zuhörte oder zumindest so tat, als ob sie zuhörte. In Wirklichkeit suchten ihre Augen die Sitzreihen ab, die sich langsam zu füllen begannen. Wenn nur ihre Mutter nicht kam und sie hier fand, zusammen mit Anselm, den Mira ihr immer noch nicht vorgestellt hatte.

Aber ihre Mutter kam nicht. Es kamen überhaupt nur sehr wenige Besucher, dafür dass es ein Samstagabend war. Als das Zelt etwa zu einem Viertel gefüllt war, spielte die Vier-Mann-Kapelle über der Manege einen Tusch, dann betrat der Direktor die Manege.

Es war ein armseliger Zirkus, und es war eine armselige Vorstellung. Ein paar Clowns, die sich gegenseitig Wasser ins Gesicht spritzten und über ihre großen Schuhe stolperten. Liliputaner auf Fahrrädern, deren Gesichter Mira nicht kannte. Ein Mann in einer roten Uniform, der einen müden Löwen rund um die Manege jagte und am Schluss durch einen brennenden Reifen springen ließ. Der Löwe verweigerte den Sprung viermal, erst als ihm der Dompteur mit der Peitsche eins überzog, machte er einen gelangweilten Satz, aber auf der anderen Seite setzte er sich sofort wieder hin und leckte seine Pfoten.

Dann kamen die Seiltänzer. Eva, dachte Mira, Vanja. Sie setzte sich ganz aufrecht hin und starrte auf die schlanken Menschen in ihren eng anliegenden Trikots, die mit einem Einrad über das Seil jagten, jung und kraftvoll. Vanja und Eva und die anderen wären heute so alt wie ihre Mutter. Zu alt für einen Hochseilakt. Die Artisten waren Fremde. Sie war vollkommen umsonst hierher gekommen.

Später kam ein Gewichtheber und zeigte seine Muskeln. In der Mitte der Manege drückte er eine Gewichtsstange nach oben. Mira sah, wie sich sein Kopf rötete und die Adern an seinen Schläfen nach außen traten. Vielleicht ist er mein Vater, dachte sie. Ob sie irgendetwas spüren würde, wenn er tatsächlich ihr Vater wäre? Nein, sicher nicht. Die Stimme des Blutes – so etwas gab es doch nur in Groschenromanen und Liebesfilmen.

Die Musiker über der Manege spielten ein Potpourri aus bekannten Schlagern, als sie das Zelt wieder verließen. Wenigstens das war wie früher, auch wenn inzwischen andere Stücke gespielt wurden. Damals hatte die Kapelle zum Abschluss den Cancan aus »Orpheus in der Unterwelt« gebracht und ein anderes Lied, an das Mira sich jetzt plötzlich erinnerte, obwohl sie jahrelang nicht mehr daran gedacht hatte. Die alte Marthe hatte es ihr oft vorgesungen, daher kannte Mira auch den Text.

Schlösser, die im Monde liegen,
Bringen Kummer, lieber Schatz.
Um im Glück dich einzuwiegen,
Hast du auf der Erde Platz!

Schlösser, die im Monde liegen, dachte Mira. Der ganze Zirkus war so ein Schloss im Mond, eine Vorstellung aus einer längst vergangenen Zeit, die ihr nichts als Kummer brachte.

Was vorbei war, war vorbei. Die Zirkusleute von damals würden Mira nicht mehr wiedererkennen, es war Zeit, dass auch Mira sie vergaß. Sie spürte dennoch eine dumpfe Enttäuschung, als sie in die kühle Nachtluft hinaustraten.

Über den Zelten spannte sich ein tiefblauer Himmel, auf dem unzählige winzige Sterne glitzerten wie Pailletten auf einem Kostüm. »Mir ist nach einem Bier«, sagte Anselm. »Und Hunger habe ich auch. Lass uns zurück in die Stadt fahren.«

Er reichte ihr seinen Arm, und sie machten große, vorsichtige Schritte, weil der Trampelpfad zum Ausgang so matschig war. Im großen Zelt spielte immer noch die Zirkuskapelle, aber je weiter sie sich entfernten, desto mehr zerriss die Melodie in einzelne Klangfetzen. Ein Trommelwirbel, ein Geigenjubeln, eine klagende Klarinette. Mira hatte plötzlich den Eindruck, dass sie *Schlösser, die im Monde liegen* spielten, sie blieb so abrupt stehen, dass die Frau hinter ihr fast mit ihr zusammenstieß. Es war jedoch ein anderes Lied.

Als sie fast am Ausgang waren, sah sie den Zwerg.

Er saß vor einem der kleinen Zelte und strickte. Mirko, dachte Mira. Dabei konnte sie sein Gesicht nicht erkennen, nur das graue Haar, das oben auf dem Kopf so dünn war, dass man die Kopfhaut sehen konnte.

»Was ist denn jetzt?«, fragte Anselm, weil sie wieder stehen geblieben war.

»Ich muss nur eben …«, murmelte sie und zog ihren Arm aus seinem. Ihre Schuhe machten schmatzende Geräusche auf dem nassen Gras, als sie auf den Zwerg zuging. Sie spürte, wie die Nässe durch die Sohlen drang, das Wasser fühlte sich erstaunlich warm an, aber vermutlich lag es nur daran, dass ihre Füße so kalt waren.

Als sie den Zwerg fast erreicht hatte, hob er den Kopf.

Mira verschränkte die Arme vor der Brust, ganz fest, damit ihr Brustkorb nicht auseinanderbrach, weil ihr Herz so wild dagegen hämmerte.

Ja, es war Mirko. Nein, es war nicht Mirko.

Sie war sieben Jahre alt gewesen, als sie ihn zum letzten Mal gesehen hatte. So viel Zeit war inzwischen vergangen. Ein Zwerg sah aus wie der andere.

»Maria«, sagte der Zwerg und ließ sein Strickzeug fallen.

Da wusste sie, dass es wirklich Mirko war.

Er war wie ein Vater zu ihr gewesen, aber er war nicht ihr Vater, denn schon mit sieben war Mira ein kleines Stück größer als er. Aber Mirko hatte ihr beigebracht, wie man rechnet und liest und angelt, er hatte ihr den ersten wackelnden Milchzahn gezogen und sie ins Bett gebracht, wenn ihre Mutter abends tanzen ging. Er hatte sie gelehrt, wie man kämpft. »Du bist klein«, hatte er ihr eines Tages erklärt. Sie erinnerte sich noch so gut daran, es war im Frühling gewesen, sie hatten die Zirkuszelte unter blühenden Obstbäumen auf einer Wiese am

Bach aufgeschlagen, und die Luft war voller Insektensummen und Blütenduft. »Das ist kein Nachteil. Das ist deine Stärke. Schau mich an! Hast du jemals gesehen, dass mich einer angegriffen hat? Nein, und warum nicht? Weil sie genau wissen, dass sie den Kürzeren ziehen würden.« Sie hatte ihn angesehen und gelacht. Dieser winzige Mann mit seinem lächerlich großen Kopf, dem plumpen, unförmigen Körper! Jeder im Zirkus, Mann oder Frau oder Kind, war stärker als Mirko. Oder vielleicht doch nicht? »Ich bin klein«, hatte Mirko gesagt, »Aber ich bin zehn Mal so schnell und wendig wie die anderen. Das allein zählt.«

Dann hatte er ihr gezeigt, wie man sich verteidigt, wenn man angegriffen wird. »Übung ist die Hauptsache«, erklärte er ihr. »Du musst dich auf deinen Körper verlassen können, sonst kannst du dich nicht wehren. Schau es dir von den Seiltänzern ab, sie trainieren auch jeden Tag.« Wochenlang, monatelang hatten sie miteinander geübt, einen ganzen Frühling und einen Sommer und einen Herbst und einen Winter lang, bis die Äste der Obstbäume mit dickem weißen Schnee bedeckt waren und er sie im Stich gelassen hatte, genau wie ihre Mutter sie im Stich gelassen hatte. »Mach weiter!«, hatte er ihr gesagt, einen Tag, bevor er sie für immer verlassen hatte. »Lass dir nichts gefallen!«

Aber auf die Angriffe, die dann kamen, war sie nicht vorbereitet. Ihren Körper hätte sie unter Umständen einigermaßen verteidigen können, doch ihre Seele war vollkommen schutzlos.

Mira starrte Mirko an, Mirko starrte Mira an, seine Hände bewegten sich in seinem Schoß, als suchten sie nach dem Strickzeug, das zu Boden gefallen war.

»Du bist nicht Maria«, sagte er jetzt, während er langsam aufstand. »Bist du …?«

Sie wich unwillkürlich ein paar Schritte zurück. *Quaatsch, quaatsch!* machten ihre Schuhe wie große scheußliche Kröten.

»Mirabella«, sagte Mirko. Seine Stimme klang genau wie damals, weich und warm und vertraut. *Mirabella, mein Kätzchen.* Es war, als ob jemand die Zeit zurückdrehte, als ob die Jahrzehnte an ihr vorbeirasten und sie in sich zusammenschrumpfte und wieder ein Kind wurde, nur ein paar Zentimeter größer als Mirko. Jeden Moment würde ihre Mutter aus dem Zelt treten, vor dem Mirko saß, in ihrem weit ausgeschnittenen, rot getupften Sommerkleid, aber weil es noch so kalt war, hatte sie eine langärmelige Bluse darunter und vielleicht trug sie sogar die Hosen, die ihr Esmeralda geschneidert hatte, weil es nun einmal einfach nichts Besseres gegen Kälte gab als ein Paar Hosen.

»Wo hast du dich nur so lange herumgetrieben, Mirabella?«, würde sie fragen, aber der Ärger in ihrer Stimme wäre nur gespielt.

»Ich war hier und dort, ich habe ganz vergessen, wo ich überall gewesen bin«, würde Mira antworten, und das wäre die Wahrheit.

»Mirabella«, sagte Mirko noch einmal. Bei den letzten beiden Silben des Wortes brach seine Stimme, und Mira sah, dass seine Augen glänzten.

»Ich habe mich mit Mirko beraten«, hörte sie plötzlich ihre Mutter sagen, ihre junge Mutter in ihrem weit ausgeschnittenen, rot getupften Sommerkleid. »Er ist derselben Meinung wie ich. Es geht gar nicht anders.«

Das waren damals ihre letzten Worte gewesen, und als Mira jetzt daran dachte, wurde sie wütend. Dieser lächerliche Zwerg, nun stand er vor ihr und kämpfte mit den Tränen, und damals hatte er sie nicht schnell genug loswerden können.

Sie wollte ihm all das ins Gesicht schleudern, aber als sie Mirko ansah, wie er schluckte und blinzelte, fand sie keine Worte, ihr Kopf war vollkommen leer.

»Mira«, hörte sie hinter sich eine Männerstimme. »Mira, ist alles in Ordnung?«

Anselm. Das brachte sie wieder zur Besinnung. Ich bin ja erwachsen, dachte sie, ich bin kein Kind mehr, sondern eine Frau, ich kann tun und lassen, was sie will. Ich bin Mira. Mirabella ist längst tot, seit vielen Jahren schon.

Mit diesem Gedanken drehte sie sich um und ging einfach weg, mit ruhigen, langen Schritten. *Quaatsch, quaatsch!* machten ihre Schuhe auf der nassen Wiese. Hinter ihr stand Mirko und sah ihr nach oder auch nicht.

In dieser Nacht ging sie nicht nach Hause. Sie fuhr mit Anselm nach Bilk, dann tranken sie ein paar Bier und aßen Mettwurst mit Brot. Zufälligerweise war es dasselbe Lokal, in das Anselm sie damals ausgeführt hatte, an jenem ersten Abend nach dem Kino. Vielleicht war es ja auch gar kein Zufall. Nachdem Mira vier Gläser Bier getrunken hatte, wurde ihre Aussprache sehr viel undeutlicher. Dann brachte Anselm sie zur Droschke. Der Fahrer öffnete ihr die Wagentür, aber sie stieg nicht ein.

»Was ist denn, Mira?«, fragte Anselm, dieselbe Frage, die er ihr an diesem Abend schon so oft gestellt hatte.

»Ich will nicht nach Hause«, sagte sie. »Ich bleibe heute Nacht bei dir.«

»Wie stellst du dir das vor?«, fragte Anselm, während der Chauffeur den Wagenschlag wieder zuwarf. »Meine Hauswirtin …« Neben ihm riss der Droschkenfahrer ungläubig die Augen auf.

»Damenbesuch ist nicht gestattet«, begann Anselm aufs Neue, dabei tastete er seine Jacke nach Zigaretten ab.

Der Fahrer räusperte sich. *»Wenn isch och wat saare dörf«*, begann er vertraulich, während er noch dichter an Anselm herantrat, als könnte ihn Mira dann nicht hören.

»Halten Sie sich da raus«, sagte Anselm und wich ein Stück zur Seite.

»Wenn dat e su is.« Der Chauffeur spuckte in einem hohen Bogen an seinem Auto vorbei auf die Straße. *»En anjenehme Ruh, de Herrschaften.«*

Siebtes Kapitel

I.

Maria wusste früher als alle anderen, dass es Krieg geben würde. Sie erfuhr es von der Jungfrau Maria, die ihr am zweiten Sonntag im Januar 1914 erschien. Sie hatten ihr Winterlager wieder in der Nähe von Freiburg aufgeschlagen, die meisten anderen waren in die Stadt zur Messe gegangen, auch Mirabella hatten sie mitgenommen, aber Maria hatte Schnupfen und leichtes Fieber, deshalb blieb sie im Lager.

Die alte Marthe hatte ihr einen Becher Kamillentee vorbeigebracht, bevor sie losgegangen waren, er stand dampfend auf einem Hocker neben Marias Bett. Maria hatte ihre sämtlichen Decken über sich ausgebreitet und ihren hellbraunen Wintermantel, den ihr Madame Argent noch hatte schneidern lassen, und ganz oben auf dem Berg lag Wotan und putzte sich. Während sie schwitzend dalag und durch den Kamillendampf auf die Zeltwand starrte, tauchte dort das Gesicht der Muttergottes auf.

Die Augen traten immer als Erstes in Erscheinung, die dunklen, schmalen Augen über den hohen Wangenknochen. Dann zeichnete sich die Nase ab, und zum Schluss erschien der Mund, die volle Oberlippe und die schmalere Unterlippe. Sie kannte das Gesicht inzwischen so gut, obwohl es ihr erst zwei Mal erschienen war. Einmal im Käppele, als die Muttergottes ihr Madame Argents Tod prophezeit hatte. Und ein zweites Mal nach Mirabellas Geburt.

Heute machte ihr die Madonna keine Angst mehr, auch wenn sie immer noch keine Ahnung hatte, warum sie ausgerechnet ihr erschien.

»Vielleicht ist es dein Name. Du heißt Maria wie sie«, hatte Mirko einmal überlegt. Er war überhaupt der Einzige, dem sie von den Visionen erzählt hatte, weil sie sich ganz sicher war, dass er es nicht weitererzählen würde.

Aber es gibt Tausende, Millionen von Mädchen, die Maria heißen, dachte sie.

Das Gesicht der Muttergottes schwebte über der weißen Waschschüssel mit dem langen Sprung. Gegrüßet seist du, Maria, dachte Maria, und dann empfing sie die Botschaft der Gottesmutter in ihrem Innersten. Es war wie immer so, dass sie keine einzelnen Worte, keine Stimme hörte, sie war vielmehr ein leeres Gefäß, das die Jungfrau mit einer Nachricht füllte.

»Es wird einen furchtbaren Krieg geben«, berichtete sie Mirko, als er eine Weile später ins Zelt kam, um nach ihr zu sehen. »Die Muttergottes hat es mir gesagt.«

Er stellte den Becher Tee, der inzwischen kalt geworden war, auf den Tisch und setzte sich auf den Hocker. »Wann? Hat sie gesagt, wann es soweit ist?«

»Am Ende des Sommers«, sagte Maria. Danach schlief sie viele Stunden lang. Als sie aufwachte, war es draußen dunkel, und ihr Fieber war verschwunden. Sie zog sich an und ging zu den anderen ins große Zelt, in dem der gusseiserne Ofen stand, den der Zirkus im Jahr zuvor gekauft hatte. Im Sommer wurde der Ofen bei einem Bauern eingelagert, deshalb schlugen sie ihr Winterlager jetzt immer in Freiburg auf.

Draußen fiel Schnee in großen lautlosen Flocken. Drinnen vermischte sich die Ofenwärme mit dem Pfeifenrauch, dem Geruch von gerösteten Kastanien, Bucheckern und feuchten Kleidern.

Sie setzte sich neben Blasius, der sie nicht bemerkte, weil er damit beschäftigt war, Eva zu beobachten, die mit Sascha scherzte. Maria spreizte ihre Finger und fühlte das vertraute schmerzhafte Prickeln, als das Blut zurück in ihre Fingerspitzen floss. Sollte sie den anderen erzählen, dass ein Krieg bevorstand? Aber wie sollte man ihr glauben? Wenn sie sagte, dass sie eine Vision gehabt hatte, würde man sie nur auslachen.

Heilige Maria, hilf mir, dass ich das Richtige tue, dachte sie. Aber wie immer erhielt sie keine Antwort. Das war das

Schlimmste an den Erscheinungen, die sie immer wieder heimsuchten, ganz egal, ob es Madame Argent war oder die Muttergottes. Dieses Gefühl, dass etwas von ihr erwartet wurde, etwas Großes, Entscheidendes, Weltveränderndes. Sie hatte die Botschaft empfangen, sie musste nun handeln. Aber sie wusste niemals, was sie tun sollte. Wenn ihr wollt, dass etwas geschieht, müsst ihr euch klarer ausdrücken, dachte sie.

»Vielleicht erwarten sie ja gar nicht, dass du irgendetwas unternimmst«, hatte Mirko einmal gesagt.

»Warum erscheinen sie mir dann?«

»Vielleicht wollen sie sich einfach nur mitteilen. Weil sie sich einsam fühlen … im Jenseits und in ihrem Allwissen um die Welt.«

»Die Muttergottes fühlt sich einsam? Das ist doch widersinnig.«

»Ja«, hatte Mirko gesagt. »Aber die ganze Angelegenheit ist widersinnig, also passt eins zum anderen.«

Ein Krieg, ein schlimmer Krieg stand ihnen bevor. Die jungen Männer würden eingezogen werden, wenn sie sich nicht freiwillig meldeten, und reihenweise sterben. Vanja, Silvan, Sascha, Pito, Enrique. Ludwig, dachte Maria. Sie hatte ihn damals aufgegeben, um ihm das Leben zu retten. Es ist etwas in dir, das ihm den Tod bringt, hatte ihr Madame Argent prophezeit. Die Vorstellung war unerträglich, dass dieses Opfer vielleicht umsonst gewesen sein könnte. Dass sie ihn verlassen und gerettet hatte, nur damit er nun dem Krieg zum Opfer fiele.

Sie schloss die Augen, faltete die Hände und versuchte sich sein Gesicht vorzustellen, aber das gelang ihr schon lange nicht mehr. Manchmal, wenn sie Mirabella ansah, erkannte sie ihn darin wieder, obwohl alle sagten, dass Mirabella mehr nach ihr kam. »Wo bist du, was tust du?«, murmelte sie. »Bring dich in Sicherheit.«

»Mit wem redest du denn da?«, fragte Domenica, die plötzlich neben ihr saß.

Maria fuhr zusammen. Wie sie es hasste, dass Domenica immer so unvermittelt auftauchte!

»Ich habe gebetet«, gab sie unwirsch zurück. »Schließlich konnte ich heute Morgen nicht mit zur Messe.«

»Aha.« Domenica runzelte die Stirn und schien darüber nachzudenken, ob Maria sich über sie lustig machte.

»Hast du gesehen, was dein Töchterchen da drüben anstellt?«, fragte sie dann.

»Mirabella? Was macht sie denn?« Als sie das Zelt vorhin betreten hatte, hatte Mirabella mit Enrique Karten gespielt. Maria reckte den Kopf. Mirabella spielte immer noch, jetzt saß ihr der alte Josef gegenüber.

»Sie spielt um Geld«, sagte Domenica. »Meinem Pito hat sie vorhin drei Mark fünfzig abgenommen, bis ich recht bemerkt habe, was da geschieht. Sie gewinnt die ganze Zeit. Es macht die Männer verrückt, sie treten jetzt nacheinander gegen sie an, um ihr auf die Schliche zu kommen, und dein Schätzchen nimmt sie aus wie Weihnachtsgänse.«

»Das ist doch …« Maria stand auf und ging mit großen Schritten zu ihrer Tochter, die gerade mit zufriedener Miene eine Handvoll Groschen in Empfang nahm. »Was tust du, Mirabella?«

»Ein neues Kartenspiel«, sagte ihre Tochter unschuldig. »Nikolas hat es mir gezeigt.«

»Nikolas? Dann ist es ein Trickspiel! Wie viel Geld hast du gewonnen?«

Mirabella schüttelte den Kopf und legte ihre Hand über ihre Schürzentasche. »Nur ein paar Groschen.«

»Augenblicklich gibst du den Männern zurück, was du ihnen abgenommen hast. Das ist kein ehrliches Spiel, das ist Betrug.«

»Maria.« Josef legte seine Karten auf den Boden, die Vorderseiten nach unten. »Jeder weiß, dass es ein Trick ist. Aber es ist ein verteufelt schlauer Trick. Ich will wissen, wie er geht. Ich habe es auch gleich raus.«

»Das habe ich auch gedacht«, mischte sich nun Silvan ein. »Hab's aber nicht geschafft. War mir eine teure Lehre.«

»Gib das Geld zurück, Mirabella!«, sagte Maria, ohne die beiden Männer zu beachten.

»Es ist meins. Ich habe es mir verdient«, sagte Mirabella, aber sie sah ihre Mutter dabei nicht an.

»Gib das Geld zurück!«

Mirabellas Hand krampfte sich über der Schürzentasche zusammen, sie schob die Unterlippe nach vorn, während sie stumm den Kopf schüttelte.

»Gib mir das Geld!«

»Es ist ihr Geld«, hörte Maria neben sich eine ruhige Männerstimme. »Sie hat niemanden etwas vorgemacht.«

Marias Kopf fuhr herum. Mirko. »Was mischst du dich nun wieder ein?«, herrschte sie den Zwerg an.

»Wenn es doch stimmt«, sagte Mirko leise.

»Wenn es doch stimmt«, wiederholte Mirabella anklagend.

Maria seufzte.

»Die Männer hätten das Geld ohnehin nicht mehr zurückgenommen«, sagte Mirko später, als er neben Maria herging, die das schlafende Mädchen in ihr Zelt trug. »Spielschulden sind Ehrenschulden.«

»Es ging mir nicht um die Männer«, schnaubte Maria. »Es geht um Mirabella. Sie ist sieben Jahre alt und verdient Geld mit Glücksspielen. Das darf einfach nicht sein.«

»Sie lebt in einem Zirkus und nicht in einer Klosterschule«, sagte Mirko, während Maria das Kind auf ihrem Bett ablegte. Behutsam zog sie ihr die Schuhe aus, nahm ihr den Mantel von den Schultern, deckte sie zu. Wotan tauchte aus der Dunkelheit des Zeltes auf und ließ sich wie eine reife, schwere Frucht auf die Wolldecke über dem Federbett fallen.

»Das ist es ja gerade«, sagte Maria leise, nachdem sie das Licht neben Mirabellas Bett gelöscht hatte. »Sie verkommt hier.«

»Sie verkommt hier?« Mirko ließ sich auf den Hocker am Tisch nieder.

»Sie müsste zur Schule, alle Kinder in ihrem Alter gehen zur Schule.«

»Mirabella kann bereits lesen, und sie schreibt recht ordentlich, besser als die meisten anderen in ihrem Alter.«

»Aber wie lange kannst du sie noch unterrichten?«

»Was hast du denn vor?«, fragte er zurück. »Willst du sie weggeben?«

Sie zuckte mit den Schultern und kämpfte auf einmal mit den Tränen.

»Alle hier sind im Zirkus groß geworden«, fuhr Mirko mit milderer Stimme fort. »Alle außer dir. Und aus allen ist etwas geworden, auf ihre Art.«

»Auf ihre Art«, wiederholte Maria. Ihr Ton war scharf und spöttisch, obwohl sie es gar nicht so meinte. »Schau dir Chiara an! Sie ist gerade einmal vierundzwanzig, kann kaum bis zehn zählen, und in ein paar Wochen kommt das vierte Kind. Sie wird ihr Leben lang abhängig bleiben von anderen.«

»Wer ist das nicht?«, gab Mirko zurück.

»Du weißt, was ich meine«, sagte sie scharf.

»Ich weiß, was du meinst«, meinte er ruhig. »Aber ich verstehe nicht, was du willst.«

»Das verstehe ich ja selbst nicht.«

»Maria, deine Tochter hat dich, und sie hat mich und all die anderen. Sie hat die Muttergottes. Sie ist reich, verstehst du? Es wird alles gut werden.«

Maria blickte in das große, alte, ernste Gesicht des Zwerges, dessen brauner Bart fast den Tisch berührte.

»Es wird aber doch Krieg geben«, sagte sie.

Mirabella erstaunte sie jeden Tag aufs Neue. Wie stark sie war, wie selbstsicher und kompromisslos und wie klug und stolz. Sie ist so, wie ich sein wollte, dachte Maria. Wie ich gewesen wäre, wenn mein Vater nicht jeden Widerspruch frühzeitig aus mir herausgeprügelt hätte.

Sie wünschte sich, dass ihr Vater sie sehen könnte, sie und ihre schöne Tochter. Schau, wie gut ich das gemacht habe, würde sie zu ihm sagen. Obwohl ihn das natürlich kaum beeindrucken würde.

Sie war so stolz auf Mirabella. Sie hatte solche Angst um Mirabella. Der Zirkus mochte für ein Kleinkind akzeptabel sein, aber wenn man älter wurde, brauchte man einen festen Platz im Leben.

Bevor ihr die Jungfrau erschienen war, hatte sich Maria fast dazu entschlossen, aus dem Zirkus auszusteigen, sich irgendwo in einer der Städte, durch die sie bald wieder reisen würden, eine Arbeit zu suchen. Vielleicht würde Mirko bei ihr bleiben, auch wenn das ihr Ansehen nicht gerade fördern würde. Seit Mirabella auf der Welt war, kümmerte er sich um sie. Wie ein Vater. Besser jedenfalls als der richtige Vater, der gar nicht wusste, dass er ein Kind hatte.

Aber nun wusste sie von dem großen Krieg, der im Sommer ausbrechen würde. Es war also undenkbar, dass sie jetzt den Zirkus verließen und ein neues Leben aufbauten. Oder war es gerade der richtige Zeitpunkt? Waren sie in der richtigen Welt dort draußen besser aufgehoben als in der Scheinwelt des Zirkus?

Was soll ich nur tun? dachte Maria. Wovon sollen wir leben, wenn wir den Zirkus verlassen? Sie hatte nichts gelernt außer Wahrsagen. Wir machen weiter wie bisher, versuchte sie sich zu beruhigen. Es ist doch alles gut so, wie es ist. Es wird schon irgendwie gehen. Und wenn nicht? Ihre Gedanken drehten sich im Kreis.

»Warum machst du dir solche Sorgen?«, fragte Mirko der Zwerg. »Es kommt ja doch alles anders, als man es erwartet.«

Dann wurde es Frühling, und der Zirkus zog wieder los. Mirko begann mit Mirabella zu trainieren. »Was habt ihr denn den ganzen Nachmittag gemacht?«, fragte Maria ihre Tochter, als sie sie abends zu Bett brachte.

»Mirko zeigt mir, wie man kämpft«, erklärte Mirabella stolz. Da wusste Maria, dass auch Mirko Angst hatte.

Sie dachte an die Nacht vor sieben Jahren, als sie Mirabella geboren hatte. Der Zirkus war damals im Winterlager in Heilbronn gewesen. Die Wehen hatten am frühen Morgen begonnen, zuerst als leichtes Ziehen und dann immer stärker. Sie hatte sie nicht beachtet. Es war noch zu früh, ihrer Rechnung nach hatte sie noch mindestens drei Wochen Zeit. Sie war noch nicht so weit. Auch die alte Marthe, die etwas von Geburten verstand und die alle Kinder im Zirkus mit auf die Welt gebracht hatte, hatte ihr versichert, dass sie noch Zeit hatte. »Alles noch sicher verpackt«, hatte sie am Tag vorher gesagt, nachdem sie Marias Bauch abgetastet hatte.

Maria achtete also nicht auf die Schmerzen, auch nicht, als aus dem Ziehen ein hässlicher bohrender Schmerz wurde. Ein paar Minuten lang, dann war alles wieder gut. Am Nachmittag reihten sich die Zuschauer vor dem Wahrsagerzelt auf. Es kamen nun auch im Winter Besucher in den Zirkus, seit Carlos und Silvia ihr Kuriositätenkabinett eingerichtet hatten. In drei Wohnwagen, die sie durch einen Gang miteinander verbunden hatten, präsentierten sie den Besuchern gegen einen Eintritt von dreißig Pfennig Abscheulichkeiten aus aller Welt. Ein Säugling mit zwei Köpfen, der in einem Einmachglas schwamm – Silvia hatte Maria einmal verraten, das es eigentlich ein Katzenembryo war, aber sie gaben es als menschliches Wesen aus. Ein präparierter Fuß mit sechs Zehen. Einen afrikanischen Schrumpfkopf. Der Höhepunkt der Ausstellung war der Beulenmann, der sich, nur mit einem Lendenschurz bekleidet, im letzten Wohnwagen zeigte. Es war ein Kretin, den sie einem anderen Zirkus abgekauft hatten, seine Haut war über und über mit riesigen hellblauen Geschwülsten überzogen, auch aus seinem haarlosen Hinterkopf wuchsen Beulen. Es sei aber nichts Ansteckendes, sonst hätte er selbst ja die gleiche Krankheit, versicherte Carlos den Besuchern immer.

An diesem Tag warteten sieben Leute vor dem Wahrsagerzelt, wie Mirko Maria zuflüsterte, während er den ersten Besucher hereinbrachte und ihr dabei unauffällig einen Zettel mit seinen Notizen hinschob.

Ungeduldiges Verhalten, lautes Wesen, Kleidung teils teuer, teils armselig las sie, bevor sie eine neue Schmerzwelle überschwemmte, so heftig, dass sie sich auf die Lippen beißen musste, um nicht laut zu stöhnen. Glücklicherweise verebbte der Schmerz auch dieses Mal wieder so schnell, wie er aufgekommen waren. Sieben Besucher, dachte sie, danach kann ich mich ausruhen. Sie hob den Kopf und sah den Mann an, der ihr gegenüber saß. Ein kräftiger Kerl mittleren Alters, rotes Gesicht, dicke, grobporige Nase, vielleicht ein Säufer, aber man durfte keine voreiligen Schlüsse ziehen.

»Warum sind Sie zu mir gekommen?«, begann sie mit ihrer rauchigen Wahrsagerstimme, wobei sie ihre beiden Zeigefinger an die Schläfe legte, zum Zeichen, dass sie sich ganz auf ihn konzentrierte.

»Damit du mir die Zukunft voraussagst – warum denn sonst?«, gab er zurück.

Ungeduldiges Wesen, dachte sie, wohl wahr. »Gib mir ein wenig Zeit, damit ich meinen Geist auf dich ausrichten kann«, sagte sie. Im selben Moment durchfuhr sie ein so schneidender, furchtbarer Schmerz, dass sie laut aufschrie. Ihr Bauch war hart wie Stein.

Der Mann stieß erschrocken seinen Stuhl zurück und sprang auf. »Was zum Teufel …«

Entschuldigung, wollte sie sagen, aber sie brachte nichts als ein Röcheln heraus. Der Schmerz breitete sich immer weiter aus. Sie vergaß den Mann, der rückwärts zur Tür ging, als befürchtete er, dass sie ihn anspringen könnte, sie vergaß die Besucher vor dem Zelt, sie vergaß sich selbst. Sie krallte ihre Finger um die Tischkante und jaulte und heulte vor Entsetzen wie ein Tier, aber das schien den Schmerz noch zu beflügeln, er wuchs und wuchs ins Unermessliche, bis er plötzlich aufhörte.

Sie schnappte nach Luft. Ihr Gesicht war schweißnass. Der Mann war weg, stattdessen stand jetzt Mirko neben ihr, er sah sehr erschrocken aus. Es war eine solche Erleichterung, ihn zu sehen. »Es tut mir leid«, keuchte sie und versuchte zu lächeln, aber dann setzte der Schmerz von Neuem ein.

Sie wollte aufstehen, weil es im Sitzen unerträglich war, aber ihre Beine trugen sie nicht, also fiel sie wieder zurück auf den Stuhl, und dann spürte sie das warme Wasser an ihren Beinen, es floss in einem Schwall auf den Boden, Sturzbäche, Fluten von warmem Wasser. Mit dem Wasser strömte auch der Schmerz aus ihrem Körper heraus, sie hatte plötzlich den unsinnigen Gedanken, dass sie gar kein Kind in sich trug, sondern ein warmes Meer, sie gebar Wasser.

Die Schmerzen setzten aber nur ganz kurz aus, es war, als ob sie Anlauf holten, um sie noch furchtbarer zu attackieren.

»Ich hole Marthe«, sagte Mirko, der es irgendwie geschafft hatte, sie zur Pritsche hinten im Zelt zu bringen, denn da lag sie nun. Ihr Rock war nach oben gerutscht, ihre Knie in den grauen Wollstrümpfen ragten in spitzem Winkel zur Zeltdecke wie etwas, das nicht zu ihr gehörte.

»Nein, geh nicht, lass mich nicht allein«, flehte sie ihn an. »Ich kann es nicht ertragen ohne dich.«

Dann begann sie wieder zu schreien, und ihre große Hand klammerte sich um seine Zwergenhand. Sie schrie so laut, dass die alte Marthe es hörte und Domenica und Silvia auch. Als sie jedoch alle drei ins Zelt gerannt kamen, hatte Maria ihr Kind bereits geboren, und nur Mirko war dabei gewesen. Er beugte sich voller Verwunderung über das kleine, blutige Wesen und wollte es gerade hochnehmen, als ihn die spitzen Schreie der Frauen daran hinderten.

»Raus aus dem Zelt, wird's bald!«, herrschte ihn Marthe an. Ihr Kropf war ganz rot und zitterte vor Empörung. »Ein Mannsbild hat bei einer Geburt nichts verloren. Das ist ein Skandal!«

Sie nabelten den Säugling ab und wickelten ihn in ein sauberes Laken, und während das Badewasser erhitzt wurde, legten sie das Bündel Maria in den Arm. »Es ist ein Mädchen«, sagte Marthe, die sehr gekränkt war, dass sie die eigentliche Geburt verpasst hatte.

»Sie ist bezaubernd«, log Silvia, obwohl das Kind rot und verquollen und voller Schleim war.

»Wie soll sie denn heißen?«, fragte Domenica.

»Mirabella«, sagte Maria. Das hatte sie schon lange entschieden. Wenn es ein Mädchen würde, sollte es Mirabella heißen. Denn *mira* hieß *schau*, und *bella* bedeutete *schön*, das eine war spanisch und das andere italienisch, und beides zusammen war der perfekte Name für das Kind einer Seherin.

Schau, wie schön. Mirabella.

II.

Marias Liebe zu Ludwig war mit jedem Jahr stärker geworden. Sie war sich ganz sicher, dass es für jede Frau einen Mann gab und für jeden Mann eine Frau, dass es also für jeden Menschen einen anderen Menschen gab, zwei, die füreinander geschaffen waren. Früher oder später führte einen das Schicksal zusammen, mit etwas Glück traf man sich nicht allzu spät im Leben, so dass man gemeinsam etwas aufbauen konnte, mit etwas Pech begegnete man sich sehr spät. Sie und Ludwig waren sich früh begegnet, aber nach Madame Argents Prophezeiung hatte sie ihn verlassen müssen, um sein Leben zu retten.

Im Alter von zwanzig Jahren war sie quasi zur Witwe geworden, ihr Liebesleben war beendet. Was allerdings nicht bedeutete, dass sie sich nicht mehr mit Männern einließ. Sie war jung, schön und begehrenswert und hatte mehr als genug Chancen, die sie auch hin und wieder ergriff. Sie fing jedoch niemals etwas mit einem Mann aus dem Zirkus an. Das eisige Schweigen, die kalten Blicke, die sie verfolgt hatten, nachdem sie Ludwig weggeschickt hatte, waren ihr noch zu gut in Erinnerung. Sie suchte sich ihre Liebhaber in den Städten, in denen der Zirkus Station machte. Am ersten Abend lernte man sich kennen, am zweiten Abend ließ sie sich ausführen, am dritten oder vierten Abend ging sie mit ihm nach Hause, wenn er sie nicht schon langweilte. Am sechsten Abend beendete sie die Affäre, denn am nächsten Morgen reiste der Zirkus weiter.

Sie nahm die Männer niemals mit in ihr Zelt, auch wenn Mirabella bei Marthe oder bei Mirko schlief, wenn sie ausging. Sie begab sich zu ihnen nach Hause oder in ein Hotel, wenn sie verheiratet waren. Sie war sehr wählerisch, auch wenn es nur um eine Nacht ging oder zwei, ließ sie sich nur auf Männer ein, die ihr wirklich gefielen. Natürlich konnte sich keiner von ihnen auch nur im Entferntesten mit Ludwig messen.

Im Juni gastierten sie in Tübingen. Maria gefiel die Stadt, weil sie ihr gediegener Protestantismus an Ludwig erinnerte, obwohl dieser aus Stuttgart stammte und sein *bourgeoises* Elternhaus immer verachtet hatte. Man kann aber seine Wurzeln nicht verleugnen, so sehr man sie auch bekämpft, dachte Maria, während sie abends in ihr rotes Sommerkleid schlüpfte, das ein bisschen eng geworden war.

Sie zupfte die weiße Spitze an ihrem Dekolleté zurecht, sprühte sich ein wenig Blumenduft auf den Busen, setzte sich ihren Strohhut auf und machte sich zusammen mit ein paar anderen auf den Weg in die Stadt.

In einer Weinstube mit Tanzboden sah sie Quirin. Er fiel ihr auf, weil er der einzige Mann im Lokal war, der nicht tanzte. Er war schwarz gekleidet, rauchte Pfeife, trank Wein und beobachtete alle, die jungen Männer, die mit an seinem Tisch saßen, die anderen Leute im Lokal, Maria.

Sie hatte das Gefühl, dass er sie mehr als die anderen ansah. Ob sie tanzte oder nicht, sie spürte seine Augen auf sich, und das machte sie neugierig, so dass auch sie zu ihm hinüberschaute. Er wich ihrem Blick nicht aus, aber er kam auch nicht zu ihr.

Er war älter als die anderen. Maria schätzte ihn auf über dreißig, doch vielleicht täuschte sie sich auch. Er passte nicht in dieses Lokal, zu der grünen Girlande aus frischen Blättern, die sich in fröhlichen Bögen über seinen Kopf schwang. Er passte nicht zu den Ländlern, Polkas und Walzern, die die Kapelle aufspielte. Er passte nicht zu den bunt gekleideten Frauen und den lauten Männern – er gehörte einfach nicht hierher.

Ob er Angst vor Frauen hat? überlegte Maria, aber das war es nicht, eher Gleichgültigkeit. Er wartet ab, dachte sie. Er glaubt, er habe alle Zeit der Welt, dabei bin ich in weniger als einer Woche über alle Berge, er sollte sich also beeilen, wenn er mich kennenlernen will.

Irgendwann forderte sie einer der jungen Männer, der mit ihm am Tisch saß, zum Tanzen auf. »Wer ist der schwarze Kerl bei euch?«, fragte sie ihn, nachdem er ihr zum vierten Mal auf die Zehen getreten war.

»Sommer? Interessiert er dich? Vergiss ihn, er ist Priester.«

»Er ist … was? Ein Pfarrer?« Das erklärte natürlich alles.

»Ja, jedenfalls bald. Er studiert Theologie am Wilhelmsstift. Deshalb tanzt er ja auch nicht. Und führe mich nicht in Versuchung.« Der junge Mann lachte albern und trat ihr dabei wieder auf die Füße, ohne es zu merken.

»Und du, ich meine, der Rest von euch, seid ihr alle von dieser Priesterschule?«

»Nein, wir sind ganz normale Studenten. Ich studiere Jura …« Der Junge erzählte ihr von seinem Studium und dem Studentenleben in Tübingen im Allgemeinen und seinen Lebensplänen im Besonderen, aber seine Sätze vermischten sich mit dem Gefiedel des Geigers und dem Gedudel des Akkordeonspielers zu einem gleichförmigen Klangteppich, zu dessen Takt sie sich bewegte, ohne ihn recht zur Kenntnis zu nehmen. Nach dem Tanz brachte er sie an ihren Tisch zurück, dabei wäre sie viel lieber mit an seinen gegangen.

Sie tanzte mit fast allen Männern, die mit dem Mann mit der Pfeife am Tisch saßen, aber ihm selbst kam sie nicht näher. Irgendwann gab sie es auf. Besser so, dachte sie, wer weiß, wohin das auch geführt hätte, ein angehender Priester.

Als die erste Gruppe zurück zum Zirkus ging, schloss sie sich ihnen an. »Kein Glück heute, Maria?«, spottete Enrique.

»Ach, halt den Mund«, meinte sie, aber sie lachte, weil sie wusste, dass er es nicht böse meinte.

Auf der Straße war es dunkel, kühl und windig. Sie kämpfte mit ihrem Mantel, dessen Ärmel sich verheddert hatte, bis Enrique ihr hineinhalf. Dabei war das überhaupt nicht seine Art, dachte Maria erstaunt, doch dann sah sie, dass Enrique vor ihr ging und dass der Mann mit der Pfeife neben ihr stand.

»Danke.« Mit einem Mal fühlte sie sich sehr unsicher. Aus den Fenstern des Tanzlokals tropfte gelbes Licht auf die Straße.

Er nickte und schwieg.

»Vielen Dank, also«, meinte sie noch einmal, und als er immer noch nichts sagte, setzte sie sich in Bewegung.

»Trinken Sie noch ein Glas Wein mit mir?« Seine Stimme klang genau so, wie sie es erwartet hatte, sehr tief, ein bisschen rau.

»Ich ... wie komme ich später nach Hause?«, meinte sie. Enrique und die anderen waren stehen geblieben und warteten auf sie. Sie konnte sie aber kaum sehen, weil die Sommerdunkelheit zwischen ihnen wie ein dichter Schleier lag.

»Ich bringe Sie zurück«, sagte er. »Keine Angst.«

»Ich habe keine Angst«, sagte sie, aber zu ihrem Ärger sagte ihre Stimme etwas anderes. »Ich bleibe noch hier!«, rief sie den anderen zu.

»Bist du sicher?«, rief Enrique.

»Ganz sicher.« Sie hörte die anderen leise lachen, dann waren sie weg.

»Kommen Sie«, sagte Quirin, dessen Vornamen sie zu diesem Zeitpunkt noch nicht kannte.

Er führte sie in ein winziges Weinlokal, drei kleine runde Tische, an einem saß ein alter Mann und führte Selbstgespräche.

»Kommen Sie oft hierher?«, fragte Maria.

»Hin und wieder. Ich gehe nicht viel aus.«

»Prosit, die Herrschaften!«, sagte der Alte am Nebentisch, ohne sich jedoch zu ihnen umzudrehen.

»Sie sind ziemlich alt für einen Studenten«, meinte sie.

»Ich bin jünger, als ich aussehe. Aber auch älter, als ich in Wirklichkeit bin.«

»Warum haben Sie Ihr Studium noch nicht abgeschlossen?«, fragte Maria.

»Ich bin langsam. Ich habe auch viel später begonnen als die anderen.« Sie erfuhr nie, was er vorher gemacht hatte, ob er in einem anderen Beruf gearbeitet und warum er sich entschlossen hatte, Priester zu werden. Es gab so viele Dinge, die sie nie von ihm erfuhr.

An jenem ersten Abend redeten sie hauptsächlich über Maria.

»Wie ist das Leben im Zirkus?«, wollte er wissen. Sie erzählte ihm von den Aufführungen, wie sie früher Meister Nikolas assistiert hatte und dann Wahrsagerin geworden war. »Eine echte Hellseherin.« Er zog die Augenbrauen hoch. »Würden Sie mir die Zukunft prophezeien?«

»Nein«, sagte sie sofort, weil sie an jenen ersten Abend mit Ludwig dachte.

»Vielleicht ist es besser so. Ich will es gar nicht wissen.«

»Sie werden jedenfalls niemals heiraten, so viel kann ich Ihnen verraten«, sagte sie scherzhaft.

»Nein«, meinte er und nickte ernst. Sie spürte, dass sie rot wurde. Vermutlich hielt er sie nun für frivol. Sei's drum, dachte sie und trank einen großen Schluck Wein. Immerhin hat er mich ausgeführt. Während sie den Wein jetzt hinunterschluckte, spürte sie, wie ihr der Alkohol wie Nebel in den Kopf stieg.

»Prosit«, sagte der alte Mann am Nachbartisch wieder. »Sehr zum Wohlsein.« Sie fragte sich, ob er sie damit meinte oder ob er immer noch mit sich selbst sprach. Ich sollte aufhören zu trinken, dachte sie, aber dann nahm sie noch einen Schluck.

»Sind Sie verheiratet?«, fragte Quirin.

»Meinen Sie, dass ich dann so mir nichts, dir nichts mit Ihnen ausgehen könnte? Aber ich war verheiratet.« Eine Lüge. »Mein Mann ist gestorben.« Noch eine Lüge. Jedenfalls hoffte sie, dass es eine Lüge war.

»Das tut mir leid.«

»Es ist lange her. Ich habe eine Tochter.«

Er nickte wieder auf seine langsame, nachdenkliche Art, während er seine Pfeife zu stopfen begann.

Warum erzähle ich ihm das alles? dachte Maria. Um ihn durch meine Ehrbarkeit zu beeindrucken? Wenn er ein braves katholisches Mädchen gesucht hätte, hätte er mich bestimmt nicht angesprochen. Warum hat er mich überhaupt angesprochen? Der Nebel in ihrem Kopf wurde dichter. Sie schob ihr fast leeres Glas ein Stück von sich, aber Quirin verstand das als Aufforderung und schenkte es noch einmal voll.

»Und Sie?«, fragte sie, um irgendetwas zu sagen.

Er lächelte. »Ich habe keine Kinder.«

»Das dachte ich mir.« Noch ein Schluck Wein, damit sie ihn nicht ansehen musste.

»Warum sind Sie mit mir ausgegangen?«, erkundigte sie sich.

Er zündete die Pfeife an, sog daran, bis der Pfeifenkopf feurig aufleuchtete. »Ich habe Sie beobachtet, das haben Sie doch bemerkt.«

»Aber warum?«

»Sie sind sehr schön.«

Maria starrte auf seinen Pfeifenkopf, der sich in einer sanften Wellenbewegung auf und ab bewegte, aber vielleicht bildete sie sich das ja auch nur ein. Plötzlich hatte sie das unsinnige Gefühl, dass das Glühen auf sie übersprang, zuerst als brennender Punkt, dann als Flackern und dann als lodernde helle Wut. Aber warum wurde sie so wütend? Es war doch von Anfang an klar gewesen, was er von ihr wollte, warum er ihr nachgegangen war, wie hatte sie daran zweifeln können? Sie hätte nicht darauf eingehen sollen. Sie hätte nicht so viel trinken sollen. Verdammt, dachte sie. Wie kann er es wagen!

»Ich weiß nicht, was Sie sich vorgestellt haben, aber glauben Sie mir, Sie liegen ganz und gar falsch«, stieß sie hervor. Obwohl sie sich bemühte, die Worte scharf und präzise auszusprechen, klang das Ganze seltsam verschwommen. »Ich bin zwar vom Zirkus, aber so eine bin ich nicht.«

»Was für eine …? Ich … o nein, ich wollte Sie nicht beleidigen!«

Sie war jedoch schon aufgestanden. Jetzt nur nicht schwanken, dachte sie. Einen Fuß vor den anderen, in einer geraden Linie zur Tür, nicht zu schnell.

Der einsame Alte drehte sich zu ihr um, als sie an ihm vorbeiging. »Holla, Fräulein!«, rief er laut. Ob er ihr ansah, wie betrunken sie war? Aber er war ja selbst nicht mehr ganz bei Sinnen. Sie zerrte ihren Mantel vom Garderobenhaken und hörte das hässliche Geräusch von reißendem Stoff. Egal, nur weg hier.

Draußen auf der Straße drängten sich die Häuser gegeneinander und lehnten sich über die schmale Gasse, schwarze Fensteraugen in weißen Rahmen, hier und dort ein funkelndes gelbes. Es schien, als wären die Gebäude noch ein Stück zusammengerückt, während sie in der Weinstube gesessen hatten, und wenn sie sich nicht beeilte, dann würden sie sich ganz zusammenschließen und sie zwischen sich erdrücken. Die kühle Nachtluft riss den Nebel in ihrem Kopf auseinander, auch wenn sie ihn nicht ganz vertrieb. Sie setzte sich in Bewegung, zuerst ging, dann lief sie, von einer engen Gasse bog sie in eine noch engere. Wenig später rannte sie, als ginge es um ihr Leben. Über ihr und um sie herum zischten und schimpften die Häuser, unter ihren Füßen buckelte sich das Kopfsteinpflaster und wollte sie zum Fallen bringen. Sie rannte, bis sie in einer Sackgasse stand und nicht mehr weiterkam. Dann hörte sie hinter sich Schritte. Keine hastigen Schritte, jemand kam ganz langsam auf sie zu, weil er wusste, dass sie ihm nicht entkommen konnte.

Sie war sich auf einmal ganz sicher, dass es ihr Vater war, der sich da näherte. Das war natürlich der blanke Unsinn. Du bist betrunken, Maria, versuchte sie sich zu beruhigen. Ihr Vater war in Vellberg, viele Kilometer von hier, er war in seinem ganzen Leben nie aus Vellberg herausgekommen. Die hohen Häuser warfen das Echo der Schritte hin und her. Laut, lauter. Am lautesten klopfte ihr Herz. Es war ihr Vater, gewiss war es ihr Vater. Er hatte sie all die Jahre gesucht, und nun hatte er sie gefunden, und die Bestrafung würde fürchterlich werden. Wie hatte sie nur jemals annehmen können, dass sie ihm entkommen würde?

Als sie seine hohe, dunkle Gestalt um die Ecke biegen sah, den dunklen Hut, den langen Mantel, sackte sie in sich zusammen. Sie zog den Kopf ein, schlug die Hände vors Gesicht und wartete auf die Schläge. Er blieb aber stehen und betrachtete sie, voller Abscheu oder voller Lust an ihrer Angst, sie wusste es nicht.

»Um Gottes willen«, sagte er. »Was denken Sie von mir! Das Ganze ist ein furchtbares Missverständnis. So beruhigen Sie sich doch, bitte.«

Sie hob den Kopf wieder. Es war Quirin Sommer, sein Gesicht leuchtete blass im Licht der Straßenlaternen. Er machte einen vorsichtigen Schritt in ihre Richtung, als wäre sie ein verwundetes Tier, das er einfangen müsste.

Sie stand viel zu schnell auf. Plötzlich fühlte sie sich so schwindlig, dass sie sich an der Hauswand festhalten musste, um nicht umzufallen. Sie atmete tief ein und aus, strich ihr Sommerkleid glatt, dann zog sie den Mantel an. Der eine Ärmel war halb abgerissen. »Zum Teufel damit!«, murmelte sie.

»Es tut mir leid«, sagte er betreten, während er einige Schritte vor ihr stehen blieb. Dabei war es gar nicht seine Schuld.

Die Häuser um sie herum schwebten, auf und ab und hin und her. Sie war in irgendeiner Sackgasse, irgendwo in Tübingen, sie hatte nicht die geringste Ahnung, wie sie wieder zurück zum Zirkus finden sollte. Sie war müde.

Quirin trat von einem Fuß auf den anderen.

»Was ist nun?«, fragte sie. »Sie wollten mich doch nach Hause bringen. Begleiten Sie mich jetzt, oder was?«

Sie gingen schweigend stadtauswärts. Über ihnen schien der Mond, und um sie herum wurden die Gassen immer breiter, die Häuser nahmen Abstand voneinander. Mit jedem Stück wurde sie wieder nüchterner.

»Es war kein guter Anfang«, sagte er unglücklich, als sie endlich die große Wiese erreicht hatten, auf der der Zirkus lagerte. »Geben Sie mir eine Gelegenheit, das Ganze wiedergutzumachen?«

Sie musste lachen, weil er so demütig und förmlich klang. »Wir werden sehen«, sagte sie unverbindlich, während sie ihm die Hand reichte.

»Das ist gut«, sagte er erleichtert. Sie war sich nicht sicher, was er damit meinte, aber sie fragte auch nicht nach. Es war ohnehin egal, in ein paar Tagen wäre sie wieder unterwegs, und im Grunde hatte sie ihn jetzt schon vergessen.

Am nächsten Tag kam er nach der Nachmittagsvorstellung ins Wahrsagerzelt. Mirko brachte ihn herein und steckte ihr seinen kleinen Zettel zu. Als er das Zelt verlassen hatte, stand sie sofort auf. »Ich habe Ihnen doch schon gesagt, dass ich Ihnen nicht prophezeien werde.«

Quirin erhob sich ebenfalls wieder. »Ich wollte mich nur noch einmal bei Ihnen entschuldigen.«

»Angenommen«, meinte sie. »Auf Wiedersehen.«

»Und fragen, ob Sie mich noch einmal treffen würden. Vielleicht heute Abend?«

Sie musste an ihren Auftritt in dem kleinen Weinlokal denken, wie sie plötzlich hinausgestürmt war, an ihre dumme Angst in der Sackgasse. Wie betrunken sie gewesen war. »Meinetwegen«, sagte sie widerwillig. »Kommen Sie also um neun Uhr.«

Als er gegangen war, las sie den Zettel, den Mirko geschrieben hatte. *Kühl, unnahbar, beobachtet. Hat Angst, sich schmutzig zu machen. Glaubt m. E. nicht an Wahrsagerei.*

Es war noch hell, als er sie abholte. Sie hatte Mirabella zu Mirko gebracht, weil Mirko niemals nachfragte, was sie vorhatte und mit wem sie sich traf. Marthe dagegen wollte immer alles ganz genau wissen.

Quirin führte sie in Richtung Stadt, aber vor der Stadtmauer bogen sie in eine andere Straße ein, und dann betraten sie einen Park. »Es ist ein so schöner Abend«, sagte er. »Wenn es Ihnen recht ist, gehen wir ein bisschen spazieren.«

»Sicher.« Wenn sie das vorher gewusst hätte, hätte sie nicht die Sandalen mit den Absätzen angezogen.

Es war kein gewöhnlicher Park, sondern ein Botanischer Garten. Links und rechts des verschlungenen Weges erschien nach jeder Biegung eine völlig neue Landschaft. In dem seltsam präzisen Licht der Juninacht gingen sie durch Moorwiesen, auf denen riesige Blattpflanzen wucherten. Durch die glänzenden Blätter schimmerten weiße Blüten. Auf einem Teich schwammen Seerosen. Ein modriger Geruch, feucht und fett. Sie hörten die Frösche noch quaken, als sie schon im Gebirge waren. An schroffen Felsblöcken klammerten sich Moose und Pilze fest, hellgrün, gelb und orange, dazwischen stachen Ginsterzweige wie lange Nadeln in den blaugrauen Himmel. Alle Bäume, Büsche und Pflanzen waren mit kleinen Holztäfelchen versehen, auf denen ihre Namen standen. *Bitterwurz. Steinbrech. Felberich.*

Der Weg schlängelte sich um einen Findling. Dahinter ein Baum, *Blutbuche* las sie auf dem Schild am Stamm. *Fagus sylvatica purpurea.* Dieses fahle Licht. Maria schauderte. Sie hätte gerne Quirins Arm genommen, aber so vertraut waren sie nicht. Dort hinten, war das der Eingang zu einem Friedhof? Sie sah ein schmiedeeisernes Tor, Kreuze, Gräber. Du liebe Güte, dachte sie, was hat er bloß vor?

»Kommen Sie«, sagte Quirin, der die ganze Zeit geschwiegen hatte. »Ich will Ihnen etwas zeigen.«

Zielstrebig bog er von einem Pfad in den anderen, linksherum, rechtsherum, sie hatte Mühe, mit ihm Schritt zu halten, so schnell lief er. Der Park wuchs in ihrer Vorstellung ins Unermessliche, sie waren irgendwo in seiner Mitte, zwei Punkte in einer Landschaft. Sie hatte längst die Orientierung verloren. *Sumpfeiche. Fieberklee. Blutauge.* Namen wie aus einem bösen Traum.

Über einen Trampelpfad gelangten sie auf einen Kiesweg. Ein Platz, von Kastanien umstellt. Langsam wurde es dunkel, so dass die Baumkronen zu einer großen schwarzen Einheit zusammenwuchsen. Auf der anderen Seite des Platzes stand ein Glashaus.

»Wohnen Sie hier?«, fragte sie. Es sollte ein Scherz sein, aber es klang nicht wie ein Scherz. Es passte viel zu gut zu ihm, das kalte glänzende Glashaus in diesem gespenstischen Park.

Quirin hatte einen Schlüssel für die Glastür. Als er sie öffnete, quoll ihnen feuchte, warme Luft entgegen wie der Atem eines großen Wesens. Über ihnen und um sie herum ein Urwald aus grünen Blättern. »Das Palmenhaus«, sagte er leise.

»Woher haben Sie den Schlüssel?« Maria sprach ebenfalls mit gedämpfter Stimme, als schliefe da jemand, den sie nicht wecken durften.

»Ein Bekannter hat ihn mir geliehen. Ich komme manchmal hierher.«

Ein Weg aus Holzplanken führte zwischen den Bäumen, unter den Blättern durch. Je weiter sie ins Innere des Gewächshauses kamen, desto dunkler wurde es. Bald konnte sie nur noch die Stämme in ihrer unmittelbaren Nähe erkennen. Die Rinde war haarig, wie vernarbt, als habe sie jemand mit einem großen Messer bearbeitet.

Dann wurde es wieder heller. Sie waren in der Mitte des Glashauses, über ihnen spannte sich eine hohe runde Kuppel, hinter der sich der Himmel ausbreitete. Ganz oben lag immer noch ein Rest von Tageslicht in der Luft, aber an den Rändern war es bereits Nacht. Der Mond hing schräg über ihren Köpfen, wie eine hellgelbe Pappscheibe, die jemand an den Himmel gesteckt hatte.

Sie setzten sich auf eine Bank. Quirin holte einen Kerzenleuchter aus seiner Tasche, eine Weinflasche, Gläser, seine Pfeife. Irgendwo tropfte Wasser, danach erschien die Stille noch größer.

Es war so warm, dass sie ihren Mantel auszog. Er reichte ihr ein Glas Wein.

»Wie finden Sie es?«, fragte er, als wäre es ein Bild, das er für sie gemalt hätte.

»Es ist so eigenartig hier. Warum haben Sie mich hergebracht?«

»Ich weiß es nicht genau. Ich dachte, es gefällt Ihnen.«

»Sicher«, sagte sie und nahm einen kleinen Schluck Wein.

»In einer halben Stunde ist es vollends dunkel, mit etwas Glück können wir die Sterne sehen.«

Maria starrte in das Blättergewirr auf der anderen Seite des Raumes. Hatte sich in den Zweigen nicht soeben etwas bewegt? Ein großer Vogel, eine Schlange? Eine Raubkatze? »Gibt es hier Tiere?«, fragte sie atemlos. Sie ärgerte sich über sich selbst, kaum dass sie die Frage ausgesprochen hatte.

»Das ist ein Botanischer Garten. Kein Zoo.« Er lachte leise. Wie über ein dummes kleines Kind.

Sie beschloss, das Thema zu wechseln. »Dürfen Sie das überhaupt? Dass sie mit mir hierher kommen?«

»Sicher, ich kann kommen, wann ich will. Sonst hätte ich ja keinen Schlüssel.«

»Das meine ich nicht. Sie wollen doch Priester werden.«

»Und?« Sein Blick war nach oben gerichtet, in die Glaskuppel, hinter der inzwischen alles dunkel war. Der Mond schien noch schiefer zu hängen. Kein Stern war zu sehen.

»Sie wissen doch ganz genau, was ich meine«, sagte sie ungeduldig.

»Nein«, sagte er, und jetzt sah er sie an. »Warum sollte ich nicht mit Ihnen zusammen sein?«

»Weil so etwas immer auf das Gleiche hinausläuft«, sagte sie verächtlich. »Man trinkt Wein, und man küsst sich und so weiter. Das wissen Sie doch so gut wie ich und jeder andere.«

Warum sprach sie so mit ihm, so scharf und ungeduldig und zornig? Vielleicht war es seine arrogante Art. Vielleicht war es ihre eigene Angst vor dem dunklen Palmenhaus und dem unheimlichen Garten darum herum – und die peinliche Erinnerung an den Abend zuvor.

Er schwieg und trank und schluckte und schwieg. Jetzt habe ich dich doch aus der Fassung gebracht, dachte sie und wartete auf ein Gefühl des Triumphes, das sich nicht einstellte.

»Vielleicht haben Sie recht«, sagte er schließlich. »Vielleicht läuft es wirklich immer auf das Gleiche hinaus.«

Sie blinzelte in den sternenlosen Himmel und wusste plötzlich, dass es dieses Mal nicht darauf hinauslaufen würde, dass sie sich küssten. Schade, dachte sie, zu schade. Sie war überrascht, wie leid es ihr tat.

»Erzählen Sie mir, warum Sie zum Zirkus gegangen sind«, forderte er sie später auf, als der Mond direkt über der Mitte der Glaskuppel stand.

Sie erzählte ihm von Vellberg und dem Bauernhof, ihren Geschwistern, den Leuten im Städtle, der Neugierde, mit der einer den anderen beobachtete. Ihren Vater erwähnte sie nicht.

»Und warum wollten Sie Pfarrer werden?«

Auch seine Geschichte fing in einem kleinen Dorf an, mit einem Pfarrer, für den er ministriert hatte und der ihn für die Kirche begeistert hatte. Und wie bei ihrer eigenen Geschichte fehlte das Wesentliche – der wahre Grund, warum er ins Priesterseminar gegangen war.

Ich werde es nie erfahren, dachte sie. Noch drei Tage.

Wieder stellte sie mit Überraschung fest, wie sehr ihr das leid tat.

Bis der Zirkus weiterfuhr, trafen sie sich jeden Tag.

Der Zirkus zog aber nicht wie geplant drei Tage nach jenem Abend im Palmenhaus weiter. Am Abend vorher hatte sich Direktor Lombardi ohne einen ersichtlichen Grund, nur weil er der Direktor war, auf den neuen Lippizaner gesetzt, den Silvan für seine Pferdenummer erworben hatte. Er wurde abgeworfen und brach sich ein Bein. Noch am selben Abend brachte man ihn ins Hospital, wo man ihn bis zum Oberschenkel eingipste. Danach verordneten ihm die Ärzte drei Wochen strenge Bettruhe im Krankenhaus, und in dieser Zeit hing der Zirkus in Tübingen fest. »Denn was wäre ein Zirkus ohne seinen Direktor?«, sagte die alte Esmeralda.

Viele im Zirkus waren anderer Meinung, sie wären lieber weitergereist. Sollte Lombardi doch nachkommen, wenn er wiederhergestellt wäre. Aber Maria war es recht. Sie hatte jede Woche weniger Kundschaft, weil der ganze Zirkus jeden Tag weniger Besucher hatte. Dadurch hatte sie mehr Zeit für Quirin.

Meist trafen sie sich schon am Nachmittag. Sie gingen in den Weinbergen spazieren oder fuhren mit einem Stocherkahn über den Neckar, er zeigte ihr den Hölderlin-Turm, in dem der kranke Dichter lange Jahre gelebt hatte, die Krumme Brücke an der Wette, das Kornhaus, die Platanenallee. Sie tranken Wein und redeten und redeten. Tief in der Nacht brachte er sie zurück zum Zirkus.

Natürlich lief es schon sehr bald auf das hinaus, was sie hatte kommen sehen und er auch.

»Sie haben also doch recht behalten«, sagte er, nachdem sie sich zum ersten Mal geküsst hatten. Es war wieder im Botanischen Garten, aber nicht im Palmenhaus, sondern draußen unter einem knorrigen Gingkobaum.

»Du«, sagte Maria. »Wenn man sich einmal geküsst hat, muss man sich auch duzen.«

»Ja«, sagte er und lachte leise. »In diesen Dingen weiß ich nicht so gut Bescheid.«

Er wusste aber doch Bescheid, und es war nicht das erste Mal, dass er mit einer Frau zusammen war, stellte Maria fest, als sie später miteinander schliefen. Er berührte sie auf eine Weise, von der sie nicht genug bekommen konnte, auch deshalb traf sie sich jeden Tag mit ihm. Aber so etwas lernte man nicht aus Büchern, und es war auch keine Frage der Intuition, so etwas erforderte praktische Übung. Sie fragte sich, mit wem er seine Erfahrungen gesammelt hatte, aber sie fragte ihn nicht, weil sie wusste, dass sie ohnehin keine Antwort bekommen würde.

Sie erfuhren so viel übereinander in diesen Wochen. Aber noch viel mehr hielten sie voreinander verborgen.

»So lange der Herr Direktor im Spital ist, wohne ich bei Mirko«, verkündete Mirabella nachmittags am Feuer.

»Und warum wohnst du da?«, fragte Domenica lauernd.

»Weil ich so schnarche in letzter Zeit. Ich will nicht, dass Mirabella davon aufwacht«, erwiderte Maria.

»Weil es so am besten ist«, antwortete Mirko gleichzeitig.

»Mirko hat auch ein größeres Bett für mich, und ich bin doch so gewachsen«, fügte Mirabella hinzu.

»Aha«, sagte Domenica spitz.

Mirko fragte niemals nach, mit wem sich Maria traf, wenn sie schon kurz nach der Nachmittagsvorstellung den Zirkus verließ. Die anderen aber wurden immer neugieriger, besonders Domenica und die alte Marthe. Quirin holte Maria jetzt nicht mehr im Zirkus ab, sie trafen sich in der Stadt, damit es weniger Gerede gab, doch vermutlich heizte das die Fantasie der Zirkusleute nur noch mehr an. »Meinethalben müssen wir uns nicht verstecken«, meinte Quirin, als sie ihn darauf ansprach.

Es wunderte sie, dass er sich so bedenkenlos mit ihr zeigte. Sie gingen Arm in Arm über den Marktplatz, er schien überhaupt keine Angst davor zu haben, dass man ihn mit ihr sah. »Es ist doch für einen Priesteranwärter verboten«, meinte sie.

»Normalerweise ja«, sagte er. »Aber mich haben sie wohl schon aufgegeben.« Er zuckte mit den Schultern und lachte.

Er hat gar nicht ernsthaft vor, Priester zu werden, dachte Maria. Er weiß es, und die anderen wissen es auch, deshalb gelten für ihn die strengen Regeln nicht. Dieser Gedanke veränderte alles. Denn wenn Quirin kein Pfarrer wurde, war er frei, und wenn er frei war, gab es eine Chance – für sie und ihn und für Mirabella.

Sie mussten sich aber beeilen, denn bald würde der Krieg ausbrechen. Ende des Sommers, hatte die Jungfrau Maria gesagt, und jetzt war es schon Juli.

Sie beschloss, dass Quirin und Mirabella sich kennenlernen sollten. »Was machen wir in der Stadt?«, fragte Mirabella aufgeregt, als Maria ihr nachmittags die dunklen Zöpfe zu Schnecken festdrehte und mit rosa Schleifen verzierte.

»Wir gehen Kuchen essen«, sagte Maria.

»Sie kann doch hier bleiben«, sagte Mirko, der ins Zelt gekommen war, um Mirabella abzuholen. »Wir müssen noch trainieren, Mirabella. «

»Heute ist ein Feiertag«, meinte Mirabella. »Heute gehen wir Kuchen essen. Ich und Mama.«

»Und Quirin«, sagte Maria. Es war das erste Mal, dass sie den Namen Mirko gegenüber erwähnte.

»Wer ist Quirin?«, wollte Mirabella wissen.

»Ein Freund«, sagte Maria. »Er ist nett.«

»Sonst wäre er ja auch kein Freund«, meinte Mirabella altklug.

»Sie kann aber doch auch hier bei mir bleiben. Es ist doch viel besser so für alle«, sagte Mirko.

»Nein, sie kommt mit.«

»Du musst heute einmal alleine trainieren, Mirko«, sagte Mirabella bedauernd. »Morgen helfe ich dir dann wieder.« Sie versuchte sich zu ihm umzudrehen, doch es ging nicht, weil Marias Bürste an ihren Haaren zog.

»Aber die Seiltänzer üben auch jeden Tag, Mirabella«, sagte Mirko.

Warum hält er nicht endlich den Mund? dachte Maria. Wenn er so weitermacht, will Mirabella am Ende wirklich hier bleiben.

»Und hinterher gehen wir an den Fluss«, fuhr Mirko fort.

»Nun lass sie doch in Ruhe!« Die Worte flogen durch den Raum wie Pitos Messer. Scharf und böse. Es war unverschämt, nach allem, was Mirko für sie getan hatte. Erschrocken ließ Maria die Bürste sinken und drehte sich zu ihm um. Aber das Zelt war leer. Mirko war verschwunden.

III.

Sie aßen Kuchen und fuhren Stocherkahn, und Quirin zeigte Mirabella, wie man Papierschiffe aus Zeitungspapier faltet, die sie dann auf dem Neckar schwimmen ließen.

»Ich wusste eigentlich schon, wie das geht«, sagte sie nachdenklich, während sie zusahen, wie die Boote die Nachrichten des Tages den Fluss hinuntertrugen.

»Ach wirklich?«, sagte Quirin. »Eben machte es aber nicht den Anschein.«

»Ich hatte es nur für einen Moment lang vergessen.«

Er lachte und strich ihr über den Kopf. Es war ein perfekter Ausflug. Vater, Mutter, Kind, dachten die Leute, die sie zusammen sahen. Und dennoch.

»Es tut mir leid«, sagte Maria, nachdem sie Mirabella zurück in den Zirkus gebracht hatte. Im Zelt von Marthe war sie satt und zufrieden eingeschlafen, kaum dass ihr Maria die schmutzigen Füße gewaschen hatte. »Ich hätte sie nicht mitnehmen sollen.«

Sie saßen in einer Weinschänke hinter der Jakobuskirche. Quirin hob sein Glas und starrte auf die opake rote Flüssigkeit, dann stellte er es wieder zurück auf den Tisch, ohne einen Schluck zu trinken. Seit sie hier saßen, hatte er kaum ein Wort mit ihr gewechselt.

»Sieh mich an«, sagte sie. »Sprich mit mir.«

Er schob das Glas zur Mitte des Tisches. Der Rotwein schwappte über den Rand und sammelte sich in einem perfekten Ring am Fuß des Glases. »Sie ist ganz bezaubernd, deine Tochter.«

Sie nickte und wartete darauf, dass er weitersprach, aber er sagte nichts mehr.

»Wie geht es denn nun weiter mit uns, Quirin?«, fragte sie ihn schließlich.

»Es hat keine Zukunft, Maria«, sagte er sanft.

»Warum schickst du mich weg? Weil ich nicht in dein Leben passe?«, fragte sie. »Du bist ein erbärmlicher Heuchler, wenn du meinst, dass du einfach ungeschehen machen kannst, was gewesen ist.«

Er sah sie an. Unter seinen Augen lag ein rötlicher Schimmer, als habe er geweint, aber vermutlich war es nur der Widerschein der Sonne, die hinter den Dächern unterging. »Ich werde nicht weitermachen«, sagte er. »Ich verlasse das Seminar. Ich habe meinen Glauben verloren.«

Sie schnappte nach Luft. »Weil du mit mir … ? Ich meine, ist es wegen mir?«

Er lachte traurig. »Nein, Unsinn, es hat schon viel früher begonnen.«

»Ich verstehe nicht«, sagte sie langsam. »Du willst das Seminar verlassen und mich auch? Was hast du vor?«

»Ich weiß es nicht. Ich muss … nachdenken. Ich muss mir darüber klar werden, was zählt.«

»Was zählt?«, fragte sie verständnislos. »Aber es war doch gut zwischen uns.«

»Maria«, sagte er. »Ich kann das nicht. Ich kann keine Familie gründen, ich kann deiner Tochter kein Vater sein. Ich kann diese Verantwortung nicht tragen. Ich will sie nicht.«

»Wie kommst du nur auf einen solchen Gedanken?«, fragte sie, obwohl das genau der Grund gewesen war, warum sie Mirabella mitgenommen hatte. Damit er sie kennenlernte, damit er sie lieb gewann und ihr Vater wurde.

Quirin lächelte traurig und schwieg. Sie trank einen Schluck Wein, der sauer schmeckte, und schwieg ebenfalls.

»Warum hast du deinen Glauben verloren?«, fragte sie nach einer Weile.

»Es ist einfach so passiert. Von einem Tag auf den anderen glaubte ich nicht mehr an Gott. Ich fühlte nichts. Da ist nichts.«

»Es gibt ihn aber. Ich weiß es ganz bestimmt«, sagte sie.

Er trank einen Schluck Wein und behielt ihn lange im Mund, bevor er ihn hinunterschluckte. »Du glaubst es. Wissen kann es keiner.«

»Ich aber schon.« Sie zögerte einen Moment lang. Sollte sie es ihm sagen? Wie würde er reagieren? »Die Jungfrau Maria ist mir erschienen«, sagte sie atemlos. »Nicht nur einmal, mehrmals schon.« Sie sah an seinem Gesicht, an den Augen, die plötzlich ganz schmal wurden, dass es falsch gewesen war. Ihr Herz schlug plötzlich laut und aufgeregt. Sie wollte die Worte zurückholen, sie wollte aufstehen und weglaufen, sie hätte sich ohrfeigen können.

Er schüttelte Kopf. »Was redest du denn da, Maria?«

»Niemand weiß davon. Außer dem Zwerg. Und nun du.«

»Und was erzählt sie dir, die Muttergottes?«

»Dass es Krieg geben wird. Ein langer furchtbarer Krieg – er wird schon im nächsten Monat beginnen …«

»Dazu braucht es aber keine Erscheinung, um das zu erfahren«, sagte er spöttisch. »Jeder redet vom Krieg. Nach dem Attentat auf den österreichischen Kronprinzen ist es doch ausgemachte Sache, dass kein Weg darum herumführt.«

»Ich weiß es aber schon seit Januar«, beharrte sie.

Er runzelte die Stirn. Er glaubte ihr nicht. Sie fühlte sich auf einmal vollkommen leer, als hätte jemand ihren Kopf ausgehöhlt und ohne Empfindungen und Gefühle zurückgelassen, nur mit einem einzigen Gedanken, der in ihrem Gehirn um- und umflog.

Es ist aus.

Zum zweiten Mal war ihr die Muttergottes im Jahr nach Mirabellas Geburt erschienen. Maria erinnerte sich nicht mehr an den Namen der Stadt, in der es geschehen war, sie erinnerte sich nur an den Waldpfad, den sie sehr langsam und vorsichtig hinuntergegangen war.

Es hatte geregnet, und die Erde war glitschig, besonders an den Stellen, an denen modrige braune Blätter lagen. Sie kam an einen kleinen Teich, mitten im Wald, das Wasser roch ein bisschen modrig, immer wenn sie an die Marienerscheinung dachte, hatte sie diesen leicht muffigen Geruch sofort wieder in der Nase.

Sie hatte ganz nah am Wasser gestanden und ihr Spiegelbild betrachtet – die verschwommenen Umrisse ihrer Figur, das hellblaue Kleid, das im Wasser viel dunkler wirkte. Darüber die gelbe Sonne wie ein zerfließender Fleck Helligkeit in der Oberfläche des Sees. Sie hörte ein Geräusch im Wald, ein Ast, der knackte, und drehte den Kopf. Als sie sich wieder zurück zum Wasser wandte, sah sie die Gottesmutter.

Es war kein verschwommenes, verzerrtes Abbild wie ihre eigene Reflektion. Das Bild der Madonna war klar und scharf. Die dunklen Brauen, sogar der Leberfleck am linken Nasenflügel.

Die Nachricht war genauso klar und eindeutig wie das Bild im See. Dennoch verstand Maria sie nicht. »Warum sollte ich das tun?«, fragte sie, nachdem ihr die Muttergottes ihre Botschaft übermittelt hatte. Ihre eigene Stimme klang laut und fremd in der Stille des Waldes.

Frag nicht! Tu, was ich dir sage, dann wirst du den Grund verstehen! hatte ihr die Gottesmutter geantwortet. Natürlich nicht in diesen Worten, sie benutzte ja keine Worte, wenn sie mit ihr redete. Trotzdem hatte sie Marias Frage verstanden und beantwortet.

Maria war zurück zum Zirkus gegangen, und in der Nacht war sie zu den Käfigen geschlichen wie eine Diebin und hatte den kleinen weißen Schneefuchs frei gelassen, denn das hatte ihr die Muttergottes befohlen. Als sie die Gittertür öffnete, zog sich der Fuchs tief in den Käfig zurück, er fletschte die Zähne und fauchte ängstlich. »Komm, du bist frei«, flüsterte Maria.

Der Fuchs hob abwechselnd die Vorderpfoten, als wäre ihm der Boden zu heiß.

»Lauf«, lockte ihn Maria, aber er floh erst, nachdem sie weg war.

Am nächsten Morgen sprach der ganze Zirkus davon, dass jemand versehentlich eine Käfigtür offen gelassen hatte. Man suchte den Fuchs überall, fand ihn jedoch nicht. »Vielleicht hat ihn absichtlich jemand rausgelassen«, mutmaßte der alte Josef.

»Warum sollte das einer tun?«, fragte die alte Esmeralda, die man kaum noch verstand, weil sie keine Zähne mehr im Mund hatte.

»Ich weiß es nicht«, murmelte Maria, und es stimmte. Sie verstand auch jetzt nicht, warum ihr die Muttergottes den Auftrag gegeben hatte.

»Sie hat aber gesagt, dass ich es begreifen würde. Hinterher«, sagte sie in anklagendem Ton zu Mirko, dem sie sich wie immer anvertraute.

»Solche Dinge können dauern«, meinte Mirko. »Die Gottesmutter ist eine Heilige, und für die Heiligen ist Zeit nichts.«

Maria dachte an den kleinen Schneefuchs, der jetzt irgendwo über die Felder irrte, hungrig und ängstlich. Wenn ihn nicht schon ein Jäger erschossen hatte.

»Irgendwann wirst du es verstehen«, sagte Mirko.

Quirin brachte sie an jenem Abend zurück zum Zirkus. Ein letztes Mal gingen sie den Weg aus der engen Stadt bis zu der Wiese, auf der die Zelte lagerten. Ein letztes Mal hielt er ihre Hand. Obwohl sie beide wussten, dass es vorbei war, hielten sie sich aus Gewohnheit an den Händen wie ein Liebespaar.

Sie sprachen kein Wort. Maria dachte darüber nach, wie sie ihr Leben ohne Quirin leben sollte. Sie hatte ihn weniger als vier Wochen gekannt, aber alles was vorher war, erschien ihr jetzt grau und wertlos. Quirin war ihre zweite große Liebe, das wurde ihr im Grunde erst jetzt bewusst, da alles aus war. Ich habe es nicht geschafft, ihn festzuhalten, dachte sie.

Er verabschiedete sich vor dem Zirkusgelände von ihr, er reichte ihr seine Hand. Seine Finger waren warm von ihren Fingern. »Es tut mir leid«, sagte er. »Ich hätte mich nie darauf einlassen dürfen. Es war vom Anfang an zum Scheitern verurteilt.«

»Das ist doch Unsinn«, meinte sie ruhig. »Es ist nichts festgelegt.«

»Es ist nichts festgelegt«, wiederholte Quirin nachdenklich, dann schüttelte er den Kopf. »Vermutlich hast du recht, es ist wirklich nichts festgelegt, denn wer sollte etwas festlegen, wenn es keinen Gott gibt und keinen höheren Sinn.«

»So habe ich das aber nicht gemeint.«

»Ich weiß.« Er lächelte. »Du bist dir deiner Sache ganz sicher.«

Sie fragte sich, ob er über ihren Glauben sprach oder über ihre Liebe. So oder so, es machte keinen Unterschied.

»Ja«, sagte sie einfach. Da küsste er sie ein letztes Mal, und dann ging er.

Auf dem Weg zu ihrem Zelt sah sie, dass bei Mirko noch Licht brannte. Sie schob die Plane vor dem Eingang auf. Er saß am Tisch und schrieb und schrak zusammen, als sie plötzlich vor ihm stand. Sein Federhalter machte einen hässlichen Strich quer über die halbe Seite, aber das war ihr egal. »Er ist weg«, sagte sie. »Es ist aus.«

Mirko wirkte sehr ratlos, als wüsste er nicht genau, von wem sie sprach.

»Bist du nun zufrieden?«, herrschte sie ihn an.

Er öffnete den Mund, aber dann machte er ihn wieder zu und schüttelte schweigend den Kopf.

»Es ist spät«, meinte er schließlich. »Geh und ruh dich aus, Maria.«

Der Krieg näherte sich in großen Schritten. Am 28. Juli 1914 begannen die Kämpfe zwischen Österreich-Ungarn und Serbien. Am 30. Juli machte Russland mobil. Als sein Verbündeter trat auch Frankreich in den Krieg ein. Am 1. und 3. August erklärte Deutschland als Bündnispartner Österreich-Ungarns Russland und Frankreich den Krieg. Die deutsche Forderung nach einem freien Truppendurchzug durch Belgien rief England auf den Plan, das am 4. August in den Krieg eintrat.

Die Fronten waren weit weg – in Flandern, in Lothringen, in Ostpreußen und Galizien. Dennoch ergriff der Krieg vom ersten Tag an Besitz von ihnen. Die Straßen der Städte, durch die der Zirkus zog, waren voller Soldaten. In offenen Lastwagen fuhren sie durch die Stadt, die Gewehrmündungen stolz nach oben gerichtet, am Straßenrand Menschen mit Fahnen,

Wimpeln, Tüchern, Mädchen, die Blumen warfen, Männer, die jubelten. Aus den Fenstern flatterten Fahnen, schwarz-weiß-rot. Der Bäcker verkaufte Gebäck in Form von Gewehren und Kanonen. Es war wie ein grandioses, mitreißendes Volksfest. Krieg.

Die Kirchen füllten sich. Mütter, Ehefrauen, Großeltern und Verlobte, Kinder und Enkel versammelten sich, um für einen raschen Sieg zu beten. O Herr, ergreife Schild und Waffen, und mache dich auf, mir zu helfen! flehten sie, während auf der anderen Seite die Franzosen, die Engländer und die Russen in ihren Sprachen mit den gleichen Worten zum selben Gott beteten.

Die Kirchen füllten sich, und der Zirkus blieb leer. Mit einem Mal galt es als unpatriotisch und geschmacklos, dass man sich belustigte, während die Männer in den Kampf zogen.

Man ging nicht mehr in den Zirkus. Man tanzte nicht mehr, dafür wurde umso mehr gesungen: »Heil dir im Siegerkranz« und »Es braust ein Ruf wie Donnerhall«.

Auch die jungen Männer im Zirkus konnten sich dem nicht entziehen. »Ich würde ja mitkämpfen«, sagte Sascha. »Wenn mir einer sagen könnte, für wen ich in den Krieg ziehen soll.« Seine Mutter war Ungarin, sein Vater war Russe, aber in keines der beiden Länder hatte er je einen Fuß gesetzt.

Vanja dagegen brach in der ersten Kriegswoche nach Serbien auf. »Ich muss meinem Volk helfen«, tönte er großartig, obwohl auch er im Zirkus aufgewachsen war und sein Vaterland nur aus Erzählungen kannte.

Für die älteren Männer, die den Krieg kannten, war es nicht so schwer. »Es wird ein großes Totschlagen geben, dann kommt der Rest wieder nach Hause, mit ein paar Gliedmaßen weniger«, sagte Josef, der schon 1870 in Frankreich mitgekämpft hatte, da war er sechzehn gewesen. Die Jüngeren aber hatten allesamt das Gefühl, dass sie etwas verpassten, weil sie sich nicht meldeten, weil sie nicht einmal Partei ergreifen konnten.

Dann kam der Hunger. Im Zirkus ging es noch schneller als im Rest des Landes, weil die Besucher ausblieben und die Ersparnisse aufgezehrt waren, bevor der Winter begonnen hatte.

Im Oktober gab es Steckrüben und Kartoffeln, im November waren es nur noch Steckrüben, und das Brot reichte niemals aus, dass alle richtig satt wurden. »Lang kann es nicht mehr gehen«, nuschelte Esmeralda. »Vor dem Winter ist Schluss.«

»In der Zeitung steht, dass die Soldaten bald wieder heimkommen. Es gibt keine Winterstiefel für die Truppen und keine Mäntel«, meinte Silvan.

Esmeralda hatte recht, vor dem Winter war Schluss, jedenfalls mit ihr. Anfang Dezember bekam sie eine Lungenentzündung, eine Woche später war sie tot.

Aber die Soldaten kämpften auch ohne Winterstiefel und Mäntel weiter. Der Krieg hat gerade einmal richtig angefangen, dachte Maria. Einen langen, schweren Krieg hatte die Jungfrau Maria vorhergesagt. Und auch wenn Zeit nichts war für eine Heilige wie die Gottesmutter, so bedeutete *lang* doch mindestens ein Jahr. Oder zwei.

Zu lang für uns. Zu lang für Mirabella, dachte Maria.

Sie selbst litt nicht unter dem Hunger. Sie war zu traurig, um zu essen. Sie war traurig, vom Aufstehen bis zum Schlafengehen, vom Montag bis zum Sonntag, vom Sommer bis zum Winter. Sie wartete darauf, dass ein Tag zu Ende ging und der nächste begann. Es war Krieg, Quirin war weg, und es regnete unablässig, so lange, bis der Regen Mitte November in Schnee überging.

Mirabella aber war hungrig. Der Regen machte sie missmutig, sie fror und langweilte sich, weil die Zirkusleute aufgehört hatten zu trainieren und weil die Besucher ausblieben. »Geht das jetzt ewig so weiter mit diesem dummen Krieg?«, fragte sie Maria und Mirko wieder und wieder. »Wann ist es endlich vorbei?«

Keiner wusste eine Antwort, außer der einen, die sie nicht mehr hören konnte. Irgendwann.

»Bis dahin wird es aber immer schlimmer«, sagte Maria zu Mirko. Sie saßen im großen Zelt mit dem Ofen, der abends nur noch bis um acht Uhr befeuert wurde, weil kein Geld für Kohle mehr da war.

Mirko sah sie alarmiert an. »Ist dir die Jungfrau wieder erschienen? Hat sie das gesagt?«

»Das sagt mir mein Verstand. Wir haben alle kein Geld mehr. Und der Winter hat gerade einmal erst begonnen.«

»Wir müssen die Zähne zusammenbeißen und durchhalten. Was bleibt uns schon anderes übrig?«

Mirabella, dachte Maria, wenn ich sie nur rechtzeitig weggebracht hätte vom Zirkus. Überall wäre es besser als hier.

In der Nacht träumte sie von der Muttergottes. Ihr Gesicht schwebte über Maria an einer Kirchendecke, vielleicht war es das Käppele, Maria erkannte es nicht genau, denn um die Jungfrau herum war alles unscharf wie auf einer schlechten Fotografie. Die Muttergottes lächelte und war zugleich ganz ernst.

Sag mir, was ich mit Mirabella machen soll, dachte Maria im Traum.

Die Muttergottes antwortete ihr auf ihre eigene, einzigartige, unverwechselbare Art. Sie sprach kein Wort, sondern hinterließ ihre Botschaft in Marias Herzen. Vertrau auf mich, sagte sie. Ich zeige dir den Weg.

Am nächsten Morgen fuhren ein paar von ihnen nach Schramberg, weil sie gehört hatten, dass man dort billige Kohle kaufen konnte. Enrique war dabei, Pito, Domenica und Maria. Sie fanden den Kohlehändler jedoch nicht, obwohl sie die ganze Stadt absuchten und auch die umliegenden Orte, vermutlich hatte man ihnen einen Bären aufgebunden, jedenfalls kostete die Kohle in Schramberg genauso viel wie in Freiburg, und die lange Fahrt mit dem Pferdewagen hätten sie sich sparen können.

Sie fanden aber etwas anderes. Oder vielmehr war es Maria, die etwas fand, denn die anderen bemerkten gar nichts von ihrer Entdeckung und von ihrer Aufregung.

»Sieh dir das Bildlein an«, sagte sie aufgeregt zu Mirko, als sie am anderen Abend wieder zurück in Freiburg waren. »Eine Klosterschwester hat es mir in die Hand gedrückt, mitten in Schramberg, einfach so.«

»Was soll das?« Mirko drehte das Blättchen hin und her. Auf der Vorderseite war eine Abbildung der heiligen Maria, die ihren toten Sohn auf dem Schoß hielt, auf der Rückseite stand ein kurzer Text. »Wallfahrt zum Kloster Heiligenbronn«, las er laut. »Ich verstehe nicht.«

»Lies doch weiter«, sagte Maria, aber bevor er es tun konnte, hatte sie ihm den Zettel schon wieder aus der Hand genommen. »Hier«, sagte sie und zeigte dabei auf die klein gedruckten Zeilen auf der Rückseite. »Wallfahrtskirche, Gnadenkapelle, Krüppelanstalt für Blinde und Taube, Waisenheim.«

Mirko sah sie immer noch verständnislos an. Dann schien er zu begreifen.

»Du meinst, dass wir Mirabella … Sie ist keine Waise.«

»Nein, aber hier können wir nicht für sie sorgen. Und dort hätte sie alles, so lange der Krieg noch geht.«

»Ich weiß nicht.«

»Die Muttergottes wollte mir den richtigen Weg zeigen, das hat sie mir versprochen. Und nun hat sie mir den Weg gezeigt – zu diesem Kloster.«

»Ich weiß nicht«, sagte Mirko noch einmal. »Nur weil du davon geträumt hast …«

»Es war kein normaler Traum.«

»Aber es ist doch unvorstellbar, dass wir Mirabella …« Er brach mitten im Satz ab und sah sie an, so voller Unsicherheit und Zweifel, dass sie ihre Überzeugung sofort wieder verließ.

»Nein«, sagte sie. »Das geht wirklich nicht.«

Erst nach Weihnachten waren ihre Verzweiflung, die Angst und der Hunger so groß, dass Maria Mirabellas Sachen packte und mit ihren letzten Groschen zwei Eisenbahnbillets nach Schramberg kaufte. »Einfach oder Rückfahrt?«, fragte der Mann am Schalter.

»Einmal einfach, einmal mit Rückfahrt«, sagte Maria, aber sehr leise und beiläufig, damit Mirabella es nicht hörte.

Achtes Kapitel

I.

Es brauchte nicht viel, um einen Menschen in einen winselnden, heulenden Haufen Elend zu verwandeln. In eine Masse aus Fleisch und Blut und Kot und Eiter. Ein Geschütz, eine Kugel, ein gezielter Hieb mit dem Bajonett. Die Ruhr.

Wenn einer Glück hatte, bekam er Husten. Frädrich hatte zuerst Husten bekommen im letzten Winter, dann Fieber, und nach vier Tagen hatte man ihn ins Feldlazarett gebracht, wo er in derselben Nacht noch gestorben war.

Das war ein sauberer Tod gewesen. Er hatte noch alle Gliedmaßen am Körper gehabt, als sie ihn in den Sarg gelegt hatten, beide Augen, alle Finger, alle Zehen. Man konnte ihn wirklich beneiden, er hatte es nun hinter sich, während sie immer noch mittendrin steckten.

Auch Nocke hatte es hinter sich, aber bei ihm war es nicht so sauber abgegangen. Sie hatten ihn im Januar auf dem Abort gefunden, unter seinem nackten Hintern waren die flüssigen Exkremente zu bizarren braunen Tropfsteinen gefroren. Er hatte sich das Leben im wahrsten Sinne des Wortes aus dem Leib geschissen.

Auch er hatte noch Glück gehabt – im Gegensatz zu den anderen, die in den Schützengräben getroffen wurden oder auf offenem Feld, die heulend und fluchend im Feldlazarett verendeten oder irgendwo im Dreck, weil man sie nicht rechtzeitig fand. Die sich stundenlang, tagelang quälten – wie Severin. Sie hatten seine Schreie gehört, den ganzen Nachmittag und die Nacht und am nächsten Morgen, aber sie konnten ihn nicht holen, er war zu nah an den feindlichen Reihen und zu weit weg für eine Kugel, die seinem Elend ein Ende bereitet hätte. Obwohl es dann doch wieder keiner gewagt hätte, wenn es darauf angekommen wäre. Mit Pferden hatte man Mitleid, wenn ihnen die Gedärme aus dem Leib hingen, wenn sie sich die Beine gebrochen hatten, gab man ihnen einen Schuss zwischen die Augen. Aus und vorbei. Die Soldaten ließ man leiden, bis sie von selbst krepierten. Im Namen der Menschlichkeit.

Gegen Mittag war Severin endlich still gewesen.

Ludwig wollte nicht mehr an ihn denken, Severin war tot, begraben, verwest, so wie Frädrich und Nocke auch. Ludwig wollte ihn vergessen, er hatte so viele vergessen. Aber es gelang ihm nicht. In den wenigen Stunden, wenn einmal nicht geschossen wurde, hörte er ihn immer noch schreien. *Gottverfluchte, verdammte Welt, ihr Scheißkerle, warum helft ihr mir nicht?* schrie er. Obwohl man kein einziges Wort verstanden hatte. Es war nur eine blutige Masse aus gurgelnden Schreien gewesen, die zu ihnen herübergedrungen war.

Achte Kompanie, zweites Bataillon, Infanterie-Regiment 477. Das war seine Einheit. Seit Januar 1915 lagen sie in Flandern. »Da hinten liegt Ypern«, hatte ihnen der Kompanieführer erklärt, nachdem sie Stellung bezogen hatten. Es blieb ein Name, ein Ort, den sie niemals zu Gesicht bekommen würden, obwohl sie keine fünf Kilometer davon entfernt lagerten.

Flandern hatte sich Ludwig früher immer so ganz anders vorgestellt. Flandern, das war das Land von Vermeer, Rembrandt, van Eyck, Rubens. Ein flaches, weites Land am Meer, mit Dünen, Wind, verschlungenen Bächen und schnurgeraden Kanälen, mit verwinkelten Gassen, reetgedeckten Häusern. Einem endlosen Himmel. Hellblau und grün hätte er es gemalt, wenn er es damals gemalt hätte.

Falsch gedacht. Flandern war ein großes Feld, durchzogen von Schützengräben, einer hinter dem anderen, und dazwischen der nackte, schmutzige Boden. Granaten hinterließen große unregelmäßige Krater, Maschinengewehre rissen Löcher, lange Ketten aus verkrusteten Einschüssen. Sie wohnten unter der Erde, in tiefen Gräben; Ludwig, Hahn und Sommer teilten sich einen Unterstand, ein paar Meter weiter hausten Egner, Mücke und Flauber.

Flandern war dunkelbraun wie die nasse, kalte Erde und rot wie das Innere ihrer Körper.

Dahinten lag Ypern, und hinter Ypern lag das Meer. Das hatte man ihnen jedenfalls so gesagt.

Am Anfang teilte sich Ludwig einen Unterstand mit Hahn und Kanzig. Aber Kanzig passte nicht zu ihnen, er war so jung, ein Abiturient, der im Januar gerade einmal achtzehn geworden war und sich in einem Anflug von Leichtsinn und Größenwahn gemeldet hatte. Kanzig wollte zu Egner und Mücke, die beide in seinem Alter waren, und Sommer, der damals drüben hauste, wollte seinerseits zu Ludwig und Hahn, weil die jungen Burschen ihm auf die Nerven gingen. Sie hatten also getauscht; es dauerte nur zwei Minuten, bis die beiden ihre Bündel von hier nach dort und von dort nach hier gebracht hatten. So war es am besten, fanden sie, aber nur so lange, bis Rettel davon erfahren hatte. Major Rettel war der Kompanieführer.

Wahrscheinlich hatte es ihm irgendeiner verpetzt, sonst wäre es ihm gar nicht aufgefallen. Ob einer hier oder dort schlief, machte doch keinen Unterschied. Am Nachmittag kam Rettel in ihren Graben gestampft, in den Unterstand, wo Ludwig, Hahn und Sommer gerade Skat spielten. Seine Adern an den Schläfen waren dick und rot vor Wut, sein graubrauner Schnurrbart zitterte, als wäre ihm kalt, dabei war es ein milder Tag. »Was geht hier vor sich?«, brüllte er, während die Männer ihre Karten fallen ließen und von ihren Pritschen aufsprangen und salutierten. »Sind wir hier im Zeltlager?«

Keiner antwortete, weil es eine rhetorische Frage war, aber das brachte Rettel nur noch mehr in Rage. »Sind wir hier im Zeltlager?«, schrie er noch einmal. »Antworten Sie, Wunder! Meinen Sie, dass das hier ein gottverdammtes Zeltlager ist?«

Ludwig salutierte erneut. »Nein, Herr Major«, brüllte er zurück. Er hatte inzwischen gelernt, dass man auf eine gebrüllte Frage immer in der gleichen Lautstärke zurückbrüllen musste. Wenn man ruhig und leise antwortete, wurde das als Provokation verstanden.

»Holen Sie die Männer von drüben hierher!«, herrschte ihn Rettel an. »Los wird's bald!«, schrie er, obwohl sich Ludwig längst in Bewegung gesetzt hatte.

Der junge Kanzig trat vor den Major, der ihm mitteilte, dass er unverzüglich seine Sachen packen und zurückbringen sollte. Das hier sei eine Armee und kein Kindergarten, in dem jeder sich nach seinen Privatvorstellungen amüsierte. »Haben Sie das nun verstanden?«, herrschte er zuerst Kanzig und nach ihm Sommer an.

»Weggetreten«, brüllte er schließlich. Sommer grüßte und stellte sich zu den anderen, aber Kanzig salutierte nicht. Stattdessen begann er zu zittern. Es war ein heftiges Beben, das seinen ganzen Körper ergriff, wie ein Schüttelfrost. Sein Kopf wackelte auf seinem dünnen Hals hin und her, er schlang die Arme fest um den Leib, aber das konnte das Zittern nicht aufhalten. »Einen Augenblick noch, Herr Major«, sagte er mit einer leisen Stimme, die ebenfalls bebte. Rettel hob die Augenbrauen, im selben Moment senkte Kanzig den Kopf und rannte wie ein Stier auf den Kompanieführer zu. Ehe die anderen reagieren konnten, ehe überhaupt einer begriff, was geschah, hatte er dem Major den Schädel in die Magengrube gerammt. Rettel fiel nach hinten, und sein rotes Gesicht wurde von einem Moment zum anderen sehr bleich. Auch er klammerte jetzt beide Arme um seinen Leib wie vorhin Kanzig und gab zischende Geräusche von sich. Ludwig und Sommer hielten Kanzig fest, einer links, der andere rechts, es erforderte ihre gesamte Kraft. Der Junge hatte aufgehört zu zittern, stattdessen schrie und tobte und heulte er wie ein Besessener.

»So schlimm hatte er es hier doch auch wieder nicht«, meinte Hahn hinterher, als der Major Kanzig hatte abführen lassen und Sommer wieder nach drüben gezogen war. »Es ist der verfluchte Krieg, der uns alle um den Verstand bringt«, meinte er dann, als Ludwig nicht antwortete.

Kanzig bekam zwei Tage im Bunker. »Um ihn wieder zur Vernunft zu bringen«, sagte Rettel. Aber Kanzig kam nicht wieder zur Vernunft. Während er eingesperrt war, bliesen die

Franzosen zum ersten Mal Gas ins deutsche Lager. Es kam nicht überraschend, es war zu erwarten gewesen, nachdem die Deutschen ihrerseits vor zwei Wochen Gas eingesetzt hatten. Damals hatten sie die Franzosen vollkommen überrumpelt, die Verluste in den französischen Stellungen waren enorm gewesen. Seitdem hatten sie den Gegenangriff der Franzosen erwartet. An alle Männer waren längliche Mullbeutel verteilt worden, die mit einer Lösung aus kohlensaurem Natron getränkt waren und die sich die Soldaten beim Angriff über Mund und Nase banden. Dadurch waren sie einigermaßen geschützt, auch wenn einige Männer so unvorsichtig waren und die Schutzbeutel viel zu früh wieder abnahmen.

Kanzig im Bunker hatte jedoch keinen Mullbeutel bekommen. Man hatte einfach vergessen, ihm einen zu geben, und als man sich daran erinnerte, war er schon erstickt.

Ende Mai kam Nachschub in die Kompanie. Munition, Uniformen, Konserven, junge Männer. Von allem zu wenig, vor allem das Essen reichte niemals aus. Flauber war einer der Neuen, und Rettel schickte ihn in den Unterstand von Egner, Mücke und Sommer. »Sommer ab nach drüben«, brüllte er, als dieser ihn fragend ansah.

Sommer packte seine Sachen und bezog Kanzigs Pritsche. Es war genauso, wie sie es von Anfang an haben wollten. Nur dass Kanzig jetzt tot war.

Ludwig fragte sich oft, was ihn und Sommer miteinander verband. Das Alter vermutlich, sie gingen beide auf die Dreißig zu, jedenfalls schätzte er Sommer so ein. Hahn war jedoch ebenfalls Anfang dreißig, und mit ihm verband ihn nichts außer einer vagen Sympathie.

Sommer las, wann immer er die Gelegenheit dazu fand. Für viele Kameraden brachte die Feldpost Fresspakete mit Speck und Kuchen, für Sommer kamen in regelmäßigen Abständen Bücher. Gedichte, Biografien, Philosophisches. Wie die anderen ihre Lebensmittel verschlangen, schien er seine Bücher aufzufressen. In jedem Fall wurde der Bücherstapel neben seiner

Pritsche nicht höher, er blieb immer gleich. Vielleicht warf er die ausgelesenen Exemplare weg oder gab sie weiter, Ludwig wusste es nicht. Er wusste überhaupt sehr wenig von Sommer.

Vielleicht war es das, was sie am stärksten miteinander verband – dieser Widerwille, etwas von sich preiszugeben, diese Furcht vor zu viel Vertrautheit. Mit Hahn war das ganz anders. Er konnte stundenlang sein Innerstes nach außen kehren, er erzählte ihnen von seiner Frau und den drei Kindern, das älteste gerade einmal vier, von seiner Angst, dass sie nicht genug zu essen hatten, dass sie krank wurden und starben, und von seinem Hass auf Lübke, den Schornsteinfeger, der oben im Haus wohnte und wegen seines Asthmas nicht eingezogen wurde. Lübke hatte Hahns Frau schon früher schöne Augen gemacht, und jetzt, da Hahn quasi ausgeschaltet war, hatte er freie Bahn. Wenn er aber zurückkäme und sie hätte einen anderen, dann würde er sich umbringen, vor ihren Augen mit einem gezielten Schuss in den Mund, sagte Hahn, und an diesem Punkt fing er meistens an zu weinen. Ludwig und Sommer ließen ihn reden. Am Anfang hatte Ludwig manchmal versucht, ihn zu beruhigen, aber er hörte sie gar nicht, er hörte nur sich selbst, die endlose Litanei seiner Klagen, die ihn auf rätselhafte Weise zu beruhigen schien. Wenn es dunkel wurde und keine Angriffe stattfanden, legte Hahn sich auf seine Pritsche und weinte, bis er einschlief.

Ludwig und Sommer hielten sich aneinander, auch wenn sie sich niemals berührten.

Im Feld wurden die Männer zu Maschinen. Einer zog die Handgranaten ab, der andere warf sie, dreißig Meter, immer genau dreißig Meter, im Rhythmus des Maschinengewehrfeuers. Der Feind blieb meist unsichtbar, hinter Erdwällen und in Gräben versteckt. Manchmal kam es zum Nahkampf. Dann stürzten sie aus ihren Unterständen hervor, den Franzosen entgegen, die ebenfalls keine Menschen waren, sondern gefühllose, seelenlose Automaten, geschaffen, um zu töten und getötet zu werden. Sie stürzten aufeinander zu, die Gesichter verzerrt, die Waffen hoch erhoben. Das Bajonett benutzte Ludwig kaum. Mit

Handgranaten konnte man sich die anderen besser vom Leib halten. Wenn dann gar nichts mehr half, nahm er den Spaten. Ein Schlag von unten gegen das Kinn war das sicherste. Wenn man richtig traf, flog dem anderen der Kopf mit einer solchen Wucht nach hinten, dass er tot war oder zumindest bewusstlos.

Wenn der Spaten gegen die Kinnlade knallte, gab es ein hässliches dumpfes Geräusch. Während des Kampfes empfand er dieses Geräusch als beruhigend. Wupp! wieder einer ausgeschaltet. Wupp! wieder einer weniger. Hinterher, vor allem nachts, machte es ihm Angst. Nicht weil es auch ihn einmal treffen könnte, sondern wegen der Befriedigung, die er dabei verspürte. Irgendwann, dachte er, wird dieser Krieg einmal zu Ende sein und was ist dann? Wo soll ich hin, was soll ich anfangen? Mit jedem Schlag gegen die Kinnlade, mit jeder Handgranate, die er warf und von der er hoffte, dass sie traf, verlor er ein Stück seiner selbst.

Bis irgendwann nichts mehr davon übrig wäre.

Es waren keine Menschen, auf die er da einschlug, sagte er sich immer wieder, es waren Kriegsmaschinen. Sie oder wir, dachte er. Dann schon lieber sie.

Wo gehst du hin, wenn das hier einmal vorüber ist? hätte er Sommer gerne gefragt, als sie nachts zusammen Wache schoben. Sie lagen nebeneinander im ersten Graben, die Schutzbeutel griffbereit, die Feldstecher um den Hals, obwohl sie in der Dunkelheit ohnehin nichts nützten. In unregelmäßigen Abständen öffneten sich Leuchtschirme am Himmel, grünweiß und gleißend. Einen Augenblick war das Feld taghell erleuchtet, dann fielen die Schirme in sich zusammen und hinterließen eine Dunkelheit, die noch schwärzer war als vorher. In einiger Entfernung flogen Granaten, ein Surren, dann der Knall der Explosion, daran hatte man sich fast gewöhnt. Es lag aber noch ein anderes Geräusch in der Dunkelheit, ein dumpfes Grollen, ein rollendes Dröhnen, das sie nicht nur hören, sondern auch in ihren Körpern spüren konnten.

»Transporte für die Franzosen«, sagte Sommer. »Sie bringen neue Truppen, Munition, Geschütze.«

Essen, dachte Ludwig, sie bringen Essen. Sein Magen knurrte laut, das Geräusch verschmolz mit dem Rollen der Räder. Die Versorgung war schlechter denn je. Eine Brotkante am Morgen, auf der man stundenlang herumkaute, hin und wieder ein Stück Käse. Halb verdorbenes Fleisch.

»Wo wärst du jetzt, wenn du es dir aussuchen könntest?«, fragte er Sommer, um sich abzulenken.

»Unter Palmen«, antwortete Sommer sofort, so als habe er die ganze Zeit über dieselbe Frage nachgedacht. Wie auf ein Kommando öffnete sich über ihnen ein Leuchtschirm, grünlich-weiß, palmenförmig. Dann war es wieder dunkel. »Und du?«, fragte Sommer zurück.

Im Romanischen Café. Am Badestrand am Wannsee. Im Atelier. In der Konditorei Meesner. Alle diese Orte erschienen auf einmal so unwirklich, so nichtig, wenn er sie sich in die Erinnerung rief. Wo wollte er hin, wo wollte er wirklich sein? Bei Maria, dachte er plötzlich. Maria, die ihn vielleicht schon vergessen hatte, die wahrscheinlich längst einen anderen geheiratet hatte. Nach all den Jahren wollte er immer noch zu ihr.

»Ich weiß es nicht«, sagte er laut. Er wollte ihren Namen nicht aussprechen. Nicht hier, nicht an diesem furchtbaren Ort.

Unter Palmen. Sommers Antwort brachte Ludwig auf Pechstein. Er dachte oft an ihn. Im Mai hatte er mit der Feldpost einen Brief von ihm bekommen, den ihm seine Hauswirtin aus Berlin nachgeschickt hatte. Pechstein hatte ihn am 26. August 1914 in Palau geschrieben, fast ein drei viertel Jahr hatte das Schreiben gebraucht, um die halbe Welt zu durchqueren. Vom Paradies ins Inferno.

Dieses Licht. Diese Farben, schrieb Pechstein. *Diese Wärme, von morgens früh bis abends spät scheint die Sonne. Wir sind vor gut drei Wochen auf der Palauinsel Melekéiok angekommen, außer uns leben nur noch zwei Weiße hier, der Stationsleiter und sein Heilgehilfe, beide mit Palaufrauen verheiratet. Es ist ein herrliches Leben, sorgenfrei und reich, wir ernähren uns von den Früchten der Insel: Brotfrucht, Fisch in Kokosmilch gekocht, das*

Fleisch der großen Taschenkrebse und wilder Schweine. Stell Dir vor, dass wir die Papayas, Mangos, Ananas und Bananen einfach so von den Bäumen pflücken und verzehren.

Ich unternehme Streifzüge über die Insel und den gesamten Archipel. Überall ein Reichtum ohnegleichen: wuchernde Gräser, Kräuter und Moose, fabelhafte Insekten und Orchideen. Dazwischen die braunen Insulaner. Die Männer schlanke, bronzene Gestalten in göttlicher Nacktheit, die Frauen nur mit kleinen Schürzen aus Kokosfasern bekleidet, ihre Schenkel und die Unterarme sind mit archaischen Zeichen und Mustern tatauiert. Es sind gutartige Naturen voll kindlicher Neugierde und Fröhlichkeit. Mein Erscheinen bedeutet ihnen eine große Abwechslung und ein freudiges Ereignis, das den immer gleichen Ablauf ihres Lebens unterbricht. Mein Skizzenbuch ist übervoll der Eindrücke.

So ging es noch eine ganze Weile weiter. Das Licht, das Meer, der Himmel, die schönen Mädchen. Den Krieg erwähnte er nicht, vermutlich hatte er auf seiner Insel noch nicht einmal etwas von seinem Ausbruch mitbekommen.

Auch von Charlotte berichtete er kein Wort. Wir sind angekommen, schrieb er, aber die Streifzüge über den Inselarchipel, die Wanderungen durch den Urwald unternahm er offensichtlich ohne sie. Was trieb sie den ganzen Tag, wenn er die Gegend durchstreifte oder zeichnete? Ludwig versuchte sich ihre schmale, blasse Gestalt vor dem leuchtenden Grün des Urwalds vorzustellen, aber es gelang ihm nicht.

Pechstein schrieb von kleinen rosa und schwarzen Perlen, die ihm ein Eingeborener angeboten hatte, die er aber abgelehnt hatte.

Mein Sinn ist nicht darauf gerichtet, solche nur für einen Europäer wertvollen Dinge zu besitzen. Ich brauche ja kein Geld mehr zum Leben. Nein, ich hoffe nicht nach Europa zurückkehren zu müssen, nachdem ich dieses Paradies gefunden habe.

Ich hoffe nicht nach Europa zurückkehren zu müssen, schrieb er. Recht hat er, dachte Ludwig, während er das Blatt zusammenfaltete und zurück in den Umschlag steckte. Und wenn

Charlotte von dem Krieg wüsste und von dem entsetzlichen Elend in ganz Europa, dann wäre sie sicherlich der gleichen Meinung. Besser, sie blieben beide dort, vielleicht konnten sie ihren Sohn irgendwann einmal nachholen, den sie bei Pechsteins Eltern in Zwickau zurückgelassen hatten. Besser noch, sie vergaßen ihn einfach, ihn, Berlin, Deutschland und Europa.

Ludwig musste plötzlich an eine Unterhaltung denken, die sie kurz vor Pechsteins Abreise geführt hatten. »Vielleicht ist es gut, wenn es endlich losgeht mit dem Krieg«, hatte Pechstein damals gesagt. »Es wird ein kurzer, heftiger Ausbruch werden, wie die Krise eines Fieberkranken, aber dann ist es vorbei, und der Patient kann genesen.«

Ludwig lachte, als er jetzt daran dachte. Das hatten sie wirklich geglaubt, dass es eine Frage von Wochen sei, bis der Krieg gewonnen war. Aber nun zog sich das Hauen und Stechen, das Schießen und Zerfleischen schon fast ein Jahr hin. Man lag in Stellung. Hier die Deutschen, dort die Franzosen, die Engländer, die Russen und Italiener. Sogar die Türken waren jetzt in den Krieg eingetreten. Man lag und lauerte, irgendwann ging man aufeinander los und brachte sich gegenseitig um. Der Schwächere zog sich zurück, aber nur ein Stück weit. Dann ging die Sache wieder von vorne los. Und es war kein Ende in Sicht.

Er überlegte, ob er Pechstein antworten sollte, aber dann kam ihm der Gedanke, dass sein Brief genau so lange in die Südsee brauchen würde wie Pechsteins Brief hierher. Acht, neun Monate. Bis dahin wäre alles anders. Der Krieg wäre vorbei. Und er selbst wäre vielleicht tot oder verwundet oder in Gefangenschaft.

Tief in seinem Inneren nagte jedoch ein anderer Gedanke, der viel schlimmer war, so furchtbar, dass er ihn mit aller Kraft zurück ins Dunkle drängte, aber es gelang ihm nicht.

Und wenn in einem Jahr immer noch alles so wäre, wie es heute war? Wenn es von nun an immer so weitergehen würde, bis in alle Ewigkeit. Was dann?

II.

Ludwig hatte seine Skizzenbücher mit an die Front gebracht, jetzt steckten sie unten in der Kiste mit seinen Wintersachen. Mit dem Ausbruch des Krieges hatte er aufgehört zu arbeiten. Er konnte die furchtbaren Bilder, die sich Tag für Tag vor seinen Augen abspielten, nicht auch noch zu Papier bringen. In den kurzen Gefechtspausen war er voll und ganz damit beschäftigt, das Gesehene wieder zu vergessen.

Er zeichnete oft für die Kameraden. Für eine nackte Frau gab es drei Zigaretten. Frau und Mann zusammen machten fünf Zigaretten. Je eindeutiger die Posen, je detailgenauer die Zeichnung, desto höher die Bezahlung.

Sommer bestellte ebenfalls eine Skizze, Ludwig zeichnete ihm eine Nackte auf einer Chaiselongue, die Beine leicht gespreizt. Die Zeichnung fiel weniger derb aus als die anderen Bilder, weil er sich plötzlich schämte. Sommer heftete das Blatt an die Wand des Unterstandes über sein Bett. Nach dem ersten Regen schlug die Feuchtigkeit des Holzes durch das Papier, der nasse Fleck breitete sich von der Scham der Frau über den ganzen Körper aus. Es sah aus, als ob die Nackte langsam verblutete. Sommer ließ das Blatt trotzdem hängen.

Im Juli sollte Ludwig Urlaub bekommen, aber dann wurde er verschoben, wegen gewisser Engpässe, wie Rettel ihm mitteilte. Ludwig war selbst überrascht, wie gelassen er es hinnahm. Jeder andere brannte darauf, dieser Hölle zu entkommen, und sei es auch nur für ein paar Wochen. Ihm machte der Gedanke jedoch plötzlich Angst, dass er wieder nach Berlin kommen würde, in sein Zimmer am Nollendorfplatz, das ihm früher klein erschienen war, obwohl es riesig war im Vergleich zu dem Unterstand hier. Pechstein war in Palau; Kirchner, Heckel, Schmidt-Rottluff, all die anderen waren im Krieg. Das Romanische Café wäre verwaist, die Clubs geschlossen, das

Fest war vorbei. Er hörte es aus den Briefen heraus, die die anderen von ihren Frauen, ihren Verlobten und Eltern bekamen. Die Menschen waren hungrig und elend und voller Angst.

Er hatte niemanden dort, keine Freunde, keine Verwandten, keine Angehörigen. Wohin sollte er mit seinen Erinnerungen, mit den Bildern in seinem Kopf?

Etwas anderes machte ihm noch mehr Angst. Die Vorstellung, dass er nach ein paar Wochen wieder zurückkäme an die Front und dass sie alle weg wären. Sommer, Hahn, Mücke, Egner, sogar Rettel, um den es natürlich nicht wirklich schade wäre. Dass sie alle tot wären und neue Männer an ihrer Stelle, mit denen er dann kämpfen müsste, bis es ihn selbst auch erwischte.

Nein, es war besser, er blieb hier, bis die Sache endlich ausgefochten war, im wahrsten Sinne des Wortes.

»Der Krieg kann nun nicht mehr lange andauern«, sagte er zu Sommer. »Hier haben alle gründlich die Nase voll, und drüben ist es doch nicht anders.«

Die Front hatte sich ein Stück nach Westen verschoben. Sie waren zu sechst unterwegs ins nächste Dorf, aus dem die Bewohner geflohen waren. Häuser und Proviant sichern, bis der Rest der Kompanie nachrückte.

»Wenn es nach den Soldaten ginge, wäre jeder Krieg schnell vorbei«, meinte Sommer nur. »Aber wer fragt uns schon? Der Krieg wird sich noch lange hinziehen.«

»Das ist doch Unsinn!«

»Kein Unsinn. Ich weiß es aus sicherer Quelle.«

»Wie meinst du das?«

Sommer lachte leise. »Es wurde mir prophezeit.«

»So etwas Hirnverbranntes. Du bist doch nicht abergläubisch.«

Sommer zuckte mit den Schultern und antwortete nicht.

»Oder etwa doch?«

Sommer machte jetzt so große Schritte, dass er sich vom Rest der Gruppe absetzte, ohne es recht zu bemerken.

»Damals hab ich nicht daran geglaubt, aber jetzt …« Er machte eine weite Handbewegung über das kahle, kraterdurchsetzte, von Granaten aufgerissene Feld, das sich zu beiden Seiten des Weges ausbreitete.

»Und wie lange geht es noch, dieser Prophezeiung nach?« Ludwig versuchte seiner Stimme einen sarkastischen Klang zu geben, aber stattdessen hörte er sich ängstlich an.

»Ich habe damals nicht daran geglaubt, also habe ich auch nicht genauer nachgefragt«, sagte Sommer mit düsterer Stimme. Ludwig nickte und schwieg.

»Noch lange«, sagte Sommer.

Das Dorf lag auf einem sanften grünen Hügel inmitten der zerschossenen, zerwühlten Felder. Es war im Grunde genommen kein Dorf, nur vier Häuser, ein paar Ställe und eine Scheune. Ein Misthaufen, auf dem ein dürrer Hahn stand, als gehörte er ihm. Sie durchsuchten die Gebäude zu zweit, einer trat die Tür ein, dann stürmten sie nacheinander hinein, die Gewehre im Anschlag. Es war aber keiner mehr da, auch die Tiere hatten sie mitgenommen, nur eine orangefarbene Katze räkelte sich auf einem Fensterbrett in der Sonne. »Verdammte Scheißkerle, nicht einmal ein paar alte Suppenhühner haben sie uns da gelassen«, schimpfte Egner.

Dann aber stießen Sommer und Ludwig in einem der Häuser auf einen Schrank voller Lebensmittel. Wurstdosen, eingelegte Gurken und Marmelade, Eier, Kartoffeln, Sauerkraut, Apfelmus und Mettwürste. Sie standen davor und glotzten und fanden beide keine Worte, so überwältigt waren sie. So viel Essen, nachdem sie wochenlang von verschimmeltem Brot und hartem Käse gelebt hatten. Bei dem Anblick wurde einem fast schlecht vor Gier.

»Wenn wir warten, bis die anderen da sind, kriegen wir nichts mehr ab«, sagte Flauber.

Sie hatten mindestens vier Stunden Zeit, bis der Rest der Kompanie nachrückte. Mücke und Flauber deckten den Tisch, Egner setzte Wasser auf für die Kartoffeln, Sommer schnitt Brot. Hahn fand eine Dose mit Kaffee ganz hinten im Schrank.

Während die Kartoffeln kochten, begannen sie zu essen. Niemand redete, man griff sich mit der Linken ein Stück Brot, mit der Rechten Wurst und dachte gleichzeitig darüber nach, was man als Nächstes essen würde. »Langsam«, warnte Sommer einmal. »Wenn ihr es zu sehr in euch hineinschlingt, ergeht es euch hinterher schlecht.«

Aber sie beachteten ihn gar nicht. Er beachtete sich selbst nicht.

»Man muss sich das nur einmal vorstellen«, seufzte Egner fast eine Stunde, nachdem sie mit dem Essen begonnen hatten. »Diese Leute leben wie die Maden im Speck, und wir liegen da draußen im Dreck und hungern uns zu Tode.«

»Verdammter Krieg«, sagte Mücke. »Verdammter Scheißkrieg.«

»Hör auf zu jammern«, meinte Egner. »Hast dich doch freiwillig gemeldet. Du konntest doch gar nicht schnell genug Rekrut werden.«

»Du etwa nicht?«

»Ich beklage mich auch nicht.«

»Ach, halt doch dein dummes Maul!«, fuhr ihn Mücke an.

Dann begann Hahn zu weinen. Er weinte lautlos, so dass es zuerst keinem auffiel. Erst als er schluchzend nach Atem rang, merkten sie es.

»Was ist denn nun passiert?«, fragte Flauber erschrocken.

Hahn konnte aber gar nicht antworten. Er weinte und weinte und hörte dabei nicht auf zu essen, seine Tränen liefen über seine vollen, kauenden Backen und tropften neben seinem Teller auf den Tisch.

»Nun hör doch schon auf!«, sagte Sommer. »Jetzt haben wir es doch einmal gut hier. Da musst du doch nicht flennen.«

»Das ist es ja gerade«, heulte Hahn, den Mund voller Kartoffeln und Butter. »Ich sitze hier und schlage mir den Bauch voll, aber meine Kinder haben nichts zu fressen. Und meine Frau treibt es mit diesem Lübke.«

Später saßen Ludwig und Sommer draußen im Hof und rauchten Zigaretten aus getrocknetem Buchenlaub, versetzt mit einer Prise Tabak. Ludwigs Bauch war voll und hart und tat weh, genau wie Sommer gesagt hatte. Er lehnte sich mit dem Rücken gegen die Hauswand und streckte die Beine weit von sich – das machte es ein wenig besser.

»Hast du das mit der Prophezeiung vorhin ernst gemeint?«, fragte er Sommer, der sich neben ihm ebenfalls lang gemacht hatte.

»Sicher.«

»Du wirkst aber gar nicht so, als ob du etwas auf so etwas gibst.« Er dachte an Maria, wie sie mit ihm ins Wahrsagerzelt gegangen war, in jener ersten Nacht, die sie miteinander verbracht hatten. Sie war ohnmächtig geworden, weil sie etwas gesehen hatte, seinen Tod oder sein Verderben, sie hatte ihm nie erzählt, was es gewesen war. Vielleicht war es das hier, dachte er, während er seinen Zigarettenstummel zu Boden warf und mit der Ferse austrat. Vielleicht hat sie den Krieg gesehen und mich mittendrin. Schlimmer geht es jedenfalls nicht.

»Wie wirke ich denn dann auf dich?«

»Abgeklärt. Du hältst nicht viel von Übersinnlichem. Glaubst du an Gott?«

Was redete er denn da? Glaubst du an Gott? Das ging ihn doch nichts an, was Sommer glaubte oder nicht glaubte.

»Gott!« Sommer spuckte das Wort aus, als ob er von Rettel spräche. »Hör mir bloß auf damit! Schau dich doch einmal um, was hier los ist, da vergeht einem doch wohl jeglicher Glaube.«

Ludwig zuckte mit den Schultern. Er dachte an seinen Vater, was er geantwortet hätte. »Der Krieg ist Menschensache, das kannst du doch nicht Gott in die Schuhe schieben.«

Zu seiner Überraschung hatte er den Satz laut ausgesprochen.

»Ja«, sagte Sommer kalt. »Ich kenne all diese Argumente. Von der Entscheidungsfreiheit, die jeder Einzelne hat und haben muss, das Gute und das Böse zu tun. Von Gottes unendlicher Liebe und vom Jenseits, in dem alles wieder gut wird. Wir müssen geduldig sein.«

»Aber du glaubst nicht daran.«

»Ich glaube an gutes Essen und Trinken und dass ich meine verdammten Läuse loswerden will und dass wir diesen verfluchten Krieg überleben müssen, irgendwie.«

»Und an diese Prophezeiung. Daran glaubst du auch.«

Sommer drückte seine Zigarette an der Treppenstufe aus und holte sein Etui wieder aus der Uniformtasche.

»Daran glaube ich auch. Hätte ich nur darauf gehört.«

»Es geht um eine Frau«, sagte Ludwig, obwohl er sich nicht ganz sicher war. Vielleicht irrte er sich auch, weil ihn die Sache so an Maria erinnerte.

»Es geht immer um eine Frau.« Sommer lachte und rauchte. Die orangefarbene Katze, die bis jetzt auf ihrer Fensterbank gelegen hatte, dehnte sich, dann sprang sie mit einem eleganten Satz auf den Hof und kam mit langsamen Schritten auf sie zu. Als Sommer seine Hand nach ihr ausstreckte, kletterte sie auf seinen Schoß und ließ sich von ihm streicheln. Ludwig musste sofort wieder an Lilly denken und schauderte. *Es hat immer mit einer Frau zu tun.*

»Sie wollte ihr ganzes Leben aufgeben und mit mir etwas Neues beginnen«, murmelte Sommer, als spräche er mit der Katze. »Aber ich konnte das nicht.«

»Deshalb hast du dich gemeldet? Du bist weggelaufen?«

Sommer zuckte mit den Schultern.

»War sie es, die dir den Krieg vorausgesagt hat?«, fragte Ludwig.

»Sie hatte es von der Muttergottes, die ihr erschienen ist. Wie der heiligen Bernadette in Lourdes.« Sommer lachte wieder, kurz und scharf, so dass die Katze von seinem Schoß sprang. Mit hoch erhobenem Schwanz stolzierte sie über Ludwigs ausgestreckte Beine, rieb sich an seinen Waden, zärtlich und fordernd zugleich, aber Ludwig wusste inzwischen zu viel von Katzen, um sich darauf einzulassen.

Sommer und eine religiöse Fanatikerin mit spirituellen Wahnvorstellungen – schwer vorstellbar, dachte Ludwig. Sommer schien das Gleiche zu denken, jedenfalls schüttelte er langsam den Kopf, während er sich wieder eine Zigarette anzündete.

Vielleicht wunderte er sich aber auch über sich selbst, dass er in diese Hölle von einem Krieg gezogen war, ohne einen wirklichen Grund.

»Und du?«, fragte Sommer. »Bist du auch wegen einer Frau hier?«

»Mehr oder weniger.« Ludwig holte ebenfalls eine neue Zigarette aus seinem Etui. »Obwohl meine bestimmt nicht vorhatte, ihr Leben zu verändern wegen mir.«

»Verheiratet?«

»Jetzt ja«, sagte Ludwig so kurz, dass Sommer nur nickte, und dann war das Gespräch beendet.

Wie wenig sie sich gegenseitig trauten. Hin und wieder wagte sich einer einen Schritt aus der Deckung und erzählte etwas, aus seiner Vergangenheit, aus seinem Leben, von seinen Gefühlen. Aber es waren immer nur Bruchteile, die sich nie zum einem Ganzen zusammenfügten, und danach sprachen sie wieder über Belangloses.

Hinterher tat es Ludwig leid, dass er Sommer nicht mehr gefragt hatte, über die Frau, die er so geliebt und gleichzeitig so gefürchtet hatte. Dass er selbst nicht mehr erzählt hatte, von Lilly, die er verlassen hatte, und Maria, die ihn weggeschickt hatte und mit der das ganze Unglück damals begonnen hatte.

Aber die Dinge waren nun einmal, wie sie waren. Im Gegensatz zu Hahn waren sie beide nicht zu Vertraulichkeiten veranlagt.

Ihre Kompanie war von der vordersten Front abgezogen worden, sie lagen jetzt hinter den Linien in Reserve. Das Geknatter der Maschinengewehre und die Explosionen der Handgranaten waren auch hier zu hören, nur etwas leiser.

»Lage des Menschen: Unbeständigkeit, Langeweile, Ruhelosigkeit«, konstatierte Sommer, der sich nur zum Essen und zu den Appellen von seiner Pritsche erhob.

»Das hast du scharf beobachtet«, sagte Hahn.

»Nicht ich, Blaise Pascal«, meinte Sommer.

Hahn, der mit dem Namen offensichtlich nichts anfangen konnte, nickte nur.

Unbeständigkeit, Langeweile und Ruhelosigkeit – das beschrieb die Lage perfekt. Die Männer wälzten sich auf ihren

Metallgestellen hin und her, warteten darauf, dass ein Tag zu Ende ging und der nächste begann. Sie rauchten, tranken und spielten Karten. Hin und wieder verlor einer der Nerven, schrie und tobte und konnte nur mit Ohrfeigen wieder beruhigt werden.

Es war wie bei sehr alten Menschen, das alltägliche Leben verlor für die Soldaten mehr und mehr an Bedeutung. Die Erinnerungen wurden immer wichtiger. Je länger die Dinge zurücklagen, desto stärker drängten sie sich ins Bewusstsein. Auch Ludwig dachte viel an seine Kindheit. Er erinnerte sich an den Geruch seines Vaters, wenn er am späten Nachmittag aus seinen Praxisräumen gekommen war. Eine Mischung aus Kampfer, Karbol und grüner Seife. Er hatte sich hinter Ludwig gestellt und über seine Schulter gesehen, auf das, was Ludwig gerade tat. Ludwigs Hände hatten dann immer zu schwitzen begonnen, und von einem Moment zum anderen misslang ihm alles.

Seine Mutter hatte sich immer ein zweites Kind gewünscht, ein kleines Mädchen, Sie dachte die ganze Zeit daran, auch wenn sie vor dem Schlafengehen mit ihm betete. »Lieber guter Herr Christ, der du Mensch geworden bist, schau du in mein Herz hinein, mach es gütig, fromm und rein«, murmelte sie, aber in ihren Gedanken ersetzte seine Mutter die letzte Zeile durch andere Worte: »Schenk mir doch ein Töchterlein«, flehte sie im Stillen. Ludwig war so überzeugt davon, dass er die Worte selbst einmal laut betete, aber glücklicherweise merkte es seine Mutter nicht.

Er sah sich vor dem Klavier sitzen, das in seiner Erinnerung riesengroß war. All die vielen Tasten, schwarz und weiß, und seine Finger so steif und ungeschickt. Er hörte eine Melodie, die er immer wieder gespielt hatte, *Eine kleine Träumerei*, aber den Komponisten hatte er vergessen. Es war ein ganz einfaches Stück, er verspielte sich immer an derselben Stelle, und hinter ihm stand sein Vater mit starrer Miene.

Die Räume ihrer Wohnung waren sehr hoch und groß, halbdunkel und kühl. Vor dem Haus schien die Sonne auf das Kopfsteinpflaster, manchmal spielte er dort mit den Nachbarskindern, seine Eltern sahen es jedoch nicht gerne, weil die Nachbarn katholisch waren.

Nach dem Abitur hatte er seinen Wehrdienst abgeleistet, aber als Einjähriger. Vielleicht wäre alles anders gekommen, wenn er damals die üblichen zwei Jahre bei der Infanterie verbracht hätte, wenn er den Druck und die Schikanen richtig mitbekommen hätte. Aber die Einjährig-Freiwilligen, die Gebildeten, die Söhne aus gutem Haus, die selbst für ihre Einkleidung, Verpflegung und Ausrüstung aufkamen, blieben außen vor. Sie teilten sich zu zweit eine Stube, aßen wie die Offiziere und durften an zwei Wochenenden im Monat nach Hause. Mit den anderen kamen sie nur bei Appellen und Übungen zusammen, und auch bei diesen Gelegenheiten behandelte man sie mit Nachsicht.

Damals hatte er ein falsches Bild gewonnen. Nachdem er sich jedoch im letzten Jahr freiwillig gemeldet hatte, hatte man ihm die Augen geöffnet. Achtmal hatte er am ersten Morgen sein Bett gebaut, bis es ihm der Major abgenommen hatte. Zwölf Mal musste er unter dem Stacheldraht durch den Schlamm kriechen, bis er den Kopf tief genug im Dreck hielt. Er lernte salutieren, schießen, Böden schrubben, Haltung annehmen, Stiefel wichsen, wegtreten, marschieren. Vor allem aber lernte er, das Maul zu halten. Nicht zu widersprechen, wenn er angebrüllt, schikaniert und bestraft wurde. Und sei es auch noch so ungerecht. Denn wer widersprach, zeigte Gefühl, und Gefühl war hier fehl am Platz.

Gefühle waren etwas für Menschen. Soldaten waren jedoch keine Menschen, sondern Kampfmaschinen.

Es war ja nur für kurze Zeit, versuchte Ludwig sich einzureden, obwohl er es damals schon geahnt hatte, dass er nicht so schnell davon kommen würde. Und heute, mehr als ein Jahr später, war er immer noch Soldat.

Ende September 1915 bekam Ludwig einen zweiten Brief von Pechstein. Das Schreiben war auf den 2. Oktober 1914 datiert, etwas über einen Monat nach dem ersten.

Mein Traum ist ausgeträumt, schrieb Pechstein. *Die Welt hat uns wieder, die Wirklichkeit hat uns eingeholt und auf grausamste Weise von uns Besitz ergriffen. Ich schreibe diese Zeilen in großer Eile und im Zweifel, ob sie Dich überhaupt erreichen mögen, lieber Freund. Gewiss wirst Du nun lange Zeit nicht mehr von mir hören.*

Wie glücklich war mein Leben noch vor zwei Wochen, die Tage rannen dahin in ruhigem Gleichmaß. Alles war wohlgeordnet. Ich arbeitete. Schnitzte, malte und machte Pläne, nun auch ein eigenes Haus auf eigenem Land zu erbauen. Sogar den Grund dafür hatte ich bereits erworben. Eine winzige Insel bei Madalai mit einer wunderschönen halbrunden Bucht, mit Süßwasser, Fruchtbäumen, wilden Ziegen und Schweinen.

Ein Traum, doch nun sind wir aufgewacht.

In der letzen Woche erschien aufgeregt der Stationsvorsteher und berichtete die Neuigkeiten. Krieg in Europa! Für Dich, lieber Ludwig, längst schon Gegenwart, aber für uns war es eine fremde und gänzlich verstörende Erinnerung an die Schrecklichkeit der Welt.

Noch konnten wir uns freilich nicht denken, dass wir auf unserem Palau, in diesem abgelegenen Winkel der Erde, in Mitleidenschaft gezogen werden würden. Aber nur wenige Tage später sieht die Lage gänzlich anders aus.

Vor einigen Tagen erreichten uns zwei japanische Kriegsschiffe und ergriffen Besitz von unserem Archipel. Sie haben uns unserer Menschlichkeit beraubt und uns zu Feinden gemacht, in einem Kampf, der nicht der unsere ist.

Was wird nun werden? Die Eindringlinge sind undurchschaubar, aber voller Unheil. Finstere, schmale Augen unter braunen Tropenhelmen, ihr Gewehr halten sie ständig im Anschlag, als fürchteten sie den Angriff der Palauer, die noch weniger als ich begreifen, was hier vor sich geht. Wir werden in unserem Haus gefangen gehalten, hin und wieder lässt man uns ins Dorf, um Besorgungen zu erledigen, aber dann folgen uns zwei, drei bewaffnete Soldaten. Mit Arbeit und Ruhe, mit Schauen und Schaffen ist es vorbei.

Der Saft, den uns unser Boy jeden Morgen aus Ananas und Papayas zubereitet, schmeckt mit einem Male seltsam bitter. Hier wird man uns nicht bleiben lassen, aber wohin wird die Reise gehen? Der Stationsvorsteher sprach davon, dass wir nach Japan gebracht werden sollen. In jedem Fall wird es auf einen Abschied hinauslaufen. Mir wird grau ums Herz, wenn ich an die braven Palauer denke, die mir hier zum Freund geworden sind.

Das alles jedoch ist Zukunftsmusik, wir werden sie hören, wenn es so weit ist. Du jedoch, lieber Ludwig, hast gewiss anderes im Sinn. Lass Dir ob unserer ungewissen Lage den Tag nicht verdrießen. Die Zeit wird kommen, da wir uns wiedersehen und gemeinsam über das erlittene Unheil lachen.

Es grüßt Dich in tapferer Zuversicht
Dein Freund Max P.

Lass Dir ob unserer ungewissen Lage den Tag nicht verdrießen. Das war amüsant, dachte Ludwig, da saß Pechstein im Sonnenschein auf einer tropischen Insel und trank Ananassaft und hielt sich für eine bedauernswerte Kreatur, während ihnen hier in Flandern, in ganz Europa, die Welt um die Ohren flog. Dann aber wurde ihm bewusst, dass der Brief ja nun auch schon ein Jahr alt war, mit dem gemütlichen Inselleben war es inzwischen mit Sicherheit aus und vorbei. Was die Japaner wohl mit Pechstein und den übrigen Deutschen gemacht hatten?

Ludwig hatte fast vergessen gehabt, dass sich Japan im Krieg befand. Gegen wen kämpften sie überhaupt? Und wofür? Mit der Ermordung des österreichischen Kronprinzen und der Erhebung in Serbien konnte das alles nun wirklich nichts mehr zu tun haben.

»Die Geschichte mit Serbien war doch von Anfang an nur der Auslöser und nicht der Grund für den Krieg«, sagte Sommer, als Ludwig ihm von dem Brief erzählte.

»Worum ging es dann? Worum geht es jetzt?«

»Frag dich doch selbst, dann weißt du es«, sagte Sommer.

Ludwig fragte sich selbst und erinnerte sich plötzlich wieder an die Gespräche, die sie im Romanischen Café geführt hatten, wie sie sich nach etwas Echtem, Wahrem, Brutalem gesehnt hatten, nach einem Auflodern wilder Leidenschaft, nach Gewalt. Und wie sie schienen auch die anderen Nationen nur auf eine Gelegenheit gewartet zu haben, die Gewehre zu laden, die Granaten zu entsichern, aufeinander loszugehen. Das Erstaunliche war allein die Geschwindigkeit, mit der das Kriegsfieber um sich gegriffen hatte. Ein Funke und die Welt stand in Flammen.

Jetzt saßen sie auf den rauchenden Schlachtfeldern, unter der glühenden Sonne, im Regen, Wind oder Schnee, und hielten sich die dröhnenden Köpfe wie nach einem furchtbaren Gelage. Aufhören, das ist ja entsetzlich, riefen sie, aber nun war es zu spät. Nun brannte alles.

Die Zeit hinter den Linien zog sich ins Unendliche. Nach dem Frühstück machte Hahn Gymnastik, während Sommer und Ludwig lasen. Dann ging es zum Exerzieren auf den Platz vor den Unterständen. Marschieren, anlegen, zielen, schießen. Schutzbeutel auf- und abziehen. Schnell und schneller und noch schneller. Nach dem Essen allgemeine Turnübungen. Man putzte Stiefel, stopfte Socken und jagte Ratten. Zehn Pfennige gab es für jedes tote Tier. Wenn man schnell und geschickt war, konnte man es da auf ein gutes Nebeneinkommen bringen, aber was nützte einem das, es gab ja nichts zu kaufen.

Das Essen war das wichtigste Gesprächsthema, wichtiger noch als das Wetter, über das es in diesem Sommer nicht viel zu sagen gab, meist war es einigermaßen warm und trocken. Man diskutierte also, was es zum Mittag geben würde und ob die Brotration noch weiter eingeschränkt würde und wann man wieder einmal Fleisch bekommen würde. Die ewigen Bohnen und Graupen konnte doch keiner mehr riechen. Man beneidete diejenigen, die Verwandte auf dem Land hatten und Pakete mit Fressalien geschickt bekamen. Ludwig hatte keine Verwandten, seine Eltern wussten nicht einmal, dass er im Krieg war, also bekam er auch nie ein Paket.

Wenn man nicht vom Essen redete, versuchte man seinen Hunger zu vergessen. Oft gab es Streit, man schlug sich aus nichtigsten Anlässen. Der kleine Fröbel wurde einmal blutig geprügelt, weil er seine Stiefel nicht ordentlich in die Ecke gestellt hatte. Das Zusammenschlagen ging ganz schnell und unauffällig. Man lauerte einem auf, zerrte ihn in einen Unterstand, vermöbelte ihn, und hinterher sagte man, der arme Kerl sei gestolpert. *Sag ja nichts, sonst dreh ich dir beim nächsten Mal den Hals um.*

Ludwig hielt sich raus, er senkte den Blick, gab keine Widerworte, hielt seinen Mund, so wie er es gelernt hatte. Auch Sommer blieb immer auf Distanz, nur einmal hätte es ihn fast erwischt, als Preißler über seine ausgestreckten Beine stolperte und meinte, Sommer habe ihm einen Fuß gestellt. Preißler hob sofort die Faust und wollte zuschlagen, obwohl jeden Moment ein Vorgesetzter vorbeikommen konnte, so weit war man inzwischen schon, aber dann traf ihn Sommers Blick. So kalt und voller Verachtung, dass es selbst Ludwig ganz anders wurde. »Was ist, schlag schon zu!«, sagte Sommer. »Schlag mich doch tot!«

Preißler ließ die Arme wieder sinken und ging weiter, abends verprügelte er einen der neuen Rekruten. Zumindest wird er so seine Anspannung los und seine Angst, dachte Ludwig, im Grunde ist er zu beneiden. Er selbst konnte nachts nicht mehr einschlafen, und wenn er endlich in einen leichten Schlaf geglitten war, träumte er von seinem Vater, wie er neben seinem Bett stand, die Arme vor der Brust gekreuzt, die Miene unbeweglich.

Im August wurde ihre Einheit wieder an die vorderste Front verlegt. Ludwig war fast erleichtert darüber. Hahn, Sommer, er selbst und die drei Jungen Egner, Mücke und Flauber wurden zum Graben abkommandiert. Der vorderste Schützengraben sollte verlängert werden, sowohl nach links als auch nach rechts. Man ging unterirdisch vor, damit der Gegner nichts davon mitbekam. Mücke wurde zu Sommer und Ludwig eingeteilt, sie gingen nach links. Hahn ging mit Egner und Flauber nach rechts.

Es hatte in den letzten drei Tagen geregnet, also war die Erde oben feucht und schwer und unten staubig und hart. Sommer fing an zu hacken, Ludwig schaufelte den Aushub in Eimer, und Mücke brachte ihn weg. Nach wenigen Minuten starrten ihre Körper vor Dreck. Die nasse Erde klebte an ihren Kleidern und Stiefeln, an ihren Handschuhen, die überall Löcher hatten, im Grunde hätte man sie genauso gut wegwerfen können. Der feine Staub heftete sich wie Puder auf die feuchte Schicht und legte sich auf ihre schweißnassen Gesichter. Sommer sah so fremd aus, wie er da hackte und grub, mit seiner dunklen Negerhaut. Sie redeten kein Wort, Ludwig zählte nur die Eimer, die er nach hinten zu Mücke schleppte, aber nach der zwanzigsten Ladung hörte er auch damit auf.

Man grub immer drei Meter lang gerade aus, dann machte der Gang eine Biegung. Das war zu ihrer Sicherheit, hatte ihnen Major Rettel erklärt, denn wenn der Feind an irgendeinem Ende in den Schützengraben gesprungen kam, dann durfte er ihn nicht in seiner gesamten Länge überblicken, sonst hätte er ein leichtes Spiel.

Normalerweise grub man im Zickzack, die eine Biegung nach links, die andere nach rechts, aber heute hatten sie Befehl, den Graben halbkreisförmig anzulegen. Sie kamen nur sehr langsam voran. Ludwig hatte jedoch das unangenehme Gefühl, dass sie sich direkt auf die Franzosen zubewegten. Jedes Mal, wenn sich Sommers Spitzhacke in dem Erdwall versenkte, erwartete er, dass die Mauer einstürzte, dass sich eine Öffnung auftat, hinter der der Feind wartete. Eine Kompanie, das Gewehr im Anschlag. Ein Trommelfeuer, das ihre schmutzigen Körper durchsiebte. Die Vorstellung wurde so mächtig, dass er seine ganze Kraft aufwenden musste, Sommer nicht in den Arm zu fallen, wenn er wieder ausholte. Ludwig richtete seinen Blick fest auf seine Schaufel, auf die fette braune Erde, in Gedanken rezitierte er ein Lied, das seine Mutter ihm immer vorgesungen hatte. *Unser Wissen und Verstand ist mit Finsternis verhüllet, wo nicht deines Geistes Hand uns mit hellem Licht erfüllet.* Warum ihm diese Zeilen ausgerechnet jetzt in den Sinn kamen, wusste er nicht, aber sie beruhigten ihn, jedenfalls am Anfang.

Irgendwann half aber auch das nichts mehr. Er biss sich auf die Lippen, um nicht zu schreien, er schmeckte Blut, und er sah Blut, eine pulsierende rote Wand vor seinen Augen, hinter der Sommer und Mücke und der Schützengraben und alles andere verschwanden. In ihm war nichts als Angst, die nackte furchtbare Angst vor dem Ende, vor dem Sterben. Er wusste, dass er jeden Moment die Nerven verlieren und um sich schlagen würde. Er ließ seine Schaufel los und atmete schnell und schwer wie ein Tier, das man in die Enge gedrängt hatte. Sommer holte zu einem neuen Schlag gegen die Grabenwand aus, Ludwigs Muskeln spannten sich, aber im letzten Moment spürte er eine Hand auf der Schulter.

»Ablösung«, sagte Hahn, der plötzlich hinter ihm stand. »Schluss für heute.«

III.

Die einen gewöhnten sich mit der Zeit an den Dreck, die anderen nie. Sommer gewöhnte sich nicht daran. So oft sich die Gelegenheit bot, badete er in dem kleinen Fluss hinter den Baracken und wusch sich die Haare. Selbst im Winter war er immer an einen kleinen See gegangen. Ludwig hatte ihn begleitet und ihm dabei zugesehen, wie er sich splitternackt auszog und ins Wasser sprang. Ein oder zwei Minuten hielt er es zwischen den Eisschollen aus. Als er wieder aus dem See stieg, war seine Haut rot, als wäre das Wasser kochend heiß.

Auch heute wollte er hinunter zum Fluss, und Ludwig wollte mit, weil sein ganzer Körper klebte und juckte von dem Staub, der in allen Poren saß. Es gab jedoch Befehl, das Lager nicht zu verlassen. »Ist mir scheißegal«, sagte Sommer, als Ludwig ihn darauf hinwies. »Ich muss den Dreck loswerden.«

»Wir gehen später, wenn es dunkel ist«, entschied Ludwig.

Die Dämmerung senkte sich kurz nach acht über die vernarbten Felder. »Passt bloß auf, dass sie euch nicht erwischen«, meinte Hahn, als sie sich aus dem Unterstand schlichen, den Graben entlang und dann in Richtung Fluss. Dahinten stand ein Posten, aber er kehrte ihnen den Rücken zu.

Der Trampelpfad schlängelte sich an einem Waldstück entlang, über ihnen stand der Vollmond, neben ihnen huschten ihre Schatten, schwarz und langgezogen, über die silbergrauen Wiesen. Es ist viel zu hell, dachte Ludwig, während sie sich die Kleider vom Leib rissen. Die Oberfläche des Flusses glänzte wie flüssige Seide. Jeder kann uns sehen, dachte er, aber seine Haut brannte und juckte, das Wasser glitzerte so verlockend, und Sommer war schon am Ufer.

Ludwig sah ihn lautlos ins Wasser gleiten und untertauchen, und gerade, als er sich selbst aus dem Schatten der Bäume lösen und zum Fluss laufen wollte, blitzte der erste Schuss auf. Seltsamerweise sah er ihn, bevor er ihn hörte, ein gleißendes Zucken in der Schwärze der Nacht, und dann kam erst der Knall.

Sommer riss die Arme hoch. Er schrie, aber Ludwig hörte nur den Anfang des Schreis, dann folgte der nächste Schuss und noch einer und noch einer – es war eine Kette von hämmernden Einschlägen, die die Wasseroberfläche in ein kochendes, tobendes Brodeln verwandelten. Mittendrin Sommer, der auseinandergerissen wurde. In wenigen Sekunden war nichts mehr von ihm zu sehen, er war einfach weg. Der Fluss tobte und spritzte vor Wut über sein Verschwinden, dann verstummten die Schüsse. Ludwig klammerte sich an den rauen Stamm einer Föhre. Ihm war schlecht. Er musste los, er musste Sommer aus dem Wasser ziehen – retten, wenn noch zu retten war. Aber er rührte sich nicht von der Stelle. Er ließ sich in die Hocke fallen, zog die nackten Beine an den Körper und starrte zitternd auf den Fluss, der nun wieder ruhig und seidenglänzend da lag, als wäre nichts geschehen.

Der Feind – er saß auf der anderen Seite des Flusses, in den Büschen, in den Bäumen. Er hatte nur darauf gewartet, dass sie das Lager verlassen würden, um zum Fluss zu kommen, mit dem Gewehr im Anschlag hatte er auf sie gewartet. Stundenlang, vielleicht nächtelang. Irgendwann kommen sie, hatte er gewusst, und sie waren gekommen.

Der Feind hatte Sommer erschossen, und wenn Ludwig sich nun aus der Deckung wagte, um ihn zu suchen, dann würde er ihn ebenfalls erledigen.

Geh schon! Worauf wartest du noch? Vielleicht kannst du ihm noch helfen!

Da gibt es nichts mehr zu helfen, er ist verloren.

Geh und such ihn! Er ist dein Freund.

Es hat keinen Sinn mehr.

Er wartet darauf, dass du endlich kommst.

Ich kann nicht! Ich will nicht sterben! Ich will nicht sterben!

Er saß am Waldrand und lauschte den Stimmen, wie sie sich in seinem Kopf stritten, und spürte nichts als Angst. Kein Entsetzen über den Überfall, keinen Schreck, keine Wut, keine

Kälte. Da war nichts als Angst um sein eigenes erbärmliches, nacktes Leben.

Er verbrachte die ganze Nacht so, den Kopf auf den nackten Knien, die Hände um die Beine geschlungen. Wann wird es endlich hell, dachte er hin und wieder. Dass es heute überhaupt nicht hell werden will. Dann hörte er das Stöhnen. Es kam vom Fluss her. Als er den Kopf hob, sah er die lange, helle Gestalt am Ufer, zusammengekrümmt, wie ein riesiger Aal, der ans Land gespült worden war. Es war Sommer, er lebte, gegen alle Vernunft lebte er noch. Ludwig zog seine Hose an, dann kroch er auf allen vieren zu ihm hinunter. Jeden Augenblick erwartete er, dass es wieder losging, aber nichts passierte, die Scharfschützen waren entweder schlafen gegangen, oder sie sahen ihm voller Abscheu dabei zu, wie er endlich auf seinen Freund zurobbte, nachdem er so lange gewartet hatte.

Aus Sommers weißem Körper rann schwarzes Blut, langsam und lautlos floss es aus einem verkrusteten Loch im Bein, aus beiden Armen und aus seiner Seite. Er stöhnte, aber als Ludwig ihn ansprach, antwortete er nicht. »Ich bringe dich zurück«, sagte Ludwig. »Alles wird gut.«

Er schlang Sommers Arme um seinen Hals und nahm ihn huckepack, er fühlte den kalten, nassen Körper auf seinem nackten Oberkörper und an der Seite das klebrige, warme Blut. Sommers Beine schleiften über den Boden, denn er war größer als Ludwig.

So nah waren sie sich noch nie gewesen. Der Weg zurück zu den Unterständen zog sich ins Unendliche, wie in einem schrecklichen Alptraum schien er sich auszudehnen, anstatt kürzer zu werden. Ludwigs Arme brannten und seine Beine zitterten. Bei jedem Schritt spürte er, wie das Leben langsam aus Sommer herausfloss, es rann zwischen ihren Körpern hindurch und tropfte zu Boden und versickerte in der flämischen Erde.

Diesmal sah ihn der Wachposten sofort. Ein Pfiff zerriss die Stille der Nacht, dann kamen Sanitäter, luden Sommer auf eine Trage und brachten ihn fort. Seine Arme hingen schlaff zu

Boden. Ein braunrotes Blutmuster überzog die Haut wie die archaischen Tätowierungen auf den Unterarmen der Palau-Frauen, von denen Pechstein geschrieben hatte. Ludwig starrte ihm nach. Der Wachposten trat neben ihn.

»Wie viel Uhr ist es?«, fragte Ludwig, obwohl das nun wirklich die nebensächlichste, die unwichtigste, die dümmste Frage der Welt war.

»Habe Befehl, Sie zum Major zu bringen«, schnarrte der Posten zurück. Es war ein ganz junger Bursche, gerade einmal vier Wochen an der Front. Fleming hieß er, doch auch das war jetzt völlig unwichtig.

Der Bursche zögerte einen Moment lang. Vielleicht dachte er darüber nach, ob er Ludwig festhalten sollte, falls er sich seinem Befehl widersetzte, aber Ludwig zuckte nur mit den Schultern. »Gehen wir! Worauf warten wir noch?«

»Halb elf«, sagte Fleming leise, als sie die Baracke des Kompanieführers erreicht hatten. »Es ist jetzt halb elf.«

Sie waren gerade einmal eine Stunde unten am Fluss gewesen.

Er bekam zwei Wochen Arrest zur Strafe dafür, dass er sich unerlaubt von der Truppe entfernt und zum Fluss gegangen war. »Wenn Sie vernünftig gewesen wären, wäre Ihr Kamerad jetzt unversehrt!«, brüllte Rettel ihn an. »Wenn er stirbt, haben Sie ihn auf dem Gewissen.« Er lief mit großen Schritten vor Ludwig auf und ab und knallte so mit den Hacken, dass der junge Fleming, der immer noch an der Tür stand, jedes Mal zusammenzuckte.

»Man sollte Sie vors Kriegsgericht stellen«, schrie er.

»Jawohl, Herr Major«, murmelte Ludwig, ohne dass die Worte in sein Bewusstsein drangen. Rettel schrie noch eine Weile weiter, bis er es merkte, dass ihm nur Fleming zuhörte, da verlor er das Interesse an der Brüllerei und ließ Ludwig abführen.

Das Arrestlokal war im Keller des ehemaligen Bauernhauses, in dem die Offiziere ihr Quartier aufgeschlagen hatten. Die

Holzverschläge, in denen ursprünglich Kartoffeln, Kohle und Steckrüben gelagert worden waren, waren mit Draht und Holzlatten zu Käfigen umgebaut worden. In einem der Abteile saß nun Ludwig, die anderen waren leer. Das schmale Fenster unter der Decke führte zum Hof, abends schien für eine Stunde die Sonne herein und verwandelte die staubüberzogenen Spinnweben unter der Decke in wundersame Skulpturen. Kurz danach wurde es dunkel. Manchmal konnte man den Mond sehen, aber wenn der Himmel mit Wolken bedeckt war, erkannte man nicht einmal seine eigene Hand vor Augen.

Ludwig schlief sehr viel, aber das machte alles nur noch schlimmer. Denn wenn er schlief, dann träumte er. Er träumte von Maria, die bleich und mager vor ihn trat, ihr Körper ausgeblutet und verdorrt wie eine Rosine. »Warum bist du weggelaufen?«, fragte sie. »Du erbärmlicher Feigling.«

Er träumte auch einmal von der Lasker-Schüler, das war erstaunlich, weil er monatelang nicht mehr an sie gedacht hatte und ihre zarte Dichterinnenfigur so gar nicht hierher passte. »Du dummer Junge«, sagte sie zu ihm. Sie saßen wieder in ihrem Hotelzimmer auf der Motzstraße, im Ofen flackerte ein Feuer, und davor saßen zwei Palaufrauen mit tätowierten Unterarmen, die an langen Stöcken Bananen rösteten. »Ich habe dir doch gleich gesagt, dass der Krieg nichts als Unsinn ist und ins Verderben führt.«

»Ja, aber das, was Sommer geschehen ist, ist nicht einmal im Gefecht passiert«, erwiderte er. »Es war meine Schuld.«

»Ach was!« Sie winkte ab. »Wenn sie ihn nicht im Fluss erwischt hätten, hätte es ihn nächste Woche im Kampf getroffen. Glaub mir, ich weiß Bescheid.«

»Sind Sie denn etwa tot?«, fragte er erstaunt.

»Noch nicht«, entgegnete sie traurig. »Aber bald.«

Dann reichte sie ihm ihre Hände, und er sah, dass ihre Finger recht kurz waren, aber kraftvoll und schön, genau wie Marias Hände.

Wenn er wach war, dachte er nur an Sommer, ob er noch lebte und wie es ihm ging. Er fragte den Rekruten, der ihm das

Essen brachte, nach ihm. »Ich weiß es nicht.« Der Rekrut wich seinem Blick aus und leckte sich unbehaglich über das dünne Schnurrbärtchen über seiner Oberlippe. »Ich bin nicht im Lazarett gewesen.«

»Fragen Sie nach und geben Sie mir Bescheid.« Ludwig suchte in seinen Taschen nach Kleingeld, Zigaretten, irgendetwas, das er ihm geben konnte, aber er hatte nichts. »Wenn Sie mir ein Bildchen malen würden«, sagte der Bursche, immer noch, ohne ihn dabei anzusehen. Ludwig kritzelte eine nackte Frau mit gespreizten Beinen auf einen Fetzen Papier.

Am Abend teilte ihm der Rekrut mit, dass Sommer weiterhin bewusstlos sei.

Am nächsten Nachmittag kamen Hahn und Flauber, sie brachten Schinkenwurst und Zigaretten und einen Apfel, wie bei einem Krankenbesuch, bis auf die Zigaretten. Dann standen sie auf der anderen Seite des Drahtverschlags und schwiegen. »Wie geht es ihm?«, fragte Ludwig.

Hahn und Flauber wechselten einen schnellen Blick. »Nun redet schon!«, fuhr er sie an und merkte gleichzeitig, wie ihm der Schweiß ausbrach.

»Er braucht jetzt keine Stiefel mehr«, platzte Flauber heraus.

Hahn schaute ihn vorwurfsvoll an, dann nickte er ernst und würdevoll. »Beide Beine«, erklärte er und legte seine flache Hand erst an den rechten Oberschenkel und dann unter das linke Knie.

Sommer ohne Beine, ein Krüppel – das war unvorstellbar, das war zu schlimm, um wahr zu sein. Die Vorstellung, dass er den Rest seines Lebens im Rollstuhl verbringen sollte, angewiesen auf Almosen und auf die Hilfe mitleidiger Menschen. Nein, da wäre es besser, es wäre gleich aus und vorbei.

»Er schafft es vielleicht trotzdem nicht«, sagte Hahn, als habe er Ludwigs Gedanken gelesen.

»Es ist aber bestimmt nicht deine Schuld«, versicherte Flauber.

Ludwig sagte nichts. Was sollte er auch sagen? Es ist furchtbar? Es tut mir leid? Es wird alles wieder gut?

Als sie weg waren, begannen seine Beine zu brennen, der rechte Oberschenkel und das linke Knie. Phantomschmerzen. Der Rekrut mit dem dünnen Schnurrbart brachte das Essen und trug den Teller wieder fort, nachdem die Ratten alles aufgefressen hatten. Ludwig rauchte und starrte gegen die Bretter an der Wand. Seine Beine schmerzten. Die Konturen des Raumes lösten sich auf. Tage und Nächte, Wachen und Träumen verschwammen zu einer grauen Gleichgültigkeit.

Dann war er plötzlich hellwach. Es war Nacht, der Raum war bis zum Rand gefüllt mit Schwärze, er konnte nicht einmal das Fenster sehen, aber da war jemand im Keller, er spürte es sofort. Es war nicht der Rekrut, der ihn bewachte, auch das wusste er, ohne dass er irgendetwas erkennen konnte. »Wer ist da?«, fragte Ludwig und wunderte sich, dass er überhaupt keine Angst hatte.

In seiner Zelle stand Sommer, er hatte den Kopf gesenkt, als betete er, aber nun blickte er auf. Er trug ein weißes Gewand, nur an der Stelle, aus der er geblutet hatte, prangte ein länglicher, leuchtend roter Fleck. Das alles konnte Ludwig erkennen, obwohl es doch so dunkel war.

Wie kommst du hierher? fragte er, aber diesmal sprach er die Worte nicht laut aus.

Ich wollte sehen, wie es dir geht, antwortete Sommer, ebenfalls ohne ein Geräusch von sich zu geben. Als ob Ludwig der Kranke sei und nicht er selbst.

Es geht mir gut, sagte Ludwig, aber dir geht es nicht gut.

Was willst du? fragte Sommer. Das war eine seltsam unsinnige Frage, schließlich war er es gewesen, der Ludwig aufgesucht hatte und nicht umgekehrt.

Weil ihr Gespräch in Gedanken stattfand, antwortete Ludwig sofort, denn einen Gedanken kann man nicht zurückhalten wie ein Wort. Ich will, dass du stirbst, dachte er, und Sommer verstand ihn. Er senkte die Augen wieder und nickte. Er schien ganz ruhig.

Dann war Ludwig wieder allein.

Das alles hatte er nur geträumt, dachte er am nächsten Morgen. Auch als Flauber und Hahn am Nachmittag wieder kamen und ihm mitteilten, dass Sommer es nun hinter sich habe, glaubte er noch an einen Zufall.

»Wann ist er gestorben?«

»In der Nacht«, sagte Flauber. »Er ist gar nicht mehr aufgewacht.«

»Glaub mir, es ist besser so«, meinte Hahn.

»Ich war das.« Ludwigs Stimme klang, als ob seine Zunge mit Pelz bewachsen wäre. »Ich habe ihm den Tod gebracht.« Plötzlich war er sich ganz sicher, dass Sommers Erscheinung und sein Tod miteinander in Verbindung standen.

Er hatte sich seinen Tod gewünscht, daran war Sommer gestorben.

»Du meine Güte, Wunder, das ist doch blanker Unsinn«, sagte Hahn. »Lass dir das doch nicht einreden, dass du schuld daran bist.«

Flauber sagte auch etwas, denn Ludwig sah, wie seine Lippen auf- und zugingen, aber er verstand die Worte nicht. Dann senkte sich das graue Zwielicht wieder über ihn.

Später schlossen sie die Zelle auf und brachten ihn zurück in seinen Unterstand, wo ein neuer Mann auf Sommers Pritsche lag.

»Arendsen«, stellte er sich vor, während er hastig aufsprang, als Ludwig hereintrat, als wäre Ludwig sein Vorgesetzter.

Am nächsten Morgen konnte Ludwig nicht aufstehen, seine Beine brannten und stachen, als ob ihm etwas tief in den Knochen säße, eine eiternde, schwärende Wunde. Hahn und Arendsen legten seine Arme um ihre Schultern und schleppten ihn ins Lazarett, obwohl sie alle wussten, dass da nichts war, dass er sich das Ganze nur einbildete. Gegen Mittag heulte er nur noch, weil der Schmerz immer furchtbarer in ihm wühlte. Einer der Sanitäter trat an seine Pritsche und redete erst leise auf ihn ein, dann lauter, dann ohrfeigte er ihn, aber auch das nützte nichts.

»Es sind die Nerven«, hörte er irgendjemanden sagen. »Er packt es nicht mehr.«

Man gab Ludwig eine Spritze, vermutlich war es nichts als Salzwasser, aber es wirkte. Er schlief ein, und als er wieder aufwachte, brachte man ihm den Urlaubsschein und eine Fahrkarte.

Hahn begleitete ihn zur Feldbahn. Die Schmerzen hatten ein wenig nachgelassen, jetzt spürte er nur noch ein unangenehmes Ziehen, das wellenartig an- und abschwoll. »Erhol dich«, sagte Hahn. »In drei Wochen sieht die Welt dann wieder anders aus.« Kurz bevor der Zug abfuhr, kramte er plötzlich ein kleines Buch aus der Tasche und reichte es Ludwig. »Wir haben es erst gefunden, als die anderen Sachen schon weg waren. Die anderen meinten, dass man es dir nicht geben soll, weil es dich wieder erinnert. Aber er hätte gewollt, dass du es bekommst.«

Es waren die »Gedanken« von Blaise Pascal.

Als der Zug langsam anfuhr, drehte Hahn sich um und ging weg, mit gesenktem Kopf wie nach einem Begräbnis. Vorn an den Gleisen stand ein Sanitäter, der aussah wie Pechstein, ganz genauso, das schmale Gesicht mit den starken Wangenknochen, die hohe Stirn. Was für ein Blödsinn!

Das Ziehen in Ludwigs Beinen schwoll wieder an und wurde zu einem bösartigen Reißen.

Ludwig schob das Fenster nach oben und schlug das Büchlein auf, das ihm Hahn gegeben hatte. *Quirin Sommer, August 1913,* hatte jemand mit blauer Tinte auf die erste Innenseite geschrieben. Quirin. Ihm wurde zum ersten Mal bewusst, dass er Sommers Vornamen gar nicht gekannt hatte. Vielleicht hatte er ihn einmal gehört und dann sofort wieder vergessen. An der Front nannte man sich nur beim Nachnamen. Sommer. Wunder. Was für Namen! Da hörte man im Grunde sofort, dass sie nicht für den Krieg geschaffen waren.

Weiter hinten hatte Sommer einige Zeilen unterstrichen: *Jeder prüfe seine Gedanken. Er wird finden, dass sie ganz mit der Vergangenheit oder der Zukunft beschäftigt sind. Wir denken fast überhaupt nicht an die Gegenwart, und wenn wir an sie denken, so nur, um aus ihr die Einsicht zu gewinnen, mit der wir über die Zukunft verfügen wollen. Die Gegenwart ist niemals unser Ziel.*

Die Vergangenheit und die Gegenwart sind unsere Mittel; allein die Zukunft ist unser Ziel. Deshalb leben wir nie, sondern hoffen auf das Leben, und da wir uns ständig bereit halten, glücklich zu werden, ist es unausbleiblich, dass wir es niemals sind.

Ludwig schlug das Buch wieder zu. Er schloss die Augen und lauschte auf die Schmerzen in seinen Beinen.

In Flandern war es Herbst gewesen, ein milder, goldener Herbst, der die Schlachtfelder mit einem warmen Schimmer überzog und die Blätter der Ahornbäume vor dem Lager rot wie Blut färbte.

In Berlin war es bereits Winter. Am Lehrter Bahnhof stemmte sich Ludwig ein kalter Wind entgegen, als wollte er ihn an die Front zurücktreiben. Regentropfen stachen ihm ins Gesicht, eiskalte Nadeln. Mit der Straßenbahn fuhr er zum Nollendorfplatz. Erstaunlicherweise sah alles immer noch genauso aus wie früher. Die Häuser standen ernst und solide in Reih und Glied, die Leute hasteten über die Straßen und hielten ihre Hüte fest, damit sie ihnen der Wind nicht vom Kopf fegte. Vor einigen Geschäften gab es lange Schlangen, das war neu.

Seine Hauswirtin hatte Ludwigs Kisten auf den Dachboden gepackt, aber davor standen die Schachteln und Koffer von vier anderen Burschen, die ebenfalls im Krieg waren und ihre Sachen eingelagert hatten. »Ausgerechnet jetzt kommen Sie zurück«, jammerte sie. »Da müssen Sie sich wohl ohne ihre Dinge behelfen.« Er dachte an die Staffeleien, Leinwände und Farben, die unter den Dachbalken ruhten, und zuckte mit den Schultern. Es war ohnehin unvorstellbar, dass er jemals wieder malen würde.

Ludwig mietete sich ein Zimmer in einem Hotel in der Nähe. Die Fensterscheiben klapperten im Wind, und der eiserne Ofen zog nicht richtig, er fühlte sich gleich zu Hause. Er zog die Schuhe aus und legte sich mit den Kleidern ins Bett, das Kopfkissen knüllte er zusammen und schob es unter die Füße. Wenn die Beine ein bisschen erhöht lagen, waren die Schmerzen erträglicher. Er dachte an die anderen, die jetzt vielleicht gruben oder Handgranaten warfen oder starben. Hahn, Egner, Mücke, Flauber. Sommer, der schon tot war. Wo hatte man ihn eigentlich begraben? Und was war mit seinen Büchern geschehen? Wahrscheinlich hatte man sie an seine Eltern geschickt.

Ludwig stellte sich plötzlich seine eigenen Eltern vor, wie es an der Tür klingelte und sie öffneten. Draußen stand der Postbote und brachte ein Paket. Sie fanden darin seine Uniform mit einem braunroten Loch in der Brust, die zerkratzte Marke mit seinem Namen und Dienstgrad, ein Paar zerschlissene Hosen, ein Hemd, einige Zeichnungen von nackten Frauen mit gespreizten Beinen, Sommers Buch.

»Pascal«, würde sein Vater sagen. »Immerhin.«

»Da hat der gütige Herrgott vielleicht doch ein Einsehen«, würde seine Mutter hinzufügen.

Ludwig versuchte einzuschlafen, aber es ging nicht, der Phantomschmerz nagte und biss in seinen Beinen. Da fiel ihm der Brief wieder ein, den ihm seine Hauswirtin noch in die Hand gedrückt hatte. »Gerade gestern ist er für Sie angekommen«, hatte sie beteuert, aber Ludwig bezweifelte es, weil der Umschlag so durchdringend nach Fett und Veilchenparfum roch, genau wie ihre Wohnung.

Ein Schreiben von Pechstein. *New York, im Juli 1915.* Das lag immerhin erst drei Monate zurück.

Lieber Freund, schrieb er. *Die ganze Welt hat sich gedreht und ich mich mit ihr, seit Du zum letzten Mal Nachricht von mir bekommen hast. Sofern Du meine bisherigen Briefe überhaupt erhalten hast. Ich weiß nicht, wo Du bist und welches Schicksal Dich ereilt hat, seit wir uns vor über einem Jahr zuletzt gesehen haben, ich hoffe aber inständig, dass es in allem zum Besten steht für Dich.*

Dasselbe kann man von mir leider nicht behaupten. Nachdem die Soldaten in unser paradiesisches Palau eingebrochen waren und die Idylle zertreten haben, nahmen sie uns mit als ihre Gefangenen. Mit dem Stationsvorsteher und seinem Heilgehilfen brachte man uns nach Nagasaki in Japan, einer Stadt, die durch ihre Fremdheit unsere Vorstellungen von der Exotik des fernen Ostens noch übertrifft.

Über einen Monat lang wurden wir dort festgehalten, wobei wir uns in der Stadt jedoch frei bewegen konnten. Ach, wären die Umstände nicht so betrüblich gewesen, mit welcher Begeisterung hätte ich mich der Erkundung von Land und Leuten gewidmet! So aber legte sich meine Traurigkeit wie ein grauer Schleier über die Eindrücke. Heute erscheinen mir diese Wochen wie ein verwischter Traum: Die Holzhäuser mit ihren Fenstern aus weißem Papier, die Frauen mit ihren gemalten Augenbrauen, die alten Männer mit Zopf und kahl rasiertem Schädel. Die Badehäuser! Die großen Hallen sind zur Straßenseite hin in ihrer ganzen Länge offen, so dass man die darin Versammelten im Vorübergehen bei der Körperpflege beobachten kann. Mann und Weib gemeinsam, nackt und bloß, wie Gott sie geschaffen hat.

Lass mich die nächsten Stationen meiner abenteuerlichen Reise nur rasch vermerken: Von Nagasaki brachte uns ein Dampfschiff nach Manila, wo wir bis zum Frühjahr 1915 auf Kredit der Schifffahrtsgesellschaft lebten, bis endlich die erwartete Geldsendung aus Europa kam und uns Bewegungsfreiheit gab. So erwarben wir Fahrkarten auf einem Schnelldampfer nach Amerika, allerdings reisten wir nicht in Erster Kajüte, wie bei unserer Fahrt in die Südsee, sondern im Zwischendeck, unter Indern, Chinesen, Malaien. Vor allem Charlotte quälte sich fürchterlich, der Gestank, der Schmutz und der Lärm, die Matratzen, die einem hart erscheinen und doch höchst lebendig sind! Vor allem aber die ständige Angst, als Deutscher enttarnt zu werden.

In Honolulu machten wir Zwischenstation, dann durch die Golden Gate Brücke nach San Franzisko. Von dort ging es mit dem Zug durch die Vereinigten Staaten, von Westen nach Osten, es war eine lange und mühsame Reise auf harten Bänken in vollen Waggons. Die Strecke von Reno bis zum Großen Salzsee verbrachten wir in einem Abteil mit einer Sippschaft von Indianern, vom zahnlosen Ahnen bis zum ebenso zahnlosen Urenkel, und die ganze Horde betrunken, selbst das Kleinste sog den Schnaps schon mit der Muttermilch ein! Es waren Wilde im übelsten Sinne, wie musterhaft erscheinen demgegenüber meine braven Palauer.

Vor fünf Monaten sind wir nun hier in New York angekommen, unsere spärlichen Mittel waren aufgebraucht, die Hoffnung desgleichen. In der Eastside fanden wir ein kleines Zimmer, das wir mit einem holländischen Paar und unzähligen Kakerlaken teilen. Ich versuche mit den verschiedensten Berufen, unsern Lebensunterhalt zu bestreiten, schleppe Kisten am Hafen, schaufle Steine und Kohlen; was wir nicht sofort aufbrauchen, legen wir zurück, denn wir benötigen falsche Papiere für die Heimreise. Ich werde einen Heuerboss bestechen, dass er mir eine Stelle als Trimmer auf einem neutralen Dampfer verschafft. Unerkannt zu bleiben, ist alles entscheidend, denn viele warten nur darauf, sich die Fangprämie zu verdienen, die hier auf die Deutschen ausgesetzt sind.

Unsere Bekannten bedrängen uns, hier zu bleiben und das Ende des Krieges abzuwarten, aber es zieht uns zurück. Das Vaterland ist und bleibt eben das Vaterland, gerade in Zeiten der Bedrängnis. Auch wenn die Rückkehr nach Deutschland natürlich bedeutet, dass ich Soldat werde. Lieber ziehe ich aber für mein Land in den Krieg, als meine Nationalität noch länger verbergen zu müssen wie einen furchtbaren Makel.

Werden wir uns dort in der Heimat wiedertreffen? All die Monate in der Fremde habe ich nichts von Dir vernommen, ich befürchte das Schlimmste und hoffe doch, dass es nur an den schlechten Postverbindungen liegt.

In aufrichtiger Freundschaft
Dein Max P.

Postscriptum: Gerade erhielt ich Nachricht, dass mich morgen an einer bestimmten Stelle im Battery-Park ein Heuerboss erwartet, um Näheres zu besprechen. Wenn das Schicksal gnädig mit uns ist, neigt sich unsere Reise nun endlich einem Ende zu!

Wenn das Schicksal gnädig mit uns ist. Ludwig lachte spöttisch, während er den Brief neben seinem Bett zu Boden fallen ließ. Wenn Pechstein eine Ahnung hätte, was hier los war, würde er dort in New York bleiben und sein Vaterland und seine Freunde in guter Erinnerung behalten. Denn nichts war mehr, wie es gewesen war, damals vor über einem Jahr in Berlin, im Romanischen Café, im Neuen Club, in den Galerien und Kaffeehäusern und Bars. Aus dem Übermut von damals war bitterer Ernst geworden. Deutschland war eine schmutzige Insel in einem Ozean aus Blut, Eiter und Kot. Und auch er selbst, der Freund, dem sich Pechstein so verbunden fühlte, war nicht mehr wiederzuerkennen.

In meinem Inneren bin ich schon tot, dachte Ludwig.

Er musste plötzlich an den Sanitäter denken, den er in Flandern auf dem Feldbahnhof gesehen hatte. Vielleicht war es ja wirklich Pechstein gewesen. »Dann gnade dir Gott«, murmelte er, während er sich den schmerzenden Schenkel massierte. »Auch wenn es ihn gar nicht gibt.«

Abends ging er zum Romanischen Café. Er war im Grunde überzeugt davon, dass es geschlossen wäre, aber dann sah er schon von weitem Licht hinter den schmalen, halbrunden Fenstern, und als er näher kam, hörte er Stimmen und Fetzen von Musik. Er schob die Tür ein Stück weit auf und schaute in den hohen, langen Raum hinein wie in einen Traum. Rechts saßen Slevogt und Liebermann an ihrem Stammtisch, und dahinter, am Dichtertisch, thronte die Lasker-Schüler und trank Tee. Er sah Kammerer, Meister und Herzfelde, obwohl der sich doch damals auch als einer der ersten freiwillig gemeldet hatte. Was machte er dann hier?

Ludwig schob die Tür noch ein Stück weiter auf und atmete den vertrauten Geruch aus Pfeifenrauch, Zigaretten und nassen Mänteln ein. Plötzlich schmerzten seine Beine so furchtbar, dass er sich am Türrahmen festhalten musste, um nicht wegzusacken. Einer der Kellner wurde auf ihn aufmerksam. »Kommen Sie herein oder bleiben Sie draußen«, rief er ihm im

Vorübereilen zu. »Aber schließen Sie in Gottes Namen die Tür, es zieht!«

Ludwig nickte und schloss die Tür, aber von außen. Mit langsamen, steifen Schritten entfernte er sich. Er hatte hier nichts verloren, er gehörte hier nicht hin. Er war ja nur zu Besuch in Berlin, und in weniger als drei Wochen musste er wieder zurück an die Front. Er hörte plötzlich das Surren einer Handgranate, die direkt auf ihn zuflog. Bevor er sich zusammenducken konnte, merkte er, dass es nur ein Fahrrad war.

Mit letzter Kraft humpelte er zu einer Bank und ließ sich darauf sinken. Es war jetzt dunkel in Berlin, das war anders als früher. Die Straßenlaternen leuchteten noch, aber die meisten Leuchtreklamen waren abgeschaltet. Aus Pietät gegenüber den Soldaten, aus Sparsamkeit oder weil ohnehin keiner mehr Geld zum Einkaufen hatte. Auf der anderen Straßenseite flackerte ein einsamer Schriftzug. Die gute Schuhcreme verkündeten die geschwungenen Buchstaben, der Markenname selbst war nicht zu lesen, die entsprechenden Leuchtröhren waren wohl ausgefallen.

Eine Dame mit Pelzkragen hastete an Ludwig vorüber, im Vorbeigehen warf sie ihm eine Münze in den Schoß. Ludwig fing sie auf und starrte eine ganze Weile darauf, bis er begriff. Sie hielt ihn für einen Kriegsversehrten, einen Invaliden, und sie hatte recht, er war vom Krieg versehrt, mehr als versehrt, er war völlig zerstört, und wenn er jemals wieder gesund werden wollte, dann durfte er nicht zurück an die Front. Dann durfte er auch nicht hier bleiben. Dann musste er weg.

Es war so einfach, dass er sich wunderte, dass er nicht schon viel früher darauf gekommen war. Wenn er als Mensch überleben wollte, dann musste er weg.

Er stand auf und ging weiter, seine Beine schmerzten immer noch, aber er beachtete den Schmerz nicht. Er gehörte nicht zu ihm, dieser Schmerz, es war ein Soldatenschmerz, aber Ludwig war jetzt kein Soldat mehr.

Er war ein Deserteur.

Neuntes Kapitel

I.

Es gab keine heilige Mirabella. Das war das Erste, was die Schwestern damals herausgefunden hatten. Schwester Ludwiga hatte in dem großen Heiligenbuch nachgeschlagen, in dem alle Heiligen und Märtyrer und Namenspatrone verzeichnet waren, aber dann hatte sie das Buch kopfschüttelnd wieder zugeklappt. »Hast du denn keinen zweiten Namen?«, fragte sie Mirabella.

»Dann soll die heilige Muttergottes deine Namenspatronin sein«, bestimmte die Mutter Oberin. »Immerhin ist Mirabella von Maria abgeleitet, quasi.« Mirabellas Namenstag würde also am 8. September gefeiert werden, an Mariä Geburt.

Aber bis zu ihrem Namenstag im September, dachte sie damals, würde sie niemals in Heiligenbronn bleiben. Bis dahin hätte ihre Mutter sie längst wieder abgeholt. »Du wirst hier ein gutes Zuhause haben, bis wir dich wieder holen«, hatte sie ihr zugeflüstert, bevor sie gegangen war. Mirabella erinnerte sich noch genau an die Worte.

Es stimmte jedoch nicht, sie hatte kein gutes Zuhause, sie fühlte sich zutiefst unwohl inmitten der Schwestern mit ihren schwarzen langen Kleidern, den weißen Tüchern, die Gesicht und Hals eng umschlossen und in einem kegelförmigen Ausschnitt auf der Brust endeten. Die schwarzen Hauben darüber sahen aus wie Fledermausflügel. Einige Gesichter waren rund, die anderen schmal, ansonsten sahen alle Nonnen gleich aus.

Wenn ihre Mutter aber in dem ersten Punkt gelogen hatte, dann war vielleicht auch der zweite nicht wahr. Sie würde niemals wiederkommen und sie hier herausholen. Der Gedanke war zu furchtbar, um ihn weiterzudenken.

Der 8. September war nun also Mirabellas Namenstag, und die Muttergottes persönlich war ihre Schutzpatronin. Sie schien sich dessen aber nicht bewusst zu sein, obwohl Mirabella sie so oft und nachdrücklich anrief. »Heilige Maria«, betete sie. »Hilf mir und errette mich von diesem Ort und bring mich zurück zum Zirkus Lombardi.«

Entweder hörte sie die heilige Jungfrau nicht, oder sie fühlte sich nicht zuständig. Oder sie war wie die Mutter Oberin und all die anderen Schwestern der Meinung, dass ein Zirkus nicht der richtige Platz für ein kleines Mädchen war. »Man kann Gott nicht genug danken, dass es vorbei ist mit dem Lotterleben«, sagte Schwester Clementia. Bei dem Wort *Lotterleben* machte sie ihre Lippen ganz spitz, wie Enrique, wenn er ausspuckte.

Mirabella wusste im Grunde von Anfang an, dass ihre Mutter nicht wiederkommen würde, sie hörte dennoch nicht auf zu hoffen. Vielleicht würde ihre Mutter ganz plötzlich auftauchen, wider Erwarten, nach dem Frühstück, während des Mittagessens, vor dem Zubettgehen. Vielleicht wäre sie auf einmal wieder da, in ihrem grauen Mantel, den roten Schal um den Hals, der einmal Mirabellas Weste gewesen war. Die alte Marthe hatte die Teile aufgeribbelt, nachdem Mirabella aus der Weste herausgewachsen war, sie hatte aus der Wolle den Schal gestrickt, aber Mirabella hatte sich geweigert, ihn zu tragen, weil er so kratzte. Also hatte ihn ihre Mutter genommen, und Marthe hatte Mirabella dafür ausgescholten. Undankbares Ding, hatte sie gesagt, manch ein Kind wäre froh um so einen schönen Schal.

Jetzt würde ich ihn nehmen, dachte Mirabella. Lieber Gott, betete sie abends in ihrem Bett, wenn du sie wieder herbringst, dass sie mich hier fortholt, dann will ich den Schal tragen und alles tun, was sie von mir verlangt. Ich will ein gutes Christenkind sein und jeden Sonntag in die Messe gehen, auch allein und ohne die anderen. Bitte, lieber Gott.

Der liebe Gott fühlte sich aber offenbar genauso wenig für sie zuständig wie die Muttergottes. Ihre Mutter kam nicht, und Mirko kam auch nicht, obwohl man sich doch sonst immer auf ihn verlassen konnte. Wenn Mirabella zum Beispiel noch im Dunkeln draußen spielte, weil ihre Mutter ganz vergessen hatte, sie ins Bett zu schicken, dann erschien Mirko und holte sie. Manchmal wusch er sogar ihre Strümpfe und stopfte sie, obwohl das nun wirklich keine Tätigkeit für ein Mannsbild war, wie Domenica missbilligend meinte.

Es war nicht so, dass man Mirabella im Waisenhaus schlecht behandelte. Die Schwestern waren gütig und freundlich, jedenfalls meistens. Es war nur so schwer, ihren Vorstellungen gerecht zu werden. »Wenn du hier bei uns bleiben willst, dann musst du dich auch unseren Regeln fügen«, hatte die Mutter Oberin Mirabella am ersten Tag erklärt. »Versprichst du mir das?«

Mirabella hatte genickt und dabei versucht, der Mutter Oberin in die Augen zu blicken, aber das ging nicht, weil die Oberin eine dicke Brille trug, hinter deren Gläsern ihre Pupillen verschwammen wie Fische in einem Teich. Dabei hatte sie sich gefragt, ob die Oberin wirklich nicht wusste, dass Mirabella keineswegs aus freien Stücken ins Kloster gekommen war, sondern nur gezwungenermaßen.

Es war auch ganz gleichgültig, sie war ja durchaus bereit, sich den Regeln im Waisenhaus zu fügen, allein schon deshalb, weil das Leben unendlich kompliziert wurde, wenn man sich ihnen widersetzte. Aber es gelang ihr einfach nicht.

Es waren zu viele Regeln, sie konnte sie beim besten Willen nicht behalten.

Man musste die Strümpfe und den Rock anziehen, bevor man sein Nachthemd auszog. Nach dem Ankleiden wurde das Nachthemd zusammengefaltet, die Ärmel auf den Rücken, dann wurden die Seiten eingeklappt und zum Schluss der Saum nach oben, einmal, zweimal, fertig. Das Kopfkissen wurde aufgeschüttelt, die graue Wolldecke und das Laken wurden zurückgeschlagen, aber nur zu einem Drittel. Das Nachthemd gehörte aufs Kopfkissen. Beim Frühstück durfte man die Ellenbogen nicht auf den Tisch legen, man kaute nicht mit offenem Mund, man redete nicht während der Mahlzeiten. Wenn man aufgegessen hatte, legte man die Hände links und rechts vom Teller auf den Tisch, die Handflächen nach unten.

In die Kirche ging man hübsch hintereinander und drängelte nicht. Beim Hereinkommen bekreuzigte man sich mit Weihwasser und beugte die Knie vor dem Allerheiligsten. Beim Beten senkte man die Augen. Die Gesangbücher legte man nach der Heiligen Messe in ein Regal neben der Tür. Immer fünf Gesangbücher kamen auf einen Stapel.

Das waren nur einige der Regeln, die man bis zum Unterricht zu berücksichtigen hatte, und danach ging es immer so weiter. Wie man aufstand, wie man sich hinsetzte, wie man sprach und wie man schwieg, wie man lachte und wie man weinte – für alles gab es eine Regel im Waisenhaus.

Die anderen Kinder schienen keine Schwierigkeiten damit zu haben. Sie trugen sämtliche Gebote und Verbote in ihrem Innersten, so dass sich ihr Leben automatisch danach ausrichtete, ohne dass sie auch nur einen Gedanken daran verschwenden mussten. Auch die blinden und tauben Krüppelkinder, denen sie in der Kirche und im Speisesaal begegnete, schienen die Vorschriften mühelos zu beherrschen, jedenfalls kam es so gut wie nie vor, dass sie zurechtgewiesen wurden.

Nur Mirabella musste ständig ermahnt werden.

Nach der Messe unterrichtete sie Schwester Clementia in Lesen, Schreiben, Rechnen und biblischer Geschichte. Die Schülerinnen saßen in langen Reihen an Holzbänken, es waren nur Mädchen, denn Waisenknaben wurden in Heiligenbronn nicht aufgenommen. Mirabella kam gleich ganz nach vorn zu den Erstklässlern, obwohl sie schon acht war, älter als alle anderen. Dabei konnte sie bereits lesen und schreiben und rechnete auch ganz passabel. Mirko hatte es ihr ja beigebracht, doch das beeindruckte Schwester Clementia nicht.

»Setz dich nach vorn zu den Kleinen«, sagte sie, bevor Mirabella richtig zu Ende geredet hatte. »Wir werden dann schon sehen, was du kannst. Und wenn du dich bewährst, darfst du aufsteigen.«

Aber Mirabella bewährte sich nicht, im Gegenteil. Wenn es eine Klasse unter den Erstklässlern gegeben hätte, hätte Schwester Clementia sie vermutlich absteigen lassen, als so erbärmlich erwiesen sich ihre Kenntnisse. Als Mirko sie unterrichtet hatte, war alles so einfach gewesen. *A a* sagte der Rabe, der auf der ersten Seite der Fibel auf einem Baum saß. Aa! *M m* machte das Kind am Mittagstisch. Mmm! Und *MAMA* las Mira, schon am zweiten Tag. Eine Nuss und noch eine Nuss machten zwei Nüsse, und wenn man vier dazulegte, hatte man sechs, und nachdem man drei gegessen hatte, waren es nur noch drei. Das war kinderleicht, das konnte man sich ja an zehn Fingern abzählen. Aber bei Schwester Clementia in der Waisenhausschule durfte man die Finger nicht zum Rechnen benutzen, sonst gab es eine Tatze. »Denn man rechnet mit dem Kopf, nicht mit den Händen«, sagte Schwester Clementia.

Hier fügten sich die Buchstaben auch nicht zu Worten zusammen, so sehr sich Mira auch anstrengte und abmühte. Jeder blieb für sich allein, ein A, ein E, ein U, ein P, ein F, ein D, aber zusammen ergab es keinen Sinn. Irgendwann prägte sie sich bestimmte Gruppen ein *und* las sie, weil sie jetzt wusste, dass diese bestimmte Buchstabenkombination *und* bedeutete.

Mirko hatte sie hier und dort und überall unterrichtet, er war mit ihr in die Manege gegangen, wo sie zuerst Pferde und dann Pferdeäpfel gezählt hatten, sie hatten Worte in den Matsch geschrieben und Buchstaben in Baumrinden geritzt. Alles, was er ihr beibrachte, gehörte zusammen – dass die müde Schlange in der Menagerie eine BOA CONSTRICTOR war und dass sie aus Südamerika kam und welche Tiere dort noch im Urwald lebten. Aber hier im Nonnenkloster zerflog ihr ganzes Wissen in kleine, unzusammenhängende, wertlose Bruchstücke.

Fünf und fünf macht zehn! Sechs und sechs macht zwölf! skandierten die Kinder im Chor. Mirabella sprach es ihnen nach und verstand nichts.

Anstatt sich zu bewähren und aufzusteigen, hörte sie auf zu denken. Stundenlang starrte sie Schwester Clementia einfach nur an, das rosa Gesicht, eingefasst von weißem Tuch. Die Kanten der schwarzen Haube pressten sich in ihre Stirn, so dass das Fleisch über den Augenbrauen nach unten geschoben wurde, zu einem Ausdruck der dauerhaften Missbilligung.

Anstatt eins und eins und zwei und sieben zusammenzuzählen, fragte sich Mirabella, was für eine Haarfarbe sich wohl unter Schwester Clementias Haube verbarg und ob ihre Haare lockig oder glatt waren. Grau und glatt, entschied sie irgendwann, aber das war natürlich nur eine Vermutung und würde immer eine Vermutung bleiben, denn auch wenn sie allen Mut zusammennehmen und Schwester Clementia fragen würde, würde sie niemals eine Antwort bekommen.

Anstatt Buchstaben zusammenzufügen, die nicht zusammengehörten, blickte sie aus dem Fenster und sah die Krähen auf den kahlen Obstbäumen sitzen. Mit schief gelegten Köpfen beobachteten sie ihrerseits die Kinder im Klassenzimmer, ganz besonders jedoch Mirabella.

»Zähl uns doch! Zähl uns doch!«, hörte sie sie spotten, obwohl das Fenster fest verschlossen war und kein Laut von draußen nach drinnen drang.

»Mirabella!«, rief Schwester Clementia in strengem Ton.

Mirabella sprang auf und begann zu schwitzen.

»Die Söhne Noahs«, sagte Schwester Clementia, diesmal ging es also nicht ums Rechnen oder Lesen, sondern um biblische Geschichte.

»Die Söhne Noahs«, wiederholte Mirabella hilflos. »Die Söhne Noahs.« Wenn sie es oft genug wiederholte, vervollständigte sich der Satz vielleicht von selbst. Hinter ihr kicherte jemand, für den Bruchteil einer Sekunde schossen Schwester Clementias Augen von Mirabella weg. Das Kichern verstummte. Die Augen hefteten sich wieder auf Mirabella. Ihr wollenes Leibchen klebte an ihrem Oberkörper, es kratzte schlimmer als jeder Wollschal der Welt. Wenn ich ihn nur genommen hätte, dann wäre ich jetzt nicht hier, dachte Mirabella, aber das war dumm und brachte sie auch nicht weiter.

»Setz dich«, sagte Schwester Clementia und kritzelte etwas in das große schwarze Buch, das sie immer mit sich herumtrug und in dem sie alles vermerkte, alles Gute und alles Schlimme. Nur dass es bei Mirabella niemals etwas Gutes zu vermerken gab. »Elisabeth!«

Zwei Reihen hinter Mirabella stand ein kleines Mädchen auf. »Die Söhne Noahs sind diese: Sem, Ham und Jafet. Ham ist der Vater Kanaans.«

Schwester Clementia seufzte erleichtert. »Gott segne dich«, sagte sie leise, vielleicht hatte sie auch *Bitte setze dich* oder *Das ist richtig* gesagt, aber für Mirabella klang es wie *Gott segne dich*.

Heiligenbronn. Das Kloster war eine Welt für sich. Wie eine Mauer stand das Hauptgebäude vor der Kirche, daneben der Seitenflügel, in dem die Krüppelkinder wohnten. Die Böden waren aus schweren Holzdielen und knarrten laut, wenn man darüber ging. Alte Eichenbalken stützten die Decke. Am Abend dehnte sich das Holz, das ganze Gebäude ächzte und stöhnte, als beklagte es sich über die vielen Menschen und den Lärm, den es den ganzen Tag ertrug.

Das Kinderheim und die Schule waren im Hauptgebäude untergebracht. Die Nonnen lebten in ihrem eigenen Gebäude, das sich wie ein ausgestreckter Arm daran anschloss. Neben der Kirche war die Gnadenkapelle, in der die Skulptur der Gottesmutter mit dem toten Jesus auf den Knien stand, und darunter fing ein Bassin das Quellwasser auf, das dem Kloster den Namen gegeben hatte. Es war Wunderwasser, das Krankheiten und Gebrechen heilen konnte. Deshalb strömten jeden Sonntag zahllose Wallfahrer ins Kloster. Humpelnd, kriechend, hinkend, gebückt näherten sie sich der Gottesmutter und ihrem Sohn und erflehten ihre Gnade. Eine Nonne schöpfte mit einem Becher Wasser aus dem Becken und gab allen zu trinken, sie schlürften das Wasser so begierig, als wäre es der teuerste Wein, aber so lange Mirabella im Kloster war, erlebte sie niemals, dass einer seine Krücken fortwarf oder die Verbände von seinen Wunden riss und geheilt war. Alle die Elenden und Kranken schleppten sich genauso mühsam wieder fort, wie sie angekommen waren, und auch von den Krüppelkindern im Kloster wurde kein einziges wieder sehend oder konnte plötzlich sprechen.

Draußen herrschte Krieg, drinnen im Kloster herrschten die Mutter Oberin und die anderen Nonnen und Pfarrer Labs, der den älteren Kindern Religionsunterricht gab, freitags die Beichte abnahm und sonntags die Messe las. »Behüte und stärke unsere Männer im Gefecht und errette uns von unseren Feinden«, betete er dann, und die Schwestern bekreuzigten sich andächtig.

Im Schlafsaal waren sie zu acht, im Klassenzimmer waren fünfundvierzig Mädchen, auf dem Pausenhof hüpften und lachten und spielten an die sechzig, weil auch die Blinden und Taubstummen dabei waren. Im Speisesaal kamen sie mit den Nonnen, Kandidatinnen und Angestellten auf über zweihundert Personen.

Man war niemals allein im Kloster. Mirabella war dennoch immer einsam.

Sie hätte sich gerne mit den anderen Kindern angefreundet, aber sie fand keinen Weg. Am Anfang dachte sie, es läge daran, dass sie als Letzte ins Waisenhaus gekommen war. Die anderen kannten sich bereits, sie musste erst ihren Platz in den Reihen finden. Im März 1915 kam jedoch ein neues Mädchen ins Heim – Margareta. Sie war etwas jünger als Mirabella und hatte sehr weiße Zähne und schönes braunes Haar, das auch nach dem Aufstehen glänzte wie frisch gekämmt.

Mirabella beobachtete sie genau. Vielleicht konnten sie und Margareta ja Freundinnen werden, schließlich war auch Margareta allein. Doch dann fügte sich Margareta ohne Umstände und ohne Mühe in die Gemeinschaft der anderen ein. Nach ein, zwei Wochen spielte, lachte, redete sie mit ihnen, als wäre sie schon seit jeher im Kloster gewesen. Sie war eine von ihnen, und Mirabella blieb fremd. Aber warum? Wieso nahmen die anderen Margareta in ihrem Kreis auf und wiesen Mirabella zurück? Was hatte Margareta, was ihr selbst fehlte? Sie fand nie eine Antwort darauf.

Wenn sie nachts in ihrem Bett lag und dem Keuchen, Rascheln und Atmen im Raum lauschte, stellte sie sich vor, dass Margareta doch ihre Freundin wäre. Sie sprangen zusammen Seil auf dem Pausenhof, Mirabella schwang das Seil, und dann hüpften sie beide, erst kehrte ihr Margareta den Rücken zu, hopp und hopp und hopp, und dann drehte sie sich um, während das Seil weiterschwang. Hopp und hopp, und in Mirabellas Vorstellung lächelten sie sich dabei an.

Sie würden alles miteinander teilen, ihr spärliches Hab und Gut und ihre Geheimnisse. Und wenn Schwester Clementia Mirabella zurechtwies und die Augen verdrehte, weil sie wieder einmal eine dumme Antwort gegeben hatte, würde Mirabella Margareta ansehen, und Margareta würde ebenfalls die Augen verdrehen, und alles wäre gut.

Mirabella und Margareta – wie schön das zusammenklang.

Es war ein Traum, aber Mirabella beschloss, dass er Wirklichkeit werden sollte.

Nach dem Mittagessen mussten die Mädchen zurück in die Schlafsäle, um zu ruhen. Die Größeren setzten sich dazu an den Tisch, die Kleineren legten sich in ihre Betten. Man durfte im Gesangbuch lesen, und man durfte schreiben, wenn einem ein Gedanke aus einem Gebet so am Herzen lag, dass man ihn bewahren wollte, oder wenn man einen Brief verfassen wollte, aber die meisten Kinder hatten niemanden, dem sie hätten schreiben können.

Mirabella schrieb ein Gedicht.

Für Margareta begann sie.

Liebste, du, dein Angesicht
strahlt wie hellstes Sonnenlicht.
Du bist wie ein güldner Strahl
Hier in diesem Jammertal.
Deine Mirabella

Es dauerte zwei Tage, bis sie den Mut gefasst hatte, Margareta den Brief zuzustecken. Bei der Abendandacht trat sie neben sie und ließ das zusammengefaltete Blatt in ihre Schürzentasche gleiten, ohne dass Margareta etwas davon merkte.

Am nächsten Morgen ließ Schwester Clementia sie im Unterricht nach vorne treten, sie reichte ihr den Brief und befahl ihr, ihn vorzulesen. »Mit lauter Stimme, damit es auch alle hören.«

Mirabella las also vor, was sie geschrieben hatte, sie lies nur die Anrede weg.

»Und wem hast du diese Zeilen geschrieben?«, fragte Schwester Clementia in strengem Ton.

»Margareta«, gab Mirabella zurück, so leise es irgendwie ging. Sie hielt die Augen dabei gesenkt und sah Schwester Clementia nicht an und Margareta noch weniger.

»Und für wen waren die Zeilen bestimmt?«, fragte Schwester Clementia noch strenger.

Mirabella verstand nicht. Das hatte sie doch schon gesagt, doch vielleicht hatte sie zu leise gesprochen.

»Sie waren für Margareta«, meinte sie deshalb ein wenig lauter, aber Schwester Clementia war immer noch nicht zufrieden, im Gegenteil, sie wiederholte ihre Frage mit noch drohender, noch schrecklicherer Stimme.

»Die Verse waren nicht für Margareta«, donnerte sie schließlich, als Mirabella nicht antwortete, sondern nur hilflos mit den Schultern zuckte. »Sie waren für die heilige Gottesmutter. Gibst du das zu?«

Das war natürlich richtig, Mirabella hatte die Verse aus dem Gesangbuch abgeschrieben. Es war die zweite Strophe eines Marienliedes, das sie ausgewählt hatte, weil es ihre Gefühle für Margareta perfekt ausdrückte.

»Es tut mir leid«, flüsterte Mirabella, und es stimmte, was sie getan hatte, tat ihr zutiefst leid. Nicht wegen der Gottesmutter, denn die heilige Maria konnte es sicher verschmerzen, wenn man eine ihrer unzähligen Lobpreisungen einmal für jemand anderen verwendete. Um Margareta tat es ihr leid, die sie zurückgestoßen und verraten hatte. Und um ihrer selbst willen, weil sie jetzt noch einsamer war als zuvor.

Sie musste das Klassenzimmer verlassen und in die Kapelle gehen, wo sie zehn Ave Maria beten sollte. Zwei sehr alte Schwestern saßen in den Bänken, eine links, die andere rechts, sie wandten sich nicht zu Mirabella um, als sie hereinkam. Mirabella setzte sich ganz nach hinten, in größtmöglichste Entfernung zu beiden.

Die Gottesmutter hatte einen sehr großen Kopf, viel zu groß für den schmalen, kleinen Körper, die zarten Arme, die den zierlichen Heiland hielten. Um sie herum schienen die dunklen Tuffsteine aus der Wand zu quellen, es sah aus wie ein schlecht gebackener Kuchen, in den jemand aus lauter Verzweiflung Kerzen und Blumen gesteckt hatte. Die übrigen Wände der Kappelle hingen voller Votivtafeln. *Maria hat geholfen* stand auf Holzbrettchen, Baumscheiben, Pappkärtchen, über Bildern und Zeichnungen. *Maria wir danken dir. Innigen Dank der lieben Gnadenmutter.*

»Ave Maria«, betete Mirabella, während sie ihre Augen fest auf die Madonna richtete. »Gratia plena.« Auf den Lippen der Muttergottes lag ein sanftes Lächeln, ihr Blick ging nachdenklich und ein bisschen gleichgültig über den Kopf ihres toten Sohnes hinweg. »Dominus tecum«, betete Mirabella, dann wusste sie nicht mehr weiter. Die alte Marthe hatte ihr das Ave Maria beigebracht, als sie noch ganz klein gewesen war, und immer wenn sie bei ihr übernachtet hatte, hatten sie es vor dem Einschlafen zusammen gesprochen. Aber auf Deutsch – »weil ich ein dummes altes Weib bin und die lateinischen Worte immer durcheinanderbringe«, hatte Marthe gesagt.

Pfarrer Labs aber hatte den Kindern erklärt, dass Latein die Sprache war, die dem Herrn wohlgefiel. Sozusagen seine Muttersprache, und wenn es seine Muttersprache war, dann gefielen lateinische Gebete der Jungfrau Maria natürlich ebenfalls besser, schließlich war sie ja seine Mutter. »Der Herr ist mit dir«, wiederholte Mirabella auf Deutsch. Vielleicht würde sie wieder auf die lateinischen Worte kommen, wenn sie sich die deutschen in Erinnerung rief. »Du bist gebenedeiet unter den Weibern«, murmelte sie hilflos. Die Gottesmutter blickte starr und gleichgültig über ihren toten Sohn hinweg, an Mirabella vorbei. Sie hörte Mirabella nicht, ob sie deutsch oder lateinisch zu ihr betete, ob sie das Ave Maria sprach oder ob sie sie anflehte, sie hier herauszuholen und zurück zum Zirkus zu bringen.

Morgens war man in der Schule und nachmittags auf dem Feld. Wenn Mirabella einen ganzen Nachmittag lang Kartoffeln gesteckt oder Johannisbeeren geerntet hatte, spürte sie am Abend ihren Körper, wie sie ihn noch nie gespürt hatte. Sie dachte an die alte Esmeralda im Zirkus, die immer über das *Reißen* in ihrem Rücken geklagt hatte, damals hatte sich Mirabella nichts darunter vorstellen können. Jetzt wusste sie, was sie damit gemeint hatte.

Man teilte Mirabella allerdings meistens zum Gänsehüten ein, obwohl sie eigentlich zu alt dafür war. Sie hatte vierzehn Gänse, auf die sie aufpassen musste. Außerdem gab man ihr noch die vier jüngsten Waisenmädchen mit. Nur Klara blieb im Kloster, weil sie noch nicht laufen konnte. Im Gänsemarsch ging es über den Pfad zwischen den Feldern durch zur Gänseweide, zuvorderst die Gänse, dann Laurenzia, Martha, Franziska und Maria und schließlich Mirabella mit einem vollen Wassereimer. Den ganzen Nachmittag saß sie im Schatten eines Apfelbaums, manchmal musste sie eine der Gänse zurück zu den anderen treiben, manchmal schlichtete sie einen Streit zwischen den Kleinen, manchmal häkelte sie, meistens wartete sie nur darauf, dass die Glocken zum Angelus läuteten, dann durften sie wieder zurück.

Wie lang die Tage im Kloster waren, viel länger als im Zirkus! Die Zeit rann vor sich hin, wie das Wasser, das die Gänse aus dem Eimer tranken. Ein Schluck, dann reckten sie den Kopf und ließen die Tropfen den langen, weißen, dünnen Hals hinunterlaufen. So tropfte die Zeit. Und jede Stunde, jede Minute, jede Sekunde war furchtbar.

An einem dieser Nachmittage unter dem Apfelbaum beschloss Mirabella, aus dem Kloster zu fliehen. Nachdem sie lange darüber nachgedacht hatte, glaubte sie, dass ihre Mutter nicht mit Absicht weggeblieben war. Sicherlich war sie verhindert, vielleicht war sie krank und wartete irgendwo fiebrig und erschöpft darauf, dass Mirabella endlich zu ihr kam. Und Mirko wollte Maria natürlich nicht allein lassen, deshalb konnte auch er sie nicht abholen.

Wenn ihre Mutter und Mirko also nicht zu ihr kommen konnten, dann musste sie zu ihnen. Das war leichter gesagt als getan, denn es war Ende April, der Zirkus hatte sein Winterlager in Freiburg verlassen, und Mirabella hatte keine Ahnung, wo sie hingezogen waren.

Ich schlage mich nach Freiburg durch und mache mich von dort aus auf die Suche, dachte sie.

Es war Krieg im Land. Wer würde da auf ein kleines Mädchen achten, das ohne Begleitung unterwegs war? Die Leute hatten andere Sorgen.

Mittags und abends aß sie ihr Brot nicht auf, sondern ließ es heimlich in ihrer Schürzentasche verschwinden. Sie wollte warten, bis alle schliefen, und sich dann aus dem Schlafsaal schleichen, durch den Gang bis zum Seitengebäude, wo die Fenster nicht vergittert waren. Sie starrte gegen die Decke, die sie in der Dunkelheit nicht sehen konnte, und zählte die Sekunden, die Minuten. Bevor die anderen eingeschlafen waren, schlief sie selbst ein.

Sie befand sich oben auf dem Hochseil. Vanja hielt ihre Arme fest und Eva ihre Beine, während sie freihändig auf winzigen Fahrrädern über das Seil rasten. Mirabella blickte nach unten und sah, dass in den Rängen nur schwarz-weiße Franziskanerinnen saßen, und ganz hinten saß Pfarrer Labs, und alle schauten missbilligend zu ihr empor.

»Wo ist meine Mutter? Wo ist Mirko?«, rief sie, als die beiden Fahrräder ihre Fahrt noch beschleunigten.

»Keine Angst, wir bringen dich zu ihnen«, gab Vanja zurück, aber während er noch sprach, begannen beide Räder zur Seite zu kippen.

»Aaaaahhhh!«, schrie Eva und ließ Mirabella los, und Mirabella fiel und fiel in die schwarzweiße Schwesternmasse.

Mit einem Ruck wachte sie auf. Es war eine Stunde später als vorhin oder Mitternacht oder früher Morgen. Sie hatte keine Ahnung. Sie schob die nackten Beine aus dem Bett und spürte die kalten Holzdielen an ihren Fußsohlen. Lautlos schlüpfte sie in ihre Kleider, die Schuhe nahm sie in die Hand. Sie huschte über den Flur, an der Kammer vorbei, in der Schwester Clementia schlief. Das Fenster quietschte vorwurfsvoll, als sie den

Flügel aufschob. Atemlos hielt sie inne. Niemand kam, niemand rief sie an, alles war still.

Vor dem Fenster standen Obstbäume, eine dunkelgraue Finsternis füllte die Zwischenräume zwischen den knorrigen Stämmen und Ästen. Sie hockte sich auf das schmale Fensterbrett, schob die Beine nach draußen und sprang. Die Erde empfing sie mit einem festen und zugleich sanften Stoß. Sie war frei.

Nach zwei Tagen entdeckte ein Bauer sie in seinem Schuppen. Er wusste gleich, dass sie aus Heiligenbronn war, er erkannte es an der grauen Bluse und der dunkelblauen Schürze, die alle Waisenhauskinder trugen. »Sie ist eine der Taubstummen«, erklärte er seiner Frau, nachdem diese lange auf Mirabella eingeredet hatte, *was machst du hier draußen, warum bist du weggelaufen,* aber Mirabella hatte mit keinem Wort geantwortet. Wenn ich nichts sage, lassen sie mich vielleicht wieder laufen, hoffte sie, doch der Bauer selbst brachte sie zurück nach Heiligenbronn.

Schwester Dolorosa, die die Waisenhauskinder nicht von den Krüppelkindern unterscheiden konnte, weil sie den ganzen Tag an der Pforte saß, glaubte auch, dass Mirabella eine der Taubstummen war. Sie brachte Mirabella deshalb zuerst in den Seitenflügel. Die Krüppelkinder saßen an langen Schulbänken, sie waren mit Flechtarbeiten beschäftigt, als Schwester Dolorosa und Mirabella den Raum betraten. Die Tauben schauten auf und starrten Mirabella neugierig an, und die Blinden spitzten die Ohren, jedenfalls kam es Mirabella so vor.

»Das ist eine von den Waisen. Und reden kann sie auch«, sagte Schwester Liboria verächtlich, nachdem sie Mirabella eine Weile lang von oben bis unten betrachtet hatte.

»Hast du etwa geglaubt, dass du uns einfach so hereinlegen kannst«, schimpfte Schwester Dolorosa, als sie Mirabella ins Hauptgebäude führte.

Mirabella wusste genau, was sie jetzt erwartete: eine lange Strafpredigt von Schwester Clementia, während der Mirabella vorne am Pult stehen musste, das Gesicht zur Klasse, die Hände reuig gefaltet. Vielleicht würde man sie den ganzen Vormittag dort stehen lassen, *als Mahnung und Abschreckung für die anderen.* Vielleicht gäbe es Tatzen, mit dem Rohrstock in die offene Handfläche. Man würde sie zur Mutter Oberin schicken oder zu Pfarrer Labs oder zu beiden. Mirabella hielt den Kopf gesenkt, als Schwester Dolorosa sie in den Klassenraum schob.

»Hier bringe ich Ihnen Ihr verlorenes Schaf zurück«, sagte Schwester Dolorosa mit wichtiger Stimme.

»Das ist aber schön«, sagte Schwester Clementia. Die Worte passten so überhaupt nicht zu ihr, dass Mirabella erstaunt den Kopf hob. Es war gar nicht Schwester Clementia, die heute den Unterricht hielt, sondern Schwester Innozenz. »Schwester Clementia ist krank«, erklärte sie. »Setz dich auf deinen Platz. Wir üben das Zusammenzählen.«

»Sie ist ausgebrochen«, erklärte Schwester Dolorosa empört. »Ein Bauer aus Schramberg hat sie gefunden.«

Die anderen Mädchen hielten den Atem an.

»Ja«, sagte Schwester Innozenz und nickte, als käme so etwas jeden Tag vor. »Setz dich also, mein Kind. Wir üben das Zusammenzählen.«

»Das darf doch nicht sein, dass einer fortläuft und wiederkehrt, wie es ihm gerade so in den Sinn kommt«, versuchte es Schwester Dolorosa noch einmal.

Schwester Innozenz lächelte und nickte. Dann hob sie die Hände, wie ein Dirigent vor einem Orchester. »Vier und vier ist …«, begann sie.

»… acht!«, brüllten die Mädchen im Chor. Schwester Dolorosa verließ den Raum.

Schwester Innozenz war nicht schön, sie hatte ein mageres, schmales Gesicht und scharfe Falten, die von ihren Nasenflügeln aus links und rechts am Mund vorbeiliefen. Ein paar Warzen prangten auf der linken Wange. Sie war weder alt noch jung; obwohl ihre Haut faltenlos war, strahlte sie eine fahle Müdigkeit aus, wie sie für gewöhnlich Sterbende oder Greise umgab.

Von den anderen Schwestern wurde Innozenz nicht ernst genommen. Sie hörte nicht richtig hin, wenn die anderen ihr etwas auftrugen, sie erledigte ihre Aufgaben nur zur Hälfte und vergaß am Ende des Satzes, was sie am Anfang hatte sagen wollen. Deshalb hatte Schwester Innozenz auch keinen eigenen Bereich, um den sie sich allein kümmerte, sie ging den anderen nur zur Hand, arbeitete in der Küche mit, im Garten, passte auf die Krüppel auf und übernahm den Unterricht, wenn Schwester Clementia krank war. Sie war nicht dumm, sie war nur zerstreut, und vielleicht war sie nicht einmal das, mutmaßte Mirabella manchmal, vielleicht tat sie nur so, als könnte sie sich nicht recht konzentrieren, damit sie die anderen in Ruhe ließen.

Sie war Mirabella von allen Schwestern die Liebste. Denn sie behandelte Mirabella, als wäre sie eine ganz normale Schülerin und nicht die Dümmste in der Klasse, wenn man einmal von Cäcilie absah, die auch im zweiten Schuljahr noch nicht bis zehn zählen konnte.

»Sechs und sechs ist zwölf«, skandierte Mirabella mit den anderen. »Sieben und sieben ist vierzehn.« Sie war so froh und erleichtert, dass Clementia nicht da war, obwohl sie genau wusste, dass die Bestrafung nur aufgeschoben war.

Mittags musste sie dann auch zur Mutter Oberin, die sie lange und traurig aus verschwommenen Fischaugen musterte. »Warum hast du das getan?«, fragte sie. »Warum bist du weggelaufen?«

»Ich muss doch einmal zurück zu meiner Mutter. Ich … sie braucht mich.«

Die Oberin nahm ihre Brille ab und rieb sich mit dem Handrücken über die Augen, dann setzte sie sie wieder auf. »Wie kommst du darauf?«, erkundigte sie sich. »Hat sie dir geschrieben?«

Nein, dachte Mirabella. Nicht ein einziges Mal.

»Ich fühle es eben«, sagte sie laut.

»Du bist ein gutes Kind«, sagte die Oberin, aber ihr Tonfall sagte etwas anderes, er sagte: Du bist ein hoffnungsloser Fall. »Deine Mutter hat dich mit gutem Grund hier bei uns abgegeben. Sie kann sich nicht um dich kümmern, sie will sich auch nicht um dich kümmern, verstehst du? Es ist Krieg, der Zirkus ist längst weitergezogen, ins Oberland, weil man sagt, dass die Dinge da besser sind, doch das stimmt nicht. Sie kommen aber bestimmt nicht wieder, und sie kann dich auch nicht brauchen.« Die Augenfische hinter den Brillengläsern schienen noch dichter an Mirabella heranzuschwimmen. »Du kannst Gott, deinem Herrn, danken, dass sie wenigstens so einsichtig war, dich hierher zu bringen. Da draußen wärst du doch ganz und gar verloren.«

Mirabella schluckte. Ins Oberland sind sie gezogen, wollte sie fragen, wo liegt denn das Oberland? Es klang jedenfalls so, als wäre es entsetzlich weit weg. Aber während sie noch darüber nachdachte, drangen die anderen Worte der Oberin langsam in ihr Bewusstsein. Ihre Mutter würde nicht mehr wiederkommen. Das war die Botschaft, klar und unmissverständlich. *Da draußen wärst du ganz und gar verloren*, hatte die Oberin gesagt, und sie hatte recht, das wusste Mirabella nun auch, dass sie auf eigene Faust nirgendwohin kommen würde, nicht nach Freiburg und schon gar nicht ins Oberland, wo immer es auch lag.

Sie war noch niemals so hungrig und durstig gewesen wie in den letzten beiden Tagen, bevor der Bauer sie aufgegriffen hatte. Ihre beiden Brotstücke waren schnell aufgegessen, danach hatte sie nichts als einen ledrigen Apfel zu sich genommen, den sie aus einer Scheune gestohlen hatte. Die Nacht war am schlimmsten. Diese Kälte nach dem warmen Tag und der unendliche Sternenhimmel über dem Feld. Die Sterne flimmerten zum Greifen nah, als wäre auch ihnen kalt, als wären sie dichter an die Erde herangekrochen, um sich ein bisschen zu wärmen. Mirabella hatte zuerst unter einem Baum gelegen, später hatte sie den Schuppen entdeckt und war eingestiegen, in der Hoffnung auf etwas Essbares oder eine Decke oder wenigstens ein bisschen Stroh. Aber dann hatte der Hofhund angeschlagen, und der Bauer war gekommen.

Es ist hoffnungslos, dachte sie. Da draußen bin ich verloren. Und hier drinnen auch.

II.

An das erste halbe Jahr im Kloster erinnerte sie sich recht gut. Danach lösten sich die einzelnen Wochen, Monate und Jahre in einem grauen Zeitstreifen auf. Mirabella aß und trank und schlief und wuchs, sie ging zur Schule, zupfte Unkraut, stach Kartoffeln, half bei der Ernte, betete Rosenkränze, und hin und wieder flehte sie die Muttergottes an, worum, wusste sie selbst nicht so recht.

Im Exerzitienhaus war inzwischen ein Lazarett eingerichtet worden. Mit Pferdewagen wurden die verwundeten Soldaten nach Heiligenbronn gekarrt und auf Tragen ins Haus geschleppt. Wenn sie nach einigen Tagen oder Wochen dann wieder herauskamen, ging es entweder auf den Friedhof oder zurück an die Front. Schwestern mit Teetassen, Suppenterrinen oder Mullbinden umschwärmten das Lazarett wie schwarzweiße Bienen, herein und wieder heraus, aber die Kinder hatten dort nichts verloren.

Sie wurde neun und zehn und elf. Die anderen kicherten jetzt nicht mehr, wenn Mirabella eine Antwort nicht wusste oder beim Träumen erwischt wurde. Sie hatten sich längst daran gewöhnt, und im Übrigen wurde Mirabella ohnehin kaum noch aufgerufen.

»Dein Mantel ist sehr weit und breit, er deckt die ganze Christenheit, er deckt die weite, weite Welt«, sangen die Schwestern in der Marienandacht, und genau so fühlte sich Mirabella – wie unter einem unendlich großen Mantel, unter dem alles erstickt wurde, alle Verzweiflung, alle Sehnsucht, jedes Gefühl.

Es war, wie es war. Und es würde immer so weitergehen.

Es wäre auch immer so weitergegangen, aber dann kam Ursula.

Sie kam natürlich nicht freiwillig ins Kloster. Ein schnauzbärtiger Schupo brachte sie wie einen überführten Missetäter ins Waisenhaus, das passte zu ihr, dass sie nicht von einem Verwandten begleitet wurde, sondern von der Polizei.

Es war der 15. Mai 1918. Ursula war damals dreizehn, zwei Jahre älter als Mirabella.

Ihre Mutter war gestorben, als Ursula vier Jahre alt gewesen war, danach hatte ihr Vater sie erzogen, aber eigentlich hatte er sie nicht erzogen, er hatte den Dingen einfach ihren Lauf gelassen. Dann war auch er gestorben, und Ursula hatte ihn bei Nacht und Nebel eigenhändig im Gemüsegarten begraben und über mehrere Wochen lang erfolgreich geheim gehalten, dass er tot war. Schließlich aber war man im Dorf doch dahinter gekommen, dass etwas nicht stimmte. Zuerst war der Pfarrer zu ihr gegangen, um ihr gut zuzureden. Als sie ihn mit Steinen beworfen hatte, war er geflüchtet, um später mit dem Lehrer wiederzukommen, aber auch das nützte nichts.

Also hatte man den Schupo aus Schramberg holen müssen, und der hatte gleich beschlossen, dass Ursula nach Heiligenbronn käme. »Die guten Schwestern haben schon ganz andere Bäumchen zurechtgebogen«, meinte er.

Dieses Wissen über Ursula breitete sich im Waisenhaus aus, kaum dass sie angekommen war. Eine Schwester sagte es der anderen, ein Kind wisperte es dem anderen zu, sogar die Krüppelkinder wussten über alles Bescheid, bevor mittags das Essen ausgeteilt wurde. Woher die Informationen kamen, hätte keiner sagen können, es war, als ob der Wind sie nach Heiligenbronn getragen hatte.

Ursula war groß und sehr mager. Arme wie lange, dünne Äste mit Verdickungen, das waren die Ellenbogen. Die Beine nicht viel kräftiger, das erkannte man, wenn sie saß und sich ihre Schenkel unter dem Rock abzeichneten. Trotzdem wirkte Ursula keineswegs zerbrechlich. Sie war wie ein Stück Draht, biegsam, fest, unverwüstlich.

Man setzte Ursula neben Mirabella, weil das der einzige freie Platz in der Klasse war. Vermutlich nahmen die Schwestern auch nicht an, dass sie sich anfreunden würden, so unterschiedlich wie sie waren. Am Anfang konnten sie sich auch nicht ausstehen.

Ursula verzog ihre lange Nase, als sie Mirabellas Namen hörte. Offensichtlich fand sie ihn abscheulich.

Ursula ist auch nicht besser, dachte Mirabella, aber auch sie sagte nichts, sie zog nicht einmal eine Grimasse. Sie dachte an den toten Vater im Gemüsegarten und an den Pfarrer, den Ursula mit Steinen beworfen hatte.

Ursula machte ihr Angst.

Kerzengerade und stumm saßen sie nebeneinander und hörten zu, wie Schwester Clementia von der Heiligen Anna erzählte und wie sie Maria noch im hohen Alter empfangen habe.

»Weißt du, wie es der Mutter unserer heiligen Jungfrau weiter ergangen ist, Ursula?«, fragte Schwester Clementia mit einem milden Lächeln.

»Man hat sie aufs Rad gebunden und mit heißem Pech übergossen«, sagte Ursula, ohne das Lächeln zu erwidern.

»Nein«, sagte Schwester Clementia, ein bisschen enttäuscht, aber immer noch freundlich. »Da hast du etwas verwechselt.«

»Sie wurde auf dem Scheiterhaufen verbrannt und geteert und gefedert«, schlug Ursula mit unbewegter Miene vor.

Da merkte Schwester Clementia, dass Ursula sich über sie lustig machte. Zur Strafe musste sie im Klassenzimmer bleiben, während die anderen zu Mittag aßen.

Der Schupo hatte sich getäuscht. Ursula war kein Bäumchen, das die Schwestern so leicht zurechtgebogen bekamen. Sämtliche Moralpredigten prallten an ihr ab, die Strafen ließen sie kalt. »Gesicht zur Klasse oder zur Wand?«, fragte sie nur, wenn Schwester Clementia sie im Klassenzimmer in die Ecke stellte. Die Klasse kicherte. Schwester Clementia haute mit dem Rohrstock auf den Tisch, aber es nützte nichts, sie hatte verloren, und das wusste sie auch. Die Strafen wurden härter, Ursula ging jeden zweiten Abend ohne Abendbrot ins Bett, sie schrubbte die Böden im ganzen Waisenhaus, sie saß stundenlang im Karzer, schlief nachts ohne Decke. Alles umsonst.

»Die kriegen mich nicht klein«, sagte sie einmal zu Mirabella, als sie schon Freundinnen waren.

Wie und wann ihre Freundschaft begonnen hatte, hätte keine von ihnen sagen können.

Vielleicht hatte Ursula eine respektlose Bemerkung über eine der Schwestern gemacht, und Mirabella hatte gelacht. Vielleicht hatte Mirabella Ursula ein Stück Brot zugesteckt, als sie wieder einmal nicht mit in den Speisesaal durfte. Vielleicht hatten sie einfach gespürt, dass sie zusammengehörten.

Sie wurden unzertrennlich. Das machte alles einfacher, auch für die Schwestern. Ursula und Mirabella gehörten zusammen, also begannen sie Ursula zu ignorieren, so wie sie Mirabella immer schon ignoriert hatten. Wenn Ursula mit dem Tischgebet an der Reihe war und vorgab, dass sie sich nicht an die Worte erinnern konnte, obwohl es nur zwei Zeilen waren, *komm, Herr Jesu, sei unser Gast und segne, was du uns bescheret hast*, blickte die Mutter Oberin einfach über sie hinweg und fragte das nächste Kind.

»Wie hast du es hier nur so lange ausgehalten?«, fragte Ursula Mirabella. Sie wurden immer gemeinsam zum Gänsehüten geschickt, weil Ursula zu nichts anderem taugte, genau wie Mirabella.

Sie saßen unter dem Apfelbaum und strickten, oder vielmehr Mirabella strickte, Ursula hatte ihr Strickzeug gar nicht erst aus dem Korb genommen.

»Ich weiß es nicht.« Mirabella wusste wirklich nicht, wie sie es geschafft hatte, all die Vormittage im Klassenzimmer, all die Nachmittage auf der Gänsewiese, all die Jahre ohne Ursula.

»Wir müssen hier raus«, sagte Ursula.

»Es ist sinnlos.« Mirabella erzählte ihr von ihrem ersten Ausbruchsversuch.

»Wir müssen ja nicht gleich für immer weg. Nur für eine Nacht.«

»Was sollten wir denn anfangen?«

»In Waldmössingen ist Tanz.«

»Du willst tanzen gehen?«

»Nur zuschauen. Wenn man uns sieht, bringt man uns doch gleich wieder zurück.«

Als die anderen schliefen, schlichen sie sich auf den Flur und kletterten aus dem Fenster im Seitenflügel. Zu Fuß brauchten sie eine Dreiviertelstunde nach Waldmössingen.

Es fand aber kein Tanz statt, Ursula hatte sich getäuscht. Der Anger lag dunkel und verlassen da, das ganze Dorf war im Tiefschlaf. »Herrgott Sakrament«, sagte Ursula. Das war der schlimmste Fluch, den es gab, hatte ihnen Schwester Clementia erklärt, weil er das Allerheiligste beschmutzte. »Aber am zweiten Wochenende im Juli ist immer Tanz.«

»Vielleicht ist er ausgefallen, wo doch Krieg ist«, meinte Mirabella.

»Verdammt«, sagte Ursula. »Ich hatte eine solche Lust auf ein schönes Bier.«

Sie brachte Mirabella zu einer einsamen Scheuer am Rande des Dorfs, dann war sie eine ganze Weile verschwunden. Als sie zurückkam, hatte sie die ganze Schürze voller schwarzer Johannisbeeren.

»Wo hast du die denn her?«, fragte Mirabella nervös. »Die sind doch gestohlen.«

»Und wenn? Unsere Beeren auf dem Hof frisst jetzt auch ein anderer, ohne zu fragen, ob es mir recht ist.«

Ursula begann zu essen, Mirabella zögerte noch, aber nicht lange. Frische Beeren gab es im Kloster nie, sie bekamen nur am Sonntag einen Klecks Marmelade auf den Grießbrei.

»Meine Großmutter hat immer einen Kuchen mit Johannisbeeren gemacht«, sagte Ursula mit vollem Mund.

»Wo ist sie, deine Großmutter?«

»Tot. Wie die anderen auch. Sonst wäre ich wohl kaum bei den Nonnen gelandet.«

Die Meinen sind nicht tot, und ich bin doch bei den Nonnen gelandet, dachte Mirabella.

»Und bei dir?«, fragte Ursula wachsam.

»Meine Mutter wollte nichts mehr mit mir zu tun haben. Deshalb hat sie mich in Heiligenbronn abgegeben.« So deutlich hatte Mirabella das noch nie ausgesprochen. Es tat erstaunlich gut, es so hart und schonungslos zu sagen.

»Ach, komm«, meinte Ursula ungläubig.

»Ich war ihr einfach gleichgültig.«

»Wenn der Krieg vorbei ist, kommt sie und holt dich.«

»Sie kann sich zum Teufel scheren.« Auch das tat gut. Schade nur, dass ihre Mutter es nicht hören konnte, im Oberland oder im Unterland oder wo immer sie sich gerade herumtrieb. Mirabella wusste kaum noch, wie ihr Gesicht aussah, sie erinnerte sich nur noch an den roten Schal und an das kratzige Gefühl an ihren Wangen.

»Und dein Alter?«, fragte Ursula. »Was ist mit dem?«

»Ich habe keinen Vater.«

»Unsinn. Jeder Mensch hat einen Vater. Hat er sich davongemacht?«

»Vermutlich.« Mirabella schob eine letzte Johannisbeere in den Mund. Ihre Handflächen waren mit schwarzblauen Flecken überzogen, sie rieb noch einmal über die Schürze, aber es nützte nichts.

»Ist vielleicht besser so«, sagte Ursula. »Vielleicht war er ein rechter Saukerl.«

»Vermutlich«, sagte Mirabella wieder.

Ihr Vater – wie so oft versuchte sie, ihn sich vorzustellen. War er groß oder klein gewesen, freundlich oder brutal? Dick, dünn, dunkelhaarig oder kahlköpfig? Sie schloss die Augen und sah nichts, nur das Gesicht von Mirko, aber das war nicht der Richtige. Wie sollte sie sich ihren Vater vorstellen, den sie niemals gesehen hatte, wenn sie sich kaum noch an ihre Mutter erinnerte?

»Mein Vater war der stärkste Mann der Welt«, sagte sie nachdenklich.

»Wie meinst du das?«

Mirabellas Mutter hatte das einmal zu ihr gesagt, als Mirabella sie wieder und wieder nach ihrem Vater gelöchert hatte. *Er war der stärkste Mann der Welt.*

Mirabella hatte damals auch gefragt, was sie damit meinte, aber ihre Mutter hatte nur gelächelt.

»War er ein Gewichtheber?«, fragte Ursula.

Mirabella zuckte mit den Schultern. Sie dachte an den Starken Alfonso, der den Zirkus Lombardi einmal eine Saison lang begleitet hatte. Ein bulliger, älterer Mann mit einem Walrossbart, der unter lautem Gebrüll die schwersten Dinge stemmte: ein Bierfass, eine Kiste, in der fünf Liliputaner saßen, ein Pferd mitsamt der Kunstreiterin. Seine Nummer war bei den Leuten gut angekommen. Warum hatte er den Zirkus dann wieder verlassen? In jedem Fall war Alfonso bestimmt nicht ihr Vater. Als er zum Zirkus gekommen war, war sie ja schon längst geboren.

Aber vielleicht hatte Ursula recht. Vielleicht war ihr Vater wirklich Gewichtheber gewesen. Wieder versuchte sie, sich ihn vorzustellen. Diesmal trug er ein blau-weiß geringeltes Trikot wie Alfonso, er sah auch sonst aus wie Alfonso. Sie konzentrierte sich darauf, sein Gesicht auszulöschen und durch ein anderes zu ersetzen, doch dann war es wieder Mirko.

»Was hast du denn?« Ursula ließ nicht locker.

»Ich habe kein Bild von ihm. Ist das nicht komisch? Er war doch mein Vater, aber ich habe keine Ahnung, wie er aussah, wo er lebt, ob er lebt.«

»Hm«, machte Ursula. »So ein Dreck aber auch.« Sie bot Mirabella eine letzte Hand voll Johannisbeeren an. Als diese den Kopf schüttelte, legte sie den Kopf in den Nacken und ließ die glänzenden Perlen aus ihrer Hand direkt in den Mund rollen. Zwei oder drei Beeren fielen daneben und kullerten zu Boden. Schwarze Tränen.

»Vielleicht lebt er ja irgendwo in der Nähe. Wir hätten uns zu ihm flüchten können.«

»Wahrscheinlich ist er tot«, sagte Mirabella.

»Ach was! Das hat dir deine Mutter nur erzählt, damit du Ruhe gibst.«

Ihre Mutter hatte jedoch nie erzählt, dass ihr Vater tot war. Sie hatte überhaupt nichts von ihm erzählt.

»Ist ja auch ganz egal.«

»Eines steht fest.« Ursula stand auf und trat dabei aus Versehen auf die Beeren, die ihr gerade heruntergefallen waren.

Aus glänzenden Tränentropfen wurden schwarze Blutflecken. »Lang kann ich es in diesem Kloster nicht mehr aushalten. Es macht mich ganz krank. Diese ständige Beterei. Das ist doch eine Belästigung Gottes.«

»Was hast du vor?«, fragte Mirabella.

»Ich gehe weg hier.«

Nein, dachte Mirabella. Dieser Gedanke, dass Ursula weggehen und sie allein zurücklassen könnte, verschluckte alle anderen Gedanken und Gefühle in ihrem Kopf. Nein. Das war das einzige Wort, das übrig blieb und in ihrem Schädel herumflog und sich dabei in seine Bestandteile auflöste. N. E. I. N.

Nimm mich mit, wenn du gehst, wollte sie sagen, aber ihr fehlten die Worte.

Die Schwestern erfuhren nie etwas von ihrem nächtlichen Ausflug nach Waldmössingen. Sie fanden auch nicht heraus, dass Ursula und Mirabella manchmal nachts im Waldteich schwimmen gingen, und von ihrem geheimen Versteck auf der Gänsewiese wussten sie auch nichts. Mirabella hatte die hohle Stelle unter der Baumwurzel entdeckt und Ursula gezeigt.

»Das ist das Versteck für unseren Schatz«, sagte Ursula sofort.

»Welchen Schatz? Wir haben doch nichts.«

»Noch nicht.«

Als Erstes brachte Ursula eine alte Blechdose mit. Die Scharniere, die Deckel und Schachtel zusammenhielten, waren verrostet, aber das machte nichts. Als sie durchbrachen, banden sie das Ganze einfach mit einem Stück Schnur zusammen.

In die Dose legten sie eine silberne Haarnadel, die Mirabella in der Kapelle gefunden hatte, eingeklemmt zwischen zwei Dielenbretter. »Eine Schwester hat sie verloren. Wir müssen sie abgeben«, meinte sie, aber Ursula hörte gar nicht hin. Mit einem hellen Klirren fiel die Nadel in die Blechdose.

Ursula legte noch einen Beutel mit Rosenblättern dazu, aber die Blätter waren nicht richtig getrocknet und begannen in der feuchten Erde zu schimmeln, so dass sie sie wieder wegwarfen.

Nur echte Kostbarkeiten, beschlossen sie.

Ende September lag eine graue Flussmuschel in der Dose, ein rosa Schneckenhaus und ein versteinerter Urfisch – aber vielleicht war es auch nur ein zerkratzter Stein, sie waren sich beide nicht ganz sicher. Das Beste aber war ein kleines Jesusbild. Ursula hatte es eines Nachmittags gebracht. So sehr Mirabella sie auch bedrängte, sie verriet nicht, woher sie es hatte. Der Jesus hing nackt und bloß und milde lächelnd am Kreuz, auf seiner Brust prangte wie eine Wunde ein großes blutendes Herz, und wenn man das Bildchen hin- und herdrehte, dann schillerte das Herz wie ein Rubin. Mirabella und Ursula konnten gar nicht genug bekommen von dem glänzenden, leuchtenden Herz Jesu. »Es ist die Krone unseres Schatzes«, sagte Mirabella feierlich.

»Dieses Bild soll unsere Freundschaft beschützen«, sagte Ursula genauso andächtig. »Für immer und immer.«

Einen Moment lang sahen sie beide schweigend auf das schillernde Herzblut.

»Wollen wir es wirklich hier draußen lassen? Hier in der feuchten Erde?«, fragte Mirabella.

»Es ist doch nicht in der Erde, sondern in der Dose.«

»Trotzdem. Wenn es nun verdirbt? Es wäre doch schade.«

»Ach Unsinn! Es gibt auch keinen anderen Ort, an dem wir es verbergen könnten.«

»An einem Tag nimmst du es und am anderen ich.«

»Nein«, sagte Ursula entschlossen. » Es ist hier am sichersten. Ich habe es gefunden, und ich bestimme, dass es hier bleiben soll.«

Mirabella zuckte mit den Schultern, sie war nicht überzeugt. Der blutende Jesus war so schön und kostbar, es war verrückt, ihn bei Wind und Wetter in dieser Blechdose zu lassen. Er würde feucht werden und verschimmeln, nur weil Ursula so uneinsichtig war.

Sie würde ihn retten. Als sie schon auf dem Rückweg ins Haus waren, lief sie unter einem Vorwand noch einmal zurück, zog die Blechschachtel unter der Wurzel hervor und holte das

Bildchen heraus. Sie verbarg den Jesus in ihrer Schürzentasche. Den ganzen Tag trug sie ihn mit sich herum, und am Abend legte sie ihn unter ihr Kopfkissen. In der Dunkelheit des Schlafsaals hörte sie sein blutendes Herz in ihren Ohren pochen, ein ruhiger, langsamer Takt, und nach einiger Zeit verschmolz ihr eigener Herzschlag damit. Sie dachte an Ursula, die nur wenige Meter von ihr entfernt lag und nichts hörte und nichts ahnte. Es ist doch nicht weiter schlimm, redete sie sich ein. Ich habe es doch nur getan, um das Bildchen zu schützen. Morgen wickele ich es in ein Taschentuch und lege es wieder zurück oder vielleicht nicht gleich morgen, aber spätestens übermorgen.

Es war September, die größeren Mädchen stachen Kartoffeln und ernteten Zwiebeln. Mirabella und Ursula hüteten die Gänse.

Mirabella strickte am Rückenteil eines Pullovers, den einmal ein tapferer Soldat im Feld tragen sollte. In ihrer Schürzentasche pochte das blutende Herz. Sie trug es nun schon drei Tage bei sich, und Ursula war nichts aufgefallen, weil sie die Schatzdose bisher nicht hervorgeholt hatten. Heute muss ich es zurücklegen, dachte Mirabella, aber die Vorstellung war ihr zuwider. Warum konnte sie bloß nicht von dem Bild lassen? Es war unerklärlich. Es soll unsere Freundschaft beschützen, hatte Ursula gesagt. Und es beschützt mich, dachte Mirabella. Schwester Clementia hat mich im Unterricht kein einziges Mal aufgerufen, seit ich es bei mir trage, und Schwester Gloriosa hat heute Morgen in der Andacht nicht bemerkt, dass ich mein Gesangbuch vergessen habe.

Ursula strickte nicht. Sie legte einen Grashalm zwischen ihre Daumen, zog ihn straff, dann führte sie die geschlossenen Hände zum Gesicht und blies in die Öffnung zwischen den Fingern. Zuerst klang der Grashalm nicht, aber als Schwester Innozenz unversehens den Pfad herunter kam, ging es doch. Ein lautes, schnarrendes, grelles Geräusch, wie ein hässliches Lachen.

»Wie hast du das gemacht?«, fragte Schwester Innozenz.

Ursula war so überrascht, dass ihr die Worte fehlten. Jede andere Schwester hätte sie scharf zurechtgewiesen, dass sie hier herumsaß und auf Grashalmen musizierte, statt warme Socken und Jacken für die Soldaten zu stricken. Schwester Innozenz' schmales Gesicht war jedoch voll ehrlicher Neugierde. »Ich habe es als Kind oft versucht, aber es ist mir nie gelungen.«

»Es ist ganz einfach«, sagte Ursula und zeigte, wie man den Grashalm spannte und mit den Handballen fixierte und dann darauf blies. *Flääääh!* machte der Grashalm.

»Es sieht tatsächlich ganz einfach aus«, sagte Schwester Innozenz nachdenklich. Einen Moment wirkte sie, als wollte sie das Ganze gleich selbst ausprobieren, aber dann besann sie sich. »Ich soll eure Handarbeiten inspizieren.«

Mirabella zeigte ihr Strickzeug. In der Mitte hatte sie eine Masche fallen lassen, das war ihr vorher nicht aufgefallen, aber Schwester Innozenz bemerkte es auch nicht. »Sehr schön, danke vielmals«, sagte sie. Dann beugte sie sich über Ursulas Strickstrumpf, der eigentlich kein Strickstrumpf war, sondern ein wirres Gebilde aus Fäden und Löchern.

»Ach herrje, da wird wohl einer kalte Füße bekommen im nächsten Winter«, sagte sie betroffen. Dann sah sie Ursula an und zuckte mit den Achseln. »Ich kann es auch nicht, ich habe es nie gekonnt. All diese Nadeln und dieses Wollgeknäuel, es macht mich ganz verrückt im Sinn.«

Sie schüttelte bedauernd den Kopf, dann wandte sie sich wieder zum Gehen.

»Halt!«, sagte Ursula. »Einen Moment noch.«

»Wie bitte?«, fragte Schwester Innozenz und blieb stehen.

»Ich muss Ihnen etwas sagen«, begann Ursula und räusperte sich. Mirabella sah sie nervös an. Manchmal geschah es, dass Ursulas Verachtung plötzlich aufbrach und die heiße Lavawut herausquoll, die sich tief in ihrem Inneren über lange Zeit angesammelt hatte. Wie neulich im Unterricht, als Ursula Schwester Clementia als eine Tyrannin bezeichnet hatte, schlimmer als der Kaiser Nero. Zur Strafe musste sie hinterher den langen Flur von der Küche zum Speisesaal schrubben.

»Schwester Innozenz«, sagte Ursula feierlich. »Sie sind die Beste. Sie sind immer freundlich und geduldig und herzensgut. Im Gegensatz zu den schrägen Vögeln, die sonst hier herumflattern. Das muss einmal gesagt werden.«

Schwester Innozenz wirkte mit einem Mal sehr unsicher, sie versuchte ein Lächeln, aber es flackerte nur kurz auf, dann verschwand es wieder von ihren Lippen. Stattdessen begannen ihre Augen zu glänzen.

Sie ist vollkommen allein, dachte Mirabella plötzlich. Die anderen Schwestern treten sie und verachten sie und blicken auf sie herab, sie hat niemanden hier. Sie ist, wie ich es war, bevor Ursula kam.

Schwester Innozenz suchte nach Worten. »Danke«, würgte sie schließlich hervor. »Vielen Dank.«

»Nichts zu danken«, meinte Ursula. »Wenn die anderen auch nur halb so freundlich wären wie Sie, dann wäre alles erträglicher.«

Schwester Innozenz nickte, dann schüttelte sie hastig den Kopf. »Es ist doch gut hier«, flüsterte sie fast beschwörend.

»Ach was!«, rief Ursula. »Man behandelt uns nicht gut. Und Sie werden auch nicht gut behandelt! Warum lassen Sie sich das überhaupt gefallen?«

Sie sprach sehr laut, und so hörte Schwester Latburga ihre letzten Worte, als sie mit einem Korb voll Zwiebeln den Pfad zwischen den Feldern herunterkam.

»Was ist das für eine Unterhaltung mit den Schützlingen?«, fragte sie Schwester Innozenz so streng, als wäre auch sie eines der Waisenkinder. »Machen Sie sich nicht mit ihnen gemein, wie oft muss man es Ihnen denn noch sagen.«

Ein paar Gänse näherten sich neugierig, reckten die Hälse und schnatterten.

Schwester Innozenz' Augen hörten auf zu glänzen, von einem Moment zum anderen wirkte sie wieder geistesabwesend und zerstreut.

»Haben Sie mich gehört, Schwester Innozenz?«, herrschte Schwester Latburga sie an. Hinter ihr reckten zwei Gänse die Hälse und öffneten die Schnäbel zu einem schadenfrohen Grinsen.

Schwester Innozenz nickte langsam. »Man predigt es und predigt es immer wieder, aber dann stoßen die Worte doch auf taube Ohren wie die Samen des Sämanns, die auf den Weg fallen und zertreten werden.«

Sie macht es absichtlich, dachte Mirabella. Gerade eben war sie ganz klar, und jetzt tut sie wieder so zerstreut, als habe sie nicht verstanden, was Schwester Latburga will. Sie gibt sich verrückter als sie ist, damit die anderen ihr ihren Frieden lassen.

Schwester Latburga schüttelte den Kopf, als wollte sie eine lästige Fliege verscheuchen. »Nun denn«, sagte sie dann zu Mirabella und Ursula. »Ihr begebt euch jetzt besser wieder an eure Arbeit. Los, worauf wartet ihr noch?«

Sie blieb so lange stehen, bis Mirabella und Ursula ihr Strickzeug wiederaufgenommen hatten. Schwester Innozenz aber ging weiter, sie hielt sich wie immer sehr gerade, und obwohl sie ihnen den Rücken zuwandte, war sich Mirabella ganz sicher, dass ihr Gesichtsausdruck von undurchdringlicher Sanftheit war.

Vielleicht wäre alles anders gekommen, wenn Mirabella den Jesus mit dem blutenden Herzen wieder zurück in die Schatzdose gelegt hätte. Vielleicht hätte er dann ihre Freundschaft beschützt, wie Ursula gesagt hatte.

Sie fand jedoch einfach keine Gelegenheit dazu. Sie versuchte es mehrmals tagsüber, doch wenn sie bei ihrem Baum war, war auch Ursula immer in ihrer Nähe. Ein Mal schlich sie sich nach dem Abendbrot aus dem Haus, aber am Gartenzaun stieß sie mit Schwester Dolorosa zusammen, die gerade von der Pforte zurückkam. »Was willst du noch hier draußen?«, fragte Dolorosa.

»Ich habe mein Strickzeug draußen liegen lassen«, log Mirabella.

Schwester Dolorosa glaubte ihr jedoch nicht und begleitete sie bis zu ihrem Baum. Sie verschränkte die Arme vor der Brust und sah Mirabella dabei zu, wie sie zwischen den Bäumen auf- und ablief und so tat, als suchte sie. Danach brachte sie sie zu

Schwester Clementia, die ihre Zelle genau gegenüber den Mädchenschlafsälen hatte.

Während Schwester Clementia Mirabella zurechtwies und Schwester Dolorosa dazu nickte, wie der kleine Neger mit dem Schlitz im Kopf, in den sie in der Adventszeit immer ihre Groschen für die Heidenmission in Afrika steckten, ruhte Mirabellas Hand auf ihrer Schürzentasche. Dahinter schlug das blutende Jesusherz, sie fühlte das Pochen in ihrer Handfläche. Ich habe ja versucht, dich zurückzubringen, dachte sie. Aber es ging nicht.

Es sollte einfach nicht sein.

Ein paar Tage später fand Schwester Clementia das Bild.

Es geschah, als Mirabella aufgerufen wurde und für alle zur Erinnerung die 17er Reihe des großen Einmaleins aufsagen sollte, aber sie kam nur bis 34. 34 und 17 rechnete sie fieberhaft, obwohl sie es doch eigentlich auswendig wissen sollte, 34 und 17, die beiden Zahlen schwebten durch ihren Kopf, die eine hier, die andere da, und zeigten keinerlei Neigung, sich zu irgendetwas zu verbinden. Ohne dass sie es merkte, fuhr ihre Hand in ihre Schürzentasche und umfasste den blutenden Jesus, aber bevor er ihr beispringen konnte, bemerkte es Schwester Clementia. »Was hast du da in deiner Schürze?«, herrschte sie Mirabella an.

»Nichts.« Mirabella zog ihre Hand wieder heraus, aber es war schon zu spät.

Als sie Schwester Clementia das Jesusbild reichte, schnappte diese nach Luft. »Woher hast du das?«, keuchte sie. »O du böses, verderbtes Kind!«

Mirabella sah Schwester Clementia an, deren Kopf jetzt noch röter war als das rote Herz. Und dann, bevor sie darüber nachdachte, was sie tat, bevor sie sich bewusst wurde, wie dumm das war, drehte sie den Kopf und schaute zu Ursula, die längst nicht mehr neben ihr saß, sondern in die hinterste Bank versetzt worden war.

Ursulas Augen waren Kraterlöcher, ihre Lippen ein fester gerader Strich.

Mirabellas Kopf schoss wieder nach vorn.

»Woher hast du das Bild?«, fragte Schwester Clementia.

»Ich …«, begann Mirabella.

»Von mir«, sagte Ursula gleichzeitig. »Ich habe es aus Ihrem Brevier genommen.«

»Du hast es gestohlen!«

»Sie hätten es auch nicht so offen herumliegen lassen müssen. Und führe mich nicht in Versuchung, so heißt es doch. Also ist es im Grunde Ihre eigene Schuld.«

Es war nur ein kleines Bild, ein Stück Papier ohne eigentlichen Wert, aber für Ursula war es das Ende. Sie sollte das Heim verlassen, hörte Mirabella Erna und Amalia beim Abendessen wispern, die Mutter Oberin wollte sie nach Karlsruhe bringen lassen, in ein Heim für schwererziehbare Mädchen, denn hier in Heiligenbronn bekomme man sie ja nicht gezähmt. Sie solle auch noch mehr gestohlen haben, flüsterte Erna, man habe Dinge bei ihr gefunden, goldene Löffel, Schmuck und eine kostbare Bibel.

Das ist doch nicht wahr, wollte Mirabella rufen, sie hat nur das dumme Herz Jesu genommen, und wenn ich es nicht mit mir herumgetragen hätte, wäre es niemals aufgefallen. Meine Schuld, es ist alles meine Schuld. Aber sie sagte nichts, sie aß ihr Brot und trank Wasser dazu und starrte auf den leeren Platz auf der anderen Seite des Tisches.

Ursula wurde am Montag weggebracht, am Sonntag sah Mirabella sie ein letztes Mal in der Kirche. Sie saß nicht bei den Mädchen, sondern hinten zwischen den Nonnen, als habe man Angst, dass sie die anderen mit ihrer Verderbtheit ansteckte.

Mirabella drehte sich mehrmals zu ihr um. Sie suchte Ursulas Blick, aber die Einzige, die zurückschaute, war Schwester Clementia, die von Mal zu Mal wütender wurde.

Ursula wirkte wie ein Strich zwischen der runden Schwester Ludwiga und der kräftigen Clementia. Wie ein zorniges Ausrufezeichen. Ihre braunen Haare struppig und stumpf zwischen den glänzend schwarz-weißen Hauben.

»Misereatur nostri omnipotens deus, et dimissis peccatis nostris«, betete Pfarrer Labs am Altar. Dabei hob er die Arme, so dass sich seine grün-weißen Ärmel wie Flügel ausbreiteten. Mirabella drehte sich wieder zu Ursula um.

Schau mich an, schau mich an, nur ein einziges Mal, betete sie.

Aber Ursula erhörte sie nicht.

Schwester Ludwiga war die Erste, die krank wurde. Nach ihr ergriff das Fieber Schwester Urbania, Schwester Latburga, Schwester Ludwiga, Schwester Dolorosa und viele andere, und am Ende erkrankte sogar die Mutter Oberin, die sich allerdings schnell wieder erholte. Von den Schwestern und Kandidatinnen starben am Ende neunzehn, außerdem vierzehn Mädchen aus dem Waisenhaus und sieben von den Krüppelkindern.

Die Krankheit verlief in allen Fällen gleich. Der Hals begann zu schmerzen, und man schwitzte wie bei einer gewöhnlichen Grippe. Dann kamen die Kopfschmerzen, und das Fieber stieg höher, man schüttelte sich vor Kälte und hustete, und manche bekamen Nasenbluten. Nach zwei oder drei Tagen war die Sache entweder ausgestanden, oder es ging weiter, dann halfen auch Waden- und Brustwickel nichts mehr, dann musste man sterben.

In diesem Fall ging der Husten in eine Lungenentzündung über. Man begann zu röcheln und Blut zu spucken, und bevor man es endlich hinter sich hatte, verfärbte sich das ganze Gesicht. »Das kommt von der Atemnot«, flüsterte Schwester Virgine, während sie hintereinander an der blauschwarzen Schwester Ludwiga in der Totenhalle vorbeidefilierten. Schwester Ludwiga wurde noch aufgebahrt, aber schon beim nächsten Todesfall befahl die Mutter Oberin, dass sogleich der Sargdeckel über den Toten geschlossen werden sollte. »Denn es ist etwas Ansteckendes, daran gibt es keinen Zweifel.«

Es war die Spanische Grippe. Woher kam sie? Aus Spanien, wie es der Name vermuten ließ? Oder hatten die Amerikaner sie mitgebracht, als sie in den Krieg eingetreten waren? Keiner wusste es. Die Krankheit war plötzlich da. Zuerst hatte sie sich die Soldaten im Feld vorgenommen, ganz leise und sanft hatte sie sich an die Front geschlichen, sie war in die Männer hineingekrochen und hatte ihre Wehrkraft zersetzt, hüben wie drüben. Denn das Fieber machte keinen Unterschied zwischen Freund und Feind, es tötete die Franzosen und Belgier, die Engländer und Amerikaner genauso wie die Deutschen.

Bald jedoch hatte die Grippe genug von den ausgemergelten, abgekämpften Soldatenleibern und suchte neue Herausforderungen. Sie kroch aus den Schützengräben ins Land und schlüpfte durch Türen und Fenster in Fabriken, Schulen und Wohnungen. Sie ergriff erst einen und dann zwei und dann vier und sechzehn und immer so weiter, bis sie alle am Boden hatte. Manche kamen mit dem Leben davon. Viele tötete sie.

Vielleicht hatte sich die Grippe im Körper eines Soldaten ins Kloster geschlichen. Vielleicht war sie über die Luft hierher geflogen. In jedem Fall hatte es Heiligenbronn erwischt. Da lagen sie nun nebeneinander, Schwestern, Kandidatinnen, Zöglinge, im Angesicht des Todes waren sie alle gleich, röchelnd, elend, erbärmlich.

Armselige Kreaturen, dachte Mirabella, wenn sie den Gang im Hauptgebäude hinunterlief und das Keuchen und Stöhnen hinter den halbgeöffneten Türen hörte und die blutigen Leintücher sah, die sich in den Ecken sammelten, weil niemand mehr da war, der sie wusch.

Sie selbst wurde verschont. Sie bekam die Krankheit nicht, obwohl sie es geradezu herausforderte und die blutigen Lumpen berührte, wenn keiner hinsah. Gott verschonte sie, und Schwester Innozenz verschonte er ebenfalls, obwohl auch sie Tag und Nacht mit den Kranken zusammen war. Sie brachte ihnen zu Essen, wischte ihnen den blutigen Schleim von den Lippen und wechselte ihre Laken und machte die Sargdeckel über ihnen zu. Sie war sehr konzentriert und tüchtig in diesen Wochen, sie vergaß keine der Kranken, und alles, was sie anpackte, führte sie schnell und zielsicher zu Ende. Sie ist so glücklich wie nie, dachte Mirabella, wenn sie Schwester Innozenz dabei beobachtete, wie sie von einem Bett zum anderen eilte und dabei sanft lächelte.

Wie liebevoll sie Schwester Danuta Suppe einflößte! Schwester Danuta konnte die Flüssigkeit aber nicht mehr bei sich behalten, die klare Brühe floss in zwei dünnen Rinnsalen aus ihren Mundwinkeln und übers Kinn den Hals hinunter, wo Schwester Innozenz sie mit einer Serviette auffing. »Vergelt's Gott«, krächzte Schwester Danuta, und Schwester Innozenz lächelte.

Am nächsten Tag war Schwester Danuta tot, und Pfarrer Labs konnte ihren Sarg nicht mehr segnen, weil er ebenfalls tot war.

Die Gesunden und Überlebenden pflegten die Kranken und Sterbenden, sie rannten von den Krankenlagern im Hauptgebäude ins Lazarett und wieder zurück, Tag und Nacht. Draußen fielen die reifen Äpfel und Walnüsse von den Bäumen und verrotteten im nassen Gras, keiner hob sie auf. Man arbeitete einzig und allein daran, am Leben zu bleiben.

Mirabella schleppte eimerweise Tee und Suppe in die Krankensäle, fütterte die Kranken und trug hinterher die vollen Nachttöpfe zum Abort. Sie durfte jetzt auch ins Lazarett, denn in den Zeiten der Not galten die alten Regeln nicht mehr. Die verwundeten Soldaten lagen unter grauen Wolldecken auf Feldbetten, die so ordentlich aufgereiht waren wie Gräber auf einem Friedhof, und wenn Mirabella Suppe brachte oder frisches Bettzeug, folgten sie ihr mit den Augen. So lange sie durch die Gänge ging, taten sie ihr leid, aber sobald sie den Raum verlassen hatte, vergaß sie die Soldaten wieder. Denn sie dachte über ihre Zukunft nach.

Nach der Grippe, soviel stand fest, würde etwas Neues beginnen. Mit der Krankheit hatten die Nonnen ihre Macht verloren. Das Kinderheim war am Ende, und draußen ging auch der Krieg zu Ende, man hörte es jetzt überall, auch wenn sie keine Zeitungen mehr lasen und kaum noch Bedienstete zur Arbeit erschienen. Die Grippe hatte den Soldaten den Rest gegeben.

Mirabella würde ein neues Leben anfangen, auch das stand fest. Sie würde mit Schwester Innozenz nach Karlsruhe gehen, gemeinsam würden sie Ursula aus ihrem Heim befreien, und dann würden sie sich zu dritt eine Bleibe suchen. Schwester Innozenz konnte sich als ihre Mutter ausgeben. Wovon würden sie leben? An dieser Stelle verschwammen Mirabellas Vorstellungen. So oder so, dachte sie. Ursula würde wissen, was zu tun wäre. Und die Muttergottes würde für sie sorgen.

Denn die Jungfrau Maria, ihre Schutzpatronin, hatte letztendlich doch alles zum Guten gewandt für sie und für ihre Freunde. All die Jahre, in denen Mirabella geglaubt hatte, dass Maria sie nicht hörte, dass sie sich nicht um sie kümmerte, hatte sie über sie gewacht und ihre schützenden Hände über sie gehalten und diese Zeit der Vergeltung vorbereitet. Und nun hatte die Jungfrau die Leiden und den Kummer gerächt, den die anderen ihr und Ursula und Schwester Innozenz angetan hatten. Alle, unter denen sie gelitten hatten, waren tot: Schwester Clementia, Schwester Latburga, Schwester Dolorosa, Margareta, die dumme Cäcilie und Gerlinde, die immer so laut über Mirabella gelacht hatte.

Aber sie, die Gerechten, lebten, und zeit ihres Lebens würde Mirabella nicht aufhören, der heiligen Gottesmutter dafür zu danken.

»Ave Maria«, flüsterte sie. »Gratia plena.«

Drei Wochen wütete die Krankheit im Kloster, dann zog sie sich genauso leise zurück, wie sie sich angeschlichen hatte. Nachdem Schwester Walpurga als letztes Grippeopfer im Friedhof hinter der Klosterkirche begraben worden war, fegten die Schwestern und Kinder den Krankensaal aus, schrubbten Böden und Fenstersimse mit Essigwasser und verbrannten die blutigen Bettlaken im Kohlenbrenner im Keller.

Es war vorbei. Schwester Ludwiga übernahm die Küche, Schwester Rosaria hielt den Unterricht, und für den Übergang kümmerte sich Mutter Oberin persönlich um die Krüppelkinder. Ein neuer Pfarrer kam aus Freiburg, er hieß Wundsam und sah aus wie der jüngere Bruder von Pfarrer Labs, aber sie waren nicht verwandt. Man hielt nun wieder dreimal täglich Andacht, morgens, mittags und abends, und sonntags um acht war Messe.

Zwei ganze Bankreihen fehlten, als sie sich zur ersten Messe von Pfarrer Wundsam in der Kirche versammelten, aber sie rückten einfach nach vorne auf, zuerst die Kinder, dahinter die Schwestern und noch weiter hinten die Soldaten, die vom Krankenlager aufstehen konnten. Pfarrer Wundsam trug eine grüne Stola über seinem weißen Priestergewand, er hob und senkte die Arme wie Pfarrer Labs und betete dieselben lateinischen Gebete im genau demselben Singsang. Und so wird es immer weitergehen, dachte Mirabella, bis zum Jüngsten Tag werden sie in Heiligenbronn so weitermachen. Aber ohne mich! Ich werde mit Schwester Innozenz und Ursula ein neues Leben beginnen.

In den nächsten Tagen würden sie sich nach Karlsruhe aufmachen, sie musste nur noch mit Innozenz reden, die noch gar nichts von ihrem Plan wusste.

»Lasst uns der Toten gedenken, die du, o Herr, in deiner unergründlichen Weisheit zu dir gerufen hast«, rief Pfarrer Wundsam und senkte seine Augen auf ein Blatt, auf dem all die Namen der toten Schwestern und Heimkinder standen, die die Grippe hinweggerafft hatte. »Schwester Ludwiga«, begann er zu rezitieren. »Schwester Clementia, Schwester Liboria, Hannelore Freikopf, Maria Possin …« Mit monotoner Stimme verlas er die Namen der Verstorbenen, in der Reihenfolge, in der sie verschieden waren. »… Schwester Maria Gratia, Cäcilie König, Ursula Wellschmied …«

Ursula Wellschmied, dachte Mirabella zuerst geistesabwesend, dann irritiert und dann voller Entsetzen. Ursula Wellschmied – das war Ursula, ihre Ursula, aber warum las Pfarrer Wundsam ihren Namen vor? Ursula war doch gar nicht mehr hier, sie war in Karlsruhe und wartete dort darauf, dass Mirabella und Schwester Innozenz sie abholten.

»Entschuldigung!«, rief sie.

Pfarrer Wundsam, der schon zwei Namen weiter war, unterbrach irritiert seinen Redefluss. »Ursula Wellschmied ist doch gar nicht gestorben. Sie wurde nur weggebracht!«

»Sie ist in ihrem neuen Zuhause in Karlsruhe verschieden, kurz nach ihrer Ankunft«, erklärte hinter ihr die Mutter Oberin in sanftem Ton, aber vielleicht war es auch gar nicht die Mutter Oberin, sondern die Muttergottes persönlich.

So hatte sie sich also getäuscht. Die Jungfrau Maria hatte Mirabella gar nicht verschont, sie hatte sie nur bis zum Schluss aufgespart, um sie dann umso härter, umso furchtbarer zu treffen. Sie hatte Ursula getötet, ihre einzige Freundin.

»Warum tust du mir das an?«, flüsterte Mirabella, die nach der Messe nicht mit den anderen Kindern in den Gemeinschaftsraum gegangen war, sondern in die Gnadenkapelle. Aus dem Rohr unter der hölzernen Pieta plätscherte das Wasser in das Tuffsteinbecken. Seit über fünfzig Jahren strömte es schon aus dem Felsen in das Becken und durch den Überlauf zurück in die Erde. Die Muttergottes hielt den großen Kopf ein wenig schief und lächelte milde und verächtlich. Hast du wirklich geglaubt, dass du mir etwas bedeutest?

»Warum tut sie mir das an?«, fragte Mirabella den toten Jesus, der in den Armen seiner Mutter hing, die Augen fest geschlossen, den Kopf aufgerichtet, als stützte ihn eine unsichtbare Hand.

»Könnt ihr mich überhaupt hören?«, fragte Mirabella mit heiserer Stimme in den leeren Raum hinein.

Die Muttergottes schwieg. Der tote Jesus schwieg auch.

»Warum gebt ihr mir kein Zeichen?«, fragte Mirabella ein wenig lauter. »Wenn es euch gibt, dann gebt mir ein Zeichen.«

Kein Sonnenstrahl bahnte sich seinen Weg durch die bunten Glasfenster auf Mirabellas Gesicht. Kein Vogel flatterte zwitschernd herein. Die Stille wurde ein wenig lauter, das war alles.

Es gibt keinen Gott, erkannte Mirabella plötzlich. Das war die Antwort, die alles erklärende, die alles verändernde, unendlich tröstende Antwort auf all ihre Fragen. Es gab keinen Gott und keinen eingeborenen, auferstandenen Sohn und keinen heiligen Geist und keine Jungfrau, die an ihrer Seite thronte. Es waren alles Lügen und Hirngespinste, die sich die Menschen ausgedacht hatten, weil sie sich nicht damit abfinden wollten, dass das Leben auf Erden ein Selbstzweck war, dass die Guten kein ewiges Leben erwartete und die Bösen keine Hölle.

Die Jungfrau Maria hatte Mirabella nicht gerächt, aber sie hatte sie auch nicht missachtet oder gar bestraft. Die Jungfrau Maria war eine tote Figur aus Holz, ein Götzenbild.

Alles, was geschehen war – der Krieg und die Grippe und die vielen, vielen Toten –, war sinnlos und willkürlich und zufällig. Es gab keine tiefere Weisheit, keine heilige Fügung, die sich hinter den Dingen verbarg. Was passierte, passierte. Man wurde geboren und lebte, und früher oder später starb man wieder, ohne dass irgendein göttlicher Plan dahinter stand. Und das war gut so, denn da sie das nun endlich wusste, musste sie sich nicht mehr fragen, warum Gott die einen so auszeichnete, mit Schönheit, Verstand und Glück und Geld, und die anderen hatten nichts und bekamen auch nichts dazu, und warum sie selbst so offensichtlich weniger geliebt wurde als die anderen.

Gott ist tot, dachte Mirabella. Ich bin frei.

»Das ist recht, dass du hier deinen Trost suchst«, sagte die Mutter Oberin, die in die Kapelle trat, als Mirabella hinausging. Seit ihrer Genesung war sie noch magerer als zuvor, ihr Hals war ein dünner, knotiger Strang aus Sehnen und Adern, die dicken Brillengläser viel zu schwer für das zerknitterte Gesicht. »Hast du dich von deiner Freundin verabschiedet?«, fragte sie, und Mirabella nickte.

Ja, sie hatte sich verabschiedet, ein für alle Mal. Von Ursula und von allem anderen auch.

Das geschah am Sonntag, und am Montag kamen Frau Anschütz und ihr Mann nach Heiligenbronn. Es war der 9. November 1918, der Tag, an dem Reichskanzler Prinz Max von Baden die Abdankung des Kaisers bekannt gab und die deutsche Republik ausrufen ließ. Zwei Tage später trat dann der Waffenstillstand in Kraft, da saß Mirabella schon in einem Zugabteil, links neben sich Frau Anschütz, die einen Deckelkorb mit Butterbroten und Kakao auf dem Schoß hatte, ihr gegenüber Herr Anschütz, dessen Schnurrbart leise zitterte, denn das Fenster des Abteils schloss nicht richtig. Draußen rasten die dunkelgrünen Tannen des Schwarzwalds vorbei, als wären sie auf der Flucht.

»Mein gutes Kind«, sagte Frau Anschütz zum wiederholten Mal. »Möchtest du noch ein Leberwurstbrot?«

Mirabella hatte aber bereits zwei Leberwurstbrote gegessen, und jetzt war ihr schlecht.

»Man muss tüchtig essen, wenn man wachsen will«, sagte Herr Anschütz, ohne sie dabei anzusehen. Stattdessen starrte er gebannt aus dem Fenster auf die rasenden Tannen, so als müsste er sie zählen.

»Wir haben uns so lange ein Kind gewünscht«, erklärte Frau Anschütz feierlich, »und jetzt ist es endlich wahr geworden. Das ist doch eine Freude, lieber Erich, nicht wahr?«

Das Ehepaar Anschütz wollte Mirabella adoptieren. Sie waren aus Düsseldorf nach Heiligenbronn gekommen, um sich ein christliches Mädchen auszusuchen, und ihre Wahl war auf Mirabella gefallen. Eigentlich hätten sie lieber ein kleineres Mädchen gehabt, doch die Jüngeren waren alle der Spanischen Grippe zum Opfer gefallen, außer der vierjährigen Marga, aber die war taub.

»Und wir wollen doch, dass unsere Tochter hört, was wir ihr zu sagen haben, ist es nicht so, Erich?«, sagte Frau Anschütz.

Erich nickte, und Mirabella nickte auch, obwohl Frau Anschütz sie gar nicht gefragt hatte. Dann nahm sie doch noch ein Leberwurstbrot, einzig und allein, um Frau Anschütz zu erfreuen. Sie wollte unbedingt, dass sie zufrieden mit ihr waren, Frau Anschütz und Herr Anschütz ebenfalls. Damit sie sie bei sich behielten und nicht wieder zurück nach Heiligenbronn schickten.

Sie dürfen niemals erfahren, wie ich wirklich bin, dachte sie. Dass ich die Dümmste in der Klasse war und die Ungeschickteste und dass ich nicht an Gott glaube. All das muss ich vor ihnen geheim halten, damit sie mich lieb gewinnen wie ihr eigenes Fleisch und Blut.

Ab jetzt sollte alles gut werden, beschloss Mirabella.

Zehntes Kapitel

I.

Nachdem Hilde und Elfie gegangen waren, fegte Maria das Atelier. All die Perlen, die im Laufe eines Arbeitstags auf den Boden fielen, zusammengekehrt war es ein glitzernder Berg, durchmischt von Staub, Dreck und Zigarettenasche. Weg, weg, weg mit der ganzen Pracht, mit den Glasperlen und Plastikblumen, es lohnte sich nicht, dass man sich nach ihnen bückte.

Ihr Rücken schmerzte, als sie sich wieder aufrichtete. Es war so dröhnend still in der Werkstatt. Den ganzen Tag dieses Geplapper und Gerede über Nichtigkeiten, das Lachen und die Unbeschwertheit der Mädchen und dann die Stille am Abend. Maria ging in den kleinen, dunklen Küchenraum und schob den Wasserkessel auf den Kocher, aber bevor sie die Flamme anzündete, zog sie ihn wieder zurück. Kein Kaffee mehr um diese Zeit, sonst lag sie wieder die halbe Nacht wach.

Draußen schlug die Glocke der Martinskirche zwei Mal. Halb acht.

Die kleine nackte Glühbirne über dem Tisch stemmte sich tapfer gegen die Dunkelheit, die in den Ecken des Zimmers lauerte. Maria nahm ihren Mantel vom Haken an der Wand und schlüpfte hinein, ihre Hände fuhren in die Taschen auf der Suche nach dem Schlüssel. Sie fand ihn nicht, stattdessen stießen ihre Fingerspitzen auf etwas anderes. Ein Stück Papier, ein Briefumschlag.

Sie erinnerte sich sofort wieder. Im letzten Winter hatte sie den Brief bekommen. Er hatte sie vollkommen durcheinandergebracht, damals, wochenlang hatte sie darüber nachgedacht, was sie tun sollte. Sie hatte das Schreiben so oft gelesen, immer und immer wieder, am Ende konnte sie die Worte auswendig. Irgendwann war der Brief dann verschwunden, sie hatte ihn nicht gesucht. Im Grunde genommen war sie froh gewesen, dass er weg war. Hier also hatte er gesteckt, in der Tasche ihres Wintermantels, den ganzen Frühling, den Sommer und den halben Herbst über.

Sie drehte den Umschlag hin und her. Vorne standen ihr Name und ihre Adresse, die Rückseite war leer. Kein Absender, es gab ja auch keine Adresse, an die man den Brief hätte zurückschicken können. Maria hatte trotzdem sofort gewusst, wer ihn geschrieben hatte. Sie kannte die Handschrift so gut, diese fahrige, unsichere Kinderschrift, obwohl Chiara inzwischen siebenunddreißig Jahre alt war.

Schwäbisch Hall, den 12. Februar 1927

Liebe Maria,

Du hast Dich nimmer blieken lassen abr nun kommn wir Mal zu Dir. Der Zirkus Eltinger gaschdird ab der zwoten Aprilwoche in Düsseldorf komsch Du uns besuche? Mutter würde sich gewis gans Unbändig freun und die anderen auch voralem Mirko.

Chiara hatte immer den Kontakt zu ihr gehalten. In all den Jahren, seit Maria den Zirkus verlassen hatte, hatte sie ihr geschrieben. Kurze Briefe, die manchmal kaum zu entziffern waren wegen der vielen Rechtschreibfehler. *Komm uns doch besuchen, lass Dich wieder einmal blicken*, beschwor sie jeder Brief aufs Neue. Aber Maria war nie gekommen. Sie hatte jedoch manchmal zurückgeschrieben, an die postlagernden Adressen, die Chiara ihr angab. So wusste Chiara, dass Maria Mirabella wiedergefunden hatte, und wenn Chiara es wusste, dann wusste es auch Mirko.

Mit Mirabella zusammen wäre sie hingegangen, doch Mira war geradezu entsetzt gewesen, als sie ihr vorgeschlagen hatte, den Zirkus zu besuchen. *Nein, Mutter. Ich habe mit dieser Angelegenheit nichts mehr zu schaffen.* Wie missbilligend sie Maria angesehen hatte. Niemand sah Maria so missbilligend an wie Mirabella.

Sie verachtet mich, dachte Maria. Deshalb hatte Mirabella sie nicht mit zum Zirkus Eltinger begleitet, deshalb verdrehte sie die Augen und verzog das Gesicht, wenn Maria in der Rheinterrasse auftauchte.

Die Dunkelheit legte sich draußen vor die schmalen Oberlichter. Zeit, nach Hause zu gehen.

Aber wozu? dachte Maria.

Der Mantel roch nach Mottenkugeln. Sie hätte ihn auf dem Balkon auslüften lassen sollen, bevor sie ihn wieder angezogen hatte. Der Schnitt war auch nicht mehr aktuell. Man trug jetzt schmal geschnittene Zweireiher mit voluminösen Pelzkragen; Marias Wintermantel war hingegen einreihig, lang, viel zu weit. Und diese Farbe, mauve, wie um alles in der Welt war sie nur auf diese Farbe gekommen? Mauve machte sie blass und alt, gerade im Winter.

Sie holte ihre Zigaretten aus der Tischschublade und zündete sich eine an. In den letzten Monaten hatte sie sich das Rauchen angewöhnt. So hatte sie etwas zu tun, wenn sie keine Perlen aufreihte oder Draht erhitzte und bog, und Mirabella hatte noch einen weiteren Grund, sie zu verachten.

Beim Rauchen lehnte sie sich mit dem Rücken an die fertig gepackten Schmuckkartons, die morgen früh abgeholt werden würden. Sie blies den Rauch zur Zimmerdecke. Der Spiegel an der gegenüberliegenden Wand zeigte ihre Stirn, den Ansatz ihrer Haare, ein graubrauner Zentimeter unter der roten Färbung. Sie musste zum Frisör, zum Nachfärben und Ondulieren, sie wusste nur nicht, wann.

Sie belieferten inzwischen alle großen Warenhausketten in der Umgebung und viele kleinere Einzelhändler dazu. Eigentlich hätten sie noch viel mehr verkaufen können, doch sie bewältigten ja die bestehenden Aufträge kaum. Seit Wochen suchte sie nun schon ein geeignetes Mädchen, das sie im Atelier unterstützte, aber sie hatte die Richtige noch nicht gefunden.

Sie muss zu den anderen beiden passen, dachte Maria, während sich der Zigarettenrauch wie ein zarter Lampenschirm um die nackte Glühbirne legte. Wenn sie sich nicht verstehen, dann gibt es den ganzen Tag Streit, und das sind die besten Verkaufszahlen nicht wert, dass sich die Mädchen hier von morgens bis abends zanken. Hilde und Elfie verstanden sich gut, weil sie sich so ähnlich waren. Elfie war, wie Hilde gewesen war, als sie vor einem Jahr bei ihr angefangen hatte: ein schüchternes, durch und durch verunsichertes Ding.

Hilde hatte Maria kaum in die Augen sehen können, als sie sie damals gefragt hatte, ob sie für sie Hüte dekorieren wollte. »War es wirklich Mira, die Ihnen meinen Namen genannt hat?«, hatte sie mehrmals gefragt. Die Tatsache, dass ausgerechnet Mirabella sie empfohlen hatte, schien sie noch mehr zu faszinieren als die Aussicht auf eine neue Beschäftigung. Es war ja auch wirklich nicht nachvollziehbar, Mirabella und Hilde waren so unterschiedlich. Mirabella so kühl und beherrscht und Hilde ein angstschwitzendes Nervenbündel.

Die Arbeit hatte Hilde jedoch vollkommen verändert. Mit jedem Hut und jedem Schmuckstück, das ihr gelungen war, hatte sie an Selbstvertrauen gewonnen, und jetzt war sie es, die die verschüchterte Elfie anwies und anleitete und ihr gut zusprach, wenn sie sich eine Sache nicht zutraute.

Meine Mädchen, dachte Maria mit einem gewissen Stolz. Dann aber fiel ihr wieder ein, dass Hilde und Elfie eben nicht ihre Mädchen waren, sondern nur ihre Angestellten. Mirabella war ihr Mädchen, und Mirabella verachtete sie.

Sie war schon auf dem Nachhauseweg, als sie sich an die Verabredung erinnerte. Am Morgen hatte Gudrun angerufen, nicht bei Maria, die kein Telefon hatte, sondern im Goldenen Krug auf der anderen Straßenseite. Gudrun rief immer im Goldenen Krug an, wenn sie Maria sprechen wollte. Dem Wirt passte das nicht, hinterher schimpfte und tobte er immer. »Ich bin kein Fernsprechamt, und das muss endlich aufhören. Sagen Sie das Ihrer Bekannten.« Aber beim nächsten Anruf schickte er doch wieder nach Maria.

»Ich muss dich sprechen«, hatte Gudrun gesagt. »Ich muss dich etwas fragen.« Doch dann war der Vertreter von Tietz gekommen und hatte seine bisherigen Bestellungen fast verdoppelt, und die angelieferten Glasperlen waren die falschen. Zu allem Überfluss hatte Elfie einen fertig gepackten Karton vom Tisch gestoßen, und danach war sie so außer sich über das Missgeschick, dass sie stundenlang überhaupt nichts mehr zustande brachte. Und zum Schluss der Brief in der Manteltasche. Darüber hatte sie Gudrun ganz vergessen.

Ob sie noch im Salon war? Es war gerade einmal acht, und Gudrun arbeitete meist bis tief in die Nacht hinein. Sie würde zu Fuß in die Hohe Straße gehen, beschloss Maria. Der Abend war mild und trocken, und die frische Luft würde ihr gut tun.

Die Malzfabrik Ruthemeyer & Söhne auf der Cavallerie-Straße war die Grenze. Davor drängten sich die Mietskasernen eng und grau und bescheiden aneinander, dahinter nahmen die Häuser Haltung an und präsentierten ihre frisch verputzten Fassaden mit Stolz und Selbstbewusstsein. Davor empfand man den süßen Malzgeruch als frisch und appetitlich, dahinter roch er billig, künstlich, durch und durch fehl am Platze. Lange würde es die Malzfabrik hier bestimmt nicht mehr geben, dachte Maria, die einflussreichen Anwohner würden bald durchsetzen, dass die Produktion in ein weniger elegantes Stadtviertel verlegt wurde.

»Da bist du ja schon«, sagte Gudrun, als sie die Tür öffnete. Sie hatte ein Maßband um den Hals geschlungen wie eine lange Halskette, an ihrem Handgelenk trug sie ein Nadelkissen. »Ich habe noch eine Kundin zur Anprobe hier, aber sie geht gleich. Setz dich, ich komme sofort.«

Maria nahm auf einem samtbezogenen Stuhl Platz, während Gudrun im Hinterzimmer verschwand. Als sie die Tür öffnete, drang ein Schwall warmer Luft in den Vorraum. Durch den Türspalt sah Maria eine dicke Dame, sie trug ein weißes Mieder, aus dem ihre roten Oberarme und Schenkel hervorquollen, und wirkte ungeduldig.

»Ich mache uns einen Drink«, sagte Gudrun, als die Dame gegangen war. Sie warf Oliven in zwei Gläser und schüttete Gin darüber. Einen Schuss Vermouth. Dann zündete sie sich eine Zigarette an.

»Das Geschäft scheint gut zu gehen.« Maria stellte ihren Cocktail zur Seite. Martini war ihr zu ölig und süß, sie hätte lieber ein Glas Wein getrunken, aber Gudrun trank keinen Wein, höchstens Champagner.

»Es ist kaum noch zu bewältigen. Iris … Frau Pressmann hat mich so erfolgreich in ihrem Kreis eingeführt, dass mir die Damen nun förmlich die Türe einrennen. Ich komme kaum noch nach mit der Arbeit.«

»Bei uns ist es dasselbe. Ich suche dringend ein weiteres Mädchen, das mir zur Hand geht.«

Gudrun nickte und runzelte die Stirn, als dächte sie darüber nach, wer dafür in Frage käme, aber dann wechselte sie das Thema. »Es ist gut, dass du gekommen bist«, sagte sie. »Ich wollte dich etwas fragen.«

Maria zündete sich ebenfalls eine Zigarette an und wartete.

»Frau Pressmann«, meinte Gudrun. »Iris. Was hältst du von ihr?«

Maria zögerte. Sie hatte Gudruns Geliebte zwei oder drei Male getroffen und nicht mehr als vier Sätze mit ihr gewechselt. Was hielt sie von ihr? Nichts. Iris Pressmann war reich und eingebildet, doch das war bestimmt nicht die Antwort, die Gudrun hören wollte.

»Warum willst du das wissen?«, fragte sie zurück.

Gudrun blies Rauchringe an die stuckverzierte Decke. Sie schien vollkommen fixiert auf den Zigarettenrauch und die Decke. Hatte sie die Frage nicht gehört? Maria fühlte sich plötzlich furchtbar müde. Wäre sie nur direkt nach Hause gegangen! Gudrun rauchte, bis die Zigarettenglut den Elfenbeinfilter erreicht hatte, dann drückte sie den Stummel aus.

»Am Anfang war alles so leicht und einfach zwischen uns«, sagte sie schließlich. »Jetzt ist es mit einem Mal … anstrengend. Sie sagt so seltsame Dinge. Dass sie sich von ihrem Mann … ich meine, es ist doch nichts wirklich Ernstes zwischen uns beiden. Eine Liebe zwischen zwei Frauen, das ist aufregend und sehr schick, eine gewisse Zeitlang, aber man kann doch nicht … Und ihr Mann hat doch so viel Geld in meinen Salon gesteckt.«

»Sie will ihn verlassen, deinetwegen?« Alle Achtung, dachte Maria. So viel Courage hätte sie der Pressmann gar nicht zugetraut. Eine lesbische Liebelei war eine Sache – sehr schick, wie Gudrun sagte –, aber wenn man dafür alles aufs Spiel setzte, seine Ehe, seinen Wohlstand und Ruf, das war etwas anderes. Das imponierte ihr schon fast wieder.

»Was meinst du?«, fragte Gudrun. »Was soll ich denn tun?« Ihr Ton war anklagend, fast ein bisschen weinerlich, als habe Maria ihr die Sache eingebrockt und nicht sie selbst.

»Beende die Affäre, wenn sie dir so wenig bedeutet. Oder hast du Angst, dass sie ihren Mann dann gegen dich aufbringt?«

»Nein. Ich weiß nicht. Aber ich will die Sache auch nicht beenden. Es ist doch gut so, wie es ist. Warum kann es nicht so weitergehen – zumindest eine Weile lang.«

»Ich kann dir nichts raten, so lange du selbst nicht einmal weißt, was du willst.« Maria stand auf und ging zum Fenster. Ihre Hände auf dem Fensterbrett waren so faltig und rau, obwohl sie sie jeden Abend in Olivenöl mit einem Spritzer Zitronensaft darin badete. Blaue Adern schlängelten sich über die Handrücken. Unter ihrem Daumen war ein großer brauner Punkt. Eine große Sommersprosse oder ein Altersfleck? »Nehmen wir einmal an, es gäbe Pressmann nicht, Iris wäre frei. Was würdest du dann tun?«, fragte sie laut.

»Ich würde … ich weiß es nicht. Es gibt ihn aber. Was sollen die Spekulationen? Im Übrigen hat die Liaison zwischen zwei Frauen auf Dauer keine Zukunft. Man möchte vielleicht auch einmal Familie.«

»Du liebst sie also nicht«, stellte Maria fest und fragte sich gleichzeitig, ob Gudrun überhaupt wusste, was das war: Liebe. Sie kannte sie nun schon so viele Jahre lang. Damals war Gudrun noch ein kleines Mädchen gewesen, zwölf Jahre alt. Sie hatten sich gleich gemocht, Gudrun und Maria, auch wenn es Mirabella nie gepasst hatte, dass sich ihre schreckliche Mutter so gut mit ihrer besten Freundin verstand. Maria mochte Gudrun, weil sie zielstrebig war und mutig und stolz. Aber vieles an ihr blieb ihr fremd. Dieser Ehrgeiz, dieser Wille zum Aufstieg, zur

Macht. »Ich werde einmal reich sein«, hatte Gudrun verkündet, als sie gerade einmal vierzehn war. Geld und schöne Kleider und Ansehen, das war wichtig für sie, viel wichtiger als Freundschaft oder gar Liebe.

In dieser Hinsicht zumindest war sie wie Mirabella, die ebenfalls nichts auf die Liebe gab. Aber während Gudrun zumindest die Vorzüge der Liebe genoss, ließ Mirabella gleich die Finger davon. Sie war bestimmt noch kein einziges Mal verliebt, dachte Maria. Ihre Anstellung als Serviermädchen, das ist ihr ganzes Leben, damit gibt sie sich zufrieden. Wenn sie nicht aufpasst, ist sie plötzlich alt, und ihr Leben ist vorbei, ohne dass sie es gelebt hat.

»Komm, ich muss dir etwas zeigen.« Gudrun riss Maria aus ihren Gedanken.

Im Nebenzimmer türmten sich Stoffballen in tiefen Regalen, auf dem Tisch stapelten sich Schnittmuster und Modellbücher. Zwei Schneiderpuppen standen nebeneinander an der Wand, die wohlgeformten Oberkörper über dem starren Metallfuß sehr aufrecht, wie Bedienstete, die auf einen Befehl warteten. Eine dritte Puppe trug ein grünlich schimmerndes Abendkleid, weit ausgeschnitten, lose, knielang, elegant. »Crepe Satin.« Gudrun strich behutsam über das glänzende Material. »Ich habe den Stoff eigens aus Brüssel kommen lassen.«

»Für die Dame von eben?«

»Für mich«, erklärte Gudrun. »Ich bin auf einem Ball eingeladen, auf einem richtigen Künstlerball im Malkasten. Iris hat das arrangiert. Sie kennt all diese Leute. Ich verdanke ihr so viel.«

Maria legte ihre Hand auf die Taille der Kleiderpuppe. Der Stoff des Abendkleides war glatt und sehr kühl.

»Ich will nicht auf sie verzichten«, fuhr Gudrun fort. »Und ihren Mann brauche ich ebenfalls. Maria, ich bin jetzt fast da, wo ich hinwollte, ich habe es beinahe geschafft …«

Sie ist dir wirklich vollkommen egal, dachte Maria.

»Ich wollte dich bitten, dass du mir einen Gefallen tust. Ich habe Iris von deinen übersinnlichen Fähigkeiten erzählt, dass du Hellseherin warst und all das, und nun ist sie ganz versessen darauf, sich die Zukunft prophezeien zu lassen. Und da dachte ich … Ich habe mir überlegt, dass du ihr etwas erzählen könntest … wie du es damals mit mir gemacht hast, um mich davon abzubringen, den Salon anzumieten. Ich meine, es war wirklich überzeugend, und es hätte auch gewiss gewirkt, wenn Mirabella mich nicht … «

»Ich verstehe nicht«, sagte Maria tonlos, aber sie verstand nur zu gut. Gudrun wollte, dass sie die Pressmann manipulierte, dass sie ihr Angst machte, damit sie bei ihrem Mann blieb und Gudrun als ihre Geliebte behielt. Damit alles so weiterging wie bisher, jetzt wo Gudrun es beinah geschafft hatte.

»Bitte, Maria, tu's für mich«, sagte Gudrun.

»Was denkst du eigentlich von mir!« Als Maria die Worte aussprach, merkte sie selbst, wie falsch und verlogen sie waren. Sie war eben doch so, sie hatte unzählige Male so getan, als könnte sie in die Zukunft blicken, auch damals bei Gudrun. Sie hatte die Menschen betrogen und damit ihr Geld verdient, es geschah ihr also recht, dass Gudrun sie jetzt für ihre Zwecke einspannen wollte.

»Du musst es ja auch nicht tun, wenn es dir gar so widerstrebt«, meinte Gudrun hastig. »Es war nur so eine Idee, und es wäre mir eine große Hilfe.«

Als sie später nach Hause ging, fragte sie sich, warum sie an diesem Punkt nicht reagiert hatte. *Ich kann es nicht tun, das musst du verstehen.* Dann wäre die Sache erledigt gewesen, ein für alle Mal. Stattdessen hatte sie eingelenkt. Sie hatte Gudrun nichts versprochen, noch nicht, aber sie hatte alles offen gelassen. Ich werde darüber nachdenken, hatte sie gesagt, und genau das würde sie jetzt tun. Sie würde darüber nachdenken. In endlosen schlaflosen Nächten würde sie das Ganze in ihrem Kopf hin- und herdrehen und von allen Seiten betrachten und zu keinem Ergebnis kommen.

Als sie Gudrun damals prophezeit hatte, hatte sie alles falsch gemacht. Ich wollte sie vor Pressmann warnen, weil ich überzeugt war, dass der Mann ihr Verderben ist, dachte sie. Mein

Gott, wie blöd ich war! *Du machst einen Fehler. Er wird dich vernichten.* Irgendetwas in der Art hatte sie geschrien. Dabei hätte sie nicht Gudrun vor den Pressmanns warnen sollen, sondern im Gegenteil, die Pressmanns vor Gudrun.

Wie ist es mit Mirabella? überlegte sie, während in den Mietskasernen links und rechts der Straße nach und nach die Lichter ausgingen, nur hier und da starrte noch ein schlafloses Fensterauge in die Dunkelheit. Ob Gudrun Mirabella genauso bedenkenlos für ihre Zwecke benutzen würde? Und mich selbst?

Und diese Seelenruhe, die Gudrun bei allem empfand. Das war wirklich beneidenswert, nicht eine Spur von Schuldbewusstsein.

Vielleicht war Gudrun aber auch nur deshalb so ruhig, weil sie bisher noch nichts wirklich Schlimmes begangen hatte. Im Gegensatz zu Maria.

Man musste sie warnen. Gudrun musste sich vorsehen, dass sie in ihrer Sorglosigkeit nicht endete wie sie. Sonst quälte sie sich irgendwann genauso.

An diesem Punkt hörte Maria auf, über Gudrun nachzudenken, und tauchte stattdessen wieder ein in ihre eigene Litanei der Schuld, von Anklage und Verteidigung, das ewige Für und Wider, das sie so oft schon durchgespielt hatte und das nie zu einem Schluss kam.

Aber es war doch Krieg, wir hatten nichts zu essen, es ging uns so jämmerlich.
Wie konntest du nur! Dein einziges Kind!
Ich wollte sie schließlich wieder zu mir holen.
Du hättest sie nie aufgeben dürfen!
Ich konnte doch nicht ahnen, dass der Krieg so lange dauert.
Was bist du nur für eine Mutter?

Was bist du nur für eine Mutter? Das war die Frage, die am Ende blieb.

Schon auf der Rückfahrt aus Heiligenbronn nach Freiburg hatte sie gespürt, dass es ein Fehler war. Sie konnte aber nicht mehr zurück, sie hatte ja ihr letztes Geld für die Zugfahrkarten ausgegeben, und außerdem war es am besten so, wie es war.

Marthe, Domenica, Silvia, sogar Direktor Lombardi – sie alle hatten Maria zugeredet, das Kind ins Kloster zu geben. Dort hat sie es doch gut, versicherten sie Maria, und in ein paar Monaten, wenn der Krieg vorüber ist, holst du sie wieder her, und alles ist wie früher. Aber sobald Maria sich abwandte, spürte sie ihre Augen im Rücken und die Verständnislosigkeit. Es mag das Beste sein, aber ich hätte es nie und nimmer übers Herz gebracht, dachte eine jede, und Herr Lombardi dachte es auch.

Mirko dagegen schwieg von morgens bis abends. Oft hatte er entzündete Augen. Maria hasste ihn dafür. Du wolltest es doch auch, dachte sie. Du hast mir doch noch zugeredet, dass ich sie wegbringe, oder jedenfalls hast du nichts dagegen gesagt, aber jetzt tust du, als ob es allein meine Entscheidung gewesen wäre. Sie wartete darauf, dass er sie angriff und beschimpfte, sie hoffte geradezu darauf und legte sich die Worte zurecht, mit denen sie sich verteidigen wollte. Er blieb jedoch stumm.

Im April zogen sie weiter, aber schon nach den ersten Wochen war klar, dass der Zirkus keine Zukunft hatte. Die Leute hatten kein Geld mehr für die Vorstellungen, und sie hatten auch keinen Sinn mehr für Artisten und Clowns und dressierte Pudel. Die Männer waren im Krieg, und die Frauen mussten alles alleine bewältigen, die Arbeit und den Hunger und die Trauer um die Toten.

Manchmal spielten sie abends vor drei oder vier Leuten.

Die Truppe begann sich aufzulösen. Sascha, Pito, Blasius und Silvan zogen in den Krieg. Als sie sich vor einem Jahr gemeldet hatten, hatte man sie nicht nehmen wollen, jetzt, ein paar Tausend Tote später, war man offensichtlich nicht mehr so wählerisch. »Sie sind zwar keine richtigen Deutschen, aber als Kanonenfutter sind sie gut genug«, sagte Marthe, die im Herbst an Auszehrung starb, genau wie Josef und Meister Nicolas. Silvia und Carlos zogen mit ihren drei Kindern ins Bayrische zu Silvias Eltern.

»Da ist sie all die Jahre mit uns herumgefahren und hat ihre Eltern nicht ein einziges Mal besucht, nicht einmal erwähnt hat sie sie«, spottete Domenica. »Aber in der erstbesten Notlage – husch, geht es wieder heim, als wäre nichts gewesen.« Sie war allerdings nur neidisch, weil sie selbst niemanden hatte, zu dem sie mit ihrer Tochter und den Enkelkindern hätte fliehen können.

Im Winter 1915 starb schließlich auch Direktor Lombardi. Lungenentzündung, vermerkte der untersuchende Arzt auf dem Totenschein, aber jedermann im Zirkus wusste, dass die eigentliche Todesursache sein gebrochenes Herz war. Von Herrn Lombardis Tod erfuhr Maria jedoch erst sehr viel später in einem Brief von Chiara. Als es passierte, hatte auch sie den Zirkus schon lange verlassen.

Mirko hatte sie letztendlich dazu gebracht. Wenn er an jenem Sommerabend nicht zu ihr ins Zelt gekommen wäre, wäre sie vermutlich noch lange beim Zirkus geblieben und hätte den Hunger und das Elend und das langsame Sterben einfach ertragen. Aber Mirko setzte einen Schlusspunkt.

Sie hatte schon im Bett gelegen, als er zu ihr hereinkam, sie ging damals immer früh schlafen. Sie stand also wieder auf und schlüpfte in ihren zerschlissenen Morgenmantel und in die Schuhe.

»Ich habe nachgedacht, und jetzt bin ich zu einer Lösung gekommen, wie wir es machen könnten«, sagte Mirko sehr schnell, als befürchtete er, dass ihn mitten im Satz der Mut verlassen könnte.

»Was meinst du?«, fragte Maria. Sie setzte sich wieder auf ihr Bett, zog die Knie an die Brust und legte die Arme um die Beine, weil ihr so kalt war.

»Hör mich an, bitte«, sagte Mirko. »Hör mich an und sag nichts, sondern denk zuerst einmal darüber nach, und entscheide dich dann.«

Er wartete so lange ab, bis sie nickte, dann begann er. »Wir holen sie wieder zurück. Sie gehört doch zu uns, und dieses Kloster … das ist kein Leben für sie, nicht für unsere Mirabella.

Ich habe einen Bekannten in der Schweiz, dem habe ich geschrieben, der nimmt uns auf, so lange, bis wir dort einen neuen Zirkus gefunden haben oder ein Varietétheater. Die Schweiz ist neutral, da ist alles besser …«

»Aber die Schweiz ist dicht für Deutsche«, warf Maria ein, obwohl sie doch versprochen hatte, erst einmal zuzuhören.

»Ich kenne einen geheimen Weg über die Grenze. Mein Bekannter gibt mich als seinen Bruder aus, und du bist meine Frau.«

»Dein Bekannter«, fragte sie. »Ist das ebenfalls ein Zwerg?«

»Natürlich. Sonst wäre das mit den Brüdern ja wohl Unsinn.«

»Es ist sehr gefährlich. Für Mirabella. Wenn man uns nun erwischt.«

»Dann steckt man uns ins Gefängnis, und sie kommt zurück ins Kloster.«

»Und wenn man uns erschießt?«

»Dann sind wir tot.«

Das entschied die Sache. Etwas Schlimmeres als der Tod konnte ihnen nicht passieren, und der Tod war allemal besser als der erbärmliche Zustand, in dem sie sich jetzt befanden.

Sie packten ihre Sachen, nur das Allernötigste, und am nächsten Tag brachen sie von Sigmaringen nach Heiligenbronn auf. Sie legten den Großteil der Strecke zu Fuß zurück, manchmal nahm sie auch ein Fuhrmann oder ein Bauer mit.

»Sie halten an, weil sie dich für ein Kind halten und Mitleid mit uns haben, und wenn sie dich erkannt haben, können sie nicht mehr zurück«, spottete Maria, und Mirko lachte. Zum ersten Mal seit Monaten lachte er wieder, und auch Maria fühlte sich so lebendig und froh, wie lange nicht mehr. Während ihrer Reise aßen sie kaum etwas, aber der Hunger belastete sie nicht, im Gegenteil, er verlieh ihnen ein Gefühl der Schwerelosigkeit. Leichtsinn. Vielleicht war es das, was die ganze Sache letztendlich zum Scheitern brachte.

Denn als sie endlich in Heiligenbronn waren, gingen sie gemeinsam ins Kloster. Maria allein hätte vielleicht noch eine

Chance gehabt, doch zusammen mit Mirko, dem Zwerg, war es aussichtslos. Sie hätten es wissen müssen, sie hätten es gewusst, wenn sie nur ein paar Sekunden darüber nachgedacht hätten. Aber es konnte ihnen ja nicht schnell genug gehen.

Die Schwester an der Pforte brachte sie ins Büro der Mutter Oberin.

Die Oberin saß an einem schmalen Tisch, neben ihr noch eine andere Nonne. »Schwester Clementia«, stellte sie die Oberin vor. Schwester Clementia sah aus wie die leibliche Schwester der Oberin, beide hatten lange, blasse Gesichter, weiße Hauben, schwarze Schleier. Die Mutter Oberin trug eine Brille, die andere nicht, das war das einzige Unterscheidungsmerkmal.

Maria und Mirko setzten sich auf die andere Seite des Tisches.

»Ich verstehe nicht, was Sie von uns wollen«, sagte die Oberin. »Sie haben uns das Kind doch im Januar anvertraut.«

»Ja, aber es war ein Irrtum. Nun möchten wir sie gerne wieder abholen«, sagte Maria.

»Und in zwei Wochen bringen Sie sie wieder her? So geht das aber nicht«, meinte die andere Schwester.

»Nein«, sagte Maria. »Wir behalten sie bei uns. Es war ein Irrtum.«

»Das ist aber nicht möglich. Es tut mir leid, Sie dürfen sie nicht mitnehmen.«

»Aber diese Frau ist die Mutter des Kindes«, sagte Mirko. »Sie können doch nicht einfach …«

»Sie hat das Sorgerecht an das Kloster Heiligenbronn übertragen«, unterbrach ihn die Oberin scharf. »Hier ist die Unterschrift.« Sie reichte ihnen ein Schriftstück, auf dem wirklich und wahrhaftig Marias Unterschrift prangte, obwohl sie sich nicht erinnern konnte, dass sie jemals irgendetwas unterzeichnet hatte.

Sie durften Mirabella nicht mitnehmen, sie durften sie nicht einmal sehen. »Und wenn Sie versuchen sollten, sie widerrechtlich zu entführen, rufen wir die Gendarmen«, drohte die Schwester ohne Brille.

Dann brachte sie eine junge Novizin wieder nach draußen, bis hinter die Pforte.

»Warum um alles in der Welt hast du dieses Papier unterschrieben?«, fragte Mirko fassungslos. »Wie konntest du bloß!«

Was bist du nur für eine Mutter?

Maria blickte über seinen Kopf hinweg auf die Klostergebäude. Fenster über Fenster, und alle waren schwarz und undurchsichtig. Vielleicht stand Mirabella in diesem Moment hinter einem von ihnen und sah sie und wunderte sich, warum sie nicht zu ihr hereinkamen. Vielleicht wünschte sie sich ja, dass sie endlich weggingen, weil es ihr jetzt so viel besser ging als früher. Vielleicht war sie gerade dabei, sie zu vergessen.

»Glauben Sie mir, es ist das Beste für Ihr Kind«, hatte die Oberin noch gesagt. Genau wie Marthe und Domenica und Silvia und Herr Lombardi.

»Wir müssen einen Weg finden, sie da herauszuholen«, sagte Mirko.

»Ach, halt doch du den Mund!«, fuhr Maria ihn an, so laut, dass die Schwester in der Pforte neugierig den Hals reckte. »Was kümmert dich das überhaupt!«

Sie war ungerecht, sie wusste ganz genau, dass sie ungerecht war, aber das machte sie nur noch wütender.

»Maria«, sagte Mirko leise. »Beruhige dich! Wir finden einen Weg.«

»Wir?«, schrie sie zurück. »Was heißt denn hier *wir*? Es gibt kein *wir*, das dich mit einschließt, Mirko. Mirabella ist meine Tochter, einzig und allein meine Tochter, und niemand hat auch nur die Spur eines Anrechts auf sie, dieses verdammte Kloster nicht und du auch nicht!«

»Was redest du denn da, Maria?«, flüsterte Mirko. »Du bist ja von Sinnen.«

»Ja, du hast recht, ich muss wirklich von Sinnen sein. Dass ich dich mit hierher gebracht habe, dass ich überhaupt jemals auf dich gehört habe. Meinst du, ich weiß nicht ganz genau, was du dir erhoffst? Dass wir in die Schweiz auswandern, ich und du und Mirabella, und dass wir zusammenbleiben, eine kleine Familie, *deine* Familie. Mutter, Tochter, Zwerg! Schau mich an, meinst du wirklich, ich habe das nötig? Dass ich ausgerechnet auf dich angewiesen bin?«

Mirko sah sie an und schüttelte den Kopf, das war seine Antwort auf ihre Frage.

Maria drehte sich um und lief weg, mit gesenktem Kopf. Die Sonnenstrahlen waren genauso hart wie das Straßenpflaster, auf das sie prallten. An der Wegbiegung schaute sie noch einmal zurück und sah, dass Mirko immer noch vor der Pforte stand. Er sah sehr klein und zerbrechlich aus vor dem riesigen Kloster.

Sie rannte den ganzen Weg nach Schramberg, und am nächsten Morgen fuhr sie in einem Güterzug nach Karlsruhe, versteckt zwischen Kisten voller Steckrüben.

Seitdem hatte sie Mirko niemals wieder gesehen.

II.

Sonntagnachmittags ging Maria immer mit Rufus spazieren, dem Scotch Terrier ihrer Hauswirtin. Früher hatte sie es getan, weil sie das Geld brauchte, heute tat sie es, weil sie und das Tier so aneinander gewöhnt waren. Sie spazierten durch den Hofgarten, immer dieselbe Runde. Am Napoleonsberg verrichtete der Hund sein Geschäft, auch das war wie immer, und während Maria wartete, sah sie Mirabella, aber Mirabella bemerkte sie nicht. Sie war viel zu sehr auf ihren Begleiter fixiert.

Es war ihr Liebhaber, es musste ihr Liebhaber sein. Mirabella hatte ihren Arm in seinen gelegt. Das war außerordentlich, denn nach Möglichkeit vermied sie jede Berührung mit anderen.

»Wusstest du nicht, dass sie einen Liebhaber hat? Das geht doch nun schon weit über ein Jahr«, meinte Gudrun, als Maria ihr davon erzählte.

»Warum hast du mir nie etwas davon gesagt?«, wollte Maria wissen.

Gudrun hatte Maria ins Apollo-Theater auf der Graf-Adolf-Straße eingeladen. Sie saßen im großen Saal, in dem alles rund war, die Decke, die Ränge und die kleinen Tische, an denen die Gäste saßen, und sogar die Bühne. Die Kronleuchter an der Decke warfen funkelnde Reflektionen in ihre Champagnergläser. Maria und Gudrun aßen Erdbeeren, obwohl es erst März war. Zumindest sahen die Früchte aus wie Erdbeeren, auch wenn sie nicht so schmeckten. Maria streute löffelweise Zucker darüber. Auf diese Weise waren sie wenigstens süß.

»Es erschien mir nicht so wichtig«, erwiderte Gudrun. »Um ehrlich zu sein, ich habe die ganze Angelegenheit nicht ernst genommen. Ich bin überrascht, wie lange sie es mit ihm aushält.«

Maria wollte noch etwas sagen, aber im selben Moment spielte die Kapelle einen Tusch. Der Direktor betrat die Varietébühne, und alle Gesichter, auch das von Gudrun, richteten sich nach vorn zu ihm. »Begrüßen Sie mit mir«, rief er und hob dabei seine Arme wie früher Direktor Lombardi in der Manege, »die weltberühmten, sensationellen Tiller-Girls!« Man applaudierte und trampelte mit den Füßen, und einige pfiffen sogar auf den Fingern.

Die Kapelle spielte einen Cancan, auf der Bühne reihten sich jetzt fünfundzwanzig junge Damen auf, alle gleich groß, gleich schlank, mit exakt der gleichen Beinlänge. Sie trugen Federbüsche auf dem Kopf, auch das war wie im Zirkus Lombardi, nur dass da die Lipizzaner die Federbüsche getragen hatten. Die Mädchen hakten sich beieinander unter und warfen die Füße in die Luft, erst den rechten, dann den linken und dann wieder den rechten, danach begann sich die ganze Reihe zu drehen wie der lange Schwenkarm einer Maschine. Klack, klack, klack machten die hochhackigen Tanzschuhe auf der Bühne. Die geschminkten Gesichter lächelten. An wen erinnerten sie Maria bloß?

»Sie sehen aus wie die Schaufensterpuppen bei Tietz«, sagte Gudrun. »Noch ein Champagner? Heute geht alles auf mich.«

Maria bestellte lieber Rheinwein. »Nicht zu sauer«, sagte sie zu dem befrackten Kellner, der daraufhin verächtlich das Gesicht verzog, denn saure Weine führte man im Apollo nicht, nur trockene.

»Wer ist er denn, der Kerl, mit dem sich Mirabella trifft?«, fragte Maria über die Musik hinweg.

»Er spielt Piano in ihrem Kino. So hat sie ihn kennengelernt.«

»Und? Wie gefällt er dir?«

Gudrun trank Champagner.

»Nun sag schon!«

»Nicht mein Geschmack, um ehrlich zu sein. Er ist so …«

»Wie?«, fragte Maria, als Gudrun nicht weiterredete. »Wie ist er?«

»So kommunistisch«, meinte sie achselzuckend.

Bevor Maria noch etwas fragen konnte, erhob sie sich halb von ihrem Stuhl und wedelte mit der Hand in der Luft herum. »Da ist Iris!«, rief sie. »Hallo, Iris! Was für ein Zufall!«

Iris Pressmann bahnte sich einen Weg durch die Stühle, während die Kapelle im Orchestergraben wieder einen Tusch spielte – er galt aber nicht ihr, sondern den Tiller-Girls, die nun alle im Spagat auf der Bühne lagen.

»Ma Cherie«, flötete sie und küsste Gudrun zuerst über die linke und dann über die rechte Schulter. Danach reichte sie Maria ihre behandschuhte Rechte. »Enchantée.«

»Ganz meinerseits«, sagte Maria und fühlte sich sofort unbehaglich. Die Pressmann trug ein weißes Bolero-Jäckchen mit Nerzkragen über einem lose geschnittenen Seidenkleid. Ein edelsteingeschmücktes Band im Haar. Eine lange Kette, Modeschmuck, aber dennoch teuer. Eins passte zum anderen, und alles wirkte vollkommen neu, als trüge die Pressmann die Sachen heute zum ersten Mal und danach nie wieder.

Maria kam sich plötzlich billig vor in dem violetten Satinkleid, das Gudrun ihr vor ein paar Monaten geschneidert hatte. Die Farbe ist eigentlich ein bisschen zu laut für dich, hatte Gudrun gesagt, als Maria mit dem Stoff angekommen war, aber Maria hatte das Kleid immer geliebt – bis jetzt.

»Was für eine charmante Überraschung«, säuselte die Pressmann.

War das wirklich ein Zufall, dass sie ausgerechnet an diesem Abend hier auftauchte? Aber vielleicht ging sie jeden zweiten Abend ins Varieté, genug Geld hatte sie bestimmt.

»Das ist Maria, von der ich dir erzählt habe«, stellte Gudrun Maria vor, so als wären sie sich noch nie zuvor begegnet. Vermutlich konnte sich Iris Pressmann ja auch wirklich nicht an sie erinnern, sie hatte sie jedenfalls nie eines Blickes gewürdigt. Heute jedoch sah sie Maria sehr aufmerksam an.

»Die Wahrsagerin«, sagte sie.

Klug eingefädelt, dachte Maria. Seit jenem Abend vor einem halben Jahr war Gudrun immer wieder darauf zurückgekommen, dass Maria Frau Pressmann die Zukunft voraussagen sollte, in Gudruns Sinne natürlich. Maria war ihr stets ausgewichen, aber sie hatte die Sache auch nie eindeutig zurückgewiesen.

»Sagen Sie«, fuhr die Pressmann fort, »Gudrun schwärmt ja so von Ihren übersinnlichen Fähigkeiten. Ich bin schon ganz neugierig. Sie meinte, Sie würden mir auch einmal mein Schicksal prophezeien, wenn ich Sie ganz lieb darum bitte.« Sie legte den Kopf schräg wie Rufus, der Scotch Terrier, wenn er bettelte, nur dass sie dabei nicht hechelte.

Maria sah Gudrun an, die ihr mit ihrem Champagnerglas zuprostete.

»Sie sollen es auch keineswegs umsonst tun«, flötete die Pressmann.

Maria seufzte.

Am nächsten Tag schickte ihr die Pressmann einen Wagen, und obwohl Maria so viel zu tun hatte, dass ihr der Kopf schwirrte, ließ sie Hilde und Elfie allein im Atelier zurück und fuhr nach Oberkassel, zum Wohnhaus der Pressmanns am Kaiser-Friedrich-Ring.

Der Fahrer hielt vor einem stolzen Neubau mit weißer Front, geschwungenem Giebel und Erkern mit hellgrauen Stuckverzierungen. In der Tür war ein rundes Fenster, das Maria anstarrte wie ein misstrauisches Auge.

Ein Dienstmädchen in einer weißen Rüschenschürze machte die Tür auf. »Ich bin mit Frau Pressmann verabredet«, sagte Maria. Als das Mädchen mit leiser, würdevoller Stimme antwortete, merkte sie, dass sie viel zu laut gesprochen hatte.

Durch das holzvertäfelte Entree ging es über eine Marmortreppe in die erste Etage. Ein samtiger Teppich schluckte das Geräusch ihrer Schritte. Grüngelbe Sonnenstrahlen fielen durch ein bleiglasverziertes Oberlicht viele Meter über ihnen.

Im Salon der Pressmann war es dagegen sehr hell. Durch das riesige halbrunde Fenster konnte man den Rhein sehen, dahinter die Häuser der Altstadt, das Planetarium und ganz links sogar ein Stück der Rheinterrasse. Die Aussicht hing im Raum wie ein großes Bild, das Gemälde einer Stadt am Fluss.

»Meine Liebe.« Die Pressmann kam ihr mit ausgestreckten Armen entgegen. Einen Moment befürchtete Maria, dass sie sie umarmen könnte, aber kurz bevor sie sie erreicht hatte, ließ

Frau Pressmann die Arme wieder sinken. »Ich freue mich sehr, dass Sie es möglich machen konnten. Wünschen Sie Tee?«

Sie führte Maria zu einem Diwan und nahm dann selbst auf einem Sessel Platz. Neben ihr stand ein Korb, in dem ein kleiner weißer Hund lag und schlief. Oder er war ausgestopft, dachte Maria, es war so seltsam, dass er so überhaupt nicht auf sie reagierte. Dann jedoch sah sie, dass sich die Flanke des Tieres in regelmäßigen Abständen hob und senkte.

Im kalten Tageslicht wirkte die Puderschicht auf dem Gesicht der Pressmann wie Staub. Wie alt mochte sie sein? Jünger als Maria, älter als Gudrun. Um es richtig einzuschätzen, müsste man sie morgens nach dem Aufstehen sehen, dachte Maria, ohne Schminke und mit zerzaustem Haar. Aber vielleicht ging die Pressmann ja mit perfektem Make-up ins Bett.

Frau Pressmanns Hand schwebte über der Messingglocke auf dem kleinen Tisch. Sie sah Maria erwartungsvoll an. Ja, richtig, der Tee.

»Nein, danke.« Maria wollte nichts trinken, sie wollte die Sache so schnell wie möglich hinter sich bringen. Sie war nervös. Seit sie damals versucht hatte, Gudrun von der Saloneröffnung abzubringen, hatte sie niemandem mehr die Zukunft vorausgesagt. Sie hatte auch keine echten Visionen mehr erlebt. Die Muttergottes und Madame Argent besuchten sie nicht einmal mehr in ihren Träumen. Vermutlich waren auch sie angewidert von Maria, genau wie Mirabella.

Maria legte ihre Beine übereinander. Die kunstseidenen Strümpfe machten ein zirpendes Geräusch, wie eine Stubenfliege, die gegen eine Fensterscheibe stößt. Nach dem Anziehen hatte sie die Strümpfe abgepudert, aber inzwischen glänzten sie schon wieder künstlich und billig.

»Soll ich den Raum verdunkeln?« Der große Busen der Pressmann hob und senkte sich in schnellem Wechsel.

»Nein, nein«, sagte Maria schnell. »Lassen Sie alles, wie es ist. Geben Sie mir Ihre rechte Hand.«

Die Fingernägel der Pressmann waren perlmuttfarbene Ovale, die oberen Kanten glatt gefeilt und fest und makellos.

Die Hände verraten das Alter einer Person, hieß es immer, aber Frau Pressmanns Hände verrieten nichts, außer dass sie ganz offensichtlich keine körperliche Arbeit und keine Anstrengung kannte.

Maria drehte Frau Pressmanns Handrücken nach unten und betrachtete die offene Handfläche. Eine klare, lang gezogene Lebenslinie, darum herum ein zartes Geflecht aus Falten und Strichen, sternförmig am Daumenballen, kreuz und quer unter den Ansätzen der Finger. Was sagte ihr das? Nichts.

Maria legte die Hand auf den Tisch, als wäre es irgendein Gegenstand, und schloss die Augen.

Ich sehe ein helles Licht, so hatte sie früher ihre Prophezeiungen oft angefangen. Licht war gut, es gab den Menschen Hoffnung, und gleichzeitig legte man sich dadurch nicht allzu sehr fest.

»Ich sehe ein helles Licht«, begann sie also. Ihre Stimme wurde dabei sehr tief und rau, das geschah immer noch unwillkürlich. »Und eine Frau.«

»Ist es Gudrun?«, fragte die Pressmann aufgeregt. Das passte zu ihr, dass sie Maria gleich nach dem ersten Satz unterbrach.

»Ich kann es nicht richtig erkennen.« In verschnörkelten, gewundenen Sätzen erzählte sie genau das, was Gudrun ihr aufgetragen hatte. Dass die Pressmann ihren Mann nicht verlassen sollte, dass sie trotzdem bei Gudrun bleiben sollte, dass alles gut war, wie es war.

Sie erwartete, dass die Pressmann ganz zufrieden wäre mit der Prophezeiung. Immerhin konnte nun alles so bequem weitergehen, wie es angefangen hatte. Als Maria jedoch die Augen wieder öffnete, blickte sie in weit geöffnete Pupillen unter schwarz geschminkten Wimpern. »Ist das wirklich die Wahrheit?«, fragte die Pressmann misstrauisch.

Maria starrte zurück und antwortete nicht.

»Und auch in weiter Zukunft sehen Sie Gudrun noch?«, fuhr die Pressmann fort. »Sie sind sich also ganz sicher, dass sie bei mir bleibt?« Sie klang plötzlich ängstlich, ein vollkommen ungewohnter Zug an ihr.

»Sie wird bei Ihnen bleiben, wenn Sie sie nicht zu sehr bedrängen«, sagte Maria. Und es stimmte wirklich, erkannte sie, Gudrun würde ihr Verhältnis zu Iris Pressmann nicht beenden, so lange diese nicht zu viel von ihr forderte, so lange sie wohlhabend und einflussreich blieb. Du kannst alles von ihr haben, dachte sie, nur keine Liebe.

»Dann ist es ja gut«, seufzte die Pressmann. »Wissen Sie«, sagte sie hinterher, als sie beide schon aufgestanden waren und darauf warteten, dass das Dienstmädchen Marias Mantel brachte. »Ich hänge so sehr an ihr, an meiner kleinen Gudrun.« Maria nickte. Zu ihrer Überraschung spürte sie plötzlich einen Stich von Neid. Diese Liebe – wenn sie nur auch noch einmal eine solche Liebe empfinden könnte.

Der Fahrer brachte sie wieder zurück in die Lorettostraße. Sie lehnte ihr Gesicht gegen die kühle, blank geputzte Fensterscheibe und spürte die Enttäuschung in sich wachsen. Erst jetzt wurde ihr bewusst, dass sie nicht nur Gudrun zuliebe zu Frau Pressmann gegangen war. Letztendlich hatte sie in die Sache eingewilligt, weil sie gehofft hatte, dass sie Madame Argent wieder sehen würde. Vielleicht sogar die Jungfrau.

Aber nichts war geschehen. Niemand war ihr erschienen. Sie war allein. Sie blieb allein. Vielleicht war es immer so gewesen. Vielleicht hatte sie sich alles andere nur eingebildet.

Am Nachmittag ging Maria zu Tietz, weil sie eine Unterredung mit dem Leiter der Schmuckabteilung hatte. Herr Goldmann, wiederholte sie den Namen in Gedanken, denn die Herren nahmen es einem immer furchtbar übel, wenn man ihren Namen nicht gleich parat hatte. Sie nahmen es einem auch furchtbar übel, wenn man zu spät kam, und heute würde sie zu spät kommen, das erkannte sie gleich, als sie vor dem Wilhelm-Marx-Haus aus der Straßenbahn stieg. Denn das Kaufhaus Tietz wurde belagert.

Vor dem Haupteingang auf der Basarstraße stand eine Gruppe junger Männer in Uniform. Hellbraune Hemden, Pistolenkoppel, schwarze Stiefel. Sie trugen Banner, aber Maria konnte die

Aufschriften darauf nicht lesen, weil sie sie in Richtung Hindenburgwall hielten, wo die meisten Leute standen. Sie musste sie auch nicht lesen, um zu wissen, wer die Männer waren.

»SA«, sagte eine Frau neben ihr.

»Schon wieder«, gab eine andere zurück. »Zum zweiten Mal in dieser Woche.«

»Sie lassen einen nicht durch, das ist sinnlos«, meinte die erste. »Vergessen wir Tietz, gehen wir lieber gleich zum Wortner auf der Berger Straße.«

Maria konnte aber nicht zu Wortner oder in irgendein anderes Geschäft. Maria musste zu Tietz. Der Termin mit Herrn Goldmann war um halb neun, jetzt war es zwanzig nach acht.

Wenn der Haupteingang belagert war, dann waren auch die Nebeneingänge dicht. Da musste sie es gar nicht erst versuchen.

Maria hielt den Koffer mit den Warenproben vor ihre Brust und bahnte sich damit einen Weg durch die Menschenmenge. Hinten warteten die Leute, die zum Einkaufen ins Kaufhaus wollten, in der Mitte drängelten sich die Neugierigen, und vorne standen die Sympathisanten und reckten die Fäuste. »Richtig so!«, rief ein älterer Mann mit freundlichen roten Apfelbacken. »Zeigt's dem Dreckskerl. Macht uns unsere Geschäfte kaputt, der Tietz, die gottverdammte Judensau!«

Als sich ihre Blicke begegneten, wurden seine Apfelbacken noch eine Spur röter. Dann wandte er hastig die Augen ab und schaute wieder nach vorn zu den Braunhemden. Vielleicht schämte er sich.

»Deutschland erwache! Juda verrecke!«, begann einer der SA-Männer zu brüllen, die anderen stimmten ein. Raue Stimmen skandierten die vier Worte in hartem Stakkato, schneller und schneller. Dann rissen sie ihre Arme in die Höhe, die Fingerspitzen nach oben gestreckt. Auf den weißen Kampfbinden um ihre Oberarme prangte das Hakenkreuz, das Parteiabzeichen der NSDAP.

»Faschistenschweine!« Der Ruf gellte über den ganzen Platz, genau im richtigen Moment, als alle auf die erhobenen Hände der Männer starrten und dabei den Atem anhielten, aus Bewunderung oder aus Abscheu oder einfach nur vor Angst. »Faschistenschweine!« Das Wort prallte gegen die aufgeblasenen Oberkörper der SA-Männer, die Arme fielen nach unten, die Köpfe schossen suchend herum.

»Männer!«, brüllte der Kerl, der vorhin auch den Sprechgesang angestimmt hatte. »Wir werden angegriffen!«

»Kommunistenpack!« – »Bolschewisten!« – »Schmeißfliegen!« Die Stimmen hallten durcheinander. Von hinten drängten jetzt die Angreifer heran, vorne hielten die Nazis dagegen, dazwischen duckten sich die Passanten weg, die Warenhauskunden, Zuschauer, Gaffer, die normalen Leute, die nichts mit der Sache zu tun haben wollten.

Maria drängte sich mit dem Rücken an eine der Sandsteinsäulen am Eingang des Warenhauses. Der Platz vor dem Kaufhaus war ein Schlachtfeld. Ein SA-Mann schlug einem Mann mit Schiebermütze mit der Faust ins Gesicht. Der Kopf flog nach hinten, die Schiebermütze zu Boden. Zwei Kommunisten warfen einen Nazi zu Boden und traten auf ihn ein. Einer der Braunhemden zückte ein Messer. »Zu Hilfe!«, schrie eine Frauenstimme irgendwo im Getümmel. »Polizei!« Der Mann mit den Apfelbacken rannte an Maria vorbei. Seine Nase blutete, sein Schnurrbart war eine rote Beule über der Oberlippe.

Es war furchtbar. Es war barbarisch. Derartige Auseinandersetzungen gab es jetzt ständig. Links die einen, rechts die anderen, das Einzige, was die beiden Seiten miteinander verband, war diese Lust am Zuschlagen, am sich Prügeln. Als ob das ihr einziges Ziel wäre: den politischen Gegner in Grund und Boden zu hauen.

Eine Woche standen die Nazis vor dem Warenhaus und protestierten gegen die Juden, und in der nächsten Woche waren es die Kommunisten, die gegen die reichen Bonzen agitierten. Die SA-Leute und ihr Jungvolk in ihren kurzen Hosen, den Uniformhemden und Krawatten, sie waren Maria noch widerlicher als die Kommunisten, aber im Grunde waren es doch die Linken mit ihrer Wichtigtuerei, die die Nazis überhaupt zur Geltung brachten. Wenn heute keiner von ihnen aufgetaucht wäre, wäre die Belagerung der Rechten irgendwann im Sande verlaufen, ohne großes Aufheben, ohne große Wirkung, dachte Maria.

Vor ihr ging wieder einer der Kommunisten zu Boden. Seine Augen starrten einen Moment lang erstaunt in den blauen Himmel über dem Warenhaus. Dann drehte er den Kopf zur Seite. Hellrotes Blut quoll aus einer Platzwunde über seiner rechten Augenbraue, einer seiner Schneidezähne war nach hinten geschlagen. Es war der junge Mann, mit dem Maria Mirabella im Hofgarten gesehen hatte. Ihr Liebhaber, der Klavierspieler. Jedenfalls sah er ihm ähnlich. . . ...

Sie spürte, wie sie jemand von hinten an der Schulter packte, und wich erschrocken aus, einen Schritt nach vorn, ins Kampfgetümmel. Fast hätte sie einer der Männer mit der Faust erwischt. Dann hörte sie einen Schrei und bemerkte hinter sich die offene Tür, eine schmale Pforte im großen Warenhauseingang. Ein Ladenmädchen blinzelte durch die Öffnung, mit weiten, erschrockenen Augen. »Kommen Sie herein!« Maria las es mehr von ihren Lippen, als dass sie es verstand.

Mit zwei schnellen Schritten war sie im Kaufhaus.

»Wir halten so lange geschlossen, bis der Aufruhr vorüber ist«, erklärte das Mädchen atemlos, während sie Maria zum Büro von Herrn Goldmann brachte. Das Kaufhaus war eine stille Unterwasserwelt, die langen Gänge zwischen den Nussbaumregalen flossen ins Dunkle, denn bevor Kundschaft im Haus war, schaltete man die Deckenbeleuchtung nicht an. Hinter den Verkaufstheken standen die Verkäufer in Gruppen zusammen und plauderten lautlos wie Fische.

»Aber dann habe ich Sie im Eingang gesehen, und es sah so heikel aus, dass ich ...«

»Vielen Dank«, sagte Maria nun schon zum dritten Mal. Sie rückte ihren Hut gerade und strich den Rock glatt. Am liebsten hätte sie noch einen Blick in einen Spiegel geworfen, bevor sie Herrn Goldmann gegenübertrat, doch dafür war keine Zeit mehr.

»Der Herr Goldmann erwartet sie schon.«

»Ich weiß, aber da war ja kein Durchkommen.«

»Ein Glück, dass ich Sie da draußen gesehen habe.«

»Vielen Dank«, sagte Maria erneut, während sie in einen der kleinen Lichthöfe traten. Vor dem Fahrstuhl stand der Liftboy und bohrte in der Nase. Als er sie sah, zog er den Finger erschrocken heraus und schob das Gitter zurück. »In den vierten«, sagte das Mädchen verächtlich und blickte dabei durch ihn hindurch, als wäre er aus Glas.

Im vierten Obergeschoss war der Boden nicht mit geöltem Eichenparkett bedeckt, sondern mit braunem Rips. Die Wände hatten Tapeten aus Papier. Das Mädchen klopfte an eine der vielen Türen, nach der Aufforderung schob sie Maria in den Raum, ohne selbst einzutreten.

Herr Goldmann war keine große Nummer. Man erkannte es direkt an seinem Schreibtisch aus gebeiztem Nadelholz, an der windschiefen Schreibtischlampe und dem kleinen vergitterten Fenster. Die wirklich wichtigen Männer hatten Möbel aus Mahagoni und Perserteppiche und große Fenster mit Blick auf den Hindenburgwall, das wusste Maria, denn sie hatte einmal einen Blick in das Büro des Personalchefs geworfen, als sie sich im Vorzimmer um eine Anstellung beworben hatte, die sie dann nicht bekommen hatte. Selbst die Schreibdamen in der Personalabteilung waren besser eingerichtet als Herr Goldmann.

»Da sind Sie ja nun endlich«, sagte Herr Goldmann ungehalten, als könne er ihre Gedanken lesen.

»Verzeihen Sie die Verspätung, aber ich kam nicht durch. Vor dem Kaufhaus gibt es einen Aufmarsch …«

»Das übliche dumme Zeug«, unterbrach sie Herr Goldmann. Maria fragte sich, ob er damit die Nazis meinte oder ihre Entschuldigung.

Während sie den Koffer mit den Warenproben auf einem kleinen Tisch öffnete, zündete er sich eine Zigarre an. Sie wartete darauf, dass er neben sie trat, aber stattdessen ging er zu dem kleinen Fenster und starrte hinaus. »Diese Tölpel schlagen sich die Köpfe ein – es ist nicht zu fassen«, murmelte er, als könne er aus seinem Fenster auf den Hindenburgwall sehen, dabei führte es auf einen kleinen Lichthof hinaus. »Kommunistenpack.«

»Die Nazis waren zuerst da«, meinte Maria, obwohl es nicht sehr klug war, ihn zu belehren, bevor er seine Bestellung ausgefüllt hatte.

»Die Nazis sind die gleichen Schwachköpfe. Mit ihrem Judenfanatismus. Als ob es einen Unterschied machte, für wen man arbeitet. Jude, Christ, so lange am Ende der Woche das Geld in der Tüte stimmt – was macht es für einen Unterschied?« Dabei drehte er sich um und sah Maria herausfordernd an.

»Keinen«, sagte Maria. »Hier sehen Sie nun meine Muster! Die Perlenarmbänder sind ein ganz neuer Entwurf und werden ausgesprochen gern geordert. Das Stück zu …«

»Ja, ja«, sagte Herr Goldmann ungeduldig. »Ich nehme die übliche Bestellung. Packen Sie nur wieder ein! Ich weiß gar nicht, warum ich immer mit solchen Nichtigkeiten belästigt werden muss.« Er blies eine Wolke grau-weißen Rauchs aus und musterte Maria drohend, während sie ihren Musterkoffer wieder schloss. »Einige ihrer Ideen sind ja durchaus vernünftig, haben Hand und Fuß, sozusagen. Aber dieser Judenhass und dieses abscheuliche Gebaren der SA. Das muss sich ändern, bevor man sie wählen könnte.«

»Ganz recht«, sagte Maria, die gar nicht mehr richtig hinhörte. Sie schob ihm zwei Bestellblätter über den Tisch, die sie vorher schon ausgefüllt hatte, wobei sie die Bestellmenge vorsorglich fast verdoppelt hatte.

»Was kann man gegen einen Juden wie Tietz schon haben?«, sagte Herr Goldmann, während er seine Unterschrift unter die Blätter setzte. »Über eintausend Arbeitskräfte beschäftigen wir in unserem Haus, daran kann doch keiner etwas aussetzen.«

»Vielen Dank, Herr Goldmann«, sagte Maria und steckte eines der Blätter ein, nachdem sie die Unterschrift trocken geblasen hatte. Goldmann, dachte sie dabei, ob das ein jüdischer Name war? Aber was spielte das für eine Rolle? Sie hatte ihren

Auftrag, jetzt mussten sie und die Mädchen das Ganze nur irgendwie bewältigen.

Sie bekam Mirabella kaum noch zu sehen. Vermutlich lag es an ihrer Affäre mit dem Kommunisten, dachte Maria, aber dann korrigierte sie sich selbst in Gedanken. Eine Affäre war etwas Leidenschaftliches, Leichtsinniges. Ein Abenteuer. Mirabella hatte keine Affäre.

»Wir sind verlobt«, erklärte Mirabella, als Maria sie darauf ansprach. »Anselm und ich.«

»Anselm heißt er?«, fragte Maria. Was für ein Name für einen Kommunisten! »Warum hast du ihn mir nie vorgestellt?«

Mirabella war vorbeigekommen, als Maria gerade das Haus verlassen wollte, den ungeduldigen Rufus an der Leine. Mirabella hatte Kuchen aus der Rheinterrasse dabei, aber Rufus zog an der Leine und winselte, also legten sie das Kuchenpaket oben auf die Briefkästen und gingen in den Hofgarten.

Es war zu heiß zum Spazierengehen. Rufus machte seinen Haufen in ein Blumenbeet, dann legte er sich hechelnd neben die Bank, auf der Mirabella und Maria saßen. Mirabellas Haare waren am Hinterkopf zusammengesteckt, darüber saß ein Strohhut. Gudrun, Hilde, Elfie, Maria selbst, sie alle hatten ihre Zöpfe längst abgeschnitten. Mira war die Einzige, die ihre Haare noch lang trug. Warum lässt sie sich so gehen? dachte Maria. Diese mausgraue Jacke über der verblichenen Bluse – wer trägt denn heutzutage so etwas? Sie könnte so hübsch aussehen, mit ein bisschen Farbe, ein wenig Schminke im Gesicht.

»Er ist Kommunist, habe ich gehört?«, fuhr sie fort, als Mirabella nicht antwortete.

»Hast du das?«, gab Mirabella zurück. »Dann muss es ja wohl stimmen.«

Sie zog den grauen Jackenkragen nach oben, als wollte sie sich dahinter verstecken.

Wie sind die Dinge zwischen euch? wollte Maria fragen. Behandelt er dich gut, wollt ihr heiraten, willst du eigentlich ein Kind, liebst du ihn? Aber all diese Fragen, die sie wirklich interessierten, stellte sie nicht, weil sie zu persönlich waren und weil Mirabella sie ohnehin nicht beantwortet hätte. Stattdessen fragte sie etwas anderes, etwas völlig Verkehrtes, das wurde ihr aber erst bewusst, nachdem sie die Frage bereits ausgesprochen hatte.

»Bist du denn nun auch eine von diesen politischen Fanatikern?«

Mirabellas Gesicht, das immer verschlossen war, wurde zu einer kalten, glatten Maske. »Wenn du es so nennen willst«, sagte sie kurz.

Rufus kroch ein bisschen näher an Maria heran und legte seine kleine schwarze Schnauze auf ihre Lacksandale. Auf dem sonnengrellen Weg schob eine junge Frau einen Kinderwagen vorbei, die hohen Räder quietschten leise, als stöhnten sie unter der Julihitze. Die Frau hatte ihre Augen auf das Kind gerichtet, das schlief oder ihren Blick erwiderte, man konnte es nicht sehen. So nah waren wir uns einst, und jetzt sind wir uns so fern, dachte Maria.

Später aßen sie den Streuselkuchen, den Mirabella aus der Rheinterrasse mitgebracht hatte. Maria erzählte von ihrer Schmuckproduktion, und Mirabella tat, als ob sie zuhörte. »Wer macht eigentlich die Entwürfe für die Schmuckstücke?«, unterbrach sie Maria, als diese gerade von dem neuen großen Auftrag von Tietz berichtete.

»Ich denke mir die Sachen aus und mitunter auch Hilde«, meinte Maria irritiert. »Warum fragst du?«

»Ich könnte dir jemanden vermitteln, der dir das abnimmt. Einen Künstler.«

»Einen Künstler«, wiederholte Maria skeptisch. »Ich weiß nicht. Meine Auftraggeber haben ganz konkrete Vorstellungen, da gibt es nicht eben viel künstlerischen Freiraum. Eine Kette hat so und so auszusehen, und eine Brosche darf im Einkauf nicht mehr als fünfunddreißig Pfennige kosten. Nein, ich brauche keinen Künstler. Ich suche aber noch jemanden für die Produktion, ein Mädchen mit geschickten Fingern, das sich mit den anderen beiden versteht. Kennst du niemanden?«

Hinterher, als Mirabella schon gegangen war, ärgerte sich Maria über sich selbst. Sie wusste so wenig von Mirabella, im Grunde kannte sie ihre Tochter gar nicht. Ich hätte mir den Künstler doch einmal anschauen können, dachte sie. Aber wenn Mirabella ihn empfahl, musste man davon ausgehen, dass der Mann Kommunist war, vermutlich entwarf er stahlgraue Schmuckstücke im Proletarierstil, die keiner haben wollte. Und außerdem, dachte Maria, hätte es ohnehin nichts geändert.

III.

In Karlsruhe hatte sie rasch Arbeit in einer Munitionsfabrik gefunden. Die Männer waren im Krieg, also mussten die Frauen ihre Plätze an den Werkbänken und Maschinen einnehmen. Irgendjemand musste schließlich die Waffen produzieren, mit denen die Männer sich dann gegenseitig totschossen. Vom Sommer 1915 bis zum Herbst 1918 stand Maria an einem Fließband und steckte Geschosshülsen ineinander. Sie setzte einen großen Ring in eine kleine Kapsel, eine Vierteldrehung nach rechts, dann wurde das Ganze mit der Öffnung nach oben auf einen Stift gesteckt und von der nächsten Maschine verschluckt. Eins, zwei, steck, dreh, eins, zwei, steck, dreh, so ging es den ganzen Tag. Die eine Woche hatte sie Frühschicht von fünf bis um zwei, in der nächsten Spätschicht von zwei bis um elf. Sie steckte 72 Geschosshülsen in der Stunde zusammen, das machte 648 am Tag, 3 888 in der Woche und 15 552 im Monat. Wenn jedes zehnte Geschoss sein Ziel traf, so fanden jeden Monat 1555 Männer den Tod durch Marias Hände.

Das also ist aus mir geworden, dachte sie, während sie Hülse um Hülse zusammensteckte. Seherin, Geliebte, Mutter, Mörderin. Eins, zwei, steck, dreh.

Ihre Gedanken flossen ruhig dahin, während die Geschosshülsen an ihr vorbeizogen. Sie dachte daran, dass der Krieg nun nicht mehr lange dauern könnte, angesichts der Masse der Geschosse, die sie in der Fabrik produzierten. Irgendwann ist auch der letzte Soldat tot, überlegte sie. Dann gibt es Frieden. Ob man ihr Mirabella wiedergeben würde, wenn der Krieg vorbei war? Sicher, ganz sicher, versuchte sie sich einzureden, aber dann erinnerte sie sich wieder an das Gesicht der Oberin, an ihren verschwommenen Blick hinter den Brillengläsern. Niemals, sagten die Augen. Sie dachte an Mirko und an ihre letzten Worte vor dem Waisenhaus. *Meinst du wirklich, dass ich ausgerechnet auf dich angewiesen bin?* Wie er dagestanden hatte, klein und traurig. Sie schob Mirko weg und erinnerte sich stattdessen an Ludwig und Quirin, und langsam verschmolz in ihren Gedanken der eine mit dem anderen zu einer einzigen Person.

Sie lernte die Mädchen und Frauen kennen, die mit ihr am Fließband standen, es ließ sich ja gar nicht verhindern, dass man sich kennenlernte. Sie hörte zu, wenn sie sich in der Pause unterhielten, über ihre Männer, ihre Verlobten, ihre Kinder. Maria selbst sagte nie etwas. Sie hatte keinen Mann, keinen Verlobten, und ihr Kind hatte sie weggegeben.

In ihrer Halle arbeiteten nur Frauen, aber nebenan bei den Drehbänken gab es auch ein paar Männer, Kriegsversehrte und Krüppel, die man gar nicht erst eingezogen hatte.

Josef kam im Herbst 1916 in die Fabrik, nachdem er bei Verdun sein rechtes Bein verloren hatte. Er arbeitete dieselbe Schicht wie Maria und wohnte darüber hinaus noch im selben Haus, und wenn er nach der Arbeit neben ihr her nach Hause humpelte, machte er Witze darüber. »Maria und Josef«, spottete er. »Da hört man doch gleich, dass wir füreinander bestimmt sind.«

Josef war aber viel älter als sie, zweiunddreißig mindestens, er war auch zu klein für ihren Geschmack – einmal ganz abgesehen von dem Holzbein.

»Sie sind immer so still und sagen kein Wort«, meinte er. »Sind Sie nun schüchtern oder traurig?« Immer wenn er sie sah, versuchte er etwas aus ihr herauszubekommen, über ihre Familie, ihre Vergangenheit, ihre Vorlieben. Sie erzählte aber so gut wie nichts.

»Am Sonntag ist der 1. Mai«, sagte er, nachdem sie eineinhalb Jahre lang zusammen zur Arbeit und wieder nach Hause gegangen waren. »Wir können doch einmal tanzen gehen.« Er schlug es natürlich nur zum Spaß vor, mit seinem Holzbein konnte er ja gar nicht tanzen. Aber aus irgendeinem Grund ging sie darauf ein. Vielleicht war es das gute Wetter, der milde Frühling nach dem harten Winter. Vielleicht war es die Erinnerung an Tübingen und an Quirin.

Sie nahmen den Pferdeomnibus, obwohl es bis zu dem Tanzlokal nur ein kleines Stück war, das man gut zu Fuß gehen konnte, doch für sein Holzbein war es zu weit.

Sie setzten sich an einen der langen Holztische unter den Kastanien, es gab keinen Wein, nur sauren Apfelmost, weil Krieg war. Er schlug eine Zeitung auf, die jemand auf dem Tisch liegen gelassen hatte. »Sammelt für das Heer!«, las er laut vor. »Aluminium, Nickel, Kupfer, Messing. Abzugeben an allen Sammelstellen.«

»Aluminium und Kupfer«, wiederholte sie verächtlich. »Wer hat das denn noch, heutzutage? Sogar die Blitzableiter haben sie schon von den Dächern geholt.«

»Obstkerne«, las Josef weiter. »Ausgekämmtes Frauenhaar. Sammelt für unsere Männer.«

»Frauenhaar? Das haben Sie sich ausgedacht.«

Sie zog die Zeitung zu sich heran und starrte auf die Stelle, die er ihr zeigte. »Obstkerne zur Ölgewinnung. Frauenhaar zur Textilherstellung. Tatsächlich«, murmelte sie. »Wenn wir uns nur alle fleißig kämmen und ordentlich Kirschen essen, werden wir den Krieg gewiss gewinnen.«

Er lachte, aber es klang nicht fröhlich. »Wenn Sie mit jemandem tanzen möchten, tun Sie sich keinen Zwang an«, wechselte er dann das Thema.

»Nein, nein.«

»Warum wollen Sie nicht tanzen? Es ist das beste Mittel gegen Trübsal und böse Erinnerungen, glauben Sie mir.«

Maria zuckte nur mit den Schultern. Er zündete sich eine Buchenlaubzigarette an und sog den Rauch so tief ein, dass sich sein schmaler Brustkorb hob.

»Mir ging es auch einmal so wie Ihnen«, sagte er dann, ohne sie dabei anzusehen. »Ich wollte sterben vor lauter Verzweiflung und Überdruss.«

Sie malte eine Schlangenlinie in den gelben Blütenstaub auf dem Tisch. »Als man Ihnen Ihr Bein abgenommen hat?«

»Die Amputation habe ich gar nicht gemerkt. Ich war besinnungslos. Glücklicherweise. Irgendwann bin ich aufgewacht, und der Kamerad neben mir hat es mir gesagt. Ich konnte es nicht glauben, bis ich die Bettdecke zurückgeschlagen habe, da war es offensichtlich. Ich konnte das Bein doch noch spüren, es brannte wie Feuer. Es brennt immer noch, besonders in den Zehen, aber nicht mehr die ganze Zeit.«

Sie nickte, obwohl es natürlich unvorstellbar war.

»Ich hatte ein Mädchen damals. Nach dem Krieg wollten wir heiraten«, fuhr er fort. »Aber das ist inzwischen vorbei.«

»Ihre Freundin hat Sie verlassen, weil Sie ein Bein verloren haben?«, fragte Maria. »Dann war sie es aber auch nicht wert. Seien Sie froh, dass Sie sie los sind.«

Er rieb sich mit der Hand über das Kinn. »Das sagt sich so leicht. Aber man kann es ihr nicht verdenken. Die Sache hat mich so verändert. Ich bin … nicht mehr der Mann, in den sie sich damals verliebt hatte.«

Das wiederum konnte Maria nur zu gut verstehen. Dass einen eine Sache so veränderte, dass man sich selbst nicht wiedererkannte.

»Was ich damit sagen will«, meinte Josef, »versuchen Sie, Ihrer Trübsal zu entfliehen! Tanzen Sie, auch wenn Ihnen nicht danach zu Mute ist! Lächeln Sie! Singen Sie! Irgendwann folgen Ihre Gedanken Ihren Handlungen, und dann wird alles besser. Was geschehen ist, lässt sich nicht wiedergutmachen. Es ist vorbei.«

Es ist nicht vorbei, dachte Maria und spürte plötzlich, dass sie ärgerlich wurde, dabei war das unsinnig, er wollte ihr doch nur helfen und war selbst ein armes Schwein.

»Was denken Sie?«, fragte er behutsam, und sein sanfter Ton machte sie noch wütender.

»Es ist nicht so wie bei Ihnen«, brach es auf einmal aus ihr heraus. »Ich habe mehr verloren als nur ein Bein!«

»Was?«, fragte er. »Was haben Sie verloren?«

Sie blickte auf und sah ihn an und bemerkte zum ersten Mal, dass er blaue Augen hatte. Seine Augenbrauen waren zwei schwungvolle Bögen, die sich über der Nasenwurzel fast berührten.

Sie erzählte ihm alles. Von Ludwig und Mirabella und Mirko, von Quirin und Heiligenbronn und was für eine Mutter sie war. Es dauerte eine ganze Weile lang, weil sie furchtbar wirr erzählte, aber er hörte geduldig zu.

»Aber das ist Unsinn«, sagte er, als sie ihren Bericht beendet hatte. »Die Nonnen haben kein Recht dazu, Ihre Tochter zu behalten.«

»Ich habe es doch unterschrieben, dass ich sie aufgebe.«

»Dennoch. So schnell verliert man sein Kind nicht. Sie müssen noch einmal hinfahren. Sprechen Sie mit der Oberin und drohen Sie ihr mit einem Gerichtsverfahren, falls sie das Kind nicht hergeben.«

»Mit einem Gerichtsverfahren? Von so etwas habe ich doch überhaupt keine Ahnung.«

»Die Nonnen wahrscheinlich auch nicht. Vielleicht geben sie gleich klein bei und rücken das Kind heraus.«

Maria dachte an die Brillenaugen, so verschwommen und doch so hart, und schüttelte den Kopf.

»Wenn Sie wollen, helfe ich Ihnen«, sagte Josef. »Ein Großonkel von mir ist Advokat in München. Vielleicht kann er Ihnen ein Schreiben formulieren, das die Klosterleitung einschüchtert.«

Maria zögerte. Was versprach sich Josef davon, dass er ihr half?

»Ich werde mich einfach einmal bei ihm erkundigen«, sagte er.

Es dauerte sechs Wochen, bis die Antwort des Advokaten in Karlsruhe eintraf. Maria kannte nur die Hälfte der Worte in seinem Brief, und auch die begriff sie nicht richtig. Sie verstand nur so viel, dass der Anwalt das Kloster Heiligenbronn aufforderte, das Mädchen Mirabella unverzüglich in die Obhut seiner leiblichen Mutter und Erziehungsberechtigten Maria Schwarz zurückzugeben. »Aber was ist mit dem Schriftstück, das ich unterschrieben habe?«, meinte sie dann.

»Das müssen sie uns erst einmal vorlegen, dann sehen wir weiter«, sagte Josef. Wir sagte er, das gefiel ihr nicht. Er bot ihr auch an, sie nach Heiligenbronn zu begleiten, doch sie lehnte ab, weil sie an Mirko dachte. Damals ein Zwerg, nun ein Krüppel. Nein, sie musste den Weg allein machen.

Sie nahm sich drei Tage Urlaub wegen familiärer Angelegenheiten. Der Zug fuhr wegen des Krieges nur noch bis Freudenstadt, die restlichen Kilometer ging sie zu Fuß. Je näher sie dem Kloster kam, desto langsamer ging sie. Sie hatte Mirabella dreieinhalb Jahre nicht mehr gesehen. Damals war sie acht gewesen, jetzt war sie elf. Wie würde sie aussehen? Ob sie mich wiedererkennt, murmelte Maria, während sie einen Waldweg einschlug, eine Abkürzung zum Kloster, wie man ihr im Dorf gesagt hatte. Ob sie sich überhaupt an mich erinnert? Als sie den Wald wieder verließ, sah sie die Klosteranlage hinter den Feldern. Ihr Herz schlug auf einmal so heftig, dass sie stehen bleiben musste.

»Heilige Mutter Gottes, lass mich nicht im Stich«, flüsterte sie. »Gib mir meine Mirabella zurück. Deinetwegen hab ich sie überhaupt hierher gebracht.«

Nur dieser Gedanke, diese Gewissheit, dass die Muttergottes ihr beistand, gab Maria die Kraft, einen Fuß vor den anderen zu setzen. Bis zur Klosterpforte und dann, geleitet von einer dicken Nonne, in dasselbe Besprechungszimmer, in das man sie und Mirko vor zweieinhalb Jahren gebracht hatte.

Das Gespräch mit der Oberin war auch diesmal sehr kurz, noch kürzer als die Unterredung damals. Maria legte ihr den Brief des Münchner Advokaten hin und brachte stammelnd ihre Argumente vor. Die Mutter Oberin rückte an ihrer Brille und las den Brief, dann räusperte sie sich. »Schön und gut«, begann sie, während sie Maria den Brief wieder zurückgab. »Bedauerlicherweise ist die kleine Mirabella aber nicht mehr bei uns.«

Marias Blut rauschte so laut in ihren Ohren, dass sie die Worte der Oberin kaum verstehen konnte, und in dem Rauschen war ein einziger Gedanke, der sich wirbelnd um sich selber drehte wie ein Blatt in einem Wasserstrudel. Sie ist tot. Sie ist tot. Sie ist tot. Maria wollte etwas sagen, aber als sie den Mund öffnete, brachte sie keinen Laut heraus.

Die Oberin hob die Hand und schüttelte gleichzeitig den Kopf. »Ihre Tochter ist bei guten Menschen. Bei einer christlichen Familie, die sie aufgenommen hat, an Kindes statt.«

»An Kindes statt? Aber sie ist mein Kind!«

Der diffuse Blick musterte sie. Die Oberin schwieg.

»Wo ist sie? Wo hat man sie hingebracht?«

»Das kann ich Ihnen nicht sagen.«

»Aber ich muss sie doch sehen.«

»Das ist nicht möglich.«

»Ich bitte Sie!« Nein, es war falsch zu bitten, dachte Maria, sie musste ihr Recht einfordern, so wie Josef es gesagt hatte, Mirabella gehörte schließlich ihr, keiner durfte sie ihr wegnehmen. »Ich … ich bestehe darauf.« Aber die Worte klangen dünn und lächerlich und bewirkten nichts.

»Es tut mir leid«, sagte die Oberin, während sie sich gleichzeitig erhob. Ihre Stimme war vollkommen ruhig. Dann ging sie, und eine andere Nonne kam in den Raum und reichte Maria ein Glas Wasser und sagte irgendetwas, das Maria nicht verstand.

»Ich muss sie finden«, sagte sie. »Mirabella ist meine Tochter.«

Die Schwester lächelte und tätschelte Marias Unterarm. »Es wird schon alles wieder gut werden.«

»Bitte«, flüsterte Maria. »Sie müssen mir helfen. Meine Mirabella steht unter dem Schutz der Jungfrau Maria.« Warum sie den letzten Satz hinzufügte, wusste sie selbst nicht.

»Ich weiß«, sagte die Schwester immer noch lächelnd. Sie hatte ein sehr schmales Gesicht, von der spitzen Nase zogen sich scharfe Falten zu den Mundwinkeln. »Die Heilige Maria ist ihre Patronin.«

»Hier ist meine Anschrift.« Maria reichte ihr den Briefumschlag des Anwaltsschreibens, auf dem ihre Karlsruher Adresse stand. »Finden Sie heraus, wo Mirabella ist, und schreiben Sie mir. Bitte!«

Die Nonne faltete den Umschlag gedankenverloren zusammen und ließ ihn in ihrer Rocktasche verschwinden. »Die heilige Jungfrau lässt keinen im Stich. Wer unter ihrem Schutz steht, dem ist wohl getan.«

Hatte sie überhaupt verstanden, was Maria von ihr wollte? Maria straffte ihre Schultern und stellte sich sehr aufrecht hin. »Ich werde im Übrigen meinen Anwalt über die Angelegenheit in Kenntnis setzen, damit er etwas unternimmt.«

Das war der richtige Ton, so hätte sie auch vorher mit der Oberin reden sollen. An der Schwester perlten die Worte jedoch ab wie Öl.

»Tun Sie das, mein liebes Kind«, sagte sie gütig. »Der Herr sei mit Ihnen.«

Josef rief seinen Großonkel in München an, der versprach, ein weiteres Schreiben an die Klosterleitung aufzusetzen. »Die Nonnen hätten Mirabella nicht zur Adoption freigeben dürfen«, erklärte Josef.

»Ich hätte sie nie dorthin geben dürfen«, sagte Maria.

Was bist du nur für eine Mutter?

»Wir holen sie wieder zurück, wo immer sie ist.«

Aber der Advokat ließ wochenlang nichts von sich hören. »Vielleicht hat er sich direkt an die Klosterleitung gewandt«, vermutete Josef und rief noch einmal in München an, doch sein Großonkel hatte die Angelegenheit nur vergessen. »Er begibt sich nun aber unverzüglich daran.«

Mitte August kam sein Schreiben in Karlsruhe an. Maria schickte es weiter nach Heiligenbronn und bekam wieder keine Antwort.

»Wir müssen uns hier in Karlsruhe einen Anwalt suchen, der die Sache vertritt«, meinte Josef.

Ein Anwalt kostete allerdings Geld, und Maria hatte nicht mehr als ein paar Mark gespart. »Ich schreibe noch einmal an meinen Großonkel. Vielleicht kann er uns etwas raten«, sagte Josef.

Es wurde September und Oktober, in der Fabrik wurde jetzt viel weniger Munition produziert, weil sich zwei Drittel der Arbeiter mit der Spanischen Grippe infiziert hatten und nicht zur

Arbeit erschienen. Maria und Josef wurden beide nicht krank, dafür mussten sie jetzt zehn Stunden arbeiten anstatt neun.

Nach der Arbeit aßen sie gemeinsam zu Abend. Die wöchentliche Brotration war Anfang des Monats auf 1700 Gramm gesenkt worden, Fleisch gab es nur noch 350 Gramm pro Woche. Für ein Kilo Kartoffeln zahlte man auf dem Markt 1 Mark, obwohl der festgesetzte Höchstpreis nur 15 Pfennige betrug. Nach dem Essen knurrten ihre Mägen genauso wie vorher. Um den Hunger zu vergessen, unterhielten sie sich. Josef erzählte von seinem Leben vor dem Krieg, Maria erzählte von ihrer Zeit im Zirkus, aber meistens redeten sie von Mirabella und wie man sie wiederbekommen konnte.

Dann ging Maria in ihre Kammer, doch sobald der Hauswirt das Licht im Flur ausmachte, schlich sie sich wieder zurück. Sie blieben die ganze Nacht zusammen. Am Anfang dachte Maria noch darüber nach, ob sie nur aus Dankbarkeit mit ihm schlief, dann hörte sie auf zu grübeln. Es war sehr schön, bei Josef zu liegen und ihn zu spüren. Auch wenn er nur ein Bein hatte.

Sie hielten sich gegenseitig fest, und Maria schloss die Augen, wenn er ihren Namen flüsterte.

Mehr war da nicht. Aber auch nicht weniger.

Am 3. November 1918 traten die Matrosen in Kiel in den Streik. Die Protestwelle schwappte in die anderen Hafenstädte über und breitete sich im ganzen Land aus. »Schluss mit dem Krieg!«, riefen die Leute nun auch in Karlsruhe. »Nieder mit dem Kaiser!«

Am 9. November wurde die Republik ausgerufen, am 11. November streckte Deutschland die Waffen. Der Krieg war verloren. Es war vorbei.

Einen Tag später stellte die Munitionsfabrik ihre Produktion ein. Alle Arbeiter wurden mit sofortiger Wirkung entlassen. »Für uns gibt es keine Zukunft mehr«, sagte der Fabrikdirektor Weiler in einer letzten Ansprache vor der Belegschaft. Die Leute applaudierten und jubelten, ein paar Männer warfen ihre Mützen in die Luft, obwohl keiner von ihnen wusste, wovon er nun leben sollte. Es war genau wie damals, als der Krieg ausgebrochen war. Nur dass zwischen damals und heute unzählige Tote und Versehrte lagen.

Als in Berlin die Übergangsregierung unter dem neuen Reichskanzler Friedrich Ebert ihre Arbeit aufnahm, machte Josef Maria einen Heiratsantrag. »Wenn wir verheiratet sind, wird es leichter, Mirabella zurückzuholen«, sagte er, und das gab den Ausschlag für ihre Antwort.

»Nein«, sagte sie. »Wenn ich dich heirate, dann muss ich dich um deinetwillen heiraten und nicht wegen Mirabella.«

»Heirate mich also um meinetwillen.«

»Es geht nicht«, sagte sie. »Es geht einfach nicht.«

Er nickte, danach sprach er sie nie wieder darauf an.

Zwei Wochen später kam der Brief aus Heiligenbronn. Eine runde Mädchenhandschrift auf dem Umschlag. Marias Hände zitterten, als sie das Kuvert aufriss, sie musste das Blatt auf den Tisch legen, um die wenigen Zeilen lesen zu können.

Meine liebe Frau,
Ihre Mirabella finden Sie nun dort: Ehepaar Anschütz, Reichsstraße No. 25 in Düsseldorf.
Ich wünsche sehr, dass die Muttergottes Ihnen beisteht.

Ihre Schwester Innozenz
Franziskanerkloster Heiligenbronn.

Maria verbrachte eine letzte Nacht mit Josef. Als sie ihm beim Frühstück von dem Brief erzählte, lächelte er. »Also wirst du mich nun verlassen«, sagte er. Sein Ton war sachlich, fast beiläufig, nur seine blauen Augen schienen auf einmal dunkler als sonst.

»Bitte versteh mich.« Sie machte ihm keine falschen Versprechungen. Dass sie gemeinsam mit Mirabella zu ihm zurückkehren würde. Dass er sie in Düsseldorf treffen könnte. Dass sie sich wieder sehen würden, irgendwann. Die Sache war beendet.

Er brachte sie nicht zum Zug, aber er küsste sie zum Abschied. »Leb wohl«, sagte er. »Viel Glück.«

Sie wusste, dass er um sie weinen würde, sobald sich die Tür hinter ihr geschlossen hatte. Als der Zug aus dem Bahnhof fuhr, weinte sie selbst, und das überraschte sie. Also habe ich ihn doch geliebt, stellte sie voller Verwunderung fest.

Ludwig, Quirin. Josef. Von einem Tag zum anderen war er einer von ihnen. Vergangenheit.

Elftes Kapitel

I.

Freie Erde nannten sie die Siedlung im Eller Forst. Es waren vier Häuser und ein paar Holzhütten mit Grasdächern, ein Garten, in dem Kartoffeln, Gurken und Erdbeeren wuchsen, und eine Weide mit zwei Kühen und einer Ziege. Darum herum Wald. Es war wie auf dem Land und doch in der Stadt.

Ludwig hatte die Adresse von Wollheim, einem Künstler, den er aus Berlin kannte. »Da kommst du fürs Erste unter«, hatte Wollheim Ludwig erklärt, als er hörte, dass dieser nach Düsseldorf ziehen wollte. Am 26. August 1926 war Ludwig mit dem Zug nach Düsseldorf gefahren, und am Bahnhof hatte er sich direkt in den Autobus nach Eller gesetzt. Das letzte Stück war er zu Fuß gegangen, und nun war er hier.

Es war sehr still. Im Wald zwitscherte ein Vogel, im Gras zirpten Grillen. Sonst hörte man nichts. Es war auch keine Menschenseele zu sehen, aber in dem gelben Haus mit dem runden Giebelfenster stand die Tür auf. »Hallo«, rief Ludwig in den dunklen Hausflur hinein. Die Wände warfen seine Stimme zurück.

»Hallo?«

Ludwig fuhr herum, direkt hinter ihm stand eine junge Frau. Schmales Gesicht, glänzend schwarzes Haar, der Bauch so groß, dass er Ludwig fast berührte. Sie war schwanger.

»Ich komme … ich bin von …« Ludwig suchte nach Worten. Die Frau nickte. Dieser Bauch! Ein viel zu großer Bauch für die schmale Gestalt.

»Kommst du zum Fest?«, fragte sie. »Bist aber früh dran.«

»Zum Fest? Nein, Gert Wollheim aus Berlin hat mir Ihre Adresse gegeben. Ich bin neu in Düsseldorf und brauche eine Bleibe.«

»Den Wollheim kennst du? Ach, der steckt jetzt also in Berlin. Na, wenn du willst, kannst hier bei uns wohnen. Unter dem Dach ist noch Platz. Bring deine Sachen hoch, zwei Treppen und dann die erste Tür links. Danach kannst du mir helfen, wir haben noch einiges vorzubereiten für das Fest heute Abend.«

Als er seine beiden Koffer die Treppe hoch trug, fiel ihm auf, dass sie ihn nicht einmal nach seinem Namen gefragt hatte.

Das Zimmer war klein, ein Bett, ein schmaler Schrank, ein Tisch. Ein Dachfenster zeigte ein blaues Rechteck Himmel. In den schrägen Sonnenstrahlen, die durch die schmutzige Scheibe fielen, tanzten Staubkörner.

»Du kannst Walter beim Aufbauen helfen«, sagte die Schwangere, als er wieder nach unten kam. Inzwischen waren noch zwei weitere Frauen und einige Männer aufgetaucht. Sie rollten Bierfässer über den Kiesweg vor den Häusern, eine Frau stand auf einer Leiter und nagelte eine Girlande aus grünen Blättern von einem Haus zum anderen.

»Gut«, sagte Ludwig, aber die Schwangere war schon weitergegangen und hörte ihn nicht mehr.

Er ging hinüber zu den Männern. Walter war ein großer Kerl mit zotteligem rotem Haar, einem roten Bart, auch aus seinem halb geöffneten Hemd wucherten rote Haare. Gemeinsam hämmerten sie eine Art Theke zusammen, auf die die Frauen Kuchen und dunkles Brot stellten, Töpfe mit Butter und Schmalz, Schüsseln mit Blutwurst. Niemand fragte Ludwig nach seinem Namen, keiner wollte wissen, was er hier wollte, woher er kam. Es schien normal zu sein, dass man hier einfach auftauchte, einzog und mitarbeitete, ohne sich vorzustellen.

Es ist der ideale Platz für mich, dachte Ludwig.

Die ersten Gäste trafen kurz vor acht in einem knatternden, rauchenden Wagen ein. Es waren Künstler, das erkannte Ludwig sofort, obwohl er selbst nicht wusste, woran. Vielleicht war es die Art, wie sie ihre Jacken hochschoben, um die Hände in die Hosentaschen zu stecken. Vielleicht war es ihr ganzes Wesen, so laut und ungehemmt.

Neben der Theke packten Musiker ihre Instrumente aus. Ein Akkordeon, eine Geige, eine Gitarre. Als sie zu spielen begannen, war die Wiese plötzlich voller Menschen. Sie standen in Gruppen zusammen, Gläser in der Hand, redeten und lachten und kauten und tranken gleichzeitig. Ludwig fühlte sich auf einmal sehr alt.

»Helma sagt, dass du bei uns einziehen willst.« Neben ihm stand ein Mädchen und lachte ihn an. »Ich bin Greta Krull.« Sie streckte ihm die Hand hin.

Greta Krull war die Erste, die sich ihm vorstellte. »Nero«, sagte er. »Nero Battaglia.« Diesen Namen hatte er sich damals ausgesucht, nachdem er desertiert und in die Schweiz geflohen war. Nero hieß schwarz, und Battaglia war die Schlacht, der Krieg. Seinem neuen Namen nach lief er also vor sich selber weg, das gefiel ihm. In Zürich hatte er sich neue Papiere machen lassen. Nationalität: Schweiz. Geschlecht: männlich. Gestalt: mittel. Stirn: hoch. Augenfarbe: braun. Nase: normal. Das war Nero Battaglia.

»Nero«, wiederholte sie. »Bist du Italiener?«

»Schweizer«, sagte er.

»Ein Künstler.«

Er zuckte mit den Schultern. Er zeichnete und malte, aber er stellte nicht aus und verkaufte seine Arbeiten auch nicht. Er mochte auch nicht darüber sprechen.

»Ich wohne jedenfalls da drüben, im blauen Haus. Mit meinem Mann Ottmar, wir sind seit vier Wochen verheiratet. Anton und Ernst sind unsere Untermieter. Die wirst du ja noch kennenlernen. Wie lange willst du denn bleiben?«

»Hast du es dir auch gut überlegt?«, fragte sie dann weiter, bevor er Gelegenheit hatte, irgendetwas zu erwidern. »Wir sind nämlich Anarchosyndikalisten. Weißt du was das ist? Ist ja auch vollkommen egal. Du musst gar nicht mitmachen. Du solltest nur wissen, dass das Land hier nicht gepachtet ist. Wir haben es besetzt. Also die anderen, ich bin erst seit ein paar Monaten dabei, seit ich Ottmar kenne. Aber Ottmar hat mitgemacht, damals. Die haben das Land besetzt, weil man Land nämlich nicht kaufen oder verkaufen kann. Es gehört allen, dir und mir und wer immer sich darauf niederlassen will.«

Ludwig nickte.

»Miete zahlen musst du natürlich trotzdem. Wir leben ja nicht von Luft und Liebe, Anarchie hin oder her. Ist aber nicht so teuer. Anton und Ernst zahlen nur ein paar Mark die Woche. Du hast doch Geld, oder?«

Ludwig nickte wieder. Er hatte Geld, nicht viel, aber ein bisschen. Wollheim hatte ihm von Berlin aus eine Stelle als Nachtportier in einem Hotel vermittelt. Es war kein besonders gutes Hotel, aber Ludwig war ja auch kein besonders guter Portier, so passte eines zum anderen. In jedem Fall reichte das Geld fürs Essen und für die Wohnung auch.

»Na dann ist es ja gut.« Greta lachte. So einfach waren die Dinge für sie.

Sie war recht groß, fast so groß wie Ludwig und hatte blonde Haar und rote Lippen, die immer geschminkt aussahen, dabei schminkte Greta sich niemals. Es kümmerte sie nicht, wie sie aussah. Das machte vermutlich ihren Reiz aus, dass ihr ihre Schönheit vollkommen egal war.

Dann war Greta wieder weg. Ludwig blieb allein stehen und beobachtete die anderen, die Siedler, die Maler und die Theaterleute, wie sie miteinander redeten und lachten, Bier und Wein tranken und immer betrunkener wurden. Je betrunkener sie wurden, desto weniger hörten sie einander zu, desto mehr redeten sie nur noch von sich selbst. Ich, ich, ich, schien die ganze Waldwiese bald zu schreien. Schaut mich an, schaut doch nur her.

Es war überall das Gleiche. Ob in Zürich oder in Berlin oder in Düsseldorf. Ich, ich, ich!

»Kikeriki«, sagte Ludwig. Dann erst wurde ihm bewusst, dass Greta wieder neben ihm stand. »Was?«, fragte sie irritiert, aber Ludwig antwortete nicht. »Soll ich dir die anderen einmal vorstellen?«

Ludwig winkte ab. »Ich werde sie früh genug kennenlernen.«

»Wie du meinst.« Greta zuckte mit den Schultern. »Ich kann dir ja von hier aus einen Überblick geben.« Sie redete weiter, obwohl er gar nicht reagierte. Vielleicht war sie betrunken. Vielleicht wollte sie ihn einfach nur aufheitern. Sie konnte ja nicht wissen, dass das zwecklos war. »Bei dir im gelben Haus wohnen Helma und ihr Mann, der Walter. Das heißt, eigentlich sind sie gar nicht verheiratet. Helma kriegt aber dennoch ein Kind von Walter, dafür braucht's bekanntlich keinen Trauschein. Der neben dem Fass heißt Werner, der war von Anfang an dabei. Helma übrigens auch, aber Walter nicht, der ist höchstens ein Jahr hier. Und da drüben steht Konrad ...« So ging es immer weiter, von einem Siedler zum nächsten, und nach den Siedlern waren die Künstler dran. Gretas Worte plätscherten an Ludwig vorbei wie der kleine Bach hinter den Häusern, er hörte nicht richtig hin und merkte sich gar nichts, keine Gesichter, keine Namen, keine Geschichten.

»Siehst du da hinten die fette Schachtel neben Walter?« Als Ludwig nicht reagierte, stieß ihn Greta mit dem Ellenbogen in die Seite. Dann zeigte sie mit dem Finger auf den rothaarigen Walter und die dicke Frau neben ihm. »Das ist die alte Ey, die die Künstler fördert. Schon mal was von ihr gehört?«

»Johanna Ey«, sagte Ludwig überrascht. Er kannte den Namen, auch wenn er sich nicht mehr für den Kunstbetrieb interessierte. Johanna Ey war eine der bedeutendsten Sammlerinnen für expressionistische Kunst, ihr Ruf als Galeristin ging weit über Düsseldorf hinaus. Ludwig hatte sie sich ganz anders vorgestellt. Die Ey war plump und hässlich, sie sah aus wie eine Kneipenwirtin; und genau das war sie früher ja auch gewesen, erinnerte er sich. Johanna Ey hatte ein Café für die Studenten der Kunstakademie betrieben, und wer kein Geld für Kaffee und Butterkuchen hatte, der bezahlte in Bildern. Auf diese Weise war die Ey zu ihrer Kunstsammlung gekommen.

Greta winkte Walter zu. »Komm, ich stell dich vor. Du bist doch Maler, die Ey musst du einfach kennenlernen, eine solche Gelegenheit ergibt sich doch nie wieder.« Ehe er sie daran hindern konnte, zog sie ihn am Arm über die Wiese.

Sie schob ihn einfach zwischen die Ey und Walter. »Guten Abend, die Herrschaften. Ich wollte nur unseren neuen Mitbewohner vorstellen. Nero Battaglia aus Berlin.« Sie lächelte so stolz, als wäre Ludwig ihr Sohn. »Ein großes Kunsttalent übrigens, Frau Ey, auch wenn er es selbst nicht so sieht.«

Die Brille der Ey war rund und schwarz, dahinter lagen ihre kleinen Augen, mit denen sie Ludwig misstrauisch musterte.

»Angenehm«, sagte er nur.

»Sie wollen also in der hiesigen Kunstszene Fuß fassen?«, fragte sie streng.

»Nein«, sagte Ludwig. »Ich möchte ... ich werde erst einmal hier einziehen.«

»Wo?«, fragte Walter.

»Ins gelbe Haus.«

»Das ist mein Haus«, stellte Walter fest. Ludwig wartete darauf, dass er ihn fragte, wie er auf die Idee kam, dass er bei ihm wohnen wollte, aber Walter kaute auf einer roten Haarsträhne und schwieg.

»Ich bin mit Wollheim in Berlin bekannt«, sagte Ludwig, als ob das eine Erklärung wäre.

Walter nickte nur, aber die Augen der Ey wurden so rund wie ihre Brille bei dem Namen.

»Der gute Wollheim, wie geht es ihm? Ach, das Rheinland ist nicht mehr dasselbe, seit sie weg sind. Wollheim, Dix, Pankok. Sie fehlen, sie fehlen so sehr.«

Ludwig räusperte sich. *Kann nicht verstehen, wieso einer von Berlin nach Düsseldorf ziehen will*, hatte Wollheim gesagt, als Ludwig von seinen Umzugsplänen berichtet hatte. *In Düsseldorf liegt doch der Hund begraben.* Aber Ludwig hatte seine Gründe, über die er nicht sprach.

»Wussten Sie, dass er diese Siedlung mitgegründet hat? Vor fünf Jahren, da war er gerade frisch in Düsseldorf.«

»Wollheim ist Anarchist?« Das war Ludwig neu.

»Wollheim ist Künstler«, sagte die Ey. »Nach kurzer Zeit ist er ja dann auch hier weg.« Sie warf einen unsicheren Blick auf Walter, der weiterhin verdrossen auf seiner Haarsträhne kaute und schwieg. »Aber das ist lange her«, meinte Frau Ey versöhnlich.

Greta kicherte. Walter kaute. Ludwig starrte auf seine Hände, während ihn die Ey nachdenklich betrachtete. Als er den Blick hob, lächelte sie warm. »Herr Battaglia«, sagte sie. »Wenn Sie möchten, dann kommen Sie doch mal in meine Galerie und zeigen Sie mir Ihre Arbeiten.«

»Ja«, meinte er. »Warum eigentlich nicht?«

Sie gab ihm ihre Karte. *Neue Kunst Frau Ey* stand darauf. *Hindenburgwall 11.*

Greta stieß ihn triumphierend in die Rippen. Aber als Ludwig die Karte einsteckte, hatte er den Vorschlag bereits wieder vergessen.

Ludwig war nach Düsseldorf gekommen, um seine Tochter zu finden. Eine Tochter, von der er bis vor einigen Monaten nichts gewusst hatte. Und was wusste er jetzt? Ihren Namen – *Mirabella*. Dass sie als Servierfräulein in Düsseldorf arbeitete, in einem Lokal, das *Zum Goldenen Ochsen* hieß. Dass Maria ihre Mutter war. Mehr nicht.

Der Zwerg hatte es ihm gesagt. Dieser Zwerg, an dessen Namen er sich nicht mehr erinnern konnte, so sehr er sich auch den Kopf zerbrach. Miguel. Micha. Mingus. Es war zu lange her. Obwohl er sich an andere Dinge noch sehr gut erinnerte. An die Namen der drei dressierten Pudel zum Beispiel. Mick, Muck und Muzzi. Verrückt, dass er das nach so langer Zeit noch wusste. Er erinnerte sich an Marias Zelt, an den roten Überwurf auf ihrem Bett und daran, wie ihre Haare rochen. Er erinnerte sich an die alte Esmeralda und an Marthe mit dem Kropf. Aber den Namen des Zwergs hatte er vergessen.

Im Grunde hatte er auch vergessen, dass da überhaupt ein Zwerg gewesen war. Erst als der ihn vor dem Zirkuszelt angesprochen hatte, war es ihm wieder eingefallen.

Es waren die ersten warmen Tage im April 1926. Ludwig war mit Martin Wunderlich übers Wochenende nach Süddeutschland gefahren. »Ein bisschen raus aus der Großstadthektik, hinein ins Grüne«, hatte Martin gesagt, der in der gleichen Brauerei arbeitete wie Ludwig. Ludwig packte die Bierfässer vom

Lager auf den Lastwagen, und Martin fuhr sie dann zu den Wirtshäusern. In Wirklichkeit war Martin aber kein Bierkutscher, sondern Ausdruckstänzer und hatte bei Mary Wigman in Dresden studiert. Davon konnte man aber nicht leben.

Martin kannte eine kleine, billige Pension in Heilbronn, da fuhren sie hin. Warum Ludwig überhaupt mitfuhr, wusste er nicht. Stadt oder Land, das machte für ihn keinen Unterschied, er fühlte sich hier wie dort fehl am Platze, aber Martin redete so lange auf ihn ein, bis er mitkam.

Die Zugreise dauerte einen halben Tag. Sie fuhren Holzklasse, schon nach vier Kilometern tat Ludwig der Rücken weh, und sein Kopf dröhnte von dem Kindergeschrei und dem Zigarettenrauch im Waggon. Außerdem hörte Martin nicht auf zu reden. Er erzählte Ludwig sein ganzes Leben, von seiner Mutter und seinen Schwestern, seiner Schulzeit, von Mary Wigman, vom Ausdruckstanz – von seiner Einsamkeit, von seiner Liebe.

Es brauchte eine ganze Weile, bis Ludwig begriff, dass er damit gemeint war. Ludwig war Martins Liebe. Jedenfalls bildete Martin sich das ein. »Du bist mein Ein und Alles«, sagte er unglücklich über das Kindergeschrei, das Rattern des Zuges und das Holpern der Eisenbahnschwellen hinweg. Ludwig sah ihn fassungslos an. Martin war jung und schön und durchtrainiert, er selbst war alt und verbraucht. »Aber nein«, sagte er. »Das kann nicht sein.«

In Heilbronn verschwand Martin mit einer Flasche Wein auf sein Zimmer, und Ludwig machte einen Spaziergang. Bei dieser Gelegenheit stieß er auf den Zirkus.

Der Name hatte sich geändert. *Zirkus Lombardi* hieß nun Zirkus Eltinger. Auch das große Zirkuszelt sah anders aus als früher, es war rot und blau gestreift, und die Fahne an der Spitze war gelb. Deshalb erkannte Ludwig den Zirkus nicht wieder. Er wäre sonst schnell weitergegangen, er hatte genug an seiner Vergangenheit zu tragen, er brauchte nicht noch mehr Erinnerungen.

So aber ging er zur Kasse, um sich eine Karte zu kaufen, und neben der Kasse stand der Zwerg. Er starrte Ludwig an, nur

Ludwig, obwohl vor ihm und hinter ihm noch andere Leute waren. Es war, als hätte er auf Ludwig gewartet.

»Erinnerst du dich an mich?«, fragte der Zwerg.

Ludwig zuckte mit den Schultern, aber im selben Moment sah er ihn plötzlich wieder vor sich: vor dem Wahrsagerzelt, mit seinem Strickzeug auf den Knien. »Marias Zwerg.«

»Suchst du sie? Du findest sie nicht mehr hier.«

»Nein, ich wusste gar nicht, dass … Wo ist sie? Ist sie tot?«

»Sie hat uns verlassen. Komm mit!« Der Zwerg drehte sich um und ging weg, ohne sich umzusehen, ob Ludwig ihm folgte.

Er brachte ihn zu einem kleinen Wohnwagen, davor standen zwei Stühle und ein Tisch mit einer dampfenden Teekanne. Als hätte er mich erwartet, dachte Ludwig wieder.

»Es ist Zeit, dass du dich einmal blicken lässt«, sagte der Zwerg, während er Platz nahm. »Ich kann dir aber nicht sagen, wo du sie findest.«

Ludwig erinnerte sich plötzlich daran, dass er den Zwerg früher schon nicht gemocht hatte. Dieses große, alte, besserwisserische Gesicht über dem kleinen Körper. Damals hatte er keinen Bart gehabt, jetzt trug er einen, er war graumeliert und sah aus wie angeklebt.

»Was willst du eigentlich von mir?«, fragte Ludwig scharf.

Der Zwerg schwieg, während er Tee einschenkte und Ludwig eine Tasse reichte. »Du hast eine Tochter, wusstest du das?«

»Eine Tochter? Von Maria?« Ludwig schob die Tasse von sich, er wollte keinen Tee, er wollte auch nichts hören. Er wäre am liebsten aufgestanden und weggerannt, aber jetzt war es zu spät.

»Sie heißt Mirabella. Sie wohnt in Düsseldorf. Arbeitet als Servierfräulein im Goldenen Ochsen.«

»Und Maria? Was soll das Ganze? So rede doch!«

Der Zwerg lächelte, trank Tee und schwieg. Ludwig starrte ihn drohend an, als könne er ihn dadurch zum Reden zwingen, aber es hatte keinen Zweck. Aus dem Zirkuszelt hörte man einen Tusch und dann Applaus. Ludwig hatte plötzlich das Gefühl, dass jemand hinter ihm stand und ihn ansah. Maria. Er drehte sich um, aber da war niemand.

»Ich glaube, es ist an der Zeit, dass eins zum anderen kommt«, sagte der Zwerg, nachdem er seinen Tee ausgetrunken und Ludwig seine Tasse immer noch nicht angerührt hatte. Ludwig stand auf. »Zum Goldenen Ochsen. Düsseldorf«, sagte der Zwerg. »Mirabella.«

Danach hatte Ludwig sein Gepäck aus der Pension geholt und war zurück zum Bahnhof gegangen.

Am nächsten Tag kündigte er seine Arbeit in der Brauerei. Es war Martin gegenüber gemein, aber er hatte jetzt andere Probleme.

Er wusste sofort, dass er keine Wahl hatte. Er musste nach Düsseldorf. Er musste seine Tochter finden. Die Sache mit Maria hatte er niemals abgeschlossen. Nachts träumte er von ihr, obwohl es zwanzig Jahre her war, dass sie sich von ihm getrennt hatte. Jetzt wusste er, warum. Weil da noch etwas war zwischen ihnen, eine gemeinsame Tochter. Mirabella.

Er wusste, dass er nach Düsseldorf musste. Dennoch brauchte er vier Monate, um den endgültigen Beschluss zu fassen, seine Wohnung zu kündigen und aufzubrechen.

Letztendlich war es das Geld, das den Ausschlag gab. Sein Erspartes war aufgebraucht. Er musste sich eine neue Arbeit suchen, das konnte er genauso gut in Düsseldorf wie in Berlin. Wollheim besorgte ihm die Stelle als Nachtportier. Mit seinen letzten paar Groschen kaufte sich Ludwig eine Fahrkarte.

Jetzt wohnte er in der Siedlung Freie Erde. Der Anarchistensiedlung. Nicht zu verwechseln mit der Arbeitersiedlung Freiheit, die ein paar Meter weiter im Eller Forst lag und von den Sozialisten gegründet worden war. »Die armen Teufel haben für ihren Grund und Boden bezahlt«, erklärte Walter mitleidig und verächtlich zugleich, als Ludwig ihn einmal fragte, warum es keinerlei Austausch zwischen den beiden Siedlungen gab.

Helmas Bauch wurde mit jedem Tag dicker. Immer wenn Ludwig sie ansah, musste er an Maria denken. Hatte sie gewusst, dass sie sein Kind erwartete, als sie ihn damals fortgeschickt hatte? Warum? dachte er.

Er war nach Düsseldorf gezogen, um Mirabella zu finden, und gleich in der ersten Woche machte er sich auf die Suche. Er fand heraus, dass es in Düsseldorf vier Lokale gab, die *Zum Goldenen Ochsen* hießen. Eines befand sich in Eller, eines in Bilk, eines in der Altstadt und eines am anderen Ende der Stadt, in Rath. Er fing in Eller an, weil es ganz in der Nähe war, aber dort hatte man noch nie etwas von einer Mirabella gehört. Der Goldene Ochse in Bilk war eine abscheuliche Kaschemme, in der die Gäste schon nachmittags um vier sturzbetrunken waren. Ludwig war erleichtert, dass auch hier keiner etwas mit dem Namen anzufangen wusste. Das Gleiche in der Altstadt. »Mirabella, Mirabella«, murmelte die dicke Kellnerin, die ihm sein Bier und ein Paar Bratwürste brachte. »Nie gehört, aber vielleicht war das vor meiner Zeit. Ich frage mal die Zita.« Die Zita war groß und hager und kam sogar persönlich an Ludwigs Tisch, um sich den Namen wiederholen zu lassen und dann bedauernd den Kopf zu schütteln. »Mirabella, nee, dat hätt man sisch doch behalten.«

Als er gerade gehen wollte, kam sie noch einmal auf ihn zu. »Meinen Se etwa dat Mira?«

Er zuckte mit den Schultern. Alles war möglich, er tappte ja völlig im Dunkeln.

»N Mira joawet nämlich hee bis för a halv Joahr, äwer dann hät et sich woangers förjestelt.«

»Wie bitte?«

»Die Mira hätt woangers angefangen«, sagte Zita, wobei sie jedes einzeln Wort betonte, als wäre er schwachsinnig.

»Was macht sie denn jetzt?«

»Dat arbidd jetz ob de Jesolei, in der Rheinterrasse. Aber dat jeeht nit lang joot, wenn se misch froare, dat Mira wät sisch no ümkicke! Wenn die Usstellung vorbei ist, dann is sin Stell och fott. Dann kommt et wieder hee aanjekroche, aber dat jeehd dann ni mi, jetzt hätt dat Ursel sin Stell.« Zita stemmte die Hände in die Hüften und sah Ludwig an, als wartete sie auf Widerspruch. Ihr bleiches Gesicht war von unzähligen Pockennarben überzogen. Wie ein Blatt Papier, das nass geworden und dann wieder getrocknet war. »Schuster bliv bei din Leiste, dat is ming Meinung«, meinte sie laut, obwohl der Spruch nun wirklich nicht passte, ihre Kollegin hatte ja nicht den Beruf gewechselt, sondern nur die Anstellung.

»Issses nich so?«, fragte sie ärgerlich. Ludwig nickte erschrocken.

Danach gab er die Suche auf.

Vielleicht war es die Begegnung mit dieser Zita gewesen. Die Vorstellung, dass seine Tochter genauso war – laut und gewöhnlich und pockennarbig. In diesem Fall wäre es besser, sie gar nicht erst kennenzulernen.

Er fuhr also niemals nach Rath in den vierten Goldenen Ochsen, und er ging auch nicht in die Rheinterrasse. Stattdessen saß er Tag für Tag in seiner Dachkammer und zeichnete, und Abend für Abend fuhr er mit dem Autobus nach Düsseldorf ins Hotel Wilder Mann auf der Rethelstraße und setzte sich in die Portierloge. Er las die Düsseldorfer Nachrichten von vorn nach hinten und von hinten nach vorn und drückte ein Auge zu, wenn ein Herr mit einer auffallend geschminkten Dame hereinkam und ein Zimmer für eine Nacht verlangte. Ludwig hatte Anweisung, solche Paare wegzuschicken. *Wir sind schließlich keine Absteige*, sagte Herr Bovensiepen, dem das Hotel gehörte. Aber Ludwig schob den Herren einfach stillschweigend das Anmeldeformular zu, in das sie sich dann als Herr Müller oder Meier eintrugen und als Wohnort Wien oder München angaben. Meistens war der Raum nach einer halben Stunde auch schon wieder frei.

Greta besuchte ihn manchmal oben in seiner Dachkammer. »Komm mit nach unten, wir sitzen alle am Feuer, du musst dich doch hier nicht so langweilen«, versuchte sie ihn am Anfang noch zu überreden, doch dann sah sie ein, dass es keinen Zweck hatte. Hin und wieder setzte sie sich neben ihn und sah ihm zu, wie er zeichnete oder Collagen klebte, aus Bildern und Worten, die er von überall her nahm, aus der Zeitung, von Verpackungen, aus dem Müll. Manchmal entstanden aus dem Nichts Bilder aus dem Krieg. »Hu, was du manchmal für Ideen hast, da kann einem ja angst und bange werden«, meinte Greta dann.

Einmal fragte er sie, ob sie es nicht selbst einmal versuchen wollte. Sie schüttelte aber gleich den Kopf. »Ich habe zwei linke Hände, sagt Ottmar immer. Nein, ich schau dir lieber zu.«

Während er zeichnete, redete sie. Sie erzählte ihm von Helma und Walter, die nach der Geburt des Kindes endlich heiraten wollten, von ihren Eltern, die Greta aus dem Haus geworfen hatten, nachdem sie sich mit einem Anarchosyndikalisten eingelassen hatte. Von einem jungen Mann, den sie auf dem Markt kennengelernt hatte, wo sie einmal in der Woche kleine Blumensträuße verkaufte. »Er schaut mich immer so an«, sagte sie.

»Aber du bist doch verheiratet«, sagte Ludwig, ohne den Blick von seinem Zeichenblock zu heben.

»Natürlich«, sagte Greta. »Wir wollen auch ein Kind – habe ich dir das schon erzählt?«

Am 18. September kam Helma nieder. Selbstverständlich ging sie für die Geburt nicht in ein Krankenhaus, das passte nicht zur anarchistischen Gesinnung. Stattdessen schickte sie abends nach einer Hebamme, als sich Ludwig gerade auf den Weg zur Arbeit machte. Als er um sieben Uhr morgens wieder nach Hause kam, traf auch die Hebamme gerade ein. Sie hatte den Weg in die Freie Erde nicht gefunden oder war mit einer anderen Entbindung beschäftigt gewesen, so genau verstand Ludwig sie nicht, denn sie verschwand gleich im Schlafzimmer, in dem Helma kreischte, als wäre sie vom Teufel besessen. Das Kreischen hielt an bis um neun, danach wimmerte sie nur noch, weil sie keine Kraft mehr hatte. Um elf ging Walter los, um den Doktor zu holen, aber als die beiden eineinhalb Stunden später eintrafen, war Helma schon tot und das Kind auch.

Ludwig saß in seiner Dachkammer und hielt sich die Ohren zu, aber es nützte nichts. Die Wände waren so dünn, er konnte Helma schreien hören, auch dann noch, als sie nur noch röchelte. Selbst als sie schon tot war, hörte er sie noch heulen. Wie Severin. Wie Kanzig. Wie Sommer. Obwohl der gar nicht geschrien hatte.

Ludwig war wieder im Schützengraben, und neben ihm waren die Toten und entsicherten Handgranaten mit lippenlosen Mündern und schleuderten sie mit Knochenhänden in die gegnerischen Reihen. Er sah Sommer, der lebte, bis jemand einen Spaten in seinen Kopf trieb. Sommers Gesicht platzte auseinander, sein Gehirn trat hervor, eine Masse weißlich wie Stachelbeermus, und dann merkte Ludwig, dass er es gewesen war, der ihn erschlagen hatte – er hielt den Spaten ja noch in der Hand.

Seine Beine schmerzten so, dass er nicht aufstehen konnte, der linke Oberschenkel und das rechte Knie. »Wir müssen den Doktor holen«, sagte Greta, die als Einzige hin und wieder nach ihm sah, die anderen waren viel zu sehr mit der Trauer um Helma beschäftigt.

»Es nützt nichts«, stöhnte Ludwig. »Ich bilde es mir ja nur ein.«

Sie ging für ihn in die Rethelstraße in sein Hotel und meldete ihn krank. Eine Woche lang konnte er nicht arbeiten, obwohl er sich selbst für seine eingebildeten Schmerzen hasste. Er lag die ganze Zeit im Bett und starrte an die Wand, nur einmal stand er auf, als sie Helma begruben. Die Männer hatten ihr einen Holzsarg gezimmert und am Waldrand ein tiefes Loch ausgehoben, darin versenkten sie Greta und ihr Kind nun. Das widersprach der Begräbnisordnung, aber wen kümmerte das? Sie waren schließlich Anarchosyndikalisten.

Ottmar hielt eine kurze Ansprache, er sprach von »unserer starken Freundin, die alles gab im Kampf für ihre Überzeugungen«. So, als wäre Helma im Krieg gefallen, dabei hätte sie vermutlich überlebt, wenn nur die Hebamme ein wenig früher erschienen wäre. Ottmar war ein schlechter Redner, und als er fertig war, schwiegen alle betreten. Greta legte einen Strauß Margeriten und Ringelblumen auf das Grab. *Mit Fried und Freud ich fahr dahin in Gottes Wille, getrost ist mir mein Herz und Sinn, sanft und stille*, dachte Ludwig plötzlich. Die Worte und die dazugehörige Melodie drängten sich mit aller Macht in sein Bewusstsein, sie kamen aus seiner Kindheit, auch wenn er nicht mehr wusste, wann und von wem er sie gehört hatte. *Sanft und stille.* Es gab nichts, was Helmas Sterben schlechter umschrieb. Dennoch hätte er das Lied jetzt gerne gehört oder wenigstens irgendeine Musik. Die Anarchosyndikalisten hatten aber keine Lieder, nicht einmal Greta. Nur eine Waldtaube gurrte in den Bäumen.

An einem Dienstag im Oktober 1926 nahm er die Suche wieder auf. Am Tag zuvor hatte ihn Greta Krull besucht und hatte neben ihm gesessen, während er zeichnete. »Heute bist du auf den Tag genau drei Monate bei uns«, erklärte sie beiläufig. »Wieso bist du überhaupt nach Düsseldorf gezogen? In einem Dachzimmer sitzen und malen könntest du doch auch in Berlin, und so berauschend ist die Anstellung als Nachtportier auch nicht, als dass man dafür quer durch Deutschland fahren müsste.«

Ludwig hatte nicht geantwortet, er antwortete eigentlich nie auf das, was Greta so redete, wenn sie ihm beim Zeichnen zusah.

Hinterher gingen ihm ihre Worte jedoch nicht mehr aus dem Kopf. *Wieso bist du überhaupt nach Düsseldorf gezogen?* Mein Leben, dachte er, plätschert dahin, ohne Sinn und Zweck und Inhalt. Ich könnte genauso gut tot sein, es machte keinen Unterschied.

Am nächsten Tag fuhr er schon am Nachmittag nach Düsseldorf. Er nahm sich eine Stunde Zeit, zwischen sechs und sieben, denn um acht musste er in der Rethelstraße sein.

Seine Knie zitterten, als er die Stufen zum Eingang der Rheinterrasse hochstieg. Dann stand er im Foyer und hatte die Wahl: links das Kaffeerestaurant und der Weinsalon, geradeaus der große Saal. Wo arbeitete Mirabella? Wo würde Maria arbeiten? Als Ludwig den Weinsalon betrat und an einem kleinen Tisch an der Wand Platz nahm, zitterten auch seine Hände. Er faltete sie auf dem Schoß, unter dem Tisch, und kam sich vor wie ein Morphiumsüchtiger. An der Wand sprangen gemalte Hirsche über gemalte Fliederbüsche. An einem langen Tisch am Fenster saßen ein paar jüngere Herren, die sich laut zuprosteten. Ansonsten war das Lokal leer.

Zu früh für Wein, dachte Ludwig, aber als die Kellnerin zu ihm trat, bestellte er ein Glas Rheinwein. »Rot oder weiß?«, fragte sie scharf. Zum Glück war sie weit über dreißig, viel zu alt, um seine Tochter zu sein.

»Weiß«, sagte Ludwig. Vielleicht arbeitete Mirabella nur am Abend und in der Nacht wie er selbst auch. Vielleicht bediente sie auch in einem der anderen Säle oder aber war längst nicht mehr hier.

»Entschuldigen Sie vielmals«, sagte Ludwig, als die Kellnerin das Glas Wein vor ihn auf den Tisch stellte. Es war Rotwein, aber das machte nichts. Wenn sie nur nicht so unfreundlich gewesen wäre. »Ich wollte mich nur einmal erkundigen, ob hier eine Mirabella arbeitet. Genannt Mira«, fügte er schnell hinzu, als er ihr verständnisloses Gesicht sah.

»Mira«, wiederholte die Kellnerin widerwillig. »Ja, die ist hier, aber nicht im Weinlokal, sondern drüben im Kuppelsaal.«

»Jetzt?«, fragte Ludwig atemlos. »Sie meinen, sie arbeitet heute und jetzt?«

»Jetzt hat sie Feierabend, wenn ich es recht entsinne. Sie können auch nicht so einfach hinüberspazieren. Sie müssen erst ihren Wein bezahlen, wenn Sie ins Restaurant wollen.«

Ludwig wollte jedoch gar nicht. Allein der Gedanke versetzte ihn in Angst und Schrecken, dass da drüben im Kuppelsaal seine Tochter sein könnte.

Ob er sie gleich erkennen würde, wenn er sie sah? Ob sie ihn erkennen würde?

»Möchten Sie also bezahlen?«, fragte die Kellnerin.

»Nein«, sagte Ludwig.

Jeden Abend nahm er sich vor, dass er am nächsten Tag in die Rheinterrasse gehen und die Sache hinter sich bringen würde. Aber während er schlief, schrumpfte der Vorsatz bis auf einen kleinen Rest zusammen, den er nach dem Aufwachen nicht wiederfand.

Dann hörte er zufällig von Greta, dass die Gesolei zu Ende gegangen war und die Worte der pockennarbigen Kellnerin fielen ihm wieder ein. *Wenn die Ausstellung erst einmal vorüber ist, ist sie auch ihre Anstellung wieder los.* Vielleicht ist es ja schon zu spät, dachte er. Das half.

Diesmal fuhr er schon am Vormittag nach Düsseldorf. Mit schnellen Schritten und gesenktem Kopf lief er von der Straßenbahnhaltestelle zur Rheinterrasse, rannte schnurstracks in den Rheingoldsaal und setzte sich an einen freien Tisch am Fenster. Erst dann sah er sich um. Über ihm wölbte sich eine riesige goldene Kuppel, in deren Mitte ein weißer Lüster wie eine bizarre Perle schwebte. Vor den Wänden hingen schwere rote Vorhänge, dazwischen hohe Fenster. Ein Raum wie ein Tempel. Hier hätte Maria gearbeitet, dachte Ludwig, gar keine Frage. Im selben Moment sah er seine Tochter.

Er wusste sofort Bescheid. Er hätte auch dann Bescheid gewusst, wenn ihm der Zwerg nichts von ihr erzählt hätte, wenn er ihr einfach so auf der Straße begegnet wäre. Sie sah aus wie Maria – Maria mit kürzerem Haar.

Ludwig musste sich an der Kante des Tisches festhalten, so schwindlig war ihm mit einem Mal, schwindlig vor Erinnerung.

Er saß plötzlich wieder vor einem der Zirkuszelte und sah sie vorbeigehen. Sie trug einen roten Rock, der unten mit gelben und blauen Zickzacklinien bestickt war. Eine weiße Bluse. Einen bunten Schal. Maria, die Wahrsagerin, hörte er jemanden sagen. Er verliebte sich auf der Stelle in sie. Weil sie so schön war. Weil sie so abweisend war. Weil sie all das verkörperte, was sein Vater verurteilte. Aberglauben und Hokuspokus. Lebensfreude. Sinnlichkeit, vor allem Sinnlichkeit. Wie er sie begehrte, gleich vom ersten Moment an. Und wie unendlich lange es dauerte, bis sie ihn mit in ihr Zelt nahm, um ihm die Zukunft zu prophezeien. Bis sie ihn liebte

Wie schön sie war, dachte Ludwig. Wie schön sie ist. Seine Augen folgten seiner Tochter durch den Raum. Sie trug ein Tablett mit Tassen, einem Teller mit Kuchen, Zucker und Sahne. So stark, dachte Ludwig. Er sah ihr dabei zu, wie sie die Tassen auf einem der Nachbartische abstellte, dann richtete sie sich wieder auf. Ihre Blicke begegneten sich. Hastig senkte Ludwig die Augen, aber es war schon zu spät. Sie kam direkt auf ihn zu.

Sie hat mich auch erkannt, dachte er erschrocken. Was soll ich nur sagen, wie soll ich mich erklären? Aber das war natürlich blanker Unfug. »Was darf ich Ihnen bringen?«

Sie wollte nur seine Bestellung aufnehmen.

»Bitteschön?«, fragte sie noch einmal, nachdem er nur den Mund geöffnet hatte, aber kein Ton herausgekommen war.

»Kaffee«, stammelte er schließlich.

Er bekam seinen Kaffee, trank und bezahlte ihn, ohne dass sie ihn zur Kenntnis nahm. Sie war seine Tochter, er war nichts für sie. Das geschieht mir recht, dachte er schuldbewusst. Ich habe mich all die Jahre nicht um sie gekümmert.

Dabei hatte er doch nicht einmal gewusst, dass es sie gab.

Am nächsten Tag war er wieder da, diesmal hatte er sein Skizzenbuch dabei. Das machte alles viel einfacher, denn wenn er zeichnete, zitterten seine Hände nicht. Auch am dritten Tag kam er, kritzelte und malte und schrieb, und nun bemerkte sie es auch. »Was zeichnen Sie denn da?«, fragte sie ihn, nachdem sie ihm den Kaffee gebracht hatte.

»Man nehme«, begann Ludwig, ohne sie dabei anzuschauen, denn wenn er sie angeschaut hätte, hätte es ihm die Sprache verschlagen, »eine gut ausgereifte Zitrone und koche sie nicht zu lang in sprudelndem Weißwein. Danach bedecke man sie mit etwas Salz und den weißen Flocken einer frisch geraspelten Kokosnuss und serviere sie im Mondschein.«

Er wartete darauf, dass sie irgendetwas entgegnete und dann wegging, aber sie schwieg so lange, bis er doch aufblickte. »Verstehen Sie?«, fragte er.

»Nein«, sagte sie …

»Das ist Futurismus«, stammelte er. Sie war Maria so ähnlich, so unglaublich ähnlich.

»Ich verstehe nichts von Kunst.«

»Ich bin im Grunde kein Futurist«, begann er zu faseln. »Die Herrschaften sind mir zu verbissen und zu militant. Aber einige ihrer Ideen sind durchaus faszinierend. Sie huldigen dem Krieg. Aber der Krieg ist nichts Bewundernswertes.«

Sie starrte ihn an und schien darüber nachzudenken, ob er den Verstand verloren hatte.

»Kann ich Ihnen noch etwas bringen?«, fragte sie dann.

Er lächelte, obwohl ihm zum Weinen zu Mute war. »So vieles«, sagte er.

Da sagte sie nichts mehr und nahm ihr Tablett und ging.

Von da an ging er jeden Tag in die Rheinterrasse. Er setzte sich immer an denselben Tisch am Fenster, trank seinen Kaffee und ging, bevor das Mittagsgeschäft anfing. Einmal war sein Tisch besetzt, als er kam, das brachte ihn so aus dem Konzept, dass er fast wieder umgekehrt wäre.

Er lernte Mira immer besser kennen. Mira, nicht Mirabella, denn diesen Namen hatte sie abgelegt, das begriff er schnell. Wann immer sie ein bisschen Zeit hatte, stellte sie sich neben ihn und ließ sich seine Zeichnungen zeigen.

»Ich darf das eigentlich nicht«, erklärte sie ihm. »Wenn Herr Kiesemann, mein Chef, sieht, dass ich hier herumsitze, gibt es Ärger.«

Ludwig spürte eine große Wut auf Herrn Kiesemann in sich aufsteigen. Wie konnte er es wagen, einem Vater die spärliche gemeinsame Zeit mit seiner Tochter zu rauben.

Dabei hatte Ludwig Mira immer noch nicht erzählt, dass sie seine Tochter war. Er hatte es versucht, aber es ging nicht. Es waren seine Beine – sie brannten wie Feuer, wenn er sich auch nur vorstellte, dass er ihr die Wahrheit sagen könnte. Ich bin dein Vater, sagte er in Gedanken. Du? fragte sie ungläubig zurück. An diesem Punkt wurde das Brennen zu einem Lodern, er musste die Vorstellung unterbrechen und schnell an etwas anderes denken. Es war unerträglich – unaussprechlich.

Er hätte Mira so gerne nach Maria gefragt. Ob sie auch in Düsseldorf wohnte, ob sie und Mira sich sahen. Ob sie überhaupt noch am Leben war. Aber seine Beine ließen es nicht zu. Es muss einen Grund geben für die Schmerzen, dachte er. Umsonst bilde ich mir das doch nicht ein. Vielleicht ist es eine Warnung. Vielleicht ist es besser, wenn ich schweige.

Mira selbst erwähnte ihre Mutter nur ein einziges Mal, ganz beiläufig, so dass er es fast überhört hätte. »Meine Mutter hat eine Schmuckproduktion«, sagte sie in einem Nebensatz. Es konnte aber auch sein, dass sie damit nicht Maria meinte, sondern eine Pflegemutter.

Er zeigte ihr seine Bilder und erzählte von Berlin vor dem Krieg und von Zürich und von Berlin nach dem Krieg, das ein ganz anderes Berlin war. Er hätte ihr auch gerne von Flandern erzählt und dass er desertiert war, doch darüber konnte er nicht sprechen. Sie schien vieles auch so zu verstehen.

Sie erzählte ihm von ihrem Verlobten Anselm, der Kommunist, Kinopianist und Stahlarbeiter war. Von ihrer Freundin Gudrun, die ein Schneideratelier und eine lesbische Geliebte hatte. Von ihrem Freund Otto, der manchmal in die Rheinterrasse kam. Irgendwann stellte sie ihm Otto sogar vor. Sie unterhielten sich eine Weile lang über Belanglosigkeiten, aber Ludwig fiel es schwer, sich auf die Unterhaltung zu konzentrieren, weil er die ganze Zeit darüber nachdachte, in welchem Verhältnis Otto zu seiner Tochter stand.

Nach und nach erfuhr Ludwig sehr viel über Mira. Sie sprach jedoch niemals von ihrer Vergangenheit.

II.

Jeder, der es sehen wollte, konnte es sehen. Man musste dazu nur einmal über die Rethelstraße gehen oder über irgendeine andere Straße in irgendeiner anderen Stadt in Deutschland. Die Menschen wurden immer ärmer. Mit jeder Woche saßen mehr Bettler in den Hauseingängen. Die Schlangen vor der städtischen Suppenküche wurden immer länger. Zwischen den Baracken und Lagerhallen auf der Golzheimer Heide gab es keine streunenden Katzen und Hunde mehr. Die Damen, die die Herren nachts mit ins Hotel brachten, waren oft erschreckend alt oder furchtbar jung.

Noch gab es Geld. Geld und große, schöne Häuser und elegante Limousinen und Chauffeure und Frauen im Pelzmantel und Lackschuhe und ondulierte Pudel. Noch gab es Reiche, Menschen, die so viel Geld hatten, dass sie es in ihrem ganzen Leben nicht hätten ausgeben können. Aber es war ein falscher, ein eingebildeter Reichtum, der nur auf dem Papier bestand und in den Köpfen. Man gründete Unternehmen, die nichts produzierten und nichts einbrachten, und machte Reklame und verkaufte für teures Geld Anteilscheine. Man nahm Hypotheken auf Häuser, die noch gar nicht gebaut waren, und belieh Grundstücke, die nicht existierten. Man gab das Geld schneller aus, das noch nicht gedruckt war. Man tanzte auf dem Vulkan, und dann brach er aus.

»Jetzt haben wir den Dreck«, sagte Ottmar, als er und Ludwig sich eines Abends begegneten.

Es war im Oktober 1929. Ludwig war auf dem Weg zur Arbeit, Ottmar kam gerade davon zurück. Er war Buchhalter in einer Regenschirmfabrik – trotz seiner anarchistischen Gesinnung. Von irgendetwas musste man ja schließlich leben. »Börsenkrach«, erklärte er und spuckte in hohem Bogen in Gretas kahle Blumenbeete.

In New York war am Tag zuvor der Aktienhandel zusammengebrochen, erfuhr Ludwig, nachdem zuerst ein paar Anleger ihre Wertpapiere verkauft hatten und dann immer mehr und mehr. Es war wie eine gigantische Seuche, die plötzlich ausbrach und in rasender Geschwindigkeit um sich griff. Ein paar Stunden genügten, um ganz Amerika in Panik zu versetzen, dann flog die Krise über den Atlantik nach Europa, schneller, viel schneller als Charles Lindberghs kleines Motorflugzeug.

»Hier ist auch schon alles in Aufruhr«, erklärte Ottmar. »Die Leute wollen ihre Wertpapiere loswerden, bevor sie nichts mehr wert sind. Ein Mist ist das, ein gottverdammter Mist.«

»Einen Mist nennst du das?«, fragte Karl Rüter, der vor einem Jahr dazugekommen war, nachdem Walter aus der Freien Erde weggezogen war. Das Haus, in dem Karl jetzt wohnte, nannten sie immer noch Helmas Haus, obwohl Helma nun schon mehr als drei Jahre tot war.

Vielleicht war Walter deshalb weggegangen.

»Das ist doch das Beste, was passieren konnte. Das Kapital zerfällt. Geld ist nichts mehr wert. Es lebe die Anarchie!«

Karl reckte die Faust in die Höhe und wartete darauf, dass Ottmar mitmachte, aber der druckste nur ein bisschen herum und ging dann weg.

Am nächsten Morgen hatte Greta rot verweinte Augen, am Nachmittag erzählte sie Ludwig, dass Ottmar ebenfalls Aktien besessen hatte. »Unser ganzes Erspartes hat er angelegt«, klagte sie. »Ohne mir auch nur einen Ton davon zu sagen. Was sollen wir denn jetzt machen?«

Ludwig starrte hilflos auf seine Hände, während sie in Tränen ausbrach. Sie konnte sich gar nicht mehr beruhigen. Zuerst beweinte sie das verlorene Geld und dann ihre Einsamkeit und dass sie keine Kinder bekam und dass sie ihre Eltern seit Jahren nicht mehr gesehen hatte. »Jesus und Maria«, schluchzte sie. Das sagte sie immer, wenn sie aufgewühlt war, obwohl sie in einer Anarchistensiedlung lebte. »Wie soll es denn jetzt nur weitergehen?«

Ludwig räusperte sich, aber es nützte nichts, ihm fiel nichts ein, was er ihr hätte sagen können. Also wartete er nur ab, bis sie zu Ende geweint hatte. Später steckte er ihr einen Umschlag mit hundert Mark zu, die er sich im Laufe der Zeit zusammengespart hatte. Sie wollte das Geld zuerst nicht annehmen, doch er drehte sich einfach um und ging weg. Da steckte sie es ein.

Alle erwarteten jetzt eine Inflation. Wie damals nach dem Krieg, als das Geld mit jedem Tag an Wert verloren hatte. Aus 10 Mark wurden 100 und dann 1000 und dann 1000000, die Geldscheine wurden immer größer, damit die vielen Nullen noch Platz hatten, und dann hörte man auf, Nullen zu drucken, und schrieb den Zahlenwert nur noch aus. Als eine Briefmarke 4 Milliarden Mark kostete, kam die Währungsreform. Da sammelte Ludwigs Hauswirt in Berlin all sein restliches Geld in einem großen Sack und warf es in den Kamin. »So habe ich zumindest den Brennwert«, erklärte er Ludwig, der gekommen war, um seine Miete zu bezahlen. 3 Billiarden für eine Woche, den Geldschein warf der Hauswirt gleich hinterher. »Nächste Woche in richtigem Geld«, meinte er dann, obwohl die neue Währung ja jetzt schon galt, aber er war ein großzügiger Mensch.

Das war 1923 gewesen, aber nun war 1929, und alle hatten dazugelernt. Die Politiker und Bankiers hatten gelernt, dass man nicht zu viel Geld in Umlauf bringen durfte, sonst verlor es seinen Wert. Die Unternehmer hatten gelernt, dass in der Inflation die Löhne ins Bodenlose stiegen, also entließen sie so viele Arbeiter wie möglich und kürzten den anderen die Gehälter. Die Arbeiter, Angestellten und Hausfrauen hatten gelernt, dass man dem Staat und den Unternehmern nicht trauen konnte. Weil keiner mehr Geld hatte, kaufte man nur noch das Nötigste. Dadurch fielen die Preise, was die Leute dazu brachte, noch weniger auszugeben, denn je länger sie warteten, desto weniger mussten sie bezahlen.

Das Geld wurde nicht weniger wert, sondern mehr und mehr und mehr. Dafür verfiel der Wert der Waren. Die kleinen Händler und die großen Fabriken machten zuerst keine Gewinne mehr und dann Pleite. In Düsseldorf gab es jetzt fast so viele Arbeitslose wie Beschäftigte. »Deflation«, sagte Ottmar, der gleich Anfang November seine Arbeit verloren hatte. »Wenn das noch lange so weiter geht, kriege ich die Motten.«

Im Grunde jedoch wusste er genauso gut wie alle anderen, dass es gerade erst angefangen hatte.

Ludwig, Karl und Werner hatten als Einzige noch Arbeit in der Siedlung. Die anderen wurden nach und nach entlassen und hockten von morgens bis abends in der großen Küche in Helmas Haus und rauchten billige Zigaretten aus Tabak, den sie im Garten gezogen und auf dem Ofen getrocknet hatten. Wenn sie nicht gerade in der Stadt waren und kämpften.

Rechts waren die Faschisten, links waren die Kommunisten und die Sozialisten, die Demokraten, die Liberalen, die normalen Anarchisten und die Anarchosyndikalisten und unzählige andere Gruppierungen und Vereinigungen. »Wenn wir uns zusammentäten und gemeinsam kämpften, dann wären wir den Nazis doch überlegen«, sagte Ludwig einmal, das einzige Mal, dass er sich in der Küche zu den anderen gesetzt und mitgeredet hatte.

»Ja, aber mit den Kommunisten ist nichts anzufangen. Die träumen von ihrer Diktatur des Proletariats«, erwiderte Werner. »Und die von der SPD sind doch genauso schlimm wie die Faschisten.« Er grinste, dann begann er zu singen. »Wir schlagen Schaum. Wir seifen ein. Wir waschen unsre Hände wieder rein.« Das war sein Lieblingslied, das Seifenlied, mit dem die Ultralinken die SPD verspotteten, die beim letzten Wahlkampf Seifenstücke mit der Prägung WÄHLT SPD! verteilt hatten.

Die anderen lachten finster und atmeten zornige weiß-gelbe Rauchwolken aus, die den ganzen Raum vernebelten. Sie waren überzeugt, dass nur sie den einzigen Weg zur richtigen Lösung kannten. Sie taten sich mit niemandem zusammen, sondern zogen allein los und ließen sich von den Nazis verprügeln, deren Schlägertruppen viel besser organisiert und aufgestellt waren als die Linken.

Anfang Februar wurde Werner ohnmächtig geschlagen, zwei SA-Burschen hätten ihn totgetreten, wenn nicht im letzten Moment die Polizei eingegriffen hätte. Danach war er auf dem rechten Auge blind und hörte nicht mehr gut. In seinem Beruf als Drucker konnte er nicht mehr arbeiten. Das machte seine Wut nur noch größer. Auf die Nazis. Auf die Kommunisten. Auf die SPD. Auf die Unpolitischen sowieso. Er hasste sie alle.

Es war ein Krieg mit unzähligen Fronten. Die Nazis gegen die Kommunisten, die Kommunisten gegen die Sozialdemokraten, die Sozialdemokraten gegen die Anarchisten, die Anarchisten gegen die Nazis. Man schlug aufeinander ein, zuerst mit Worten, dann mit Fäusten, dann mit Waffen. Wohin das führte? Es war keine Frage. Erst war der Krieg im Land und wuchs und breitete sich aus, dann würde er über die Grenzen schwappen und den gesamten Kontinent ausfüllen und am Ende die ganze Welt. So war es beim letzten Mal gewesen, und so würde es wieder sein.

Ludwig hatte keine Angst um sich, er hatte es hinter sich, er würde in keinen Krieg mehr ziehen, eher brachte er sich um. Er hatte Angst um Mira, die jung und ahnungslos war und seine Tochter. Einmal versuchte er, sie zu warnen. »Hüten Sie sich«, sagte er. »Es wird einen neuen Krieg geben.«

»Wie kommen Sie denn auf so etwas?«, fragte Mira.

Wer die Gräuel vergisst, rennt alsbald wieder in das gleiche Unglück, erklärte er ihr und machte ihr Angst damit, aber sie verstand nicht, was er von ihr wollte. Er wusste ja selbst nicht, was er wollte. Was sollte sie tun? Ihre Sachen packen und fliehen? Nur wohin? Wenn es war wie beim letzten Mal, würde die ganze Welt in Flammen stehen. Frankreich, England, Palau, vielleicht sogar die Schweiz.

Im Sommer 1929 verlor Mira ihre Arbeit in der Rheinterrasse. Danach fand sie zwar schnell eine neue Stelle, im Kurfürsteneck auf der Flinger Straße, doch nur für drei Tage die Woche und für viel weniger Lohn. »Es reicht aber«, sagte sie. »Und es ist sogar gut, dass ich nicht mehr so viel arbeiten muss, dadurch habe ich Zeit für andere Dinge.«

Denn sie setzte sich jetzt mit aller Kraft für die kommunistische Sache ein. Die Ortsgruppe hatte nach sowjetischem Vorbild ein politisches Straßentheater gegründet, Agitprop nannte man das in der Partei, und dabei machte sie mit. Nordwest ran hieß die Truppe, die zuerst nur in Düsseldorf auftrat und dann im ganzen Ruhrgebiet und am Niederrhein. »Ich hätte gar nicht geglaubt, dass ich schauspielern kann«, erzählte sie Ludwig aufgeregt, nachdem die Gruppe zum ersten Mal zusammengekommen war. »Aber wenn man einmal angefangen hat, dann geht es erstaunlich gut.«

Nordwest ran jedoch schauspielerte gar nicht, erkannte Ludwig, als er die Truppe bei einem Auftritt in Gerresheim erlebte. Die Darsteller verkörperten keine Charaktere, sondern Ideen, Prinzipien, Klischees. Wer an der Reihe war, stellte sich vors Publikum und brüllte seinen Text heraus, so dass es auch der letzte Schwerhörige verstand. Und für diejenigen, die ganz taub waren, waren die wichtigsten Punkte noch einmal auf Transparente geschrieben worden. *Nieder mit dem Kapitalismus!* stand da und *Proletarier voran!* Das waren im Übrigen auch die beiden zentralen Inhalte der Vorführung, die den Zuschauern wieder und wieder eingehämmert wurden. *Nieder mit dem Kapitalismus! Proletarier voran!*

Mira spielte keine große Rolle auf der Bühne, einmal hielt sie ein Transparent hoch, ein anderes Mal trat sie mit einem Sprechchor auf. Ludwig merkte ihr aber an, dass sie dennoch furchtbar aufgeregt war. Ihre Stirn glänzte vor Schweiß, obwohl es ein kühler Wintertag war. Meine Tochter, dachte er und fühlte sich wie ein stolzer Vater bei der ersten Klaviervorführung seines Kindes, dabei war es nur ein erbärmliches Agitproptheater, und Mira war auch schon dreiundzwanzig.

Ihr Verlobter Anselm Guben stand nicht auf der Bühne, er war wie Ludwig unter den Zuschauern und hielt sich an einer Flasche Franken Alt fest. Seine Augenbrauen zogen sich leicht zusammen, wenn Mira auftrat, Ludwig fragte sich, ob das ein

Ausdruck von Missbilligung war oder von Konzentration. Dann wandte er seinen Blick wieder Mira zu. Er mochte Guben nicht, und Guben mochte ihn nicht. Ludwig hielt Guben für einen verbohrten Langweiler, und Guben hielt Ludwig für einen verrückten Künstler.

»Kommen Sie doch einmal zu unserer nächsten Probe und machen Sie mit«, meinte Mira hinterher zu ihm.

»Ich soll auf die Bühne?«

»Nicht unbedingt. Sie könnten uns doch das Bühnenbild malen, das wäre doch eine gute Sache!«

Er wäre so gerne mitgegangen und hätte ihr geholfen. Er fand die Idee des Sozialismus auch durchaus überzeugend, und den Nazis musste man Paroli bieten, auch das war keine Frage. Dennoch war es ganz unmöglich. Er ertrug sie einfach nicht, die Kommunisten mit ihrer Uniform aus Lederjacken und Schiebermützen. Ihre Sprüche und Parolen und ihre Selbstgerechtigkeit, vor allem aber die Kampflieder, die sie bei jeder Gelegenheit anstimmten. *In Nordwest fängt das Unwetter an, rote Blitze zucken sodann,* holperten sie los, mit lauten, rauen, unmelodischen Stimmen. Manchmal traten Nordwest ran auch gemeinsam mit der Arbeiterkappelle aus Gerresheim auf. Fünfzig junge Männer mit Trompeten, Posaunen, Hörnern und einer Pauke. *Links! Links! Links! Dschingderassa! Die Trommeln werden gerührt! Bumbum! Links! Links! Links! Dschingderassa! Die Arbeiterklasse marschiert! Bumbum!* Es klang genau wie eine Militärkappelle. Es war unerträglich.

Ludwig musste immer an Hugo Ball und seine Auftritte im Cabaret Voltaire denken, wenn er Nordwest ran sah. Wie mühsam die Vorführungen für die Zuschauer gewesen waren! Alles musste man sich selbst deuten und erklären, wenn man denn durchaus auf einer Erklärung bestand. Beim Agitprop dagegen war die Aussage von vorneherein klar: Weg mit den Bonzen, her mit der Diktatur des Proletariats. Denkt um, aber nicht weiter.

Er war gerade ein paar Wochen in Zürich und ging spazieren, um der Einsamkeit in seinem Zimmer zu entkommen. Dabei stieß er auf das Eckhaus am Anfang der Spiegelgasse. *CABARET VOLTAIRE* stand auf dem Schild an der Hauskante, ein Buchstabe unter dem anderen, so dass man einen Moment brauchte, um es zu entziffern. Der Name gefiel ihm, weil sein Vater und der Pfarrer immer über den Schriftsteller Voltaire geschimpft hatten.

Wenn er gewusst hätte, dass es ein Künstlerclub war, wäre er niemals hingegangen. Mit der Kunst hatte er genauso abgeschlossen wie mit dem Krieg. Aber er hielt das Cabaret Voltaire für einen normalen Nachtclub mit Cocktails, Jazzmusik und leichten Mädchen. Nur deshalb kehrte er abends zurück.

An jenem ersten Abend spielte ein Pianist Schlagermusik, als er das Etablissement betrat. Das war Hugo Ball, aber das wusste Ludwig natürlich noch nicht. Eine junge Frau mit einem Pagenkopf, die kurze Hosen zu einer Federboa trug, sang dazu recht abgedroschene Gassenhauer im Stil der Belle Epoque. Das war Emmy Hennings, Balls Freundin, aber auch das wusste Ludwig nicht. Bis er an einem der kleinen Tische Platz genommen und bei dem Serviermädchen ein Bier bestellt hatte, war alles ganz normal. Dann jedoch, kaum dass er den ersten Schluck genommen hatte, schraubte sich die Stimme der Sängerin in die Höhe, es ging in Halbtonschritten wie auf einer Wendeltreppe nach oben und oh! – wie hoch sie kam, ganz wie eine Sopranistin in der Oper. Ludwig verschluckte sich fast an seinem Bier. Zuerst hörte er nur die Töne und dann die Worte. Es war kein gefälliger Schlagertext mehr, den sie sang, sondern nichts als ausgemachter Schwachsinn: »Verehrte Herrn, verehrte Damen, die um mich hören herzu kamen, dies widmet der Gesangverein. Und Jungfraun kamen wunderbar, Geschmeide scheidegelb im Haar, mit schlankgestielten Lilien.«

Ihm dämmerte, dass das kein gewöhnlicher Nachtclub war. Er wollte sein Bier austrinken und dann gehen, aber es war schon zu spät. »Der Kakagei und der Papadu, die sahen auch dabei zu und kamen aus Brasilien«, sang die Hennings, und dann klappte Hugo Ball das Klavier zu, setzte sich einen hohen Zylinderhut aus Pappe auf und betrat die Bühne. Er war sehr lang und dünn und rezitierte mit einer lauten und näselnden Stimme ein Gedicht, aber es war eigentlich gar kein Gedicht, sondern eine Aneinanderreihung von Lauten. »Brulba dori daula dalla sula lori wauga malla, lori damma fusmalu. Dasche mame came rilla schursche saga moll vasvilla suri pauge fuzmalu.«

So fing es an, und in der gleichen Art ging es weiter, noch viele Strophen lang. Hugo Ball, von dem Ludwig damals noch nichts wusste, schlug im Rhythmus der Verse auf eine große Trommel, auf deren runde Fellhautbespannung vier Buchstaben gedruckt waren. *DADA*.

Brulba dori daula dalla sula lori wauga malla, lori damma fusmalu. Das hatte keinen Sinn, aber dennoch drang es durch Ludwigs Ohren und schraubte sich durch sein Gehirn direkt in sein Herz. Brulba dori daula, dachte er, dalla sula lori wauga malla, lori damma fusmalu. Und die Worte, die keine Worte waren, die Sprache, die keiner verstand oder ein jeder, je nachdem, wie man es sah, dieses ganze wundersame blödsinnige Gedicht legte sich wie ein heilender Balsam auf seine Seele, die aufgerissen und wund war, nach allem, was geschehen war.

Dass es so nicht gemeint war, verstand er hinterher, als er die Dadaisten besser kennengelernt hatte, als er gewissermaßen einer von ihnen war. Dadaistische Kunst sollte gerade kein Balsam sein, kein Trost für die verwundete Seele, nichts Romantisches. Es sollte wehtun. Für Ludwig war es dennoch ein Trost, gerade weil es wehtat, damals am ersten Abend im Cabaret Voltaire und später auch.

Er fühlte etwas, und etwas zu fühlen, irgendetwas und sei es ein Schmerz, war besser als nichts zu fühlen, denn dann war man tot.

Sein Berliner Galerist Herwarth Walden hatte ihm dabei geholfen, in die Schweiz zu fliehen. Als er gehört hatte, dass Ludwig desertieren wollte, war er gleich Feuer und Flamme gewesen. Er kannte einen, der einen kannte, der wieder einen kannte, der Deserteure in die Schweiz schleuste. »Das ist nicht ganz billig«, warnte er. »Diese Kriegsgewinnler nehmen es von den Lebendigen, aber angeblich ist er höchst zuverlässig.«

Ludwig gab ihm seine restlichen Bilder, obwohl er meinte, dass er sie in der jetzigen Situation nicht los bekäme. Schließlich gab er Ludwig aber doch 200 Mark für alles zusammen.

Mit seinem gesparten Sold hatte Ludwig fast 1000 Mark, als er den Schlepper in einer schmutzigen Kaschemme in Lörrach traf. Drei Stunden später war er auf der Schweizer Seite, da waren es nur noch 400 Mark.

Er schlug sich nach Zürich durch, weil ihm Walden die Adresse einer kleinen Pension mitgegeben hatte und einen Brief an den Wirt, den er von früher kannte.

Seitdem wohnte Ludwig in einem Haus am Limmatquai, in einem winzigen Kellerzimmer mit einem schmalen Fensterschlitz auf einen Hinterhof, wo in großen, übervollen Tonnen der Müll lagerte. Wenn er das Fenster öffnete, roch es nach Schimmel und nach modrigem Flusswasser, obwohl die Limmat an der anderen Seite des Hauses entlangfloss. Wenn er sich auf die Zehenspitzen stellte, konnte er die Ratten sehen, wie sie über den Hof huschten, und die Katzen, die auf den Mülltonnen standen und zögernd von einem Bein aufs andere traten und darüber nachdachten, ob sie die Ratten fressen sollten oder lieber die Reste aus den Mülltonnen. Sie entschieden sich dann immer für den Müll.

Es waren nämlich Schweizer Katzen, und alle Schweizer sind durch und durch vernünftige Kreaturen, die sich zu beherrschen wissen. Kein Risiko – lieber Abfall als eine warme, lebendige Ratte, die einen beißen könnte.

In der Schweiz konnte man als Ausländer ohne Namen gut leben, vorausgesetzt, man verhielt sich ruhig. Ludwig wusste das genauso zu schätzen wie der höfliche Russe, der schräg gegenüber vom Cabaret Voltaire auf der Spiegelgasse wohnte. Wladimir Iljitsch Uljanow. Im Gegensatz zu den Dadaisten, die in ganz Zürich schief angesehen wurden, weil sie immer für Aufsehen sorgen mussten, fiel Uljanow niemals auf, jedenfalls nicht in Zürich. Erst ein Jahr später sorgte er in Moskau für beträchtliche Aufregung. Dann nannte er sich jedoch Lenin, und der Ärger betraf vor allem den Zaren.

Aus Uljanow wurde Lenin. Und aus Ludwig Wunder wurde Nero Battaglia. Aber nicht sogleich. Wochenlang war er namenlos.

In dieser Zeit, als er noch nach seinem neuen Namen suchte, wurde ihm bewusst, wie sehr der Name einen Menschen bestimmt. Dabei hatte er früher nie viel darauf gegeben, wie er hieß. Er war Ludwig getauft worden, weil das der Namen seiner Großväter war – sowohl auf der väterlichen als auch auf der mütterlichen Seite. Das machte die Sache für seine Eltern sehr einfach. Vielleicht, dachte Ludwig manchmal, hatten sie deshalb kein zweites Kind bekommen hatten, weil ihnen kein anderer Name mehr eingefallen wäre.

Sein Nachname *Wunder* war recht hübsch, aber es war der Name seines Vaters, und da er seinen Vater längst verloren hatte, würde es ihm doch nicht schwerfallen, auch noch auf den Namen zu verzichten. Aber so war es nicht.

Er musste feststellen, dass er ohne Namen kein richtiger Mensch mehr war. Er war sozusagen nicht vorhanden. »Denk dir was Neues aus«, empfahl ihm sein Hauswirt, Prinziger, der Einzige in Zürich, der seinen alten Namen kannte, weil er ihn in Waldens Empfehlungsschreiben gelesen hatte. »Wie soll ich dich denn sonst den anderen vorstellen?« Ludwig sollte in der Küche Kartoffeln schälen und Geschirr spülen, dafür bekam er Kost und Logis umsonst.

Denk dir irgendwas Neues aus. Als ob das so einfach wäre! Es brauchte seine Zeit, einen Namen für sich selbst zu finden.

»Sag ihnen was«, sagte Ludwig. »Dass ich stumm bin. Dass ich kein Deutsch verstehe.« Prinziger schüttelte verständnislos den Kopf, aber was immer er den anderen dann erzählte, wirkte. Man ließ Ludwig in Ruhe. Man ignorierte ihn einfach.

Nero Battaglia – dieser neue Name fiel ihm in der Nacht nach seinem ersten Besuch im Cabaret Voltaire ein.

Emmy Hennings war ganz begeistert, als sie ihn hörte. »Nero wie der verrückte römische Kaiser«, sagte sie verzückt.

Sie hatte Ludwig gefragt, woher er komme, nachdem er wochenlang fast jeden Abend im Voltaire aufgetaucht war. Als er »aus Flandern« antwortete, wusste sie Bescheid. »Du bist vor dem Krieg geflüchtet«, flötete sie. Ludwig hielt sie damals für betrunken, weil sie so überdreht war, aber später merkte er, dass sie immer so war, auch ohne Alkohol.

Emmy stellte Ludwig auch den anderen vor, Hugo Ball, Tristan Tzara, Richard Huelsenbeck, Marcel Janco und Jean Arp und seiner bezaubernden Freundin Sophie Taeuber. Sophie. Sie hatte sehr große weiße Schneidezähne, die ein bisschen auseinanderstanden, so dass man durch die Lücke in die schwarze Tiefe ihres Mundes blicken konnte. Sie war Schweizerin und sprach auch so, das Ch klang bei ihr hart wie ein Fauchen, doch das war das einzige Harte an ihr. Eigentlich war sie Lehrerin für textiles Entwerfen an der Züricher Kunstgewerbeschule, aber sie hatte auch bei Laban in Ascona Ausdruckstanz studiert, und manchmal, an ganz besonderen Abenden, trat sie im Cabaret Voltaire auf. Ludwig war ganz hingerissen von ihr, wenn sie in großen Schritten über die Bühne flog, schwerelos und leicht, und gleich darauf war sie wieder gewichtig und stampfte wie ein Rhinozeros. Das Einzige, das ihm an ihr nicht gefiel, war, dass sie mit Arp zusammen war, weil er ihn nicht mochte. Aber vielleicht mochte er Arp auch nur deshalb nicht, weil er mit Sophie zusammen war.

Durch Zürich floss die grünbraune Limmat, und über Zürich floss der blaue Himmel. Die Luft war glasklar, so klar, dass man das Gefühl hatte, in einem See zu schwimmen, wenn man nur lange genug nach oben schaute. Die Luft war frischer als in Berlin und auch dünner. Vielleicht ging deshalb alles so viel langsamer. Die Straßenbahnen fuhren gemächlicher. Die Menschen ließen sich mehr Zeit, sogar beim Reden. Ludwig hatte das Gefühl, dass sich hier sogar die Gedanken verlangsamten, wenn man nicht aufpasste.

Die Welt lag mit sich im Krieg. Deutschland, Frankreich, Italien und Österreich, rund um die Schweiz stand alles in Flammen. In Zürich aber fegte man einmal in der Woche die Straßen, an jedem Wochentag war ein anderer Stadtteil an der Reihe. Heute war Dienstag, heute putzten die Straßenkehrer die Spiegelgasse. Vor dem Cabaret Voltaire gab es besonders viel zu tun, weil die verrückten Dadaisten ihren Abfall einfach auf die Straße warfen, wenn sie frühmorgens nach Hause wankten.

Ludwig schlief um diese Zeit noch. Er stand immer erst um elf auf, trank einen schwarzen Kaffee, dann ging er in die Küche und schälte Kartoffeln oder Rüben für Prinziger. Er arbeitete bis um vier, danach aß er zu Mittag, und nun begann seine eigene Arbeit. Er klebte und schnitt und schrieb auch Gedichte, die er neben seine Collagen und Zeichnungen kritzelte. Ohne dass er es selbst richtig gemerkt hatte, war er ein Dadaist geworden. Als ob er sich bei den anderen angesteckt hätte.

Gegen elf ging Ludwig auf einen Kaffee ins Café Odeon oder ins Astoria und danach ins Cabaret Voltaire.

Es ging ihm nicht gut, aber es ging ihm besser. Er dachte jetzt wieder öfter an Maria, die in seinen letzten Kriegsmonaten und in der Zeit danach vollkommen aus seinen Gedanken entschwunden war. Seltsamerweise waren es gerade diese Gedanken an Maria, die ihn dazu brachten, sich auf die kleine Karla einzulassen. Dabei hätte ihn doch die Erinnerung an Maria von dieser Sache abhalten sollen. Die Liebe zu ihr war so rein und gut gewesen, die Sache mit Karla war genau das Gegenteil.

Karla war Prinzigers Tochter. Sie war noch ein Kind, siebzehn, höchstens achtzehn, sie wollte Malerin werden, deshalb himmelte sie Ludwig an. Sie kam oft in die Küche, wenn er Kartoffeln schälte, stellte sich ganz dicht neben ihn und fragte ihn nach seiner Arbeit, seiner richtigen Arbeit, wie sie es nannte – nach den Nächten im Voltaire, wo sie noch nie gewesen war, denn Zutritt gab es erst ab einundzwanzig. Karla war nicht hübsch, sie hatte eine plumpe Figur und feuchte Augen, die ein wenig hervorstanden, große, etwas schiefe Zähne, die Ludwig an Sophie Taeuber erinnerten. Vielleicht machte ihn das schwach, zumindest versuchte er es sich hinterher einzureden.

An jenem Tag war sie schon mittags in der Küche immer um ihn herumgestrichen. Als er nach dem Schälmesser griff, berührten sich ihre Arme. Wie zufällig, aber es war kein Zufall. Er ging nicht darauf ein, sondern zog sich in seinen Keller zurück und arbeitete, bis es Zeit war, auszugehen. Morgens um drei kam er aus dem Voltaire nach Hause, da saß sie auf den Treppenstufen vor seiner Zimmertür und wartete auf ihn. Sie trug ein weißes Nachthemd mit Rüschen und einer Knopfleiste, die viel zu weit offen stand, so dass er den Ansatz ihrer großen Brüste sehen konnte. Neben ihr stand ihre Mappe, angeblich wollte sie ihm ihre Bilder zeigen.

Er schickte sie weg, und als sie nicht ging, nahm er sie mit in sein Zimmer und zog ihr das Nachthemd aus. Er war ihr erster Mann, das wusste er schon vorher, und hinterher war es nicht zu übersehen, denn sein Bett schwamm vor Blut.

Am nächsten Tag suchte er sich eine neue Arbeit. Er konnte in einem Gasthaus um die Ecke als Kellner anfangen, das war nicht ideal, weil er viel länger arbeiten musste, aber er bekam ein Zimmer über der Gaststätte, das war die Hauptsache. Er gab Prinziger Bescheid und packte seine Sachen. Innerhalb einer Woche war er ausgezogen.

Karlas Augen waren jetzt noch feuchter als früher, wenn er sie im Vorübergehen sah. Ihre Schultern fielen beim Gehen nach vorn, sie ging wie eine alte Frau, und sie roch auch so, dabei war sie noch nicht einmal richtig erwachsen. Ihre Bilder bekam Ludwig nie zu sehen.

Mittags machte er jetzt immer einen Spaziergang, am rechten Limmatufer hoch bis zum Bahnhof und auf der anderen Seite wieder zurück und dann über die Münsterbrücke nach Hause. Er machte es nicht wegen der Bewegung, sondern einzig und allein wegen Sophie Taeuber. Denn den halben Weg spazierten sie gemeinsam, weil Sophie mittags immer zum Schwimmen in die Frauenbadeanstalt auf der Limmat ging.

»Mittags ist das Becken ganz leer«, erklärte sie ihm. »Die ehrbaren Frauen sind dann beim Essen, und die anderen schlafen noch.« Offensichtlich zählte sie sich weder zu der einen noch zu der anderen Sorte Frau.

Der Gedanke faszinierte ihn, dass sie ganz allein ihre Bahnen im Schwimmbad zog. Er stellte sie sich in einem roten Badeanzug vor, auf dem Rücken treibend, das helle Gesicht umrahmt von kurzem dunklem Haar auf dunkelgrünem Limmatwasser. Zu schade, dass die Badeanstalt nur für Frauen war.

Er holte sie jeden Morgen in ihrer Wohnung am Rosenhof ab, obwohl das für ihn einen Umweg darstellte. Manchmal stand sie schon am Fenster, wenn er kam. »Nicht klingeln, ich komme schon«, rief sie zu ihm herunter. »Jean schläft noch.«

Ob Arp wusste, dass sie sich jeden Mittag trafen? »Sicher«, meinte sie. »Aber solche Dinge machen ihm nichts aus.« Sie lächelte ihr Schneidezahnlächeln. »Er kann sich meiner ja auch sicher sein.«

»Und du?«, fragte sie dann. »Wen liebst du?«

»Niemand«, sagte er. Danach erzählte er ihr die Geschichte mit der kleinen Karla Prinziger. Warum erzählte er ihr das? Um sie zu beeindrucken? Um sie abzustoßen? Er wusste es selbst nicht. Vielleicht musste es einfach heraus.

Als er fertig war, schwieg sie ganze zehn entsetzliche Schritte lang, während Ludwigs Herz zappelte wie ein Fisch auf dem Trockenen.

»Du meine Güte«, meinte sie schließlich. »Das arme Ding.«

»Ob ich … ob ich mit ihr reden soll?«, fragte Ludwig unsicher.

»Um Gottes willen! Dann fängt doch alles wieder von neuem an. Nein, es ist ja nun einmal passiert.«

»Schreib ihr einen Brief«, sagte sie. »Zumindest sollte sie wissen, dass es nicht ihre Schuld ist.«

Er nickte und nahm sich fest vor, Karla zu schreiben, aber er tat es nie.

Sophie wurde seine beste Freundin. Er war in sie verliebt, aber sie ignorierte seine Verliebtheit so konsequent, dass er sie irgendwann fast vergaß. Er ging mit ihr spazieren, und sonntags, wenn Arp arbeitete, fuhren sie oft mit der kleinen Bergbahn auf den Uetliberg und picknickten. Sie aßen hart gekochte Eier und Butterbrote und tranken Rotwein, obwohl es noch nicht einmal zwölf Uhr war. Vor ihnen im Tal lag Zürich ausgebreitet wie ein Geschenk für ein sehr großes Kind. Spielzeughaus an Spielzeughaus und ein grüner Fluss mit Papierschiffchen. Daneben der See, glatt und blau. In Augenhöhe weiße Wolken. Wattebäusche an Seidenfäden. Sophie rezitierte Baudelaire.

Au-dessus des étangs, au-dessus des vallées,
Des montagnes, des bois, des nuages, des mers,
Par delà le soleil, par delà les éthers,
Par delà les confins des sphères étoilées.

Ihr Französisch klang wie Schwyzerdütsch, obwohl sie alle Worte richtig aussprach.

Manchmal besuchte Ludwig Sophie auch in ihrem Atelier an der Kunstgewerbeschule und sah ihr beim Malen zu. Sophie entwarf ihre Textilarbeiten, riesige Wandteppiche mit leuchtenden, abstrakten Mustern im kubistischen Stil. Draußen auf dem schrägen Dach trippelten die Tauben aufgeregt auf und ab und gurrten. Vielleicht berichteten sie sich gegenseitig ihre Reiseerlebnisse. Dass sich die Schützengräben in Frankreich immer schneller mit toten Soldaten füllten. Dass die Leute in Deutschland vor lauter Hunger Sägespäne kochten. Die Krallen der Tauben machten kratzende Geräusche auf den Dachpfannen, es klang, als wären sie irgendwo im Raum und nicht draußen.

In der Welt tobte der Krieg. In Zürich tobten die Dadaisten. Das Cabaret Voltaire hatte inzwischen geschlossen, stattdessen gab man jetzt Vorstellungen in der Galerie Dada. Arp und Tzara muhten und miauten auf der Bühne, Janco spielte eine unsichtbare Geige, Ball begleitete ihn am Klavier, Emmy Hennings versuchte, mit ihrer Stimme Gläser zerspringen zu lassen, als es nicht klappte, schlug sie ein Rad, was ebenfalls nicht gelang. Aber das Publikum wusste jetzt, dass sie rote Unterhosen unter ihrem weiten Rock trug. Man johlte und tobte und klatschte und trieb die Künstler zu noch tolleren Absurditäten an.

»Was wirst du tun, wenn der Krieg zu Ende ist?«, fragte Sophie Ludwig, während sie mit ruhiger Hand eine rote Linie quer über ihr Papier zog. »Gehst du wieder zurück nach Deutschland?«

»Ich weiß es nicht«, sagte er. »Ich mache keine Pläne mehr.«

»Warum nicht? Wenn man einen Plan hat, hat man stets etwas, worauf man sich freuen kann.«

»Aber es kommt doch immer anders.«

»Was ist eigentlich geschehen?«, fragte Sophie und setzte dabei eine grüne Linie direkt neben die rote.

Da erzählte er ihr von Maria. Wie er sie im Zirkus kennengelernt hatte und dass sie füreinander bestimmt gewesen waren und heiraten wollten, aber dann hatte sie ihn verlassen.

»Das war etwas, worauf ich mich freute«, schloss er bitter. »Mit Maria mein Leben zu verbringen.«

»Und dann hat sie dich fortgeschickt. Vielleicht gab es einen anderen?«

»Nein«, sagte er bestimmt. »Es war etwas, das sie gesehen hat. Sie war … sie hatte Erscheinungen.«

»Eine Hellseherin.« Sophie nickte, als wäre es das Natürlichste auf der Welt. Sie malte ein schwarzes Quadrat mit zitronengelber Wasserfarbe aus. Am Rand war die schwarze Farbe noch nicht ganz trocken, sie vermischte sich mit dem Gelb und wurde dunkelgrün. »Dann war es vielleicht gut, dass nichts aus euch geworden ist. Vielleicht wurde sie gewarnt.«

»Wer hätte sie warnen sollen? Was könnte es geben, das schlimmer ist als das, was sie mir angetan hat?«

»O Nero.« Sophie legte ihren Pinsel weg und sah ihn an. »Ist das dein Ernst? Es gibt so viel Schlimmeres, unvorstellbare Dinge, die geschehen und einem das Herz zerreißen können. Weißt du das denn nicht?«

»Aber gemeinsam mit ihr hätte ich alles bewältigt.«

»Ja, das glaubst du. Aber es ist nicht so einfach. Jeder verändert sich. Du und Maria auch. Vielleicht würdet ihr euch heute hassen.«

»Niemals.«

»Die Liebe«, sagte Sophie Taeuber, »ist ein Kampf. Am Anfang kämpft man, um den anderen zu bekommen, und dann kämpft man, um ihn nicht zu verlieren. Und sich selbst auch nicht. Man kämpft gegen etwas völlig Unbekanntes, denn mit jedem Tag kann sich alles wandeln. Und wenn man aufhört zu kämpfen, hat man verloren.«

»Aber so wie du es beschreibst, ist es ein Krieg«, sagte Ludwig.

»Vielleicht ist es das«, meinte Sophie. »Aber anders geht es nicht.«

Zwölftes Kapitel

I.

Sie hatten einen Neger in der Gruppe, das war der heimliche Star. Er hieß Hilarius Gilges, aber alle nannten ihn nur Lari. Den schwarzen Lari. Obwohl er schwarz war, war er Düsseldorfer, und wenn er das Erkennungslied der Truppe anstimmte, war sein rheinischer Tonfall nicht zu überhören.

»Jetzt tritt an: Nordwest ran!«, deklamierte er laut, zuerst mit den anderen zusammen und dann noch einmal allein, weil das Publikum ihn so gerne mochte. Dabei riss er seine Augen auf und rollte die Augäpfel herum, so dass das Weiße grell aus seinem braunen Gesicht herausstach.

Die Leute lachten und johlten. Kürzlich hatte Mira sogar ein paar Nazis dabei beobachtet, wie sie beim Anblick des schwarzen Laris gelacht und gejohlt hatten, vor lauter Erheiterung hatten sie eine ganze Weile lang vergessen, dass sie ja gekommen waren, um Krawall zu schlagen.

Alle fanden ihn zum Schreien komisch, den schwarzen Lari, sogar dann, wenn er gar nicht komisch sein wollte, weil er traurig war. Im Mai 1930 verliebte er sich in Katharina, ein Mädchen aus seiner Nachbarschaft, und kurz darauf war sie schwanger. »Wir müssen heiraten«, vertraute er Millie an, ausgerechnet Millie, die doch nie den Mund halten konnte.

Eine halbe Stunde später wusste es die ganze Truppe. »Lari wird Vater.« Werner lachte. »Wenn das Kind nur nicht schwarzweiß-kariert herauskommt.«

»Zumindest weißt du mit Sicherheit, dass es von dir ist«, spottete Fritz.

»Sofern sich das Mädel nicht noch mit einem anderen Neger eingelassen hat«, ergänzte Hans zur allgemeinen Belustigung.

Millie kicherte. Mira hätte sie in ihr hübsches rundes Gesicht schlagen können. Lari verdiente sein Geld, indem er Kohlen ausfuhr, mit dem Hungerlohn konnte er keine Familie ernähren. Und dann die kommunistische Gesinnung und die Hautfarbe – man musste nicht lange darüber nachdenken, wie die Eltern seiner Geliebten reagieren würden.

Als Mira später zu ihm ging und ihn trösten wollte, schüttelte er nur den Kopf und zuckte mit den Schultern, wie ein Pferd, das eine lästige Fliege vertreiben wollte. »Lass ihnen doch ihren Spaß«, sagte er kühl. Spott war schlimm. Mitleid war schlimmer.

Als er seine Katharina vier Wochen später heiratete, standen sie alle vor dem Standesamt Spalier und schwenkten rote Fahnen. »Wie soll das Kind denn heißen?«, brüllte Engelbert, als sie herauskamen, Lari und seine Braut und ihre beiden Eltern.

»Larifari«, schrie Werner, bevor Lari noch etwas erwidern konnte.

Die Braut blinzelte erschrocken. Katharinas Eltern und Laris Mutter machten finstere Gesichter. Lari lachte und rollte mit den Augen.

Sie ging kaum noch ins Kino, seit sie Agitprop machte. »Ihr seid Laien, das ist eure Stärke!«, sagte Wolfgang Langhoff, der jetzt Schauspieler und Regisseur am Düsseldorfer Schauspielhaus war und die Gruppe leitete. »Lasst es euch nicht einfallen zu schauspielern.«

Denn die neuen Regeln hießen: Improvisation statt Perfektion, Agitation statt Erbauung, Signale und Zeichen statt Metaphorik. Der Kapitalist stopfte sich ein dickes Kissen unter die Weste, nahm eine Pfeife in den Mund und eine Peitsche in die Hand. Der Revolutionär war groß, schlank und blond, denn er wurde immer von Engelbert Frodermann gespielt.

Anselm spielte nicht mit, obwohl er Nordwest ran mit aufgebaut hatte. Er stand nicht gerne auf der Bühne. Nur wenn musikalische Begleitung erwünscht war und Willi Stein und seine Arbeiterkappelle nicht zur Verfügung standen, setzte er sich ans Klavier.

Er arbeitete nicht mehr als Stahlarbeiter, und auch seine Arbeit als Kinopianist hatte er aufgegeben. Es gab jetzt den Tonfilm, da brauchte man keine Klavierspieler mehr.

Er bekam nun Geld von der Partei dafür, dass er der Partei Geld einbrachte. Er hielt Reden auf Betriebsversammlungen, bei Gewerkschaften und auf Volksfesten, er warb um neue Mitglieder, er sammelte Spenden, er kämpfte für die kommunistische Sache. Allerdings nicht mit den Fäusten. »Wenn es ernst wird, haut Guben ab«, sagte Langhoff, halb im Ernst, halb im Spaß. Obwohl auch er nicht gerade der Typ war, der sich mit den Nazis herumschlug.

Mira und Anselm wohnten jetzt zusammen auf der Gerresheimer Straße. Zwei winzige Zimmer und eine Küche mit einem alten Gasherd mit zwei Brennstellen. Eine der Brennstellen war kaputt, und die andere ließ sich nicht richtig regulieren, so dass das Essen immer anbrannte. Also gab es meistens kalte Speisen. Belegte Brote und Gurkensalat. Anselm war es ohnehin egal, was er aß.

Sie wollten auch heiraten. Die Hochzeit war für den 31. September 1930 angesetzt, nach den Reichstagswahlen, denn bis dahin war keine Zeit. Die Auftritte, die Versammlungen, die Reden, die Termine, nein, an Heirat war nicht zu denken. Man hastete von einem Ort zum anderen, ein schneller Auftritt, und dann ging es auch schon wieder weiter, und abends fiel man wie erschlagen ins Bett. Manchmal streckte Mira ihre Hand aus und strich vorsichtig über Anselms Rücken. »Nicht heute«, sagte er dann schläfrig. »Es sind auch die gefährlichen Tage, und das wollen wir doch nicht.« Die gefährlichen Tage, an denen er vorsichtshalber nicht mit ihr schlief, begannen einige Tage nach ihrer Blutung und hielten bis zur nächsten Periode an.

»Er macht es nicht gerne«, sagte Mira zu Gudrun, die sie jetzt wieder öfter sah, seit Gudrun ihren Modesalon auf der Hohen Straße geschlossen hatte. Im November 1929 war Schluss gewesen, nachdem der Börsenkrach in New York Pressmann das Genick gebrochen hatte – natürlich nicht im wörtlichen Sinne. Er hatte aber sein gesamtes Kapital verloren und seine Schraubenfabrik, sein Haus und die vier Automobile zu einem Spottpreis verkaufen müssen. Frau Pressmann konnte sich jetzt keine teuren Kleider mehr leisten, vorbei war die Zeit der Galaveranstaltungen, Opernbesuche, Kreuzfahrten, Nackenmassagen, Ballonfahrten, Maniküren, Pediküren, Hundecoiffeure, Konzertabonnements, Ballettabende, Theaterpremieren, Jagdausflüge. Nicht einmal Cocktails ließ das Budget noch zu.

Gudrun half jetzt Miras Mutter in der Schmuckproduktion. Das Schmuckgeschäft lief weiterhin gut, obwohl überall die Fabriken ihre Tore schlossen und die Betriebe dichtmachten. Die Schmuckstücke waren so billig, dass jeder sie sich leisten konnte, auch jetzt noch. «Billiger als Brot und sehr viel hübscher«, sagte Miras Mutter immer.

Nachdem sich erst Hilde und dann Elfie verheiratet hatten, war sie nur zu froh gewesen, dass Gudrun bei ihr einsteigen wollte. Also fädelte Gudrun nun rote und gelbe Perlen auf Kupferdraht, lötete Blech auf Blech und summte vor sich hin. Dabei war sie ganz oben gewesen und hatte in den besten Kreisen verkehrt. »Es kommt auch wieder anders«, sagte sie. »Einmal ist man unten und dann wieder obenauf, so läuft das Schicksalsrad.«

Im Moment aber interessierte sie weder ihr Schicksal noch ihre Karriere, sondern einzig und allein Miras Verhältnis zu Anselm. »Er macht es nicht gerne?«, wiederholte sie Miras Worte. »Wie meinst du das? Jeder Mann macht es gerne. Vor allem heutzutage. Immerhin ist es umsonst. Also bei dir jedenfalls«, fügte sie frivol hinzu, aber Mira war an derartige Äußerungen gewohnt, sie beachtete sie gar nicht mehr.

»Er ist kein sinnlicher Mensch«, erklärte Mira und stand auf. Dass sie sich immer und immer wieder auf solche Unterhaltungen einließ! Es war zu fatal, ein Wort in die falsche Richtung, und Gudrun stürzte sich darauf und verbiss sich darin wie ein Hund in eine Ratte. »Es ist nicht so wichtig.«

»Es ist nicht so wichtig?«, fragte Gudrun ungläubig. »Ihr wollt heiraten, wenn ich dich daran erinnern darf. Wie soll das denn enden, wenn er dich schon vor der Hochzeit nicht mehr anfasst? Da kannst du ja gleich ins Kloster gehen.«

»Ach lass doch!«, sagte Mira unbehaglich. Sie machte das Fenster auf, das sich nicht richtig öffnen ließ, weil das Klavier im Weg stand. Es ärgerte sie jedes Mal aufs Neue, dass sie wegen des Klaviers nicht richtig lüften konnte. Warum stand es überhaupt noch da? Anselm spielte so gut wie nie darauf, er hatte keine Zeit mehr für Musik.

»Oder?«, fragte Gudrun.

Mira quetschte sich zwischen Fensterflügel und Fensterbrett und starrte auf die vertrockneten Geranien in den Blumenkästen. Die Blätter hingen schlaff und gelb über den Rand, eine letzte hellrote Blüte reckte sich mühevoll und anklagend nach oben. Man konnte auch nicht richtig gießen, wenn das Fenster sich nicht ordentlich öffnen ließ.

Sie machte das Fenster wieder zu. »Ich muss dann auch bald los.«

»Du hast noch eine halbe Stunde«, sagte Gudrun. »Was willst du auch da draußen bei den Anarchisten? Reicht es nicht, dass du dich für die Kommunisten ins Zeug legst?«

»Es sind Anarchosyndikalisten, aber mit denen habe ich nichts am Hut. Dieser Maler hat mich eingeladen. Er wollte immer, dass ich ihn einmal besuche. Und heute ist da draußen Sommerfest …«

»Nero Battaglia«, sagte Gudrun spöttisch. »Du hast einen seltsamen Männergeschmack, das muss man schon sagen.«

Otto begleitet mich, wollte Mira gerade sagen, aber dann schluckte sie die Worte hinunter. Was ging es Gudrun an, dass Otto ebenfalls eingeladen war?

»Was ist eigentlich mit Iris Pressmann?«, erkundigte sie sich stattdessen. »Es ist aus zwischen euch, oder nicht?«

Gudrun beugte sich über den Tisch und griff nach ihren Zigaretten. Es dauerte eine ganze Weile, bis sie eine Zigarette aus der Packung geschüttelt und angesteckt hatte. Dann drehte sich eine Rauchspirale zur Decke, und Gudrun blickte ihr nach, als habe sie etwas Derartiges noch nie gesehen. »Ach, die Pressmann«, sagte sie gelangweilt. Mehr sagte sie nicht.

Mira kämmte ihre Haare. Rapp, zapp, zapp, es ging jetzt ganz schnell und mühelos, nachdem sie sie im letzten Jahr endlich abgeschnitten hatte – obwohl Anselm sehr dagegen gewesen war.

»Alle Proletarierinnen tragen die Haare kurz«, hatte sie ihm erklärt. »Es ist viel fortschrittlicher.«

»Aber ich mag es in dieser Hinsicht lieber traditionell«, meinte er.

Doch nun war der alte Zopf ab, und Mira war froh darüber, es war eine solche Erleichterung, besonders an heißen und schwülen Tagen wie heute.

Sie zog das wassergrüne Kostüm an, das Gudrun ihr überlassen hatte, als sie noch ihr Modegeschäft und Geld hatte. Ein buntes Tuch um den Hals, ein Blick in den Spiegel. Ihre Mutter blickte zurück. Dann klingelte es.

Es war viel zu früh für Otto.

Es war auch nicht Otto, sondern Anselm.

»Gut, dass du da bist«, sagte er atemlos. »Ich habe meinen Schlüssel vergessen.«

»Ich bin gleich weg.« Warum musste er ausgerechnet jetzt kommen? Er und Otto mochten sich nicht, sie hatte gehofft, dass sie sich nicht treffen würden. Vielleicht wäre es am besten, sie würde unten auf der Straße auf ihn warten.

»Das geht nicht.« Anselm warf seine Mütze auf den Tisch und ließ sich auf einen Stuhl fallen. Dann nahm er seine Brille ab und massierte sich mit Daumen und Zeigefinger die Nasenwurzel. »Du musst mich begleiten.«

»Wann?«

»Heute Abend. Jetzt. Es ist sehr wichtig.«

Ohne Brille wirkte Anselm seltsam nackt. Direkt nach dem Weckerklingeln setzte er sie auf und nahm sie erst wieder ab, wenn sie abends das Licht löschten.

»Ich kann aber nicht. Ich habe eine Verabredung.«

»Sag sie ab! Eisler ist in der Stadt. Habe ihn heute Mittag zufällig getroffen. Er gibt ein Konzert in der Tonhalle, und wir sind dazu eingeladen. Du und ich. Besonders du. Und bringen

Sie Ihre entzückende Freundin mit, hat er ausdrücklich gesagt.«

»Eisler?«

»Der Komponist«, erklärte Anselm ungeduldig. »Ein wirklich Großer.«

»Er war aber recht klein. Und dick.« Jetzt erinnerte sich Mira wieder.

»Körperlich vielleicht. Wir müssen um acht Uhr dort sein. Ich muss aber vorher noch zu Bergdorf …«

»Ich kann nicht. Ich bin verabredet.«

Als er herausbekam, dass sie zu den Anarchosyndikalisten wollte, geriet er vollkommen außer sich. »Nie und nimmer!«, schrie er. »Diese hirnverbrannten Idioten! Diese Schwachköpfe sind schlimmer als die Faschisten! Du wirst nicht dort hingehen! Ich erlaube es nicht!«

»Was hast du mir denn zu befehlen?« Mira versuchte ruhig zu bleiben, aber ihre Stimme überschlug sich vor Aufregung.

»Ich bin dein Mann!« Dabei waren sie noch gar nicht verheiratet.

Sie hatte ihn noch nie so wütend erlebt. Er wurde immer lauter, er brüllte, bis der alte Herr Marquardt, der unter ihnen wohnte, mit dem Besenstiel an die Decke klopfte. Da riss er sich zusammen.

»Bitte, Mira, sei vernünftig«, sagte er leise, als sei sie es gewesen, die geschrien hatte. »Eisler erwartet dich doch.«

»Nero Battaglia auch.«

»Wer?«

Er weiß nichts über mich, dachte sie plötzlich. Er hat keine Ahnung, woher ich komme, was ich denke und was ich will. Es ist ihm auch vollkommen gleichgültig. Bisher hatte ihr das immer gefallen, weil sie die neue Mira, Anselms Mira, viel lieber mochte als die Mira, die sie früher gewesen war.

Die alte Mira hätte sich niemals auf eine Bühne gestellt und politisch agitiert. Die alte Mira hätte niemals mit lauter Stimme Kampflieder gesungen. Die alte Mira senkte den Kopf, blickte zu Boden und hatte keine Meinung und kein Rückgrat und kein politisches Bewusstsein. Der gelbe Mann, dachte sie, der gelbe Mann hätte gegen die neue Mira keine Chance.

Aber Anselm war die neue Mira so egal wie die alte. Ich mag es, wenn die Dinge funktionieren, hatte er einmal über seine Parteiarbeit gesagt. Und das galt auch für sie.

Ich will, dass du mit zu Eisler kommst – das war die Botschaft. Es war erstaunlich, in wie viele unendlich lange Sätze sich diese acht Worte verpacken ließen. Anselm redete und redete. »Nun hör doch einmal zu, Mira«, sagte er, obwohl sie seit einer Viertelstunde nichts anderes tat. »Ich bitte dich«, sagte er, doch genau das tat er nicht.

Wenn er ehrlich gewesen wäre. Wenn er einfach zugegeben hätte, dass Eisler ihn nur deshalb eingeladen hatte, weil er Mira wiedersehen wollte, und dass Anselm ihm fest versprochen hatte, dass sie auch käme. Wenn er ein einziges Mal eingestanden hätte, dass er sie wirklich brauchte. Wahrscheinlich hätte sie ihre Verabredung abgesagt und Otto allein nach Eller geschickt. Wahrscheinlich hätte sie Anselm begleitet. Aber er brachte es einfach nicht über die Lippen.

»Wenn du zu den Anarchosyndikalisten gehst, brauchst du nicht mehr wiederzukommen!«, schrie er stattdessen. Das war lächerlich, Mira zahlte über die Hälfte der Mietkosten. Aber bevor sie Anselm darauf hinweisen konnte, klingelte es wieder, und diesmal war es Otto.

Er stand schon im Flur, als sie die Tür öffnete. Natürlich hatte er Anselms Geschrei gehört. Deshalb lächelte er nun sein spöttisches Lächeln, das Mira früher genauso gehasst hatte wie Anselm jetzt.

»Guten Abend, die Herrschaften«, sagte er.

Anselm prügelte sich nicht mit Nazis, aber Otto hätte er jetzt gerne ins Gesicht geschlagen, das war ihm deutlich anzusehen.

Anselm und Otto waren sich im Januar bei einem von Miras Auftritten begegnet. Sie hatte sie einander vorgestellt, von der Bühne aus sah sie dann, wie sie nebeneinander standen, Otto mit den Händen in den Hosentaschen, grinsend, Anselm die

Arme vor der Brust verschränkt, stirnrunzelnd. Anselm fand Otto frivol. Otto fand Anselm verbissen. Das sagten sie natürlich nicht zueinander, sondern zu Mira, obwohl sie keinen von beiden nach seiner Meinung gefragt hatte.

Jetzt drehte Anselm Otto den Rücken zu und sah Mira an. »Deine Entscheidung steht also fest?«

»Auf Wiedersehen«, sagte Mira und riss ihre Jacke vom Garderobenhaken. Dabei fiel auch Anselms Jacke zu Boden.

Mira starrte auf die Jacke, und die beiden Männer starrten auf Mira. Sie warteten darauf, dass sie sich bückte, um die Jacke wieder aufzuheben. Ich habe das alles so satt, dachte sie plötzlich. Ich will nie mehr tun, was man von mir erwartet. Der Gedanke erfüllte sie mit einer großen Befriedigung. Sie fühlte sich auf einmal ganz leicht und frei, vollkommen schwerelos. Ich tue nur noch, was ich will, dachte sie.

Dann hörte sie Schwester Clementia. Sie schien direkt neben ihr zu stehen, so deutlich war ihre Stimme. »Du dummes, ungezogenes Kind«, sagte die Schwester verächtlich. »Was glaubst du eigentlich, wer du bist!«

»Dieser Trotz, dieser Trotz«, klagte Frau Anschütz, auch sie war auf einmal irgendwo im Raum. »Woher hat das Mädchen bloß diesen Trotz?«

»Was geht nur in diesem Kopf vor?« Das war die Stimme der Oberin.

Dann begannen sie alle durcheinander zu reden, die Klosterschwestern aus Heiligenbronn und die Oberin und Frau Anschütz. Hört auf! dachte Mira. Vielleicht sagte sie es auch laut, denn Anselm und Otto sahen sie erschrocken an. »Nein«, murmelte sie, aber gleichzeitig merkte sie zu ihrem Entsetzen, wie sie ganz langsam in die Knie ging.

»Mira«, sagte Otto. »Wir müssen nun aber los.« Er stand plötzlich neben ihr und hielt sie am Ellenbogen fest. Da richtete sie sich wieder auf. Die Jacke blieb liegen.

Ihr war ein bisschen schwindlig, als sie auf die Straße traten. Die Abendsonne hockte auf den Dächern der gegenüberliegenden

Häuserreihe und bohrte ihre Strahlen in Miras Augen. Deshalb erkannte sie die Frau nicht, die quer über die Straße auf sie zueilte. Im Gegenlicht sah sie nur einen schwarzen Mantel und eine dunkle Kopfbedeckung. Schwester Clementia, dachte sie. Also doch.

»Mirabella«, rief Schwester Clementia. Aber das war unmöglich, dass Clementia hier war, erkannte Mira jetzt, Clementia war ja tot, sie war an der Spanischen Grippe gestorben, vor vielen, vielen Jahren.

»Frau Schwarz«, sagte Otto.

»Mutter«, flüsterte Mira. Sie ließ Ottos Arm wieder los. Sie konnte sich gar nicht daran erinnern, wann sie ihn ergriffen hatte.

»Ich muss mit dir reden!«, rief ihre Mutter laut, bevor sie Mira noch richtig erreicht hatte. Sie hatte den kleinen Pinscher an der Leine, den sie manchmal spazieren führte. Der Hund hechelte und ließ sich ziehen. »Es ist etwas geschehen.«

»Ich habe kein Zeit«, sagte Mira. »Wir müssten längst weg sein.« Was immer ihre Mutter zu sagen hatte, sie wollte es nicht wissen. Jetzt nicht und später auch nicht.

Der kleine Hund wollte auch nichts mehr wissen. Er ließ sich neben Miras Mutter auf den Boden fallen und schloss die Augen. Seine rosa Zunge hing aus seinem Maul, sie wirkte viel zu lang und zu groß für den kleinen Kopf.

»Die Jungfrau Maria ist mir erschienen«, rief ihre Mutter. Sie rief es so laut, dass ihre Stimme durch die ganze Straße flog und in all die Fenster, die an diesem Sommerabend geöffnet waren, und in den Bäckerladen, wo Frau Walz ihre harten Brötchen vom Vortag anbot. Wahrscheinlich hörte es auch Anselm oben in der Wohnung, und es bestätigte ihn in seiner Meinung, dass Miras Mutter nicht klar bei Verstand war.

Nur Otto lachte, weil er das Ganze für einen Scherz hielt. Er kannte ihre Mutter kaum.

»Gehen wir nach oben«, sagte Miras Mutter aufgeregt und riss an der Hundeleine. Der kleine Hund öffnete die Augen und schloss sie wieder.

Aber das ging ja nicht, oben war Anselm, und Mira war froh, dass sie endlich aus dem Haus war, sie wollte auf keinen Fall zurück. Glücklicherweise kam in diesem Moment die Elektrische.

»Wir müssen, Mutter«, sagte sie hastig und zog Otto am Ärmel hinter sich her, so wie ihre Mutter vorher den Hund gezogen hatte. »Ich besuche dich in den nächsten Tagen.«

Die Straßenbahn war fast leer. Sie ließ sich auf eine Bank fallen. Sie spürte den Holzsitz unter sich, hart und fest. Otto setzte sich neben sie. Kurz bevor der Schaffner die Türen schloss, drängte sich auch noch ihre Mutter herein. Als sie sich Mira und Otto gegenüber niederließ, schob sich ein Hundekopf aus ihrem Jackenrevers. Glänzende Pinscheraugen musterten Mira voller Verwirrung und Müdigkeit. Warum lasst ihr mich nicht in Ruhe? fragten die Augen, und genau das dachte auch Mira. Warum lasst ihr mich nicht einfach in Ruhe?

Sie sprach den Gedanken jedoch nicht aus, weil sie Angst hatte, dass sich Schwester Clementia wieder einmischte oder die Mutter Oberin. Ich werde wahnsinnig, dachte sie. Ich verliere den Verstand.

Die Elektrische klingelte laut und nervös, dann gab sie sich einen Ruck und fuhr an. »Mirabella, du musst mich anhören«, sagte ihre Mutter. »Die Muttergottes – sie hatte eine Nachricht für dich.«

Mira seufzte. Ich werde wahnsinnig, und Mutter ist es schon, dachte sie.

»Ich war eben im Park mit Rufus. Wir sind zum Ananasberg, zum Märchenbrunnen. Du kennst doch den Märchenbrunnen? Die drei Kinder in weißem Marmor, die die Frösche betrachten?«

Ihre Mutter machte eine Pause und wartete, bis Mira nickte. Sie erinnerte sich an den Märchenbrunnen, weil Anselm ihn jedes Mal als bürgerlichen Scheißdreck bezeichnet hatte, wenn sie daran vorbeigelaufen waren. Früher waren sie sonntags immer im Hofgarten spazieren gegangen. Es war bestimmt über ein Jahr her, dass sie das letzte Mal dort gewesen waren, dachte Mira.

»Die Kinder waren aber nicht mehr da«, sagte ihre Mutter.

Wieder machte sie eine Pause, aber dieses Mal reagierte Mira nicht. Die Straßenbahn klingelte wieder und hielt. »Carlstraße«, rief der Schaffner.

»Du musst mir glauben, Mirabella, die Kinder waren nicht mehr da, aber stattdessen war da die Jungfrau, die Muttergottes. Sie stand oben auf dem Brunnen, als gehörte sie dorthin, so dass ich sie zuerst gar nicht bemerkt habe, aber Rufus hat etwas gespürt. Er wurde ganz aufgeregt und bellte, und so bin ich überhaupt darauf aufmerksam geworden. Ich weiß, es hört sich alles vollkommen fantastisch an, aber es ist wahr, Mirabella, ich schwöre es.«

»Was hat sie Ihnen denn gesagt, die Jungfrau Maria?«, erkundigte sich Otto. Er saß leicht vornübergebeugt, die Hände auf dem Schoß gefaltet, wie einer dieser Seelenärzte, die er so bewunderte.

»Sie spricht nicht, aber dennoch verstehe ich sie. Ich weiß genau, was sie von mir will. Sie ist mir früher schon erschienen, es ist so lange her, dass ich dachte, es sei vorbei. Aber nun war sie wieder da, und ihre Botschaft war für Mirabella.«

»Was hat sie gesagt?«, fragte Otto noch einmal, während Mirabella eine Fliege beobachtete, die an der Fensterscheibe hoch krabbelte, doch immer wenn sie fast oben war, fiel sie wieder nach unten.

»Mirabella soll bei ihrem Vater bleiben, sagte sie, dann würde ihr kein Leid geschehen.«

»Bei ihrem Vater?«, fragte Otto. »Mira hat doch keinen Vater. Wen meinte die Jungfrau? Den himmlischen Vater?«

Miras Mutter zuckte mit den Schultern. Mira konnte ihre Spiegelung in der Scheibe sehen, ihr Spiegelbild wirkte tränenüberströmt. Aber das war nur eine Täuschung. In Wirklichkeit saß ihre Mutter auf ihrer Holzbank und war so ruhig wie der kleine Pinscher, der die Augen geschlossen hatte und schlief.

Sie hat sich das alles ausgedacht, um sich wichtig zu machen, dachte Mira. Wie damals mit Gudrun, wie früher im Zirkus, sie kann es einfach nicht lassen! Als Mira sie wirklich gebraucht hatte, da hatte sie sie im Stich gelassen, aber jetzt, wo Mira mehr als genug von ihr hatte, kam sie an und belästigte sie mit ihrem Aberglauben und ihren überspannten Ideen.

Mit einem Mal bebte sie vor Wut. Es war eine uralte Wut, die sich jahrzehntelang aufgestaut hatte, eine Wut auf ihre Mutter und Mirko, den Zwerg, die nie gekommen waren, auf Schwester Clementia und die kleine Margareta und Schwester Innozenz und Ursula, die gestorben war, und Frau Anschütz, die sie nicht lieben konnte, und Herrn Anschütz und den kleinen Herbert und auf Anselm.

»Es reicht jetzt, Mutter«, zischte Mira. »Du hast ihn doch weggetrieben, meinen Vater, wahrscheinlich wolltest du ihn loswerden, genau wie mich auch. Die Muttergottes im Volksgarten! Das muss man sich einmal vorstellen. Du willst dich doch bloß aufspielen. Oder du hast den Verstand verloren! Es ist mir ganz gleich, lass mich in Ruhe. Lass mich endlich in Ruhe!« Mit jedem Wort war sie lauter geworden, und den letzten Satz schrie sie, so dass die Fahrgäste vor ihr und hinter ihr die Hälse reckten und sich umsahen. Sogar der Fahrer drehte sich nach ihr um, ohne die Hände vom Steuer zu lassen. Es war nun ganz still im Waggon.

Jetzt hörte jeder nur seinen eigenen Herzschlag.

Dann winselte der Pinscher.

»Is dat en Hunk? Han Se do etwa en Hunk?«, rief der Schaffner, der am Ende des Waggons stand. Er näherte sich mit großen Schritten, wobei er sich an den Lehnen der Bänke festhielt und wieder abstieß, es sah aus, als ruderte er auf sie zu. »Hüng dürfen hier nit erinn!«

Miras Mutter stand auf. »Mirabella«, flüsterte sie.

»Wenn dat Ihre Hunk is, müssen Se ussteijen«, keuchte der Schaffner.

»Mira!«, schrie Mira. »Ich heiße Mira!«

II.

Das Haus auf der Reichsstraße war ihr so groß vorgekommen wie das ganze Kloster Heiligenbronn. Drei immense Stockwerke, der Keller, der Dachboden, zwei Balkons im ersten Stock und eine große Loggia und der Garten. Aber im Kloster lebten mehr als zweihundert Menschen, und bei den Anschütz' waren es gerade einmal fünf: das Ehepaar Anschütz, die Köchin, das Dienstmädchen und Mirabella. Oder vielmehr viereinhalb. »Denn das Mirabellchen ist ja nur eine halbe Portion«, sagte Herr Anschütz. Das Mirabellchen, so nannte er sie am Anfang immer – als ob sie ein kleiner Gegenstand wäre und keine Person.

Sie hatte sich fest vorgenommen, dass Frau Anschütz sie wie ein eigenes Kind in ihr Herz schließen sollte und Herr Anschütz auch. Sie sollten sie lieben oder zumindest gern haben, aber es war so unendlich schwierig, jemandem zu gefallen, wenn man so ein schwieriges Geschöpf war wie Mirabella.

Es war nicht so, dass Frau Anschütz keinen guten Willen zeigte. Sie kaufte Mirabella Kleider – Blusen, Strümpfe und Schürzen, alles in Rosa und Hellblau, mit Rüschen und winzigen Röschen bedruckt. Alles viel zu klein. Mirabella zog den Bauch ein und hielt die Luft an, als sie sich Frau Anschütz in einem winzigen Dirndl präsentierte. »Ganz entzückend«, rief Frau Anschütz, und Mirabella atmete voller Erleichterung aus, dabei sprangen alle fünf Perlmuttknöpfchen vom Mieder, und das Leibchen darunter riss von oben bis unten auf.

»Wenn du es doch nur vorher gesagt hättest, dann hätte ich die Sachen ja noch umtauschen können«, meinte Frau Anschütz vorwurfsvoll, als sie das Dirndl hinterher in einen Sack stopfte, für die armen Waisenkinder. Denn Herr und Frau Anschütz hielten viel auf Wohltätigkeit und christliche Tugenden.

Jeden Sonntag gingen sie in die katholische Maxkirche in der Altstadt, dort predigte ihr Beichtvater Pater Andreas. Zumindest hier benahm sich Mirabella einwandfrei, sie wusste nur zu gut, zu welcher Zeit man aufstehen und niederknien und sich bekreuzigen musste, und sie konnte alle lateinischen Wechselgebete auswendig.

»Da haben die Nonnen eine gute Arbeit geleistet«, sagte Herr Anschütz.

Aber bei Tisch! Da hatten die Nonnen offenbar gänzlich versagt. »Oder das Mädchen hat in all den Jahren nichts angenommen«, meinte Frau Anschütz. »Man kann es sich ja nicht vorstellen, dass man den Kindern in Heiligenbronn so gar keine Tischmanieren beibringt.«

Mira wusste nicht, dass man zum Fischessen kein Messer benutzt und dass auch Spargel nicht geschnitten werden und dass man sich den Mund nicht mit dem Handrücken, sondern mit einer Serviette abputzt. »All diese grundlegenden Dinge«, klagte Frau Anschütz, und Frau Hicken, die jeden Mittwoch zu Besuch kam, nickte betrübt.

Frau Hicken war Frau Anschütz' beste Freundin. Ihr Mann war Brigadegeneral, sie wohnten am Ende der Königsallee und hatten zwei Kinder, einen dreijährigen Jungen, der Helmut hieß, und Agnes, ein entzückendes kleines Mädchen von einem halben Jahr. »Frau Hicken ist wirklich zu beneiden«, sagte Frau Anschütz. Denn Frau Hicken war ein ganzes Stück jünger als Frau Anschütz, die sich jahrzehntelang vergeblich Kinder gewünscht hatte, wie sie immer wieder erklärte. »Aber jetzt hat uns der Herrgott ja auch ein kleines Mädchen geschenkt«, meinte sie stolz.

Frau Hicken lächelte und nickte und blickte wohlgefällig auf ihre eigenen Kinder, die sie selbst geboren und nicht aus einem Waisenhaus geholt hatte. »Das ist doch ein Geschenk, über das man sich nicht genug freuen kann«, sagte sie und sah dabei Agnes an.

Mirabella knickste, dadurch geriet das silberne Tablett mit der Teekanne und dem Teller mit den Pralinés aus dem Gleichgewicht, beides rutschte erst langsam und dann immer schneller auf den Rand des Tabletts zu. Frau Anschütz riss den Mund auf und streckte beide Arme aus wie die Zappelphilippmutter im Bilderbuch, dann fielen die Kanne und der Teller und alle Pralinen auf den persischen Teppich im Salon. »Parderdauz!«, rief Helmut begeistert und sprang auf.

Die Pralinés wurden in den Abfall geworfen, obwohl Helmut sie gerne noch gegessen hätte, aber was einmal auf dem Boden lag, konnte nicht mehr angeboten werden. Stattdessen bestrich das Dienstmädchen Leibniz-Butterkekse mit Butter und Marmelade und servierte sie auf einem Glasteller. »Das ist doch fast genauso gut«, sagte Frau Hicken großzügig.

Das Dienstmädchen hieß Ruth, sie war gerade einmal drei Jahre älter als Mirabella, aber sie stellte sich in allen Dingen erheblich geschickter an. »Dat määt nix«, flüsterte sie Mirabella hinterher zu. »Dat krisse och noch hin.« Ganz so, als wäre Mirabella auch eine Hausangestellte wie sie.

Es war wie am Anfang in Heiligenbronn. Es gab einfach zu viele Dinge, die Mirabella hätte wissen müssen und die sie nicht wusste. Sie stolperte durch den Tag, von einem Fehltritt zum nächsten.

Da war das Wasserklosett, auf das Frau Anschütz so stolz war. Es war ein ganz neues Modell, eine Porzellanschüssel mit einer Spülung, die mit einem Höllenkaracho losging, wenn man sie betätigte, und alles mit sich riss. Diese gewaltige Wassermacht hätte sicherlich auch Mirabella mit sich gerissen, dünn und schmächtig wie sie war. Man musste an einem Pendel aus Porzellan ziehen, das an einer Metallkette hing, um die Spülung auszulösen, aber Mirabella befürchtete, dass es einfach einmal losgehen könnte, noch während sie ihr Geschäft verrichtete. Sie lag manchmal nachts wach und stellte sich vor, wie sie davon geschwemmt wurde, wohin der Strudel sie reißen würde.

In Heiligenbronn gab es die Häuschen im Garten, eins für die Mädchen und eins für die Jungen und drei für die Klosterschwestern. Man hatte sich über das Loch im Holzbrett gesetzt, und alles, was man von sich gab, war einfach nach unten gefallen – ohne Wasserstrudel, ohne Gefahr.

Mirabella trank so wenig wie möglich, auf Kaffee verzichtete sie ganz, denn nach dem Morgenkaffee kam immer das große Geschäft. Und wenn es dann doch nötig wurde, hielt sie so lang wie möglich ein. »Was zappelst du so von einem Bein aufs andere?«, fragte die Köchin dann. »Hast du Hunger? Essen gibt es erst um eins.«

Noch zehn Minuten, dann geht es nicht mehr, dachte Mirabella. Noch fünf Minuten, dachte sie nur ein paar Sekunden später, aber dann klingelte es. »Rasch, lauf!«, sagte die Köchin, denn das Türöffnen gehörte zu Mirabellas Aufgaben.

Es war Frau Hicken mit Helmut, die eigentlich gar nicht eintreten wollte, weil sie nur etwas abgeben wollte, aber dann entschloss sie sich doch auf einen Sprung hereinzukommen. Mirabella brachte sie in den Salon und holte Frau Anschütz, und als sie beide zurück in den Salon kamen, ließ es sich nicht mehr aufhalten.

»Was ist denn das für eine Pfütze auf dem Parkett?«, fragte Frau Anschütz.

»Die Kleine ist ja ganz nass«, stellte Frau Hicken fest.

»Mirabella!«, rief Frau Anschütz.

»Unser Helmut war schon mit einem Jahr sauber«, sagte Frau Hicken.

Danach gab sich Mirabella noch eine Weile lang Mühe. Nachdem ihre Mutter bei Frau Anschütz aufgetaucht war, hörte sie jedoch auf, sich anzustrengen. Es hatte einfach keinen Sinn mehr.

Mirabellas Mutter kam kurz nach dem Mittagessen, als Frau Anschütz sich gerade hingelegt hatte. Sie arbeitete damals in einer Garnfabrik, und es war ihre Mittagspause, aber das erfuhr Mirabella erst viel später. Mirabella öffnete die Tür und erwartete einen Laufburschen aus Herrn Anschütz' Fabrik oder den Postboten. Niemand sonst klingelte um diese Zeit, denn jeder zivilisierte Mensch wusste schließlich, dass sich das in der Mittagspause nicht gehörte. Statt eines Boten stand da aber eine Frau mit einem großen blumengeschmückten Strohhut und einem blauen Kleid unter einem hellgrünen Mantel. Blau und grün tragen die Narren in Wien, dachte Mirabella noch, das hatte man im Waisenhaus immer gesagt, als die Frau den Mund seltsam verzerrte und einen Schritt auf sie zutrat. »Meine Mirabella!«, rief sie laut.

In diesem Moment erkannte Mirabella ihre Mutter. Es war erstaunlich, dass sie sie wiedererkannte, denn sie sah jetzt ganz anders aus als früher. In den vier Jahren, seit sie Mirabella in Heiligenbronn abgegeben hatte, hatte sie sich vollkommen verändert. Früher war sie lustig und schön gewesen, und jetzt sah sie aus wie eine der Hausiererinnen, die einem für teures Geld billige Fingerhüte und Nagelbürsten andrehen wollten. Sie wirkte selbst wie etwas Billiges, das man hergerichtet hatte, damit es teuer aussah.

»Weißt du, wer ich bin?«, fragte ihre Mutter. Auch ihre Stimme hatte sich verändert, sie war früher tief und melodiös gewesen, jetzt klang sie rau. Mirabella öffnete den Mund, aber sie brachte keinen Ton heraus, sie hätte auch nichts sagen können, weil hinter ihr plötzlich Frau Anschütz stand und Mirabella an den Schultern fasste. Später fragte sich Mirabella, wie Frau Anschütz überhaupt mitbekommen hatte, dass ihre Mutter gekommen war. Sie schlief doch um diese Zeit immer. Vielleicht hatte sie es tief in ihrem Inneren, in ihren Träumen gespürt, dass man ihr ihr kleines Mädchen wieder wegnehmen wollte. Und obwohl sie mit Mirabella alles andere als zufrieden war, ging das nun doch zu weit.

»Sie haben keinerlei Anrecht auf das Kind«, sagte sie in scharfem Ton zu der fremden Frau, die Mirabellas Mutter war. »Wenn Sie nicht augenblicklich gehen, rufe ich die Polizei.«

Das tat gut, dass Frau Anschütz so für sie eintrat und sie verteidigte, das gefiel Mirabella. Es machte ihr Hoffnung, dass doch noch alles gut werden konnte zwischen ihnen.

Sie stritten noch eine ganze Weile lang herum, dann ging ihre Mutter endlich. Sie kam aber noch einige Male wieder, bis sie es endlich einsah und begriff, dass sie Mirabella nicht mitnehmen konnte, dass ihre Tochter in dieses große Haus gehörte. »Es wäre doch auch kein Leben für die Kleine«, sagte der Polizist, den Frau Anschütz zum Schluss wirklich einmal rufen ließ. »Stellen Sie sich das doch einmal vor, Sie selbst den ganzen Tag in der Fabrik, und das Kind sitzt zu Hause. Da hat sie es doch hier so viel besser.«

»Sag du es ihm doch, dass du gerne mit mir kommen möchtest!«, sagte ihre Mutter.

Aber Mirabella schwieg, sie schwieg mit großem Stolz. Sie spürte, dass Frau Anselm zufrieden nickte, obwohl sie sie gar nicht sehen konnte, weil sie hinter ihr stand.

Weil Frau Anschütz aber eine durchaus gutmütige Frau war, gestattete sie, dass Mirabella einmal im Monat mit ihrer Mutter spazieren ging.

Mirabella hasste diese Nachmittage, die sich ins Unendliche zogen, mit Zoobesuchen und Parkausflügen und Kuchen und Schlagsahne, sie hasste ihre Mutter, die laut und ungebildet war und sich nicht zu benehmen wusste. Sie war so froh, wenn sie abends wieder in der Reichsstraße war.

Es war aber leider nicht so, dass ihre Mutter die Dinge zwischen Mirabella und den Anschütz' verbesserte. Im Gegenteil, seit jenem ersten Besuch bemerkte Mirabella oft, dass sie Frau Anschütz mit einem seltsamen Gesichtsausdruck betrachtete. Jetzt wundert mich nichts mehr, schien ihre Miene zu sagen.

Kurz bevor Mirabellas Mutter aufgetaucht war, war sie einmal abends in Mirabellas kleines Zimmer gekommen. Mirabella saß auf dem Bett, und Frau Anschütz hatte sich auf den kleinen rosa lackierten Kinderstuhl gesetzt, auf dem allerdings nur ein kleiner Teil ihres mächtigen Hinterteils Platz fand. »Mirabella, du sollst ja nun wie eine Tochter hier bei Herrn Anschütz und mir leben, deshalb haben wir uns gedacht, dass du uns künftig auch Vater und Mutter nennen sollst.«

Mirabella starrte sie entsetzt an. Das war ja unvorstellbar, dass sie so etwas sagen sollte.

»Nun, da freust du dich«, sagte Frau Anschütz stolz.

Sie brachte es einfach nicht über die Lippen. Sie vermied jegliche Anrede, aber wenn sie sich doch einmal verplapperte und Frau Anschütz Frau Anschütz nannte, dann korrigierte sie Frau Anschütz mit sanfter Miene. Bis zum Besuch ihrer wirklichen Mutter. Danach hörte sie auf, sie zu verbessern.

Nachdem Mirabella ihre Mutter wieder getroffen hatte, wurde ihr bewusst, dass sie im Grunde die ganze Zeit auf sie gewartet hatte. Da sie nicht mehr an Gott glaubte und an die Gnade der heiligen Jungfrau, hatte sie sich ganz an dieser Hoffnung festgehalten.

Wenn sie nur nicht gekommen wäre, dachte Mirabella. Dann könnte ich zumindest noch auf sie warten.

Jeden Morgen ging sie zur Volksschule auf der Kirchfeldstraße. Am ersten Tag hatte sie solche Angst gehabt, dass sie sich zweimal übergeben musste, bevor sie und Frau Anschütz endlich losgegangen waren. Man steckte sie in die fünfte Klasse, für die sie eigentlich viel zu alt war. »Aber sie ist ja ein Waisenkind«, sagte Frau Anschütz leise zu Fräulein Bühler, der Lehrerin. Das erklärte offenbar alles.

Fräulein Bühler war sehr mager und immer ein bisschen müde, dadurch bekam sie oft nicht mit, was die einzelnen Schüler in der Klasse so trieben. Hin und wieder erhob sie die Stimme, um ein besonders dreistes Kind zurechtzuweisen, aber sie stellte keinen in die Ecke und verteilte auch keine Tatzen. Seltsamerweise hielt sich die Unruhe im Klassenzimmer dennoch in Grenzen.

Vor Fräulein Bühler musste man keine Angst haben. Nach einem Jahr hatte sie immer noch Schwierigkeiten mit Mirabellas Vornamen, weil sie ihn niemals gebrauchte. Mirabella fiel nicht auf, störte nicht und meldete sich nicht.

In der Volksschule lernte Mirabella Gudrun kennen. Die vorlaute Gudrun, die schon in die Sechste ging, aber Sportunterricht hatten sie gemeinsam. »Mirabella heißt du?«, fragte sie, als sie und Mirabella zusammen eingeteilt wurden. Sie sollten eine Schubkarre bilden, Mirabella stemmte die Hände auf den

Boden, und Gudrun nahm ihre Füße in die Hand, und so ging es durch die ganze Halle, und danach wurde gewechselt. »Der Name ist doch viel zu lang«, meinte Gudrun. »Für mich heißt du Mira.« Und so blieb es.

Mira wollte sich am Anfang nicht mit Gudrun anfreunden, weil Gudrun sie an Ursula erinnerte. Ursula, die Mira verraten und in den Tod geschickt hatte. Ich bin es nicht wert, eine Freundin zu haben, dachte Mira. Aber Gudrun interessierte es nicht, was Mira wollte oder nicht wollte. Sie hatte beschlossen, dass sie gut zusammenpassten. »Wie Pott auf Deckel«, sagte sie. »Du bist der Pott, ich bin der Deckel.«

Irgendwann kam sie sogar mit, als Mira sonntags ihre Mutter traf. Sie fuhren mit der Bahn nach Angermund und mieteten einen Kahn, in dem sie dann die Anger auf- und wieder abruderten. Am Abend verstanden sich Miras Mutter und Gudrun so gut, dass Gudrun versprechen musste, auch beim nächsten Mal wieder mitzukommen.

»Deine Mutter ist so speziell«, sagte Gudrun bewundernd.

»Du kannst sie geschenkt haben«, sagte Mira.

Nicht, dass sie stattdessen Gudruns Mutter wollte, die von morgens bis abends in einer blutigen Schürze hinter der Theke stand und Fleisch- und Wurstwaren verkaufte. Oder gar Frau Anschütz.

Sie brauchte einfach keine Mutter mehr.

An Miras vierzehntem Geburtstag bekam sie von Frau Anschütz ein in rosa Veloursleder gebundenes Tagebuch und einen silbernen Füllfederhalter. »Und eine ganz wunderbare Neuigkeit habe ich für dich, an diesem Freudentag.« Sie machte eine bedeutsame Pause, so lange bis Mira sie ansah.

»Uns wird ein Kind geboren werden«, sagte sie mit bebender Stimme. Einen Moment lang war Mira ratlos. Wer sollte dieses Kind gebären, das Frau Anschütz Mira ankündigte wie der Engel der Jungfrau Maria? Dann verstand sie, dass Frau Anschütz in der Hoffnung war. Schwanger, nach so vielen Jahren.

»Es wird im September zur Welt kommen«, erzählte Frau Anschütz Frau Hicken. »Mein Mann hofft natürlich auf einen Stammhalter.«

»Ein Mädchen kann aber auch durchaus reizend sein«, sagte Frau Hicken.

In dieser Zeit wurde manches schwerer und anderes viel einfacher. Nachdem Mira die Volksschule beendet hatte, wurde das Dienstmädchen Ruth entlassen, weil Mira ja nun in einem Alter war, in dem man durchaus auch mal mit anfassen kann, wie Frau Anschütz sagte. »Na siehste, hätt do no jeklappt!«, flüsterte Ruth Mira zu, als sie sich von ihr verabschiedete. Sie hatte schon eine neue Anstellung gefunden und wollte sowieso bald heiraten. »Wenn isch zwanzisch bin, und dann jibbet Kinger, und nich erst wenn eesch son aal Doos bin als wie die Anschütz.«

Mira machte die Betten, putzte, deckte den Tisch und half in der Küche und bei der Wäsche und ging mit dem kleinen Herbert spazieren. Sonntagnachmittags traf sie sich manchmal mit Gudrun, die inzwischen ihre Schneiderlehre begonnen hatte. »Du musst von der Anschütz weg. Die nutzt dich doch nur aus«, sagte sie. »Du machst die ganze Arbeit, und sie zahlt dir keinen Pfennig.«

Kurz vor Miras sechzehntem Geburtstag besorgte sie ihr die Stellung als Serviermädchen im Goldenen Ochsen. »Jetzt geht es aufwärts«, meinte sie. »Jetzt hast du dein eigenes Einkommen und suchst dir ein Zimmer zur Untermiete, und die Anschütz kann in den Mond gucken.«

III.

Weit hinter ihnen lagen die letzten Häuser von Eller. Vor ihnen reckte sich schwarz und drohend der Eller Forst. Über ihnen war der Himmel wie ein umgedrehtes riesiges Loch, in das der Mond gefallen war und ein paar Sterne. Sie bahnten sich einen Weg auf einem Trampelpfad durch ungemähte Wiesen. »Wir haben uns verlaufen«, meinte Mira.

Das war das erste Mal, das sie wieder etwas sagte, seit der Schaffner ihre Mutter und den Pinscher aus der Elektrischen geworfen hatte. Otto hatte natürlich hinterher versucht, alles Mögliche aus Mira herauszubekommen. Was zwischen ihr und ihrer Mutter wäre, wollte er wissen. Warum sie nie etwas von ihrer Vergangenheit erzählte. Warum sie überhaupt nie etwas erzählte. Ob er sie nach Hause bringen sollte. Sie hatte nur den Kopf geschüttelt, auch auf die letzte Frage, also war er geblieben. Dafür war sie ihm sehr dankbar, denn allein wäre sie nicht auf das Fest gegangen, und nach Hause zu Anselm wollte sie auf keinen Fall.

Und nun hatten sie sich im Nichts verlaufen. Vielleicht ist es besser so, dachte Mira. Wir gehen einfach immer weiter in die Nacht hinein. Aber dann hörten sie Musik, und kurz darauf sahen sie auch die Lichter.

Girlanden von Lampions, grün, rot, blau und gelb. Sie schaukelten sanft im Wind, sie wiegten sich zum sehnsuchtsvollen Gefiedel eines Geigers, der auf einem kleinen Podest stand. Um ihn herum wurde getanzt, Arm in Arm und Wange an Wange, denn es war ein zärtliches Lied.

»So hab ich mir ein Anarchistenfest nicht gerade vorgestellt«, sagte Otto.

Als sie die Wiese vor den Häusern erreicht hatten, sprangen ein paar Männer zu dem einsamen Geiger auf sein Podest. Einer griff sich ein Banjo, einer trug eine Tuba, ein anderer ließ sich hinter einem Schlagzeug nieder. Jetzt wurde alles lauter, schneller und lustiger.

Mir ist heut so nach Tamerlan, nach Tamerlan zumut,
ein kleines bisschen Tamerlan, ja Tamerlan wär gut.
Es wäre ja, geniert mich das,
geniert mich das, gelacht.
Ich glaube, es passiert noch was,
passiert noch was, heut Nacht,

sang der Mann mit dem Banjo. Die Röcke der Frauen öffneten sich wie umgedrehte Blütenkelche über ihren Beinen, und wenn sich die Tanzrichtung änderte, schlossen sie sich wieder.

»Ich hole etwas zu trinken«, sagte Otto und war schon verschwunden. Mira reckte den Kopf. Wo war Nero Battaglia? Überall standen junge Menschen in Gruppen zusammen, aßen Würstchen mit Senf und tranken Bier. Die Männer rauchten Pfeife, und alle Frauen hatten kurzes Haar, bei einigen war es einfach nur in Kinnhöhe abgeschnitten wie bei Mira, bei anderen fiel es in einer sanften Wasserwelle vom Scheitel auf die Wange.

Nero Battaglia war nirgendwo zu sehen. Er passte auch gar nicht hierher, dachte Mira, in diese Menge aus lauten, frohen Menschen. Warum er wohl hier lebte?

Sie wurde einfach nicht schlau aus ihm, manchmal wirkte er so wirr und verstört, und dann war er wieder glasklar. Sie fragte sich, was er an ihr fand und was sie an ihm fand.

Da war dieses Gefühl, dass sie ihn beschützen musste. Aber das war nicht alles.

»Heute Morgen haben wir's ihnen ordentlich gegeben«, tönte hinter ihr eine Männerstimme. »Normalerweise bleiben die immer zusammen, aber heute haben sich ein paar abgespalten, und unten am Rhein haben wir sie erwischt. Drei Faschisten und wir, die haben die Dresche für den Rest gleich mitbekommen. Hoffentlich geben sie's weiter.«

Mira warf einen Blick über die Schulter. Der Kerl war nicht viel größer als sie, recht kräftig gebaut, aber er sah nicht aus wie ein Schlägertyp. Mit welcher Begeisterung er das erzählte. Eine Horde Anarchisten auf drei Nazis.

Auf der Bühne kamen die Musiker richtig in Fahrt. Der Klarinettist bog sich nach vorn und hinten, als habe er Schmerzen. »Alles Schwindel, alles Schwindel, überall wohin du guckst, und wohin du spuckst«, sang der Banjospieler. Mira konnte nicht mehr hören, was die Männer hinter ihr redeten, als sie sich umdrehte, war der bullige Kerl auch nicht mehr da. Während sie wieder nach Nero Battaglia Ausschau hielt, trat ein junger Mann vor sie und forderte sie zum Tanz auf. Sie wollte ablehnen, aber zu ihrer eigenen Überraschung nickte sie.

Und es war gut so, dachte sie, als sie mit dem völlig Fremden über das frisch gemähte Gras tanzte. Es war irgendeiner dieser neuen Tänze, die Gudrun ihr immer wieder zeigte. Boston, Tango, Rumba, sie konnte sie nicht auseinanderhalten, aber sie beherrschte die Schritte einigermaßen. »Ich habe Sie noch nie hier gesehen«, sagte ihr Tanzpartner. »Wohnen Sie hier in der Freien Erde?«

»Nein«, erwiderte sie kurz und drehte sich von ihm weg, weil es der Tanzschritt so wollte und sie selber auch. Er verstand oder auch nicht, in jedem Fall hörte er auf zu reden.

Danach spielten sie einen Charleston, den tanzte man allein, und weil Gudrun es ihr gezeigt hatte, wusste Mira auch, wie es ging. Nach dem Charleston war Otto wieder zurück, er stellte die beiden Gläser auf ein leeres Bierfass und tanzte mit ihr.

»Ich wusste gar nicht, dass Sie das können«, meinte er.

»Gudrun hat es mir beigebracht.«

»Wie geht es ihr, Gudrun? Ich habe sie lang nicht mehr gesehen.«

»So lala. Aber sie ist jetzt wieder frei.«

»Ist sie das?«, fragte Otto beiläufig.

»Sie hat ihre lesbische Geliebte verlassen. Es war ihr am Ende wohl doch nicht ernst damit.«

»Tatsächlich?« In Ottos Stimme lag mit einem Mal eine solche Erregung, eine Spannung, die sich auf Mira übertrug und sie fast zum Stolpern brachte. Es war, als ob ihr Körper von einem

Moment zum anderen zum Bersten voll Leere war. Also doch, dachte sie. Mehr Worte brachte ihr Gehirn nicht zustande.

Otto beugte sich zur Seite und streckte seinen Arm aus, Mira ließ sich nach hinten fallen, über ihr schwang die Mondsichel von links nach rechts und wieder zurück. Pampadampadampadam, sang der Mond und grinste spöttisch. Die Geige schluchzte dazu. Sie fühlte sich auf einmal vollkommen betrunken, obwohl sie ihr Bier noch nicht einmal angerührt hatte.

Dann sah sie Nero Battaglia, der jetzt dort stand, wo sie vorhin gestanden hatte, und ihnen beim Tanzen zusah. »Tanzen Sie mit mir!«, rief sie ihm zu, als der Tango zu Ende war.

»Ich kann es aber nicht«, gab er zurück.

»Dann bring ich es Ihnen bei«, meinte sie.

Otto zog sich mit einem Lächeln zurück, und Nero kam zu ihr. Zum Glück gab es jetzt wieder eine Rumba, das ging schön langsam. Sie versuchte, ihm die Schritte zu erklären, aber er hielt sie nur fest und verlagerte sein Gewicht von einem Fuß auf den anderen, hin und her, und bewegte sich dabei langsam vorwärts. Und sie machte es genauso.

Auf diese Weise tanzten sie auch den folgenden Boston und sogar einen Walzer. Ihre rechte Hand und seine linke lagen ineinander, seine rechte Hand lag auf ihrer Schulter. Einszweidreieinszweidrei ging die Musik, Mira legte ihren Kopf an seine Schulter und fühlte, wie die Leere langsam aus ihrem Körper wich. Sie hatte wieder das Gefühl, dass sie ihn beschützen musste, wenn sie nur gewusst hätte, wovor.

»Sehen Sie? Es geht doch gut«, sagte sie.

»Ich tanze«, sagte er glücklich. »Und ich wusste gar nicht, dass ich tanzen kann.«

Irgendwann packten die Musiker ihre Instrumente ein. Die Kerzen in den Lampions waren längst verloschen, auf der Wiese und in den Bäumen glitzerten Glühwürmchen. Zwei Frauen schütteten das heiße Wurstwasser in ein Beet und trugen den Kessel weg. Von der Erde stieg weißer Dampf auf und vermischte sich mit der schwarzen Nachtluft.

Mira stand zwischen Otto und Nero und spürte auf einmal, wie furchtbar müde sie war.

»Wir gehen nach Eller und nehmen uns ein Taxi«, sagte Otto.

»So spät bekommt ihr kein Taxi mehr«, rief ihnen eine der Frauen zu, die mit einem Stapel leerer Teller an ihnen vorbeiging.

»Bleibt hier«, schlug die Frau vor, als sie wiederkam, und sie immer noch ratlos zusammenstanden. »Zwei Strohsäcke und Wolldecken finden sich immer noch. Und Frühstück gibt's morgen umsonst.«

»Bleibt hier«, sagte auch Nero. Inzwischen duzten sie sich, auch Mira und Otto, denn in der Siedlung Freie Erde blieb keiner lange beim Sie.

Otto sah Mira an, aber sie kam nicht mehr dazu, irgendetwas zu entscheiden.

Schwarze Schatten lösten sich aus den Büschen und rannten auf sie zu, und während sie rannten, begannen sie zu brüllen. SA, dachte Mira, die Faschisten, sie sind gekommen, um sich zu rächen. Sie hatte gar keine Angst, als sie das dachte, dazu ging alles viel zu schnell.

Später würde ihr Herz bis zum Zerspringen schlagen, wenn sie an den Überfall dachte, aber im Moment, in dem es passierte, war sie ganz ruhig.

Die Faschisten hatten Messer dabei und Schlagringe und Knüppel, und mindestens einer von ihnen trug eine Pistole. Sie schrien, als ob sie es wären, die überfallen wurden, sie rannten auf die Siedlung zu und hauten nieder, was sich ihnen in den Weg stellte. Zwei junge Frauen hoben ihre leeren Backbleche wie Schilde, aber die schlugen sie ihnen weg.

Es waren genau doppelt so viele SA-Männer wie Siedler. So genau hatten die Faschisten ihren Überfall geplant. Sie teilten sich in Zweiergruppen auf, paarweise griffen sie sich einen Anarchisten und schlugen ihn, bis er am Boden lag, dann traten sie auf ihn ein. Sie wollten nicht töten, es ging vor allem darum, dem Bolschewistenpack eine Lektion zu erteilen. Denn auch wenn sich die Linke in unzählige Gruppen aufsplitterte, die nichts miteinander zu schaffen haben wollten, für die Nazis waren sie alle eins.

Dabei hatte sich die einzige anwesende Bolschewikin längst hinter einem Schuppen verkrochen. Nero hatte Mira und Otto am Ärmel weggezogen, bevor die Faschisten sie bemerkt hatten.

Da standen sie nun und hörten die Geräusche auf der anderen Seite, das Geschrei, das irgendwann immer leiser wurde. Die Faschisten, die erst vor Wut brüllten und dann vor Anstrengung keuchten. Die Anarchisten, die erst heulten und dann um Gnade wimmerten.

Irgendwann war es nur noch ein Stöhnen und Röcheln. »Jesus und Maria«, schluchzte eine Frauenstimme. Da gab Nero Mira und Otto ein Zeichen, dass sie stehen bleiben sollten, und schlich sich nach vorn. Otto zögerte kurz und folgte ihm, nur Mira blieb zurück, weil ihre Beine so zitterten, dass sie die Kontrolle über sie verloren hatte. Diese verdammten Faschisten, dachte sie, und im nächsten Moment, als habe sie ihn durch ihre Gedanken heraufbeschworen, stand plötzlich ein SA-Mann vor ihr.

Sie öffnete den Mund, um zu schreien, und erwartete selbst, dass sie keinen Laut hervorbringen würde, und der SA-Mann erwartete es auch, seine Zähne glitzerten im Licht der Glühwürmchen, er lachte sie aus. Sie schrie aber doch, laut und kraftvoll und alles durchdringend.

Dann war es wie in einem Kino, in dem der Filmprojektor plötzlich schneller und schneller läuft und das Filmband durch den Lichtstrahl fliegt und die Bilder über die Leinwand rasen, so dass man keinen Sinn mehr erkennen kann: Links vom Schuppen tauchte Otto auf und rechts Nero. Beide schrien, als sie den Nazi sahen, der plötzlich eine Waffe in der Hand hatte, die er auf Mira richtete, und jetzt brüllte auch er und schoss, und dann wurde die Leinwand schwarz.

Es war nicht Mira, die getroffen worden war, sondern Nero Battaglia. Er lag auf ihr, und sie fühlte sein warmes Blut auf ihren kalten Armen und auf ihrem Bauch, denn es war bereits durch ihre Jacke und ihre Bluse gedrungen. Der Film lief jetzt wieder in gleichmäßig ratternden Bildern, aber es gab nichts mehr zu sehen. Der SA-Mann hatte die Waffe fallen lassen und war weggerannt. Otto war ebenfalls weg, vielleicht kümmerte er sich um die anderen Verwundeten.

Mira lag unter Nero. Er hat mir das Leben gerettet, dachte sie zuerst und dann: *Mirabella soll bei ihrem Vater bleiben, dann wird ihr kein Leid geschehen.* Das hatte ihre Mutter gesagt, die es von der Jungfrau Maria gehört haben wollte. Und nun lag sie hier mit einem Mann, der für sie gestorben war, und ihr war kein Leid geschehen.

»Bist du mein Vater, Nero?«, fragte sie leise, aber laut genug für ihn, er lag ja in ihren Armen.

Sie spürte, wie er sich bewegte, sie fühlte seinen Kopf an ihrem Arm, er nickte. Einmal, zweimal, das genügte. Ja, ich bin dein Vater.

Dann war auch er weg, und sie war allein in einem dunklen Raum. An der Wand stand eine dünne senkrechte Linie aus weißem Licht, das war die Stelle, an der die Vorhänge aufeinandertrafen. Draußen war es Morgen, aber hier drinnen war es Nacht.

Wo war Nero? Otto hatte Mira hier in diesen Raum gebracht, gleich nachdem der Schuss gefallen war, jetzt erinnerte sie sich wieder. Er hatte sie an den Schultern gehalten und hereingeführt wie eine alte Frau. »Ich bin gleich wieder zurück«, hörte sie ihn sagen. »Ruh dich aus.«

Und die andere Erinnerung, dass Nero auf ihr lag, dass sie sein Blut spürte und sein Nicken?

»Er war sofort tot«, sagte Otto, als er später wiederkam und die Vorhänge aufzog, weil sie ohnehin nicht schlafen konnte. »Die Kugel hat ihn direkt ins Herz getroffen.«

Was war geschehen?

Der Film war gerissen, die Geschichte war aus.

II.

Fürs Erste kam sie bei Gudrun in der Suitbertusstraße unter. »Sicher kannst du hier wohnen«, sagte Gudrun. »Mich störst du nicht, ich bin ohnehin kaum zu Hause.«

Mira packte ihre Sachen in eine kleine Kommode, den Rest schleppte sie auf den Dachboden. Sie hatte ein schlechtes Gewissen: Zwar störte sie Gudrun nicht, aber Gudrun störte sie. Ihre schmutzigen Kleider auf dem Boden, das dreckige Geschirr im Waschbecken, die rotbraunen Haare in der Bürste, die Tatsache, dass Gudrun die ganze Zeit vor sich hin sang. »Freiheit, die ich meine«, sang sie und dann übergangslos »Maria durch ein Dornwald ging«.

Sei doch einmal still, wollte Mira schreien, aber das ging natürlich nicht, sie war ja nur zu Gast hier, nachdem sie sich von Anselm getrennt hatte.

In Gudruns überfülltem, unordentlichem, lautem Raum war kein Platz für Mira. Kein Platz für ihre Gedanken. Sie sehnte sich nach einem kleinen ruhigen Zimmer, aber das war unbezahlbar.

Nordwest ran unternahm jetzt immer weitere Reisen in die ganze Umgebung. Sie traten in Krefeld, Kleve, Essen und sogar in Bochum auf, und nach den Vorstellungen kam man bei irgendwelchen Genossen unter, die noch ein Bett frei hatten. Für gewöhnlich stritten sich die Zuschauer darum, wer den schwarzen Lari mit nach Hause nehmen durfte, und wer ihn bekam, musste auch Mira aufnehmen. »Der Lari passt auf dich auf«, sagte Wolfgang Langhoff, der sich wie die anderen Sorgen um Mira machte.

»Verfluchter Dreck, diese Geschichte in der Anarchistensiedlung«, sagte Fritz und spuckte seinen Kautabak auf die Bühne, obwohl ihm Langhoff hundertmal gesagt hatte, dass das eine Schweinerei sei. »Das nimmt einen natürlich verdammt mit, das erste Mal, das einem so etwas passiert.«

Sie waren alle schon so oft überfallen und verprügelt worden, aber an das erste Mal erinnerte sich jeder von ihnen ganz genau. Sogar Millie hatte ein erstes Mal, an das sie sich erinnern konnte, ihr hatte ein Nazi in Duisburg so ins Gesicht geschlagen, dass die Lippe platzte und drei Zähne locker wurden. »Aber davon lassen wir uns doch nicht kleinkriegen«, sagte sie stolz.

Es lag ein leichter Vorwurf in diesem Satz.

Denn Mira hatte sich kleinkriegen lassen, nach dem Überfall auf die Anarchistensiedlung, bei dem ihr selbst ja nicht einmal etwas geschehen war. Seitdem war sie nicht mehr dieselbe. Sie trat immer noch auf, hielt die Transparente mit den Sprüchen hoch und sagte ihren Text laut und deutlich auf, doch sie war nicht mehr richtig bei der Sache. Es war, als ob sie nur zur Hälfte anwesend war, die andere Hälfte war in jener Nacht in der Siedlung Freie Erde verloren gegangen.

»Halt dich an den Lari, der bringt dich früher oder später wieder zum Lachen«, riet ihr Langhoff. Mira sah Lari an, sie wartete darauf, dass er mit den Augen rollte und lachte, aber er starrte nur hilflos zurück.

Nachdem sie sich von Anselm getrennt hatte, dachten alle, dass sie und Otto nun ein Paar werden würden. Nur Mira wusste nicht, was sie denken sollte.

»Probier es doch wenigstens einmal aus«, sagte Gudrun. »Vielleicht bringt dich das ja auf andere Gedanken.«

Mira war sich nicht einmal sicher, ob die Geschichte mit Anselm wirklich ganz vorbei war. Die Trennung war so einfach verlaufen, unwirklich einfach. »Ich brauche eine Pause«, hatte sie gesagt. »Ich muss nachdenken, nach allem, was geschehen ist.«

»Mira«, hatte er erwidert. »Ich bitte dich. An dem Überfall auf die Anarchistensiedlung bin ich gewiss nicht schuld. Ich finde es auch durchaus bedauerlich, aber du weißt, wie die Faschistenschweine sind, und letztendlich muss man auch sagen, dass diese Radaubrüder die Sache herausgefordert haben, gewissermaßen.«

»Ach was«, sagte Mira. »Es geht gar nicht um die Anarchosyndikalisten. Es geht um dich und um mich.«

»Mit diesen privaten Dingen kannst du mir jetzt nicht kommen. Ich habe keinen Sinn dafür. In drei Wochen sind die Reichstagswahlen.«

Er half ihr sogar dabei, ihre Kartons hinunter auf die Straße zu tragen. »Erhol dich gut«, sagte er, nachdem sie die Schachteln in den Kofferraum des Taxis geladen hatten. Als ob Mira auf eine Reise ginge. »Es wird alles wieder gut.« Dann schlug er die Tür von außen zu.

Anselm war sich so sicher, dass sie wieder zu ihm zurückkommen würde.

Gudrun war sich so sicher, dass alles vorbei war.

Nur Mira war sich ganz und gar nicht sicher.

Sie beschloss, die Entscheidung zu verschieben. Sie hatte keine Kraft, sich damit auseinanderzusetzen. Sie musste ständig an Nero Battaglia denken und ob er ihr Vater war und ob er es gewusst hatte und warum er es ihr nicht gesagt hatte. An die Erscheinung, die ihre Mutter gehabt hatte.

Als sie abends ihre Arbeit im Kurfürsteneck beendete, wartete Otto auf sie. Er lehnte an einer Straßenlaterne und stieß sich davon ab, als er sie sah. Gleich einen Tag nach dem Anarchistenfest hatte er Gudrun besucht, sie hatte es Mira gegenüber beiläufig erwähnt. Gudrun machte sich aber nun einmal nichts aus Otto, und Mira machte sich eigentlich auch nichts aus ihm, aber eben nur eigentlich. Es ist, wie es war. Und es bleibt, wie es ist, dachte Mira.

»Was willst du?«, fragte sie, schroffer als beabsichtigt, als Otto neben ihr stand.

»Allein kann man nicht glücklich sein, denn glücklich wird man nur zu zwein und niemals, niemals allein«, trällerte Otto, aber als er Miras Gesicht sah, hörte er auf zu singen.

Schweigend gingen sie die Bolker Straße entlang, wo zuerst die Kommunisten einen Stand hatten, an dem sie rote Rosen verschenkten. Ein paar Meter weiter verteilte die SPD Bleistifte. Keine Seife in diesem Wahlkampf. Vor dem Stand der

NSDAP stand ein Leierkastenmann und sang mit großer Inbrunst Lieder von Kameradschaft und Vaterlandsliebe. Sie beschleunigten ihre Schritte.

»Was bist du so schweigsam?«, fragte Otto. »Ist dir eine Laus über die Leber gelaufen, oder was?«

»Ich frage mich eben, was du von mir willst.«

»Was ich von dir will? Mit dir spazieren gehen.«

»Und warum mit mir? Weil Gudrun keine Zeit hat?«

Otto blieb stehen. Mira ging noch ein paar Schritte weiter, dann hielt auch sie an, aber sie drehte sich nicht zu ihm um. Sie hätte sich ohrfeigen können.

»Eifersüchtig«, stellte Otto amüsiert fest. »Du bist eifersüchtig.«

»Keineswegs.« Mira versuchte ihrer Stimme einen überzeugenden Klang zu geben, aber es misslang.

»Liebst du sie?« Sie stürzte sich in die Frage wie in einen Abgrund.

Das Grinsen verschwand aus Ottos Gesicht. »Ich weiß es nicht. Ich glaube nicht, dass ich sie liebe. Aber sie hat so etwas ungeheuer Anziehendes.«

Und ich, dachte Mira, was habe ich? Warum lädst du mich zum Essen ein, warum tanzt du mit mir, warum triffst du dich mit mir?

»Du hattest deinen Anselm«, erwiderte Otto. »Und Gudrun hatte ihre Pressmann. Jetzt ist alles anders, damit muss ein Mann erst einmal zurechtkommen.«

Langsam setzten sie sich wieder in Bewegung. Mira dachte darüber nach, worüber Otto wohl nachdachte. Vielleicht dachte Otto darüber nach, worüber Mira wohl nachdachte. Als sie auf die Rheinpromenade einbogen, beschloss Mira, dass sie zu keinem Ergebnis kommen würden und genauso gut wieder reden konnten.

»Glaubst du an Übersinnliches?«, fragte sie Otto,

»Du fragst dich, ob Battaglia dein Vater war«, entgegnete er. »Er hat dir das Leben gerettet, genau wie deine Mutter es dir geweissagt hat.«

Natürlich war auch er darauf gekommen. Es war ja auch nicht allzu schwer, wenn man eins und eins zusammenzählen konnte.

»Sie ist verrückt.«

»Aber ganz sicher bist du dir nicht. Warum fragst du sie nicht einfach, ob er dein Vater war?«

»Weil es hirnverbrannt ist. Nero und meine Mutter. Er hätte sich niemals auf sie eingelassen. Es ist nichts als nur ein dummer Zufall.«

»Warum verachtest du sie so sehr?«, fragte Otto.

Warum wollte er das nun wieder wissen? Wahrscheinlich dachte er wieder an seinen Doktor Freud und was er alles in den Abgründen ihrer Seele entdecken würde, wenn sie ihn nur einmal einen Blick hineinwerfen ließe. Mira blickte auf ihre Armbanduhr und stellte fest, dass sie nach Hause musste.

»Willst du keine Antwort?«, fragte Otto. »Du hast mich doch etwas gefragt.«

Ob er an Übersinnliches glaubte. Aber jetzt interessierte sie sich wirklich nicht mehr für seine Antwort, sie interessierte sich überhaupt nicht mehr für ihn. Sie wollte nur noch weg. »Glaubst du also daran?«, fragte sie widerwillig.

Otto blieb stehen und schaute auf den Rhein, ein gleißendes graues Stahlband, auf dem Schiffe entlangglitten. Tupfen bunt gekleideter Menschen auf einem der Boote, am Bug eine Braut mit weißem Schleier wie ein glitzernder Sonnenstrahl.

»Ich glaube«, sagte Otto, ohne den Blick vom Fluss zu wenden, »dass die Wirklichkeit aus unendlich vielen Schichten besteht, aus einem Oben und Unten, einem Vorne und Hinten, einem Drüber und Drunter, aus gestern, heute und morgen, aus Verständlichem und Unverständlichem, aber das Unverständliche ist der weitaus größere Teil.«

Musik flog von dem Hochzeitsboot zur Uferpromenade wie ein Gruß. *»Mir ist heut so nach Tamerlan, nach Tamerlan zumut.«* Als Mira dieses Lied das letzte Mal gehört hatte, war Nero noch am Leben gewesen.

»Und ich glaube, dass deine Mutter viel klüger ist als du, weil sie begreift, dass sie nicht alles begreifen kann«, sagte Otto.

Als Mira sechs oder sieben Jahre alt gewesen war, war sie Schlittschuh gelaufen, auf irgendeinem Fluss in irgendeiner Stadt, in der der Zirkus lagerte. Es hatte tagelang gefroren. »Da ist kein Wasser mehr im Fluss«, hatte sie einen Mann sagen hören, als sie morgens zum Fluss gelaufen war. »Kein Wasser, nur noch Eis.« Ihre Schlittschuhe waren ein bisschen zu groß, sie hatte sie von Manuel geerbt, der aus ihnen herausgewachsen war. Nachmittags war sie zum Fluss gerannt, sie hatte sich noch gewundert, dass niemand außer ihr auf die Idee gekommen war, Eis zu laufen. Sie zog die Schuhe an und machte die ersten vorsichtigen Schritte – slisch, slisch, slisch. Auf dem Eis war eine Schicht aus Wasser, dadurch kam sie nicht richtig voran, aber das war vielleicht ganz gut so. Im schwarzen Glas des Eises sah sie gelbe Blätter, einen moosbewachsenen Stock, einen Frosch, der nach unten tauchte. Nur ein erstarrter Fuß mit Schwimmhäuten ragte aus dem Eis.

Slisch, slisch, slisch, schoben sich die Schlittschuhe über das Eis, und der Körper folgte den Füßen. Was blieb ihm auch anderes übrig? Bis zur Mitte des Flusses, da brach Mira ein. Wenn Mirko nicht auf einmal da gewesen wäre, wenn Mirko nicht auf sie aufgepasst hätte, wie er immer auf sie aufpasste, dann wäre sie dort und an diesem Tag ertrunken. Aber Mirko sah sie, rutschte und glitt ihr nach, legte sich flach aufs Eis und zog sie aus dem Wasser.

Sie dachte oft daran, wie es wäre, wenn er sie nicht gerettet hätte. Wenn sie im Eis erstarrt wäre wie die Blätter, wie der Frosch, die Arme suchend ausgestreckt, bis sie im Frühling wieder aufgetaut wäre. Alles was danach passiert war, wäre nie geschehen.

Gudrun war schon da, als Mira nach Hause kam. Sie stand am Fenster und starrte hinaus auf die graue Hofmauer, an der sich vier Efeuranken emporrankten wie dünne Finger, die sich vor etwas ekelten.

»Guten Abend«, sagte Mira.

Gudrun blickte aus dem Fenster und antwortete nicht.

»Ist etwas geschehen?«

Sie stellte sich neben Gudrun, die immer noch nicht reagierte. Ihr rotbraunes Haar glänzte in der Abendsonne, ihr Gesicht war weiß und glatt. Kupfer und Marmor. Nur unter dem rechten Ohr, das Mira zugewandt war, zuckte ein winziger Muskel.

»Was ist denn?«

»Iris«, sagte Gudrun. »Sie hat sich das Leben genommen.«

»Frau Pressmann?«, fragte Mira. »Warum um alles in der Welt …?«

»Meinetwegen.« Gudruns Stimme war so glatt und hart wie ihr Gesicht, als sie das sagte. »Sie hat es mit Veronal gemacht. Es passt zu ihr, dass sie sich mit Veronal umgebracht hat, findest du nicht?« Sie stellte die Frage ins Leere hinein, ohne Mira dabei anzusehen. Mira antwortete nicht, sie hatte keine Ahnung, ob dieser Tod zu der Pressmann passte oder nicht.

»Vielleicht war es gar nicht deinetwegen«, meinte sie stattdessen. »Sie hat ihr ganzes Vermögen verloren, vielleicht wollte sie deshalb nicht mehr leben.«

Gudrun zog eine Grimasse und gab ihr den Brief. Ein hellgelbes Blatt Papier, dick und cremig wie frisch geschöpfter Rahm. Das Briefpapier jedenfalls passte zu Frau Pressmann.

Mein Ein und Alles, las Mira. *Ich scheide dahin, weil mir das weitere Leben ohne Dich ganz und gar vergällt ist. Kein Vorwurf, Geliebte! Du hast mir gezeigt, was Glück ist. Mögen sich unsere Wege im Jenseits wiedertreffen, auf dass meine Brust auf ewig an der Deinen ruhe. Es dankt Dir inniglich*

Deine Freundin Iris

Die Unterschrift war fast unleserlich, die Tinte hatte sich aufgelöst und war als wolkiger, hellblauer Fleck mit dunkelblauem Umriss getrocknet. Der Brief war nass geworden, weil die Pressmann darauf geweint hatte oder Gudrun.

Mira versuchte sich das Gesicht der Pressmann ins Gedächtnis zu rufen, aber es gelang ihr nicht. Sie erinnerte sich nur an die nach oben gekringelte Locke, in der ihr Haar auf ihrer Wange ausgelaufen war, wie ein umgekipptes Fragezeichen.

»Sie hat es so ernst genommen«, sagte Gudrun, immer noch ohne den Blick vom Fenster zu wenden. »Ich konnte doch nicht ahnen, dass sie die Sache so fürchterlich ernst nimmt.«

»Aber du wusstest doch, dass sie dich liebt«, meinte Mira verständnislos. Mein Ein und Alles. Das konnte doch nicht an Gudrun vorbeigegangen sein. Diese Leidenschaft, diese Hingabe. Das musste sie doch gespürt haben.

»Ja, aber das Ganze war doch keine ernste Angelegenheit. Ich meine, ich bin eine Frau und sie auch. Es hat sich so ergeben, nichts weiter. Wer konnte denn ahnen, dass sie sich die Sache so zu Herzen nimmt?«

»Sie war dir lästig«, sagte Mira. »Jetzt, wo sie kein Geld und keinen Einfluss mehr hatte, war sie dir lästig.«

Nun drehte sich Gudrun ihr zu. »Und wenn?«, fragte sie. »Am Anfang hat sie mich ausgenutzt, ich war ihr kleines Abenteuer, ihr Püppchen, so nannte sie mich immer. Sie und ihr Mann zogen die Fäden, Gudrunchen tanzte dazu. Aber dann hat sich das Ganze umgedreht. Ich habe die Fäden gezogen, und sie hat dazu getanzt.«

»Jetzt tanzt sie nicht mehr«, sagte Mira.

Ihr fiel plötzlich wieder ein, was Gudrun vor einigen Jahren über die Pressmann gesagt hatte, als die Geschichte zwischen ihnen gerade begonnen hatte. *Es ist die schönste Liebe, die ich bisher erfahren habe,* hatte sie gesagt. Mira erinnerte sich noch genau an den Satz, weil er sie damals mit einem großen Unbehagen erfüllt hatte. Sie hatte befürchtet, dass Gudrun als Verliererin aus der Sache hervorgehen würde. Aber nun hatte die Pressmann verloren.

Mira sah die geschwungene Locke wieder vor sich und eine hohe gezupfte Augenbraue. Eine verschmierte Unterschrift, aufgelöst von ihren eigenen Tränen. Das war alles, was von Frau Pressmann übrig war.

Und ich? dachte Mira. Wenn ich im Eiswasser ertrunken wäre, wenn ich an der Spanischen Grippe gestorben wäre, wenn mich die Kugel getroffen hätte, die Nero getötet hat … was wäre von mir übrig?

Bis zu den Wahlen traten sie beinahe jeden Tag auf. Mira nahm sich eine Woche frei, obwohl man im Kurfürsteneck alles andere als einverstanden war. »Und dann noch für die Kommunisten«, sagte Herr Friedhoff, dem die Wirtschaft gehörte. »Damit sie uns gleich die Lizenz entziehen, wenn sie denn an die Macht kommen.«

»Warum sollten sie so etwas tun?«, fragte Mira.

»Das sieht man doch in Russland, dass die keine Gründe brauchen, um alles kaputt zu machen.«

Aufgepasst, wir reichen euch kein Schlafpülverlein,
Wir stellen euer Leben in Scheinwerferschein,
Dass ihr's endlich seht und euer Antlitz sich straffe,
Kunst ist nicht Dunst nach Bildungsgegaffe.
Kunst ist Waffe!

Sie hätte ihren Text im Schlaf aufsagen können, wenn sie jemand wachgerüttelt hätte, sofern man sie überhaupt wach bekommen hätte, denn sie schlief in diesen Nächten vor Erschöpfung wie ein Stein.

»Wenn du dich bloß nicht übernimmst«, sagte Lari, als sie nach einer Vorstellung in Neukirchen ihr Quartier suchten. *Im Mausegatt* hieß die Straße, in der der Genosse wohnte, bei dem sie übernachten sollten, aber sie irrten nun schon über eine halbe Stunde herum und fanden sie nicht.

»Nach den Wahlen haben wir alle Pause und können uns ausruhen«, meinte Mira. Die Vorstellung machte ihr allerdings Angst, dass sie nach dem Wahltag nichts mehr zu tun hätte. Was wird aus mir und Anselm, dachte sie. Wenn die Kommunisten verlieren, erwartet er, dass ich ihn tröste. Wenn die Kommunisten gewinnen, erwartet er, dass ich mich mit ihm freue.

»Was ist eigentlich mit deiner Frau?«, wechselte sie das Thema. »Nimmt sie es nicht übel, dass du dich so gar nicht um sie kümmerst?«

»Das Kind kann jeden Tag kommen«, sagte Lari, als wäre das eine Antwort.

»Warum bist du dann nicht bei ihr?«

Er blieb stehen und sah sie überrascht an. »Die Partei ist mein Leben«, sagte er. »Ich kämpfe dafür, dass wir die Macht erringen. Jetzt kommt es doch darauf an. Jetzt geht es doch um alles.«

Vier Sätze wie Überschriften auf Wahlplakaten.

»Aber deine Frau braucht dich. Es ist ihr erstes Kind.«

»Aber nun ist nicht die Zeit zum Händchenhalten und für schöne Worte. Wir müssen alles geben für den Sieg der proletarischen Sache. Wir haben doch schon so vieles erreicht. Den Kapp-Putsch haben wir zurückgeschlagen und die Separatisten, die unser schönes Rhein-Ruhr-Gebiet an die französischen und belgischen Konzerne verschachern wollten. Wenn wir Arbeiter uns nicht dagegen aufgelehnt hätten, wäre die Sache verloren gewesen«, rief Lari mit leuchtenden Augen. »In Russland sah die ganze Angelegenheit noch viel hoffnungsloser aus als hier, aber dennoch haben sie den Zaren zum Teufel gejagt und die sozialistische Sowjetunion errichtet. Und was dort gelungen ist, wird mit Hilfe der Internationalen auch in Deutschland glücken.«

Er redete und redete, die Sätze sprudelten aus ihm heraus wie aus einem Grammophon. Die gleichen Sätze, die er schon so oft gesagt hatte. Zu seiner Frau, wenn sie sich darüber beklagte, dass er so selten zu Hause war, zu den Kunden, die er mit Kohle belieferte, zu seinen Genossen in der Partei, wenn sie zu zweifeln begannen. Und jetzt zu Mira.

Er war wie Pfarrer Labs in Heiligenbronn, als ihn die dumme Cäcilie einmal gefragt hatte, ob er wirklich an Gott glaube. Auch Pfarrer Labs hatte nicht mehr aufgehört zu reden, von der Gnade des Glaubens, von der Liebe zu Gott und den Anfechtungen des Teufels. Dass man seine Zweifel mit der Wurzel ausreißen musste, sonst sei alles zu spät. So ist das also, dachte Mira überrascht. Wir haben unseren Glauben gar nicht aufgegeben. Wir haben ihn nur ersetzt. An die Stelle der Kirche ist die Partei getreten, unser Gott ist Moskau, und unsere heilige Messe ist der Agitprop.

»Hammer und Sichel, das sind die Zeichen der Zukunft. Die Proletarier werden siegen«, rief Lari. Er riss die Augen auf und rollte mit den Augäpfeln, aus Gewohnheit oder weil er seinen Worten damit mehr Nachdruck verleihen wollte.

»Komm, Lari«, sagte Mira, während sie sich langsam wieder in Bewegung setzte. Sie war heiser vom Deklamieren und Agitieren, und ihre Füße taten weh. Das rote Haus mit dem geschwungenen Giebel kam ihr so bekannt vor, sie waren bestimmt schon drei Mal daran vorbeigegangen. »Lass uns dieses verdammte Mausegatt finden und unser Quartier.«

Das Sonnenlicht floss durch die Blätter der Erle und sprenkelte den Boden. Fröhliche sonnengelbe Flecke, wenn ein Wind ging, hüpften sie auf und ab, als ob sie über etwas lachten. Jemand hatte Immergrün auf das Grab gepflanzt, die langen Ranken hingen wie ein loses Netz über der braunen Erde. Mira hatte einen Strauß Rosen mitgebracht, dunkelrote Rosen, denn heute war Wahltag.

Gleich nachdem am Morgen die Wahllokale geöffnet hatten, war sie wählen gegangen. Nationalsozialistische Deutsche Arbeiterpartei. Sozialdemokratische Partei Deutschlands. Deutsche Zentrumspartei. Kommunistische Partei Deutschlands. Das waren die ersten vier Parteien auf dem Stimmzettel, weiter brauchte sie auch nicht zu lesen. Sie machte ihr Kreuz in den Kreis hinter der Nummer vier und stellte sich vor, dass der Nazi, der Nero erschossen hatte, in diesem Moment ebenfalls sein Kreuz machte, hinter der Nationalsozialistischen Partei, unter die man vorsichtshalber Hitlerbewegung gedruckt hatte, für alle, die zu dumm waren, das eine mit dem anderen in Verbindung zu bringen.

Lange nachdem der SA-Mann aus der Anarchistensiedlung geflohen war, war die Polizei erschienen. Man hatte ihn zur Fahndung ausgeschrieben, aber bis heute fehlte jede Spur von ihm. Man wusste ja nicht einmal seinen Namen.

Also konnte er heute seine Stimme für den neuen Reichstag abgeben, so gut wie Mira, Anselm, Otto und Gudrun. Nur Nero Battaglia konnte sein Kreuz nicht mehr machen, weil er tot war. Was er wohl gewählt hätte? Die Kommunisten, um Mira einen

Gefallen zu tun? Vielleicht wäre er gar nicht zur Wahl gegangen. Die Anarchosyndikalisten beteiligten sich nicht am Parlamentarismus, sie wollten die Staatsmacht schließlich nicht erobern, sondern abschaffen. Aber war Nero überhaupt Anarchist gewesen?

Nachdem ihr Wahlzettel im Schlitz der Urne verschwunden war, fuhr sie in den Eller Forst. An den Häusern der Siedlung vorbei, in den Wald, zu Neros Grab.

Die anderen trafen sich jetzt im Probenraum auf der Bolker Straße, tranken Bier, kneteten ihre Hände, hofften und warteten, aber vor morgen würde sie ohnehin nichts erfahren.

»Wenn nur die SPD nicht zulegt«, würde Wolfgang Langhoff sagen. »Mit den Faschisten werden wir fertig, auch wenn sie kurzzeitig an die Macht kommen. Nach ein paar Monaten sind sie wieder draußen aus dem Reichstag, aus ganz Deutschland. Und wenn dann alles am Boden liegt, kommt unsere Stunde.«

Über das faschistische Chaos zur Diktatur des Proletariats, zum Arbeiter- und Bauernstaat, zum Paradies auf Erden. Das war der Plan.

Nero Battaglia, stand auf dem Holzschild, das die Anarchosyndikalisten an einen Pfahl genagelt und ins Grab gesteckt hatten. *† 4. August 1930*. Schild und Pfahl bildeten ein Kreuz, aber das war natürlich nicht beabsichtigt.

»Wer warst du wirklich?«, murmelte Mira und bekam keine Antwort.

Der Strauß mit den roten Rosen begann schon zu welken.

Sie setzte sich unter die Erle, lehnte ihren Rücken an den Baumstamm und schlief ein. Sie träumte von der Rheinterrasse und dass sie Nero Battaglia seinen Kaffee brachte. »Ich wollte aber Tee«, sagte er ganz empört, als sie ihm die Tasse hinstellte. Sie lief zurück in die Küche und holte ein Kännchen Schwarztee, aber als sie ihm einschenkte, war es wieder Kaffee.

»Sie meinen mich zu kennen«, sagte Nero. »Aber Sie wissen gar nichts.«

Dann rief ihr Amelie von der Essensausgabe etwas zu, mit einer fremden und gleichzeitig sehr vertrauten Stimme. »Du liebe Zeit«, rief sie. »Was machst du denn nur hier, Mira?«

Mira schlug die Augen auf und blickte in das Gesicht ihrer Mutter. Einen Moment lang glaubte sie, von einem Traum in den anderen geraten zu sein, bis sie den Baumstamm in ihrem Rücken spürte, hart und wirklich. Ihre Mutter betrachtete sie mit einer Mischung aus Besorgnis und Befremden. Mira merkte, dass ihr ein dünner Speichelfaden aus dem Mund gelaufen war, während sie geschlafen hatte. Hastig wischte sie sich mit dem Handrücken übers Kinn.

«Bist du krank?«, erkundigte sich ihre Mutter.

»Was tust du hier?«, fragte Mira gleichzeitig und stand dabei auf. Ihr war schwindlig. Wie lange hatte sie geschlafen? Fünf Minuten? Mehrere Stunden? Das Sonnenlicht flirrte immer noch durch die Blätter der Erle und überzog ihren blauen Rock mit einem unordentlichen Muster aus Punkten und Flecken. Ihre Knochen schmerzten. »Bist du mir – gefolgt?«

»Herr Franz war gestern bei mir im Atelier«, sagte ihre Mutter. »Er hat mir alles erzählt.«

»Otto? Was muss der sich einmischen!«

»Mira«, sagte ihre Mutter. »Ich hatte ein Recht, das zu erfahren.« Mira. Vorhin, als Mira aufgewacht war, hatte sie sie auch schon Mira genannt.

»Was zu erfahren?«, fragte Mira. »Es gibt nichts zu erfahren. Nero ist tot. Willst du ihn ausgraben, um herauszufinden, ob er mein Vater war? Das Ganze ist mehr als zweiundzwanzig Jahre her.«

»Ich wollte sein Grab sehen. Und mit den Leuten reden, bei denen er gewohnt hat.«

»Die wissen auch nicht mehr über ihn als ich.«

»Was weißt du von ihm?«, fragte ihre Mutter und blinzelte dabei mehrmals hintereinander mit ihren schwarz getuschten Wimpern.

»Er hieß Nero Battaglia, aber ich glaube, das war nicht sein richtiger Name.«

»Er war ein Künstler, sagt Franz«, meinte ihre Mutter. »Was hat er gemalt? Große Landschaftsbilder und Porträts im expressionistischen Stil?«

»Er malte gar nicht. Er hat nur gezeichnet. Maschinen aus Tieren und Totenschädel und seltsame Kochrezepte. Es war sehr wirr.«

»Wie sah er aus?«

»Recht groß, hager, die Haare aus der Stirn gekämmt, unauffällig.«

»Hat er nichts erzählt? Wo kam er her, was hat er gemacht, bevor er nach Düsseldorf gekommen ist?«

»Er kam aus Berlin. Und er war im Krieg. Er hatte eine große Abscheu vor dem Krieg.«

Ihre Mutter schüttelte den Kopf. Sie trat vor das Grab und starrte das Holzschild an dem Pfahl an, als habe sie etwas übersehen, als würde sich ihr irgendetwas erschließen, wenn sie alles nur lange genug anschaute.

»Er hieß Ludwig«, sagte sie nach einer Weile. »Er kam aus Stuttgart und war ein Künstler und ist eine Weile lang mit dem Zirkus gezogen. Ich habe ihn so geliebt. Mehr als irgendeinen anderen Mann. Aber nun ist es so lange her, ich kann mich nicht einmal mehr an sein Gesicht erinnern. Ist es nicht seltsam, dass ich nichts über ihn weiß, überhaupt nichts, wo er doch der Mann meines Lebens war?«

»Was ist geschehen? Warum hat er dich verlassen?«

»Ich habe ihn fortgeschickt«, sagte ihre Mutter langsam. »Es war eine Nachricht von Madame Argent, die mir damals noch erschienen ist, aber das tut sie schon lange nicht mehr. Sie hat mich gewarnt.«

Madame Argent, dachte Mira. Diesen Namen hatte sie schon einmal gehört, sie konnte sich nur nicht daran erinnern bei welcher Gelegenheit.

»Was hat Madame Argent gesagt?«

»Sie drückte sich niemals wirklich klar aus«, flüsterte Miras Mutter. »Aber dieses eine Mal schon. Dieses eine Mal habe ich genau verstanden, was Madame Argent von mir wollte.«

Madame Argent. Jetzt fiel es Mira wieder ein, wann sie den Namen gehört hatte. Im Zoo. Es war einer dieser schrecklichen Sonntagnachmittage gewesen, ihre Mutter hatte sie in der Reichsstraße abgeholt und in den Zoo eingeladen. Gudrun war damals noch nicht dabei gewesen. Mira und ihre Mutter gingen an den Käfigen vorbei, ihre Mutter fing ständig neue Gespräche an, die im Sande verliefen, weil Mira sie nicht aufnahm. Die Tiere hinter den Gitterstäben. Ein grauer indischer Elefant. Zwei Geier. Ein schlafender Puma, dessen Fell aussah, als wären die Motten darüber hergefallen. Ein Lama. »Pass auf, dass es dich nicht anspuckt«, scherzte ihre Mutter, aber dann blieb sie wie angewurzelt stehen und sagte nichts mehr. Im Käfig vor ihnen lag ein kleiner Schneefuchs. Er drehte ihnen den Rücken zu und schlief oder starrte an die Rückwand des Käfigs. Die Spitze seines weiß-gelblichen Schwanzes baumelte zwischen zwei Gitterstäben hindurch.

»Dreh dich um und sieh mich an«, sagte ihre Mutter. Sie sprach nicht mit Mira, sondern mit dem Schneefuchs, der allerdings nicht reagierte. Vermutlich verstand er kein Deutsch, er kam ja aus Alaska, das stand zumindest auf dem Schild vor dem Käfig.

Ihre Mutter schnalzte mit der Zunge und machte Zischlaute. Ein paar Zoobesucher drehten sich nach ihr um. Der Schneefuchs rührte sich nicht. Mira starrte auf die weiße Schwanzspitze, am liebsten hätte sie sie gepackt und daran gerissen, nur damit ihre Mutter mit dem Zischen und Schnalzen aufhörte.

»Pssst«, machte ihre Mutter. »Haben sie dich wieder eingefangen?«

Mira trat ein Stück nach links, weg von ihrer Mutter, aber nicht weit genug.

»Dreh dich doch nur ein einziges Mal um.«

Aber der Fuchs lag einfach nur da, unbeweglich und starr, vielleicht war er ausgestopft, obwohl der beißende Geruch, der aus dem Käfig drang, dagegensprach. »Warum musste ich dich freilassen, wenn sie dich nun wieder eingesperrt haben?«, murmelte ihre Mutter. Dann sagte sie noch etwas Seltsameres:

»Wenn Sie mich hören, Madame Argent, dann geben Sie mir ein Zeichen.«

Madame Argent, sagte sie zu dem Schneefuchs, ohne den Schneefuchs damit zu meinen. Madame Argent. Mira merkte sich den Namen, weil sie ihre Mutter danach fragen wollte, irgendwann, wenn sie sich besser kennen würden, aber das geschah nie.

Sie standen bestimmt eine Viertelstunde vor dem Schneefuchskäfig. Ihre Mutter beugte sich weit über das Geländer und starrte in den Käfig. Der Fuchs drehte ihr den Rücken zu. Mira trat von einem Fuß auf den anderen. Irgendwann fuhr ihre Mutter zusammen. »Du musst jetzt nach Hause«, sagte sie zu Mira, obwohl es noch nicht einmal fünf Uhr war, und vor sieben brachte sie Mira sonst nie zurück in die Reichsstraße.

Auf dem Nachhauseweg war Mira mit den Fußspitzen in die Mitte der Pflastersteine getreten, immer in die Mitte, niemals auf den Rand. Wenn sie bis zum Schluss keine der Kanten berührte, hatte sie sich eingeredet, würde Madame Argent ihr das Zeichen geben und nicht ihrer Mutter. Sie bekam aber niemals ein Zeichen. Vielleicht war sie doch aus Versehen auf eine Kante getreten.

»Wie lautete diese Prophezeiung denn nun?«, fragte Mira jetzt fast widerwillig.

»Es ist etwas in dir, das ihm den Tod bringt«, entgegnete ihre Mutter leise. »Das hat Madame Argent gesagt, dass ich ihm den Tod bringe. Aber ich wollte nicht schuld daran sein, dass er stirbt. Ich liebte ihn doch so sehr. Deshalb habe ich ihn fortgeschickt.«

Es ist etwas in dir, das ihm den Tod bringt, wiederholte Mira in Gedanken. Die Worte schwollen in ihr an und trieben aus und wucherten, weil sie im Gegensatz zu ihrer Mutter ihre furchtbare Bedeutung sofort verstand. Die erste Prophezeiung von Madame Argent und die zweite der Jungfrau Maria im Volksgarten, beide fügten sich ineinander und ergänzten sich. Die Botschaft war sonnenklar, auch wenn man gar nicht an Erscheinungen glaubte.

»Sie meinte gar nicht dich«, flüsterte sie. »Sie meinte mich. Ich war in dir. Und ich habe meinem Vater den Tod gebracht.«

Ihre Mutter hob den Kopf und sah Mira an, dann glitt ihr Blick von ihr ab und landete irgendwo in den unteren Zweigen der Erle. Mira konnte förmlich dabei zusehen, wie die Worte nun auch in ihrer Mutter wurzelten und wuchsen, bis auch ihr alles klar war. Dass es falsch und vollkommen unnötig gewesen war, den Mann ihres Lebens aufzugeben und fortzuschicken, weil nicht sie selbst, sondern ihre Tochter die Gefahr darstellte. Und dass das Schicksal oder die göttliche Fügung oder wie immer man es nennen wollte, letztendlich eben doch noch einen Weg gefunden hatte zuzuschlagen, die Sache zu Ende zu bringen.

»Das wollte mir Madame Argent also sagen«, murmelte sie.

»Du hättest mich töten müssen, um deine Liebe zu retten«, wisperte Mira.

Die Augen ihrer Mutter wurden ganz groß vor Entsetzen. »So ein Unsinn! Was redest du für einen Unsinn?«

Aber genau so war es, dachte Mira.

»Sie hat noch etwas zu mir gesagt, an jenem Tag«, meinte ihre Mutter, als sie hinterher den Pfad über die Wiesen zurück nach Eller gingen. »Sie sagte: Du weißt, was du tun sollst. Geh deinen Weg.«

»Was soll das heißen? Dass du ihn verlassen solltest?«

»So habe ich es damals verstanden.«

»Und jetzt? Wie verstehst du es jetzt?«

Ihre Mutter schüttelte den Kopf, als wäre das eine Antwort. »Ich glaube manchmal, dass das die eigentliche Botschaft war. Ich sollte meinen Weg gehen. Tun, was ich für richtig hielt. Ihn heiraten. Bei ihm bleiben.«

»Das glaubst du jetzt, weil du es glauben möchtest«, sagte Mira. »Aber ob es besser gewesen wäre, weißt du nicht.«

Daraufhin sagte ihre Mutter nichts mehr.

Waren es wirklich übernatürliche Erscheinungen, die Miras Mutter erlebt hatte, oder waren es bloße Einbildungen?

War der Tote, der im Eller Forst unter der Erle lag, wirklich Miras Vater oder nur irgendein Fremder?

Hatte die Geschichte einen Sinn, oder war es bloß eine irrwitzige, abergläubische, vermessene, kindische, verlogene, an den Haaren herbeigezogene Spinnerei?

Sie würden diese Fragen bis zum Lebensende in sich tragen.

Mira hatte ihren Tisch und eine Kommode aus ihrer Wohnung geholt. Den Rest der Möbel hatte sie Anselm überlassen, weil sie einfach keinen Platz dafür hatte. Auch die Wohnung hatte sie ihm überlassen.

»Schließlich habe ich mich von dir getrennt«, sagte sie, als er ihr anbot, dass sie bleiben und er ausziehen könnte.

Dieser Satz erfüllte sie mit einem solchen Stolz, dass ihr der Verzicht leichtfiel. Sie hatte ihn verlassen. Sie hatte es beendet. Sie hatte sich entschieden.

Er hatte es mit einer erstaunlichen Gelassenheit hingenommen. Vielleicht war er froh, dass es endlich vorbei war, das gemeinsame Wohnen, das Schlafen in einem Bett, diese Nähe, die Vertraulichkeiten, die Berührungen. Im Grunde passte das nicht zu ihm. Er gehörte an einen Versammlungstisch, auf ein Rednerpodest, vor ein Publikum – aber nicht zu einer Frau.

Die Trennung irritierte ihn, doch sie konnte seine gute Stimmung nicht verderben. Denn die Kommunisten hatten die Reichstagswahlen gewonnen. In Düsseldorf lagen sie in allen Stadtteilen weit vor der SPD. Die KPD war jetzt mit Abstand die stärkste Partei der Stadt.

»46 Prozent in Wersten. Und 13 Prozent in ganz Deutschland«, rief Lari und reckte die Faust in die Höhe. »So viele Stimmen hatten wir noch nie!«

Es war ein Triumph. Es war eine Niederlage. Denn die NSDAP hatte ihr Ergebnis von den Wahlen 1928 fast verzehnfacht und die KPD um Längen überholt. Vor den Wahlen war sie nichts, nach den Wahlen war sie die zweitgrößte politische Fraktion. »Eine feste Größe, mit der jeder Deutsche künftig zu rechnen hat«, schnarrte die Stimme des Parteivorsitzenden Hitler aus dem Radio im Proberaum von Nordwest ran.

Langhoff schaltete den Apparat ab. »Schluss damit!«, sagte er. »Lasst sie sich austoben, die braunen Schwachköpfe, in ein paar Jahren schert sich kein Mensch mehr um sie.«

»Sie haben es klug eingefädelt«, sagte Anselm, während er gemeinsam mit Mira ihre Kaffeetassen in Zeitungspapier wickelte und in einem Pappkarton verstaute. Sie hatte ihm angeboten, dass er sie weiterbenutzen könnte, so lange sie bei Gudrun wohnte, aber er hatte seine eigene Tasse, die am Rand ein bisschen angeschlagen war, mehr brauchte er nicht.

»Bei den letzten Wahlen sind sie mächtig auf die Schnauze gefallen, weil ihre SA-Truppen den Leuten Angst gemacht haben. Jetzt hat Hitler sie zurückgepfiffen und schon werden sie gewählt.«

Nicht alle hat er zurückgepfiffen, dachte Mira. Ein paar von ihnen sind losgegangen und haben die Anarchisten überfallen und Nero getötet.

»Die sind aber nicht weg. Die warten nur auf ihre Stunde«, sagte Anselm.

Als alles Geschirr im Karton war, richteten sie sich auf und standen sich plötzlich gegenüber, ihre Gesichter nur wenige Zentimeter voneinander entfernt. »Alsdann«, meinte Anselm, plötzlich unsicher. »Auf Wiedersehen.« Er reichte ihr seine Hand, und sie drückte sie, als hätten sie sich gerade erst kennengelernt.

»Auf Wiedersehen«, erwiderte sie.

Dass es zwischen ihnen war, wie es war, hatte nichts mit ihr zu tun. Das hatte sie nun verstanden.

Deshalb trennte sie sich von ihm.

»Was ist denn nun mit Otto?«, fragte Gudrun, als sie abends Heringe mit Pellkartoffeln aßen. »Probierst du es aus mit ihm, oder willst du ihn nicht?«

Mira lachte und stellte erleichtert fest, dass es nicht wehtat, wenn Gudrun von Otto sprach.

»Nein«, sagte sie. »Wir sind Freunde. So soll es bleiben.«

»Mira«, meinte Gudrun, dabei schob sie ihren Teller weg und griff nach ihrem Zigarettenetui. »Du musst über die Sache mit

Nero hinwegkommen. Und über Anselm. Und zur Ablenkung eignet sich nichts besser als eine kleine Affäre.«

»Wenn ich nur wüsste, ob er mein Vater war. Dann wäre alles viel leichter.«

»Warum?« Gudrun blies einen Ring über den Tisch, der über Miras Teller stehen blieb, als interessierte er sich für ihr Essen. »Würde das irgendetwas ändern? An deinem Leben? An deiner Zukunft?«

»Ich weiß es nicht.« Mira zuckte mit den Schultern. »Für meine Mutter würde es alles verändern«, meinte sie dann. »Wenn sie wüsste, dass ihr Ludwig tot ist, könnte sie die Sache endlich abschließen.«

»Die Sache ist doch längst abgeschlossen. Sie ist aus und vorbei, jahrzehntelang. Der Ludwig, den sie geliebt hat, ist lange tot. Maria hätte Nero nicht geliebt und Nero Maria nicht.«

»Und wenn Nero es doch nicht war? Wenn mein Vater irgendwo lebt und auf Maria wartet, wie sie auf ihn? Ihr stärkster Mann der Welt?«

»Er ist nicht mehr der stärkste Mann der Welt. Er ist krank oder verheiratet oder Witwer oder sogar Großvater, vielleicht ist er Kommunist oder Faschist, vielleicht ist er unglaublich dick oder glatzköpfig oder furchtbar mager. Vielleicht trinkt er. Sie würden sich nicht wieder erkennen. Sie wären maßlos enttäuscht voreinander.«

Mira stach ihre Gabel in ein Stück Kartoffel, dann legte sie sie auf den Tellerrand. Die Kartoffel hing erwartungsvoll in der Luft. Aber Mira hatte keinen Hunger mehr. Sie blickte an Gudrun vorbei an die Wand, an der ein helles Rechteck war, über dem früher einmal ein Bild gehangen hatte. Ob es ein Foto der Pressmann gewesen war?

»Zurück zu Otto«, sagte Gudrun. »Was spricht gegen ihn? Schlimmer als mit Anselm kann es nicht werden.«

»Er ist immer noch an dir interessiert«, sagte Mira. »Jetzt, wo es mit der Pressmann … wo Iris tot ist, mehr denn je.«

»Aber ich will ihn nicht«, meinte Gudrun. »Und außerdem – was Männer wollen, das spielt doch nun wirklich keine Rolle.

Was du willst, das zählt. Hast du das immer noch nicht verstanden?«

»Nein«, sagte Mira.

»Was willst du?«

»Ich weiß es nicht.«

»Dann musst du es herausfinden. Das kann ja wohl nicht so schwer sein.« Gudrun drückte ihre Zigarette in eine kalte Kartoffelhälfte.

Für Gudrun war es leicht, so leicht wie essen, trinken und Zigaretten rauchen. Aber für Mira war es schwerer als alles andere.

»Nero hat mich einmal gewarnt«, meinte sie, als sie später die Teller zum Spülstein trugen. »Er hat mir geraten, mich in Sicherheit zu bringen, weil es wieder Krieg geben würde.«

Gudrun zündete sich eine neue Zigarette an, obwohl sie mit dem Abspülen an der Reihe war. »Ach was! Warum sollte es jetzt Krieg geben? Das hatten wir doch gerade erst. Wir haben doch wirklich ganz andere Probleme. Aber andererseits … Vielleicht hat er recht. Vielleicht solltest du hier weg. Und ich mit dir.«

»Aber wohin?«, meinte Mira. Der Wasserkessel begann zu pfeifen, sie drehte die Gasflamme aus und schüttete das heiße Wasser in die Spülschüssel. Gudruns Zigarettenrauch verschwand in einer Wand aus Wasserdampf. »In die Schweiz? Nero hat mir oft von Zürich erzählt. Es muss dort sehr schön sein.« Ein großer blauer See und ein Berg, auf dem man picknicken konnte. Eine Badeanstalt nur für Frauen mitten im Fluss.

»Die Schweiz? Was willst du denn in der Schweiz? Dort steht die Zeit still.«

»Oder nach Australien«, fuhr Mira fort. »Ich habe darüber gelesen. Alles ist ganz neu und jung da. Lass uns nach Australien gehen!«

»Neuseeland soll auch nicht schlecht sein.« Gudrun blies noch mehr Zigarettenrauch in den Wasserdampf. Ihre Augen wurden ganz schmal, als könnte sie in dem weiß schillernden Dampf etwas sehen, das Mira nicht sah. »Wir könnten eine Schafzucht aufmachen. Wolle ist immer gefragt.«

»Oder wir wandern nach Amerika aus. Du drehst Filme, und ich sehe sie mir an, und nebenher waschen wir Teller.«

Gudrun nahm einen letzten Zug von ihrer Zigarette, dann warf sie den glimmenden Stummel aus dem Dachfenster. »Ist das dein Ernst?«, fragte sie. »Kannst du dir das wirklich vorstellen, wegzugehen, auszuwandern, nie mehr wiederzukommen? Etwas ganz Neues anzufangen?«

Mira starrte auf ihre Hände im Spülwasser, rosa Fische, die hier und da zwischen Schaumfetzen auftauchten. Sie musste plötzlich an Otto denken, was er kürzlich zu ihr gesagt hatte. Dass die Wirklichkeit aus unendlich vielen Schichten bestand und der weitaus größere Teil davon unverständlich war.

»Ja«, sagte sie. »Ich glaube, es ist höchste Zeit, dass etwas Neues beginnt.« Sie zog ihre Hände aus dem Wasser und trocknete sie an ihrer Schürze ab.

»Und du?«, fragte sie dann zurück.

»Mich hält hier nichts. Im Gegenteil. Mir ist dieses Land so verleidet, dieses Rennen und Hasten und Streben nach mehr und mehr. Die so genannte feine Gesellschaft. Und am Ende stirbt man und hat gar nicht gelebt.«

Ob Gudrun über die Pressmann sprach oder über sich selbst? Vielleicht tat es ihr ja inzwischen doch leid, wie sie sie abgefertigt hatte. Vielleicht vermisste sie sie sogar. Auch wenn sie es niemals zugeben würde.

»Ich will das alles nicht mehr. Ich kann es nicht mehr ertragen«, sagte Gudrun in Miras Gedanken hinein.

»Also wandern wir aus.« Der Satz machte Mira ein bisschen schwindlig, wie ein Cocktail auf nüchternen Magen.

Sie dachte an ihre Mutter. Wenn Mira fortging, würde ihre Mutter zurückbleiben, so wie Mira in Heiligenbronn zurückgeblieben war.

Quid pro quo, dachte Mira. Das hatte Herr Anschütz immer gesagt, wenn es darum ging, Gleiches mit Gleichem zu vergelten.

Quid pro quo, das hätte sie früher überzeugt. Heute war es viel schwieriger. Denn heute kannte sie die ganze Geschichte.

Und sie verstand, dass man eine Tat niemals gegen eine andere aufrechnen kann, weil sich nichts wiederholt. Alles, was geschieht, ist einzigartig. Die Vergangenheit wächst in die Gegenwart wie ein alter Baum, der immer wieder neue Äste und Blätter bildet.

»Was wird aus meiner Mutter?«, murmelte sie.

»Was soll aus ihr werden?«, fragte Gudrun zurück. »Sie hat einen neuen Großauftrag von Tietz und Elfie, die sie anhimmelt, und Hilde, die in Kürze Mutter wird. Maria soll die Taufpatin werden. Hat sie dir das nicht erzählt?«

Mira schüttelte den Kopf. Es gab so viele Dinge, die sie nicht wusste. Wenn sie wegging, würde sie sie nie erfahren. Wenn sie hier blieb, auch nicht. Mutter und ich sind viel zu weit voneinander entfernt, dachte Mira. Wir sind zwei Sterne, die auf der gleichen Bahn um die Sonne fliegen, wir werden uns niemals berühren.

»Wohin sollen wir gehen?«, fragte sie.

»Das ist doch nicht so wichtig«, sagte Gudrun. »Wir fangen irgendwo an, und wenn es uns nicht gefällt, ziehen wir weiter. Die Welt ist zum Glück unendlich groß.«

Und es stimmte, erkannte Mira. Die Welt war groß, und sie waren frei und hatten nichts zu verlieren.

Epilog

Er wohnte jetzt in seinem eigenen kleinen Haus in Nördlingen, gleich hinter der Stadtmauer. Nachdem er den Zirkus verlassen hatte, hatte er es von seinem Ersparten gekauft.

Der Mann, von dem er das Haus erworben hatte, war nicht von hier, er hatte das Gebäude geerbt, es kümmerte ihn nicht, was daraus wurde. Sollte der Zwerg es bekommen, sein Geld war so gut wie das eines anderen.

Mirkos Haus hatte vier Zimmer, einen Dachboden, einen Keller, in dem Mäuse wohnten, einen Garten, in dem Rosen und Schnittlauch wuchsen, eine kleine Wiese, auf der er zehn Hühner hielt und zwei Gänse, weil er in einem von Marias Briefen an Chiara gelesen hatte, das auch Mirabella im Waisenhaus Gänse gehütet hatte.

Er dachte jeden Tag an sie und an Maria. Im Grunde hatte er das Haus für sie gekauft. Es bot Platz für alle, ein Zimmer für Mirabella, ein Zimmer für Maria, ein Zimmer für Mirko, ein Zimmer, in dem sie gemeinsam essen, trinken, reden konnten.

Er hegte sein Geflügel und pflegte seinen Garten. Die Eier verkaufte er mittwochs auf dem Markt. Sie waren eine Attraktion, die Zwergeneier, weil sie aus irgendeinem Grund ein bisschen größer waren als andere Eier. Man riss sie ihm förmlich aus der Hand. Das Geld, das er dafür bekam, tat er in eine Blechdose auf dem Küchenbord. Er brauchte es eigentlich gar nicht. Er lebte von seinen Ersparnissen und von seinen Erinnerungen.

Sein eigentliches Leben hatte mit Madame Argent begonnen. Als er selbst noch aufgetreten war, hatte er sie eines Tages im Publikum gesehen, ernst und schwarz in der lachenden, bunten Menge. Er hatte ihren Kummer gespürt, ihre Einsamkeit, ihre besondere Begabung. Nach der Vorstellung hatte er sie angesprochen, obwohl das nun wirklich nicht seine Art war, irgendjemanden einfach so anzusprechen. Aber da war etwas in ihr und in ihm, das zusammenpasste. Seltsamerweise konnte er sich heute nicht mehr erinnern, was er zu ihr gesagt hatte. Aber was immer es gewesen war, es wirkte. Sie hörte ihn an, sie gab ihm eine Chance, zuerst trat sie mit Nikolas auf, dann kauften sie und Mirko das Wahrsagerzelt und dachten sich die Wahrsagernummer aus. Damals hieß Madame Argent noch nicht Madame Argent. Aber ihr wirklicher Name spielte keine Rolle mehr, nachdem sie sich getroffen hatten.

Sie wurden zuerst Freunde und später Geliebte, auch wenn niemand von ihrer Liebe wusste, keiner der Zirkusleute, nicht einmal Meister Nicolas. Als Madame Argent starb, hatte Mirko zum ersten Mal das Gefühl, dass sein Leben zu Ende war.

Aber Madame Argent ließ ihn nicht allein. Sie hatte Maria für ihn gefunden, und sie hinterließ sie ihm wie ein kostbares Erbstück, dessen Wert man erst mit der Zeit entdeckt.

Mit der Zeit wurde Maria seine Partnerin, seine Tochter, seine Freundin, seine Frau, seine Schwester, seine Mutter, sie wurde alles für ihn, was eine Frau für einen Mann sein kann. Aber davon wusste sie nichts, es hätte sie furchtbar erschreckt, wenn sie es erfahren hätte. Es war ja auch nicht nötig, dass sie es wusste. So lange sie nur bei ihm war, war alles perfekt.

Doch dann tauchte Wunder auf.

Gleich als er ihn das erste Mal sah, wusste Mirko, was geschehen würde. Und genauso kam es. Wunder verliebte sich in Maria. Maria verliebte sich in Wunder. Erst zog er in ihr Zelt ein, und dann wollten sie heiraten. All das konnte Mirko noch akzeptieren.

Aber er konnte sich nicht damit abfinden, dass sie den Zirkus verlassen würden. Und das war unausweichlich. Wunder war kein Zirkusmensch, früher oder später würde er Maria fortbringen, weg vom Zirkus, weg von Mirko. Das wäre nicht gut für Maria, redete sich Mirko ein, obwohl er im Grunde damals schon wusste, dass es nur für ihn selbst nicht gut war.

Er hatte keine Ahnung von jungen Frauen. Genauso wenig wie von Hühnern und Gänsen. Das wurde ihm in Nördlingen sehr schnell bewusst. In den ersten Wochen verwandelten Mirkos Hühner die kleine Wiese hinter dem Haus in blanke, bloße Erde. Die Gänse pickten nach den Grashalmen, die Hühner scharrten sie weg, auf der Suche nach Würmern. Also begann Mirko, die Gänse jeden Nachmittag zur Kornlach zu treiben, am Bachrand ließ er sie fressen, während er im Schatten einer Weide saß und strickte. Sie waren so zahm, seine Gänse, sie versuchten niemals wegzulaufen.

Agneta und Regina, so hatte er sie genannt, aber sie erkannten ihre Namen nicht, wenn er sie rief. »Allezallezallezallez!«, darauf hörten sie, aber nicht auf die Namen, die er ihnen gegeben hatte. Dumme Vögel.

Dummer Mirko. Er glaubte, dass er einen Einfluss auf die Gänse hätte. So wie er geglaubt hatte, dass er das Schicksal beeinflussen könnte. Dass er es biegen und formen könnte, nach seinen Vorstellungen, nach seinen Wünschen. Zur Strafe für seine Anmaßung verlor er alles.

Dass Maria Erscheinungen hatte, davon hatte ihm Madame Argent schon sehr früh erzählt. Mirko tat es am Anfang ab, er wollte nichts davon hören. Die lebendige Muttergottes im Käppele, das gefiel ihm nicht, also konnte es auch nicht wahr sein.

Mirko war als Kind gläubig gewesen. Der Glaube an Gott und die Hoffnung auf eine ausgleichende Gerechtigkeit im Jenseits hatte ihn mit seiner Kleinwüchsigkeit versöhnt, aber später löste sich seine Frömmigkeit auf, sie widerte ihn geradezu an. Der dreieinige Gott, die Jungfrau Maria und die katholische Kirche, das war etwas für alte Weiber, dachte er, und Marienerscheinungen waren folglich nichts als Hysterie.

In diesem Fall wurde er jedoch eines Besseren belehrt. Denn es kam sehr schnell genauso, wie es die Gottesmutter vorausgesagt hatte. Der Tumor in Madame Argents Brust wurde immer größer, dann starb sie.

Danach wurde sie selber zu einer Erscheinung, erst erschien sie Maria und dann ihm selbst.

Nun konnte er sich natürlich nicht länger sträuben, nun musste er es akzeptieren, auch wenn es ihm nicht gefiel. Denn diese Erscheinungen waren alles andere als eine Gnade, ein himmlischer Segen. Sie waren ein Fluch. Mit den Erscheinungen der Muttergottes hätte man sich ja noch abfinden können. Sie richteten zumindest kein Unheil an. Ein Krebsgeschwür in Madame Argents Brust, nun gut, ein paar Wochen später wäre es auch ohne ihre Prophezeiung zu Tage getreten. Der Krieg, der die halbe Welt zerstören würde, auch das hätte man ohne sie erfahren. Aber Madame Argent mit ihren Warnungen, die sie Maria gegenüber aussprach, brachte alles auf furchtbare Weise ins Ungleichgewicht. Ohne sie wäre Maria glücklich geworden. Und Mirko vielleicht auch.

Vermutlich merkte Madame Argent selbst, was sie angerichtet hatte. Denn nachdem sie Maria vollkommen durcheinandergebracht hatte, wandte sie sich an Mirko. Er sollte die Sache retten. Dabei hätte sie wissen müssen, dass er der Allerletzte war, der sich dafür eignete. Er brachte die Dinge nicht wieder ins Lot, sondern zum endgültigen Zusammenbruch.

In der Nacht, in der er die Erscheinung hatte, hatte er zu viel Wein getrunken, irgendwann hatte ihn seine volle Blase aus einem schwindligen Schlaf geweckt. Er war aufgestanden, um auszutreten, vor dem Zelt hatte sie auf ihn gewartet. Sie war schwarz gekleidet, wie damals, als er sie zum ersten Mal im Zirkus gesehen hatte. Mirko erschrak nicht, er war viel zu müde und zu betrunken, um zu erschrecken. Es erschien ihm vollkommen normal, dass sie mitten in der Nacht auftauchte, um mit ihm zu reden. »Es ist wegen Maria«, sagte sie.

Wenn es um Maria geht, warum kommst du dann zu mir? dachte Mirko, und sie verstand ihn, wie sie ihn auch früher immer verstanden hatte.

»Weil es auch dich betrifft.«

Sie machte eine Pause. Mirko hatte plötzlich den Eindruck, dass ihre Gestalt in der Luft flackerte wie eine Filmprojektion, bei der das Vorführgerät nicht richtig funktioniert. Vielleicht lag es aber auch an dem vielen Wein, den er getrunken hatte.

»Es ist nichts festgelegt«, sagte Madame Argent. »Das muss sie verstehen und du auch.« Dann war sie verschwunden.

Am nächsten Morgen war Wunder weg, über Nacht hatte er seine Sachen gepackt und den Zirkus verlassen. Maria hatte rot verweinte Augen, aber Mirko schwieg. Selbst als Maria ihm später auf den Kopf zusagte, dass sie glaubte, dass Madame Argent auch ihm erschienen sei, schwieg er.

Wenn er ihr die Wahrheit gesagt hätte, wäre sie ihrem Herzen gefolgt und hätte Wunder zurückgeholt. Sie hätten geheiratet und den Zirkus verlassen. Er hätte Maria verloren. Er hätte Mirabella niemals kennengelernt.

War es richtig gewesen, dass er geschwiegen hatte? War es falsch gewesen, dass er geschwiegen hatte? Zwischen diesen beiden Fragen pendelte sein Leben hin und her.

Jahre später hatte er Wunder noch einmal getroffen und versucht, alles wiedergutzumachen. Aber es war zu spät, das hatte er auch in Mirabellas Blick gelesen, an jenem Tag, als er sie in Düsseldorf gesehen hatte. Dieser Hass in ihren Augen.

Es ist nichts festgelegt, hatte Madame Argent gesagt. Du musst dich für das Richtige entscheiden. Täglich, stündlich, minütlich aufs Neue. Aber Mirko hatte sich einmal falsch entschieden, und danach spielten seine Entscheidungen keine Rolle mehr.

Aus Marias Briefen an Chiara hatte Mirko früher hin und wieder etwas über Mirabella erfahren. Jetzt wusste er nichts mehr. Er dachte an sie, wenn er auf der Wiese an der Kornlach saß und die Gänse hütete. Ob sie verheiratet war, ob sie ein Kind hatte, ob sie und Maria sich miteinander ausgesöhnt hatten. Ob Wunder sie jemals gefunden hatte.

Was kümmert es dich? dachte er dann. Sie sind eine Familie, sie haben miteinander zu tun, aber du nicht, du gehörst nicht dazu. Und Agneta hob den Kopf und öffnete den Schnabel einen Spaltbreit, als wollte sie ihm etwas sagen und fände die Worte nicht.

Nördlingen 1930. In den Straßen mit dem buckligen Kopfsteinpflaster, mit den niedlichen Fachwerkhäusern ballte sich etwas zusammen. Eine Wut, ein Ekel, ein Hass auf alles, das anders war. Juden, Zigeuner, Zwerge. Die Nazis in ihren braunen Uniformen waren überall. Mirko wich ihnen aus, er versteckte sich, so bald er sie von weitem sah, denn seine Zwergengestalt beleidigte ihre Augen.

Einmal war er nicht rechtzeitig ausgewichen, da hatten sie ihn in eine Ecke gedrängt und umstellt, fünf große Männer um eine kleine Missgeburt. Er war auf dem Weg zum Markt gewesen. Sie holten ein Ei nach dem anderen aus seinem Korb und schlugen es über seinem Kopf auf. Dann ließen sie ihn stehen. Besudelt, beschämt, voller Ekel vor sich selbst. Die Frau, die den ganzen Vorfall beobachtet hatte, wobei sie sich nur unzureichend hinter einem geblümten Vorhang am Fenster versteckt hatte, bekreuzigte sich drei Mal. Dann verließ sie ihren Fensterplatz, vielleicht brauchte sie auf diesen Schreck erst einmal eine Tasse Bohnenkaffee oder einen Schnaps.

Es würde immer schlimmer werden, je mehr Macht die Nazis gewannen. Er gab sich da keinen falschen Hoffnungen hin. Aber er hatte vorgesorgt. Bevor Madame Argent gestorben war, hatte sie ihm drei weiße Pastillen gegeben, die er für sie aufbewahrt hatte. Eine davon hatte sie selbst geschluckt. Zwei hatte er noch. Wenn es so weit wäre, würde er ihr folgen.

Wohin würde er ihr folgen? Sie war keinem von ihnen jemals wieder erschienen, nachdem Maria den Schneefuchs freigelassen hatte. Mit dem Fuchs war auch Madame Argents Seele befreit worden. Zumindest glaubte Mirko, dass das eine mit dem anderen zusammenhing. Denn von allen Tieren in der Menagerie hatte Madame Argent am meisten Mitleid mit dem Schneefuchs gehabt.

Vielleicht war es auch ganz anders. Diese Verbindungen zwischen Jenseits und Diesseits, zwischen spiritueller und wirklicher Welt, sie blieben immer vage. Man konnte sie nicht begreifen. Man konnte versuchen, die Hinweise zu deuten, die man bekam, doch meistens lag man damit genauso falsch wie Maria.

Wo war Madame Argent? Wo würde er selbst hingehen? Es gab heutzutage immer mehr Menschen, die meinten, dass alles aus war, wenn man starb. Man hörte auf zu atmen, der Körper verweste, die Seele löste sich auf. Aber Mirko wusste, dass der Tod nicht das Ende war. Diese Gewissheit verdankte er den Erscheinungen. Immerhin.

Es würde weitergehen. Madame Argent hatte den Schritt schon getan. Esmeralda, Marthe, Herr Lombardi, Meister Nikolas, Josef, Enrique. Mirko würde bald nachfolgen. Und später Maria und Mirabella.

Manchmal konnte er es kaum erwarten.

Nachwort

Mit meinem dritten Roman habe ich die magische Grenze des Jahres 1914 überschritten, mit der – wie ich erfahren musste – das Reich des historischen Romans endet und das mysteriöse Gebiet der Zeitgeschichte beginnt. Dennoch ist »Zitronen im Mondschein« für mich ein historischer Roman. Die Welt der zehner und zwanziger Jahre, in denen die Geschichte spielt, unterscheidet sich von unserer nüchternen Gegenwart mindestens so stark wie das Jahrhundert davor.

Dank all denen, die mir dabei geholfen haben, mir ein Bild von dieser fremden und faszinierenden Zeit zu machen.

Dr. Sabine Lenk, die Direktorin des Düsseldorfer Filmmuseums, vermittelte mir einen Eindruck von der Düsseldorfer Kinowelt in den zwanziger Jahren und eine Vorstellung von der Lage, Ausstattung und Ausrichtung der einzelnen Lichtspielhäuser.

Dem Komponisten und Dirigenten Mark-Andreas Schlingensiepen verdanke ich mein Wissen über die musikalische Begleitung von Stummfilmen, über Kinoorgeln, Kino-Orchester und improvisierende Pianisten. Äußerst inspirierend waren für mich zwei seiner Live-Musik-Aufführungen von Stummfilmen, die ich während der Arbeit an dem Roman erlebte: »Faust« von Friedrich Murnau (Düsseldorf 2006) und »The Kid« von Charly Chaplin (Wuppertal 2006).

Dem Stadtmuseum Düsseldorf und dem Düsseldorfer Stadtarchiv danke ich für die Unterstützung bei den Recherchen zur Industrieausstellung »Gesolei« und zur Künstlervereinigung »Das Junge Rheinland«.

Angela Genger von der Mahn- und Gedenkstätte Düsseldorf hat mir bei der Recherche zur politischen Auseinandersetzung zwischen Faschisten und Kommunisten in den zwanziger Jahren weitergeholfen – insbesondere in Bezug auf die

Agitprop-Theatergruppe »Nordwest ran«, den Regisseur Wolfgang Langhoff und Hilarius Gilges. Dabei war mir auch das Theatermuseum Düsseldorf eine große Hilfe.

Der Rheinbahn AG verdanke ich den Hinweis auf zwei Kurzfilme zur »Gesolei«.

Über die Siedlung »Freie Erde« der Anarchosyndikalisten habe ich zuerst in einer Festschrift der Düsseldorfer SPD gelesen. Das Land im Eller Forst wurde 1921 von einer Kommune besetzt, die Siedlung war bald ein beliebtes Ausflugsziel für politische Sympathisanten, aber auch für Intellektuelle und Künstler. Erstaunlicherweise überstand die Siedlung »Freie Erde« die Zeit des Nationalsozialismus, erst 1972 wurden die letzten Spuren des Anarchismus in Düsseldorf vom Abrissbagger beseitigt.

Elmar Kratz von der Presse- und Öffentlichkeitsarbeit der Karstadt AG und Katharina Steinbock vom Archiv der Kaufhof Warenhaus AG haben mich mit Informationen zur Geschichte der Düsseldorfer Warenhäuser unterstützt. Besonders hilfreich waren die Dokumentation »Das Warenhaus Tietz in Düsseldorf« von Joseph M. Olbrich und die Chronik »125 Jahre Karstadt«.

Einen hervorragenden Eindruck vom Leben im Kloster Heiligenbronn hat mir die Chronik »Wallfahrt und Wohlfahrt« von Ulrich Windhab, (Ostfildern 2007) vermittelt. Ein herzlicher Dank geht hier an meine Kusine Beate Mayer, die als Leiterin der Behindertenhilfe bei der Franziskus-Stiftung den Kontakt zum Kloster hergestellt hat, und an den Öffentlichkeitsreferenten Ewald Graf.

Ich habe mich allerdings nur bei den äußeren Umständen (Schilderung des Klosterlebens, Lazarett-Betrieb, Spanische-Grippe-Epidemie etc.) an die historischen Tatsachen gehalten. Sämtliche Charaktere und alle Ereignisse im Kloster in meinem Roman sind dagegen frei erfunden und haben nichts mit den tatsächlichen Personen und Geschehnissen in Heiligenbronn zu tun.

Für alle, die sich selbst ein Bild über die Zeit oder verschiedenen Themenbereiche machen möchten, hier eine kleine, unvollständige und ungeordnete Bibliographie:

Zur allgemeinen Zeitgeschichte und Politik:
Hermann-J. Fohsel, Im Wartesaal der Poesie – Zeit- und Sittenbilder aus dem Café des Westens und dem Romanischen Café, Das Arsenal, 1980
Die Kraft einer großen Idee – 125 Jahre SPD in Düsseldorf, hrsg. von Frank Morgner und Andreas Kussmann, Düsseldorf 1988
David Stevenson, Der erste Weltkrieg, Düsseldorf 2006
Jürgen Schebera, Eisler. Eine Biographie in Texten, Bildern und Dokumenten, Mainz 1998
David Farneth, Kurt Weill – ein Leben in Bildern und Dokumenten, Berlin 2000
Siegfried Kracauer, Die kleinen Ladenmädchen gehen ins Kino, 1928
Vicki Baum, Menschen im Hotel, 1929
Erich Maria Remarque, Im Westen nichts Neues, 1929
Alfred Döblin, Berlin Alexanderplatz, 1929

Zur Kunstgeschichte:
Am Anfang: Das Junge Rheinland, hrsg. von Ulrich Krempel, Düsseldorf 1985
Emmy Hennings, Ruf und Echo – mein Leben mit Hugo Ball, 1953
Hermann Max Pechstein, Erinnerungen, 1960
Expressionismus: Aufzeichnungen und Erinnerungen der Zeitgenossen, hrsg. von Paul Raabe, Freiburg im Breisgau 1965
Dietmar Elger, Dadaismus, Köln 2004
Stephanie Barron, Wolf-Dieter Dube, German Expressionism, London 1997
Ellen Kreutz, Messe, Baukunst, Stadtentwicklung – Ausstellungsarchitektur in Düsseldorf von 1880–2004, Düsseldorf 1998

Mit meinem neuen Roman habe ich nicht nur ein neues Jahrhundert betreten, sondern auch einen neuen Verlag gewonnen. Vielen Dank an meinen Lektor Reinhard Rohn, der mir trotz unruhiger Zeiten beim Aufbau Verlag einen wunderbaren Empfang bereitet hat. Ich danke meinem Agenten Harry Olechnowitz, der mich und meine Bücher durch alle Widrigkeiten der Verlagswelt und Marktgesetze steuert. Und Frauke Brodd, die mit Rat und Tat und viel Geduld für mich da war.

Danke all denen, die meine Bücher mit Leben erfüllen, weil sie mein Leben ausmachen: Ida, Paul und Ralf Kretschel, meinen Eltern und meinen Geschwistern Ansgar und Ruth Mayer.

Ich danke Silke Bayer, Ingeborg Cordes, Sibylle Pietrek und Conny Possin, die das Manuskript vor allen anderen gelesen haben, Marcel Reginatto für seine zahllosen Anmerkungen und Anregungen und für sein inspirierendes Roman-Fragment »The Monogram in the Stars«, Magdalena Bühler für die professionelle Drogenberatung, Silvia Prange für die Übersetzungen ins Düsseldorfer Platt und für ihre Zuversicht, dass alles gut wird.

Vielen Dank auch all den Buchhändlern, die mich in den letzten Jahren zu Lesungen eingeladen haben, für ihre Begeisterung und ihren Enthusiasmus – trotz aller Hindernisse auf einem schwierigen Markt.

Und ich danke natürlich vor allem denjenigen, die meine Bücher zu ihren eigenen machen: meinen Leserinnen und Lesern.